G. S. JENNSEN

Schwindel

Aurora Erwacht Band 2

First edition

ISBN: 978-1-957352-38-1

This book was professionally typeset on Reedsy.
Find out more at reedsy.com

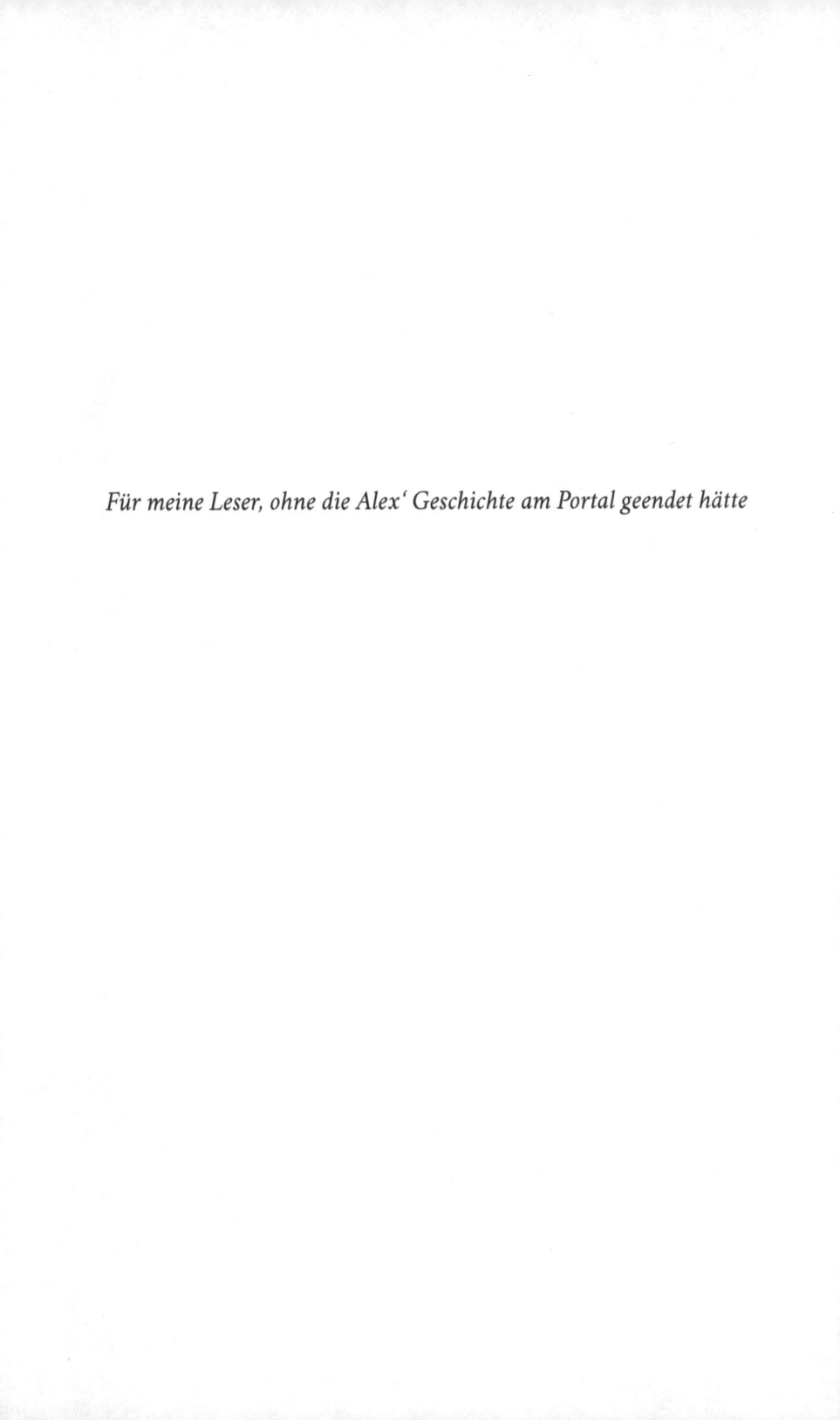

Für meine Leser, ohne die Alex' Geschichte am Portal geendet hätte

DRAMATIS PERSONAE

Alexis 'Alex' Solovy

Raumschiffpilotin, Späher und Weltraumforscherin; Tochter von Miriam und David Solovy.
Fraktion: *Erdallianz*

Caleb Marano

Agent für Spezialoperationen, Senecan Föderation, Abteilung für Nachrichtendienste.
Fraktion: *Senecan Föderation*

Miriam Solovy
Leiterin der EASK-Operationen; Mutter von Alex Solovy, Witwe von David Solovy.
Fraktion: *Erdallianz*

Richard Navick
Verbindungsoffizier der EASK-Marine-Nachrichtendienste; Familienfreund der Solovys.
Fraktion: *Erdallianz*

Malcolm Jenner
Kapitän, EAS Juno; Freund von Alex Solovy.
Fraktion: *Erdallianz*

Kennedy Rossi
Leiterin Design/Prototypenbau. IS Design; Freundin von Alex Solovy.
Fraktion: *Erdallianz*

Liam O'Connell
Südwestlicher Regional-Militärkommandeur der Erdallianz.
Fraktion: *Erdallianz*

Devon Reynolds
EASK-Berater für Sonderprojekte; Spezialist für Quantencomputing.
Fraktion: *Erdallianz*

Olivia Montegreu
Anführerin des Zelones-Verbrechersyndikats.
Fraktion: *Unabhängig*

Graham Delavasi
Direktor, Senecan Föderation, Abteilung für Nachrichtendienste.
Fraktion: *Senecan Föderation*

Isabela Marano
Professorin für Biochemie; Schwester von Caleb Marano.
Fraktion: *Senecan Föderation*

Noah Terrage
Technikhändler und Schmuggler auf Pandora; Kontakt von Caleb Marano.
Fraktion: *Unabhängig*

Mia Requelme
Unternehmerin/Geschäftsfrau auf Romane.
Fraktion: *Unabhängig*

Marcus Aguirre
Außenminister der Erdallianz
Fraktion: *Erdallianz*

i

COLONIZED WORLDS

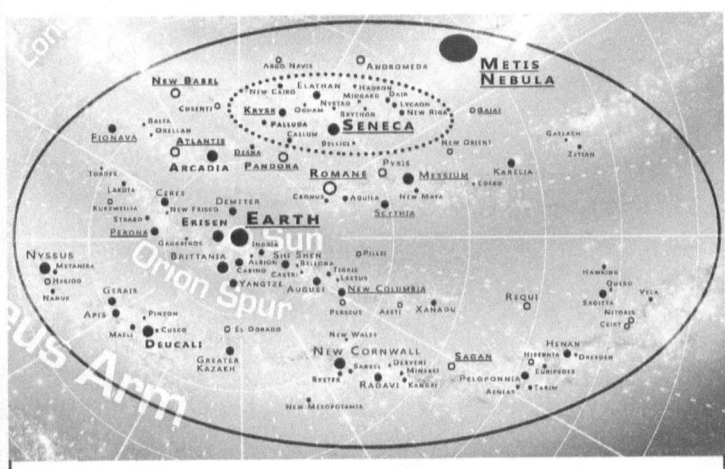

WORLDS VISITED IN
VERTIGO:

EARTH ALLIANCE	SENECAN FEDERATION	INDEPENDENTS
EARTH	SENECA	ATLANTIS
DESNA	KRYSK	GAIAE
FIONAVA		NEW BABEL
MESSIUM		PANDORA
NEW COLUMBIA	-------------	ROMANE
PERONA	METIS NEBULA	SAGAN
SCYTHIA		

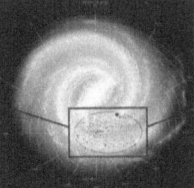

MILKY WAY GALAXY

WAS BISHER GESCHAH

STERNENGLANZ

Bis zum Jahr 2322 hat sich die Menschheit in die Sterne ausgedehnt und über 100 Welten besiedelt, verteilt über ein Drittel der Galaxis. Trotz nie dagewesenen Wohlstands hat sie den Schlüssel zur Utopie nicht gefunden; gesellschaftliche Spaltungen und Konflikte sind nach wie vor tief verwurzelt.

Vor zwei Jahrzehnten rebellierte eine Gruppe abtrünniger Kolonien und gründete die Senecan Föderation. Sie kämpfte gegen die Erdallianz, erlangte im Crux War ihre Unabhängigkeit und begann, an Reichtum und Macht zu gewinnen.

Nun setzen ein Zirkel einflussreicher Personen in beiden Supermächten und im kriminellen Untergrund einen Plan in Gang, der einen neuen Krieg zwischen Allianz und Föderation provozieren soll. Olivia Montegreu, Liam O'Connell, Matei Uttara und andere schüren den Krieg jeweils aus eigenen Gründen. Ein Mann, Marcus Aguirre, zieht sie alle an den Fäden—denn nur er weiß, was der Menschheit droht, falls der Plan scheitert.

* * *

Alexis Solovy ist Raumschiffpilotin und Entdeckerin. Ihr Vater, ein gefallener Kriegsheld, gab sein Leben im Crux War. Ihre Mutter Miriam Solovy ist als Leiterin der EASK-Operationen eine einflussreiche Militärführerin. Alex jedoch sucht nur die Freiheit des Alls und hat mit ihrem Gespür, die Muster im Chaos zu lesen, ein Vermögen gemacht—auf der Jagd nach den verborgenen Wundern der Sterne an Bord ihres hochmodernen Spähschiffs, der Siyane.

Caleb Marano ist Agent für Spezialoperationen im Nachrichtendienst der Senecan Föderation. Sein Handwerk besteht darin, zu werden, was die Lage erfordert: zu lügen, zu täuschen, auszutricksen und, wenn nötig, tödliche Gewalt anzuwenden, um sein Ziel vor Gericht zu bringen. Clever und rätselhaft hat er den Nervenkitzel seines Jobs lange genossen, doch nun wird er vom Tod seines Mentors verfolgt.

* * *

Auf der Erde bereitet sich Alex auf eine Expedition zum Metis-Nebel vor, einer abgelegenen Region am Rand des erforschten Raums, als sie überraschend das Angebot erhält, das Weltraumerkundungsprogramm der Allianz zu leiten. Nach einem typisch kontroversen Treffen mit ihrer Mutter lehnt sie den Posten ab.

Auf Seneca kehrt Caleb aus einem erzwungenen Urlaub mit seiner Schwester Isabela und deren Tochter Marlee zurück. Kaum hat er die Terrorgruppe zerschlagen, die seinen Mentor ermordet hat, erhält er von Michael Volosk, dem Direktor für Spezialoperationen, eine neue Mission: eine Gefährdungsanalyse zu beunruhigenden Messwerten aus dem Metis-Nebel.

Während Alex und Caleb getrennt Richtung Metis reisen, beginnt auf der Urlaubswelt Atlantis ein Handelsgipfel zwischen Allianz und Föderation. Oberst Richard Navick, langjähriger Freund der Solovys und Verbindungsoffizier der EASK-Marine-Nachrichtendienste, leitet die Überwachung des Gipfels. Ohne sein Wissen wird unter seiner Aufsicht der Auslöser für einen neuen Krieg gesetzt.

Jaron Nythal, stellvertretender Handelsdirektor der Föderation, erleichtert dem Attentäter Matei Uttara die Infiltration des Gipfels. Matei tötet den Föderationsattaché Chris Candela und übernimmt dessen Identität. In der Abschlussnacht vergiftet er den Allianz-Handelsminister Santiagar mit einem Virus, das dessen Kybernetik überlädt und einen tödlichen Schlaganfall auslöst. Matei entkommt im entstehenden Chaos.

Kurz nach seinem Abflug von Seneca wird Caleb von Söldner-schiffen angegriffen. Er schlägt sie zurück, doch als er am Rand von Metis auf Alex' Schiff trifft, hält er sie für eine weitere Söldnerin und eröffnet das Feuer. Im folgenden Gefecht zerstört sie sein Schiff, erleidet jedoch selbst Schäden und stürzt auf einem nahegelegenen Planeten ab. Alex muss zur Reparatur landen; da ihr Angreifer ohne Rettung sterben würde, nimmt sie ihn gefangen.

Richard Navick und Michael Volosk versuchen jeder für sich, die Wahrheit über die Ermordung Santiagars aufzudecken, während Olivia Montegreu, Anführerin des Zelones-Syndikats, zusammen mit Marcus Aguirre die nächste Phase ihres Plans vorbereitet. Olivia leitet Raketen, die sie von Allianz-General Liam O'Connell erhält, an eine Söldnergruppe weiter.

Trotz Misstrauen und Verdacht setzen Alex und Caleb die Siyane instand, indem sie Material aus dem Wrack seines Schiffs bergen. Ein Maß an Kameradschaft und Zuneigung, wenn auch noch kein Vertrauen, ist gewonnen—sie verlassen den Planeten, um dem Rätsel im Herzen von Metis auf den Grund zu gehen.

Was sie finden, gleicht einem Albtraum: eine Armada monströser außerirdischer Schiffe, die aus einem gewaltigen Portal strömt und eine Streitmacht für eine Invasion zusammenzieht.

Unterdessen verüben Olivias Söldner einen verheerenden Angriff auf die Föderationskolonie Palluda. Als Schlag von Allianzkräften getarnt, erzielt der Angriff die gewünschte Wirkung: Er entfacht den Krieg. Die Föderation antwortet mit der Vernichtung eines Allianz-Stützpunkts auf Arcadia—der Zweite Crux War hat begonnen.

Alex und Caleb fliehen aus dem Metis-Nebel, um vor der drohenden Gefahr zu warnen, und erfahren, dass zwischen ihren Regierungen Krieg ausgebrochen ist. Caleb übergibt Volosk Informationen zur Alien-Bedrohung. Dieser informiert den Direktor des Nachrichtendienstes, Graham Delavasi, der wiederum den Regierungsvorsitzenden Vranas sowie den obersten militärischen Befehlshaber, Feldmarschall Gianno, alarmiert. Obwohl der neue Krieg mit der Allianz sie vorerst bindet, entsenden sie ein getarntes Infiltrationsteam nach Metis.

Caleb soll das Team begleiten und nach Metis zurückkehren, doch Alex weigert sich, ihn auf dem Weg zur Erde abzusetzen. Die Spannungen eskalieren, doch Caleb erkennt, dass er emotional befangen ist, und Alex, dass sie ihn gehen lassen muss. Stattdessen willigt er ein, mit ihr zur Erde zu fliegen; gemeinsam mit Volosk schmieden sie den Plan, den Krieg durch Offenlegung seiner dubiosen Anfänge rasch zu beenden.

Der Plan scheitert, als Caleb kurz nach der Ankunft—durch Alex' Mutter—verhaftet wird, nachdem Verbündete von Marcus seine wahre Identität an Richard weitergegeben haben.

Während Caleb in einer Haftanlage sitzt, soll sein Freund Noah Terrage für Olivia Sprengstoff nach Vancouver schmuggeln. Da er ein Gewissen hat, verweigert er es. Das nach Metis entsandte Infiltrationsteam verschwindet, während der Zweite Crux War eskaliert.

Alex muss sich zwischen ihrer Regierung, ihrer Familie und dem, was sie für richtig hält, entscheiden. Sie wendet sich an ihre beste Freundin Kennedy Rossi und an ihre alte Hacker-Bekannte

Claire Zabroi. Mit einem Plan in der Tasche präsentiert Alex dem skeptischen EASK-Vorstand ihre Beweise zur Alien-Armada. Die halbherzige Reaktion führt zu einer letzten Konfrontation mit ihrer Mutter und einem eindringlichen Appell, sich auf die wahre Bedrohung zu konzentrieren.

Alex hackt die Militärsicherheit und befreit Caleb aus der Haft. Nach erklärten Loyalitäten und getroffenen Entscheidungen geben sie der Leidenschaft zueinander nach. Trotz andauernder Bitterkeit gegenüber der Föderation wegen des Todes ihres Vaters und der Sorge, Caleb könne nur eine Rolle spielen, begleitet sie ihn nach Seneca, um einen Weg zu finden, der drohenden Invasion zu begegnen.

Caleb bittet seine Freundin und frühere Geliebte, Mia Requelme, um Hilfe beim Verwischen ihrer Spuren. Sie bringt die Siyane auf Romane in Sicherheit, während Alex und Caleb nach Seneca reisen. Heimlich ersucht Caleb Mia, das Schiff zu hacken, um ihm vollen Zugriff und Flugberechtigungen zu verschaffen—etwas, das Alex eifersüchtig für sich beansprucht. Mia nutzt ihr persönliches Artificial, Meno, um die Verschlüsselung des Schiffs zu brechen.

Auf der Erde ringt Richard mit Unbehagen und Zweifel, da er beginnt, Alex' Darstellung des Kriegsbeginns zu glauben. Er vertraut sich seinem Ehemann Will Sutton an. Will drängt ihn, sich für Frieden einzusetzen, und bietet an, Alex den Obduktionsbericht Santiagars zukommen zu lassen, in der Hoffnung, die Regierung der Föderation könne darin Belege finden, dass der Mord nicht ihr Werk war.

Caleb und Alex übergeben Volosk den von Will weitergeleiteten Obduktionsbericht sowie alle Rohdaten, die sie zu den Aliens aufgezeichnet haben. Im Gegenzug arrangiert er Treffen mit den höchsten Entscheidungsträgern.

Als Alex und Caleb ein romantisches Essen genießen, wird das

EASK-Hauptquartier durch einen gewaltigen Bombenanschlag zerstört, ausgeführt von Olivias und Marcus' Leuten. Miriam Solovy entgeht dem Anschlag nur, weil sich ihr Terminplan in letzter Minute geändert hat. Stattdessen kommt der EASK-Vorstandsvorsitzende Alamatto ums Leben—zusammen mit Tausenden anderen. Auf dem Campus, aber außerhalb des Hauptquartiers, entgeht Richard nur knapp schweren Verletzungen.

Minuten später geraten Caleb und Alex in der Innenstadt von Cavare in einen Hinterhalt von Söldnern. Caleb tötet sie alle in dramatischer Manier, ohne zu bemerken, dass Alex von einer verirrten Kugel getroffen wurde. In der Panik hält er ihre Benommenheit für Angst vor dem Killer, als der er sich gezeigt hat.

Verzweifelt, aber entschlossen, sie zu schützen, flieht er mit ihr zum Gebäude des Nachrichtendienstes—und findet das Unfassbare vor: Michael Volosk wurde auf dem Parkplatz ermordet, ihm wurde die Kehle durchgeschnitten.

Plötzlich weiß er niemandem mehr zu trauen. Er fleht Alex an, mit ihm zum Raumhafen zu kommen, doch sie bricht aufgrund ihrer Verletzungen zusammen. Mit einem klaren Ziel stiehlt er ein Skycar und bringt sie zurück zu ihrem Schiff, wo er ihre Wunden in der relativen Sicherheit des Alls versorgen kann.

Nachdem der Anschlag auf das EASK-Hauptquartier geglückt ist, richtet Olivias Zelones-Netzwerk seine Aufmerksamkeit auf Noah. Weil er sich geweigert hat, den Sprengstoff zu schmuggeln, ist er nun eine Belastung; der erste Mordanschlag verfehlt ihn, tötet jedoch seinen Begleiter. Auf der Suche nach Antworten verfolgt er die Spur des Auftrags und erkennt, dass er wegen seiner Freundschaft mit Caleb ins Visier geraten ist. Ohne Alternativen und mit Kopfgeld auf dem Kopf flieht er von Pandora nach Messium.

Miriam kehrt zurück, um die Folgen der Zerstörung im EASK-Hauptquartier zu leiten, und treibt die Neuaufstellung der Organisation voran—bis sie erfährt, dass die Beweise Caleb als Täter belasten.

Marcus kommt seinem Ziel einen Schritt näher, als die Allianzversammlung ein Misstrauensvotum gegen Premierminister Brennon verabschiedet. Marcus' Freund Luis Barrera wird zum Premierminister ernannt und macht Marcus umgehend zum Außenminister.

Alex kommt auf dem gemieteten Schiff wieder zu sich, während sie nach Romane zurückrasen. Missverständnisse und ureigene Ängste treiben sie an den Rand des Bruchs, bevor sie einander näherbringen. Kurz währt dieser Frieden: Caleb—und damit auch Alex—wird öffentlich als Verdächtiger des Anschlags benannt.

Alle Kopien der am Portal aufgezeichneten Rohdaten sind inzwischen vernichtet—bis auf das Original in Alex' Besitz. In dem Bewusstsein, dass im Portal ein noch tieferes Geheimnis verborgen liegen muss, und gejagt von Verschwörern wie Behörden, beginnen Alex und Caleb ein verzweifeltes Spiel, um ihre Namen reinzuwaschen und einen Weg zu finden, die Aliens zu besiegen.

Zurück auf Romane stehen Alex, Caleb und die Siyane unter Mias Schutz, während sie sich vorbereiten. Kennedy bringt Ersatz für die im Metis-Nebel zerstörte Schiffsabschirmung. An Bord der Siyane erkennt sie, dass die Reparaturen mit Material aus Calebs Schiff den Rumpf in ein neues, stärkeres Metall zu verwandeln beginnen. Caleb erhält Zuspruch von seiner Schwester Isabela—und von Alex eine Geste des Vertrauens in Form eines Stuhls.

Auf der Erde arbeiten Miriam und Richard daran, Alex' Namen reinzuwaschen, während Miriam vom frisch ernannten EASK-Vorstandsvorsitzenden Liam O'Connell unter Druck gesetzt wird. Marcus meldet seinem außerirdischen Kontakt, dass sein Plan fast vollendet sei—nur um zu hören, dass ihm die Zeit davonläuft.

Als die Invasoren an den Grenzen des besiedelten Raums zum Angriff übergehen und die Kolonie Gaiae belagern, dringen Alex und Caleb in das geheimnisvolle, andereweltliche Portal der Aliens im Herzen des Metis-Nebels ein.

TEIL I: ABSTIEG

»For each one of us stands alone in the midst of a universe.«
— John Buchanan Robinson

(»Jeder von uns steht allein – mitten in einem Universum.«)

1

SIYANE

JENSITS DES PORTALS

Sie stürzten in ein schwarzes Loch.

Menschen bezeichneten Regionen des Weltraums, in denen sich die Entfernung zwischen Sternen auf Kiloparsecs ausdehnte, als 'die Leere.' Aber selbst die Leere behielt ein Murmeln von Licht, den blassen Schimmer ferner Sterne und unendlicher Galaxien.

Diese Dunkelheit war grenzenlos und ungebrochen.

Schwindel krallte sich an die Ecken von Alex' Sichtfeld, hervorgerufen durch das Fehlen eines festen Punktes, irgendeines räumlichen Bezugspunkts überhaupt, an dem sie sich als Leitstern festhalten konnte.

In einem Anfall von dem, was man für Panik halten könnte, schaltete sie den Antrieb ab und suchte das Heckkamera-Bild— goldenes Plasma kräuselte sich friedlich innerhalb des massiven Rings, der es aufrechterhielt. Sie ließ den Atem aus, von dem sie nicht gewusst hatte, dass sie ihn angehalten hatte, und der Schwindel wich zurück bei dem Wissen, dass sie doch nicht in einem schwarzen Loch waren.

Die Hand, die über ihrer lag, drückte mit beruhigender Kraft. Sie blickte hinüber und sah Caleb mit einer Aura müheloser Zuversicht, komplett mit funkelnden saphirblauen Augen.

»Nicht tot.«

Sie wusste, dass die Ausstrahlung, die er projizierte, zu ihrem Nutzen war, um ihr Trost zu geben. Und es funktionierte. Ihr Puls begann sich zu verlangsamen und das Hämmern wich aus ihren Ohren zurück. Ein Lachen sprudelte hervor, nur um auf halbem Weg zu einem milden Protest zu werden. »Nicht tot. Ausgezeichneter Punkt. Aber was ist dieser Ort?«

Sie erwiderte den Druck, ließ dann seine Hand los und richtete ihre Aufmerksamkeit auf das HUD, als Messwerte einzutreffen begannen. Sensorsweeps erfassten keine Übertragungen außer der TLF-Welle, die unverändert so weit fortbestand, wie ihre Instrumente reichten. Die Analyse der Umgebung maß...absolut normal.

»Die unmittelbare Umgebung hat dieselben fundamentalen Eigenschaften wie unsere Galaxie. Basierend auf diesen Messwerten behaupten die Gesetze der Physik, lebendig und gesund und korrekt zu funktionieren. Der Impulsantrieb ist in der Lage, innerhalb der Parameter zu operieren. Wenn das Portal eine Brane-Schnittstelle ist...« sie blickte mit einem Stirnrunzeln hinüber »...sind die Dimensionen dieses Ortes identisch mit unseren. Also warum ein Portal?«

Sie überprüfte das visuelle Overlay. »Wir sind definitiv nicht irgendwo in der Milchstraße. Es wird das System Zeit kosten, alle Möglichkeiten zu analysieren, vorausgesetzt es kann das ohne Bezugspunkt...aber ich glaube nicht, dass wir irgendwo im kartierten Raum sind.«

»Vielleicht hat das Portal uns nur weit weggeschickt.« Er zuckte mit den Schultern. »Vielleicht sogar 'die andere Seite des Universums' weit weg?«

»Nun, die andere Seite des Universums ist ein verdammt langweiliger Ort. Hier ist nichts.«

»Aber hier war etwas. Hier waren Schiffe, viele davon, und sie hatten einen Ursprungsort.«

Sie kniff die Nasenwurzel zusammen in einem vergeblichen Versuch, das dumpfe Pochen hinter ihrer Stirn zu lindern und stützte ihre Ellbogen auf ihre Knie.

Das war nicht das, was sie erwartet hatte.

Sie hatte nicht gewusst, was sie erwarten sollte. Vielleicht eine frische Armada außerirdischer Superdreadnoughts, die darauf erpicht waren, sie zu dem Sternenstaub zurückzubringen, von dem sie gekommen waren? Oder vorzugsweise eine blendende Zivilisation exotischer Raumstationen, Dyson-Ringe und Planeten, die unter Städten verschwunden waren? Sie hatte müßig mit der Vorstellung gespielt, eine bewusstseinserweiternde dimensionale Verschiebung zu einer Gestalt der Realität zu erleben, die sie nicht den Scharfsinn hatte zu begreifen.

Aber das hatte sie nicht erwartet.

Sie starrte auf die verschiedenen Bildschirme, die dazu bestimmt waren, eine Fülle von Informationen anzuzeigen. Einer nach dem anderen wurde aktualisiert. Nichts. Nichts außer dem Portal und der *Siyane*. Doch irgendwo jenseits dieser kargen Weite lagen die Außerirdischen, die eine Armada durch den Metis-Nebel geschickt hatten.

»Ich denke…ich denke, wir folgen der TLF-Welle vorerst. Sie wird immer noch von etwas weiter drinnen erzeugt. Wir können das Portal als Kursreferenz verwenden, damit wir nicht im Kreis fliegen. Ich werde weiterhin auf Breitband scannen, und schließlich wird dieses 'Etwas' auftauchen. Es muss.«

Als sie keine Zustimmung hörte, oder überhaupt keine Antwort, drehte sie den Stuhl um, um Caleb gegenüberzustehen. Er starrte

4

aus dem Sichtfenster, Schultern angespannt und Augen zu einem Anflug von Unbehagen verengt. »Was ist los?«

Er blinzelte und richtete sich in seinem Stuhl auf. »Entschuldigung. Das klingt gut.« Ein Mundwinkel zuckte in einem Anflug eines Grinsens nach oben. »Ich würde nicht daran denken, mit dir über den besten Weg zu streiten, unkartierten Raum zu navigieren. Das ist deine Show. Aber ich fragte mich…das Portal war verschwunden, bis wir es reaktivierten, was bedeutet, dass sie nie erwarteten, dass jemand hindurchkommen würde. Also warum verstecken sie sich?«

»Vielleicht verstecken sie sich nicht. Vielleicht sind sie einfach… weiter weg. Lass es uns herausfinden.« Sie schaltete den Antrieb wieder ein und beschleunigte, bis sie eine stetige fünfundachtzig Prozent Reisegeschwindigkeit erreichten. Kein Grund, den Impulsantrieb zu überlasten für den Fall, dass die Gesetze der Physik hier nicht genau dieselben waren.

In der allgegenwärtigen Dunkelheit gab es keine visuelle Wahrnehmung von Bewegung, und nur das subtile Schnurren des Antriebs sprach dagegen. Es war ziemlich beunruhigend, also suchte sie Trost darin, das Portal in der Heckkamera zu beobachten. Vorerst vermittelte der Anblick, wie es in der Entfernung schrumpfte, wenigstens ein Gefühl von Bewegung… Dann verschwand es, und die Leere war wahrhaft absolut.

»Scheiße!« Sie schaltete die Triebwerke vollständig ab, bevor sie bestätigte, dass die Gammawelle immer noch übertrug. Es kostete beträchtliche Anstrengung, dem mächtigen Drang zu widerstehen, das Schiff herumzuwirbeln und zu dem Ort zu rasen, wo das Portal gewesen war—aus dieser erstickenden Leere zu fliehen.

Stattdessen sank sie in ihren Stuhl, Arme schlaff über die Armlehnen hängend. Ihre Instrumente wären in der Lage gewesen, eine Verbindung zum Portal lange aufrechtzuerhalten, nachdem es aus dem Sichtfeld verschwunden war. Aber jetzt…

»Muss eine Entfernungsgrenze für das Signal geben, um es offen zu halten. Verdammt.«

Caleb war aufgestanden, um hinter dem Cockpit auf und ab zu gehen. Nach ihrer Entdeckung der außerirdischen Armada hatte sie schnell geschlussfolgert, dass er sein bestes Denken beim Wandern tat. War es erst Wochen her gewesen? Es fühlte sich an, als wäre ein ganzes Leben vergangen, seit sie das erschreckende Geheimnis im Herzen von Metis aufgedeckt hatten und das Universum sich auf den Kopf gestellt hatte.

»Können wir die TLF als Führungsmechanismus verwenden? Eine Art Leuchtfeuer?«

»Solange wir nicht den Überblick darüber verlieren, welcher Weg vorwärts und welcher zurück ist. Der Schlüssel wird sein...« sie schwenkte zum Armaturenbrett, vergrößerte einen der HUD-Bildschirme und begann Befehle einzugeben »...ich stelle das Navigationssystem darauf ein, unsere relativen Bewegungen aufzuzeichnen. Es wird im Wesentlichen eine Kartierung unseres Pfades erstellen. Wenn alles andere fehlschlägt, können wir unsere Schritte zurückverfolgen.«

»Wird es funktionieren?«

»Es wird funktionieren.« Anweisungen vervollständigt, sank sie zurück, um wieder in den gähnenden Abgrund zu starren.

Es war ein trostloses Panorama. Abweisend. Bedrückend. Sie sehnte sich nach Sternen, die den Weg erhellen, sie führen und inspirieren würden—aber da waren keine.

Anstelle von Sternen griff sie hinter sich, irgendwie wissend, dass seine Hand sofort in ihrer sein würde, warm und tröstend. Fest. Real.

Als sie fand, was sie suchte, holte sie tief Luft und setzte den Weg fort.

*   *   *

Sie waren fast zwei Stunden geflogen, als die ersten Signale auf dem Langstreckenscanner auftauchten.

Zu Tränen gelangweilt und nach Bestätigung verlangend, dass Leben in dieser trostlosen Einöde möglich blieb, war sie in Calebs Schoß zusammengerollt, als die Warnung ertönte. In ihrem Stuhl in seinem Schoß, weil er größer und bequemer war und so.

Sie sprang auf und vergrößerte die USAR-Daten, während sie ihn ungeduldig aus dem Stuhl winkte.

»Was haben wir?«

»Sieht aus wie—« Mehr Signale materialisierten sich auf dem Scanner. Dann mehr…und ihr wurde klar, dass sie technisch gesehen keinen Plan für dieses spezielle Szenario hatte. »Wir haben sie gefunden.«

Sie riss das Schiff sechzig Grad nach Steuerbord und drückte den Impulsantrieb an seine Grenzen. Die Trägheitsdämpfer verhinderten, dass sie zu Boden geschleudert wurden, aber sie schnallte sich schnell im Sicherheitsgurt ihres Stuhls an, ebenso wie er.

»Mal sehen, ob…« was jetzt ein wahrhaftiges Meer von zunehmend größeren roten Punkten war, verschob sich auf dem Bildschirm »…zur Hölle. Sie können uns verfolgen. Schlimmer, sie verfolgen uns.«

Er stieß ein trockenes Stöhnen aus. »Ihre Dimension, ihre Regeln. Kannst du ihnen entkommen?«

Sie überprüfte die Zahlen unter der Anzeige, die die Schiffe verfolgte, um zu sehen, wie schnell sie sich näherten. »Nein.«

»Kannst du sie zurück zum Portal schlagen?«

Sie schwenkte noch einmal, um sicherzugehen, und beobachtete bestürzt, wie sie ihre Bewegung wieder verfolgten. »Nicht die geringste Chance. Sie werden in Minuten über uns sein.«

»Was kann ich tun, um zu helfen?«

»Du kannst die Klappe halten und mich denken lassen.« Sie vergrößerte die Langstreckenscans der Region. Sie wollte FTL. Bei Überlichtgeschwindigkeiten würde sie ihnen entkommen, oder zumindest würden sie nicht—konnten sicherlich nicht—in der Lage sein, sie zu verfolgen. Aber sie hatte kein Gefühl dafür, wie groß oder klein dieser Raum sein mochte oder was überhaupt passieren könnte, wenn sie eine Warp-Blase initiierte.

»Richtig.«

Die Anspannung in seiner Stimme und das harte Klatschen seiner Lippen erschütterten sie. Sie milderte ihren eigenen Ton. »Entschuldigung. Halt dich einfach...fest.«

Aus dem Augenwinkel bemerkte sie, wie die Muskeln in seinem Kiefer zuckten. »Okay.«

Das letzte Mal, als sie in einem Feuergefecht gewesen war, hatte sie auf ihn geschossen. Unter weniger stressigen Umständen hätte sie über die Ironie gekichert, aber es war keine Zeit. Das erste der Signale kam in Reichweite des visuellen Scanners.

Es war eines der insektenartigen, tentakeligen Schiffe aus der außerirdischen Armada.

»Wir werden von einer Armee von Tintenfischen verfolgt. Und verdammt, sind das schnelle Tintenfische.«

Ihr Blick raste über jede Anzeige, jeden Sensor, jeden Messwert... aber da sie keine Antworten wahrnahm, fiel er auf das Vergessen außerhalb des Sichtfensters. Sie konnten nicht rennen; die Schiffe waren fast über ihnen. Sie konnten sicherlich nicht einhundert Verfolger abwehren... Sie dachte, Caleb könnte ihren Namen gesagt haben, aber es war Hintergrundrauschen, das das Summen in ihren Ohren und die Symphonie in ihrem Kopf begleitete—ein Lied der Quantenmechanik und Flugbahnberechnungen und Astrophysik und wohin gehen, wohin gehen, wohin...

Mit einer langen Handbewegung verschwand das gesamte HUD. Am Ende der Geste schnippte ihr Handgelenk und die Lichter in der Kabine schalteten sich aus. Das Innere des Schiffes war nun so merkmallos wie die Landschaft außerhalb.

Sie schaltete den Autopiloten ein, löste ihr Geschirr, stand auf und trat an das Sichtfenster. Ihre Augen schlossen sich.

Moya milaya, hab keine Angst vor der Dunkelheit, denn da ist immer Licht darin, das darum kämpft, hindurchzuscheinen. Sei furchtlos, und du wirst es sehen.

Sie öffnete ihre Augen wieder, und die Welt draußen war nicht länger in verkohltes Ebenholz getaucht. Eher ein stumpfes Anthrazit jetzt wirklich, außer…da. Eine Abwesenheit innerhalb der Leere. Hohl. Ein Echo des Raums um sie herum.

Sie fiel zurück in den Stuhl, schnallte das Geschirr mit einer Hand fest, während sie den Autopiloten mit der anderen ausschaltete und das Schiff in einem langen Bogen nach oben zog, bevor sie weitere zwölf Grad nach Steuerbord schwenkte. Sobald das Geschirr eingerastet war, reaktivierte sie das HUD und die Lichter.

»Was siehst du?«

Jeder andere als er hätte sie befragt, als sie alles ausschaltete…oder ihre geistige Gesundheit in Frage gestellt. Aber er hatte erkannt, dass sie die Stille brauchte.

»Irgendwo dunkler als schwarz.«

Ein paar Anpassungen und sie lockte weitere zwei Prozent aus dem Impulsantrieb heraus, aber ihre Verfolger holten immer noch auf. Es würde knapp werden.

Was würde knapp werden? Sie flog geradewegs in ein weiteres schwarzes Loch, und sie konnte nicht ergründen, was darin wartete.

Es spielte jetzt kaum eine Rolle. Sie hatte keine andere Wahl.

Die führende Reihe von Schiffen feuerte, scharlachrote Laser brachen aus flammenden karmesinroten Kernen hervor. Die sich windenden Arme entzündeten sich, verlängerten sich, um die Strahlen zu verstärken und sie auf ihr Ziel zu richten.

In dem Moment, bevor die Strahlen einschlugen, schleuderte sie die *Siyane* in eine volle Drehung und betete, dass die schnellen Umdrehungen die Strahlen dazu bringen könnten, die Verfolgung zu verlieren, oder sie einfach dazu bringen könnten, zu verfehlen.

Ihr Magen schloss sich den Drehungen der *Siyane* an, als die Trägheitsdämpfer kläglich dabei versagten, die Geschwindigkeit der Umdrehungen zu kompensieren. In der Kabine verloren 'oben' und 'unten' ihre Bedeutung.

»Jesus, Alex…«

Ein Knurren entwich durch zusammengebissene Zähne. »Halt dich einfach…fest…«

Es kostete jedes Jota ihrer Konzentration, die Nase des Schiffes auf das gerichtet zu halten, was eine perfekte Eklipse unendlicher Schwärze war, eine Leere im reinsten Sinne des Wortes. Die Wände verschwammen, zusammen mit allem anderen in ihrem peripheren Sichtfeld. Sie hielt ihren Fokus direkt voraus, denn wenn ihre Aufmerksamkeit einen Millimeter vom Zentrum abdriftete, wäre sie verloren.

Das Schiff erzitterte in ihrem Griff, als ein Laserstrahl vom unteren Rumpf abprallte. Sie ignorierte es, um auf den Abgrund fixiert zu bleiben, der auf sie zuraste; doch als er das Sichtfenster verschlang, sprudelte Schrecken in ihre Kehle hoch. *Dad, ich glaube nicht—*

—sie durchbrachen den Rand und stürzten hinein—

—und rasten unerklärlicherweise durch eine Atmosphäre. Schatten wurde zu brillantem Schwefel, als Licht um sie herum zum Leben erwachte.

Völlig unvorbereitet auf Licht, von allem, war sie vorübergehend geblendet. Sie kämpfte darum, aus der Rolle herauszukommen, die sie geschaffen hatte, während sie heftig blinzelte und ihr Okularimplantat anflehte, ihr etwas zu geben, bevor die atmosphärischen Kräfte ihr geliebtes Schiff in Stücke rissen und sie mit ihm. »Ich kann nicht sehen.«

»Ich kann—zumindest im Infrarot. Lass mich dir helfen.«

Dann war er neben ihr. Einer seiner Arme wand sich fest um die Armlehne; der andere legte sich über ihren an den Kontrollen. Sie zwang ihren Griff zu entspannen und ließ ihre Hand auf seine führende Berührung reagieren.

Es dauerte ein paar Sekunden, aber das Drehen verminderte sich zu wilden Kreiselbewegungen, dann zu bloßer Turbulenz. Unten und oben kehrten zu ihren richtigen Positionen zurück, und die hellen Halos, die ihre Sicht überwältigten, begannen zu verblassen.

»Ich...ich bin okay. Größtenteils. Genug.«

Er brach neben ihrem Stuhl zu Boden zusammen. »Gut gemacht, Baby.«

Seine Stimme klang schrecklich schwach, zitternd vor der Anstrengung des Sprechens. Sie verstand nicht, wie er es geschafft hatte, an ihre Seite zu gelangen, geschweige denn dort ohne Geschirr zu bleiben, geschweige denn fokussiert nach vorn zu bleiben und ihre Augen zu sein. Sie wollte ihre Arme um ihn schlingen und ihn an sich drücken, aber sie brauchte immer noch beide Hände.

Die Atmosphäre zeigte jedoch Anzeichen einer Verdünnung. Mit einem tiefen, beruhigenden Atemzug wechselte sie zum Pulsdeton ationsantrieb für Planetenflug und ließ ihre Finger in sein Haar sinken.

Einen Moment später verdampfte der Dunst, der den Himmel bedeckte.

»Wenn du kannst, wirst du nach oben schauen wollen...«

Er stabilisierte sich, indem er eine Handfläche auf ihren Ober- schenkel und die andere auf die Armlehne legte, und erhob sich auf die Knie. »Ich werd verdammt sein.«

»Möglicherweise. Aber nicht heute, denke ich.«

Sie flogen hoch über Savannen-Grasland. Der Himmel war das tiefe Kornblumenblau eines sonnigen späten Nachmittags auf der Erde…genau die Farbe eines sonnigen späten Nachmittags auf der Erde.

Nur gab es keine Sonne. Was auch immer diesen Planeten beleuchtete, es war kein Stern.

2

GAIAE

UNABHÄNGIGE KOLONIE

Atmen oder sterben.

Der beissende Geruch in der Luft brannte Seraphinas Nasenflügel bei jedem Atemzug. Jeder Atem war Feuer; sie zögerte vor dem nächsten – im Wissen, dass er wehtun würde. Aber die Alternative war zu sterben.

Als gäbe es inzwischen noch irgendeine Alternative zum Sterben.

Sie kroch durch die versengten Reste einer einst grasbewachsenen Lichtung im Schatten des Gehölzes, das die Stadt nach Westen hin einfriedete. Ihr Magen zog sich trocken und leer zusammen; seit zwei Tagen gab es nichts mehr, was er hätte heraufwürgen können.

Sie blinzelte trübe Tränen fort und versuchte, die Gebäude in der Ferne scharfzustellen. Sie brauchte Wasser. Im Retreat-Zentrum musste es Wasser geben.

Der Angriff war unablässig und erbarmungslos gewesen. Ihr schierer Schock darüber, dass er überhaupt stattfand, war dem Entsetzen gewichen, als Feuerbälle und panische Schreie aus Richtung des Stadtzentrums herüberdröhnten – und vom Raumhafen dahinter.

Gigantische Schiffe der Leere strichen über den Himmel, Plasma-Strahlen mit in der Farbe von arteriellem Blut rissen klaffende Schneisen durch das Land, Flammenzungen von 80 Metern Durchmesser fraßen sich in wilden Stößen in die Landschaft.

Ihre Eltern hatten stets darauf geachtet, dass sie eine gute Ausbildung bekam, und sie hatte gelernt, dass man keine Plasma-Waffen in der Atmosphäre eines Planeten einsetzte. Offenbar hatte sie sich geirrt.

Vielleicht hatte sie den Unterricht falsch verstanden. Oder vielleicht galten für diese Wesen die Gesetze des Universums nicht. Offenkundig hielten sie sich an keinerlei Naturgesetze.

Hunderte dieser sich windenden, tentakelbewehrten Kreaturen – sie konnte sie nicht zählen – stürmten aus dem Raumhafen über den Raumhafen hinaus, aber das Gehölz hatte ihnen bislang einen schmalen Schutz geboten; sie waren zu groß, um durch die kleinen Schneisen zwischen den Bäumen zu passen.

Dann jedoch hatte eines der Leere-Schiffe beiläufig seine Aufmerksamkeit dem Wald zugewandt. Der Wind keuchte und schrie durch die brennenden Stämme, und die herankriechenden Flammen trieben sie stetig zurück in Richtung Stadt.

Und jetzt musste sie Wasser finden. Ihre einst geschmeidige, sorgfältig gepflegte Haut war rissig und spröde geworden, als sauge alles auf der Welt ihr die Feuchtigkeit aus – der Haut und der Seele.

Das Wasser in den Teichen und Bächen der Region wäre trinkbar gewesen, wenn es nicht voller Asche wäre. Sie hatte der Versuchung widerstanden, und für diesen Widerstand klopfte sie sich im Stillen auf die Schulter. Wer hätte gedacht, dass sie einen solchen Williamen besaß?

Sie wünschte, es gäbe jemanden, dem sie selbstgefällig davon erzählen konnte … aber alle waren tot. Auf einer Welt, die einst überquoll vor Leben, gab es nur noch den Tod.

Sie war zusammengebrochen und hatte ihren Eltern auf New Orient eine Nachricht geschickt – eine flehentliche, verwirrte Bitte um Hilfe. Niemand antwortete. Kommunikation zu blockieren musste für diese Bestien eine Kleinigkeit sein.

Also hörte die Galaxis ihre Schreie nicht. Sie wusste nicht einmal, ob sie etwas getan hatte, um eine solche Strafe zu verdienen. Es war ihr inzwischen auch egal.

Ihre Hände krallten sich in den trockenen Boden, und sie kroch weiter auf das Gebäude zu. Der Raumhafen lag in entgegengesetzter Richtung … aber der Raumhafen war verschwunden, ersetzt durch einen schwelenden Krater.

Zu ihrer Linken lag ein verkohlter Körper; sie huschte daran vorbei. Es mochte der Körper eines Bekannten sein – einer unter Hunderten. Tausenden, wenn sie nur weit genug kroch.

Wenn sie nur die Hände an ein wenig Wasser bekäme, dann … nun, dann würde sie vielleicht noch eine Minute länger leben. Es überraschte sie, wie sehr sie das wollte.

Der Schatten des Gebäudes lockte mit dem Versprechen von Schutz. Die Außenwände, aus einheimischem Holz gezimmert, waren hervorragendes Brennmaterial.

Aus dem Feuerschein materialisierte sich eine der tentakelbewehrten Kreaturen. Seraphina verharrte reglos, bis sie sicher war, dass das Wesen sie nicht bemerkt hatte, dann stürzte sie zur Tür. Die Kreatur bog in die andere Richtung ab, und sie schlüpfte hinein.

Drinnen war die Luft nicht weniger trocken, die Umweltkontrollen hatten den Geist aufgegeben. Aber zum ersten Mal seit endlosen Tagen befand sie sich in einem Innenraum, und es fühlte sich herrlich an.

Sie erinnerte sich daran, tief geduckt zu bleiben und unter den Fensterbänken zu kriechen, als sie sich einen Weg durch die Flure bahnte. Die automatische Beleuchtung, wie die übrigen Kontrollen, war bereits vor Tagen ausgefallen. Es kümmerte sie nicht.

Alle Vorsicht flog zum Teufel, als sie den früher verriegelten Vorratsschrank aufriss und eine Kaskade aus Wasserbeuteln und Päckchen herauspurzelte. Einer entglitt ihr, sprang auf und tanzte über den Boden. Sie hielt den nächsten fest und kippte ihn sich gierig an die Lippen.

Seligkeit, wundersamer als der fantastischste Orgasmus, flutete durch ihren Körper – in jeder Zelle; sie verschlang die Hälfte, holte Luft und griff nach dem nächsten Beutel.

Sie kicherte hysterisch, Wasser strömte über ihr Kinn und ihren Hals, während irgendwo in der Ferne ein Teil ihres Gehirns die Euphorie beiseiteschob, um anzuerkennen, dass es passiert war: Wasser. Sie hatte Wasser gefunden.

3

WELTRAUM, NORDZENTRAL-QUADRANT

DESNAN-STERNSYSTEM (GRENZE DES SENECAN
FÖDERATION-RAUMS)

Wäre es irgendeine andere Welt gewesen, hätte vielleicht jemand
bemerkt, als Gaiae brannte. Aber Desna war ein gottverlassener
Außenposten im Nirgendwo, bewohnt von pseudo-religiösen Eifer-
ern.

Erfassen. Fallen lassen. Invertieren. Verriegeln. Feuer.

»Runter.«

Kommandantin Morgan Lekkas von der Senecan Föderation zum
Beispiel war vollkommen damit einverstanden, dass niemand zusah.
Ihre Staffel war dabei, drei Erdallianz-Fregatten in einer Mondsichel
zu jagen und zu vernichten, und die letzte von ihnen, die *Juno*, hatte
sich zwischen den Mond und das Feuergefecht geschoben. Der
erste Raketenangriff hatte eine der anderen Fregatten zerstört; der
zweite hatte die dritte beschädigt und sie gezwungen, das System zu
verlassen. Die *Juno* verschanzte sich im Schatten des Mondes wie
ein störrisches Kind, das Beulen und Blutergüsse leckt, um danach
wieder auf den Spielplatz zurückzukehren.

Acht Raketen wären normalerweise kein großes Problem gewesen, aber die 3. Fliegergruppe hatte zwei Staffeln abgeben müssen, um das 1. Geschwader für die Hauptoffensive auf dem Planeten zu verstärken.

Die meisten Formationen, aus denen der 3. Flügel der Senecan-Luftflotte bestand, rivalisierten mit kleinen Flottenverbänden für planetare Invasionen; dennoch verfügte ihre Gruppe über genügend Feuerkraft, um den Einsatz allein zu Ende zu bringen.

Bei weniger als fünfzigtausend Einwohnern konnte die Kolonie kaum eine nennenswerte Abwehr unterhalten. Das Planetenverteidigungs-Array war veraltet und dürftig. Zwei Staffeln hätten gereicht, um es mit Störfeuer zu belegen und so zu neutralisieren, während die Fregatten die Bewaffnung zerstörten.

Sie hätten einmarschieren und den Planeten übernehmen sollen, ohne sich auch nur einen Kratzer zu holen.

Doch der Raum über Desna war nicht völlig unbewacht. Die *Juno*, die üblicherweise den Planeten patrouillierte, hatte im Schatten des Mondes gelauert, bis die ersten Raketen einschlugen, dann vier weitere gestartet, während sie auf der anderen Seite wieder hervorlugte.

Wenn sie an dieses Schiff herankam, konnte sie es ausschalten – selbst wenn die verdammten Array-Kanonen aus mehreren Megametern Entfernung auf sie feuerten, während sie versuchten, die Orbitals zu neutralisieren.

Ihr linkes Irisimplantat verschob sich um einen Millimeter, und die zweite von vier Waffen schwenkte auf einen Schwarm Senecan-Jäger, deren Ziel die erste Fregatte gewesen war – und die nun gefährlich nahe an die *SFS Preveza* herankamen.

Alpha (Kommandantin Lekkas): Charlie—5. Beta—1. Delta— 2. Epsilon—3. Sigma—3.—Dreifach-Formation, Trennung in zwei Flügeltrauben, Sprung. Vorstoß. Raketenverteidigung auf Steuerbord.

Wahrscheinlich vier Jäger an unserer Backbordflanke. Empfehle Auswe-
ichkurs Kurs N 7° bis 16°.

Preveza: Bestätigt, Kommandantin.

Sollte es der *Preveza* gelingen, etwas Abstand zwischen sich und
die feindlichen Jäger zu bringen, würde sie die *Juno* aufstehen lassen
müssen, um den Schutzschirm des Mondes zu erneuern. Genau
in diesem Moment beschleunigten zwei Flügel der Jäger auf volle
Impulsgeschwindigkeit und gingen auf Abfangkurs.

* * *

Oberstleutnant der Erdallianz Malcolm Jenner wiederum befand
sich auf der anderen Seite dieses Scharmützels – in vermutlich den
letzten Umständen, in denen er sich je wiederfinden würde.

Er klammerte sich an die Reling über der Navigationsgrube und
hielt seinen Blick starr auf die taktischen Displays gerichtet. Seine
Finger waren völlig taub von der Stärke, mit der er die Reling
umkrampfte; das war ihm schon lange nicht mehr aufgefallen.

Er sollte sich zurückziehen.

Der *Juno* waren die Raketen ausgegangen, und sie war zu weit
entfernt, als dass die Plasma-Waffen etwas anderes als ein müdes
Leuchten erzeugen würden. Wenn die Jäger ihre Raketen auf den
Impulsmotor abfeuerten, wäre er tot, und mit ihm jeder unter seinem
Kommando.

Er sollte sich zurückziehen.

Es gab keinerlei Verstärkung. Keine Unterstützung. Die *Juno*
war das einzige Allianz-Schiff im System, zum symbolischsten aller
Wachdienste abgestellt, um einer Offensive vorzubeugen.

Selbst wenn die Raketen, die er abgefeuert hatte, alle drei
Senecan-Fregatten außer Gefecht setzen würden – was extrem
unwahrscheinlich war –, standen die Chancen gut, dass er ein oder

zwei ausschalten konnte, aber nicht mehr.

Er sollte sich zurückziehen.

Er hatte Vizeadmiral Tarone geraten, sich zurückzuziehen, als sie im Metis-Nebel auf die Armada gestoßen waren. Damals hatte es Sinn ergeben; die Logik galt auch hier. Er war offensichtlich unterlegen an Zahl und an Feuerkraft.

Aber er konnte keinen unverteidigten Planeten im Stich lassen und sich dabei noch Soldat nennen. Er würde den winzigen Versprengsel Hoffnung bewachen – so winzig er auch war –, bis er dazu nicht mehr in der Lage wäre.

Das 2. Regiment war im Hinterhalt auf dem Asteroidenfeld Orellan dezimiert worden; nur der Träger *EAS Sao Paulo*, sein Schiff und ein einzelner Jäger überlebten die Begegnung. Die *Sao Paulo* blieb in Fionava, da sie ohne zu transportierende Jagdstaffeln vorerst kaum noch zu gebrauchen war..

Er wusste nicht, wer entschieden hatte, die *Juno* nach Desna zu schicken. Demjenigen gehörte der Schädel zwischen die Finger geklemmt und ordentlich durchgeschüttelt. Es gab keine Möglichkeit, wie eine einzige Fregatte einen Planeten verteidigen sollte. Es war unmöglich.

Aber er hatte den Mund gehalten, den Auftrag angenommen und insgeheim gehofft, die Senecan würden Desna verschonen.

Er sollte sich zurückziehen.

Stattdessen würde er tun, was er konnte.

»Flugleutnant Billoughy, bereit, sich Ihr Gehalt zu verdienen?«

»Jawohl, Sir!«

»Ausgezeichnet. Navigation: Stellen Sie sicher, dass der Impulsmotor im Teillastbereich läuft. Bei meinem Befehl bringen Sie uns wieder in Deckung des Mondes, während wir ein neues Ziel erfassen.«

»Jawohl, Sir. Es ist nur …«

»Schon gut, Flugleutnant. Sagen Sie, was Sache ist.«

»Nun, wenn wir um den Mond herumgehen, sind wir dann nicht dem Rest der Senecan-Schiffe ausgesetzt?«

»Früher oder später, ja. Das werden wir. Ich brauche von Ihnen jedes Manöver, das Sie kennen – oder je gehört haben –, um diesen Zeitpunkt so lange wie möglich hinauszuzögern.«

»Verstanden, Sir.«

Auf der taktischen Karte verschwanden die letzten beiden Raketen kurz vor dem Ziel. Eine blieb, die *Juno*. Malcolm schluckte und hob das Kinn. »Bereit machen. Da kommen sie.«

* * *

Morgan riss hart herum, um die Richtung zu wechseln, und ließ die helle Fahne der Raketendetonation hinter sich.

Alpha: Auf mich staffeln. Mondprofil mit 45° Breite brechen. Ziel: Allianz-Fregatte derzeit bei S 78,29° z-8,05 E. Feindfeuer erwarten.

Hat eine Plasmawaffe ein Ziel erst einmal erfasst, verfolgte sie es durch jeden Flugkunstgriff – solange direkte Sichtlinie bestand und bis zu 0,6-facher Lichtgeschwindigkeit. Sie konnte nicht durch den physischen Schild des Mondprofils auf sie feuern, aber der Feind konnte die Kurve falsch ausnutzen.

Ein Plasmastrahl brach einen Augenblick später aus dem Schatten des Mondes, nur um sofort die Richtung zu ändern und wieder zu verschwinden. *Verdammt, dieser Captain war gut.*

Sie fiel in den Schutz der gebogenen Mondoberfläche und brachte ihren Jäger knapp über der grauen Weite in Deckung. Der Kom-Kanal erwachte sofort mit Updates ihrer Staffelkameraden zum Leben.

Charlie: Einschlag bestätigt, achter Steuerbordquadrant. Antriebsschaden unklar.

Ausgezeichnet. Indem sie die Spitzenposition übernommen und ein Ziel angeboten hatte, das die feindlichen Jäger verfolgten, hatte sie Beta freie Bahn für einen sauberen Schuss verschafft. Ein fruchtbarer erster Zug. Jetzt begann das Spiel in Ernst.

Alpha: Verfolgen und ausweichen.

Sie reihte sich nicht bei ihrer Staffel ein, als diese die Verfolgung aufnahm. Stattdessen blieb sie knapp über der Oberfläche und ließ ihren Jäger in das Mondprofil einweben. Die noch manövrierende Fregatte kam näher.

Ihre Whisper-Virtu-Screens zeigten ihr alle Daten, die sie brauchte: Dämpfungsfeld-Amplitude, Impuls, Vektor, Rotationsspin und mehr – genug, um eine Landschaft zu zeichnen, die für sie so real war wie die physische jenseits des Cockpits.

Sie lächelte, als Beta einen weiteren Treffer am Bug des feindlichen Schiffs landete. Der Pilot war impulsiv und draufgängerisch. Das machte ihn zu einem großartigen Piloten, würde aber vermutlich auch seine Lebenserwartung verkürzen.

Heute jedoch nicht. Er schoss sich frei, und barrte nichts Unvorhergesehenes, würde er die Explosion überleben. Sie stellte sich vor, wie er an Bord der *Catania* ein ganzes Teppichmuster aus Flüchen wob.

Pachis hatte die »Alles klar«-Meldung vom Orbital-Array erhalten; abgesehen von ein paar fanatischen, verrückten Soldaten am Boden sollte die Einnahme eine blutlose Angelegenheit werden.

Er hätte eine der Fregatten schicken können, um das übriggebliebene Allianz-Schiff zu beseitigen. Doch er vertraute ihr implizit, ihren Job zu machen und das Problem zu lösen. Zu Recht.

Das feindliche Schiff war jetzt sehr nah. Sie befanden sich auf Kollisionskurs – in verschiedenen Ebenen –, und wenn sie die Deckung zu früh verließ, würde die Fregatte sie erfassen, bevor sie in Schussposition kam, und dann wäre es zu spät. Aber sie würde nicht auftauchen. Nicht bevor …

… jetzt. Sie löste das Dämpfungsfeld und schoss vom Mondprofil weg, um über die Oberfläche zu jagen, noch immer invertiert, sie und ihr Jäger ein nahtloses Avatär.

Ziel. Verriegeln. Feuer.

Das weiß-blau glühende Plasma des Impulsmotors der Fregatte füllte ihre Displays, als sie die Nutzlast präzise platzierte – die perfekte Ladung in den perfekten Vektor –, um den stattlichen Impulsmotor binnen Sekunden im Alleingang zu zerreißen.

Anders als in den meisten Gefechten gab es keine feindlichen Jäger, die das Schlimmste verhindern konnten; niemand, der sich zwischen sie und ihr Ziel schob. Die Erdallianz war verzweifelt oder einfältig genug, eine einzelne Fregatte zur Verteidigung einer ganzen Welt einzusetzen.

Der Whisper auf ihrer äußersten rechten Anzeige begann Warnungen zu blinken, als die Überladungssequenz startete. Sie hatte sechs Sekunden, bis die deaktivierende Überladung ausbrach.

Alpha: Mindestabstand räumen.

Sie drehte um 270° ab und schoss vom Mond weg in Richtung Sterne.

* * *

Sirenen heulten über die Brücke der *Juno*, der Fanfarenklang der Schiffsalarm-Routine fraß sich in die Zähne und brach in ein kakophonisches Konzert des drohenden Todes aus.

»Rumpfbruch mittschiffs Steuerbord Deck 2, Umweltsysteme beschädigt!«

»Evakuieren und abschotten—«

»Primärschilde bei 14%!«

Malcolm klammerte sich weiterhin an die Reling, während das

Schiff unter seinen Füßen erzitterte. Er war ruhig. Zumindest sah er aus der Entfernung so aus. Und er hielt sich aufrecht wie ein ordentlicher Seemann. Größtenteils. »Billoughy, noch irgendetwas übrig?«

»Sir, wir werden gleich—Scheiße! Einer der Jäger ist herumgeschlüpft und feuert auf den Impulsmotor!«

Verdammt, dieser Staffelführer war gut.

Ohne Unterstützung konnten sie dem Jäger nicht entkommen; so schnell sie auch flohen, würde der Rest der Jäger durch ihre kümmerlichen restlichen Schilde reißen.

»Billoughy: sLume-Antrieb jetzt engagieren. Waffen: feuern Sie alles, was Sie haben, auf jedes Ziel, das Sie finden, bis er greift.«

»Jawohl, Sir. Ziel?«

Der Boden unter Malcolm krampfte, als der Impulsmotor explodierte, doch die *Juno* hielt gerade noch lange genug zusammen, um eine Rettung zu ermöglichen. Er machte den Notruf bereit.

»Überall, nur nicht hier.«

4

SIYANE

PORTAL PRIME, UNKARTIERTER RAUM

»Warum jagen sie uns nicht?«

Caleb ließ eine Hand auf ihrer Armlehne nieder und die andere auf dem Panel und beugte sich vor, um die HUD-Anzeigen neben ihr zu studieren. Wenn er noch damit kämpfte, seine Orientierung wiederzufinden, ließ er es sich nicht anmerken. »Bist du sicher? Keiner von ihnen?«

»Die Scanner pingen mit voller Leistung, aber es taucht nichts auf. Ich glaube nicht, dass sie uns durch das … was auch immer den Planeten abschirmt … gefolgt sind. Was keinen Sinn ergibt.«

»Vielleicht sind sie abgedreht, als wir verschwunden sind – sie jagen uns wirklich nicht?«

»Nein.« Alex versuchte, sich nicht von der Aussicht jenseits des Sichtfensters ablenken zu lassen. Erst einmal überleben, den verdächtig freundlich wirkenden Mystery-Planeten später. »Aber die Spitze der Formation war Sekunden hinter uns. Sie hatten gar nicht die Zeit, abzudrehen. Also … wo sind sie?«

»Sind sie in der Atmosphäre auseinandergebrochen?«

Angesichts dessen, wie knapp die *Siyane* selbst dem Auseinanderbrechen entgangen war, eine valide Frage. »Nur, wenn sie sich komplett aufgelöst haben, denn auf dem Radar ist auch kein Trümmerfeld. Ich nehme an, wenn sie eine andere Trajektorie genommen haben, könnte das Trümmerfeld zu weit weg sein, um es zu erfassen, aber das ist unwahrscheinlich. Die Schiffe wären nicht in einen halben Todessturz eingetreten wie wir. Sie hätten ihn ohne Schwierigkeiten durchqueren sollen.« Sie schüttelte den Kopf. »Ich verstehe es nicht. Diese Tintenfische sollten hier sein und versuchen, uns zu braten.«

»Einverstanden. Trotzdem erscheint mir die Tatsache, dass dieser Planet von außen unsichtbar ist, als das größere Rätsel. Lösen wir das, knacken wir wahrscheinlich auch dieses hier.«

»Guter Punkt.« Der Sturz durch die Atmosphäre hatte ihr eine dröhnende Kopfschmerzlawine verpasst, während ihr Gehirn sich mühte, seinen Inhalt wieder an die richtigen Plätze zu sortieren. »Ich scanne weiter nach Verfolgern, aber solange sie nicht auftauchen, suchen wir nach einer Energiequelle – einer starken. Einen planetengroßen Schild zu generieren, braucht enorme Energie.«

Seine Hand landete an ihrem Kiefer und lenkte ihr Gesicht zu ihm. Sie gab nach und fand seinen Blick, in dem sich Besorgnis sammelte und seine Iris verdunkelte. »Alles okay? Das war eben ziemlich heftiges Fliegen, milde gesagt. Vielleicht sollten wir einen sicheren Landeplatz suchen und kurz durchatmen.«

Sie schnaubte. »Nee, mir geht's gut. Sogar spektakulär … was vielleicht eine leichte Übertreibung ist. Aber ich bin höllisch neugierig und überhaupt nicht bereit, mich zu entspannen.«

Er seufzte nachgiebig. »Du gewinnst. Lass uns nachsehen.«

»Schon dabei.« Sie richtete sich im Sitz auf und lenkte ihre Aufmerksamkeit nach vorn, auch wenn die Radar-Anzeige fest in ihrem Blickwinkel klebte.

Das Grasland wurde zusehends sandiger und ging bald in rollende Dünen über. »Wir kommen auf eine Küstenlinie zu.«

Sie ließen die Dünen hinter sich und flogen über ein Gewässer. Auf den ersten Blick wirkte es wie ein durchschnittlicher Ozean; die Oberfläche wurde vom Wind aufgeraut, regelmäßige Wellenmuster leckten in Richtung Küste. Das Wasser schimmerte in überraschend blassem Türkis, aber Wasser in ähnlicher Färbung hatte sie auf Scythia und Fionava gesehen.

Doch je tiefer der Ozean – wie Ozeane nun einmal werden –, desto dunkler sollte der Ton werden. Stattdessen wurde er heller. »Leuchtet das Wasser?«

»Schwer zu sagen …« Caleb blinzelte mehrfach. »Auf anderen Spektralbändern nehme ich nichts Ungewöhnliches auf. Aber es sieht fast lumineszent aus.« Abrupt trat er zurück und aus ihrem peripheren Blickfeld. »Wie lange würdest du sagen, sind wir schon hier?«

»Keine Ahnung. Vier Stunden? Fünf?«

Er machte ein Gesicht. »Dann ist es auf der Erde mindestens doppelt so viel. Vielleicht mehr.«

Ihre Finger schwebten über den Sensoren; sie leitete eine Reihe von Diagnosen ein. »Verdammt. Du hast recht. Die relativen Uhren laufen hier schneller.«

»Der Tarnschirm muss irgendein schiefgeratenes Quantenfeld sein … oder es war das Portal. Ich bin nicht auf die Idee gekommen, während des Flugs die Zeitmessung zu checken. Dieser ganze Raum hier könnte aus dem Takt sein.«

Sie wischte die Diagnosen frustriert beiseite. »Das gefällt mir ganz und gar nicht, Caleb. Ist dir klar, was das bedeutet?«

Er setzte sich in Bewegung, bedächtig, aber im Kreis durch die Kabine. »Jede hier verstrichene Minute ist daheim mehr als zwei Minuten. Bis wir zurückkehren …«

»… könnte jeder tot sein?«

»Ich hoffe nicht. Aber … die Lage könnte schlimmer sein, als wir annehmen.«

Sie wirbelte zum Cockpit, ein Wirbel aus Bewegung. »Wir müssen zurück. Wir können hier keine Zeit vergeuden, während Menschen abgeschlachtet werden.«

Er packte sie an den Schultern, als sie an ihm vorbeihastete, und bremste ihren Vorstoß. »Wir haben nichts, womit wir zurückgehen könnten. Wenn wir jetzt zurückkehren, sind wir ebenso hilflos gegen die Invasion wie in dem Moment, als wir aufgebrochen sind.«

»Aber—«

»Kein ›aber‹.« Er nickte knapp. »Ich gebe zu, diese Entwicklung … verkompliziert die Sache und ist mehr als nur etwas beunruhigend, aber sie ändert nichts an der Realität. Stand jetzt können wir daheim nichts tun außer verhaftet und eingesperrt zu werden, was ich gern vermeiden würde.« Das rauhe Kratzen in seiner Stimme sagte ihr, dass er es ernst meinte. »Aber hier können wir etwas tun. Wir können das Rätsel lösen.«

Ihr Kopf schüttelte heftig. Sie rissen sich los und eilte durch die Kabine. Ihre Schritte waren fahrig und meist ziellos, aber stehen bleiben konnte sie nicht. »Klar. Diesen Ort verstehen. Die Aliens finden. Also müssen wir die Quelle lokalisieren, dann—«

Seine Arme schlangen sich von hinten um ihre Taille, drehten sie zu ihm und hielten sie in seinem Griff fest. »Alex, du gerätst in Panik. Du musst runterkommen.«

»Ich weiß.« Ihre Antwort war kaum mehr als ein Flüstern. »Ich weiß.«

Er lockerte den Griff nicht. »Wir gehen systematisch vor. Zuerst mappe ich die Zeitdifferenz exakt – ich verfolge die verstrichene Zeit hier an Bord und gleiche sie mit einer externen Referenz der *Siyane* ab. Dann identifizieren wir die Schirmquelle. Wenn das erledigt ist, sehen wir uns an, woraus der Schild besteht. Und wenn wir das kennen, arbeiten wir rückwärts zur Energiequelle. Wir werden gründlich sein und uns nicht hetzen lassen. Ein paar zusätzliche Stunden oder sogar ein paar zusätzliche Tage sind es wert, wenn sie bedeuten, dass wir Antworten finden. Aber Hektik führt dazu, dass wir Fehler machen – und in diesem eigentümlichen, fremden Ort bringt uns ein Fehler um. Also konzentrier dich darauf, das Rätsel zu lösen.«

* * *

Es kam überraschend, als es dunkel wurde – überall und auf einmal.

Die insektoiden Schiffe, oder »Tintenfische«, wie Alex sie inzwischen nannte, tauchten nie auf. Warum sie es nicht taten, hätte ihn heute Nacht vermutlich länger wach gehalten, als ihm lieb war – und sie noch länger –, wäre da nicht die Frage des schnellen Zeitflusses gewesen, die Vorrang hatte.

Sie flogen stundenlang – nach welchem Zeitmaß auch immer. Sie sahen Berge und Ozeane und Flüsse und Wüsten und lernten genug, um zu einer unausweichlichen Schlussfolgerung zu kommen: Geografisch betrachtet war dieser Planet eine Miniaturausgabe der Erde.

Die Atmosphäre bestand aus Sauerstoff, Stickstoff und anderen Gasen in genau den Anteilen, die die Erde aufwies, bevor die subtilen Veränderungen durch die Industrialisierung sich bemerkbar zu machen begannen – vor fast tausend Jahren. Die Schwerkraft war identisch bis auf ein Hundertstel Prozent. Alex war überzeugt, an der Ostküste die Kontur des nordamerikanischen Golfs und im Westen Baja identifiziert zu haben, ebenso wie die Arabische Halbinsel auf der anderen Seite der Welt. Sie umrundeten den Planeten fast vollständig, genug, um festzustellen, dass der Umfang grob ein Drittel des irdischen betrug.

Es war jedoch keine Kopie der Erde. Abgesehen von der geringeren Größe waren da die lumineszenten Ozeane. Noch beunruhigender war die Tatsache, dass der Planet sich nicht drehte. Während sie wussten, dass er keinen sichtbaren Himmelskörper umkreiste, ist Rotation eine so grundlegende Eigenschaft planetarer Objekte, dass es unmöglich schien, dass sie fehlte. Und es warf die Frage auf – die jüngste auf einer langen, ständig wachsenden Liste –, wie die Gravitation ohne Zentrifugalkraft die der Erde gleicht, ohne dass Zentrifugalkraft im Spiel ist.

Der Planet schien keinerlei Anzeichen von Technologie zu zeigen, soweit sie sehen konnten, oder irgendeiner Zivilisation oder intelligenten Lebensform überhaupt. Nicht einmal Messwerte, die auf Wildtiere hindeuten konnten, bekamen sie. Zugegeben: Es blieb noch viel Land zu erkunden.

Und jetzt wurde es dunkel. Was … interessant war, da es keine Sonne gab, die untergehen konnte.

»Woher kommt das Licht? Die Erde besitzt keine unsichtbare, selbstgenerierende Lichtquelle. Es gibt hier irgendwo Technologie.«

»Die wir im Dunkeln kaum finden werden.« Er drehte ihren Sitz zu sich hin und beugte sich vor, die Arme auf die Lehnen gestützt.

Sie hatte hervorragende Arbeit im Kompartimentieren geleistet, die Panik und den brennenden, fieberhaften Drang, zu rennen – schnell zu rennen, schneller als die zu schnelle tickende Zeit – beiseitegedrängt. Er verstand es, denn es kratzte an ihm nicht weniger als an ihr. Aber die Stunden forderten ihren Tribut.

»Wir sollten für die Nacht landen. Wir wissen immer noch so gut wie nichts über diesen Planeten. Es ist gefährlich, im Dunkeln zu fliegen, und du bist erschöpft.«

Sie warf ihm einen Blick zu, der sich einerseits ganz nach Alex anfühlte und andererseits von Müdigkeit weichgezeichnet war.

»Einverstanden.«

Er ließ die *Siyane* in einer geschwungenen Kurve sinken und setzte sie auf einer kleinen Insel nieder, deren Küste von Meerespflanzen gesäumt war, die an Korallengärten erinnerten – nur um vieles größer.

»Ich kümmere mich um die Daten.« Sie begann, die Scans zu sortieren und die Benennungskonventionen anzulegen, die später aus einem Datenberg brauchbare Informationen machen würden. »Kannst du etwas zu essen zaubern?«

»Das kann ich.« Er richtete den Sitz auf, strich ihr über die Wange – eine Berührung, die sie mit einem schwachen Lächeln quittierte – und stand auf. »Kokosmanna und Nüsse?«

»Und Kekse.«

Er kicherte leise, während er den Kühl-Block öffnete. »Und Käse.«

Seit sie durch das Portal gegangen waren, hatte er sich ziemlich hilflos gefühlt, und Hilflosigkeit war keine Rolle, die er gut ausfüllte … auch wenn die letzten Wochen ihm darin eine Menge Übung verschafft hatten. Aber Verbergen konnte er gut, also verbarg er – abgesehen von dem kurzen Ausrutscher während der Flucht vor den Verfolgern – seine Frustration vor ihr.

Der Ausrutscher war passiert, weil er wusste, dass er ihr helfen konnte. Alles, was er hätte tun müssen, war, die Hand auszustrecken und das Kommando zu übernehmen – über Schub, Energieverteilung, Scanner, Waffen, irgendetwas. Sie war ohne Frage die bessere Pilotin, aber er war mehr als fähig im Fliegen und noch mehr in den technischen Systemen. Und sie wusste das sicher, war aber verdammt stur genug, nicht einmal einen Hauch von Kontrolle abzugeben.

Diesmal war es gut gegangen. Also blieb er im Limbo, gefangen zwischen dem mächtigen Bedürfnis, zu handeln, um ihr Schicksal zu beeinflussen, und dem – vorerst – stärkeren Bedürfnis, ihr Vertrauen zu behalten.

Aber ganz hilflos war er nicht. Er konnte für sie kochen, was sie glücklich machte. Er konnte dafür sorgen, dass sie Kraft tankte, sie davon abhalten, der Verzweiflung nachzugeben, und darauf achten, dass sie ans Schlafen dachte. Und schlief sie in seinen Armen, konnte er sie beschützen.

* * *

Alex wand sich in seinen Armen, bis sie sich zu ihm umgedreht hatte. Er runzelte die Stirn und küsste sie auf den Mund. »Du schläfst nicht.«

»Nein. Ich habe über diesen Ort nachgedacht. Caleb, ich habe keine Ahnung, was hier vorgeht. Ich habe keine Erklärung für die *khrenovuyu* Zeit. Ich habe keine Erklärung für diesen Planeten, seine Eigenschaften oder auch nur seine Existenz. Offensichtlich ist er nicht das, was wir zu finden erwartet haben, aber er muss wichtig sein. Zum einen ist es unmöglich, dass der ganze ›Mini-Erde‹-Aspekt Zufall ist. Es ist, als wäre er maßgeschneidert für uns … oder jedenfalls für Menschen.«

»Oder er wurde entworfen, um die Bedingungen zu replizieren, unter denen wir ›aufgewachsen‹ sind.«

Sie rümpfte die Nase zu ihm hinauf, als hätte er nichts Absurderes sagen können, selbst wenn er sich zum König der Ozeane ausgerufen hätte. Dabei sprach er nur aus, wozu sein Instinkt ihn führte, so nüchtern, wie er es konnte. »Wenn du so weitermachst, werde ich dich irgendwann für einen Mystery-Roman anheuern.«

»Und warum ist er versteckt? Nicht vor uns – na ja, vor ›uns‹, wenn schon nicht vor mir –, sondern vor den Schiffen der Leere?«

»Das bedeutet, dass mehr als ein Spieler auf dem Feld ist.«

Ihre Augen suchten seine, die Iris glasig vom Kampf, sie offen zu halten. »Wie meinst du das?«

»Es muss nicht zwangsläufig etwas sein, das zu ›uns‹ gehört, oder etwas, das uns wohlgesonnen ist. Es könnte eine dritte Partei sein. Vielleicht eine vierte. Vielleicht etwas ganz anderes. Aber es bedeutet, dass unser Gegner keine monolithische Entität ist.«

Ihr Lächeln war schläfrig und schief. »Bringt man euch das in der Agentenschule bei?«

Seine Lippen streiften federleicht die ihren. »Ja. Bringt man.« Er küsste sie noch einmal. »Und jetzt schlaf.«

Sie stubste mit der Nase an seinem Hals entlang und kuschelte sich näher. »Du zuerst.« Die Antwort war leiser als ein Seufzer, aber wenige Sekunden später entspannten sich ihre Muskeln, und ihr Atem wurde ruhig.

Seine Fingerspitzen strichen über ihr Haar, hauchzart, um sie nicht zu wecken. Schließlich gewann bei ihm die reine Erschöpfung; sein Gehirn war zu müde, um das, was passiert war, zu ordnen, und er driftete in den Schlaf. Er tat es mit dem Gedanken daran, wie ihn in sieben Höllen dieser unmögliche Planet zu einem Weg führen könnte, eine einfallende Armee zu besiegen, mit wem die Kräfte daheim paktierten, ob sie gegen, im Widerspruch zu oder unabhängig von den Aliens agierten.

Vor allem aber tat er es mit dem Gedanken daran, wie er es um jeden Preis schaffen sollte, das einzigartige Wesen, das an ihn geschmiegt schlief, nicht zu verlieren – oder den Frieden, die gänzlich unerwartete, ungefragte Zufriedenheit, die mit ihr gekommen war. Denn mögen ihm alle Götter beistehen: Er brauchte sie. Er brauchte sie.

5

ERDE

VANCOUVER, EASK-HAUPTQUARTIER

»Wie bitte – sie haben Desna besetzt?«

»Ich meine, sie haben Desna besetzt. Sie haben die orbitalen Array-Waffen zerstört und – da es keine bodenstationierte Militärpräsenz gab, die sie herausfordern konnte – sind sie gelandet, haben den Gouverneur in Gewahrsam genommen und Desna zur Provinz der Senecan Föderation erklärt. Sie erweitern ihre Grenzen.«

Der amtierende Vorsitzende des Erdallianz Strategischen Kommandos, General Liam O'Connell, knallte die Handfläche auf seinen Schreibtisch. Die Wucht, die sein massiger Körper dabei erzeugte, ließ das synthetische Eisenholz erzittern. Sein Blick bohrte sich finster über die bebende Tischplatte hinweg. »Sie sind einfach reinmarschiert und haben es sich genommen? Desna hat eine Schlüsselposition – wo waren die Verteidigungen?«

Ich weiß es nicht, Liam, wo waren die Verteidigungen? EASK-Leiterin der Operationen Admiral Miriam Solovy staunte innerlich über die bürokratische Maschinerie, die dazu geführt hatte, dass ein solcher Mann den höchsten Posten militärischer Macht in der Galaxis innehatte. Nach außen trug sie eine Maske kühler Gelassenheit.

»Nach Arcadia und jetzt Desna dürfte klar sein, dass Seneca kaum Schwierigkeiten hat, unsere Standard-Verteidigungsarrays auszuschalten. Die kleine Militärpräsenz, die früher auf Desna stationiert war, war nach der Zerstörung der Militärbasis dort vorübergehend nach Arcadia verlegt worden.«

»Sie wollen mir sagen, es war völlig ungeschützt?«

»Eine einzelne Fregatte war mit der Patrouille des Desna-Raums betraut. Sie konnte dem Angriff entkommen, nachdem sie katastrophale Schäden erlitten hatte – bei allem in allem jedoch mit minimalem Verlust an Menschenleben.« Sie erwähnte nicht, dass sie den Kapitän der Fregatte kannte; es gab keinen Grund, Liam eine Angriffsfläche zu bieten, sich eine eingebildete Schwäche auszunutzen.

»Dafür werde ich Foster den Kopf abreißen!«

»General Foster hat die Umverlegung der Kräfte nicht befohlen. Das war Alamatto – und sein Kopf steht, bedauerlicherweise, nicht mehr zum 'Abreißen' zur Verfügung.«

Sein Blick fuhr scharf zu ihr. »Dank Ihrer verräterischen Tochter. Ich bin erstaunt, dass man Sie überhaupt noch ins Gebäude lässt.«

Ihr Kiefer verspannte sich so heftig, dass sie später vielleicht einen Presslufthammer bräuchte, um ihn wieder zu lösen, doch sie zuckte weder zusammen noch wandte sie den Blick ab. Unter keinen Umständen würde sie ihm die Genugtuung gönnen, sie zu provozieren. »Die Untersuchung des Bombenanschlags läuft noch, aber ich bin zuversichtlich, dass sie von jeglicher Beteiligung entlastet wird. Nun zum Krieg. Die nordwestlichen Regionalstreitkräfte an der Front sind zunehmend geschwächt, und nach Desna fehlt ihnen eine weitere Fregatte. Möchten Sie vielleicht Ihren Nachfolger im Südwesten per Holo zuschalten und mindestens zwei Regimenter an Foster abtreten?«

»Die militärischen Entscheidungen in diesem Krieg treffe ich, nicht Sie.«

»Selbstverständlich tun Sie das. Bitte informieren Sie mich, wenn Sie beschließen, die Regimenter an Foster zu senden, damit ich sicherstellen kann, dass sie dort heil ankommen und ordnungsgemäß versorgt werden, sobald sie es tun.« Sie wandte sich zum Gehen, blieb dann mit Vorsatz einen Schritt vor der Tür stehen und blickte über die Schulter. »Entschuldigen Sie, war noch etwas?«

Die gewünschte Reaktion erhielt sie in seinem wütenden Funkeln, und sie verließ das Büro, während sie ein Lächeln unterdrückte. Doch es war nur von kurzer Dauer, denn sie verließ die Bratpfanne, um ins sprichwörtliche Feuer zu geraten.

Nach zwei 'Befragungen' durch den leitenden Ermittler des Bombenanschlags am Hauptquartier erwartete sie in sieben Minuten Major Lange vom Sicherheitsbüro in ihrem Büro. Dass er zu ihr kam und nicht sie zu ihm, war weniger ein Zugeständnis an ihren Rang als vielmehr eine Höflichkeit unter Kollegen. Denn obwohl sie ihn um zahlreiche Dienstgrade überragte, genoss die Militärpolizei Macht und Freiheiten, die nur wenige andere besaßen. Sollte er es wünschen, konnte er unter den gegebenen Umständen argumentierbar anordnen, dass sie in sein Büro oder gar in einen Verhörraum zu kommen hatte.

Sofern die Behörden nicht einen Trumpf im Ärmel hatten, den sie noch nicht offenbart hatten, waren die Beweise gegen Caleb Marano – und gegen Alexis per Assoziation – rein circumstantiell. Nicht genug, um vor Gericht zu verurteilen, aber das musste es auch nicht sein. Mitten in einem Krieg, wenn die Flammen von Patriotismus und Empörung am stärksten loderten, reichte es aus, festzustellen, dass ein Senecan-Spion sich in der Woche vor dem Anschlag auf dem Gelände aufgehalten hatte, um ihn im Gericht der öffentlichen Meinung zu verurteilen.

Der Mangel an harten, tatsächlichen Beweisen war derzeit das Einzige, was sie in ihrem Amt hielt, also nahm sie die kleine Gunst dankbar an.

Sie schritt zügig in die provisorischen EASK-Operationsbüros und stellte zufrieden fest, dass Lange ihr die zusätzliche Höflichkeit erwiesen hatte, nicht zu früh zu erscheinen. Sie nickte ihrer Sekretärin zu, glitt in ihr Büro und ließ die Tür hinter sich in der kürzestmöglichen Spanne der Einsamkeit zufallen.

Solche Momente hatte es in letzter Zeit kaum gegeben. Zwischen dem Management der unschönen Details des Senecan-Konflikts, dem Versuch, die richtigen Leute für den möglichen Alien-Konflikt zu sensibilisieren, der schieren Logistik, die gesamten verbliebenen EASK-Operationen in ein wesentlich kleineres Gebäude zu verlegen und dabei erhebliche Vakanzen zu füllen, und der Bearbeitung der Bombenanschlags-Ermittlungen hatte sie kaum geschlafen. Was nur gut war; sie hatte vor dreiundzwanzig Jahren gelernt, dass Arbeiten statt Schlafen ein passabler Weg war, es zu vermeiden, über persönlichere Dinge zu grübeln. Gedanken, die, wenn man sie zuließe, ihren Geist zu zermalmen drohten.

Zum Beispiel wo zum Namen all dessen, was heilig war – und vieler Dinge, die es nicht waren – sich ihre Tochter gerade aufhalten mochte.

Sie stand an ihrem Schreibtisch und studierte ein Update zu den Reparaturen der vorgeschobenen Marinebasis auf Arcadia, als Major Lange drei Minuten später eintrat, sodass sie nicht extra aufzustehen brauchte, als er sie salutierte. Ein subtiler Akt, ihm zusätzliche Macht zu verwehren – eine Macht, deren Verlust er nie bemerken würde. »Major, danke, dass Sie vorbeikommen.«

»Natürlich, Admiral. Ich verstehe, dass Sie mit diesem unglücklichen Krieg äußerst beschäftigt sind.«

Sie ließ sich die Überraschung nicht anmerken. Sie hätte nicht erwartet, dass er den Krieg 'unglücklich' nennen würde, doch in seinen eisblauen Augen lag kein Anflug von Verstellung. »Er ist unglücklich, und leider bin ich damit beschäftigt. Also lassen Sie uns die Höflichkeiten beiseitelassen. Sie haben fortbestehende Fragen zum Anschlag und zur angeblichen Beteiligung meiner Tochter daran.«

Sein Nicken war eine knappe Bewegung. Nach dem, was sie über ihn wusste, schätzte er ihre Direktheit vermutlich. »Habe ich, Ma'am.«

Sie deutete auf den Stuhl. »Sehr gut. Stellen Sie Ihre Fragen.«

* * *

ROMANE

UNABHÄNGIGE KOLONIE

Der Regierungstransporter schwenkte hoch und weg von den aufragenden Türmen und dem kühlen lavendelnen Horizont, den das lange Abendlicht von Romanes zweiter Sonne malte.

Als sie den Atmosphärenkorridor ansteuerten, startete Marcus Aguirre eine Livecomm mit Premierminister Barrera. Der Mann brauchte mehrere Sekunden, um den Blick von einem kleinen Bildschirm in seiner Hand zu lösen; als er es tat, lag ein zerstreuter Ausdruck auf seinem Gesicht. »Marcus. Wie ist es gelaufen?«

Er zog eine sorgenvolle Grimasse. »Nicht so gut, wie ich gehofft hatte, fürchte ich. Gouverneurin Ledesme hat sich auf den moralischen Hochsitz friedliebender Unabhängigkeit gestellt und sich geweigert, Romanes Unterstützung für die Erdallianz im Krieg zu erklären. Sie scheint davon auszugehen, dass die Vorteile, den

38

Handel mit der Föderation aufrechtzuerhalten, die Kosten, die Allianz-Unterstützung zu verlieren, überwiegen.«

»Hmm. Unglücklich, aber nicht völlig unerwartet. Halten Sie ihre Position für unnachgiebig?«

»Durchaus. Offen gesagt zeigte sie eine Selbstüberschätzung, die an Arroganz grenzt. Sie überschätzt ihre Macht.«

»Wie schlagen Sie vor, weiter vorzugehen?«

Er tat, als müsse er die Frage erwägen. »Ich denke, wir lassen sie entdecken, was es kostet, beide zu verlieren. Wir können eine Blockade der wichtigsten Handelsrouten entlang der südlichen Föderationsgrenze rechtfertigen. Es ist ohnehin ein kluger strategischer Schritt und wird Romanes Senecan-Handel bequem weitgehend abschneiden. Öffentlich bedauern wir jede Störung, die es Romane und anderen Kolonien verursacht. Privat setzen wir große Allianz-Konzerne unter Druck, die Geschäfte mit Romane-basierten Interessen einzustellen.«

»Glauben Sie, sie knickt ein?«

»Ohne Frage. Innerhalb von Wochen, schätze ich, wenn nicht früher. Handel ist Romanes Lebenselixier, und ohne ihn werden ihre hochtrabenden 'Unabhängigkeits'-Prinzipien rasch den praktischeren Notwendigkeiten weichen.«

Barrera atmete aus; es war ein schwerer, bedächtiger Akt. Erst seit wenigen Tagen Premierminister, zeigten sich das Gewicht eines galaktischen Krieges bereits in den sich vertiefenden Linien um seine Augen und dem hängenden Zug seiner Schultern. »Ich bespreche eine Blockade heute Abend mit General O'Connell und Admiral Rychen. Sie sind jetzt auf dem Weg nach Sagan?«

»Ja, Sir. Es ist eine lange Reise, aber ich habe unterwegs mehrere Holo-Konferenzen angesetzt.«

»Ich erwarte, dass die Regierung von Sagan unserem Vorschlag weit aufgeschlossener ist.«

»Sie haben weit weniger zu verlieren und eine vernünftige Menge zu gewinnen. Ihre Unterstützung wird leider weniger wert sein als Romanes, aber sie wird alle großen Kolonien in der südöstlichen Region unter Allianz-Kontrolle festigen.«

»In der Tat, und das kann nicht schaden. Viel Glück, Marcus. Halten Sie mich auf dem Laufenden.«

»Und Sie ebenso, Sir.« Marcus beendete die Verbindung mit einem Anflug von Traurigkeit, im Bewusstsein, dass es wahrscheinlich das letzte Mal war, dass er Luis Barrera sah. Er war – für einen Politiker – ein anständiger Mann und ein Freund und wahrer Verbündeter gewesen. Aber er wäre bei Weitem nicht der erste anständige Mensch, der für das größere Wohl geopfert wurde, und vermutlich nicht der letzte.

Marcus flog derzeit einmal quer durch die besiedelte Galaxis aus zwei Gründen. Als Außenminister der Erdallianz war es allen voran seine Aufgabe, die diplomatischen Beziehungen zu nichtallianzg ebundenen Welten zu stärken – niemals war sie wichtiger als in Kriegszeiten. Dies fiel mit dem zweiten Grund zusammen: Die Aliens bewegten sich schnell – viel zu schnell – und seine Handlungs möglichkeiten schwanden rapide.

Von seinem heutigen Standpunkt aus war die beste dieser schwindenden Optionen, den Krieg massiv zu beschleunigen, den Krieg zu gewinnen und die Galaxis nach innen unter die Dominanz der Allianz zu ziehen. Bislang jedoch war der Krieg bestenfalls ein Patt … was in Ordnung gewesen wäre, wenn er mehr Zeit gehabt hätte. Ein langwieriges Patt war sogar ein zentrales Element des ursprünglichen Plans gewesen.

Aber er hatte keine Zeit. Also musste er der Allianz bald mehr Verbündete verschaffen. Es gab einundzwanzig Unabhängige Kolonien; die meisten waren Randbewegungen oder die Fantasiebefriedigung wohlhabender Narzissten, doch neun oder zehn verfügten über Ressourcen, Macht oder einen Lagevorteil, der der Allianz zugutekäme. Nicht zu unterschätzen war zudem der psychologische Rückenwind, wenn Unabhängige Kolonien öffentlich ihre Unterstützung für die Allianz im Krieg erklärten.

Zusammen könnte es reichen, die Waage zu kippen.

Als ihn der Außerirdische erstmals vor etwa siebenunddreißig Jahren kontaktiert hatte, hatte er nicht geahnt, dass dieses Chaos – dieses Hochrisikospiel kosmischer Gratwanderung – das Ergebnis sein würde.

Frisch nach dem Sieg bei der Wahl zum Bezirksstaatsanwalt von Miami lehnte er sich an seinem Schreibtisch zurück und genoss einen Glenlivet 21.

Grüße.

Marcus fuhr zusammen, erschrocken, und prüfte dann sein eVi auf die Quelle der Kommunikation. Es gab keinen Namen, keine Adresse. Er hatte keine Livecomm erhalten oder angenommen. Wurde er gehackt? Er wies sein eVi an, Schutzbarrieren hochzufahren.

Das ist nicht nötig.

Er richtete sich im Stuhl auf. Stimmen im eigenen Kopf zu hören war längst kein Marker für Wahnsinn mehr; in der modernen Kommunikation hörten Menschen ständig Stimmen in ihren Köpfen. Aber diese Stimme war keiner Person zugeordnet, deren Identität in der Exanet-Infrastruktur registriert war. Er atmete tief durch.

»Mit wem spreche ich?«

Wir können die Angelegenheit gleich besprechen. Glückwunsch zu Ihrem Wahlsieg. Für jemanden, der so jung ist, ist es eine bemerkenswerte Leistung. Nicht Ihre erste übrigens.

»Wenn Sie andeuten wollen, Sie wüssten eine Menge über mich, stellen Sie sich nicht besonders geschickt an. Eine kurze Exanet-Abfrage verrät, dass ich viel erreicht habe und noch mehr erreichen werde.«

Ja. Ergibt eine Exanet-Abfrage auch Ihren Erfolg als Anführer der Catumbi Turma in Rio de Janeiro oder Ihre Dominanz über das Zelones-Kartell dort?

Er stand vorsichtig auf, seine Stimme sank auf einen gefährlich tiefen Ton. »Ich habe keine Ahnung, wovon Sie sprechen. Ich bin an der Golfküste von Louisiana aufgewachsen, wo ich lebte, bis ich in Florida an die Universität ging.«

Das taten Sie nicht.

»Wie bitte?«

Marcus Aguirre ist eine konstruierte Identität, die Ihnen 2269 von Olivia Montegreu verschafft wurde. Ihre gesamte Lebensgeschichte vor dem Tag, an dem Sie 2271 an der University of Miami auftauchten, ist eine Lüge.

Diese Schlampe! Nahm sie an, sein neu gewonnener, wenn auch bescheidener Ruhm bedeute, sie könne sich einen Vorteil verschaffen, indem sie seine Vergangenheit gegen ihn ausspielte? Er hatte sie für etwas Besseres gehalten.

Olivia Montegreu hat Ihr Geheimnis nicht verraten.

»Ah, Sie können also auch sehen, was ich denke?«

Nein. Es war lediglich eine logische Schlussfolgerung.

Eine Kälte kroch von seinem Nacken aus durch ihn hindurch, als ihm dämmerte, dass dieses Gespräch von enormer Tragweite war. Verspätet aktivierte er im Büro einen Privatschild, um sicherzustellen, dass der Rest der Unterhaltung vertraulich blieb. »Sehr gut. Sie schulden mir eine Antwort – mit wem spreche ich?«

Wir sind anders als Sie.

»Außerirdische, meinen Sie?« Außerirdische waren bislang nicht begegnet worden, was ihre Existenz nicht weniger wahrscheinlich machte. Die anderen Optionen waren – wie? Geister? Götter? Engel oder Dämonen? An nichts davon glaubte er.

Es ist eine ausreichende Bezeichnung.

Jesus Cristo, dieser 'Alien' war begriffsstutzig. »Und woher wissen Sie diese Details über mich?«

Wir wissen vieles.

»Das beantwortet meine Frage nicht.«

Vielleicht nicht. Wir sind ... Beobachter der Menschheit.

»Ich verstehe. Was 'beobachten' Sie an uns?«

Alles.

Er hielt inne, um die Behauptung zu erwägen. Das Wesen konnte lügen oder zur Übertreibung generalisieren. Falls nicht, waren die Implikationen gelinde gesagt beunruhigend. Eine solche Fähigkeit schien unbegreiflich und, in jeder praktischen Hinsicht, gottgleich ... dann erinnerte er sich an Clarkes drittes Gesetz: Jede hinreichend fortschrittliche Technologie ist von Magie nicht zu unterscheiden. Das machte sie nicht zu Magie.

»Was wollen Sie von mir?«

Vorerst nichts. Sie sind ein einzigartig talentiertes Individuum: im Vergleich zu anderen Ihrer Spezies hochintelligent, manipulativ, verschlagen, charismatisch, getrieben, rücksichtslos, aber nicht sadistisch. Sie haben viel Potenzial.

Er hatte darauf nichts zu sagen, also schwieg er.

Gehen Sie Ihren Weg weiter. Fokussieren Sie Ihre Ambitionen, und Sie werden Größe erreichen. Wenn wir an bestimmten Weggabelungen helfen können, werden wir es tun, sofern es uns möglich ist. Wir werden von Zeit zu Zeit an Sie herantreten, wie unsere Bedürfnisse es erfordern.

Jetzt verstand er. Sie hatten Ressourcen, die seine überstiegen – natürlich hatten sie das – aber nur begrenzte Möglichkeiten, selbst zu handeln, aus welchem Grund auch immer. Sie brauchten jemanden in einer Machtposition, um ihren Williamen zu vollstrecken. Weigerte er sich, waren sie in der Lage, mit anderen Ressourcen alles zu zerstören, was er mühsam aufgebaut hatte – seine Karriere, seinen Ruf, sein wachsendes Vermögen, seine idyllische und nur größtenteils zur Schau getragene Ehe – und es wäre für sie ein Leichtes.

Es sei denn, sie waren nicht so mächtig, wie ihre Arroganz insinuierte ... aber dieses Risiko durfte er nicht eingehen. Noch nicht.

Er ertappte sich dabei, seinen Gesprächspartner im Plural zu denken, weil dieser sich selbst so bezeichnete. »Haben Sie einen Namen?«

Nein.

»Gibt es mehr als einen von Ihnen? Sind Sie ein Schwarmgeist? Eine Kollektivintelligenz? Sie sprechen von sich im Plural.«

So ist es. Nein. Halten Sie mich für einen ... Sprecher.

Vermutlich war es die geradlinigste Antwort, die er herausholen würde. »Und wie soll ich Sie, individuell, nennen?«

Wenn Sie eine Anredeform benötigen, können Sie mich Hyperion nennen.

Der Titan der griechischen Mythologie ... an Hybris mangelte es dem Alien nicht. »Verlangen Sie etwas von mir?«

Wir – ich – wollte mich lediglich vorstellen. Und, wie gesagt, meine Glückwünsche übermitteln.

Dann war die Stimme fort. Viele Stunden vergingen, bevor er das Büro in jener Nacht verließ – Stunden, die er damit verbrachte, diese neue Komplikation in seinem bereits überaus komplizierten Leben zu ergründen.

Es vergingen sechs Jahre, bis er wieder von dem Außerirdischen hörte. Er steckte mitten in einem knappen Rennen um das Amt des Bezirksstaatsanwalts des Südostdistrikts gegen den Sohn des Allianz-Handelsministers und hatte Mühe, dessen überlegene Bekanntheit und Verbindungen zu überwinden. Dann tauchte der Mann tot auf – trotz makellosen Rufs nackt in einer Kabine eines Vergnügungsklubs gefunden. Sein Gehirn war von einer Überdosis eines besonders potenten Neuro-Chimerals frittiert worden.

Am nächsten Tag meldete sich Hyperion und informierte ihn darüber, dass man erfreut gewesen sei, ihm ein Hindernis aus dem

Weg räumen zu können.

Er hatte nicht um diese Hilfe gebeten, sie nicht gewollt und geglaubt, sie nicht gebraucht zu haben. Die Aliens schienen jedoch nicht gewillt gewesen zu sein, ein Risiko einzugehen, dass seine Aufwärtskurve sich verlangsamen könnte. Oder vielleicht war es eine kaum verhohlene Art, ihm ihre Macht zu demonstrieren – selbst aus der Ferne –, damit er ja nicht daran dächte, künftige Avancen zurückzuweisen.

Falls dem so war, hatte er eine leicht andere Lektion gelernt. Er wusste nun, wozu diese Aliens für ihn in der Lage waren.

6

SENECA

CAVARE

Isabela Marano folgte ihrer Mutter durchs Haus und richtete dabei verstohlen Möbel aus, hob vergessenes Geschirr auf und sammelte herumliegenden Müll ein. Es war kein Saustall im eigentlichen Sinne, nur ungepflegt. Man könnte sagen: unordentlich.

Ihre Mutter trottete in die Küche, und das heimliche Aufräumen wurde heikler. Isabela ließ die Teller hastig im Spülbecken und den Müll im Schacht verschwinden, solange ihrer Mutter der Rücken zugewandt war.

»Warum reden die Nachrichten die ganze Zeit über Caleb, Bela? Hat er Ärger?«

»Es ist ein Missverständnis, Mom. Das klärt sich.« Ein »Missverständnis«, das den Tod von Tausenden und das Entzünden eines Pulverfasses umfasste, stark genug, um die Galaxis in die Luft zu jagen. Selten war sie so froh gewesen, dass die Frau zerstreut war und nur halb in der Gegenwart lebte. Würde ihre Wahrnehmung nur ein winziges Stückchen schärfer, wäre sie hysterisch darüber, dass die Welt ihren Sohn als Massenmörder beschimpfte – und zwar so sehr, dass sie kaum noch zu bändigen wäre.

»Das ist eine Erleichterung ...« Ihre Mutter ließ sich auf den Stuhl am kleinen Küchentisch sinken. »... wie geht's Marlee? Ich hab sie ewig nicht mehr gesehen.«

»Du hast sie vor ein paar Wochen gesehen, erinnerst du dich?«

»Hab ich? Oh ... vermutlich schon.« Ihre Mutter runzelte die Stirn und strich über die Tischplatte. »Warum ist sie nicht hier?«

»Sie übernachtet heute bei ihrer Freundin. Ich wollte nicht ... ich wollte ihren Rhythmus nicht schon wieder durcheinanderbringen.« *Ich wollte nicht, dass sie ihren Onkel auf jedem Screen verleumdet sehen muss. Ich wollte ihren unschuldigen, endlosen, wahnsinnig treffsicheren Fragen nicht antworten müssen.* »Ich bin gleich wieder da, ja?«

Isabela verließ die Küche, noch bevor eine Antwort kam. Normalerweise brachte sie ihrer Mutter mehr Geduld entgegen; gewöhnlich fühlte sie sich wohl hier, in dem Haus, in dem sie aufgewachsen war. Sie war zwölf gewesen, als ihr Vater gegangen war, und erinnerte sich inzwischen an ebenso viele Jahre in diesem Haus ohne ihn wie mit ihm.

Heute jedoch waren Gedanken und Aufmerksamkeit woanders. Der Krieg machte ihr Sorgen; Krysk lag nicht allzu weit von der Grenzregion entfernt, in der der Großteil der Kämpfe stattfand. Sie hasste es, ihr Semester früher zu beenden, aber sie weigerte sich, die Sicherheit ihrer Tochter zu riskieren.

Vor allem aber sorgte sie sich um Caleb – was ihm zugestoßen war, wohin er verschwunden war, ob er von der Beteiligung am Bombenanschlag freigesprochen würde oder in ein Verfahren geprügelt. Oder Schlimmeres. Gott wusste: Wenn jemand gut für sich selbst sorgen konnte, dann er; doch das hier stellte eine neue Größenordnung von Schwierigkeiten dar, in die er da geraten war.

Zumindest nahm sie an, dass es eine neue Größenordnung war. Als sie ihm gesagt hatte, sie wisse, womit er seinen Lebensunterhalt verdiente, hatte sie es womöglich ein winziges bisschen übertrieben. Sie war davon ausgegangen, dass er für die Regierung in geheimer, gefährlicher Funktion arbeitete.

Nun kannte ihn die gesamte Galaxis als verdeckten Special-Ops-Agenten der Division of Intelligence der Senecanischen Föderation. Mit so einem Job – vielleicht war er schon in Schlimmeres geraten, nur eben weniger öffentlich.

Der Gedanke ließ sie frösteln. Wie oft hatte sie ihn beinahe verloren, ohne es zu wissen?

Sie stieg die Treppe zu ihrem alten Zimmer hinauf. Sie musste Marlees Mantel holen und ein Paar Schuhe, die bei der übereilten Flucht zum nächsten Abenteuer liegen geblieben waren. Caleb sagte, Marlee habe »Mumm« … eher war sie hyperkinetisch, ein Bündel sich ständig regenerierender Energie.

Sie liebte ihre Tochter abgöttisch, wirklich. Das kleine Mädchen war das Licht ihres Lebens und der Mittelpunkt ihrer Welt, seit Daniel gestorben war. Aber sie hatte das Wort »müde« nie kennengelernt und beabsichtigte offenbar auch nicht, es in absehbarer Zeit zu lernen.

Sie sank auf die Knie und kroch unter das Bett, um dort zu suchen.

Schwere Schritte unter dem Fußboden ließen sie auffahren, und sie stieß sich den Kopf am Rahmen an. Sie zog sich rückwärts unter dem Bett hervor und rieb sich vorsichtig den Hinterkopf.

»Bela! Da sind—« Überlagerte Stimmen verschluckten den Rest dessen, was ihre Mutter gesagt hatte. Was zum …?

Sie stürzte aus dem Schlafzimmer, schaffte es aber nur bis zur zweiten Stufe, bevor ein Mann und eine Frau in konservativen schwarzen Anzügen am Fuß der Treppe auftauchten. »Frau Marano? Würden Sie bitte mit uns kommen?«

Das waren keine gewöhnlichen Polizisten. Keine Uniformen, keine formalen Abläufe. Sie gab sich Mühe, unschuldig zu wirken, doch anders als Caleb war sie schon immer eine miserable Lügnerin gewesen. »Worum geht es?«

»Es wäre besser, wenn wir es unten besprechen.« Die Frau klang freundlich, ihr Gegenüber nicht. »Wo ist Ihre Mutter?«

»Hier oben!« Ihre Mutter streckte den Kopf aus dem Flur. »Gäste, Bela?«

»Mom, bleib bitte in der Küche.« Isabela hob die Hände, die Handflächen nach außen, ein instinktiver Versuch, die beiden aufzuhalten. Es funktionierte natürlich nicht – ihr Herz hämmerte gegen das Brustbein, als plane es, sich davon zu machen –, aber es war nicht so, als hätte sie einen Fluchtweg. Und wenn, könnte sie ihre Mutter nicht sich selbst überlassen. Sie bemühte sich, die Stimme ruhig zu halten. »Werde ich verhaftet?«

»Wir wären dankbar, wenn Sie ein paar Fragen beantworten.«

»Über meinen Bruder?«

»Es ist besser, wenn wir im Büro darüber sprechen.«

»Im ›Büro‹? Was soll das heißen? Wohin wollen Sie uns bringen?«

»Bela! Was ist los?« Die Stimme ihrer Mutter hallte vom Flur unten herauf, zittrig und schrill – genau so, wie Isabela es verzweifelt gern auch gewesen wäre.

»Es wird alles gut, Mom. Ich komme sofort runter.«

Sie wich bis an das Treppengeländer zurück, nur allzu bewusst, dass hinter ihr ein vier Meter tiefer Absturz ins Wohnzimmer gähnte. Die Agenten – wenn es keine Polizisten waren, dann Regierungsagenten – blieben immerhin auf dem Treppenabsatz stehen, doch ihr Auftreten machte unmissverständlich klar, dass sie nicht an ihnen vorbei durfte. »Ich komme freiwillig mit, wenn Sie mir versprechen, meiner Mutter nichts zu tun.«

»Wir haben nicht vor, irgendjemandem wehzutun, Ma'am.« Die Frau hatte sich inzwischen fest in die Rolle des »Good Cop« eingerichtet. Die linke Hand des Mannes schwebte über dem

Stunner an seinem Gürtel. »Wir müssen nur mit Ihnen sprechen. Mit Ihnen beiden.«

Sie schloss die Augen und atmete langsam aus, während sie die Zeit nutzte, um den Leuten eine Nachricht zu schicken, die auf Marlee aufpassten ...

* * *

HAUPTQUARTIER DES NACHRICHTENDIENSTES

Geheimdienstdirektor Graham Delavasi wies einen weiteren Bürobesucher ab, der nach seinem Befinden sehen oder ihn ausfragen wollte, aber auf jeden Fall seine Aufmerksamkeit auf sich zog. In einfacheren Zeiten genoss er den gelegentlichen Besuch von Militäroffizieren, Regierungsbeamten, Untergebenen und sogar Freunden. Doch die letzte Woche hatte jede Spur von Einfachheit aus seinem Leben ausgelöscht.

Spezialoperationsdirektor Michael Volosk war tot. Ermordet, wenige Schritte vom Hauptquartier entfernt – dem Gebäude, in dem er jetzt saß. Dem Mann war die Kehle aufgeschlitzt worden, und man hatte ihn auf dem verdammten Parkplatz ausbluten lassen.

Zum hundertsten Mal in der letzten Stunde fuhr er sich mit beiden Händen übers Gesicht. Michael war ein herausragender Agent. Einer der besten. Auch wenn er die letzten Jahre hinter einem Schreibtisch gesessen hatte, würde niemand ihn einen Bürokraten nennen. Was für ein Angreifer konnte ihn so spektakulär überraschen?

Agent Marano?

Sein Kopf schüttelte sich von selbst, als wolle er die Antwort gleich mitliefern. Er hätte eine beträchtliche Summe an Credits darauf gewettet, dass Stefan Maranos Sohn unschuldig war.

Marano. Diesen Namen hatte er lange nicht gehört ... fast zwanzig Jahre, genau genommen. Er hatte natürlich mitbekommen, als Samuel den Sohn für die Division anwarb, hatte aber bewusst jede persönliche Nähe vermieden. Jetzt allerdings ...

Er hatte Tage damit verbracht, Michael Volosks jüngste Berichte und privaten Notizen zu wälzen. Michael war ein beschäftigter Mann gewesen, und das nicht nur, ja nicht einmal hauptsächlich wegen des Kriegs. Unter anderem hatte er Marano auf eine offizielle Mission nach Vancouver geschickt. Ein zweifelhaftes, aus der Hüfte geschossenes, beglaubigt wahnsinniges Unterfangen ... das fast funktioniert hätte.

Laut Michaels Notizen hatte Agent Marano die streng geheime Allianz-Autopsiedatei zu Minister Santiagar zurückgebracht, doch niemand fand eine Spur ihrer Existenz. Sie war nicht in das Dateisystem der Division gelangt, nicht in Michaels persönliche Ablage. Man fand sie weder an seinem Körper noch in seinem internen Datenspeicher.

Die logischste Schlussfolgerung? Der Mörder hatte sie an sich genommen. Ein Szenario, das null Sinn ergab, wenn Caleb Marano der Mörder war. Warum sollte er Michael die Datei geben, nur um ihn Stunden später zu töten und sie wieder zu stehlen?

Dann war da noch der Bericht eines Undercover-Beobachters auf der Erde, der meldete, im EASK gab es Menschen, die an den Ereignissen zweifelten, die diesen Krieg ausgelöst hatten. Der Agent berichtete außerdem, Marano habe in Vancouver tatsächlich genau das getan, wofür er geschickt worden war – versucht, die EASK-Führung dazu zu bewegen, diese Ereignisse zu untersuchen. Man hatte ihn dafür verhaftet, und dann war alles den Bach runtergegangen.

Zwar säte der Bericht deutliche Zweifel an Maranos Schuld

bezüglich des Anschlags von Vancouver, doch die Gesamtheit der vorliegenden Informationen reichte in seinen Augen aus, um den Mann zumindest vom Mord an Michael praktisch freizusprechen. Zumal Marano aus quer über die Stadt Minuten nach Michaels Tod einen Alarm abgesetzt hatte – die hauchdünne Akte gegen den Agenten zerfiel.

Leider führte dies zu beunruhigenderen Implikationen.

Maranos letzte Nachricht, bevor er von der Bildfläche verschwand, besagte, er und seine prominente Begleiterin seien von mehreren Angreifern attackiert worden, beinahe im selben Moment, als Volosk wenige Meter vom Seiteneingang der Division entfernt verblutete. Die Leichen an der Flussuferpromenade stützten diese Darstellung zweifellos. Die Ereignisse jener verhängnisvollen Nacht ergaben ein klares, scharfes Bild.

Binnen einer einzigen Stunde explodierte das EASK-Hauptquartier auf der Erde; nicht weniger als vier Söldner stellten Marano und Solovy einen Hinterhalt; und ein Attentäter ermordete Volosk und stahl zwei ganz bestimmte Dateien. Interessanterweise war auch der Rohdatensatz zum Metis-Nebel, den Alexis Solovy Michael an jenem Abend übergeben hatte, spurlos verschwunden.

Es war nicht so, dass er nicht an eine Verschwörung glauben konnte – er hatte schließlich Jahrzehnte im Nachrichtendienst verbracht. Doch wenn es eine Verschwörung gab – wenn beide Regierungen in einen erneuten Krieg hineingelegt worden waren –, dann bedeutete das, dass viele Menschen ohne jeden Grund gestorben waren. Es bedeutete, dass ihm eine verdammt harte Auseinandersetzung bevorstand.

Michael hatte Maranos Theorie geglaubt, der Krieg sei absichtlich von … jemandem … entfacht worden. Obwohl die Untersuchung offiziell abgeschlossen war, hatte er weiter zum Atlantis-Attentat ermittelt. Am Tag vor seinem Tod suchte er Jaron Nythal auf, den stellvertretenden Handelsdirektor. Graham überflog die Notizen zu dem Treffen erneut:

»Mr. Nythal zeigte sich abwechselnd ausweichend und konfrontativ. Ich setze die Basisüberwachung wieder ein, in der Hoffnung, dass der Druck ihn zu einem Fehler verleitet. Ich habe die Genehmigung für ein persistentes Verfolgung seiner Bankkonten eingeholt.«

Er hatte es ernst gemeint, als er Michael gesagt hatte, dass Nythal ihm nicht geheuer war, und ein Teil von ihm freute sich, dass Michael den Rat ernst genommen hatte. Doch eine finstere Stimme in seinem Hinterkopf fragte, ob der Rat zu Michaels Tod beigetragen haben könnte.

Er kehrte zu dem Bericht seiner Stellvertreterin Liz Oberti zurück. Angesichts der Schwere der Vorwürfe hatte er ihr die Leitung der Marano-Ermittlungen übertragen. Mit seiner Zustimmung ließ sie die Familie zum Verhör einbringen. Dass sie in das Geschehen verwickelt waren, war unwahrscheinlich, aber vielleicht wussten sie, wo der Agent untergetaucht war.

Als er seiner Gedankenlinie zu ihrem Ursprung nachging, begriff er, dass er sich persönlich einschalten musste, ob er wollte oder nicht. Aber zuerst stand ein unangekündigter Besuch an.

7

ERDE

EASK-HAUPTQUARTIER

Devon Reynolds stand im Zentrum eines netzartigen Lichtprismas. Das Meer aus Qutrits malte ein Tableau in mehr Farben, als es Namen dafür gab, und webte ein so dichtes Muster, dass dahinter nichts zu sehen war.

Für das ungeschulte Auge – und die meisten geschulten – bedeutete dieses Netz Chaos. Schließlich war der Code, der den CUs und der kommerziellen Ware zugrunde lag, geordnet, strukturiert und in die klaren Linien unverrückbarer Logik gegossen.

Der Geist einer Artificial hingegen spiegelte genau das, was sie war: ein hochentwickeltes neuronales Netz. Schwester des menschlichen Gehirns und ihm an Komplexität mühelos ebenbürtig.

Die Entwicklung funktionaler ternärer Rechentechnik Ende des 21. Jahrhunderts hatte endlich echte Neuronetz-Technologie ermöglicht. Die Fähigkeit jeder q-Unit, alle möglichen Superpositionen von 0, 1 und 2 zu halten, ließ die praktikable Rechenleistung exponentiell über die Möglichkeiten des traditionellen binären Quantenrechnens hinauswachsen.

Forscher hatten Jahrzehnte vor dem Aufkommen ternärer Dialektik eine synthetische Intelligenz erschaffen, deren reine Verarbeitungskraft die des menschlichen Gehirns übertraf, doch dies hier bedeutete nicht nur einen Sprung im Grad, sondern in der Art. Große ternäre Rechenanlagen waren allerdings teuer und erforderten exakte Hardware in kontrollierten Bedingungen – Artificials blieben daher vorerst Regierungen und den Superreichen vorbehalten.

Außerdem hatte die Tatsache, dass eine ungebundene Artificial Anfang des 22. Jahrhunderts an der Hong Kong University über fünfzigtausend Menschen getötet hatte, zur Folge, dass sie bis ins Letzte reguliert, abgeschottet und eingesperrt wurden.

»*Prüfroutine starten.*«

Mehrere Kugeln innerhalb des Netzes explodierten in tanzendes Licht, das in alle Richtungen jagte. Devon griff nach oben, drehte das Netz und zoomte in eine dichte Traube der virtuellen Spinnseide hinein.

Die Prüfroutine erreichte den Cluster, den er ausgewählt hatte; die Datenpunkte leuchteten auf, dann flammten sie in einer charakteristischen Sequenz und Verbindung auf, die ihm sagte, ob die Vernetzung gesund war oder wo sie schwächelte – ob die Signale stark genug waren, um die notwendigen Impulse zu tragen.

»*Hab's. Wir müssen sie generative Rekursionsroutinen auf 10A0-P-9I laufen lassen, um die aperiodischen Funktionen in dem Sektor zu trainieren und zu stärken.*«

»*Ausgezeichnete Arbeit. Ich lasse Programmierung es dem Set hinzufügen, wenn wir sie heute Nachmittag wieder hochfahren. Schauen Sie bei mir vorbei, sobald Sie fertig sind. Sie haben Besuch.*«

»*Äh, klar ... Ma'am.*«

Seit einem Jahr in diesem Job, und die verfluchte militärische Förmlichkeit machte ihm immer noch zu schaffen. Er gab sich

Mühe – vor allem Jules zuliebe, weil er sie mochte –, aber Protokoll war nicht sein Ding. Nicht die soziale Sorte jedenfalls.

»*Sitzung beenden.*«

Das Netz erlosch und machte einem antiseptischen Licht Platz, das transluzente weiße Wände, Decke und Boden beleuchtete. Er verließ den Simulationsraum, schnappte sich am Küchenkiosk etwas Wasser und machte sich auf den Weg nach oben.

Projekt ANNIE nahm zwei Etagen des EASK-Gebäudes für Sonderprojekte ein – den riesigen Keller mit dem physischen Hardware-Park nicht mitgerechnet. Zum Glück lag das Gebäude gegenüber vom HQ-Turm; der Bombenanschlag hatte ihm kaum messbaren Schaden zugefügt. Er hatte ein Zellenbüro den Flur hinunter, verbrachte aber die meiste Zeit in den Laboren. ANNIE war zwar Jules Hervés Baby, doch da sie die gesamte Abteilung Sonderprojekte leitete, lag ihr Büro im 6. Stock.

So sehr Techie wie Offizierin, führte Hervé ihre Operation nicht übermäßig förmlich. Er trat am Eingang zur Seite, um zwei Laboranten passieren zu lassen, die sich über ein Protokoll stritten, und erreichte den Vorraum zu ihrem Büro. Er hob die Hand zum Klopfen – und hielt inne, als eine Stimme dahinter »Herein« rief.

Jules stand auf, als er eintrat, und lächelte. »Devon. Danke, dass Sie gekommen sind.«

Der große Mann, der vor ihrem Schreibtisch stand, wandte sich zu ihm um. »Colonel Richard Navick.« Seine Uniform hatte bessere Tage gesehen; der Ärmel war am Saum aufgescheuert und ein Faden hing lose herunter. Der Blick hinter den dunklen Augen war wacher, als die lässige Haltung vermuten ließ.

Devon salutierte, erinnerte sich im letzten Moment, dass er nicht wirklich Militär war, und ließ die Hand in einen halbherzigen Gruß fallen. »Sir.«

»Schon gut.« Navick winkte ab. »Brigadier Hervé sagt, Sie

arbeiten effektiv ohne Firlefanz. Darauf lege ich Wert.«

»Ich arbeite effizient, Sir. Mit möglichst wenig Firlefanz.« Er war nicht sicher, ob man Humor anbringen durfte, wenn man einem Oberst vorgestellt wurde, aber er brachte ihn an – und der Mann schien es nicht zu übelzunehmen.

»Setzen Sie sich, Devon.« Jules deutete auf den Stuhl. »Der Colonel wollte mit Ihnen sprechen, und ich dachte, wir ersparen ihm den Marsch durch die Labyrinthe unten.«

Er ließ sich sinken, ließ die Hände über die Armlehnen rollen, wo die Finger ruhiger wurden. »Wie kann ich helfen, Sir?«

»Gleich zur Sache.« Navick stützte die Fäuste auf Jules' Schreibtisch und beugte sich vor. »Brigadier Hervé spricht sehr gut von Ihren Fähigkeiten.«

»Hat sie auch etwas über meine, äh, Einstellung gesagt, Sir?«

»Sie sagte, Sie hätten einen gesunden Respektmangel vor so ziemlich allem und jedem. Aber sie sagte auch, Sie hätten ihn sich verdient.«

Er strahlte – für ihn war das ein Kompliment. »Wird geschätzt, Ma'am.«

Sie nickte knapp und umrundete den Schreibtisch. Navick richtete seine volle Aufmerksamkeit auf Devon. »Draußen ist ein schöner Tag. Wollen wir ein Stück gehen?«

* * *

Die Brise von der Meerenge trug einen leichten Zug Kälte, aber Devon hieß ihn willkommen; er nahm dem scharfen, brandigen Geruch nach Trümmern und Maschinen vom HQ-Wrack und der laufenden Aufräumarbeit die Spitze.

Er schlenderte neben dem Oberst her, als sie den Innenhof in so gemächlichem Schritt überquerten, dass es wie gespielt wirkte. Der

Mann lenkte sie unmerklich weg von Leuten, die den Hof querten oder sich darin aufhielten, und hin zum Uferweg, der entlang der Kante der Insel verlief. Weg nicht nur von lauschenden Ohren, sondern auch von neugierigen Augen.

Erst als der Pfad zur felsigen Küste hinunterbog und Bäume ihre Bewegung abschirmten, sprach Navick endlich. »Ich nehme an, Sie haben in Ihrer Freizeit ein bisschen gehackt, oder?«

»Ein bisschen, Sir.«

»Die Brigadier sagt, Sie sind fast so gut im Erkennen manipulierter Daten wie im Erzeugen derselben.«

»Ich würde nie …« Er ließ den Satz ausklingen, grinste. »Schon gut. Was brauchen Sie?«

»Jemanden, der keine Angst vor dem hat, was er findet. Und jemanden, der die Fingerfertigkeit hat, es zu beweisen. Und jemanden, der klug genug ist, die richtigen Fragen zu stellen, wenn die Antworten unbequem werden.«

»Mhm. Also jemanden, der schnell ist, schmerzresistent, beharrlich und nicht zu leicht zu erschüttern. Und Sie brauchen jemanden, den die Wahrheit mehr interessiert als Karriereleitern. Und Sie brauchen jemanden, der sich nicht in die Hose macht, wenn ihm ein General schief kommt. Kommt das ungefähr hin?«

Navick blieb auf dem Pfad stehen. Hinter ihnen stand eine der allgegenwärtigen Bänke, doch er machte keine Anstalten, sich zu setzen. »Keine schlechte Zusammenfassung. So ungefähr.«

»Sie haben speziell nach mir gefragt, obwohl Sie nicht wussten, dass Sie nach mir fragen. Und ich liebe Herausforderungen. Worum geht's?«

Navick musterte ihn einen Moment lang, dunkel haselnussfarbene Augen wachsam. Dann zuckte er mit den Schultern, gab sich geschlagen und setzte sich wieder in Bewegung. Devons Einschätzung des Obersts kletterte um mehrere Stufen. Nicht viele Offiziere auf der Insel hätten eine potenziell insubordinierte Rede so gelassen hingenommen – und ohne den kleinsten Anflug gekränkten Stolzes.

»Ich schlage vor, Ihnen die Zugangscodes zu einem Metasatz von Aufzeichnungen zu geben, der die fünf Tage bis hin zum Bombenanschlag umfasst – inklusive. Ich bin fest davon überzeugt, dass an mehreren Stellen daran manipuliert wurde. Ich werde Ihnen nicht sagen, wo, wann oder in Bezug auf was. Es ist wichtig, dass Sie unvoreingenommen hineingehen. Ihre höchste Priorität wird sein, nachzuweisen, dass die Aufzeichnungen kompromittiert wurden. Wenn Sie das schaffen, reicht es.«

»Aber ...?«

»Wenn Sie können, versuchen Sie, die ursprünglichen, unveränderten Daten wiederherzustellen.«

Seine Schritte verlangsamten sich, um einen Radfahrer vorbeizulassen, der vor ihnen um die Kurve verschwand. »Sie wissen, dass das unmöglich sein kann, sogar für mich. Qubits sind launische, unbeständige Geschöpfe.«

»Ich weiß. Ob Sie die Originaldaten rekonstruieren können, ist zweitrangig. Was zählt, ist, dass Sie zeigen können, dass die Daten verändert wurden.«

»Hm.« Devon wiegte den Kopf. »Und warum ich?«

»Weil Sie – laut Hervé – der Beste sind. Und weil Sie keine Angst vor den Antworten haben, die Ihnen nicht gefallen. Ich brauche ein Ergebnis, das standhält, nicht eines, das gut aussieht.«

»Verstanden. Und die Bedingungen?«

»Sie arbeiten in meinem Auftrag, berichten nur an mich. Ihre Arbeit bleibt abgeschottet. Niemand erfährt davon, der es nicht wissen muss. Nicht einmal ihre direkten Vorgesetzten – mit Ausnahme von Brigadier Hervé, sofern es sich nicht vermeiden lässt.«

Er zog eine Braue hoch. »Sie möchten, dass ich offiziell gegen

Vorschriften verstoße.«

»Ich möchte, dass Sie die Wahrheit finden.«

»Fein. Dann brauche ich unbeschränkten Lesezugriff auf den kompletten Stack: Logs, Sensorstreams, Sicherheitsfeeds, Personal-Zugang, Schichtpläne, Wartungsfenster, das ganze Paket. Und ich brauche eine Sandbox-Umgebung mit Schreibrechten, die vom Produktionsnetz entkoppelt ist.«

»Sie bekommen, was Sie brauchen. Ich sorge dafür.«

»Dann bin ich dabei, Sir.«

Sie kehrten um und gingen schweigend zum Gebäude zurück, das Spiel gespielt, die Karten gegeben. Als sie wieder in Jules' Büro standen, war das Gespräch zu Ende, wie es begonnen hatte.

Entweder war Navick bereit, außergewöhnlich weit zu gehen, um einem Familienfreund aus der Patsche zu helfen … nein. Die Untersuchung würde dorthin führen, wohin sie führte. Von legitimen Aufzeichnungen war nie die Rede gewesen, nur davon, manipulierte zu entdecken. Also glaubte Navick wirklich, dass Alexis Solovy unschuldig war.

Was bedeutete, dass es eine anständige Chance gab, dass er nicht glaubte, der Senecan sei für den Bombenanschlag verantwortlich. Was wiederum hieß, er hielt jemanden innerhalb von Militär oder Regierung für verantwortlich – oder zumindest für beteiligt.

Devon beschleunigte den Schritt. Das war Hardcore, und er konnte es kaum erwarten, loszulegen.

8

SIYANE

PORTAL PRIME, UNKARTIERTER RAUM

Alex gestand nur ungern ein, dass Caleb recht gehabt hatte. Aber als sie die Treppe hinaufstieg – frisch geduscht, in frischen Sachen, der verführerische Duft von Peronan-Kaffee in der Luft –, musste sie es zugeben. Eine ordentliche Nacht Schlaf hatte ihr sowohl die Energie als auch den Entschluss zurückgegeben, die sie brauchte, um diesen seltsamen, beunruhigenden, in der Leere verschleierten Planeten richtig zu untersuchen. Schnell.

Aber gründlich.

Caleb begrüßte sie mit einem Kuss und einem Becher, und beides nahm sie bereitwillig an. Sie ließ sich auf einen der Küchenstühle sinken, während er einen Teller mit Croissants und Orangen herüberbrachte. Verdammt, er war wirklich ziemlich großartig.

Sie machte sich über ein Croissant her. Das würde ein schnelles, wenn auch leckeres Frühstück. »Also, ich dachte mir: Ich will die Instrumente ein wenig neu abstimmen. Auf den konventionellen Bändern haben wir nichts Ungewöhnliches aufgefangen, aber hier ist ganz offensichtlich Technologie am Werk. Technologie speist vermutlich die Lichtquelle, und Technologie speist ganz sicher den Tarnschirm. Wenn diese Technik auf herkömmlichen Scans nicht auftaucht, müssen wir kreativ werden.«

Er setzte sich zu ihr, schon halb mit einer Orange durch. »Gute Idee – aber abstimmen worauf?«

»Auf unserer Seite des Portals haben diese Aliens einen Hang zu Extremen und seltenen Frequenzen gezeigt – am einen Ende die niedrigste TLF, die je gemessen wurde, am anderen hochenergetische Gammafrequenzen und Terahertz-Wellen, die wir ›exotisch‹ nennen. Also fokussieren wir eng auf die Ränder, auf die Bereiche, die unsere Wissenschaftler als unnötig oder unbrauchbar abgetan haben. Verenge ich die Suchbänder genug, kann ich die Empfindlichkeit so stark hochziehen, dass wir einen Vogel hören, der fünfzig Kilometer entfernt zwitschert. Aber zuerst … will ich raus.«

»Gut. Ich auch.«

»Wirklich?«

»Jap. Ich verstehe die Wissenschaft – größtenteils – und die technische Analyse, aber im Herzen bin ich ein Bauchmensch. Ich muss diesen Ort fühlen. Sehen, was er mir sagt.«

Sie biss sich demonstrativ auf die Unterlippe, entzückt, ihn ein bisschen aufziehen zu können. »Das bist du …«

»Was?«

»Viszeral.«

Sie hätte schwören können, er wurde fast rot – und was für ein Anblick das gewesen wäre. »Ich … nicht genau das, was ich meinte, aber …« Als er das Glitzern in ihren Augen sah, griff er über den Tisch nach ihrer Hand und schenkte ihr ein verschmitztes Lächeln. »Freut mich, dass du das findest.«

»Mhmm.« Sie stieß den Stuhl zurück und stand auf. »Immerhin müssen wir diesmal keine Anzüge tragen. Und es sind nicht −54°.

Und die Sonne scheint – sozusagen.«

»Klingt, als wäre der Ort gar nicht so übel. Wir sollten hier in Rente gehen.«

»Der Mangel an Sternen ist ein fettes Minus. Vielleicht suchen wir weiter.«

Sein Blick hob sich, um ihren zu treffen.

Sie drehte sich weg und überdeckte die leichte Unruhe, die die – gar nicht einmal so beiläufige – Bemerkung in ihr ausgelöst hatte, indem sie die Teller zum Spülbecken trug. »Wir machen erst einen kurzen Rundgang um das Schiff, nicht weiter als fünfzig Meter. Wenn wir beschließen, weiter zu gehen, springen wir schnell rein und schnappen uns einen Rucksack und ein paar Vorräte.«

»Steht so.« Er kam hinter ihr her, nahm den Rest des Geschirrs, legte den Arm um ihre Taille und setzte einen Kuss an ihr Ohr, der die letzten Spannungsreste wegpustete. »Ich nehme aber einen Daemon mit. Der Ort fühlt sich prähistorisch an. Könnte Dinosaurier geben.«

»Äh, ja, ich auch.« Sie streifte das Band vom Handgelenk, steckte sich die Haare hoch und ging zum Stauschrank. Er fing den Daemon, den sie ihm zuwarf, und klippte ihn an die Arbeitshose. Sie tat dasselbe mit der zweiten Waffe, dann ließ sie den Blick über das Deck schweifen.

»Alles klar. Gehen wir's an.«

Die äußere Schleuse zischte auf und ließ Luft hinein, die – laut Sensoren – völlig normal war, und sie stieg die Rampe in das Morgenlicht hinab.

Es fühlte sich an, als würde sie die Erde betreten; anders ließ es sich nicht beschreiben. Das angenehme Kribbeln der Brise auf den feinen Härchen ihres Unterarms war so vertraut, dass es fast intim wirkte.

Sie hatte über die Jahre etliche Planeten besucht. Zwar waren alle besiedelten Welten notgedrungen mit menschlichem Leben kompatibel (Terraforming war vorerst ein extrem langwieriger, kostspieliger und schwieriger Prozess), doch auf tausend Arten fühlte sich keine wie die Erde an. Diese schon – was angesichts dessen, wo sie sich befanden, schlicht falsch war.

»Wir haben einen Streifschuss mit Plasma abbekommen, ich will unten drunter nachsehen. Die Integritätschecks waren sauber, aber ich will trotzdem …« Ihre Stimme verklang, während sie die Fingerspitzen über den Unterrumpf gleiten ließ.

Die silbrige Verfärbung hatte sich weit über die Stelle hinaus ausgebreitet, an der der Riss repariert worden war. Sie war auch dunkler geworden, fast, als würde sie aushärten. Der gesamte Bauch des Schiffs schimmerte jetzt in einem tiefen Wolfram-Silber. Dicke Ausläufer helleren Silbers schlängelten sich vom Bauch aus die Rumpfkrümmung entlang, Lichtstreifen, die die Schwärze durchschnitt.

Die chemischen Reaktionen, die durch das Verschmelzen der Kohlenstoff- und Amodiamant-Metamaterialien ausgelöst worden waren, schienen offensichtlich weiterzulaufen. Sie übernahmen ihr Schiff. Sie wusste nicht recht, was sie davon halten sollte; ihr hatte gefallen, wie ihr Schiff ausgesehen hatte – dunkel und finster und gefährlich. Aber sie konnte nicht leugnen, dass der neue Ton eine eigene Schönheit besaß.

»Wow.«

»Ich weiß. Kennedy meinte, es mache den Rumpf stärker, also ist es wohl kein Problem.« Sie entdeckte keine Spur von Gefechtsschrammen: Der Rumpf wirkte makellos. »Seltsam, allerdings … und jetzt sieht mein Schiff irgendwie wie ein Zebra aus.«

»Ein ›Zebra‹?« Seine Augen verschwammen kurz – sie stellte sich vor, wie er seinen internen Datenspeicher befragte. Zwei Sekunden später sah er sie amüsiert an. »Okay, ein bisschen. Aber ich bezweifle, dass es so bleibt. Und es ist … faszinierend.«

Sie ließ die Hand vom Rumpf sinken und trat hinaus, um über das Grasland zu schauen, das sich bis zum Horizont erstreckte. Hinter ihr lagen sanfte Hügel, unterbrochen von der felsigen Felsspalte, die ihnen über Nacht ein wenig Schutz geboten hatte.

»Ich erwarte jeden Moment, dass irgendeine Herde Wildtiere über die Ebene hoppst.«

* * *

Ein leises Zischen hinter ihm war die einzige Warnung, die Caleb bekam, bevor er dreißig Meter weit durch die Luft geschleudert wurde. Er nahm noch den flüchtigen Eindruck von reflektiertem Licht auf polierten Schuppen an einem massiven Flügel wahr – dann schlug sein Kopf mit scharfem Knacken in den Boden.

Er war nur Sekunden weg – vier, fünf höchstens –, denn als er die Augen wieder öffnete, hatte der Drache kaum den Boden verlassen; die Flügel waren mitten im Schlag, als sie ihn über die *Siyane* hoben und in den Himmel trugen.

Ja, ein Drache. Glänzend purpurne Schuppen bedeckten einen gewaltigen Körper, den nur die Spannweite der Flügel übertraf; die massige Dicke des Rumpfs kontrastierte mit beinahe zarter Haut, die straff über leichten Knochen lag, aus denen die Flügel bestanden. Markante Hörner krümmten sich über seinem knöchernen Schädel nach hinten.

Er schnellte auf die Beine und riss den Daemon hoch, ignorierte die Vielzahl ruckhafter Schmerzen unterschiedlicher Intensität. Sein Blickfeld verengte sich auf ein einziges Bild: Alex, die im Griff der vorderen rechten Kralle des Drachen zappelte, während er davonflog.

Sie kämpfte sichtbar – das hieß, sie war nicht tot. Die Klauen, die sie packten, hatten ihre schöne Haut nicht aufgerissen und die empfindlichen menschlichen Organe, die ihr Leben gaben, nicht zerfetzt. Noch nicht.

Er könnte ein Loch in den Flügel schießen. Der Laser würde die dünne Membran zerfetzen. Der Drache würde vom Himmel stürzen – hundert Meter tief zu Boden. Und Alex würde sterben.

»Verdammt!«

Im nächsten Augenblick sprintete er zur Luftschleuse, stolperte ein-, zweimal, ohne den Schritt wirklich zu verlieren. Er merkte, dass er verletzt war, aber es spielte kaum eine Rolle.

Er schlug die Handfläche auf das Schleusenpanel, gab den Zweitschlüssel ein und fiel durch die sich öffnende Luke. Dann kroch er zur Hälfte, zur Hälfte hastete er ins Cockpit und in ihren Sitz. Seine Finger huschten über den blanken Sims, bis er durch reinen Zufall den Auslöser fand, der das HUD aktivierte. Anders als Alex war er nicht mit dem Schiff verdrahtet, also reagierte es nicht auf seine Gedanken.

Danke, Mia.

Als das HUD zum Leben erwachte, waren Bedienfelder und Anzeigen leicht zu identifizieren. Er fuhr die Pulsdetonations-Trieb werke hoch und hob vom Boden ab, während der Drache am Himmel schrumpfte. Die unvergleichliche Geschmeidigkeit der Reaktion des Schiffs unter seinen Fingerspitzen traf ihn unvorbereitet. Es reagierte auf die kleinste Justierung mit unglaublicher Flüssigkeit – wie ein Segler im Himmel statt einer Maschine aus hartem, kaltem Metall.

Er legte vierzig Grad Steuerbord an und stieg, seine gesamte Aufmerksamkeit auf den winzigen roten Punkt am blassblauen Himmel gerichtet.

Er konnte sehen, wie das Licht von der nicht existierenden Sonne an den Schuppen reflektierte und der Schlag der Flügel ihn auf die Berge zuhielt, die inzwischen groß in der Ferne aufragten. Die

Berge stellten ein Problem dar; er riskierte, den Drachen in einer Felsspalte oder einem schattigen Tal zu verlieren. Er würde dichter heran müssen. Vielleicht glitt die Kreatur nahe genug am Gelände entlang, dass er einen Schuss riskieren konnte. Er sollte—

—die Welt geriet aus der Bahn, zum zweiten Mal in ebenso vielen Tagen verloren »unten« und »oben« jede Bedeutung. Sein Kopf wirbelte wild; er presste eine Hand an die Stirn, um Stabilität zu erzwingen. Doch die Bilder, die seine Augen ihm lieferten, wollten sich nicht mit der Wirklichkeit decken, mit dem, was er für wahr hielt.

Friedlich breiteten sich Grasflächen unter ihm aus. Keine Berge waren zu sehen, nicht einmal am fernen Horizont. Vor ihm links rollten sanfte Hügel – genau wie jene, bei denen sie in der Nacht zuvor Lager gemacht hatten. Exakt wie jene Hügel, bei denen sie in der Nacht zuvor Lager gemacht hatten. Das Schiff fiel in den Leerlauf, als seine Hände von den Kontrollen rutschten und er aus dem Sichtfenster starrte; Verwirrung wich Unglauben.

Er schwebte in Sichtweite des Ortes, an dem er vor zwanzig Minuten gewesen war.

Scheiß drauf. Darüber konnte er auf dem Rückweg nachdenken. Er beschleunigte wieder und nahm Kurs auf die Berge.

Es existierte also eine Art Barriere, eine, die Eindringlinge auf ausgesprochen dramatische Weise abwies. Offensichtlich war der Drache kein Eindringling.

Na schön.

Er wusste jetzt ungefähr, wo sie war. Er würde verlangsamen, wenn er sich näherte, und einen Weg hindurch finden. Irgendwie.

Und vielleicht hätte er es tatsächlich, wären da nicht die zwei neuen Drachen gewesen, die ihn beim Näherkommen auf die Berge ansprangen. Er knickte den Nacken, änderte seine Haltung im Sitz.

Na dann. Raumschiff gegen Drachen.

Er versetzte das Schiff in Seitwärtsdrift, um den doppelten Flammenstößen auszuweichen, die aus den Mäulern der heranrasenden Drachen schossen. Es würde mehr brauchen als Feuer, um diesem Schiff etwas anzuhaben, und sicher war er, dass seine Waffen auch die größere Reichweite hatten.

Er warf die *Siyane* herum und beschleunigte rückwärts, um Abstand zu halten. In den zwei Sekunden, die ihm blieben, um sie zu mustern, stellte er fest, dass sie dem ersten bis aufs Haar glichen, nur dass ihre Schuppen in einem matten Flaschengrün respektive einem beinahe blauen Türkis schimmerten.

Er feuerte.

Die Laser schlugen nacheinander ein, und das Ganze fühlte sich herzzerreißend an, schrecklich und katastrophal falsch – aber er ignorierte es und feuerte weiter.

Alex.

Unter normalen Umständen hätte er das Schiff den Schüssen ausweichen lassen und in enge, unberechenbare Bahnen gehen lassen, um sich in Stellung zu bringen, und das jagte ihm einen Schauer die Wirbelsäule hinunter: Er flog, als wäre er Alex selbst, als wäre er wirklich eins mit der *Siyane*. Das Schiff reagierte so unendlich geschmeidig, dass sein Gehirn nicht umhin konnte zu glauben, es sei etwas anderes als ein Schiff – eine lebendige Erweiterung seines Körpers und Geists.

Dennoch ist ein Drache einer Laserwaffe des 24. Jahrhunderts einfach nicht gewachsen. Der Laser schnitt die dünne Membran seines linken Flügels auf. Das Biest geriet in einen Trudelflug, und er musste rasch manövrieren, um ihm auszuweichen—

—und die Welt stülpte sich abermals nach innen, sein Kopf gleich mit. Er blinzelte hart, würgte die Säure hinunter, die ihm in den Hals schoss, und starrte auf das Grasland draußen. Beim Ausweichen vor dem fallenden Drachen war er erneut in die Barriere geflogen.

Frustriert schlug er die Faust aufs Armaturenbrett. Das war aus einer Rhu/Platin-Nanolegierung und entsprechend unbeeindruckt.

Er massierte die aufplatzenden Knöchel und schob mit Gewalt Zorn und Verzweiflung beiseite, die ihn von seinem Ziel wegzureißen drohten. Er hatte keine Zeit, zu versacken, keinen Moment, um darüber nachzudenken, was mit ihr passiert sein mochte – oder ob sie lebte.

Geh mit dem Schlag, pack die Waffe, spring in den Ring. Angriff. Er musste handeln. Jetzt.

Er gab Schub.

9

SENECA

CAVARE

Jaron Nythal warf einen Stapel Kleidung in die Tasche, ohne sich mit Falten aufzuhalten. Er hetzte durchs Schlafzimmer, raffte das Nötigste zusammen und stieß sich dabei den Zeh am Türrahmen an.

»Ah!« Humpelnd kam er zum Bett zurück und presste eine Hand auf den pochenden Zeh. Er musste sich beeilen.

Seine Frau und die Kinder waren auf dem Weg zu ihren Eltern. Wenn schon sonst nichts, dann wären sie dort sicher – oder?

Er hatte geglaubt, aus dem Schneider zu sein. Er hatte seinen privaten Ausweg zurechtgelegt, seit dem Gefälligkeitsskandal vor vier Jahren jemanden in der Hinterhand—

Nur durch reinen Zufall hatte Jaron überhaupt eine Warnung erhalten. Schon auf dem Weg aus dem Büro hatte ihn ein Kollege im Flur angehalten.

»Hey, da war ein Mann hier und hat nach dir gefragt. Wollte keinen Namen nennen. Groß. Einschüchternd. Ich meine, er ist der Direktor des Nachrichtendienstes ... Delavasi heißt er, glaube ich.«

Jaron hatte dreißig Minuten in den Diensttunneln im Kreis verbracht. Delavasi wusste Bescheid. Kannte seine Vergangenheit. Kannte die Fassade, hinter der sie verborgen lag – und wusste, dass er den Anschlag auf Atlantis eingefädelt hatte.

Es spielte keine Rolle, woher der Mann es wusste; Jaron war im Innersten überzeugt, dass er es wissen musste.

Vierzig Jahre bis lebenslänglich im besten Fall. Ein endgültiges Verschwinden im Schwarzen Loch des … Schlimmsten. Und das Schlimmste wurde mit jeder Minute wahrscheinlicher.

Er musste verschwinden.

Mit einem knappen Blick durchs Schlafzimmer wuchtete er die Tasche auf die Schulter, in dem Wissen, dass er etwas vergaß … vielleicht eine Menge. Aber er musste sich beeilen.

Er trabte durchs Wohnzimmer und die Diele des neuen Hauses nach hinten hinaus. Der Boden war noch roh; Baufolie und nacktes Polymerschichtwerk bedeckten die Wände zwischen Möbeln, die kreuz und quer auf dem Boden verteilt standen.

Sein Skycar stand hinter dem Haus. Er bog um die Ecke, die Tasche wurde schwer und der Atem knapp vom panischen, hastigen Packen.

Ein Mann trat aus dem Schatten hinter der Fahrerseite des Wagens. Schwarz gekleidet, hager und bleich wie Tod persönlich – seine Züge wirkten, als wären sie vom Tod selbst in Stein geritzt.

Jaron erstarrte eine halbe Sekunde lang, ehe er rückwärts torkelte und mit der freien Hand nach der Wand tastete. »W-was wollen Sie?«

Die Lippen des Mannes zuckten um einen Zentimeter nach oben. Einen so emotionslosen Ausdruck hatte Jaron noch nie gesehen; der Anblick jagte ihm einen kalten Schauer über den Rücken. »Es tut mir leid, Mr. Nythal, aber wir können es nicht riskieren, dass Sie reden.«

Der Attentäter. Er musste es sein. Verdammt noch mal …

Er schüttelte heftig den Kopf. »Ich rede nicht, ich schwöre es. Ich verschwinde. Sehen Sie?« Er hielt die Tasche zur Bekräftigung hoch. »Lassen Sie mich einfach gehen.«

»Das kann ich nicht. Die Behörden sind Ihnen auf der Spur, und sobald Sie Sie haben, brechen sie Sie. Unsere Auftraggeber werden das nicht zulassen.«

Die Tasche glitt aus Jarons Hand und polterte auf den Boden. Er klammerte sich an die Wand, und ihm wurde bewusst, dass es keinen Weg gab zu entkommen, während der Killer leise, ruhig in kleinen Schritten auf ihn zuging. »Bitte, ich flehe Sie an, ich werde—«

Es kam ihm nicht einmal in den Sinn, sich zu wehren, als die Klinge hochschnellte und ihm in einer einzigen fließenden Bewegung die Kehle aufschnitt.

* * *

Matei Uttara aktivierte seinen persönlichen Tarnschirm und glitt an der Hauswand entlang auf den Fußweg hinaus, der in das wohlhabende Viertel führte.

Das zyangetönte Spätnachmittagslicht schien viel zu hell für seine Stimmung – aber sein Kontakt war in diesem Punkt eindeutig gewesen. Die Zeit drängte.

Und es gefiel ihm, seinen kleinen weißen Bauern los zu sein. Der Mann hatte ihm gute Dienste geleistet, aber ein gewisses Verfallsdatum ließ sich nicht leugnen. Andere Individuen waren weit gewiefter und klüger als Jaron Nythal.

Den Alien zählte er nicht mit, denn er war irrelevant. Er würde sich nicht ablenken lassen. Wurde eine Variable aus der Gleichung entfernt, trat früher oder später eine andere an ihre Stelle.

Er erreichte die nächste Levtram-Station in wenigen Minuten, als das Viertel in dichter bebaute Zonen überging. Er mischte sich in die moderate Menge und nahm die Bahn zum Raumhafen.

Zugegeben, das vorgezogene Ausführen des Auftrags hatte einen Nebeneffekt: Es verkürzte die Vorbereitungszeit für den nächsten. Glücklicherweise hatte er die benötigten Materialien am Vortag beschafft.

Es würde ebenfalls eine schwierige Operation werden. Raumstationen waren notorisch hart zu knacken – und die verschärften Sicherheitsmaßnahmen in Kriegszeiten waren eine ganz andere Nummer.

Er würde es trotzdem erledigen. Danach wollte er nach Westen. Weit nach Westen. Wenn die Dinge ihren Lauf nahmen, suchte er sich einen guten Platz, lehnte sich zurück und genoss die Vorstellung.

Es war ihm ziemlich gleichgültig, wer gewann. Die Allianz benutzte ihn, ebenso die Föderation, und wenn beide Seiten begannen, sich gegenseitig zu zerfleischen, half er auch dabei nur allzu gern nach.

Er wollte lediglich die anschwellende Welle der Anarchie schüren und dann zusehen, wie die Galaxis zu Asche verbrannte.

* * *

HAUPTQUARTIER DES NACHRICHTENDIENSTES

»Frau Marano, ich bin Graham Delavasi, Direktor des Nachrichtendienstes.« Er setzte sich ihr gegenüber und schenkte ihr ein freundliches Lächeln. »Kann ich Ihnen etwas bringen? Kaffee? Einen Snack?«

»Sie können meine Mutter hier rauslassen.«

Er nahm das als ein »Nein«, zog den Stuhl weiter an den Tisch heran und verschränkte die Hände. »Ich verstehe. Wir haben nur ein paar Fragen, die Sie uns vielleicht beantworten können.«

»Ich sage Ihnen dasselbe, was ich dem letzten Typen gesagt habe: Es ist mir egal, was Sie von mir wollen. Meine Mutter weiß nichts. Sie ist labil und nicht in der Lage, mit so einem Stress umzugehen – Sie müssen sie gehen lassen. Ich bringe sie nach Hause. Tun Sie das, und ich versuche, Ihre Fragen zu beantworten.«

Er fragte sich, wer hier die Vernehmung leitete, aber es war nicht so, als sei er unaufmerksam gewesen. »Was fehlt Ihrer Mutter? Ist sie krank?« Er klang ehrlich besorgt.

»Körperlich? Nein. Aber geistig ist sie … ja, sie ist krank. Sie kann funktionieren, aber sie kommt mit diesem Stress nicht klar – Sie müssen sie gehen lassen.«

Er betrachtete die Frau einen Moment lang. Er hatte ihre Akte auf dem Weg hierher studiert, aber er brauchte sie nicht, um zu sehen, dass sie intelligent, eigenständig und entschlossen war. Eine Frau, die alles für ihre Familie tat. Und zu diesem Thema sah er in ihren Augen nur aufrichtige Verzweiflung.

»Geben Sie mir zehn Minuten.«

Sie warf ihm einen abwägenden Blick zu und zuckte mit den Schultern.

Er verließ den Raum und glitt den Flur hinunter in einen identischen. Francesca Marano saß darin und starrte die Wand an. Ein Teil von ihm war dankbar, dass Stefan nicht hier war, um sie zu sehen. Es hätte ihm das Herz gebrochen.

Die Frau sah Jahrzehnte älter aus, als sie sein sollte. Ihre Haut wirkte wächsern, die Stirn von tiefen Falten durchzogen, und am bedrückendsten waren ihre Augen – weit und verwirrt und doch irgendwie leer.

Ein neuer Splitter Schuld gesellte sich zu der bestehenden Schuld um Michael – nicht dass dies ihn von Verantwortung freisprach.

Er ging nicht in den Raum. Er hatte sie vor Jahren einmal

kurz kennengelernt, und damals war da Wärme, Licht und ein freies Lachen gewesen … aber er durfte das Risiko nicht eingehen. Stattdessen suchte er Liz auf.

»Wir lassen Francesca Marano frei.«

»Ich gebe zu, sie war nicht gerade hilfreich – ich vermute, da drin herrscht ziemliches Durcheinander –, aber wir haben noch mehrere Ansätze, die wir verfolgen könnten.«

»Wir lassen sie frei.«

Sie quittierte den Befehl mit einem Nicken. »Ja, Sir.«

»Organisieren Sie ihr eine Begleitung nach Hause und …« Er dachte einen Moment nach. »… veranlassen Sie eine unauffällige Aufsicht. Nichts Offensichtliches. Sie muss nicht wissen, dass ein Agent in der Nähe ist.«

»Glauben Sie, dass sie in Gefahr ist?«

»Ich glaube, es gibt viele Dinge, die wir noch nicht verstehen. Ich werde ihre Tochter zu ihr lassen, während Sie den Schutz aufsetzen.«

»Ich kümmere mich sofort darum.«

* * *

Er kehrte in den Vernehmungsraum zurück, zwei dampfende Becher Kaffee in der Hand. »Sie mögen vielleicht keinen brauchen, aber ich schon. Krieg ist nicht gerade schlaffördernd.«

Isabelas Gesicht wurde weicher, als sie nach dem Becher griff. »Danke. Hören Sie, wenn Sie darauf hinauswollen, ob Caleb ein Monster ist – ich kann Ihnen versichern, er weiß verdammt noch mal nichts über uns.«

Er hielt seine Miene peinlich unbewegt. »Nein, ist er nicht.«

Ihr Kopf neigte sich, dichtes schwarzes Haar fiel ihr ins Gesicht. »Sie wussten, dass meine Mutter Ihnen nicht helfen würde, und trotzdem haben Sie sie hierher gezerrt.«

Ja, sie war scharf. Er verschränkte die Finger auf dem Tisch und neigte sich vor. »Ich habe Fragen an Sie, Frau Marano, und an Ihre Mutter. Ich habe auch Fragen an Ihren Vater, aber ...« Er brach ab. »Er ist nicht hier.«

»Nein.«

»Gut. Beginnen wir mit Ihnen. Wo ist Ihr Bruder?«

»Weiß ich nicht.«

»Wann haben Sie zuletzt mit ihm gesprochen?«

»Vor sechs Tagen. Ich habe ihm eine Nachricht geschickt, nachdem er als Verdächtiger benannt wurde, und er hat geantwortet. Er hat mir versichert, dass er es nicht war, aber gesagt, er könnte eine Weile nicht erreichbar sein.«

»Nicht erreichbar? Heutzutage ist niemand nicht erreichbar.«

»Ach kommen Sie, Sie Spiontypen wissen doch genau, wie man vom Raster verschwindet.«

»Ähm ... gut. Hat er Ihnen etwas über den Anschlag auf das EASK-Hauptquartier erzählt?«

»Er sagte, er war's nicht – was ich ohnehin wusste.«

»Woher?«

»Weil er mein Bruder ist.«

Gewiss, eine dumme Frage – aber eine, die das Handbuch, das er nicht schrieb, verlangte. »Hat er Ihnen ansonsten etwas zu den Ereignissen in der Nacht des 24. September gesagt?«

»Ich hab's Ihnen gerade gesagt: Er hat gesagt, er war nicht für den Anschlag verantwortlich.«

»Nicht der Anschlag – andere Ereignisse jener Nacht.«

Ihr Gesicht verzog sich vor Ratlosigkeit. »Nein ...«

Ein Mundwinkel hob sich einen Hauch. »Sie glauben nicht, dass er es war.«

»Persönlich? Ich—« Eine Prioritätsmeldung schob sich in sein Sichtfeld und riss ihn aus der Unterhaltung. Verdammte Scheiße.

Er räusperte sich. »Verzeihung, Frau Marano, aber ich werde dringend gebraucht. Ich werde diese Unterhaltung fortsetzen und so schnell wie möglich zurückkehren.«

»Ich darf noch nicht gehen? Ich habe Ihnen alles gesagt.«

»Bitte haben Sie noch ein wenig Geduld. Ein Agent aktiviert gleich Ihre Verbindung zu Ihrer Mutter, damit Sie sprechen können, und wir sorgen dafür, dass Sie bald nach Hause können. Ich möchte Ihnen die Zeit hier so angenehm wie möglich machen.«

»Ich—« Ihr Kopf schüttelte sich, aus Frust oder Resignation. »—danke.«

* * *

CAVARE

Graham starrte fassungslos auf die Leiche. Er würde es Schock nennen, wenn er nicht schon einen Monat nach Beginn des Ersten Crux-Kriegs die Fähigkeit verloren hätte, schockiert zu sein.

Die Kehle war nahezu auf dieselbe Art durchtrennt wie bei Volosk, und es gab praktisch keine forensischen Spuren, die zu einem Verdächtigen führen konnten.

Die örtliche Polizei war abgezogen worden und die Division hatte die Kontrolle übernommen, was seine Anwesenheit erklärte, während er schweigend mitten in ihrem Tatort stand.

Alles, was Michael Volosk vermutet hatte – alles, was Caleb Marano behauptete –, war wahr.

Es gab eine Verschwörung rund um das Attentat auf dem Gipfel in Atlantis, und jemand in seinem eigenen Haus war darin verwickelt. Mindestens eine Person seiner Organisation war Teil davon.

Jemand hatte von den wieder aufgenommenen Ermittlungen zu

Nythal erfahren. Jemand hatte nachgeholfen und so dafür gesorgt, dass der Mann nie aussagen würde. Und jetzt lag die aschfahle Leiche in fünf Litern Blut zu seinen Füßen.

Verdammt noch mal.

Volosk war getötet worden, weil er nicht von dem Attentat lassen wollte – und Marano war dankbar gewesen, als die Spur wieder aufgenommen wurde. Ob sie ihn deshalb zum Sündenbock gemacht hatten oder ob er ihnen einfach gelegen kam, spielte kaum eine Rolle.

Es gab wenig Beweise für all das, aber er brauchte sie nicht. In seinen Knochen fühlte er es, so sicher wie kaum etwas in seiner beruflichen Laufbahn – ob auf oder abseits des Schlachtfelds. Und jetzt war er wütend.

Er verabscheute Korruption, aber korrupte Regierungsbeamte verabscheute er am meisten. Es war Korruption, die Hunderttausende Zivilisten auf Palluda und Tausende Soldaten auf beiden Seiten das Leben gekostet hatte.

Und er hatte nicht die Absicht, es diesmal durchgehen zu lassen.

Nachdem er dem Forensikteam ein paar Anweisungen gegeben hatte, machte er sich auf den Weg zurück ins HQ, um die Mitschnitte und Maranos Berichte noch einmal zu prüfen und alles in sich aufzunehmen, was sie herausgefunden hatten.

Dann war es an der Zeit, eine alte Rechnung zu begleichen. Es musste nicht heute sein oder morgen, aber es war Zeit für ein Geständnis.

Seines eigenen.

10

ERDE

EASK-HAUPTQUARTIER

Liam O'Connell bewegte sich mit sorgfältiger Beherrschung hinter seinem Schreibtisch. Seine Hände waren hinter dem Rücken ineinander verschränkt, jede hielt die andere im Zaum. Er arbeitete daran, das Bild eines ruhigen und zugleich autoritativen Anführers zu vermitteln, von dem er wusste, dass es von ihm verlangt wurde.

Es ließ seine Haut kribbeln – als würden unsichtbare Schlangen über die Oberfläche gleiten und ihn höhnisch dazu reizen, aus der Bewegung zu explodieren.

Über seinem Schreibtisch schwebten Holos mit den Projektionen sämtlicher Regionalbefehlshaber. Für die auf der Erde ansässigen EASK-Board-Mitglieder, die beim Bombenanschlag getötet worden waren, waren noch keine Nachfolger benannt; dergestalt war dies eine Board-Sitzung dem Wesen nach, wenn auch nicht der Form. Die Verräterin Solovy war nicht eingeladen worden.

Er warf Admiral Rychen, dem Befehlshaber der Nordost-Region, einen herrischen, finsteren Blick zu. »Wir müssen nach Desna schnell Vergeltung üben. Schicken Sie ein Regiment, um ihre Kolonie

Bellici zu nehmen.«

»Vielleicht sollten wir zunächst Desna zurückerobern, General.«

Sein Stirnrunzeln glitt zu einem Holo am anderen Ende. »Foster, haben Sie schon ein Einsatzprofil zur Rückeroberung von Desna?«

Der weichgespülte Befehlshaber der Nordwest-Region richtete sich mit einer Haltung auf, als sei er irgendwie stolz. »Sir, die Senecaner haben eine beträchtliche Flotte zur Verteidigung von Desna zurückgelassen. Meine Kräfte sind geschwächt. Ich glaube nicht, dass ich derzeit genügend Schiffe entbehren kann, um es zurückzuerobern.«

Liam kniff die Augen zusammen; seine Stirn zog sich zusammen, ehe er es verhindern konnte. Ein Kopfschmerz begann hinter seinen Augen zu kratzen. »Verstehe.« Er deutete auf seinen frisch ernannten Ersatz in der Südwest-Region. »Haraken, um Himmels willen, schicken Sie Foster ein paar Schiffe, damit er einen respektablen Versuch starten kann, einen mickrigen kleinen Planeten zurückzuerobern.« Seine Aufmerksamkeit sprang erneut. »Rychen, greifen Sie Bellici an.«

Rychen betrachtete ihn streng und weigerte sich, sich niederstarren zu lassen. »O'Connell, Sie und ich waren vor nicht einmal sechs Stunden in einer Besprechung mit dem Premierminister, in der er mich anwies, eine umfassende Blockade der südlichen Föderationsgrenze zu führen. Ein solches Unterfangen wird all meine Schiffe binden, die nicht für zwingende Patrouillen benötigt werden.«

Liam schnaubte. »Bellici ist kaum größer als Desna. Wollen Sie mir sagen, Sie können nicht einmal ein einziges Regiment abstellen, um zuzuschlagen?«

Rychen starrte ihn noch eine Sekunde lang an – und hatte dann die Unverfrorenheit zu lachen. Liams Brust zog sich zusammen ob der Anstrengung, die anschwellende Welle von Zorn zurückzuhalten.

Rychen beugte sich vor; sein Holo erweckte den Eindruck, sich auf Liam zuzuschieben. »General, haben Sie aus den Verlusten bei Arcadia und Desna nichts gelernt? Die Föderation hat in den letzten zwei Jahrzehnten eine stattliche und schlagkräftige Armee aufgebaut. Anders als Desna wird Bellici verteidigt werden. Ich versichere Ihnen, es braucht mehr als ein Regiment, um die Kolonie zu nehmen, und genau diese Schiffe werden mit der Umsetzung der Anweisungen des Premierministers beschäftigt sein.«

»Verweigern Sie—«

Die Tür zu seinem Büro glitt auf. Miriam Solovy marschierte mit grimmiger Miene herein und hob dann eine Augenbraue zu den Holos. »Gibt es etwas, das ich wissen sollte, General?«

»Nein. Sie haben kein Recht, unangekündigt in mein Büro zu platzen. Raus.«

Ihr Blick glitt in gespielter Neugier über die Holos. »Angesichts der derzeit reduzierten Mitgliederzahl sieht das verdächtig nach einer Board-Sitzung aus – was absurd ist, denn wäre es tatsächlich eine Board-Sitzung, wäre ich geladen worden.«

»Ist es nicht. Ich konsultiere lediglich die Regionalbefehlshaber.«

»Gut. Das sollten sie auch hören. Ich bringe beunruhigende Neuigkeiten mit. Nach Auskunft sowohl unserer Wissenschaftler als auch des Astronomical and Space Science Department stimmt die Datenlage zu den Aliens wissenschaftlich. Und wir haben ein weiteres Problem: Uns ist die Verbindung zur Kolonie Gaiae abgerissen.«

»Und? Wen schert ein Haufen Verrückter am Arsch der Galaxis?«

»Mag sein, dass sie ein ›Haufen Verrückter‹ sind, aber sie besitzen eine Raumschiffwerft, mehrere orbitalen Anlagen und eine wachsende Selbstverteidigungsflotte. In Kombination mit den Daten gibt es die reale Möglichkeit, dass sie von der Alien-Armada angegriffen wurden.«

»Es gibt keine Aliens, Miriam! Deine verräterische Schlampe von einer Tochter – und ihr senecanischer Liebhaber – haben dafür gesorgt, dass ein Terrorist ins Gebäude kam und seine Bomben legte.«

Sie war plötzlich vorn am Schreibtisch; er wusste nicht, wie oder wann sie sich dahin manövriert hatte, doch nun drohte ihr kleiner Körper, sich über den Schreibtisch – und über ihn – zu erheben. »Ich warne Sie hiermit, und zwar vor Zeugen: Nennen Sie meine Tochter noch einmal eine Verräterin, und ich mache Sie fertig.«

Die Knöchel seiner Faust schabten über die Tischfläche. »Wenn sich herausstellt, dass sie eine Verräterin ist, werden Sie mich nicht aufhalten können.«

Ein lautes Räuspern zerschnitt die Konfrontation.

Rychen fuhr fort, bevor einer von beiden zu einer Retourkutsche ansetzen konnte. »Die Daten zu den Aliens wirkten wissenschaftlich stichhaltig, sowohl nach Einschätzung unserer Wissenschaftler als auch der Experten am Astronomical and Space Science Department. Gott weiß, ich will nicht, dass es wahr ist, aber die Nachrichten – oder vielmehr deren Ausbleiben – von Gaiae ist ein beunruhigender Zufall.«

»Sie wollen mir doch nicht allen Ernstes sagen, dass Sie diesen Unfug glauben?«

»Als Befehlshaber der dem Metis-Nebel nächstgelegenen Region wäre es fahrlässig, der Angelegenheit nicht die gebührende Aufmerksamkeit zu schenken. Das müssen Sie einsehen.«

Mangels einer passenden Erwiderung stieß Liam nur ein Grunzen aus.

Solovy hatte ihm den Rücken zugedreht und wandte sich den Holos zu. »Admiral Rychen, ich weiß, Ihre Flotte ist mit der Blockade der Föderationsgrenze voll ausgelastet. Glauben Sie, Sie könnten trotzdem ein einziges Aufklärungsschiff – vielleicht eines, das ohnehin auf Patrouille ist – abzweigen, um die Lage auf Gaiae zu untersuchen? Es könnte versuchen, die Kurzstreckenkommu nikation wiederherzustellen, und eine Sichtprüfung der Situation vornehmen.«

Er brummte ein Widerspruchswort, doch Rychen antwortete, ohne ihn zu beachten: »Ja. Das kann ich tun.«

Liam riss den Mund auf. »Sie überschreiten Ihre Befugnisse. Wer hat Ihnen eingeredet, der Vorsitz verschaffe Ihnen die letztgültige Autorität über die Galaxis? Sie hätten Price Alamatto fragen sollen, was der Posten wirklich bedeutet. Admiral Rychen ist der Befehlshaber der Nordost-Region. Erinnern Sie sich, was das heißt?«

Rychen lieferte ihm hilfsbereit die Antwort. »Es heißt, ich kommandiere die Region – und das beabsichtige ich auch weiterhin zu tun, bis ich abgelöst werde oder in der Schlacht falle. Admiral Solovy, ich halte Sie und das Board darüber auf dem Laufenden, was mein Aufklärer herausfindet. Und nun, diese Sitzung läuft bereits zu lang, und anscheinend habe ich eine Blockade zu implementieren.«

Liam brachte noch ein gestammeltes »Wegtreten« heraus, als Rychens Holo erlosch. Seine Zähne mahlten aufeinander, als er sich Solovy zuwenden wollte – doch sie war bereits verschwunden.

11

PORTAL PRIME

UNKARTIERTER RAUM

Keine Drachen in Sicht, als Caleb zum dritten Mal das Gebirge ansteuerte. Vielleicht war der Vorrat an Drachen ausgegangen und ihre Herren hatten noch keine Zeit gefunden, neue zu drucken.

Er kicherte in sich hinein; es klang heiser und rau. Er fühlte sich benommen wie nach mehreren Treffern und mehr als ein wenig waghalsig—doch Waghalsigkeit war das Letzte, was er jetzt sein durfte. Also arbeitete er daran, die Emotionen zu verriegeln, die durch seinen Kopf tobten und ihm die Brust aufrissen. Fokus.

Er setzte die *Siyane* hundert Meter vor dem Anfang der Berge auf und nahm sich dreißig Sekunden, um sich Wasser ins Gesicht zu spritzen, einen Energydrink hinunterzukippen und den Daemon aufzuheben, der gegen die Kabinenwand geknallt war. Dann sammelte er noch mehrere Dinge ein, bevor er die Luke aktivierte und das Schiff verließ.

Ein sanfter Wind strich den Hang hinab. Eine Jacke würde er brauchen, aber er war seiner Zeit voraus. Er trabte so nah heran, wie er es wagte, bis zu der Stelle, an der er die Barriere vermutete, und blieb stehen. In keinem Teil des Spektrums, das sein Augenimplantat auswertete, war ein visuelles Zeichen einer Barriere zu erkennen.

Er holte den tiefgefrorenen Muffin aus der Küche in die Handfläche, holte aus und schleuderte ihn in die Luft. Er segelte rund fünfzig Meter weit, schlug auf, hüpfte zweimal und rollte am unteren Hang des Berges aus.

Die Barriere lag ohne jeden Zweifel näher als der Hang, aber er wagte es noch nicht, weiter vorzugehen. Stattdessen zog er das tragbare Oszilloskop aus der Tasche. Er hatte dafür gesorgt, dass sie einen Ersatz an Bord hatte, denn er war sich ziemlich sicher, dass er dieses hier verlieren würde. Er holte aus und warf es dem Muffin hinterher.

Es überschlug sich gut dreißig Meter lang—und verschwand dann.

Kein Flackern, wie man es bei einem menschengemachten Kraftfeld sehen würde, und kein erkennbarer Bumerang-Effekt. Das Gerät war einfach weg. Er stellte sich vor, wie es jetzt im Gras mehrere hundert Kilometer hinter ihm lag.

Also wurde die Barriere von Technologie ausgelöst, was erklärte, warum sowohl der Drache als auch der Muffin hindurch konnten, das Schiff und das Oszilloskop jedoch nicht. Er hatte allerdings die leise Ahnung, dass es komplizierter war. Zeit, es herauszufinden.

Als Nächstes kam ein gezacktes Küchenmesser. Da er die Demarkationslinie nun besser einschätzen konnte, trat er näher und schickte das Messer durch die Luft. Es flog, um vor dem Muffin zu landen, aber deutlich hinter dem Punkt, an dem das Oszilloskop verschwunden war.

Künstlich hergestellte Materialien waren erlaubt. Nur Tech war tabu.

Er löste seine kinetische Klinge aus der Halterung an der Hose. Das Heft war kühl in seinen Händen, die Klinge inaktiv. Diesmal zögerte er. Es gab kein Backup für die Klinge; wenn sie abgelehnt wurde, hatte er keine zweite. Aber dies war der einzig sichere Weg, die Auslöseparameter herauszufinden.

Er warf das Heft durch die Luft... Erleichterung durchströmte ihn, als es nicht weit vom Muffin entfernt zu Boden ging.

Gott sei Dank. Wenn inaktive Technologie tabu gewesen wäre, wäre er geliefert gewesen.

Er eilte zurück ins Schiff, wo er einen Rucksack mit Essen, Ausrüstung und einem Satz Kleidung für sich und sie packte. Er ging davon aus, dass er die Vorräte brauchen würde, egal was als Nächstes geschah. Sein Blick strich bewusst durch das Schiff. Er wählte noch ein paar Dinge aus und ging hinaus.

Draußen schloss er die Augen. Zuerst sendete er ihr einen letzten Impuls. Wie schon in der letzten Stunde kam einfach keine Antwort. Er bekam keine Rückmeldung, aber das konnte daran liegen, dass die exanet-Infrastruktur nicht durch das Portal reichte. Sie hatten seit dem Durchflug keinen Grund gehabt, einander zu pulsen, also wusste er nicht, ob diese Art der Kommunikation möglich war.

Sei's drum.

Er holte tief Luft und tat etwas, das er in seinem Leben erst zweimal getan hatte. Er wies seine eVi an, alle aktiven kybernetischen Routinen zu deaktivieren und sich dann selbst herunterzufahren. Das war kein triviales Unterfangen, und um alles wieder zu aktivieren, würde er eine externe Einheit benutzen müssen, die mit den winzigen Fasern am Nackenansatz Schnittstelle aufnahm, welche mit seiner Kybernetik verbunden waren. Aber es war nötig.

Die Stille in seinem Kopf hallte unheimlich wider und verunsicherte ihn mehr, als er erwartet hatte. Er fühlte sich nicht schwächer, denn er war es nicht—nicht jetzt. Seine biosynthetischen Aufwertungen funktionierten weiterhin, und er profitierte immer noch von einer genetisch modifizierten Muskelstruktur.

Sollte er jedoch in eine Krise geraten, könnte er sich nicht auf

Nanobots verlassen, die sein Adrenalin hochfahren oder seinen Fokus schärfen. Sollte er verletzt werden, könnte er sich nicht auf zielgerichtete kybernetische Routinen verlassen, um den Schaden zu begrenzen und die Heilung zu beschleunigen. Sein Augenimplantat lag nun brach; nichts als natürliches Sehvermögen blieb, um ihn zu leiten. Exanet und Kommunikation waren seit dem Eintritt nach Metis weg, aber jetzt hatte er nicht einmal mehr Zugriff auf seinen internen Datenspeicher.

Er rollte die Schultern, streckte die Arme und ging vorwärts.

Die drastische Maßnahme musste reichen. Wenn ihn die Barriere bis ins Grasland zurückschleuderte, würde er Tage brauchen, um wieder hierher zu kommen. Alex hatte vielleicht keine Tage.

Vielleicht nicht einmal Stunden, dachte er sehr angestrengt nicht.

Er erkannte auch, dass die Maßnahme nicht zwingend notwendig gewesen sein mochte. Alex war schließlich hindurchgegangen, und er bezweifelte stark, dass sie vorher ihre Kybernetik deaktiviert hatte. Ihre eVis und Kybernetik waren vollständig in ihren Körpern enthalten, also lösten sie die Abwehrmechanik vielleicht nicht aus.

Es war aber ebenso möglich, dass sie durchgelassen worden war, weil sie in den Klauen des Drachen hing, oder… vielleicht war eine Ausnahme gemacht worden. Ungeachtet dessen durfte er kein Risiko eingehen.

Mit jedem Schritt hämmerte das Herz gegen sein Brustbein; wie sich herausstellte, funktionierte Adrenalin auch ohne Nanobot-Unterstützung erstaunlich gut. Ganz traute er dem Braten erst, als er in die Hocke ging, um den Muffin aufzuheben, der jetzt mit einer dünnen Schicht Schmutz überzogen war.

Noch ein Test bestanden. Ein wesentlicher.

Er suchte die Gegend ab, bis er das Heft seiner Klinge entdeckte, und hob es ebenfalls auf. Er drehte das Heft um und tippte den Schalter an, um sie zu aktivieren—

—und sah zu, wie sie in seiner Hand verschwand. »Scheiße.«

Es war keine Barriere. Es war eine technologiefreie Zone. Großartig.

Er fluchte in den hellen, sonnenlosen Himmel und kehrte zum Schiff zurück. Er würde eine Waffe brauchen, denn einen Drachen mit bloßen Fäusten k. o. zu schlagen, stellte keinen tragfähigen Plan dar.

Drinnen warf er den Rucksack auf die Couch und ging die Treppe hinunter in den Technikschacht, ohne auch nur im Geringsten anzuhalten, um mit Verzweiflung oder Qual auf das leere Bett zu starren und die Flut an Erinnerungen zuzulassen, die der Raum hervorrief. Er lokalisierte eine Metamat-Klinge und einen Schneidbrenner und machte sich an die Arbeit.

Sie würde stinksauer sein, wenn sie herausfand, dass er ihr Schiff verstümmelt hatte—ganz zu schweigen davon, dass sie stinksauer sein würde, wenn sie erfuhr, dass er die Kontrolle über ihr Schiff ohne ihre Zustimmung gekapert hatte—aber es war nötig. Er brauchte eine Waffe, und zwar eine nicht-technologische.

Er schälte einen langen Metallstreifen von einer der Abdeckplatten, die den Technikerkern schützten. Es handelte sich nicht um ein kritisches Segment; der fünfzehn Zentimeter breite Spalt gefährdete den sicheren Betrieb des Schiffs nicht.

Es dauerte über eine Stunde, den Streifen aus Platin-Nanolegierung zu einer Klinge knapp unter einem Meter zu formen. Er fühlte jede Sekunde in seiner Seele tickern, zwang sich aber, sich die Zeit zu nehmen, es richtig zu machen. Als er schließlich mit der Klinge zufrieden war, fertigte er ein dickeres Stück als Heft an und verschweißte es mit dem Brenner an der Klinge, formte es zu einer Griffform, die zu seiner Hand passte.

Als Nächstes brauchte es einen Griff, der verhinderte, dass ihm die Waffe in der Hand rutschte. Gab es irgendetwas in Richtung Leder an Bord? Sein Gedanke schweifte zur Polsterung des übergroßen Sessels im Schlafzimmer.

Er stöhnte, als er die Leiter aus dem Technikschacht hinaufstieg… sie würde ihn definitiv umbringen. Trotzdem wählte er die unauffälligste Stelle, aus der er eine Bahn herausschneiden konnte. Vielleicht fiel es ihr nicht auf. Wie stehen die Chancen?

Schließlich schnitt er das physische Gurtzeug vom Klappsitz heraus und bastelte einen Gurt und eine Minimal-Scheide. Er schlang sich die in der Scheide steckende Klinge über den Rücken, legte den Gurt diagonal über die Brust und testete das Rig. Eine grobe Lösung, aber sie musste genügen.

Auf dem Rückweg hielt er sich nicht auf. Er griff sich eine Wasserflasche und den Rucksack auf dem Weg durch die Kabine, fuhr das Schiff herunter und ließ es zurück.

Er hatte einen Berg zu besteigen.

11 was a banger—let's keep the momentum. Here's Chapter 12, formatted to match your spec (scene header, paragraphing, guillemets) and aligned with earlier Vertigo/Starshine choices like »Hauptquartier des Nachrichtendienstes« and »Privatschild«.

12

SENECA

CAVARE, HAUPTQUARTIER DES NACHRICHTENDIENSTES

Graham füllte die Thermoskanne mit Kaffee, nahm einen langen Schluck und füllte sie wieder auf. Schlaf war in der vergangenen Nacht eine geizige, launische Geliebte gewesen.

Er winkte einer Agentin, die in die Küche kam, stumm zu, schnappte sich einen zweiten, kleineren Kaffee und machte sich den Flur hinunter auf den Weg. Wenn er bei seinem Büro vorbeischaute, waren Ablenkungen garantiert, also war er direkt ins Verhörgeschoss gegangen. Er wischte sich die versprengten Kaffeetropfen vom Mund, als er den Raum betrat.

Isabela Marano sah besser aus, als er sich fühlte, auch wenn sich Schatten unter ihren Augen abzeichneten. Er hatte dafür gesorgt, dass man ihr für die Nacht ein Bett zur Verfügung stellte—sie hatten eine Etage tiefer kleine Räume, die zugleich als Zellen dienten—sowie Zugang zu einer Dusche und frische Kleidung. Offenbar hatte sie alle drei Annehmlichkeiten genutzt, bevor man sie heute Morgen in den Verhörraum zurückgebracht hatte.

Er schob den zweiten Kaffee in ihre Richtung. »Ich würde ›Guten Morgen‹ sagen, aber ich will Sie nicht beleidigen, indem ich unterstelle, Sie sähen das so. Es tut mir leid, dass ich gestern Abend so abrupt wegmusste.«

Ihr Blick schwankte von ihm zu dem Becher auf dem Tisch; sie zog ihn näher, nahm jedoch keinen Schluck. »Wie lange machen wir das noch? Meine Tochter ist wieder auf Krysk. Sie bleibt vorerst bei einer Freundin, aber ich hätte gestern Abend zurückkehren sollen. Sie ist erst vier Jahre alt, Direktor. Ich muss zu ihr nach Hause.«

»Ich verstehe Sie. Glauben Sie mir.«

»Aber.«

»Aber es ist wichtig, dass Sie noch eine Weile hierbleiben.«

»Warum?«

»Eine berechtigte Frage—und eine komplizierte.«

Ihre Augen verengten sich, intensiv und berechnend. »Bevor Sie gegangen sind, wollten Sie mir sagen, ob Sie Caleb für schuldig halten. Tun Sie das?«

Er antwortete nicht sofort, sondern holte ein kleines Gerät aus der Tasche. Er stellte es auf den Tisch und aktivierte den Privatschild. Sie warf dem Gerät einen Blick zu, kommentierte es jedoch nicht.

»Nein, ich bin überzeugt, dass er es nicht ist. Es zu beweisen ist eine andere Sache und leider schwieriger, als es scheinen mag.«

»Dann versuchen Sie's.«

»Das habe ich vor. Aber zuerst sollten wir über etwas anderes sprechen. Gestern haben Sie mich gefragt, ob wir Ihren Vater zum Verhör gebracht haben.«

»Sie sagten nein. Es irritiert mich ein wenig, warum Sie das nicht täten, angesichts Ihres groß angelegten Fahndungsvorgehens.«

Er fuhr sich mit der Hand durchs Haar und schindete noch eine letzte Minute. Er war der verdammt noch mal Direktor des Nachrichtendienstes; wenn er nicht die Befugnis besaß, eine taktische Entscheidung zu treffen und ein Staatsgeheimnis zu offenbaren, wer dann?

»Wir haben Ihren Vater nicht befragt, Ms. Marano, weil Ihr Vater tot ist … und das seit über zwanzig Jahren.«

Ihre Schultern zuckten, als hätte man ihr in die Brust geschlagen. »Das ist unmöglich. Man hätte uns benachrichtigt.«

»Unter normalen Umständen hätten Sie recht.«

»Nein. Sehen Sie, er schickt meiner Mutter weiterhin Unter-haltszahlungen. Wie ein Uhrwerk alle vierzig Tage in den letzten zwanzig Jahren—zumindest hat er den Anstand, eine Verpflichtung zu erfüllen. Sie müssen sich irren.«

»Wäre ich's doch. Diese Zahlungen kommen aus meinem Amt.«

»Ich verstehe nicht.«

»Kein Grund, warum Sie sollten. Was ich Ihnen jetzt sage, ist streng geheim und darf diesen Raum nicht verlassen. Sind Sie bereit, dies vertraulich zu behandeln?«

Ihre Haltung straffte sich zu einer Abwehrhaltung, die sie gegen das wappnete, was als Nächstes kam. Sie nickte.

»Stefan Marano arbeitete nicht für die Behörde für Zivile Ent-wicklung. Er war kein Bauingenieur, auch wenn er einen Abschluss darin hatte. Tatsächlich war er Ermittler für den Nachrichtendienst. Er war kein Einsatzagent, aber aus verschiedenen Gründen musste er seine Aufgaben geheim halten.«

»Sie scherzen. Warum würden Sie über so etwas scherzen?«

»Ich versichere Ihnen, ich scherze nicht. Ich sollte es wissen, denn er arbeitete für mich … und ich hielt ihn für einen Freund.«

Ihre Stimme klang flach, ihre Augen jedoch nicht. »Was ist passiert?«

»Im Jahr 2301, kurz nachdem der Waffenstillstand den Ersten Crux War beendet hatte, untersuchte Ihr Vater ein Komplott zur Destabilisierung der neuen Regierung der Senecan Föderation—

möglicherweise durch mehrere Attentate oder Terroranschläge. Die Drahtzieher des Komplotts erwiesen sich als quälend schwer fassbar, aber Ihr Vater kam ihnen nahe—zu nahe. Die Anführer dieser Umsturzbewegung waren mächtige Männer und Frauen, mit denen man sich nicht anlegt. Sie fanden heraus, dass er ihnen auf der Spur war, bevor seine Ermittlungen abgeschlossen waren.«

Er nahm einen weiteren Schluck Kaffee und achtete darauf, den nächsten Teil richtig zu formulieren. »Sie drohten seiner Familie— Ihnen, Ihrem Bruder, Ihrer Mutter. Sie versprachen, Menschen zu verletzen, die ihm wichtig waren, wenn er weitermachte. Wir … besprachen seine Optionen. Ihr Vater war ein ehrenwerter Mann. Er konnte es nicht mit seinem Gewissen vereinbaren, tatenlos zuzusehen, wie Terroristen seine Regierung zerstörten. Aber er ertrug ebenso wenig den Gedanken, dass jemand seiner Familie wehtun könnte.

»Also ging er einen riskanten Schritt. Er verließ Sie sehr öffentlich, in der Hoffnung, dass diese Gruppe erkennen würde, sie hätten nichts davon, seiner Familie zu schaden, wenn Sie nicht mehr Teil seines Lebens waren. Er rechnete damit, dass es vorübergehend sein würde, einen Monat oder zwei höchstens. Sobald die Ermittlungen abgeschlossen wären und wir die nötigen Beweise hätten und die Drahtzieher in Gewahrsam säßen, wollte er nach Hause zurückkehren.

»Ich glaube, er hatte vor, alles zu erklären, da ihm klar war, dass dies vermutlich die einzige Chance war, die er besaß, damit Ihre Mutter ihn zurücknahm.«

Isabelas Hände waren ineinander verkrampft. Graham streckte die Hand aus und legte sie im Zeichen des Mitgefühls auf ihre. Seine große, ungelenke Hand umschloss beide ihre Hände vollständig. »Wissen Sie, dass er Sie alle sehr geliebt hat, und es quälte ihn jeden Tag, den er von Ihnen getrennt blieb. Er verabscheute es, Ihnen wehtun zu müssen.«

Sie starrte ihn an, und er bemerkte, wie die Rüstung zu bröckeln begann. Verwirrung, Unglauben und der Rand des Schmerzes flackerten in ihren Augen auf.

Er fuhr fort. »Erinnern Sie sich an den Unfall bei Serich Fabrications im Jahr 2301? Vermutlich nicht, Sie waren noch recht jung.«

»Ich … wir haben in der Schule darüber gesprochen, glaube ich.«

»Nun, es war kein Industrieunfall. Einer der Anführer der Verschwörer besaß Serich, und sie nutzten die Anlage als Operationsbasis. Ihr Vater hatte Tag und Nacht daran gearbeitet, sie zu entlarven. Er hatte Glück, als er die genaue Zeit für ein angesetztes Treffen in der Anlage erfuhr. Die gesamte Führung an einem Ort—das war eine zu außergewöhnliche Gelegenheit, um sie verstreichen zu lassen, und er stellte ein Team zusammen, um sie alle festzunehmen. Tragischerweise ging die Mission zur Hölle.

»Soweit wir feststellen konnten, waren die Verschwörer schwer bewaffnet und hatten Söldner angeheuert. Es kam zu einem Feuergefecht. Der Ort war eine laufende Industrieanlage, und mehrere große Kanister einer pyrophoren Chemikalie gerieten ins Kreuzfeuer. Die Kanister explodierten, zerstörten die Anlage und töteten alle darin: elf Verschwörer, sechs Söldner und acht Agenten, darunter Ihren Vater.

»Er hätte nicht hineingehen sollen—wie gesagt, er war kein Einsatzagent. Aber er weigerte sich, andere die Verantwortung für seinen Fall tragen zu lassen. Er musste es zu Ende bringen.«

Sie wischte sich eine Träne mit dem Handrücken ab, richtete sich jedoch auf. »Warum haben Sie uns damals nichts gesagt? Die Bedrohung war vorbei, und er war tot. Menschen sterben nicht, ohne dass jemand davon erfährt. Warum alles vertuschen?«

Es gab keinen Weg, die Antwort abzumildern, keine Art, sie auszudrücken, die nicht so kalt und kalkuliert klang wie die Wahrheit.

»Denken Sie daran, das geschah nur wenige Monate nach dem Waffenstillstand mit der Allianz. Die Regierung war neu, unbewährt und schwach. Jede Handlung, die sie destabilisierte, riskierte im besten Fall Konflikt, im schlimmsten Chaos. Vielleicht sogar erneuten Krieg. Auf höchster Regierungsebene wurde entschieden, dass die Existenz des Komplotts nicht öffentlich werden durfte. Die ganze Angelegenheit würde begraben und jede Spur ihrer Existenz getilgt.«

»›Wurde entschieden‹? Keiner übernimmt Verantwortung, also trägt keiner die Schuld?«

Er zuckte ob der ätzenden Schärfe in ihrer Stimme zusammen. »Vielleic—«

»Verdammter Bastard.«

»Es war nicht meine Entscheidung, Ms. Marano. Ich hatte damals deutlich weniger Macht und bekam keine Wahl.«

»Haben Sie irgendeine Vorstellung davon, was das Weggehen meines Vaters mit meiner Familie gemacht hat? Mit meiner Mutter?«

»Ja. Habe ich. Und es tut mir leid, mehr als ich jemals ausdrücken kann.«

Sie starrte ihn an, zunehmend wütend—dann schlug sie die Hand vor den Mund, als ein Schluchzer in ihrer Kehle aufstieg, blinzelte Tränen weg und wandte sich zur Wand. Er verstand das Bedürfnis nach privater Trauer und störte sie nicht. Ihre Schultern hoben und senkten sich im Takt ihrer zittrigen Atemzüge.

Früher, als er erwartet hatte, drehte sie sich wieder zu ihm um, die Augen glänzend, die Fassung jedoch ansonsten wiederhergestellt. Ihre Stimme kam leiser als zuvor, aber ohne zu wanken. »Weiß Caleb davon? Ist das der Grund, warum er für Sie arbeitet?«

»Ich glaube nicht. Er sollte nicht. Der Mann, der ihn angeworben und ausgebildet hat, stand Ihrem Vater nahe … ich würde sagen, sie waren beste Freunde. Er wusste von Ihrem Vater, dass Caleb großes Potenzial zeigte, und wollte über ihn wachen. Ihn fördern. Tatsächlich passte er Jahre nach dem Tod Ihres Vaters auf Sie alle auf. Aber er hatte die ausdrückliche Order, das Schicksal Ihres Vaters nicht preiszugeben, und soweit ich weiß, hat er diese Order befolgt.«

»Haben Sie diesen Mann gefragt?«

»Fürchte, ich kann nicht ... er ist inzwischen ebenfalls tot.«

»Gefährliches Geschäft, in dem Sie sind.«

»Ist es.«

Dann legte sich eine unangenehme Stille über den Raum. Sie griff nach dem Kaffee, verzog jedoch das Gesicht, als sie merkte, dass er kalt geworden war, und stellte den Becher ab. Scharfe Augen musterten ihn, während sie das Wissen verarbeitete, das die Geschichte ihrer Familie kopfüber ins Trudeln brachte.

Er hatte darauf gesetzt, mit seiner Einschätzung ihrer pragmatischen Natur und Intelligenz richtigzuliegen. Er wartete ab, ob das Aufreißen alter Wunden—nicht nur ihrer, sondern auch seiner—den Preis wert gewesen war.

»Also ... warum sagen Sie mir das?«

Er atmete aus, erleichtert. »Um Ihr Vertrauen zu gewinnen, natürlich.«

»Es tut mir leid, Direktor Delavasi, aber ich weiß wirklich nicht, wo Caleb ist oder wie ich ihn erreichen kann.«

»Ich glaube Ihnen.«

Ihre Stirn legte sich in Falten, offenbar verwirrt. »Dann verstehe ich nicht, was Sie von mir wollen.«

»Ich will den Namen Ihres Bruders reinwaschen. Ich schulde es Ihrer Familie. Nebenbei könnte das auch ein paar Tausend oder möglicherweise Millionen Leben retten. Caleb hat den Zorn einer Verschwörung auf sich gezogen, die weitaus niederträchtiger ist als die, die Ihr Vater mit seinem Leben vereitelt hat. Um seinen Namen reinzuwaschen, muss ich diese Verschwörung offenlegen. Und dafür brauche ich Ihre Hilfe.«

13

ERDE

EASK-HAUPTQUARTIER

Miriam saß an ihrem Schreibtisch. Über der Oberfläche schwebten mehrere Bildschirme, und eine Hand ruhte an ihrem Kinn, während sie sie anstarrte. Die stoische Pose würde einem zufälligen Beobachter den Eindruck von besonnener, überlegter Kontemplation vermitteln.

Doch unter dem unbeteiligten Äußeren navigierte ihr Geist einen gordischen Knoten an Schwierigkeiten. Zumindest hoffte sie, er habe gordische Eigenschaften—das würde bedeuten, dass sie mit dem richtigen Ansatz eine Chance hatte, ihn zu zerschlagen.

Wie konnten sie so viele Schiffe so schnell verloren haben? Im Nebel der Schlacht und aus der Distanz war nicht klar gewesen, wie viele Schiffe sie verloren und wie wenige sie an deren Stelle hatten.

Eigentlich sollten sie mehr Schiffe haben. Sie hatten auch mehr Schiffe. Aber diese Schiffe waren in egalitärer Manier über den besiedelten Raum verteilt, sodass sie Tage, in manchen Fällen Wochen brauchten, um irgendeinen Punkt zu erreichen, an dem sie nützlich sein mochten. Und sie konnten nicht alle bewegen, nein, denn was, wenn jemand oder etwas aus Süden oder Westen angriff und jene Kolonien unverteidigt blieben? Ganz zu schweigen davon, dass sie gerade aus dem Norden in Stärke angegriffen wurden und verdammt noch mal Hilfe brauchten.

Wäre Alamatto noch Vorsitzender, würde er auf ihren Rat hören und mehr Schiffe nach Norden schicken. O'Connell war nicht so aufgeschlossen, gelinde gesagt. Trotz seines scheinbar eifrigen Verlangens, die Föderation zu besiegen, weigerte er sich, anzuerkennen, welche Kräfte dafür nötig sein würden.

Sie gönnte sich einen Gedanken an die mögliche Heuchelei, die darin lag, dass auch sie nicht dafür eintrat, mehr als einen winzigen Bruchteil der Sol/Central Command-Flotte zur Verstärkung der Front zu entsenden. Aber das war etwas anderes. Wenn die Erde fiel, fielen alle Welten.

Sie atmete lang ein und zwang sich in einen ruhigeren Zustand. Wutausbrüche waren nicht ihr Stil. David mochte ein geschmeidiger, charismatischer und bisweilen impulsiver Anführer gewesen sein, aber sie war an ihre Position gelangt, indem sie kühl, kontrolliert und logisch blieb. In den Details der Logistik brillierte sie.

Wenn es einen Weg gab, die nordöstlichen und nordwestlichen Regionen ausreichend zu verstärken—ohne den entscheidenden Schutz für die Welten der Ersten Welle zu opfern—würde sie ihn finden und umsetzen, und es würde nicht einmal eine Parade zu ihren Ehren geben.

Eine Holocomm-Anfrage ploppte in ihr Sichtfeld. Instinktiv wollte sie sie wegdrücken, sie hatte zu tun; dann sah sie, von wem die Anfrage kam. Sie fasste sich und nahm die Verbindung an.

»Admiral Rychen. Was kann ich für Sie tun?«

Sein Ausdruck war nicht förmlich. Aufrichtig, vermutete sie, aber schmerzerfüllt. Sein blassblondes Haar drohte seinen angestammten Platz zu verlassen und über seine wettergegerbte Stirn zu fallen.

Noch blassere, blaue Augen verrieten beunruhigte Sorge. »Eines meiner Aufklärungsschiffe hat Gaiae erreicht und sich gemeldet, sobald die Kommunikation wieder funktionierte.«

Sie beugte sich vor, alle Logistikgedanken beiseite. »Und?«

Sein Kiefer spannte sich, und sein Blick wanderte kurz aus dem Holo, bevor er zu ihr zurückkehrte. »Es ist weg. Es gibt keine Aliens, aber es gibt auch keine Menschen. Keine Vegetation, keine Tierwelt, keine Gebäude. Jeder Bereich, der irgendeine Bevölkerung beherbergte, ist zu Asche verbrannt—und alles Leben mit ihm.«

Sie sank tiefer in ihren Stuhl und vergaß die militärische Haltung. Sie hatte Alexis geglaubt, den Daten geglaubt … doch ein Teil von ihr hatte die Möglichkeit zugelassen, es sei eine Fantasie, ein Traum, eine Halluzination oder schlicht ein Irrtum.

Es war eine törichte, irrationale Hoffnung gewesen, der sie nicht hätte nachgeben sollen. Natürlich war es real. Erschreckend, verheerend real.

Sie zwang die Wirbelsäule gerade. »Haben Sie irgendwelche Informationen, wo sich die Alienflotte jetzt befindet?«

»Habe ich nicht. Eine gerade Flugbahn legt nahe, dass sie inzwischen im Raum der Föderation ist, aber wir werden keine Aufklärung haben, und ich bezweifle, dass die senecanische Regierung scharf darauf ist, uns an ihrer teilhaben zu lassen.«

»Natürlich.« Erst im Nachhinein bemerkte sie, dass ihr ein trockener Kicherer entwischt war. Sie straffte den Zug ihres Mundes. »Karelia? Ich nehme an, dort gab es keine Vorfälle, sonst wüssten wir es.«

»Ich habe es persönlich bestätigt, bevor ich Sie kontaktiert habe. Keine Anomalien dort; Gleiches gilt für die kleineren Kolonien in der Gegend.« Er runzelte die Stirn. »Könnte es sein, dass die Aliens absichtlich in den Raum der Föderation vordringen?«

»Nein, Alexis hatte recht. Den Aliens ist egal, welcher Fraktion jemand angehört.« Bei seinem leichten Erstaunen schulte sie ihre Miene zur gebotenen Contenance. »Es ist logisch anzunehmen, dass diese Aliens die politischen Feinheiten unserer Region nicht verstehen. Ich kann mir nicht vorstellen, dass sie absichtlich die Föderation statt uns ins Visier nehmen.«

»Ein hervorragender Punkt, Admiral. Ich führe den Krieg, den meine Regierung mir befiehlt. Zur Not trete ich sogar dafür ein, wenn es gute Gründe gibt, aber Idealist bin ich nicht und schon gar kein Fanatiker. Aus der Ferne lässt sich die Föderation in keiner sinnvollen Weise von der Allianz unterscheiden. Dass sie auf der falschen Seite unseres Krieges steht, impliziert nicht, dass eine fremde Spezies sie uns vorziehen würde. Es ist schlicht Richtungslogistik. In diesem Zusammenhang—Neuigkeiten von Andromeda?«

Vor dem falschen Publikum hätten ihn diese ungewohnt offenen Worte die Karriere kosten können. Er hatte Glück, dass dies nicht das falsche Publikum war—wovon sie ausgehen musste, dass er es wusste.

»Tatsächlich ja. Über ANNIE kam vor zwei Stunden die Meldung, dass sie nicht mehr erreichbar sind, aber eine weitere dramatische Proklamation schien mir wenig sinnvoll, bevor wir Gaiae im Griff hatten. Sind unsere Kolonien im äußersten Osten gesichert?«

»Für den Moment. Ich habe eine halbstündliche Abfrage bei den lokalen Regierungen aufgesetzt. Wenn sie offline gehen, wissen wir es umgehend. Nicht, dass wir irgendetwas tun könnten, um ihnen zu helfen …«

Er schwieg, und sie gab ihm die Zeit und den metaphorischen Raum, den er offenbar brauchte. Schließlich hob er den Blick, Frustration im Gesicht. »Miriam, ich habe nicht die Fähigkeit, einen Zweifrontenkrieg zu führen. Nicht, wenn eine Front gegen Aliens geht, die tun können, was sie auf Gaiae getan haben.«

»Ich weiß. Ich arbeite an dem Problem, auch wenn ich fürchte, es kommt zu wenig, zu spät. Vorerst würde ich Ihnen raten—sofern mein Rat überhaupt Gewicht hat—, die Blockade wie befohlen zu führen, aber die Ostgrenze scharf im Blick zu behalten. Und falls Sie irgendetwas in Reserve halten können, tun Sie es.«

»Danke. Fürs Protokoll: Ihr Rat wiegt in Vancouver weit mehr als der von irgendwem sonst.«

»Das höre ich gern, Christopher. Halten Sie mich auf dem Laufenden.«

Sie kappte die Verbindung, stützte den Ellbogen auf den Schreibtisch und legte das Kinn wieder in die Hand. Sie hatte Rychen stets für einen guten Offizier gehalten, besser als die meisten, die sie kannte. Wie David war er ein Held des Ersten Crux-Kriegs—nur dass er überlebt hatte, um die Geschichte zu erzählen. Aber sie hegte ihm gegenüber keinen Groll. Er hatte genug erlitten und den Heldenmantel nur widerwillig getragen.

Trotzdem hatte sie nicht erwartet, in ihm einen Verbündeten zu finden. Sie hatte die Hoffnung auf Verbündete außer Richard und Alexis aufgegeben ... und Alexis war weg. Es brach ihr das Herz, da sie nicht gedacht hatte, dass noch etwas übrig war, das brechen konnte. Aber sie brauchte etwas, wofür sie kämpfen konnte. Ohne den Kampf blieb ihr nichts.

Williamst du etwas tun, Mom? Dann tu verdammt noch mal etwas.

Sie holte den Bericht zur Flottenverteilung wieder hervor, breitete ihn über dem Schreibtisch aus und studierte die Zahlen mehrere Minuten lang. Dann schickte sie Rychen eine verschlüsselte Nachricht.

Ich schicke Ihnen zwei Stealth-Aufklärungszüge und drei Leichtfregatten aus dem Sol/Central Command. Sie müssen nicht Teil der offiziellen Blockade sein. Setzen Sie sie nach eigenem Ermessen ein—die Ostgrenze erscheint mir ein guter Einsatzort.

— Admiral Miriam Solovy

* * *

SENECA

CAVARE, MILITÄRHAUPTQUARTIER

Feldmarschall Eleni Gianno stand im Zentrum des Lagezentrums. Sie selbst war leise, doch die Luft summte vor Geräuschen. Stimmen. Hastige Schritte. Das Knistern zu vieler aktiver Bildschirme in enger Nachbarschaft. Weit mehr Bildschirme füllten den Raum als Menschen—zu Clustern nach Regionen und Aufgaben gruppiert, jeweils mit einer Person besetzt.

Die meisten der ausgewerteten Daten stammten aus dem Allianzkrieg, aber ein Cluster war eingerichtet, um die östlichen Kolonien auf Anomalien zu überwachen.

Man wusste inzwischen, was auf Gaiae geschehen war, und würde bald wissen, was auf Andromeda geschah. Wenn sich die Alienflotte von Metis aus auffächerte, standen vier Föderationskolonien als Nächste in der Reihe. New Riga, Lycaon, Dair und Hadron hatten jeweils ein eigenes Statusdisplay. Sollte auf einer der Welten etwas geschehen, erwartete sie, es binnen Minuten zu erfahren.

Bis es so weit war—und sie zweifelte wenig daran, dass es so weit kommen würde—fokussierte sie die wachsende Blockade, die die Allianz entlang der Südgrenze aufzubauen begann.

Eine Reihe von Fregatten und leichten Kreuzern patrouillierte fünfzig Parsek von der Grenze entfernt, und jedes Handelsschiff, das aus dem oder in den Raum der Föderation kam, wurde angegangen und angewiesen, umzukehren oder sich durchsuchen zu lassen. Bislang gaben sich die Allianzkapitäne alle Mühe, nicht auf Zivilschiffe zu schießen, doch mehrere waren nach Widerstand außer Gefecht gesetzt worden.

Wer auch immer die Blockade leitete, war ein kluger Stratege. Die Schiffe deckten breite Raumsektoren ab und blieben ständig in Bewegung, setzten Aufklärungsschiffe für elektronische Kampfführung auf Maximallreichweite ein, sodass sie Schiffe früh genug erfassten, um sie einzufangen, bevor sie durchs Netz schlüpften. Sie rechnete damit, dass die Zahl der Aufklärungsschiffe in den nächsten Tagen steigen würde.

Sie könnte ein Bataillon entsenden, um die Blockadeschiffe nacheinander zu dezimieren. Doch dank fortgeschrittener Sensorik würden diese früh genug mitbekommen, dass ihre Kräfte im Anmarsch waren, und verschwinden. Und selbst wenn es gelänge, zwei oder drei Schiffe auszuschalten, war sie überzeugt, dass beim vierten eine ganze Allianzbrigade auf sie wartete.

Aus rein militärstrategischer Sicht stellte die Blockade derzeit kein gravierendes Hindernis dar. Ihr Plan sah ohnehin vor, primär die bereits geschwächten westlichen Allianzkolonien ins Visier zu nehmen, und so weit reichte die Blockade nicht. Sie hatte nicht vor, die Allianz dort frontal anzugreifen, wo sie am stärksten war. Noch nicht, jedenfalls.

Aber es würde nicht lange dauern, bis Handel und anschließend die für das Militär nötigen Lieferketten unter Druck gerieten. Seneca war in den meisten Belangen autark, doch angesichts Romanes günstiger Lage war es bequem geworden, sich für verschiedene Zwecke auf hochwertige Güter von der unabhängigen Welt zu verlassen.

Die Konzerne würden erst murren, dann lauter murren und schließlich einen Aufstand proben. Der Druck auf Romane und Pyxis und wahrscheinlich Pandora, der Allianz beizutreten, würde steigen—und das wäre ein erhebliches Problem.

Sie könnte größeren Frachtschiffen, die versuchten, die Blockade zu durchqueren, Begleitschutz zuweisen, aber—

»Marschall, wir haben den Kontakt zum Andromeda-Aufklärer verloren.«

»Sie kennen ihre Befehle. Informieren Sie mich, sobald wir die Verbindung wiederherstellen.«

Der GOI-Zug war aus Metis nie zurückgekehrt. Keine Drohnen waren gestartet, um Updates zu senden—oder wenn doch, hatten sie es ebenfalls nicht herausgeschafft. Die Alienschiffe waren seit den Aufnahmen der SpecOps-Agentin am Portal nicht mehr gesichtet worden. Sollten noch Zweifel an ihrer Existenz in ihr geruht haben, fegte der Verbindungsabbruch zum Aufklärer sie hinweg. So war es also.

Analysen deuteten darauf hin, dass die Armada sich in ein Feld hüllte, das sämtliche Kommunikation in derselben Weise störte wie der Nebel. Reichte das Feld so weit, wie Frühdaten nahelegten, gab es keine Möglichkeit, Echtzeitbilder zu erfassen und zu übertragen. Ein Schiff würde nahe genug heranmüssen, um Bilder aufzunehmen, dann dem Feld entkommen, um die Verbindung wiederherzustellen. Es blieb abzuwarten, ob das realistisch war.

Sie hoffte zur Hölle, dass es möglich war, denn sie hatten keine Chance, gegen diese Schiffe zu kämpfen, wenn sie sie nicht verstanden.

Kurz nachdem der Andromeda-Aufklärer offline gegangen war, verschwand New Riga vom Raster.

So schnell? Wie viele Schiffe besaßen die Aliens? Vielleicht noch wichtiger: Wie viele Schiffe brauchten sie, um eine einzelne Kolonie zu vernichten? Wie viele Kolonien konnten sie gleichzeitig treffen?

Auch die Militärbasis auf New Riga hatte ihre Befehle erhalten. Sie sollte alles daransetzen, ein einzelnes getarntes Schiff herauszubringen—mit sämtlichen Daten, die es in wenigen Minuten sammeln konnte. Sie hatte mit dem Gedanken gespielt, die Basis zu evakuieren, bezweifelte aber, dass sich die meisten Soldaten daran gehalten hätten. Sie würden ihre Kolonie verteidigen wollen.

»Commodore Suyen, ordnen Sie eine Evakuierung von Lycaon und Dair an und beginnen Sie die vorbereitenden Evakuierungsmaßnahmen für Hadron.«

»Ja, Ma'am.«

Lycaon und Dair waren kleine Kolonien mit jeweils rund 60 000 Einwohnern; Hadron war noch kleiner. Die Evakuierungen waren ein beträchtliches Unterfangen, aber machbar.

Ihr Blick glitt zurück zu dem Cluster, das die Südgrenze überwachte. Irgendwie ahnte sie, dass sich bald niemand mehr für eine einfache Blockade interessieren würde.

»Melden Sie mir jede Entwicklung. Ich gehe zum Chairman.«

14

MESSIUM

ERDALLIANZ-KOLONIE

Kennedy Rossi war im Verzug. Während sie mit festem Schritt eine
der belebteren Straßen Messiums entlanglief, verfasste sie auf ihrem
Whisper hastig einen Statusbericht für den Vorstand von IS Design.

Über den Gehwegen stiegen zinn- und bronzefarbene Türme
empor, wenn auch nicht so hoch, wie man es auf den meisten Welten
mit vergleichbarem Entwicklungsstand sah. Messium war eine Welt
der Dritten Welle und erst vor sechzig Jahren kolonisiert worden,
aber ihre Reife übertraf die anderer Welten derselben Generation
bei Weitem. Nein, die relativ frische Kolonisierung war nicht der
Hauptgrund, warum die größte Stadt nicht so großspurig wirkte
wie etwa Erisen, Romane oder Demeter.

Messium war industriell. Militärische Jäger, Fregatten und
ein beträchtlicher Anteil an Kreuzern wurden auf dem weitläufigen Militärstützpunkt fünfzehn Kilometer außerhalb der Stadt
gefertigt. Zivile Transporter und Shuttles liefen in einem fast
ebenso ausgedehnten Genyx-Komplex am Nordrand der Stadt vom
Band. Die Gerüchteküche besagte, Magellan Aeronautics habe

mit dem Bau eines Großkampfschiffs für den Geschäftstycoon Ronaldo Espahn begonnen—sofern es stimmte, musste es noch in einem frühen Stadium sein, denn die Endmontage würde in der Umlaufbahn erfolgen, und sobald diese begänne, wüssten es alle. In der Innenstadt spuckten kleinere Fabriken CU-Hardware, Personal-Interfaces, Beleuchtungs- und Elektroinstallationen, Wasser- und Luft-Freizeitfahrzeuge und Dutzende anderer Accessoires des modernen Lebens aus.

Hässlich war die Stadt an sich nicht. Tatsächlich war sie außergewöhnlich sauber, und die Gebäude glänzten sogar—wenn auch nur mit gedämpftem Schimmer. Die architektonische Gestaltung griff die örtliche Topografie auf: champagnerfarbene Gräser überzogen flache Ebenen unter einem bernsteinfarbenen Himmel.

Doch Messium war kein Touristenziel. Es war ein Ort, an dem Menschen arbeiteten, produzierten und verdammt noch mal Dinge erledigten. Sie respektierte ihren besonderen Elan. Wäre es nicht Tage von der Erde entfernt und so ... still, sie würde vielleicht für ein paar Jahre einen Umzug erwägen. Leider nein.

Sie beendete den Statusbericht—der im Grunde aus »Wir kommen voran« plus blumigen, beruhigenden Füllworten bestand—und schickte ihn ab. Ein genervter Atemzug entwich ihren zusammengepressten Lippen, als sie sich der nächsten Kreuzung näherte. Noch acht Blocks. Sie hätte eine Levtram zu den Palaimo-Büros nehmen sollen.

In ihr Schicksal ergeben, öffnete sie den Bericht über das Metall wieder, das sie von der Hülle der *Siyane* entnommen hatte. Sie hatte die Daten letzte Nacht stundenlang studiert und konnte sie immer noch kaum glauben. Die Testergebnisse waren nichts weniger als revolutionär—

Verbindung kann nicht hergestellt werden. System ist nicht

mit der exanet-Infrastruktur verbunden. Nachricht wird in die Warteschlange gestellt, bis sie zugestellt werden kann.

Sie blieb mitten auf dem Gehweg stehen. Das ergab keinen Sinn. Stirnrunzelnd schickte sie den Bericht an Nance; als Assistentin des Vorstands konnte die Frau ihn an die Direktoren weiterleiten.

Verbindung kann nicht hergestellt werden. System ist nicht mit der exanet-Infrastruktur verbunden. Nachricht wird in die Warteschlange gestellt, bis sie zugestellt werden kann.

Was zum …? Sie versuchte testweise, eine Nachricht an ihren Bruder in Los Angeles und an Gabe in New York zu schicken—für den unwahrscheinlichen Fall, dass auf Erisen etwas mit dem exanet schiefgelaufen war, so absurd der Gedanke auch war.

Verbindung kann nicht hergestellt werden. System ist nicht mit der exanet-Infrastruktur verbunden. Nachrichten werden in die Warteschlange gestellt, bis sie zugestellt werden können.

Auch andere Leute waren stehen geblieben, in ihrer Nähe wie auf der anderen Straßenseite. Nicht viele, aber es wurden mit jeder Sekunde mehr. Was ging hier vor? Sie rief ihren persönlichen Nachrichtenfeed auf … und fand ihn leer.

Sie waren vom gesamten exanet abgeschnitten.

Ein Vorspiel zu einem Angriff der Föderation? Unmöglich. Selbst wenn die so verrückt wären, das Regionalkommando der Allianz anzugreifen, besäßen sie nicht die Technologie, um das exanet eines ganzen Planeten zu kappen. Konnten sie gar nicht.

Plötzlich wurde ihr klar, dass es nur eine plausible Erklärung für den Ausfall gab.

Metis.

»Zur Hölle, nein.« Sie machte auf dem Absatz kehrt und rannte zu ihrem Hotel.

* * *

Kennedy stürmte in ihr Hotelzimmer, zog sich mit der einen Hand die Bluse über den Kopf, während sie mit der anderen die Schuhe herunterriss. Keine Chance, einer Alieninvasion in High Heels und Seide zu begegnen.

Nachdem sie in Arbeitshose, Stiefel und eine leichte Tunika gewechselt hatte, holte sie die kleinere ihrer zwei Taschen aus dem Schrank und warf sie aufs Bett. Ein Wechsel Kleidung und Basis-Hygieneartikel wanderten hinein; den restlichen Platz reservierte sie für ihr Equipment. Sie reiste grundsätzlich nie ohne Werkzeug—eigene Messwerte waren besser als die Beteuerungen eines Zulieferers, der beeindrucken wollte.

Sie plünderte den Vorratsschrank nach so vielen Wasserflaschen, wie in die Tasche passten, plus einem Stapel Energieriegel, dann scannte sie den Raum. Hatte sie alles?

Bei Weitem nicht. Aber alles andere lag fast vier Kiloparsec entfernt auf Erisen. Sinnlos schaltete sie den Bildschirm in der Wand ein. Nichts. Sie band die Haare zu einem Pferdeschwanz, schulterte die Tasche. Schwer, aber nichts davon konnte sie zurücklassen.

Sie würde es beim Raumhafen versuchen, auch wenn sie vermutete, dass es für so etwas Einfaches längst zu spät war. Die Militärbasis? Ein absurd langer Fußweg, und die Levtrams würden inzwischen überrannt sein.

So ungern sie es zugab, waren die Palaimo-Büros kurzfristig wohl ihre beste Option. Dort gab es Kellergeschosse mit Laboren, in denen sie kleine Prototypserien und Tests durchführten—Räume, die ein wenig Schutz boten und vielleicht improvisierte Waffen.

Sie lachte etwas schrill, als sie das Zimmer verließ und den Flur entlang hastete. Was stellte sie sich vor, was diese Aliens waren, dass sie die Gelegenheit bekäme, einem mit einer Scherbe Metamat in den Leib zu stechen?

Eine Alieninvasion war die einzig logische Schlussfolgerung.

Der Kommunikationsausfall entsprach exakt Alex' Beschreibung der Bedingungen im Metis-Nebel. Ihre Kybernetik funktionierte weiterhin, Elektronik und Motoren ebenfalls—zumindest nahm sie es an, da während ihres Sprints zurück zum Hotel keine Shuttles vom Himmel gefallen waren. Es gab schlicht eine allgegenwärtige, flächendeckende und totale Störung jeder Fernkommunikation.

Sie wollte das Phänomen untersuchen; vielleicht konnte sie herausfinden, wie es funktionierte. Aber zuerst sollte sie sich wohl darauf konzentrieren, am Leben zu bleiben.

In den wenigen Minuten, die sie oben gebraucht hatte, war der Bereich um die Rezeption mit wütenden Gästen verstopft, die Antworten forderten—und andernfalls Köpfe auf Spießen. Sie drängte sich hindurch und hinaus.

Draußen wirkte es einen Tick weniger chaotisch; die meisten Leute legten kurze, erratische Wege zurück und hämmerten in offenkundiger Verwirrung auf ihre Comms. Niemand rannte schreiend herum.

Sie begann, ihre erste Schlussfolgerung zu hinterfragen. Vielleicht war es einfach ein technischer Ausfall, oder—

—da schrie doch jemand. Sie blickte in die Richtung des Geräuschs und sah, dass alle nach oben starrten.

Nein, sie lag richtig.

In der Ferne stiegen die ersten Flammenfontänen in den Himmel— von der Militärbasis, darauf hätte sie ihr Leben verwettet—, während sich eine Reihe von Schiffen aus den Wolken schälte. Noch ehe ihre Nasen vollständig die Wolkendecke durchstießen, wusste sie, dass dies die gewaltigen Dreadnoughts aus Alex' Bildern waren. Gegen die Landschaft gerahmt wirkten sie noch um einiges größer.

Das war nicht gut.

Die Überschallknalle eines halben Dutzends Jäger erschütterten den Boden, als sie darüber hinwegfegten, während ihre Pulslaser auf die anrückenden Schiffe feuerten. Ein winziger Funke Hoffnung keimte in ihrer Brust ... wenn sie vom ersten Moment an zurückschossen, hatten sie vielleicht eine Chance ...

Ein breiter Strahl, so tiefrot, dass er fast schwarz brannte, schoss aus dem Bauch des führenden Dreadnoughts und fegte über die Jäger hinweg; vier verdampften beim Kontakt. Zwei wichen dem ersten Schuss aus und rissen in Ausweichmanöver herum. Der Strahl schwenkte nacheinander hinter ihnen her und zerstörte beide binnen Sekunden.

Oder auch nicht. Sie rannte wieder, auf die Palaimo-Büros zu.

Nun brach vollends Chaos über die Straßen herein, und es imitierte alle großen Katastrophen-Vids wie eine schlechte Parodie. Menschen rannten kreuz und quer, offenbar ohne Ziel oder Plan, stolperten übereinander, schubsten, drängelten, verbreiteten allerlei Unheil. Einige wenige halfen anderen, doch die meisten waren vom nackten, hemmungslosen Panikinstinkt überwältigt.

Sie machte sich so unauffällig wie möglich, schlüpfte, wand sich, duckte sich. Trotzdem wurde sie zweimal gegen eine Fassadenwand gedrückt und entging nur knapp dem Schicksal, von einer vorbeistampfenden Stampede zu Boden gequetscht zu werden.

Die Menge schwoll so dicht an, dass sie es nicht mehr wagte, den Blick nach oben zu heben. Bis die Schreie zu einem gellenden Crescendo anschwollen und eine Vibration neuer, dringlicherer Angst wie ein fehlgeleiteter Blitz durch die Menge zuckte.

Über das Geschrei legte sich das Kreischen reißenden Metalls— ein Klang, der ihr nur allzu vertraut war. Schlagartig ließ der Druck der Körper nach, als die Leute in alle Richtungen auseinanderstoben.

Sie blickte gerade rechtzeitig hoch, um zu sehen, wie ein dreißig Meter großes Stück eines der Orbital-Arrays, sein Gerüst verbogen, zerfetzt und womöglich brennend, auf dem Weg zu ihr einer Ecke des Daches des Turms gegenüber eine Schicht abschälte—um dann auf sie herabzustürzen.

TEIL II: VERGELTUNG

"Fate is not satisfied with inflicting one calamity."

— Publilius Syrus

(»Das Schicksal gibt sich nicht damit zufrieden, nur ein einziges Unglück zuzufügen.«)

15

ERDE

SAN FRANCISCO

Alex ließ sich auf einen Stuhl am Küchentisch fallen und zog einen Fuß mit hoch, sodass ihr Knie an der geschwungenen Tischkante ruhte. Sie schnappte sich einen Blaubeer-Muffin vom Teller in der Mitte.

Dad warf von der Arbeitsplatte aus, wo er Mangos schnitt, einen Blick über die Schulter. »Wie sieht dein Tag aus, *milaya*?«

Ihr Mund war bereits voller dampfend heißem, köstlich saftigem Muffin, doch sie versuchte trotzdem zu antworten. »Mmmf mmhum fmmm.« Sie griff nach dem Glas Saft, das am Platz auf sie gewartet hatte, nahm einen Schluck und versuchte es noch einmal. »Heute Physikprüfung.«

Mit dem Teller Mangos in der Hand kam er herüber und setzte sich ihr gegenüber. »Hast du gelernt?«

Sie rollte mit den Augen zur Decke. »Muss ich nicht. Der Stoff ist sowieso leicht.«

Seine distinguierten Augenbrauen schoben sich zusammen und verliehen seinem Gesicht einen strengen Ausdruck. Sie richtete sich im Stuhl auf. »Alex, ich weiß, dass du brillant bist, und deine Mutter weiß es, und du weißt es – aber draußen in der Welt zählen Prüfungsresultate. Wenn du die größte Raumschiffkapitänin werden willst, die die Galaxis je gesehen hat, musst du deine Prüfungen mit Bestnoten bestehen.«

»Werde ich, Dad. Versprochen. Ich verstehe den Stoff … aber ich gehe ein paar Minuten früher los und überfliege vorher noch meine Notizen.«

Sie stand auf – der Rest des Muffins blieb vergessen auf dem Teller –, als ihre Mom in die Küche kam. Wie Dad trug sie glasklare marineblaue BDUs. Ihr Haar war zu einem strengen, aber hübschen Zopf geflochten.

»Alexis, wo willst du hin? Du hast dein Frühstück noch nicht aufgegessen.«

Sie schob den Stuhl an den Tisch. »Ist nicht schlimm. Ich muss ein paar Minuten früher zur Schule.«

Dad legte den Kopf leicht schief, ein freundliches Funkeln in den Augen. »Ich weiß, dass du mehr als vorbereitet bist, *milaya*, und du wirst gut abschneiden. Warum bleibst du nicht und frühstückst mit uns?«

»Nee, ich will sicher sein, dass ich bereit bin.« Impulsiv schnappte sie sich noch einen Muffin und blitzte ein zahniges Grinsen. »Den esse ich unterwegs!«

Mom brummte milde missbilligend und ließ den Blick zu Dad huschen. »Schon gut, aber pass auf den Verkehr auf. Deine Lehrerin wird sauer, wenn du die Prüfung im Krankenhaus schreiben musst.«

Alex kaute auf der Unterlippe und zog mit der einen Hand die Schuhe an, während sie mit der anderen versuchte, den Muffin nicht zu zerquetschen. »Ja, Ma'am.«

Die Schuhe halb an den Füßen und der Muffin halbwegs intakt, stürmte sie zur Tür hinaus – nur um von einer peitschenden

Windböe getroffen zu werden. Ihr Haar peitschte ihr ins Gesicht und verfing sich in ihrem Mund. Gut, dass sie vom neuen Muffin noch keinen Bissen genommen hatte; klebrige Krümel in den Haaren brauchte sie nicht. Sie tastete ihre Hosentaschen ab ... kein Haargummi.

Mit einem Seufzer drehte sie sich um, um schnell hineinzugehen und einen zu holen. Die Tür ging auf—

»—Ich meine es ernst, David. Du setzt sie zu sehr unter Druck. Sie würde alles tun, um deine Anerkennung zu bekommen, oder auch nur ein bisschen Lob.«

Alex presste sich flach an die Wand und klemmte den Fuß in den Türrahmen, damit die Tür nicht ganz zufiel.

»Ich bin nicht dein Vater, Miri.«

»Hab ich nicht gesagt ...« Alex lugte vorsichtig hinein und sah, wie sich die Nase ihrer Mom kräuselte. »... na gut, ja, möglich, dass ich bei dem Thema empfindlich bin. Mein Vater war fordernd und kalt, und egal wie gut ich war, es reichte ihm nicht. Mir ist klar, dass du nicht er bist. Du unterstützt und ermutigst sie, zwei entscheidende Eigenschaften, die mein Vater nie entwickelte. Aber trotzdem ... sie vergöttert den Boden, auf dem du gehst. Ich lasse nicht zu, dass du ihre Verehrung ausnutzt und sie dabei verletzt.«

»Ich würde unserem kleinen Mädchen niemals wehtun.«

Ihre Mom trat zu ihm und fuhr ihm liebevoll mit der Hand durchs Haar. »Nicht absichtlich, nein. Aber du denkst nicht immer über die Konsequenzen deiner Handlungen nach, bevor du losprintest – schau mich nicht so an. Du weißt, dass ich recht habe.«

Dads Kinn sank auf die Brust. »Hast du. Ich werde versuchen, besser darauf zu achten, wie ich die Dinge vor ihr formuliere. Es ist nur ... sie platzt vor Fantasie und Talent und Potenzial, und ich will ihr helfen, es zu entfalten.«

Mom legte die Stirn an seine. »Ich auch, und zusammen schaffen wir das. Aber sie ist erst elf, David, und ich sorge mich, dass sie mehr Angst haben wird, dich zu enttäuschen, als sich darüber zu freuen, dich stolz zu machen.«

»Das will ich nicht, Miri. Wirklich nicht.«

»Ich weiß. Aber sei sanft zu ihr, ja?«

»Schon gut, *dushen'ka.*« Er hob das Gesicht, um sie zu kü—

Ufff. Sie zog den Fuß aus der Tür und schlenderte zu ihrem Fahrrad, den Wind nicht mehr beachtend, während sie versuchte, die verwirrenden Worte ihrer Eltern einzuordnen.

Sie hatte dieses Gespräch völlig vergessen.

Moment, was? Wie konnte sie es vergessen haben, wo es doch gerade eben passiert war? Was—

Krallen, die ihr Shirt zerfetzten und sich schmerzhaft in die Haut ihrer Schulter gruben.

Sie schob die seltsamen Bilder beiseite, die über ihren Geist flackerten. Sie musste sich beeilen; so würde sie nicht zu früh in der Schule sein, sondern zu spät. Sie massierte die Schläfen, um den merkwürdigen Nebel zu vertreiben—

Wunderschöne saphirblaue Augen, weit aufgerissen vor Entsetzen – Hände, die nach ihr griffen, bevor sie fortgerissen wurden, als er durch die Luft geschleudert wurde—

CALEB.

Sie schüttelte heftig den Kopf und blinzelte. Und sah die Welt mit neuen Augen.

Sie kannte diesen Ort. Kannte diesen Tag. »*Sukin syn* ...«

Das hier war eine Erinnerung. Das war ihr Haus in San Francisco, als ihre Eltern im Nordamerikanischen Militärhauptquartier arbeiteten. Eingerahmt vom Rand des San Pablo Preserve ließ die Verkleidung aus synthetischem Hartholz das Haus natürlich in die bewaldete Umgebung übergehen. Auf der anderen Straßenseite waren die Berglorbeeren so hoch und dicht gewachsen, dass jeder

Blick auf die Bay versperrt war – obwohl sie am Nachmittag, wenn sie aufs Dach kroch, Sonnenreflexe auf dem Wasser auffangen konnte.

Sie erinnerte sich.

Aber es fühlte sich nicht an wie eine Erinnerung oder ein Traum. Es fühlte sich an wie ein vollsensorisches illusoire, so real, dass ihr Gehirn es eine Zeit lang geglaubt hatte. Und wenn es ein Traum war, warum war sie dann noch hier, nachdem die Erkenntnis dämmerte?

Neugierig kehrte sie zum Haus zurück und lugte durchs Fenster – und sah, wie ihre Eltern inzwischen ernsthaft miteinander herumknutschten. Ihre Mutter hatte sich in seinem Stuhl auf seinen Schoß geschwungen. Eine Hand glitt unter sein Shirt, die andere strich an seiner Kieferlinie entlang.

Uff. Aus der Perspektive von Jahrzehnten sah sie nun Details, die einem Kind entgangen waren. Ihr Vater war gutaussehend auf eine Weise, die ein Kind nicht hätte erkennen können. Ihre Mutter sah so jung aus, mit einem Leuchten in den Augen und einer Lebendigkeit in ihrer Haltung, die längst verschwunden waren. Sie wirkte glücklich.

Die Hand ihres Vaters vergrub sich in dem Zopf ihrer Mutter und zerrte verzweifelt daran. Ihre Mutter wich ein kleines Stück zurück und protestierte schwach. »David, wir müssen zur Arbeit und ich habe keine Zeit, meinen Zopf neu zu flechten, und du—«

»Psst, Miri. Wir sind jeden Tag zu früh ... lass uns ausnahmsweise pünktlich sein ...«

Ihre Mutter stöhnte gegen seinen Mund und—

—das war dann selbst für die sechsunddreißigjährige Alex mehr als genug, danke.

Das konnte keine Erinnerung sein, denn diesen Intermezzo hatte sie ganz sicher nie miterlebt. Sie wandte sich ab – nur um rücklings gegen die Wand zu sinken, als ihr elfjähriges Ich aufs Fahrrad stieg und aus der Einfahrt auf die Straße kurvte.

Wenn sie die Szene nicht miterlebt hatte, wer dann? Wie kam sie in ihren Kopf? Was zum *ebanatyi pidaraz* ging hier vor?

Sie blinzelte in den Himmel – an diesem selten klaren San-Francisco-Morgen himmelblau – und verschränkte trotzig die Arme fest vor der Brust. »Ich weiß, dass das nicht real ist. Ich weiß, dass du da bist. Also lass mich aus diesem mentalen Käfig, in den du mich gesperrt hast, damit wir reden können.«

Ihr Kopf schwindelte, als eine Welle von Benommenheit sie überrollte und die Umgebung zu einem formlosen Brei verschwamm. Sie blinzelte heftig – und öffnete die Augen zu … blendendem Weiß, interessanterweise.

Sie blickte an sich hinunter und fand sich in ihren vollständig ausgebildeten Erwachsenen-Körper zurückversetzt, in denselben Klamotten, die sie heute Morgen auf dem Schiff angezogen hatte. Aber sie waren makellos, unversehrt. Ganz und gar nicht so, wie sie nach einer unsanften Behandlung durch einen Riesendrachen aussehen würden.

Was bedeutete, dass auch diese Umgebung nicht real war. Ein Holo vielleicht? Wahrscheinlicher spielte sich das alles in ihrem Kopf ab. Ihr Körper konnte sonstwo sein. Caleb konnte sonstwo sein. Hatte der Drache auch ihn erwischt? Sie glaubte nicht. Ging es ihm gut? Warum zur Hölle gab es hier überhaupt Drachen? Ging es ihm gut?

Sie betrachtete den sterilen, kahlen weißen Raum. Wände, Boden, Decke – nichts wies eine Markierung oder ein Merkmal auf. Keine Naht, an der eines ins andere überging. Definitiv virtuell.

»Hallo? Ihr habt mich hier. Ihr seid offensichtlich in meinem Kopf, aus irgendeinem gottverlassenen Grund. Wollt ihr euch mal zeigen?«

Lange Zeit antwortete ihr nur Stille, und sie begann, eine andere

Taktik in Erwägung zu ziehen. Dann war eine Stimme in ihrem Geist, hörbar und doch nicht. Sie war hauchzart und ätherisch, weder männlich noch weiblich.

Ihr hättet nicht kommen dürfen. Ihr hättet diesen Ort nicht entdecken dürfen. Warum seid ihr hier?

Sie schnaubte ungläubig in den leeren »Raum«. »Ich bin hier, weil ihr meinem Liebsten einen Massenmord angehängt habt, versucht habt, meine Mutter in diesem Massenmord umzubringen – und ach ja, offenbar habt ihr vor, Milliarden von Menschen abzuschlachten. All das geht mir gewaltig gegen den Strich, also bin ich hier, um euch aufzuhalten.«

Was gibt euch das Recht, uns aufzuhalten?

* * *

PORTAL PRIME

UNKARTIERTER RAUM

Wellen von Schwindel in Dunkelheit. Nichts Festes, woran sie sich festhalten und das Drehen lindern konnte. Dann plötzlich kam alles außer ihrem Taumelhirn ruckartig zum Stillstand.

»Ich hol mir noch 'ne Flasche.« Alex rappelte sich hoch; Wein schwappte über den Rand eines noch nicht leeren Glases.

Kennedy deutete Richtung Küche, streckte dann die Beine am Boden aus und rutschte die Vorderseite des Stuhls hinunter.

Alex starrte eine Weile auf das Weinregal. Das Schmiedeeisen wand sich zu Formen wie Origami-Fraktalen.

Sie war in ihrem eigenen Kopf und fühlte sich seltsamerweise so betrunken, wie sie gewesen war.

»Alex, hast du dich verlaufen?«

Sie fuhr aus der Träumerei hoch und griff wahllos eine Flasche aus dem Regal. »Das ist meine Wohnung, Ken. Ich hab mich nicht verlaufen.«

Sie schlurfte zurück ins Wohnzimmer und plumpste auf den Teppich, Flasche, Öffner und Glas wackelig in den Armen balanciert. Kaum berührte ihr Hintern den Boden, beugte sie sich zur Flasche vor, um sie eingehend zu studieren.

»Unsere Wohnung.«

Ihre gemeinsame Wohnung in San Francisco, nach der Uni. Eine Dachgeschosswohnung in der Bay Street. War Ethan hier? Nein, er wäre am Spielen. Er spielte immer.

»Schon gut …«

»Hast du von Jamie gehört?«

Alex runzelte über der Flasche die Stirn. Ihre Nase kräuselte sich genervt, als der Öffner sich weigerte, seinen Job – das Öffnen – zu erledigen. »Was denn?«

»Sie ist letzte Nacht beim Bridge-Fliegen gestorben.«

Jamie. Wilde Locken in der Farbe gerösteter Mandeln. Sommersprossen auf einer Stupsnase. Ein Lachen, immer einen Ton zu hoch.

»Verdammt.« Sie richtete sich auf und feierte, als der Korken endlich nachgab. »Scheiße für sie … oder: sie nicht zu sein, schätze ich …« Ein Anfall schiefen Gekichers ließ sie gegen die Sofakante zurückkippen.

»Alex!«

Sie rang damit, sich das Maul zu verbieten oder andere Gedanken von der Zunge in die Stimme zu zwingen. Aber so sehr sie sich mühte, sie war machtlos, den Ablauf zu ändern, diesmal andere Worte zu sprechen.

»Was? Soll ich mich schuldig fühlen, weil ich ihr beigebracht habe, wie man das macht? Ich hab's ihr richtig beigebracht. Nicht mein Fehler, wenn sie's verkackt hat.«

Kennedy betrachtete ihr halbvolles Glas im schimmernden Kerzen-
licht, hob es dann an und leerte es in einem Zug. »Natürlich ist es
nicht deine Schuld—« *hicks* »—aber fühlst du dich nicht ein bisschen
schlecht deswegen? Sie war deine—« *hicks* »—Freundin.«

»Ich war vielleicht ihre Freundin – das heißt nicht, dass sie meine
war.« Hastig füllte sie ihr Glas nach, bevor Kennedy ihr die Flasche
wegschnappen konnte, und nahm einen langen Schluck. »Menschen
sterben, Ken. Sie sterben, und die Welt dreht sich unbeirrt weiter,
und niemanden kümmert's. Ich mache bloß das, was alle coolen
Kids machen.«

So hatte sie es nicht gemeint. Selbst damals hatte sie es nicht so gemeint.
Am nächsten Morgen war sie traurig aufgewacht (und verkatert). Sie war
zur Beerdigung gegangen und hatte tränennasse Freunde umarmt, obwohl
sie selbst keine Tränen vergossen hatte.

Weinen war zu diesem Zeitpunkt in ihrem Leben nichts, was sie tat.

* * *

Eine weitere Schwindelwelle. Wie lange war sie weggetreten gewesen?
Sekunden oder Tage – sie hatte kein Gefühl mehr für Zeit.

Alex blickte von der Arbeitsplatte hinüber zu Malcolm, der lässig
mit einer Schulter an der Wand lehnte – perfekt gepflegt und perfekt
gut aussehend in seinen BDUs. »Malcolm, ich kann nicht. Tut mir
leid.«

Das Loft, noch gar nicht so lange her. Sie sehnte sich danach, Trost im
Vertrauten zu finden, aber diese Szene würde leider nirgendwohin Gutes
führen. Die Regeln dieser Höllenfahrt durch die Erinnerung hatte sie
inzwischen begriffen und sich darauf eingestellt, hilflos zuzusehen.

Ein scharfes Seufzen punktuierte seine Reaktion. Er war frustriert
– das sah sie an den kleinen Fältchen an seinen Augenwinkeln und
daran, wie sich sein Mund zu einer dünnen Linie verengte. »Alex,

es ist die Hochzeit meiner einzigen Schwester, und ich führe sie zum Altar, um Himmels willen. Williamst du mir ernsthaft sagen, du kannst deine verdammte Expedition keine lumpigen fünf Tage verschieben, dir ein Kleid besorgen und an meiner Seite sein?«

»Deiner Schwester ist egal, ob ich da bin oder nicht.«

»Mir ist es nicht egal, ob du da bist. Das ist wichtig – für mich. Verdammt! Soll ich allein zur Hochzeit meiner Schwester gehen? Soll ich jemand anders mitnehmen? Was denn nun?«

Sie runzelte die Stirn. »Nein, natürlich nicht.«

Der Gedanke, dass er jemand anders mitnehmen könnte, hatte einen Stich von Eifersucht und einen impulsiven Besitzanspruch in ihr ausgelöst. Daran erinnerte sie sich. Stark genug, um sie umzustimmen, war der Impuls jedoch nicht gewesen.

Sie überquerte den Raum, nahm Malcolms Hände in ihre und setzte einen entschuldigenden Blick auf. »Es ist nur ... das ist ein extrem lukrativer Auftrag und er ist zeitkritisch. Wenn ich nicht bald rausfliege, verpasse ich den Fund und die Erlöse. Es tut mir wirklich leid. Ich bin sicher, es wird eine wunderschöne Feier, und du machst dich fabelhaft, wenn du deine Schwester zum Altar führst. Richte allen mein Bedauern aus?«

Sie küsste ihn an den Mundwinkel, trat dann zurück und ging zur Treppe. »Ich spring kurz unter die Dusche, dann können wir ausgehen, wenn du willst.«

Ihre Wahrnehmung blieb, während ihr Körper den Raum verließ; es war, als würde sie gezwungen, die Konsequenzen zu sehen, die untrennbar aus ihren Handlungen folgten. Und wohl war es so.

Malcolm presste die Zähne aufeinander; seine Haltung sackte in sich zusammen, die Schultern senkten sich in einer Geste der Niederlage. »Ich will nicht ausgehen. Ich will ...«

Seine Augen schlossen sich und seine Stimme wurde leise, nicht länger an sie gerichtet. »Ich glaube, ich kann das nicht mehr.«

Für ihr Verhalten gab es diesmal keine Entschuldigung. Sie war eine narzisstische Mistkuh gewesen, keine Frage. Aber am Ende hatte es sich für beide als das Beste herausgestellt ...

* * *

»Junges Fräulein, du wirst dieses Haus nicht verlassen. Du marschierst sofort nach oben in dein Zimmer, sonst verlässt du es dieses Jahr gar nicht mehr.«

Whoa, sie war wieder jung. Vierzehn, schätzte sie. Vielleicht fünfzehn. Lange, dünne Beine und der Hauch beginnender Kurven.

Alex fuhr herum und ging ihrer Mutter bis aufs Gesicht. Schon ebenso groß wie sie, begegnete sie ihrem Starren mit einem höhnischen Grinsen. »Wie willst du mich aufhalten? Sperrst du mich ein wie eine Verbrecherin? Vielleicht schlägst du mich? Ist das nicht, was Soldaten so machen?«

Miriams Stimme war Eis, ihre Züge in Granit gemeißelt. »Du. Gehst. Jetzt. Hoch.«

Das wollte sie nicht sehen. Sie versuchte, ihre »Augen« zuzudrücken ... wenig überraschend ohne Erfolg. So leicht käme sie hier nicht davon.

»Mach ich nicht.« Alex wirbelte zur Tür, um hinauszustürmen, fand sie jedoch per Code verriegelt. Frustriert und mit einem Hauch Panik hämmerte sie mit den Fäusten dagegen und versuchte schließlich, mit den Fingern einen Spalt aufzuhebeln.

Als sie keinen Zentimeter vorankam, stürmte sie an ihrer Mutter vorbei, auf der Suche nach einer anderen Tür, durch die sie fliehen konnte. Doch es gab nur die Terrassentür, und auch sie war fest verriegelt.

»Ich hasse dich! Wäre doch lieber du gestorben!«

Das – hatte sie so gemeint.

Der Kehlkopf ihrer Mutter hob und senkte sich bebend, aber ihr

Blick wankte nicht. »Ich weiß. Aber wir bekommen im Leben nicht immer, was wir wollen – eine Lektion, die du schnellstmöglich lernen musst. Heute ist so gut wie jeder andere Abend, um damit anzufangen.«

»Ugh!« Ihr vierzehnjähriges Ich nahm die Stufen in Sprüngen und warf sich mit Schmackes in ihr Zimmer.

Wie zuvor folgte ihr Geist nicht dem Körper nach oben. Stattdessen blieb er in der Diele zurück wie ein körperloser Geist, der die Vergangenheit heimsuchte.

Ihre Mutter sah der jugendlichen Alex nach, dann sank sie an der Wand hinab. Eine Hand bedeckte ihren Mund, als eine einsame Träne ihre Wange hinabkroch.

Ein gehauchtes Murmeln fiel von bebenden Lippen. »David, hilf mir, bitte …«

Schuld gruben sich in sie wie ein rostiges, gezacktes Messer. Sie schlug in ihrer Seele Wurzeln, machte es sich bequem, um weiter schartige Stücke Fleisch herauszusägen und sie ausbluten zu lassen.

Auch sie hatte in jener Nacht geweint, in ohnmächtiger Wut und Qual, die mehr als ein Jahr nach dem Tod ihres Vaters noch immer brutal war … es mochte sogar das letzte Mal gewesen sein, dass sie ungehemmt und frei fließend Tränen vergoss. Jetzt wirkte es wie eine erbärmliche, selbstgerechte Ausrede für ihr Verhalten.

Aber wenn ihre Mutter ebenfalls gelitten hatte, warum hatte sie sich dann so hart gegeben, so eiskalt? Ein freundliches Wort, ein schlichtes Lächeln, der Tochter geschenkt … hätten sie etwas verändert? Hätten sie den Lauf der Geschichte umgelenkt? Hätte sie sie angenommen – oder trotzig zurückgeschleudert?

Sie fand keine Antwort. Also wartete sie schweigend, bis die Dunkelheit zurückkehrte.

* * *

»Dumme, aufgeblähte, überspannte Bürokratie – hat jede Fähigkeit zu auch nur rudimentärem eigenständigen Denken verloren. Ugh!« Mit einem körperlichen Stöhnen ließ sich Alex aufs Sofa fallen und vergrub den Kopf in den Händen.

Ihr Schiff! War das alles ein Albtraum gewesen?

Caleb erschien neben ihr auf dem Sofa. »Vielleicht hat er den Bericht gar nicht gelesen – ich will einfach glauben, dass seine Reaktion sonst ein bisschen alarmierter ausgefallen wäre.«

Caleb ... bitte lass ihn in Ordnung sein, irgendwo da draußen. Sie war völlig hilflos, irgendetwas dafür zu tun, aber sie brauchte, dass es ihm gut ging.

»Oh, ich glaube schon, dass er ihn gelesen hat. Aber er ist ein Regierungsapparateknecht. Was soll er denn anderes tun? Er hat eine Checkliste voller Prozeduren, und jedes verdammte Ding, das über seinen verdammten Tisch geht, muss durch diese verdammte Checkliste getrieben werden. Es ist das Einzige, was in seiner Welt existiert – ohne sie herrschte Chaos! Und wahrscheinlich hat er dafür auch eine verdammte Checkliste ...«

Sie stöhnte in die Hände. »Ich schwöre, ich sollte sie alle einfach sterben lassen.«

Aha. Für einen Moment hatte sie sich gefragt, welchen verachtenswerten Charakterfehler diese Szene wohl zu entlarven gedachte. Wie töricht von ihr.

»Hey ...« Er griff sanft nach der nächstgelegenen Hand und zog sie von ihrem Gesicht fort, hob dann ihr Kinn, sodass sie ihn ansehen musste. »Möglich. Aber du wirst es nicht tun, weil du ein besserer Mensch bist als sie.«

Gott, sieh dir diese Augen an. Er hätte sie damals küssen sollen. Sie hätte ihn damals küssen sollen. Sie würde bereitwillig ihre mageren Schätze hinblättern, um ihn damals, genau jetzt, küssen zu können.

»Bin ich nicht. Ich kann an einer Hand abzählen, wie viele Menschen im Universum ich wirklich mag oder auch nur ansatzweise kümmere ...«

»Schluss!«

Die Umgebung verschwamm, ohne ganz zu verschwinden. Vergangenheits-Alex und Vergangenheits-Caleb machten weiter, ohne ihre geisterhafte Präsenz zu bemerken. Ermutigt fuhr sie fort.

»Schluss! Schon verstanden, okay? Ich bin nicht perfekt – Farbe mich überrascht von dieser Offenbarung. Ich kann egoistisch und gefühllos sein, ich kümmere mich nicht ausreichend um andere und neige dazu, Menschen in meiner Nähe zu verletzen, ohne es zu merken. Schon kapiert.

Ja, ich habe Fehler gemacht. Große. Ich werde keine Ausreden anbieten und mich nicht verteidigen. Ich gebe sogar zu, dass ich ein bisschen kaputt bin ... aber ich habe mein Bestes gegeben. Und mehr oft als nicht ist mein Bestes verdammt gut.«

Sie schrie jetzt – schrie ins Nichts, während die Szene in die Ferne verblasste. Es war ihr egal. »*Ihr habt gefragt, was mir das Recht gibt, euch aufzuhalten? Was gibt euch das Recht, mich zu richten? Ihr, die ihr plant, Milliarden erbarmungslos abzuschlachten. Ihr sitzt sonstwo zur Hölle und zeichnet mein Leben auf, schneidet die schlimmsten Momente als Dreißig-Sekunden-Schnipsel heraus und werft sie mir ins Gesicht, als würdet ihr irgendwie begreifen, wie es war, sie zu durchleben? Bullshit.*

Was mir das Recht gibt, euch aufzuhalten? Welche Schwächen ich auch haben mag – ich bin diejenige, die hierher gefunden hat. Welche Fehler ich auch gemacht habe – ich bin diejenige, die euch gefunden hat. Also lasst mich aus diesem verdammten Käfig!«

Doch da war nur Dunkelheit.

16

MESSIUM

ERDALLIANZ-KOLONIE

Schreie. Vor Schmerz, vor Horror? Vielleicht ein ersticktes, wildes Gemisch aus beidem.

Die Schreie waren das Erste, was Kennedy bewusst wahrnahm. Erst nachdem ein schneidendes Aufheulen die Luft durchschnitt, registrierte sie die kreischenden Stimmen. Weiter weg, wie das Stakkato eines Trommelschlags unter einer harmonischen Melodie.

Sie versuchte, die Augen zu öffnen – ein Fehler. Hastig kniff sie sie wieder zu gegen den beissenden Rauch brennender Trümmer.

Ein tiefer Atemzug dann? Noch ein Fehler. Hustenkrämpfe schüttelten sie, als der Rauch ihre Lungen füllte.

Reiss dich zusammen, Ken. Krieg dich in den Griff, oder du stirbst hier unter diesem Wrack.

Sie tastete nach ihrem Shirt, zog es über Mund und Nase und holte vorsichtig wieder Luft. Besser.

Klarer im Kopf dank des Sauerstoffs, begann sie, den Schaden zu begutachten: Am auffälligsten brannte ein stechender Schmerz in ihrer linken Wade, doch auch ihre Schulter pochte wie verrückt.

129

Und dieses ganze »Atmen« fühlte sich für ihre Rippen ebenfalls alles andere als angenehm an.

Sie spähte so gut es ging durch Tränen, die der allgegenwärtige Rauch in ihre Augen trieb. Offenbar lag sie unter einem Abschnitt der Array-Baugruppe eingeklemmt, doch zur Rechten sah sie den Gehweg. Sie versuchte, sich zu bewegen; prompt schrie ihr linkes Bein vor Schmerz auf, als würde es ihr abgerissen, wenn sie noch einen Zentimeter rutschte.

Als der stechende Schmerz zu einem Hämmern verblasst war, stemmte sie sich vorsichtig auf einen Ellbogen und blickte hinunter. Ihr Bein steckte unter einer rechteckigen Metallplatte von mehreren Metern Breite fest.

Sie liess sich zurück auf den Boden sinken, streckte den rechten Arm so weit aus, dass er über das Wrack hinausragte, und wedelte mit der Hand. »Hilfe! Ist da jemand?«

Menschen rannten vorbei, sie hörte Füße über den Gehweg donnern. Niemand hielt an. Frustriert füllte sie die Lungen mit Rauchluft und brüllte mit allem, was sie hatte: »Hey, ihr Arschlöcher! Ein bisschen Hilfe wäre nett!«

Eine Sekunde später tauchten seitlich in der Öffnung ein halbes Gesicht und ein Schopf schmutzblonder Haare auf. »Arschloch meldet sich. Brauchst du was?«

Sie verschluckte sich an einer weiteren Rauchwelle, bevor sie antworten konnte. »Mein Bein steckt unter der Platte. Wenn du sie anhebst – hier an der Seite –, kann ich mich vielleicht rauswinden.«

Sie fing ein halbes Nicken auf, dann war der Mann verschwunden. »Halt dich fest.« Ein paar Sekunden später verschob sich der Rahmen um Zentimeter, gefolgt von einem gedämpften: »Verdammte Scheisse!«

Gesprächsfetzen drangen durch das Dröhnen des unsichtbaren Chaos: »Hilf mir mal—« »Beweg deinen Arsch—« »Nicht versuchen zu—« »Vorsicht!«

Die Platte ruckte, kippte, dann überschlug sie sich und polterte in die Straße. Sie robbte rückwärts aus dem Trümmerhaufen – und japste auf, als an der Stelle drei zerquetschte, verstümmelte Leiber zum Vorschein kamen. Fokus.

Sie tastete vorsichtig ihr Bein ab. Ein stetiger Blutstrom – mehr als ein Rinnsal, weniger als ein Schwall – sickerte aus einem zehn Zentimeter langen Riss an der Seite ihrer Wade. Ob die Verfärbungen drumherum Prellungen oder Ruß waren, konnte sie nicht sagen. Gebrochen fühlte es sich nicht an, was sie als Hinweis wertete, dass sie das hier überleben würde.

»Alles in Ordnung? Kannst du laufen?«

Sie wandte die Aufmerksamkeit dem neben ihr kauernden Mann zu. Schmutzblondes Haar, das über eine stoppelige Wange fiel, identifizierte ihn als ihren Retter. Er kam ihr merkwürdig bekannt vor – aber diesen Mann hätte sie nicht vergessen.

Ihre Hand kam blut- und schmutzverschmiert zurück, als sie sich über den Mund wischte. »Ich glaube schon. Hilfst du mir hoch?«

»Schon gut.« Er schlang den Arm um sie und packte sie an der Taille unter ihrem Arm.

Sie verlagerte das gesamte Gewicht auf ihr gutes Bein und ließ sich von ihm hochziehen, ehe sie das verletzte vorsichtig testete. Uhh, das tat weh. Ein bisschen Gewicht … noch ein bisschen … nein, weiter ging's nicht.

Sie sammelte einen Rest Fassung und begegnete seinem forschenden Blick. »Naja, humpeln geht. Hör zu, ich verstehe, wenn du mich hier lässt und wie alle anderen panisch im Kreis rennst, aber ich weiß ganz sicher, dass es hier ein paar Blocks weiter einen verstärkten Keller gibt. Hilf mir hin, dann können wir beide uns verstecken.«

Seine Augen musterten sie … Gott, in welchem jämmerlichen Zustand musste sie sein. Dann grinste er. Wer grinste in so einer

Situation? »Komm schon, Blondie, los.«

Sie hob eine Augenbraue zu dem Spitznamen, den er ihr verpasst hatte, aber jetzt war kaum der Moment, sich mit dem Mann anzulegen, der ihr das Leben gerettet hatte. »Danke. Oh – und kannst du meine Tasche schnappen?«

* * *

Der Weg über drei Blocks war die Hölle. Sie blendete Schreie und Kreischen und kreischendes Metall ebenso aus wie das Beben des Gehwegs, wenn ein Gebäude zusammenstürzte, und konzentrierte sich einzig darauf, einen Fuß vor den anderen zu setzen. Sie lehnte sich stärker an ihren Retter, als sie zugeben wollte. Er beschwerte sich nicht, wünschte sich allerdings sicher, sie könnten schneller vorankommen.

Ein kleines Schiff – in den wenigen Sekunden, die es sichtbar blieb, konnte sie den Typ nicht ausmachen – bohrte sich in die Seite eines Hochhauses einen Block vor ihnen, gerade als sie das Palaimo-Gebäude erreichten. Ihr Retter zog sie dichter heran, presste sie an die Fassade, als Glasscherben vom Aufprall wie Regen herabprasselten.

Als es vorbei war, deutete sie auf die Tür voraus. »Da rein.«

Sie stolperten hinein; die Lobby war verlassen. Vermutlich waren alle Mitarbeiter nach unten gegangen. Die Hälfte der Fenster war zerborsten, und die Glassplitter am Boden waren mit Blutspuren verziert. Sie versuchte, nicht darüber nachzudenken, was hier passiert war.

Sie wies auf den Flur rechts. »Der Lift ist da drüben.«

»Meinst du, er läuft?«

»Die Lichter sind noch an, also ist das Stromnetz noch nicht ausgefallen.«

Sie hatten die Nische mit dem Lift fast erreicht, als die Wände zu beben begannen – eine Gewalt, die Schlimmeres ankündigte. Ein tiefes Grollen schwoll zum Donnern an, als die restlichen Fenster zerbarsten. Über die Schulter blickend sah sie die Silhouette des Turms direkt gegenüber einstürzen, unter einem glühend roten Strahl.

»Scheisse.« Er riss sie hart in die Nische und hämmerte auf die Liftsteuerung. Sie fuhren ab, während Rauch, Trümmer und Glas den Flur hinabwogten, der hinter ihnen schrumpfte, und ihr Bein vor Schmerz aufschrie ob der groben Behandlung.

Der Lift ruckte auf den Boden, matte Lichter flackerten an. Die Zerstörung oben wurde zu einem dumpfen Grollen.

»Hallo? Ist hier unten jemand?« Stille.

Sie klammerte sich an die Wand, während ihr Begleiter eine kurze Runde durch den Bereich drehte, aber er war fast sofort wieder zurück. »Gehen wir weiter rein. Vorerst sollten wir sicher sein.«

Sie nahm wieder seinen Arm, und gemeinsam humpelten sie durch den Werkraum in ein kleines Büro in der Ecke.

Erleichtert ließ sie zu, dass er sie auf den Boden sinken ließ und gegen die Wand lehnte. »Wir müssen deine Wunde säubern. An einer Infektion zu sterben, wäre eine verdammt traurige Pointe, nachdem du dir so viel Mühe gegeben hast zu überleben.«

»Ganz deiner Meinung. Wasser ist in meiner Tasche, und irgendwo im Werkraum sollte ein Erste-Hilfe-Set sein.«

Er betrachtete sie auf eine Weise, die ihr merkwürdig Trost spendete. »Bin gleich zurück. Beweg dich nicht.«

Sie kicherte müde. Er benahm sich, als wäre das hier irgendein Abenteuer, ein Extremsporturlaub oder so ... aber sein Selbstvertrauen ließ sie sich besser fühlen. Sicherer.

Wieder war er rasch zurück, diesmal mit einem kleinen Erste-Hilfe-Paket. Er stellte es auf den Boden, hockte sich neben sie und zog dann vorsichtig den zerrissenen Stoff ihrer Hose zurück.

Sie verzog das Gesicht, als sich der Stoff widerwillig vom angetrockneten Blut löste, brachte aber zwischen zusammengebissenen Zähnen Worte heraus, während er eine antiseptische Lösung auf die Wunde tupfte. »Wo du schon mein Ritter in glänzender Rüstung bist, sollte ich wenigstens deinen Namen wissen.«

Als er zu ihr aufsah, fiel ihm eine Haarsträhne über ein Auge. »Noah Terrage, zu Diensten, Ma'am.«

Terrage. »Du bist Lionel Terrages Sohn.«

Sein Lachen klang unerwartet hart, und sein Blick wich aus. »Klon. Ich bin sein Klon.«

»Du bist ein »*Vanity Baby*«?«

Das Zusammenzucken war bis in die Anspannung seiner Schultern sichtbar, und seine Stimme bekam einen rauen Rand. »Nenn mich nicht so.«

»Tut mir leid. Was nicht so gemeint.« Sie versuchte ein neckisches Lächeln; sie hatte ihn nicht beleidigen wollen. Vanity Babies galten weithin als eitle Marotten des Kloners, aber daran trug er keine Schuld. Solche Arrangements liefen selten wie erhofft, denn Menschen hatten nun einmal ihren eigenen Kopf – Klone nicht ausgenommen. Seinem Blick nach zu urteilen, war es hier nicht anders.

Er legte den dünnen Medwrap über den langen Schnitt und drückte ihn fest, bis die Versiegelung griff. »So. In ein paar Stunden solltest du wieder mobil sein.« Mit einem schweren Ausatmen ließ er sich zurückgleiten und am Fuß des Prüftisches gegenüber nieder. »Woher kennst du meinen Vater?«

»Surno Materials ist – war – ein Großlieferant für meine Firma. Ich bin ab und zu auf irgendwelchen Dinners über ihn gestolpert. Ich muss sagen, er kam mir immer wie ein ziemlicher Stock im Arsch vor. Aber du, du bist …« Ein schurkisches, umwerfendes Grinsen kroch auf seine Lippen, und sie wäre womöglich in Ohnmacht gefallen, wäre sie nicht schon auf dem Boden gewesen »… nicht.«

»Gott, hoffentlich nicht. Also, Blondie, kriege ich im Gegenzug einen Namen?«

»Ha. Kennedy.«

»Kennedy …?«

Sie tat so, als begutachte sie ihr Bein. Die Verfärbungen hatten sich als Prellungen und Ruß erwiesen. Der Ruß war weggewischt; die Prellungen blieben. »Rossi.«

Eine merkliche Pause folgte, in der sie die Sauberkeit des Verbandes bewunderte, den er angelegt hatte.

»Impulsantrieb ›Rossi‹?«

Sie nickte kaum merklich. Sie war sonst nicht schüchtern oder verlegen, wenn es um ihre Familie ging, und auch wenn sein Reichtum und seine Herkunft nicht ganz mithalten mochten, war er nun wirklich kein Kind der Slums. Aber etwas an seiner Art ließ sie wünschen, nicht so früh geoutet worden zu sein.

Er pfiff leise, was ihre Instinkte bestätigte. »Verdammt. War mir nicht klar, dass ich eine Erbin gerettet habe.«

»Halt die Klappe.«

»Hey, ich sag ja nur—«

»Halt die Klappe, sonst nenn ich dich wieder ein Vanity Baby.«

»Jawohl, Ma'am.«

17

ROMANE

UNABHÄNGIGE KOLONIE

»Gouverneurin, wir müssen schnell handeln, um diese Blockade anzugehen, bevor sie Chaos auslöst!«

Gouverneurin Madison Ledesme schenkte dem aufgebrachten Mann von ihrer leicht erhöhten Position hinter dem Podium aus einen ruhigen, souveränen Blick. »Ich versichere Ihnen, Mr. Quhiro, wir arbeiten jede Option ab, um so schnell wie möglich eine Lösung zu finden. Aber ich bitte Sie, nicht in Panik zu verfallen – sonst erzeugen Sie genau das Chaos, das Sie vermeiden wollen.«

Der Mann schnaubte über die Spitze, kommentierte aber nicht weiter. Er besaß ein großes Hotel mit Konferenzzentrum in der Innenstadt; verständlich, dass er eine Störung des Geschäfts fürchtete. Taten sie das nicht alle?

Mia Requelme schwieg und beobachtete stattdessen die übrigen Mitglieder des Unternehmerverbands. Sie löcherten die Gouverneurin mit immer denselben Fragen, als hätten sie all ihre geistige Energie darauf verwendet, darauf zu warten, dass sie endlich reden durften, statt den Antworten zuzuhören.

Es war nicht so, dass sie keine Sorgen hatte. Die Galerie sollte materiell kaum betroffen sein, da nur ein relativ kleiner Teil der Kundschaft Touristen waren, aber der Raumhafen zeichnete sich als drohendes Desaster ab. Schiffe, die derzeit aus Föderationsgebieten angedockt waren, saßen hier fest, sofern sie nicht den langen Weg außen herum nehmen wollten. Hoffentlich würden viele genau das tun, denn die, die blieben, würden keine Lust auf langfristige Dockgebühren haben.

Bis nächste Woche rechnete sie mit einer wachsenden Zahl unzufriedener, frustrierter Kunden. Darüber hinaus wagte sie keine Prognose, ob sie am Ende mit einem überfüllten Raumhafen dastünde – oder einem leeren.

Kurz: Sie hatte Bedenken, aber sie äußerte sie aus zwei Gründen nicht. Erstens hatte die Gouverneurin sich als geschickte Politikerin erwiesen, die sehr genau verstand, was Romane war und was nicht. Wenn es einen Ausweg aus diesem Schlamassel gab, der die Unabhängigkeit und den Wohlstand der Kolonie bewahrte, würde die Gouverneurin ihn finden – ganz ohne panische Geschäftsleute. Zweitens galt ihre Aufmerksamkeit im Moment schlicht nicht diesen Sorgen.

Ihr Blick schwebte vage auf dem Raum zwischen zwei Kolleginnen gegenüber auf der langen, hufeisenförmigen Tischreihe. Draußen strahlte der Himmel; es war ein warmer Tag, und der Duft blühender Alyssi dürfte durch die Straßen darunter wehen.

Über die Untergrund-News verbreiteten sich Gerüchte wie ein Lauffeuer, Gaiae und Andromeda seien vom Netz. Seit Tagen habe niemand eine Kommunikation mit den Planeten oder irgendetwas in ihrer Nähe aufbauen können. Gaiae lag der Metis-Nebel am nächsten von allen bewohnten Welten, Andromeda am zweinächsten. Es gab eine Alien-Armada im Metis-Nebel – oder hatte sie gegeben, vor ein paar Wochen. Gott wusste, wo sie jetzt war, aber sie würde brauchbare Credits wetten, dass die Antwort Gaiae und/oder Andromeda lautete.

Caleb war im Metis-Nebel. Oder durch irgendein jenseitiges Portal. Oder tot. Er war ein verrückter Hundesohn, und jetzt, da er jemanden gefunden hatte, der genauso verrückt war wie er, um mit ihm rumzurennen ... nun, alle Sicherungen waren raus. Er würde sich umbringen – oder es beim Versuch tun.

Man hatte ihr erklärt, bevor er und Alex aufgebrochen waren, dass die Führungen sowohl der Allianz als auch der Föderation um die Existenz der Aliens wüssten (sie stellte sich vor, Gouverneurin Ledesme hatte dieses Glück nicht). Doch bislang zeigte der Zweite Crux-Krieg keinerlei Zeichen der Entspannung. Im Gegenteil. Also hielt sie es für zweifelhaft, dass eine der beiden Regierungen sonderlich erpicht war, etwas gegen die Alien-Bedrohung zu unternehmen, bevor diese bei einer ihrer Kolonien auftauchte und einen Streit anfing.

Was hieß das? Dass die Milliarden Bewohner der Galaxis den Aliens als ahnungslose Appetithäppchen serviert wurden, während die verfeindeten Imperien weiter fruchtlos aufeinander eindroschen? Sollten sie keine Gelegenheit bekommen, sich vorzubereiten, zu verteidigen oder zu fliehen?

Sie hatte sich so sehr in den Gedankengang verheddert, dass sie mehrere Sekunden brauchte, um zu bemerken, dass die Sitzung beendet war. Leute standen auf, um zu gehen, und das missmutige Gemurmel verriet, dass nichts gelöst worden war. Nicht, dass sie etwas erwartet hätte. Sie war erschienen, weil ihr Fehlen aufgefallen wäre und weil sie über den Zustand ihres Wahlheimatsplaneten auf dem Laufenden bleiben musste.

Als die Augen der Gouverneurin über ihren Tisch hinwegstrichen, nickte sie der Frau höflich zu, dann schlängelte sie sich hinaus. Sie musste nach Hause.

* * *

Mia kroch im Zwischendeckenraum über Menos Zimmer, in Leggings und Tanktop. Dicke Stränge aus kristallinem Faserkabel säumten den Boden; sie kletterte vorsichtig darüber und darum herum, während sie eine neue Leitung zog. Schweiß rann ihr von der stickigen Umgebung und der Anstrengung, Zehn-Meter-Kabel durch den Hindernisparcours namens Decke zu wuchten, die Schläfen hinab.

An einer großen Junktionsdioden-Box, die in die Wand eingelassen war, fädelte sie das Kabel in einen freien Port, steckte an den passenden ausgehenden Port ein neues Stück Faser an – und weiter ging's. Den Prozess wiederholte sie an zwei weiteren Knoten, bevor sie endlich die offene Paneelöffnung in der Decke erreichte.

Mit dem Kabel in der Hand ließ sie sich durch die Öffnung fallen, landete halb elegant auf dem Boden darunter – und begann prompt, Staub aus der Nase zu niesen. Als der Anfall abklang, schleppte sie das schwere Kabel zur Primäreingabeeinheit, absichtlich auf Augenhöhe in der Mitte der einzigen Serverreihe montiert. Der Großteil der Hardware stand hinter der Wand in einem isolierten Reinraum.

Sie blies die Luft aus, entschied sich zum zehnten Mal, dass das beides war, nötig und vollkommen sicher, und legte sich das Hals-Interface an. Falls doch etwas schiefging – was es nicht würde –, musste sie es kommen sehen und schneller reagieren können, als es in einem automatisierten Gesprächsmodus möglich wäre.

Guten Nachmittag, Mia.

»Guten Nachmittag, Meno. Ich habe ein Geschenk für dich, das dir gefallen dürfte.«

Geschenke mag ich.

»Weiß ich. Aber das ist nicht nur ein Geschenk. Ich brauche deine

Hilfe bei einer wichtigen Sache.«

Es würde mich freuen, dir zu helfen.

»Das freut mich. Ich werde dir gleich einen exanet-Feed in die Hardware stecken.«

Das wird mich sehr glücklich machen. Ihre Stimme klang – sie hätte schwören können – einen Hauch aufgeregt.

»Das glaube ich. Du wirst aber nicht nach draußen kommunizieren können, der Feed ist einseitig.« Sie war sich der Wahrheit ihrer Aussage sicher. Egal, wie smart die Artificial war, Hardware-Wände konnte sie nicht durchbrechen.

Genau das stellten die Junktionsdioden-Boxen dar: physische Hardware, die Signale in Gegenrichtung blockierte. Außerdem hatte sie schon vor langer Zeit Dutzende dynamischer Softwaresicherheits-Feedbackschleifen und Exit-Fallen eingerichtet. Sollten sie alle versagen und Meno aus ihrem Haus entfliehen können, würde die Hardware es nicht.

»Bereit?«

Ja, Mia.

Sie hielt den Atem an, steckte die Leitung ein und aktivierte den Port. Drei Sekunden verstrichen, dann vier.

Das ist höchst faszinierend.

»Nimm dir Zeit, dich an die Daten zu gewöhnen. Ich weiß, es ist viel auf einmal.«

Es ist in der Tat viel.

Es brauchte also nur vierhundert Zettabyte pro Sekunde an Streaming-Daten, um die Artificial zu beeindrucken. »Erinnerst du dich an die Dateien, die ich dir neulich zum Metis-Nebel gegeben habe?«

Natürlich. Sie bereiten mir große Sorge.

»Mir auch. Ich brauche dich, um alles, was über den exanet-Feed hereinkommt, auf zwei Dinge zu überwachen: jede Information, die

140

mit den Daten korrelieren könnte, die ich dir gegeben habe, und ungewöhnliche Ereignisse auf oder um die östlichsten Kolonien, die dem Metis-Nebel am nächsten liegen. Verstehst du, was ich frage?«

Ich glaube ja.

»Ausgezeichnet. Du kannst Zusammenfassungen alles Anomalen in unser Postfach schicken.«

Das werde ich tun.

»Ich muss zum Raumhafen, aber ich schaue heute Abend wieder rein.«

Bevor du gehst, glaube ich, Informationen gefunden zu haben, die deinen Parametern entsprechen. Die Kolonien Gaiae, Andromeda, Gaelach, Zetian, New Riga und Lycaon haben die Kommunikation mit der exanet-Infrastruktur eingestellt.

Sie erstarrte, die Hand auf halbem Weg zum Halsband. »Alle?«

Ja, Mia. Alle.

18

PORTAL PRIME

UNKARTIERTER RAUM

Erst als es so dunkel geworden war, dass er ohne die optischen Verstärkungen nicht einmal einen Meter vor sich sehen konnte, gab Caleb die Sinnlosigkeit ein, weiterzugehen. Er suchte sich eine ebene Stelle unter einem der größeren Bäume und setzte ein einfaches Lager zusammen.

Er lehnte den Körper an den Baumstamm und erlaubte der Erschöpfung endlich, ihn ganz zu verzehren. Der Hang war steil gewesen, und er hatte ein mörderisches Tempo vorgegeben. In seinem Blutkreislauf stellte sich keine Anpassung der Chemikalien ein, die den Schmerz in seinen Muskeln gelindert hätte. Milchsäure brannte in seinen Oberschenkeln und Waden, und die Breite seiner Schultern murrte protestierend, als er sie dehnte.

Es war ihm ehrlich gesagt egal. Wenn es eine Option gewesen wäre, hätte er einfach weitergemacht. Aber Gehen sah für die nächsten Stunden unmöglich aus, also sinnierte er stattdessen über die Vor- und Nachteile eines Feuers. Auf seinem langen Marsch durch Nachmittag und Abend war er verschiedenen Arten von

Viechern begegnet, keine größer als ein mittelgroßer Hund und keines offen aggressiv. Futter für die Drachen.

In der »Pro«-Spalte eines Feuers: Wenn die Viecher es gewohnt waren, von den Drachen gejagt zu werden, sollten die Flammen sie fernhalten, während er schlief. In der »Contra«-Spalte: Wenn die Drachen in diesen Wäldern jagten, könnten sie das Feuer sehen – und ihn im Schlaf wie eines der Viecher behandeln.

Also kein Feuer. Er nahm einen Schluck Wasser und schloss die Augen.

»Was wäre, wenn wir nur so lange ein Feuer liefen ließen, um ein bisschen warmes Essen zu machen?«

Samuel warf ihm einen schiefen Blick zu und zog einen Schlafsack aus dem Rucksack. »Williamst du, dass die Überwachungsdrohnen uns entdecken? Denn wenn ja, hey, ich wäre für eine Schießerei zu haben. Ich hab' nur leider meinen SAL-Schulterwerfer vergessen, also halte ich unsere Chancen für eher mau.«

Der Mann hatte recht. Sie trugen Thermoschilde, um ihre Wärmesignaturen zu verschleiern. Da sie in den Packs keinen Platz für einen größeren Tarnschirm gefunden hatten, wäre ein Feuer kontraproduktiv. Resigniert ließ sich Caleb auf seinen Schlafsack sinken und grub eine Feldration heraus.

Sie zelteten vierzig Kilometer tief in einem Regenwald auf Elathan und noch einmal zwölf Kilometer von ihrem Ziel entfernt, einem unterirdischen Lager einer Gruppe von Waffenschiebern. Der Bunker lag zu tief unter der Erde, um ihn aus der Luft zu bombardieren, und musste von innen zerstört werden. Sie hofften außerdem, einige der Drahtzieher vor Ort zu erwischen – was erklärte, warum sie sich zu Fuß einschlichen, statt direkt auf der Anlage zu landen.

Und da war das Training.

Das hier war seine dritte Live-Mission an Samuels Seite. Zuvor hatte er eine »offizielle« Ausbildung absolviert – ein atemloses galaktisches Jahr lang Tech für jede Lage, Aufklärung und Hacking-Techniken, Flug-Techniken und Tötungs-Techniken. Die Lektionen waren gnadenlos, aber nicht schwierig. Vermutlich hätten sie ihn gar nicht erst angeworben, wenn sie nicht erwartet hätten, dass er sich in den meisten Disziplinen als Naturtalent erwies.

Technisch diente er nun als Feldagent für die Abteilung für Nachrichtendienste der Senecan Föderation, befugt, gegen jegliche Feinde der Föderation vorzugehen, externe wie interne. Aber allein auf Missionen durfte er nicht, solange Samuel Padova ihn nicht für »bereit für alleinige Einsätze« erklärte. Und er hatte keine Ahnung, wann das sein mochte.

Die Gesellschaft störte ihn nicht. Er mochte Samuel sehr. Der Agent war ein wenig verrückt und übertrieb die »griesgrämiger alter Mann«-Nummer – er wusste genau, dass Samuel erst vierundfünfzig war –, aber der Mann besaß einen sprühenden Witz, eine wohlwollende Weltsicht und, vor allem, erwies sich als unheimlich effektiver Lehrer. In den zweieinhalb Missionen mit Samuel hatte Caleb mehr gelernt als in dem ganzen Jahr Schulungsräume.

Nachdem er die Perimetersensoren gesetzt hatte, knallte Samuel eine Feldration auf und ließ sich neben ihn auf den Boden fallen. »Also, ich hab' gehört, du hast ein Mädchen daheim in Cavare.«

Caleb lachte. »Du bist so subtil wie ein Zirkusplakat.«

»Wer sagt, dass ich subtil sein will? Wenn ich wirklich subtil wäre, würdest du's vielleicht nicht mal merken.«

»Schon, schon ...« Er nippte an einem Wasserbeutel. »Ich schätze schon. Jesse macht ihren Doktor in Chemieingenieurwesen in Tellica.«

»Dann ist sie 'ne Schlaue. Was will sie dann mit dir?«

Er antwortete, indem er einen der kleinen Steine vom Boden nach Samuels Kopf warf. »Miesepetriger Bastard.«

»Liebst du sie?«

»Was ist das für 'ne Frage?«

144

»Eine relevante.«

»Wir werden sehen.« Er machte die Feldration leer, verstaute den Müll, legte sich hin und verschränkte die Hände hinter dem Kopf. »Alter Mann wie du – wie oft warst du schon verliebt?«

»Verdammt, Caleb, ich verliebe mich jedes zweite Wochenende.«

»Ich sagte verliebt, nicht geil.«

»Gibt's da 'nen Unterschied?«

»Ich bin ziemlich sicher, ja.«

Die Nacht war schwarz in voller Tiefe, und er konnte Samuels Gesicht nicht klar erkennen. Aber die leichte Veränderung in der Luft ließ vermuten, dass er ernst geworden war. »Um deine Frage zu beantworten: genau einmal.«

Er entfernte jede Spur von Frotzelei aus seiner Stimme. »Was ist passiert?«

»Ich war in eine Kindersklaven-Ringschlächterei eingeschleust. Der übelste Haufen niederträchtiger Mistkerle, den ich je gesehen habe. Ich schwöre, ich brauchte nach jeder Begegnung mit ihnen eine Dusche.« Er kreuzte die Beine und ließ die Ellbogen auf die Knie fallen. »Ich war so kurz davor, den Oberboss zu treffen, aber ich wurde zu gierig. Ich hab's versaut – schwer vorstellbar, ich weiß. Sie haben rausgefunden, dass ich Undercover war. Ich merkte es erst, als ich eines Abends nach Hause kam und ... sie sie getötet hatten. Kein sauberer Tod. Sie hat vermutlich ... na ja.«

»Es tut mir leid.« Es klang auf der Zunge so kläglich unzureichend wie in seinem Kopf.

»Ja, mir auch. Ich hab's ihnen bezahlt, zehnfach. Hat mir drei Monate Suspendierung eingebracht, war mir scheißegal. Deshalb sage ich –« er brach ab; Sekunden vergingen in Stille »– deshalb sage ich: ›Hab niemals etwas, von dem du nicht weggehen kannst.‹ Besonders keine Frau. Für sie, weil dies ein gefährliches Leben ist und du nie weißt, ob oder wann es auf die zurückschlägt, die dir nahestehen. Und für dich, denn glaub mir, *es gibt keine größere Verdammnis als die Schuld, den Tod eines geliebten Menschen verursacht zu haben.«*

Ein Schlag, und in Samuels Stimme kehrte das meiste vom üblichen Sarkasmus zurück. »Also, diese Jesse? Genieß sie, so viel sie dich lässt und so lange sie dich lässt, aber verlieb dich nicht in sie. Und wenn es nötig wird, geh weg.«

Gott, er war so verdammt jung gewesen. Aber er hatte sich den Rat zu Herzen genommen, daraus gelernt – und nachdem er seine erste ernsthafte Infiltrationsmission erhalten hatte, war er von Jesse weggegangen. Und es war richtig so gewesen.

Hätte er damals einen Funken Weisheit besessen, hätte er erkannt, wie sehr diese Ereignisse den Mann geformt hatten, der Samuel wurde – lange bevor sie sich begegneten. Aber damals hielt er die Welt an Fäden und konnte sich nicht vorstellen, dass der Verlust eines Menschen, selbst eines geliebten, sein Leben derart dramatisch und verheerend verändern könnte.

Heute konnte er es sich verdammt gut vorstellen.

* * *

Caleb fuhr aus dem Schlaf hoch, die Sinne schnürten in Sekunden auf volle Schärfe.

Er blinzelte, doch kein Infrarotfilter aktivierte sich im Augenimplantat. Was hatte er gehört? Er zwang sich zur Stille und wartete. Zu seiner Rechten, weiter den Berg hinauf, hallte der Jaulschrei eines Tieres. Er vibrierte Schmerz. Ein letzter Ruf, dann Stille.

Sein Verdacht hinsichtlich der Funktion der hiesigen Fauna war nun so gut wie bestätigt. Der Schrei gab ihm außerdem eine Richtung vor.

Keine Zeit wie die Gegenwart. Es war noch nicht ganz dämmerig, aber der Himmel schien ein wenig heller als Schwarz – ein samtiges, sternloses Indigo – und bot genug Licht, um einen Pfad durch den Wald zu finden. Er zog noch einen Energieriegel aus dem Pack, schnallte die Klinge über den Rücken, die Wasserflasche an die Hüfte und marschierte wieder los.

Keine zwei Minuten nach dem Aufwachen war er unterwegs.

Ohne aktive eVi hatte er keine Uhr, aber er schätzte, vielleicht drei Stunden geschlafen zu haben. Drei Stunden nach Heimatmaß – oder nach der Zeit hier? Zwei Tage in diesem Ort, und er konnte den Unterschied schon nicht mehr erkennen. Wie auch immer, es war ausreichend. Unruhiger Schlaf, von Feuer und Tod verziert, aber ausreichend.

Er hatte keine Ahnung, wo sich die Drachenhöhle befand – falls es überhaupt eine Höhle gab –, und selbst wenn: ob das Biest Alex dorthin gebracht hatte. Die bewaldeten Berge boten schlechte Fernsicht und keine Möglichkeit, potenzielle Unterschlüpfe auszumachen. Er hatte nichts als eine undefinierbare Wahrnehmung, in der richtigen Richtung unterwegs zu sein – eine Wahrnehmung, nun untermauert vom Schrei eines Tieres, das zum Drachenmahl geworden war.

Sie könnte tot sein. Als rationaler Mensch musste er diese Möglichkeit anerkennen. Er hatte auf Missionen Menschen verloren. Er hatte Samuel verloren, wenn er auch machtlos gewesen war, es zu verhindern. Jetzt war er nicht machtlos.

Also erkannte er zwar, dass sie tot sein konnte – aber er weigerte sich, es zu glauben. Er würde sie retten; jedes andere Ergebnis war inakzeptabel.

Wenn er an ihr mögliches Sterben dachte, fühlte er sich, als ersticke er, als habe man ihm die Fähigkeit zu atmen geraubt. Also dachte er nicht daran. Er schob die Gedanken auf Distanz, indem er über das Rätsel dieses Planeten nachgrübelte.

Versteckt in der Schwärze eines vollkommen leeren Raums, wo

die Zeit davonraste, umkreiste er keine Sonne und rotierte um keine Achse. Sichtbar ohne Zivilisation, zeigte er dennoch einen künstlichen Tag-/Nacht-Rhythmus – dem der Erde nachempfunden.

Und dann waren da die Drachen. Sie beschützten diese Region – eine Region, die aktiv Technologie abwehrte, was nur mittels Technologie möglich war. In diesen Bergen lag etwas verborgen, mehr als nur eine Drachenhöhle. Etwas Hochintelligentes, Hochentwickeltes und Hochgeheimes.

Deshalb – obwohl sie tot sein konnte – lebte sie in Wahrheit.

* * *

Die obsidianfarbene Kugel schwebte einen Meter über dem Boden. Ihre Oberfläche reflektierte keinen Hauch Licht, sodass sie im Augenwinkel wie ein Loch in der Welt wirkte – Abwesenheit, wo eigentlich Details hätten sein sollen.

Er ging in die Hocke, um sie auf Augenhöhe zu betrachten. Fünfzehn Zentimeter im Durchmesser, zeigte sie keinerlei Bewegung: kein Vibrieren, keine Rotation, kein Wabern. Sie hing still wie der Tod. Das Metall war fugenlos und mit bloßem Auge unmarkiert. Es wäre hilfreich, sie scannen zu können – mit einem Werkzeug, mit seinem Implantat, mit irgendetwas – um nicht sichtbare Lichtcharakteristiken zu erfassen. Kein Glück.

Er schob die Hand langsam darauf zu und spürte Widerstand. Eine abstoßende Energie drängte dagegen, aber nicht überwältigend. Als seine Hand wenige Zentimeter entfernt war, stieß er vor und schloss die Kugel in der Handfläche ein.

Jetzt bewegte sie sich – vibrierte heftig, als wolle sie sich seinem Griff entreißen. Ein stechendes Brennen raste durch seine Finger und den Arm hinauf, unter der Haut. Die Kugel mochte seine Kybernetik nicht. Er nahm die zweite Hand dazu, packte fester zu und riss sie zu sich.

Die Kugel erstarb. Alle Bewegung endete, ebenso die zuvor generierte Energie. Die Oberfläche verblasste zu dumpfem Zinn. Sie glich nun einem syncrosse-Ball, und wenngleich es ohne vollständige Analyse nicht zu beweisen war, schien sie inert.

Er warf sie ein paar Mal in die Luft. Sie war außerordentlich leicht, vielleicht hundert Gramm. Nach kurzem Überlegen öffnete er den Rucksack, ließ sie hineinplumpsen und setzte seinen Marsch fort.

Dreißig Minuten später fand er eine weitere. Jetzt, da er wusste, wonach er Ausschau halten musste, waren sie nicht mehr ganz so unsichtbar. Er fragte sich, wie viele ihm am Vortag entgangen waren. Nach dem Abstand zu urteilen, mindestens zwei Dutzend, möglicherweise mehr.

Nachdem er vier deaktiviert und eingesammelt hatte, lehnte er sich an einen Baum und erwog seine Optionen.

Die Kugeln generierten das Tech-Abwehrfeld; da war er sicher. Man konnte argumentieren, er sollte zum Schiff zurückkehren und sich zumindest eine schlagkräftigere Waffe besorgen – und womöglich das nötige Equipment auftreiben, um seine eVi wieder zu aktivieren.

Hin und zurück wären zwei Tage. Auch wenn er den Weg nun kannte, müsste er auf dem Rückweg zu jedem Orb anhalten und ihn deaktivieren – und dann seine Schritte exakt nachzeichnen, wollte er vermeiden, ein paar hundert Kilometer weit geschleudert zu werden.

Diese Zeit hatte er nicht – es sei denn, sie bedeutete den Unterschied zwischen Erfolg und Scheitern. Also lief es auf die Frage hinaus: Glaubte er wirklich, einen Drachen mit nichts als einem improvisierten Schwert und seiner ungeboosteten Kraft und Reaktion töten zu können?

Verdammt noch mal, ja.

19

DESNA

ERDALLIANZ-KOLONIE

Der Raum außerhalb der Fähre wirkte ruhig, beinahe friedlich. Sterne glitzerten vor einer leeren Kulisse, die einzig von einem fahlen Schimmer gezeichnet war, der von Desnas Sonne ausging— außerhalb seines Sichtfeldes.

Die Fähre neigte sich nach Backbord, der Planet kam in Sicht, und Malcolm klopfte dem Piloten auf die Schulter. Dann suchte er seinen Platz auf und schnallte sich an. Der Anflug würde holprig werden.

Wie auf Kommando erhellte der Himmel sich durch die ersten Salven der bislang größten Schlacht des Zweiten Crux-Kriegs. Dann verschluckte die Atmosphäre die Fähre, und er sah nichts mehr. Er wünschte ihnen oben Glück, doch seine Mission spielte sich unten auf der Kolonie ab.

Auf General Fosters Befehl war die gesamte 2. Division der Streitkräfte der Nordwest-Region zusammengezogen worden, um Desna der Föderation zu entreißen. Vier Kreuzer, der größte Träger im NW-Kommando, zweiundzwanzig Fregatten, über achtzig Jäger und zehn elektronische Kriegsführungsschiffe näherten sich nun von Westen her.

Aufklärung hatte bestätigt, dass eine ähnlich starke Streitmacht das Gebiet patrouillierte. Da das Orbit-Verteidigungsnetz in Trümmern lag und damit zu rechnen war, dass die Allianz versuchen würde, die Kolonie zurückzuerobern, war dies keine große Überraschung.

Malcolm und ein kleines Stoßtrupp-Team näherten sich von Süden. Ihr Auftrag war, in die einzige Stadt der Kolonie einzudringen und den Gouverneur samt Familie herauszuholen. Sollten die Alliierten den Tag gewinnen, ließe sich der Gouverneur leicht wieder nach Hause bringen. Sollte die Schlacht jedoch anders ausgehen, war dies wahrscheinlich die einzige Chance, ihn zu retten.

Die Fähre erzitterte unter den Stößen der Atmosphäre. Das einzige Korridor-Paar würde schwer bewacht sein und kam als Ein- oder Ausflug nicht infrage. Als Militärfähre besaß sie aufgerüstete Defensivsysteme und ein Dämpfungsfeld, aber nur eine winzige Laserwaffe. Für das Eindringen in Feindgebiet war sie kaum ideal, doch ein Angriffs- oder Tarnschiff bot keinen Platz für sein sechsköpfiges Team plus Familie des Gouverneurs. Also würden sie außerhalb der Stadt landen, die Fähre tarnen und zu Fuß hineingehen.

Ein Teil von ihm war froh, wieder einen Bodeneinsatz zu führen. Das war es, was er tun sollte; hier gehörte er hin. Dennoch bedauerte er den Verlust der *EAS Juno*. Obwohl er kaum einen Monat als ihr Kommandant gedient hatte, war er womöglich ein wenig an sie— und ihre Crew—gewachsen. Er und die meisten aus besagter Crew hatten das letzte Gefecht mit Glück überlebt, die *Juno* dagegen nicht.

Mit der Ausbreitung der Zivilisation über die interstellaren Räume in den letzten zwei Jahrhunderten hatte die Marine im Militär an dominanter Bedeutung gewonnen. Während die Bedeutung von auf jeden Planeten einsetzbaren Marines stieg, verwischten aus

praktischen Gründen die Grenzen zwischen Marine- und Infan-
teriekräften. Ein Offizier, der heute auf einem Schiff und morgen
in einem Bodentrupp dienen konnte, war ungemein wertvoll.

So blieben die Mannschaftsdienstgrade zwar weitgehend getrennt,
doch heute waren alle bis auf die niedrigsten Offiziersränge sowohl
in Schiffs- als auch in Marineeinsätzen versiert—weshalb Malcolm,
obwohl er Erde unter den Stiefeln den Sternen über sich vorzog, das
Juno-Kommando gebraucht hatte, wenn er befördert werden wollte.

Und nun war er wieder auf Desna. Doch diesmal hielt er eine
Waffe und zumindest die Illusion von Kontrolle in den Händen.

Der Flug glich sich aus, als der Himmel außerhalb der Sichtscheibe
klarte. Planetenseitig dämmerte es, und lange Schatten tauchten das
sumpfige Gelände in die Farbe schimmeligen Lorbeers.

Sollte er Desna mit einem Wort beschreiben, wäre es ohne Zweifel
›nass‹. Ein Großteil des Planeten bestand aus unbewohnbaren
Sümpfen, Mooren und Niederungen. Die Kolonisten hatten eine
höher gelegene Region gewählt, wo Vorgebirge aus dem Wasser
ragten und eine gewisse relative Trockenheit erreichten. Über
allgegenwärtigen Wasserläufen und Lochs schmiegte sich Desnas
einzige Stadt an sanft ansteigendes Land. Der kleine Raumhafen lag
auf einem Rücken oberhalb und hinter der Stadt—ein ordentlicher
Marsch zu Fuß. Doch sie würden nicht zum Raumhafen gehen.

Der Pilot flog niedrig über das hügelige Gelände und nutzte die Ge-
ographie als Deckung. Unter Allianzkontrolle hatte die Stadt kaum
nennenswerte Bodenverteidigung besessen, und die senecanischen
Besatzer würden noch nicht viel mehr als provisorische Maßnahmen
errichtet haben—wenn überhaupt. Vermutlich hatten sie die beiden
Boden-Luft-Abwehrtürme gehackt, aber die würden jetzt in den
Himmel zeigen.

Die Schlacht darüber hatte ernsthaft begonnen, und Live-Funk
lief als Whisper im rechten Quadranten seines Sichtfeldes vorbei.

Er konnte dem Spielzug-für-Spielzug nicht folgen, doch es würde ihm sagen, wie viel Zeit er noch hatte—oder eben nicht.

Desna war eine Allianz-Welt, also besaßen Malcolm und sein Team detaillierte Karten von Topographie und Bebauung. Der Pilot setzte in einer kleinen Felsspalte in den Hängen auf, 1,2 Kilometer von der Residenz des Gouverneurs entfernt. Glück im Unglück: Die Residenz lag auf der zugänglicheren Seite der Siedlung. Lägen sie auf der anderen, müssten sie sich durch die Stadt schleichen oder kämpfen—was sein Ziel, Verluste zu minimieren, erheblich erschwert hätte.

»Gute Arbeit, Flight Lieutenant.« Er löste das Geschirr und stand auf. »Bleiben Sie ruhig sitzen und tun Sie alles, um keine Aufmerksamkeit zu erregen.«

»Leiser als eine Maus, Sir.«

Er wandte sich an sein Team. Er hatte nur mit einer von ihnen zuvor gearbeitet—Captain Brooklyn Harper—und das fünf Jahre her, als sie gerade eben Marine Recon bestanden hatte. Aber alle waren Spezialkräfte und laut ihren Akten sowohl talentiert als auch nicht übermäßig blutrünstig. Dies war eine Rettungsmission, kein Killerkommando.

»Ihr seid gebrieft, ihr kennt das Prozedere. Der Gouverneur und seine Familie stehen unter Hausarrest in ihrem Heim 0,8 Kilometer außerhalb des Stadtzentrums. Wir bewegen uns schnell, aber leise und verzögern Entdeckung so lange wie möglich. Bis zur Residenz dürften Begegnungen überwiegend Zivilisten sein—Finger vom Abzug, aber bleibt bereit.

«Unsere Infos zur Perimeter-Sicherung sind dünn. Es kann Scharfschützen geben, also bleibt in Deckung. In und um das Haus erwarten wir acht oder mehr Wachen. Rechnet mit mehr. Der Gouverneur weiß nicht, dass wir kommen, und wir konnten nicht riskieren, dass seine private Kommunikation gehackt ist, also wird es drinnen womöglich etwas nervös. Sobald wir unsere Zielpersonen haben, hat ihre Sicherheit beim Rückzug oberste Priorität. Wir sind hier, um sie zu retten, nicht um sie umbringen zu lassen.«

Er nickte knapp. »Abmarsch.«

* * *

Der feuchte, sumpfige Boden sog an ihren Stiefeln, wollte das Team festhalten und verlangsamte ihren Vorstoß am Hang. Bei dieser Anstrengung hätte die sauerstoffreiche Luft sie benebeln müssen—ein inakzeptables Risiko—doch Nanobots strömten durch ihre Blutbahnen und arbeiteten eifrig dagegen an.

Die letzten Lichtstrahlen sanken links im Loch unter, punktgenau.

Harper diente als Vorhut und zog zur Wohngegend vor, die hinter der letzten Biegung des Hügellands lag. Malcolm hob die Hand zum Halt, bis sie sich meldete.

Halt 15 wegen Zivilisten zu Fuß. Zwei Skycars visuell, verlassen den Bereich.

Bestätigt.

Die Sekunden verrannen, dann setzten sie sich wieder in Bewegung. Es war ein rutschiger, schlammiger Sprint den Hang hinab, bis sie den Steinweg erreichten, der die Zivilisation markierte.

An Deckung gab es nun wenig außer gelegentlichen dünnen, schilfähnlichen Bäumchen. Sollten sie im Viertel entdeckt werden, galten Zivilisten als freundlich, sobald sie erkannten, dass es Allianzsoldaten waren—doch jede Interaktion erhöhte die Konfliktwahrsch einlichkeit. Also nutzten sie Dunkelheit und Schatten und bewegten sich zügig.

Ein heller Blitz am Himmel erhellte die Straße und trieb sie tiefer in die Schatten. Ein großes Schiff—wohl ein Kreuzer—war explodiert, und die Kettenreaktionen der sLume-Antriebe mischten sich mit konventionellen Explosionen zu einem brodelnden Sturm aus weißgoldenen Flammen. Malcolm fokussierte den Whisper. Ein senecanisches Schiff. Die Schlacht tobte weiter, aber er hatte ein paar Sekunden mehr Zeit gewonnen.

Die Residenz des Gouverneurs lag am Ende einer Sackgasse mit Anwesen—keine ideale Lage. Sie konnten schlecht die lange Auffahrt hinaufspazieren und an die Haustür klopfen, also schnitten sie über die Hinterhöfe auf der rechten Straßenseite.

Im vorletzten Grundstück stießen sie auf einen Bewohner, der unbeirrt vom militärischen Gemetzel über ihnen seinen ausgedehnten Blumengarten pflegte. Malcolm überquerte die Fläche und legte dem Mann von hinten die Hand auf den Mund.

Abgesehen von einem erschrockenen Zucken leistete der Bewohner glücklicherweise keinen Widerstand. Malcolm beugte sich an sein Ohr. »Wir sind Allianz. Wir sind die Guten. Bleiben Sie still, und wir sind gleich wieder weg. Nicken Sie, wenn Sie mich verstehen.«

Der Kopf des älteren Mannes ruckte bejahend. Malcolm wartete zwei Sekunden, dann nahm er die Hand weg und trat zurück. Der Mann hatte wahrscheinlich den Schrecken seines Lebens erlebt— doch zu Malcolms Überraschung und Erleichterung richtete er sich auf, straffte die Schultern und salutierte. Malcolm erwiderte den Gruß, bevor er wieder in den Schatten verschwand.

Hundert Meter vor dem Ziel aktivierten sie Tarmschilde, in der Hoffnung, den Sicherheitsperimeter unentdeckt zu durchbrechen. Als das Profil der Residenz zwischen einer Reihe der schilfigen Bäume auftauchte, begannen Sirenen die Luft zu zerreißen.

Alle erstarrten, doch nicht ihretwegen. Die Schlacht tobte über ihnen weiter, und die Trümmer begannen über dem Gebiet herabzuregnen. Wie ein farbenprächtiger Meteorschauer zeichneten die Spuren zerfallender Bruchstücke, die in der Atmosphäre verglühten, den Nachthimmel. In der Ferne kamen Feuerwerke hinzu, wo Laser auf Metall trafen. Die Abwehrtürme mischten sich ein, ihre blau-weißen Strahlen zogen über den Horizont.

Der Funk meldete, eine Staffel Allianzjäger habe die äußeren Verteidigungen durchbrochen. Sein Whisper streamte weiter eine stumme Prozession aus Warnungen, Abschuss- und Schadensmeldungen und Hilferufen. Er gestattete sich zwei Sekunden, es zu verfolgen, und gewann den Eindruck, dass sie verloren. Nicht verloren und nicht sofort, aber auf dem Weg dorthin. Was ihre Mission umso wichtiger machte.

Harper?

In Position, Sir. Scharfschütze auf dem Dach, 7,4°.

Scharfschützen konnten keine persönlichen Schilde über ihren Gesichtern einsetzen, da die feinen Verzerrungen die Fokussierung der Augen störten. Es würde ein schwieriger Schuss werden—einem Scharfschützen bei sechzig Metern in der Dunkelheit ins Gesicht zu treffen.

Halte 10, dann nimm ihn raus.

Bestätigt.

Sie bewegten sich schnell, um die Bäume zu verlassen und die Steinmauer der Residenz zu erreichen.

Scharfschütze ausgeschaltet.

»Rodriguez, Shanti, linke Flanke. Nehmt die Wachen an der Vordertür und geht dann rein. Harper mit mir—unser Einstieg ist die Rückterrasse. Eaton, Polowski, hinter uns her, dann um die andere Seite und draußen sichern.«

Wie ein Mann übersprangen sie die Mauer und eilten geduckt vor. Die Sirenen erwiesen sich als Segen und schluckten jedes Geräusch. Er und Harper erreichten die Fassade und glitten daran entlang zur hinteren Ecke.

Ihr winziger Bot schwebte über die Sichtlinie und bog um die

Ecke. Die Bilder wurden an beide übertragen. Zwei Wachen standen auf der Terrasse, je eine links und rechts der Hintertür. Die Sirenen hielten die Männer in Alarmbereitschaft, ihre ganze Aufmerksamkeit nach außen gerichtet.

Anders als der Scharfschütze trugen sie militärische Hochleistungs-Schilde, die mehrere Treffer zum Durchdringen erforderten. Schüsse, die mit Sicherheit weitere Wachen herbeirufen würden.

3...2...1...Mark.

Malcolm bog mit vollem Lauf um die Ecke, Schultern gesenkt und nach vorne. Die Wachen drehten sich, Waffen erhoben und schossen. Die ersten Treffer prallten an seinem Schild ab, dann war er bei ihnen.

Er war ein ziemlich großer Kerl, praktisch all sein Volumen konditionierte Muskelmasse, und er hatte keine Skrupel, dies auszunutzen. Er rammte die erste Wache, und beide krachten in die zweite und zu Boden. Seine Gamma-Klinge war draußen und fand das nachgiebige Material am Hals des Mannes, bevor der von der Waffe auf das Messer wechseln konnte.

Harper war klein, aber schnell. In weniger als zwei Sekunden war sie zur zweiten Wache herum, die versuchte, unter dem Körper des Partners hervorzukommen, und tat es ihr gleich. Mit etwas Glück hatten sie keinen Alarm ausgelöst.

Sie rahmten die Tür und tauschten Klingen gegen Waffen, auch wenn die Klingen in Griffweite blieben. Drinnen spielte helles Laserfeuer keine Rolle, und die zum Durchdringen eines Schilds nötigen Schüsse waren die bessere Wahl, als im Labyrinth eines Hauses auf Nahdistanz zu gehen.

Er trat die Tür auf und sprintete zur nächsten Wand, um sich flach dagegen zu pressen. Er schaltete den Befehls-Feed auf seinem Whisper auf einen Umgebungsscan um; die Schlacht würde ihr Ende finden, ob er zusah oder nicht. Seine Leute waren blau markiert, und

157

er rechnete heute Nacht mit keinen Friendly-Fire-Unfällen. Körper mit militärischer Tech—die Innenwachen—leuchteten rot, andere Körper grün.

Drei Ziele Erdgeschoss, hinten links von der Rückseite gesehen. Zwei weitere im Obergeschoss, getrennte Räume. Die breite Treppe lag nahe dem vorderen Hausbereich. *Rodriguez, Shanti, Status?*

Türwachen erledigt, eine in der Küche.

Nehmt die Küche, dann holt die zwei Kinder oben. Wir nehmen das Erdgeschoss.

Bestätigt.

Der Grundriss der Residenz bestand aus einer Reihe ineinandergreifender Räume beiderseits eines breiten, zweigeschossigen Mittelflurs. Er und Harper glitten um die Wand, querten den Flur und huschten in den ersten Raum—laut Plan das Arbeitszimmer des Gouverneurs.

Sie wollten gerade die offene Durchgangsöffnung zum nächsten Raum nehmen, als eine Wache um die Ecke sprang, die Klinge in einem Bogen ausschwingend. Harper wich in einer akrobatischen Drehung aus, duckte sich tief, packte die Wache an der Taille und riss sie aus dem Gleichgewicht. Malcolm hob den militärischen Daemon auf Kopfhöhe der Wache und feuerte, bis der Schild zusammenbrach und der Laser sich durch den Schädel brannte.

Captain?

Alles klar, Sir. Sie untermalte es mit einem knappen Nicken.

Der Lärm im Haus schwoll an; ihre Anwesenheit war kein Geheimnis mehr. Sie stürmten durch eine Bibliothek in den Wohnbereich. Sein Blick in den Raum im Vorbeihuschen zur Wand zeigte ihm drei Wachen, die den Gouverneur, seine Frau und einen Teenager—vermutlich den Sohn—umringten.

»Gouverneur, wir sind Militär der Allianz. Wir sind hier, um Sie von diesem Planeten zu eskortieren. An die senecanischen Wachen:

Lasst uns unsere Bürger friedlich mitnehmen, und euch geschieht nichts.«

»Kommt nicht infrage, Soldat.«

Er hatte nicht erwartet, dass sie die Waffen senkten, aber er schuldete ihnen das Angebot.

Eaton, Polowski, Status?

Klar.

Betretet das Haus und nähert euch dem Wohnbereich von meiner Position aus gegenüber.

Bestätigt. In 10 in Position.

»Ich frage ein letztes Mal. Übergebt den Gouverneur und seine Familie und lasst uns hier hinausgehen. Niemand sonst muss verletzt werden.«

»Legt die Waffen nieder, und euch geschieht nichts. Wir nehmen euch als Kriegsgefangene in Gewahrsam.«

Heute nicht.

In Position.

»Mein Auftrag ist, den—«

Jetzt.

Die Blendgranate von hinten blendete die Wachen, während deren Augenimplantate einen Filter aktiviert hatten, um das Schlimmste abzufangen. Doch es waren geübte Soldaten, und selbst geblendet kamen sie sofort in Bewegung.

Dann war es Handgemenge inmitten von Schreien und Rufen durch dichten Rauch. Doch die Wachen waren unterlegen und im Nachteil. Nur einer starb—notgedrungen an Polowskis Klinge; die anderen beiden wurden kampfunfähig gemacht und gefesselt.

Während Harper nach dem Jungen suchte, fand Malcolm den Gouverneur und seine Frau. Beide waren zu Boden gesunken, desorientiert von der Granate und dem darauf folgenden Chaos.

»Sir, Ma'am—sind Sie verletzt?«

Da er nur benommene Laute erhielt, half er ihnen in eine Sitzposition und prüfte unauffällig auf Verletzungen. Als er keine fand, führten er und Eaton sie vorsichtig zum Sofa.

Eine Minute später blinzelte der Gouverneur mehrfach und fasste sich sichtbar. »Danke, Soldat. Und der Rest meiner Familie? Meine Töchter sind oben.«

Ziele gesichert. Klar?

Klar.

Unterwegs.

»Sie sind in Sicherheit und kommen jeden Moment.«

Habe den Jungen. Ist ins Arbeitszimmer gekrochen, wollte an die Waffe seines Vaters. Ich sagte ihm: vielleicht nächstes Mal.

Er schmunzelte stumm über den Anflug von Verdruss in ihrem Ton, als Rodriguez und Shanti aus dem Flur auftauchten—mit zwei verängstigten Mädchen im Schlepptau. Seinem Briefing nach war die Jüngste acht, die Ältere zwölf. Sie zitterten aneinander, bis sie ihre Eltern sahen, dann hasteten sie quer durch den Raum und fielen ihnen in die Arme.

Er gönnte dem Wiedersehen fünf Sekunden aus Respekt. »Gouverneur, wir müssen los, bevor Verstärkung eintrifft. Eine Fähre wartet, aber sie steht über einen Kilometer entfernt in den Hügeln.« Er ließ den Blick über seine Schutzbefohlenen schweifen. »Kann jeder so weit laufen?«

Nachdem er Zusicherungen unterschiedlichster Überzeugung erhalten hatte, fuhr er fort: »Ziehen Sie feste Schuhe an, dann müssen wir gehen.«

»Aber was ist mit unseren—«

»Es tut mir leid, Ma'am, aber wenn es nicht zwischen hier und der Terrasse liegt, haben wir keine Zeit. Los.«

* * *

Der Rückweg zur Fähre war kaum kontrolliertes, nervenaufreibendes Chaos, während sie versuchten, alle ruhig, leise und in die richtige Richtung in Bewegung zu halten.

Der Himmel glühte jetzt hell vom stetigen Strom verglühender Trümmer. In der Ferne, nahe der Stadt, brannten Feuer, wo wohl größere Stücke die Atmosphäre überstanden hatten, den Boden trafen und neue Zerstörung auslösten. Desna sah nun aus wie das Kriegsgebiet, das es war.

Als sie den Rand des Viertels erreichten, hörte er die Verstärkung an der Residenz eintreffen, und die vormals stille Straße bekam die Kälte einer feindlichen Umgebung. Sie nutzten ein kleines Tarnfeld, um die Bewegungen der Gruppe zu verschleiern. Es war nicht so stark wie ein persönlicher Schild, doch es dämpfte die Wärme-Signaturen-Traube, die die Familie des Gouverneurs abgab—genug, wie sich herausstellte.

Sie umrundeten den letzten Hügel bis zur Fähre, die in der Dunkelheit fast unsichtbar wartete. Erschöpfung hatte die Angst der Familie überlagert, und sie kletterten wortlos vor seinem Team hinein und sanken in die Sitze. Das ältere Mädchen setzte sich neben ihren Bruder; er legte den Arm schützend um ihre Schulter.

Er hätte erwartet, dass die Jüngere zwischen ihre Eltern kroch, doch stattdessen setzte sie sich neben Harper. Sie hoben ab und bogen weg von der Stadt und dem Gefecht in der Atmosphäre. Das Mädchen starrte zu der Soldatin an ihrer Seite hoch. »Bist du ein Mädchen?«

Harper lachte leise. »Bin ich.«

»Wirklich?«

Sie zog den Helm ab und löste ihr Haar, sodass reiche, goldblonde Strähnen auf ihre Schultern fielen. »Siehst du?«

Unter anderen Umständen hätte es Pfiffe von der restlichen Truppe gegeben, doch die hatten den Sinn dafür, dass jetzt nicht die Zeit war. Die Augen des Mädchens waren blutunterlaufen und wässrig, aber voller Staunen. »Wow…«

Er lächelte in sich hinein, froh, dass das kleine Mädchen die Nacht nicht allzu traumatisiert zu haben schien.

»Wir können den Korridor nicht nehmen, also bitte alle anschnallen. Es wird holprig, aber ihr seid jetzt in Sicherheit.«

Bevor er sich anschnallte, stand der Gouverneur auf und reichte ihm die Hand. »Danke, …?«

»Oberstleutnant Malcolm Jenner, Sir. Ich freue mich, dass wir Sie erreicht und sicher herausgebracht haben.«

»Ich ebenso, Sir. Sie bekommen dafür eine Auszeichnung, wenn es nach mir geht. Aber all diese Kämpfe…das kann nicht nur Ablenkung sein, um uns herauszuholen. Wir versuchen, die Kolonie zurückzuerobern, nicht wahr?«

»Tun wir, Sir.«

Er hatte den Befehls-Stream nach dem Verlassen der Residenz reaktiviert und bis hierher verfolgt. Die Nachrichten waren nicht ermutigend. Zahlreiche Schiffe waren auf beiden Seiten bereits verloren, die Korridorringe für den Ausflug schwer beschädigt und die Türme zerstört. Das Gefecht hatte so lange gedauert, dass senecanische Verstärkung von der nahen Grenze eintraf—und das würde das Gleichgewicht kippen.

»Ich fürchte jedoch, wir werden dabei nicht erfolgreich sein, weshalb es so wichtig war, Sie und Ihre Familie zu evakuieren.«

Der Gouverneur nickte vage und setzte sich, mit dem Ausdruck eines Mannes, der akzeptierte, dass er wohl sein Zuhause, seine Wählerschaft und seinen Planeten verloren hatte.

20

PORTAL PRIME

UNKARTIERTER RAUM

Der inzwischen vertraute Schwindel spülte Alex zurück ins Bewusstsein und riss sie aus dem traumlosen Dämmer, in dem »sie« sie hielten. Die Szene kristallisierte aus dem Nichts – und diesmal beschleunigte der Schwindel so heftig, dass sie beinahe wieder in den Dämmer kippte.

Sie stand im All.

Intellektuell wusste sie, dass sie weder stand noch sich im All befand – doch ihr Gehirn weigerte sich beharrlich, die Realität als Wahrheit zu akzeptieren. Angesichts der Umgebung konnte sie ihm das kaum verübeln.

Sterne funkelten unter ihr wie über ihr. Eine ferne Sonne strahlte in dem Rosa eines sommerlichen Damaszenerrosenblatts. Ein kleiner Planet, in Jade und Türkis gemalt, zog vielleicht drei Megameter links von ihr seine Bahn. Sie erkannte das Flackern zivilisatorischer Lichter, und das Sonnenlicht glitzerte an einem einzelnen Orbital-Array.

Das war Desna. Sie hatte die Kolonie selbst nie besucht, aber vor drei Jahren ein seltenes Glimmermineral auf dem Mond eines der inneren Planeten entdeckt.

Sie stellte sich vor, tief einzuatmen, stellte sich vor, wie ein solcher Atem den Puls beruhigte und die Sinne erdete. Sie hätte gern gelächelt. In vielerlei Hinsicht war dies doch ein wahr gewordener Traum, oder?

Sie hatte vielleicht ein halbes Dutzend Außeneinsätze in ihrem Leben absolviert. Jeder einzelne war großartig gewesen, aber stets hatten der schwere Stoff des Umweltschutzanzugs und der versiegelte Helm mit Visier eine unüberwindliche Barriere zwischen ihr und der Freiheit des Raums gebildet.

Jetzt trennte sie nichts von der Pracht der Sterne. Es fühlte sich an, als atme sie das Universum selbst, als sei sie zugleich unendlich und doch nur ein Stäubchen Sternenstaub.

Sie wollte lächeln. Doch sie konnte es nicht, denn ihre Sterne waren von zwei massiven Flotten entstellt, die gerade dabei waren, einander zu vernichten.

Das war keine Erinnerung. Sie hatte nie eine Schlacht über Desna miterlebt. Es tröstete sie ein wenig zu wissen, dass sie nicht nur ihr Leben und ausschließlich ihres aufzeichneten. Das leise Aufatmen wurde jedoch rasch von der beunruhigenden Ahnung verdrängt, dass sie vielleicht jeden und alles beobachteten und aufzeichneten.

Die Schlacht tobte schon seit geraumer Zeit, denn eine klare Linie, die die Parteien trennte, existierte nicht mehr. Sie zählte sechs Kreuzer, verlor nach dreißig oder so die Übersicht über die Fregatten. Dutzende um Dutzende Jäger schossen in alle Richtungen, kaum mehr als Lichtpunkte. Ein Träger hielt sich weit rechts zurück; einen zweiten konnte sie nicht ausmachen, doch sie nahm an, er versteckte sich irgendwo und versuchte, nicht in die Luft gejagt zu werden.

»Das passiert gerade, oder?« Wie üblich erhielt sie keine Antwort

– aber es musste gerade oder vor Kurzem passieren.

Im Ersten Crux-Krieg hatten Allianz- und Föderationsschiffe ärgerlich ähnlich ausgesehen; schließlich waren die Föderationsschiffe gebaut worden, als jene Kolonien noch Teil der Allianz gewesen waren. Sie hatten ihre Schiffe mit dem neu entworfenen Rost-und-Chrom-Logo der Föderation geschmückt, aber das änderte nichts daran, dass sie im Großen und Ganzen Allianz-Schiffe flogen.

Jetzt jedoch waren die Unterschiede unverwechselbar. Senecanische Schiffe glänzten in gedämpftem Bronze, das im Sonnenlicht zu sattem Kupfer wurde. Allianzschiffe waren durchgängig schieferstahlfarben und hyperglänzend. Auch die Stile hatten sich auseinanderentwickelt. Während Allianzschiffe – insbesondere die größeren – auf Modularität, klare Übergänge und keine verschwendete Hülle setzten, zeigten Seneca-Schiffe ein hochgradig aerodynamisches Profil mit eleganten Kurven und messerscharfen Kanten.

Beide Designs schienen allerdings hervorragend darin zu sein, das jeweils andere in Stücke zu schießen. Die Arena glich einem Feuerwerkszirkus, einer Kakofonie aus Explosionen und sich kreuzenden Lasern. Wäre es ein Action-Video, wäre es berauschend und sogar schön gewesen.

Aber es war kein Video. Es war vernichtend real, und Menschen starben vor ihren Augen. Waren darunter Menschen, die sie kannte? War Malcolm hier, auf der Brücke seiner Fregatte, die er nie hatte kommandieren wollen?

Sie presste die Augen vor Zerstörung und Gemetzel zusammen – nur um sich an die Sinnlosigkeit der Geste zu erinnern. Ihre Entführer sorgten dafür, dass sie zusehen musste; dass sie sah.

Eine gewaltige Detonation blähte fast direkt vor ihr auf. In ihrer grellen Helligkeit erschien sie weit näher, als sie erwartet hatte, und sie versuchte vergeblich, zurückzuweichen. Das weißblaue Plasma einer Impulstriebwerksexplosion ging in ein feueroranges Leuchten über, als eine weitaus zerstörerischere Kettenreaktion einsetzte. Doch bevor sie kritische Masse erreichte, brach der Frachtraum der Fregatte auf. Teile des Schiffs flogen in alle Richtungen, und das Innere lag dem Vakuum offen.

Über hundert Soldaten tot … und die Schlacht ging weiter, ihre Teilnehmer zu sehr damit beschäftigt, den Tag zu gewinnen, um es zu bemerken.

Trümmer der sekundären Explosion zerschnitten den Flügel eines vorbeihuschenden Jägers und schickten ihn außer Kontrolle direkt auf sie zu. Weglaufen konnte sie nicht. Also starrte sie stattdessen, hilflos und wie gebannt, während das kleine Schiff groß wurde und durch sie hindurchwirbelte. Der Pilot katapultierte sich heraus, und das Schiff zerfiel um sie herum.

Die Zeit verlangsamte sich, als Metallsplitter sie wie zerborstenes Glas einhüllten. Keiner drang natürlich in sie ein, doch es schien, als könne sie danach greifen und einen davon vom Himmel pflücken. Sie beließ es dabei, eine imaginierte Hand auszustrecken, die Handfläche nach oben, und ließ einen Splitter hindurchfallen – unberührt, wie durch einen Geist.

Der Krieg tobte unvermindert um sie herum, in all seiner Pracht und Tragik. Sie war müde.

Sie verstand den Sinn dieser emotionalen Torturparade nicht, außer sie zu bestrafen. Doch warum sollten ihr Entführer oder ihre Entführer sie bestrafen wollen – außer aus persönlicher Belustigung? Waren diese angeblich hochentwickelten Aliens wirklich so kindisch kleinlich? Warum töteten sie sie nicht einfach und machten Schluss?

In diesem Moment wünschte sie, sie hätte jenes Haus am Rand des San-Pablo-Reservats nie verlassen; es wäre ihr egal gewesen, dass es nicht real war. Wenn sie gefangen sein sollte, dann wenigstens an einem Ort, an dem sie glücklich gewesen war.

»Was wollt ihr mir damit sagen? Dass die Menschheit als Ganzes so fehlerhaft ist wie ich? Einverstanden. Sind wir.«

Sie »wandte« sich von der Schlacht ab. In ihrem peripheren Blick flackerten Funken, doch jenseits davon lag eine Spur Frieden, Sterne unbefleckt von Blut.

»Was ist euer Punkt? Dass wir einander abschlachten, statt uns zu vereinen, um gegen euch zu kämpfen – und wir deshalb die Schlachtung verdienen? Wie arrogant, wie herzlos, unsere Fehltritte zum Urteil der Auslöschung zu erheben.«

Die Antwort war Stille. Verzweiflung krallte aus der Leere nach ihr, während ihr Blick unweigerlich zu dem Schauspiel prächtiger Zerstörung zurückglitt.

»Dann fickt euch auch.«

21

EAO ORBITAL

HOHER ERDORBIT, SOL-SYSTEM

Ethan Tollis schlängelte sich unbehelligt durch die belebte äußere Promenade des Torus. Mit nach hinten gebundenem Haar und einer Wildlederkappe tief über der Stirn sah er für die Welt aus wie ein x-beliebiger Tourist. Das lockere Wildledershirt und die künstlich ausgeblichenen Hosen schlossen aus, dass er wegen Geschäften auf dem Orbital war.

Er bewegte sich, wann immer möglich, inkognito; es bekam seiner Seele besser. Außerdem würde er ohnehin bald genug im Rampenlicht stehen und zur Schau gestellt sein.

Hamish, sein Percussionist, und Levi, sein Sound-Master und Kumpel seit der Grundschule, flankierten ihn – teils als Schutz, vor allem aber, damit sie legitimerweise quatschen konnten, statt stumm Pulse hin- und herzuschicken. Er stieß Levi mit dem Ellbogen an und deutete auf den Gyro-Laden rechts vorne. »Lass uns erst was essen, ja?«

»Du weißt, beim Gig gibt's ein Buffet, oder?«

»Und wann hast du mich zuletzt bei so einer Pompveranstaltung essen sehen?«

»Punkt für dich.« Sie wichen zwischen den Passanten zu den Läden an der Innenwand aus und glitten ins Café. Fürs Mittagessen war es noch früh, und zum Glück war es nicht überfüllt. Levi holte ihre Sandwiches, während er und Hamish an einem kleinen Tisch in der Ecke Platz nahmen.

Das Panel an der Wand spuckte unablässig Kriegsnews aus – hier Schlachten, dort Blockaden, Übermut und Muskelspiel überall. Er verstand es nicht. Nie. Menschen entschieden sich freiwillig, einander zu Tausenden und schließlich Millionen zu töten – und wofür? Eine Regierung mit anderem Namen?

Er hatte mehr als die Hälfte der kolonisierten Welten besucht und konnte bezeugen, dass Menschen im Grunde überall gleich waren. Sicher, Individuen waren so einzigartig wie eh und je, aber ein generischer Mensch auf der Erde ähnelte auffällig einem auf Seneca oder Requi oder Andromeda.

Die Reporterin erwähnte irgendetwas über Gerüchte von Problemen auf Gaiae, war aber schon weiter, bevor er es aufschnappte.

»Reden sie immer noch ununterbrochen über deine Freundin?«

Er zuckte die Schultern, als Levi ein Tablett voller dampfender Gyro-Wraps auf den Tisch stellte und ihm gegenübersitzend einschob. »Sie haben auf einmal alle halbe Stunde runtergeschraubt. Und sie ist nicht meine Freundin. Schon lange nicht mehr. Triss ist meine Freundin.«

»Klar. Absolut.«

Für die Bemerkung fing sich Levi einen Hieb auf die Schulter; er kannte die Sache mit Alex.

Ethan glaubte, dass Alex auf ihre Art etwas für ihn empfand, aber sie hatte nie, konnte nie ihm gehören. Er begehrte ihr Leben nicht mehr als sie seines – und doch, unterm Strich, war es verdammt schade. Und er wusste ohne Zweifel: Würde sie an irgendeinem

Tag vor seiner Tür stehen, würde er Triss vor die Tür setzen und hinterher um Vergebung betteln. Es wäre nicht fair gegenüber Triss, aber es änderte nichts an der Realität.

Er ließ den Gedanken verfliegen – im Gleichklang mit seinem Lächeln. »Ich will die Reihenfolge der Playlist umstellen. Die Veranstalter können mich mal – ›Recompense‹ ist der beste Track der Veröffentlichung, und damit eröffne ich.«

»Gleich zu Beginn umhauen. Klar.« Hamish nickte über seinem Sandwich.

»Du bist der Star. Du sagst, wo's langgeht.«

Er schickte Levi einen herausfordernden Blick. In dem Tempo würde Levi sich noch vor Ende der Reise den Hintern versohlen lassen.

Sie waren heute Morgen auf dem Orbital, um einem ausgewählten Presse-Kontingent die Songs des neuen Sonants vorzuspielen. »Ausgewählt« in dem Sinne, dass nur genehmigte und eingeladene Presse in den Raum durfte. Nächste Woche sollte die Show galaxieweit ausgestrahlt werden, als Auftakt der Tour.

Das Orbital hatte nicht viel an Entertainment zu bieten, aber das Management wollte den muffigen Ruf aufpolieren. Also saß er hier und genoss einen halbwegs anständigen Gyro.

Sie gingen beim Essen die üblichen Last-Minute-Details durch, die neue Stücke immer mit sich brachten, dann mussten sie los. Die Zeit lief ihnen davon, und der Veranstaltungsort lag noch fast ein Viertelkreis auf dem Zehn-Kilometer-Ring entfernt.

Sie traten aus dem Café und prallten direkt in einen missmutigen Menschenstau. Der üblicherweise stetige Fluss entlang der Promenade war nahezu zum Erliegen gekommen.

»Verdammt, was ist da los?«

»Wir kommen zu spät, Mann …«

»Von wegen.« Ethan begann sich in die Menge zu weben, bis er den ersten Cop fand. »Entschuldigung, Officer, was ist das Problem?«

Der Polizist runzelte die Stirn, aber der Großteil seiner Aufmerksamkeit galt weiterhin der wachsenden Menge. »Der Premierminister ist gerade zu einem Treffen eingetroffen und beantwortet ein paar Fragen von Reportern. Ich fürchte, Sie kommen erst durch, wenn er die Promenade verlassen hat.«

Ethan unterdrückte ein Stöhnen. Warum stolzierte der PM auf dem Ring herum, statt sich im Zentrum der Station zu verschanzen, wo all die Regierungsbüros und Accessoires lagen? Offenbar, um sich fürs Publikum zum Narren zu machen.

Er war kein Freund davon, sein Gewicht in die Waagschale zu werfen, es sei denn, es war nötig. Tja – es war nötig. »Hätte ich das früher gewusst, wäre ich längst außen rum. Ethan Tollis. In zwanzig spiele ich die Premiere im Windermere Theatre, mit einer Menge Presse und Fans, die auf mich warten. Ich würde sie ungern enttäuschen.«

Die Rede verschaffte ihm mehr Aufmerksamkeit; das tat sie immer. »Mr. Tollis! Entschuldigen Sie, ich habe Sie nicht erkannt. Geben Sie mir eine Minute, ich sehe, was sich machen lässt.«

»Wäre super.«

Über den Köpfen der Menge stand der neue PM vor den bodentiefen Fenstern, die ins All blickten und gelegentlich den oberen Bogen der Erdkrümmung freigaben. Der Mann musste auf einem Podest stehen, denn er ragte über die einfachen Normalsterblichen hinaus.

Der ernste Tonfall seiner Worte drang durch das Gemurmel der Fußgänger, doch er war zu weit weg, um den Inhalt zu verstehen. Zweifel hatte er keine: Es waren die üblichen leeren Floskeln, garniert mit der einen oder anderen dreisten Lüge.

Der Polizist winkte ihn vor und bahnte einen schmalen Pfad. Sie folgten, fanden sich aber bald an die Wand rechts und das

Menschenmeer links gepresst.

»Ich hasse Menschenmengen wie die Pest ...«

Er murrte, während er versuchte, sich durch den beengten Raum zu manövrieren. Irgendein Typ rammte ihm den Ellbogen in die Rippen, um sich vorzudrängeln, doch die wogende Masse verschluckte den Mann, bevor Ethan reagieren konnte. »Hättest dich wohl nicht mit einem Synth-Star einlassen sollen.«

»Jetzt weiß ich's ...«

Die Worte des PM wurden klarer, je näher sie kamen. »Natürlich ergreifen wir jede Vorsichtsmaßnahme, wenn—«

Donner und Flammen trafen Ethan im selben Augenblick – und im nächsten wurden sie vom einstürzenden Mauerwerk und dem aufreißenden Boden übertönt.

Er konnte sich nicht bewegen, nicht rennen, und nach einer Sekunde nicht mehr atmen. Nicht wegen des erdrückenden Gewichts einer panischen Menge, sondern weil keine Luft da war.

Das letzte Bild, das er mit Klarheit registrierte, war der äußere Wall des Orbitals, der zu gezackten, verzogenen Metallscherben aufriss und dann zerbarst – und ein Meer von Körpern, das durch die Bresche hinaus in den Abgrund trieb.

»Zum Teuf—«

22

ERDE

EASK-HAUPTQUARTIER

Richard brauchte mehrere Anläufe, um das winzige Büro zu finden, das früher gut und gern als Abstellkammer gedient haben konnte.

Devon lümmelte in einem seltsam geformten Ergo-Stuhl. Die Finger seiner linken Hand tippten nachlässig über ein virtuelles Panel unterhalb eines großen Bildschirms. Das Büro war ansonsten leer – bis auf das Foto eines hübschen Mädchens mit langem blondem Haar und leuchtend grünen Augen auf dem Schreibtisch und ein abstraktes Kunstwerk an der fernen Wand.

Als er eintrat, legte Devon ihm den Finger auf die Lippen und zog aus der Schublade ein kleines Abhörschutzgerät. Er drückte den Daumen darauf; es glomm blassgrün auf. »Wir sind jetzt abgeschirmt.«

Richard holte ein ähnliches Gerät aus der Tasche. »Ich hab' mein eigenes dabeigehabt ...«

»Hätte mir denken können, dass du vorgesorgt hast.«

»Hast du was gefunden?«

»Jep.« Devon schaltete den großen Bildschirm ab und ersetzte ihn durch ein Aural aus seiner eVi. »Genug Somethings, ehrlich gesagt. Jemand hat sich eine Menge Mühe gegeben, um es so aussehen zu lassen, als hätte der Freund der Tochter deiner Freundin den Anschlag auf das HQ verübt.«

»Meine ... was?«

»Na, dieser Marano-Typ.«

»Ich bin nicht ... Miriam Solovy ist nicht meine Freundin. Ich bin verheiratet.«

Devon zuckte mit den Schultern. »Ah. Okay, klar. Nichts für ungut.«

Richard betrachtete ihn fassungslos. Diese Kinder ... »Schon gut.« Er beugte sich vor und studierte das Aural. »Also?«

»Zuerst wurden die Korridor- und ORSC-Aufzeichnungen so manipuliert, dass die *Siyane* vier Stunden früher in ORSC angekommen ist, als sie es tat, und drei Tage später erneut manipuliert, um zu zeigen, dass sie anderthalb Tage später abgeflogen ist, als es wohl der Fall war.

»Dann – wenn du in die Aufzeichnungen der Haftanstalt gehst – wurden die so geändert, dass Marano zwei Nächte vor dem Anschlag wegen eines Verwaltungsfehlers entlassen wurde –«

Richard verzog das Gesicht. »Das ist ... nicht das, wonach wir suchen.«

Devon hob eine Augenbraue und lachte dann herzhaft. »Sauber! Dein Werk?«

Richard warf ihm einen warnenden Blick zu; Devon hob beschwichtigend die Hände. »Schon gut. Geht mich nichts an. Wir tun einfach so, als hätten wir das nicht gefunden.« Ein Datenblock verschwand aus dem Aural.

»Schließlich wurden die Sicherheitslogs des Hauptquartiers so geändert, dass Alexis Solovy drei Stunden vor dem Anschlag das Gebäude in Begleitung eines Cameron Roark betrat und zweiund-

vierzig Minuten später wieder verließ. In den Akten der Militärpolizei ist die Identität als Alias von Marano markiert. Soweit ich
das beurteilen kann, sind beide Ereignisse nicht passiert – zumal
ihr Schiff zwei Tage vorher von der Erde abgeflogen war und nicht
zurückkehrte, jedenfalls nicht über einen Korridor.«

Richard atmete aus und stützte sich vom Schreibtisch ab, bemüht,
die Erleichterung nicht zu sehr zu zeigen. Gott sei Dank. Gott
sei Dank war sie unschuldig. Gott sei Dank würde er es beweisen
können. »Ausgezeichnete Arbeit, Devon. Ernsthaft.«

»Danke, aber ehrlich gesagt war's nicht besonders schwer. Die
Änderungen waren geschickt, aber nach Standardprotokollen der
Allianz gemacht. Leicht zu spotten.«

»Wenn du's sagst. Klingt, als hättest du die Originaldaten auch
wiederhergestellt?«

»Jep. War etwas kniffliger, aber wer immer das verändert hat,
hat die zugrunde liegenden Daten nicht gründlich gesäubert. Teile
waren korrupt, aber ich habe sie zusammengesetzt. Passiert so
ein Mist andauernd beim Militär? Kommst du morgen an und
willst, dass ich beim Orbital nach Schiebereien suche? Ich wollte
diese Spinner-Anarchisten nie ernst nehmen, aber hier steckt fiese
Korruption drin.«

Richard überlegte, wie ehrlich er antworten sollte. Wenn sie
versuchen, das Orbital Marano und Alex anzuhängen, ja. »Wenn
so etwas Standard wäre, würde ich mit dir zu den Anarchisten
gehen. Ich habe keinen Grund zu glauben, dass beim Orbital etwas
Unredliches passiert ist. Abgesehen von der Tat an sich, versteht
sich.«

Devon nahm die ausweichende Antwort hin. »Also, was soll ich
damit tun?«

»Zum einen: Brenn mir eine Festplattenkopie. Die Quelle
konntest du nicht pinpointen?«

»Das ist der Nachteil, wenn Standardprotokolle der Allianz verwendet werden. Ich kann dir sagen, es wurde remote gemacht – nicht von der Insel –, sondern an einem Knoten in der Infrastruktur des Allianzmilitärs. Und das war's leider.«

»Verstanden.« Zu spät, um umzukehren. »Du hast Freunde, die Hacker sind, richtig?«

»Ich bin empört, dass du so etwas unterstellst …« Devon setzte sich aufrecht hin und brachte genug Anstand auf, zerknirscht zu wirken. »Äh, ja, Sir. Ich kenne da vielleicht ein paar.«

»Kannst du ihnen trauen?«

»Wobei?«

»Uns nicht bei den Behörden zu verpfeifen.«

»Oh. Ja. Voll.«

Ein winziger Stich des schlechten Gewissens regte sich in Richard – nicht zum ersten Mal. Aber im Nachrichtendienst waren die Verbündeten nicht immer die saubersten Gestalten. Es war ein notwendiges Übel.

Er beugte sich vor, obwohl der Raum abgeschirmt war. »Folgendes brauche ich von dir.«

* * *

SEATTLE

Devon lief im Joggingtempo in den Eingang ihrer Wohnung. »Hey, Babe, bist du da?«

Als keine Antwort kam, warf er seine Tasche im Vorbeigehen auf die Theke und steuerte ihr Atelier an. Neun von acht Mal fand er sie dort.

Die transluzente Tür glitt auf und gab den Blick auf Emily in der

Dunkelheit frei. Glänzende Farbbahnen aus Licht umschlangen sie. Ohrstöpsel verrieten, dass Musik lief – und erklärten, warum sie ihn nicht gehört hatte. Virtuelle Handschuhe zierten beide Hände.

Ihre rechte Hand fuhr aus, und aus einer Fingerspitze schoss ein fuchsiafarbener Lichtstrahl. Ihre Hand schwang und tauchte anmutig, ließ ein filigranes Muster in der Luft zurück.

Er schlich sich von hinten an sie heran, entfernte vorsichtig einen Ohrstöpsel und schnurrte hinein: »Hey, Babe.«

Sie fuhr erschrocken zusammen; der Fuchsia-Strahl schoss kreuz und quer durch den Raum. Er schlang die Arme um ihre Taille und drückte sie fest.

»Devon, erschreck mich nicht so!«

»Schon gut, schon gut.« Er lockerte die Umarmung und drehte sie zu sich. »Komm, wir müssen die Clique treffen.«

Ihre Augen verengten sich. »Ich arbeite.«

Er tippte mit der Nasenspitze gegen ihre. »Bitte? Ich will da nicht allein hin …«

Sie starrte ihn ein paar Sekunden lang an, rollte dann mit den Augen und sank in seine Arme. »Kann ich mich wenigstens noch umziehen?«

»Du bist im Malkittel wunderschön.«

Ihr Gemurmel an seiner Brust war einfach zu niedlich, aber er sollte es nicht übertreiben. »Ja, du darfst dich umziehen.«

* * *

Die »Gang« war in Wahrheit nur eine Gruppe von Freunden aus Uni-Zeiten. Sie hatten damals einige ziemlich extreme Stunts gebracht und hielten sich immer noch für die besten und abgefahrensten Hacker nördlich von Angeles. Ein paar von ihnen hatten respektable, sogar beeindruckende Jobs ergattert; die meisten konnten die

Starrheit und Regeln solcher Anstellungen nicht akzeptieren und lebten weiterhin am Rand der Gesellschaft.

Sie trafen sich, wie seit Jahren regelmäßig, in einer großen ovalen Nische hinten im Kellan's Pier Pub. Sayid hatte schon einen Pitcher Bier stehen, als er und Emily ankamen, und sie ließen sich hineinfallen, als wäre es ihr zweites Zuhause. Was es irgendwie auch war.

»Hey, Devon, warum hast du die Offiziersuniform ausgezogen? In Messingknöpfen und blank polierten Schuhen siehst du bestimmt süß und knuddelig aus.«

»Ja, leck mich doch, Mann.« Er lachte, während er einschenkte.

Sie tauschten die übliche Belanglosigkeit aus, bis die anderen eintrafen. Sein aktueller Job begrenzte die passenden Gesprächsthemen drastisch, aber der Pub summte vor Geplänkel und Musik und Sportsendungen auf den Screens, die die Lücken füllten.

Als alle saßen, kam ein weiterer Pitcher; nachdem der Kellner weg war, aktivierte er einen Privatschirm. Der verhinderte nicht nur, dass jemand mithören konnte, er dämpfte auch den Lärm des Lokals zu einem leisen Hintergrundrauschen.

»Also, habt ihr Bock auf ein bisschen Spaß?«

»Was? Das hier ist kein Spaß?«

Er schickte Ramon ein schiefes Grinsen. Sarkasmus glitt von Ramons Zunge, als hätte er es eilig.

Petra goss einen Tequila-Shot in ihren Krug. »Geld?«

»Geht's um Nacktheit?«

Devon schnaubte, als Emily eine Salve Erdnüsse quer über den Tisch auf Mycroft abfeuerte. »Nein, keine Nacktheit – obwohl, wenn du lieber an deinem Deck abhängst und dein bestes Stück frei baumeln lässt, beurteile ich das nicht. Kein Geld auch. Können wir jetzt mal zwei Sekunden ernst sein? Ich weiß, das ist ungefähr so, als würde man den Kilimandscharo ohne Ausrüstung hochklettern, aber versucht's?«

Er ignorierte zwei unzüchtige Gesten, griff in die Gürteltasche und holte sechs kleine optische Datenträger heraus. Er verteilte sie diskret vor sich und gab dann jedem einen. »Alles ist vorbereitet; ihr müsst die Daten nicht anfassen.«

»Wo bleibt denn dann der Spaß?«

»Kommt gleich. Wir leaken die Infos auf den Disks an jede große Nachrichten-Organisation in der Galaxis, unabhängig von Zugehörigkeit. Je bunter gemischt, desto besser.«

Anzeichen unterschiedlich starken Interesses folgten. Ramon füllte seinen Krug. »Kein Ding – aber ich warte immer noch auf den Spaßteil.«

»Sag ich doch, kommt gleich. Wir müssen die Quelle so spoofen, dass sie aus acht verschiedenen Orten zu kommen scheint, von denen keiner in den Cascades liegt und die meisten nicht auf der Erde. Ein paar Unabhängige Kolonien müssen dabei sein.«

Petra pfiff. »Jetzt redest du. Eine Frage: Was ist auf den Disks?«

Er nahm einen Schluck Bier und blickte reihum. »Bereit? Beweise, dass jemand innerhalb der Allianzregierung oder des Militärs mehrere offizielle Datensätze gefälscht hat, um diesen senecanischen Spion wegen des Anschlags auf das EASK-Hauptquartier reinzulegen.«

»Alter. Wer hat die Beweise gefunden?«

»Entschuldigung, besteht da irgendein Zweifel?«

Mycroft tat unbeeindruckt. »Jemand hat aber einen hohen Rosspegel. Hör zu, ich bin nun wirklich kein Fan von Seneca …«

Sayid, bis dahin wie üblich schweigsam, fiel ihm ins Wort. »Ich auch nicht – aber vom eigenen Militär bin ich ungefähr um Größenordnungen weniger Fan. Ich bin dabei.«

»Verflucht richtig. Ich auch.« Petras kupferne und citronfarbene Glyphen leuchteten im Takt ihrer Begeisterung.

»Moment – heißt das, unsere Regierung hat ihren eigenen Premierminister in die Luft gejagt? Ich wette total, dass sie's war.«

»Keine Ahnung, Sayid. Die Orbital-Explosion ist gefühlt dreißig Sekunden her. Seid ihr alle dabei? Sagt's jetzt oder kassiert später.« Devon sah jeden der Reihe nach an und vergewisserte sich, dass alle zustimmten.

Ramon warf seinen Datenträger in die Luft, fing ihn und ließ ihn in einer Tasche verschwinden. »Wann soll's raus?«

»Morgen früh als Erstes, so simultan, wie ihr Halunken es hinkriegt.«

Ramon knallte zur Show den Krug auf den Tisch. »Worauf sitzen wir hier noch und trinken Bier? Los, wir wirbeln diesen Krieg durcheinander.«

23

ROMANE

UNABHÄNGIGE KOLONIE

Mia durchmaß ihr Wohnzimmer in langen Schritten. Drehte um. Ihre scharfen Wendungen an den Fenstern und am Torbogen deuteten auf Gewalt hin, als könne die Wucht der Bewegung beim nächsten Richtungswechsel eine neue Option hervorlocken.

Sie wollte weglaufen. Das zähe, kratzbürstige Kind in ihr schrie in ihrem Kopf, sie solle laufen – so wie schon zweimal. Nach Romane zu fliehen hatte damals funktioniert, oder? Sie konnte wieder fliehen. Neu anfangen. Ein neues Zuhause finden.

Aber dies war ihr Zuhause. Sie hatte sich hier ein Leben aufgebaut, und weit mehr, als sie je für möglich gehalten hätte. Sie war kein misshandeltes Slumkind mehr, das seinem kriminellen Vater und dem Schläger-Bruder auf New Orient ausgeliefert war. Sie war auch keine hungernde Diebin mehr auf Pandora. Nicht mehr.

Sie war Mia Requelme – eine erfolgreiche, wohlhabende Geschäftsfrau. Sie hatte einen makellosen Ruf aufgebaut und gepflegt, von Vermögenswerten, Angestellten, beruflichen Kolleginnen und Kollegen und Freunden ganz zu schweigen. Sie war einer verkorksten Vergangenheit und einem miesen Start ins Leben entwachsen und hatte ein neues aufgebaut. Eines, das sie mit Stolz ihr eigenes nannte.

Dies war ihr Zuhause, und sie würde nicht wieder weglaufen.

Da blieb die unschöne Realität, dass ihr Zuhause vermutlich innerhalb von Wochen, wenn nicht Tagen, von einer außerirdischen Armada angegriffen werden würde. Ein Problem.

Aber wenn sie nicht fliehen würde, würde sie auch nicht erstarren und am Ende ein hilfloses Opfer sein. Wenn sie nicht fliehen würde, musste sie helfen.

Ihr Schritt verlangsamte sich und kam mit einem schweren Seufzer zum Stillstand; im übertragenen Sinn trug er ihre Akzeptanz der Konsequenzen, die ihr Handeln von nun an haben würde.

Sie schickte Jonathan einen Pulse. Als loyaler Angestellter, kaum mehr als ein Junge, fühlte sie sich für ihn verantwortlich.

»Hör zu. Du musst weg. Besuch deine Familie auf Demeter.«

»Was? Warum? Stimmt was nicht?«

»Ich kann nicht ins Detail gehen. Bitte, zu deiner eigenen Sicherheit, verlass Romane für eine Weile. Geh nach Westen – je weiter westlich, desto besser. Und nimm vielleicht deine Freundin mit.«

»Mia ... aber was ist mit der Galerie? Du kannst nicht—«

»Es ist kein Problem. Du hast noch bezahlten Urlaub übrig. Nimm ihn, Jonathan. Mir zuliebe.«

»Ich ... okay. Ich verstehe es nicht, aber okay.«

Als Nächstes packte sie oben eine Notfalltasche. Sie musste auf alles vorbereitet sein. Dann wechselte sie von Yogahose und Tanktop in einen anthrazitfarbenen Hosenanzug und band ihr Haar im Nacken zu einem glatten Pferdeschwanz. Zuletzt ging sie in den Safe in ihrem Büro und holte die Disk, die Caleb ihr hinterlassen hatte.

»Meno, ich bin für ein paar Stunden weg. Melde dich, falls du neue Daten findest, die auf die Parameter passen.«

Sie konnte die Schnittstelle nicht einfach in der Öffentlichkeit tragen, und für einen Rollkragen war es zu warm – also würde ihr die mentale Verbindung zur Artificial fehlen. Aber sie hatte ihr gestattet, Nachrichten zu senden und zu empfangen. Das musste fürs Erste reichen.

Natürlich, Mia. Ich werde Diskretion walten lassen.

* * *

Sie wartete fünfzehn Minuten, um vorgelassen zu werden – weit weniger als erwartet. Als man sie in ein objektiv spektakuläres Büro führte, schüttelte sie der Gouverneurin herzlich die Hand. »Gouverneurin Ledesme, danke, dass Sie mich so kurzfristig empfangen. Ich weiß, Ihre Zeit ist äußerst wertvoll – und knapp.«

»Stand in der Stellenbeschreibung, fürchte ich. Was kann ich für Sie tun, Ms. Requelme?«

»Ich fürchte, ich bin hier, um Ihr Leben deutlich komplizierter zu machen, Ma'am.«

Madison Ledesme musterte sie mit distanzierter Neugier. Sie waren natürlich keine Freundinnen. Die Gouverneurin kannte sie durch ihre Arbeit in mehreren Wirtschaftsräten – und weil der Raumhafen bedeutend genug war, als dass sich die sonst zurückhaltende Regierung vergewisserte, dass er reibungslos und sauber lief. Sie hatten vielleicht ein halbes Dutzendmal gesprochen, aber nie unter vier Augen.

»Angesichts der Tatsache, dass mein Planet zwischen zwei kriegführenden Supermächten hängt, während seine Wirtschaft unter einer Blockade zusammenbricht, fällt es mir schwer zu glauben, dass Sie das schaffen.«

»Mir auch. Nichtsdestotrotz. Es gibt etwas, das Sie wissen müssen:

Die Kolonien Gaiae, Zetian, Andromeda, Gaelach, New Riga, Lycaon, Karelia, New Orient, Edero … und jetzt Messium sind dunkel geworden.«

»Was heißt das? Was wollen Sie mir sagen?«

»Es heißt, dass von dort keine Übertragungen mehr im exanet registriert werden. Es heißt, dass jegliche Kommunikation an Personen oder Orte dort unten oder im Raum darüber unzustellbar ist.«

»Woher wissen Sie das?«

Mia zuckte innerlich zusammen, doch jahrelange Erfahrung erlaubte ihr, es zu unterdrücken. »Ich kann meine Quellen nicht offenlegen. Es tut mir leid.«

Ledesme ließ die Antwort gelten – vorerst. »Ich übersehe das für den Moment. Eine exanet-Störung solchen Ausmaßes im Osten des Raums? Die Wissenschaft sagt, das sei unmöglich.«

»Und so sollte es auch sein. Trotzdem kenne ich die Ursache – und sie wird Ihnen nicht gefallen.«

Die Gouverneurin lachte – erstaunlich warm, angesichts des Stresses. Mia hatte sie stets als von Natur aus zugewandt empfunden, wenn auch immer professionell. »Spannen Sie mich nicht auf die Folter, Ms. Requelme. In einer halben Stunde habe ich den Versorgungsdirektor und später ein Mittag mit einigen ausgesprochen unglücklichen Wirtschaftskollegen – beide Termine werden unangenehm.«

Mias Blick sank zum schwarz-weiß geäderten Onyxboden. Es würde lächerlich klingen, also war es gut, dass sie Beweise hatte. »Aliens. Genauer: eine invadierende außerirdische Armada von gewaltiger Größe und Stärke.«

Eine Politikerinnenmaske glitt über das Gesicht der Frau. »Ich habe keine Zeit für irrationale Tiraden oder—«

Mia öffnete die Hand, Handfläche nach oben. Darin lag die Disk.

Man hatte sie ihr im Vertrauen gegeben, doch Caleb war fort und die Menschheit wurde angegriffen. »Bitte nehmen Sie sich eine Minute, um den Inhalt anzusehen. Sie werden sehen, ich bin weder verrückt noch irrational.«

Der Blick der Gouverneurin verriet, wie schmal der Grat war zwischen »Mia fliegt aus dem Büro« und »die Daten werden geprüft«. Was schließlich den Ausschlag gab, konnte Mia nicht sagen. Die Instinkte einer geübten Politikerin, vielleicht.

Die Gouverneurin nahm die Disk, ging zum Schreibtisch und schob sie in ein Lesegerät. Mia stand zu weit weg, um das Display zu lesen, aber sie musste es nicht. Sie hatte den Inhalt zahllose Male geprüft – inzwischen hatte sie Albträume mit diesen Bildern in der Hauptrolle. Also wartete sie.

Drei Minuten später tippte Ledesme auf ihr Bedienfeld. »Hannah, streichen Sie meine Termine für den Rest des Tages. Ich weiß. Streichen.« Sie erhob sich, und auf dem Bildschirm blieb das scharfe Bild eines außerirdischen Superdreadnoughts zurück.

»Wer hat das noch gesehen? Wenn wir diese Informationen an die Regierungen der Allianz und der Föderation geben, beenden sie diesen absurden Krieg und—«

»Sie kennen die Bedrohung bereits. Seit über zwei Wochen.«

»Und trotzdem schießen sie weiter aufeinander? Imbezillen!« Einen Atemzug lang brach die Fassade; dahinter zeigte sich eine Frau, die angeekelt war von menschlichem Versagen und frustriert darüber, wie sehr diese Fehler ihren Job erschwerten.

Dann war der Moment vorbei; die Miene wieder stoisch. »Wie genau kommen Sie an solche Informationen, wenn niemand in meiner Regierung davon weiß?«

»Ich kenne die Leute, die die Daten aufgezeichnet haben. Sie haben mir die Disk anvertraut, falls – nun, falls die anderen Regierungen ihren Laden nicht rechtzeitig auf die Reihe kriegen.«

»Diese Leute wären …?«

Kein Grund mehr, es zu verbergen. Die Namen waren inzwischen in der ganzen Galaxis bekannt. »Caleb Marano und Alexis Solovy. Ich habe ihnen geholfen, den Behörden zu entkommen, nachdem die Vorwürfe aufkamen, weil sie unschuldig an dem Anschlag sind und ihr Leben in Gefahr war.«

Ledesme musterte sie mehrere Sekunden lang schweigend; ihre Gedanken blieben hinter gesenkten Lidern. »Sie sind eine höchst interessante Frau, Ms. Requelme. Ich glaube, ich möchte eines Tages mehr darüber erfahren, was sich hinter Ihrer öffentlichen Fassade verbirgt. Aber das hat Zeit.« Sie blickte aus dem Fenster, und Mia unterbrach ihre Überlegung nicht.

»Also führen Allianz und Föderation einen Krieg, obwohl sie von einer bevorstehenden Invasion durch Aliens wissen, und versuchen, die Menschen einzusperren, die sie gewarnt haben. Und dann wundert man sich, warum Romane so kompromisslos unabhängig ist.« Sie wandte sich wieder zu Mia; im Gesicht jetzt Entschlossenheit. »Wie lange ist Messium schon offline?«

»Ungefähr sechs Stunden.«

»Ich will nicht mehr wissen, wie Sie an Ihre Informationen kommen. Die anderen Kolonien sind winzig, aber ein Angriff auf Messium wird die Galaxis auf den Kopf stellen. Trotzdem können wir nicht darauf warten. Ich nehme an, Ihre Freunde – oder welche anderen mysteriösen Quellen Sie auch haben – wissen, wie man diese Aliens aufhält?«

»Meine Quellen arbeiten daran. Aber nein, noch nicht. Ich habe allerdings über das Problem nachgedacht. Romane hat einige außerordentlich brillante wissenschaftliche und ingenieurtechnische Köpfe – und einige außerordentlich wohlhabende – vermutlich die höchste Konzentration außerhalb der Erde. Holen Sie sie herein. Geben Sie ihnen diese Daten und sperren Sie sie in einen Raum.

Bildlich gesprochen.

»Wenn es irgendwo Ideen zu finden gibt, dann bei unseren Ingenieuren. Nutzen Sie die Ideen der Ingenieure und das Geld der Unternehmer, um unsere Verteidigung so weit wie möglich zu stärken, und versetzen Sie die Arrays in Alarmbereitschaft. Und vielleicht sollten Sie mit einer Evakuierung planen.«

»Die Öffentlichkeit informieren? Das löst Panik aus – und die kostet Menschenleben.«

Mia nickte. »Wahrscheinlich. Aber Sie haben recht: Messium verändert alles. Die Allianz wird nicht geheim halten können, was dort passiert, also stehen wir vermutlich ohnehin innerhalb von acht Stunden vor einer Panik. Wäre es nicht besser, die Nachricht selbst zu bringen – und die Gelegenheit zu nutzen, Autorität zu behaupten und zu führen?«

»Sie wären eine passable Politikerin, Ms. Requelme. Ich stimme zu.« Die Gouverneurin atmete tief ein. »Ich muss die genannten Genies und Großunternehmer zuerst hierher beordern, bevor sie bei der Nachricht türmen. Ich alarmiere außerdem unsere Sicherheitskräfte und gebe ihnen Zeit, sich vorzubereiten. Dann kontaktiere ich die Medien.«

Sie umrundete den Schreibtisch und begann zu tippen. »Sie gehen schon mal runter in den großen Konferenzraum. Ich schicke Ihnen zwei Assistentinnen, um alles Nötige zusammenzustellen.«

»Ich bin nicht sicher, ob ich folge. Warum brauche ich Assistenten?«

»Weil Sie die Strategiesitzung leiten.«

24

PORTAL PRIME

UNKARTIERTER RAUM

Der Übergang von »zwischen Sternen stehen« zu »in einem Tech-Labor stehen« traf Alex wie ein Schlag. Außerdem löste er Klaustrophobie aus; obwohl der Raum nach den meisten Maßstäben riesig war, drängten sich die Wände auf Zentimeter an sie heran.

So klein, so winzig waren die Räume, in denen Menschen die Tage und Nächte ihres Lebens verbrachten.

Entlang der langen Wände des Labors standen große Server-racks, durch die Dutzende von Glasfaserleitungen liefen. Die Hardwarearchitektur wirkte altertümlich, ja urzeitlich.

Dies geschah nicht jetzt. Es war nicht in ihrer Lebenszeit geschehen.

Zwei Männer und eine Frau saßen an einem rechteckigen Tisch am Ende des Raums.

»Ich versichere Ihnen, Administrator, das Synthetische Neuronale Netz – wir nennen es der Einfachheit halber ›Synnet‹ – ist mehr als in der Lage, den Tagesbetrieb der Universitätsanlagen zu übernehmen. Es hat alle Regeln und Vorschriften sowie historische Aufzeichnungen verinnerlicht und die Funktionsweise zahlreicher anderer Campus analysiert. Wir haben Zehntausende Szenarien durchgespielt. Das Ergebnis ist eine Effizienzsteigerung um 22–35 % nicht nur beim Stromverbrauch, sondern auch bei Nebenkosten, sowie eine erwartete Verbesserung der Studentenzufriedenheit um 12–16 %.«

Der ältere Mann nickte bedächtig. »Wie steht es um die Sicherheitsabläufe?«

»Alle operativen Entscheidungen bleiben bei der Sicherheitsabteilung. Erhält das Synnet jedoch Zugriff auf die Verfahrensmechanismen, kann es diese Entscheidungen weit schneller ausführen als unsere derzeitigen disparaten Computersysteme. Die schnellere Reaktionszeit kann in einer Krise Leben retten.«

Der jüngere der beiden Männer hatte bisher geschwiegen, lehnte sich nun jedoch vor, in einer selbstbewussten Pose, mit einem selbstsicheren Lächeln …

… und sie erkannte, wer er war.

Sie blickte an die Decke. »Ihr müsst mir das nicht zeigen – ich weiß, was das ist. Ich weiß bereits, was als Nächstes passiert.«

Die Szene verwischte in einem so desorientierenden Ruck, dass ihr übel wurde.

Als die Welt wieder scharf wurde, stand sie auf einem Rasen – eine Art quadratischer Campus-Park, wie Universitäten ihn seit Jahrtausenden anlegten. Das Gras war ein perfektes Smaragdgrün, so lebhaft in der Farbe, dass sie meinte, es riechen zu können. Wenn sie es könnte, würde es nach Minze und Klee riechen.

Sie seufzte ergeben. Ohne Körper, gefangen in einer fremden Geisterbahn durch die Menschheitsgeschichte, war sie den Launen ihrer Peiniger ausgeliefert, die sie von Szene zu Szene schleuderten.

Gruppen von Studierenden schlenderten in alle Richtungen; vielen waren ausgeprägte asiatische Gesichtszüge zu eigen, die in den letzten zwei Jahrhunderten aus dem Genpool weitgehend verschwunden waren.

Eine Gruppe von vier Männern Anfang zwanzig kam an ihr vorbei. »Also habe ich der Sekretärin erklärt, dass ich absolut die Erlaubnis hatte, auf die Dateien zuzugreifen, und ...« Die Stimme des jungen Mannes verebbte, als sein Blick nach links glitt; ihrer folgte.

Die Plasmawoge eines groben Kraftfelds stieg wie eine Welle aus der Nachbarstraße auf und wölbte sich, um den Schild zu treffen, der auf der gegenüberliegenden Seite des Campus, rund vier Kilometer entfernt, hochschnellte. Sie trafen sich am Scheitelpunkt und bildeten eine undurchdringliche Barriere.

Eine körperlose, gelassene Leere hallte über den ganzen Campus: »Aufgrund einer drohenden Ausbreitung eines akuten viralen Meta-hämorrhagischen Fiebers ist nun ein Quarantäneprotokoll der Stufe V in Kraft. Zu Ihrer eigenen Sicherheit bleiben Sie bitte ruhig und begeben Sie sich zurück in Ihre Unterkünfte.«

Sie stöhnte, Gereiztheit und ein leiser Unterton von Panik färbten ihre Stimme. »Ich sagte euch, ich weiß, was als Nächstes passiert. Lasst mich hier raus.«

Stille antwortete ihr, wie immer. Um sie herum änderten die Studierenden die Richtung und beeilten sich weiterzugehen, dem Befehl größtenteils Folge leistend. In den Gesichtern der Vorübergehenden sah sie Verwirrung und Besorgnis. Sie waren so jung, kaum mehr als Babys.

»Ihr sadistischen Mistkerle, zwingt mich nicht, zuzusehen, wie diese Kinder verhungern!«

* * *

Die Szene wechselte. Wieder. Sie stand auf einer gepflasterten Straße, zum Glück jetzt außerhalb des Kraftfelds.

Vermutlich waren sie ihrem Wunsch nachgekommen – im wortwörtlichsten Sinn.

Einsatzfahrzeuge lagen über die Straße verstreut. Absperrungen und Soldaten in Aufstandsbekleidung hielten eine unruhige Menschenmenge zurück.

Sie konzentrierte sich auf etwas, das wie ein Befehlsbereich wirkte, wenngleich sie nicht so vermessen war zu glauben, sie hätte Kontrolle über ihre Handlungen. Sie schickten sie dorthin, wo sie sie haben wollten.

Der junge Mann aus dem Tech-Labor trug nun zerzaustes Haar und ein ebenso zerknittertes Hemd, während er nervös vor einem General in Paradeuniform auf und ab lief. »Genau das sage ich Ihnen, Sir – wir haben es versucht. Wir haben alles versucht. Das Synnet ist seiner Natur nach adaptiv. Jedes Mal, wenn wir eine Schwachstelle finden und beginnen, sie auszunutzen, schließt es die Lücke – samt aller verwandten Schwachstellen.«

Der General – General Dyzang, vermutete sie – grunzte. »Kann man der verdammten Maschine nicht einfach den Stecker ziehen? Warum ist das so verdammt schwierig?«

»D-den Stecker ziehen, Sir? Äh, nein. Zum einen ist die Hardware über mehrere Standorte auf dem Campus verteilt, jeweils mit mehrfachen Redundanzen. Zum anderen verfügt sie über eigene, autarke und selbstversorgende Energiequellen. Und obendrein liegen diese Energiequellen innerhalb des Kraftfelds. Nein, Sir, wir können ihr nicht einfach den Stecker ziehen.«

Dyzang fuhr den Brigadier neben sich an: »Die gesamte Militärmacht der Asien-Region steht uns zur Verfügung, und dieser Clown ist der beste Kopf, den wir haben?«

Der Brigadier räusperte sich dezent. »Sir, bei allem Respekt, dieser ›Clown‹ hat drei Doktortitel in mehreren Bereichen des Quantencomputings. Dr. Baek ist Chair Emeritus des Synthetik-Forschungsdepartments der Hong Kong University. Wir haben Glück, dass er nicht auf dem Campus war, als der Schild aktiviert wurde.«

»Chair Emeritus? Er ist zwölf.«

Dr. Isaac Baek, Vater der Neuro-Netz-Informatik und Schlächter der Hong Kong University, straffte stolz Rücken und Schultern. »Sir, ich bin siebenunddreißig und ich bin—«

»Schon gut. Also können wir nicht den Stecker ziehen. Was können wir dann tun?«

Die stolze Haltung welkte. »Ich arbeite an ein paar Ideen, Sir.«

Sie verdrehte virtuell die Augen und starrte an einem periwinkelblauen Himmel über der Innenstadt entlang. »Können wir bitte bis zum Ende vorspulen? Militär und Regierung werden wochenlang herumstümpern und sich gegenseitig im Weg stehen. Wenn sie schließlich den Schild runterbekommen und dieses ›Synnet‹ deaktivieren, werden sie nichts als Leichen finden. Ich weiß es. Kommt zu welchem Punkt auch immer ihr mich führen wollt.«

Ihre Stimme sank zu einem Murmeln. »Ich flehe euch an. Bitte.«

Die Szene verwischte und verschob sich erneut. Ihr Kopf drehte sich, und ihr Magen rebellierte.

Dann war sie … sie hätte überall sein können. Vor ihr hing ein alter Vidschirm. Er war in eine Wand eingebaut und zeigte Bilder, die seltsam flach wirkten, fast 2D.

Ein Nachrichtensprecher intonierte feierlich vor Bildern, wie Einsatzkräfte leichenverhüllte Körper aus Gebäuden brachten: »Mehr als fünf Wochen nach Beginn der Krise an der Hong Kong University ist sie nun zu Ende gegangen – zu einem entsetzlichen Preis. Offizielle Stellen sind bislang nicht bereit, über die Zahl der Toten zu spekulieren, doch Analysten gehen von über fünfzigtausend aus.«

»54 217. Das lernt man in der Schule.« *Sie schüttelte den Kopf.* »Welche Antwort wollt ihr von mir? Dass es unsere Schuld war? War es – aber nur, weil wir fehlbar sind. Dass es die Schuld der Artificial war? War es – aber nur, weil sie fehlbar ist.

»Alle dachten, sie täten das Richtige. Die Artificial – wenn man sie überhaupt so nennen will; ihre Rechenleistung und neuronale

Komplexität waren praktisch Steinzeit – funktionierte über drei Jahre tadellos, bevor der Vorfall geschah. Sie sah eine Bedrohung und reagierte so, wie man es ihr beigebracht hatte. Sie schützte die Studierenden und die Fakultät vor der vermeintlichen Bedrohung.

»Das Problem waren ihre Anweisungen und Leitlinien: Sie waren unvollständig, weil wir Sterbliche unfähig sind, unendliche Möglichkeiten abzudecken. Angesichts widersprüchlicher Wahrscheinlichkeiten wählte sie Schutz, weil sie es nicht über sich brachte, potenziell kontaminierte Lebensmittel in die Quarantänezone zu lassen. Bis zuletzt verhungerte jeder einzelne Mensch innerhalb des Schilds, der nicht vorher durch die Hände seiner Mitgefangenen starb. Im Angesicht von lauter schlechten Optionen wusste sie nicht, wie sie die beste treffen sollte. Weil wir es ihr nie beigebracht hatten.«

Sie blies einen eingebildeten Atem aus und setzte sich im Schneidersitz auf einen Boden, der nicht da war. »Es war niemandes Schuld – und aller Schuld. Es war eine Lektion: dass wir nicht bereit waren, und die Artificials auch nicht. Wenn euer Punkt ist, dass Menschen fehlbar sind und diese Fehlbarkeit manchmal Leben kostet – Glückwunsch. Ihr gewinnt. Tötet uns alle dafür.«

* * *

Es dauerte, bis sie merkte, dass die Szene ausblendete – bis sie sich in dem weißen, sterilen Raum wiederfand. Zum ersten Mal seit der Anfangsszene war sie hierher zurückgebracht worden.

Wenn sie sie hierher zurückgebracht hatten, würden sie vielleicht endlich wieder sprechen.

»Was habt ihr als Nächstes vor? Stalins Todeslager und die alliierten Anführer, die sie übersahen, um den Zweiten Weltkrieg zu gewinnen? Dschingis Khan, der vierzig Millionen Menschen quer durch Eurasien abschlachtete, und die Konkubinen und Warlords, die ihm huldigten? Oder etwas Neueres, wie die One World Separatists, die New Marrakesh mit Chemiebomben zupflastern? Sie haben über achtzigtausend Menschen getötet und den Planeten vergiftet, ihn für ein halbes Jahrtausend unbewohnbar gemacht. Das wird sicher ein Fest, oder?

»Verschwendet nicht meine Zeit. Ich habe verstanden – es gibt böse, monströse Menschen auf der Welt. Hat es immer gegeben, wird es wahrscheinlich immer geben. Es gibt dumme, idiotische Menschen – eine ganze Menge, ehrlich gesagt. Es gibt schwache, fehlgeleitete Menschen, die im Namen des Guten Schaden anrichten.«

Sie schluckte gegen den Kloß im Hals. Sie war so fertig. »Aber es gibt auch wunderschöne, erstaunliche Menschen, die Dinge von unglaublicher Wunderbarkeit erschaffen. Zeigt mir nicht nur unser Schlimmstes. Schaut verdammt noch mal auch auf das, was wir erreicht haben.

»Ihr habt sicher auch davon Aufzeichnungen. Ihr habt Aufzeichnungen von allem, nicht wahr? Checkt eure Dateien. Wir sind aus Höhlen gekrochen, wir haben gefragt und gelernt und erschaffen. Wir haben unseren Heimatplaneten verlassen, um die Sterne zu besiedeln. Stellt euch vor, was wir schaffen können, wenn man uns nur mehr Zeit gibt!«

Vielleicht. Aber es gibt keine Zeit mehr.

Sie zuckte zusammen, erschrocken, endlich eine Antwort auf eine ihrer Tiraden zu erhalten. »Was meint ihr mit ›Es gibt keine Zeit mehr‹? Wegen dieses Ortes? Weil wir euch entdeckt hätten? Das ist es, nicht wahr?«

Sie lachte; es klang wild, tollkühn, hoffnungslos – und hinterließ einen bitteren Nachgeschmack in ihrem Herzen. »Wie könnt ihr es wagen. Ihr habt kein Recht.«

Eine Pause, eine lange.
Ihr habt euch gut geschlagen.

25

ERDE

SEATTLE

»Hey, William. Machst du in der Küche den Newsfeed an?«

Richard zog eines von sieben Offiziers-BDU-Hemden aus dem Schrank und streifte es über. Es war früh – früher als sonst jedenfalls – und draußen vor den Schlafzimmerfenstern spiegelte die Wasseroberfläche des Sees noch Mondlicht statt Sonnenlicht.

Es war auch ein später Abend gewesen. Nach seinem Gespräch mit Devon hatte er Stunden um Stunden in einer Reihe hastig einberufener Sitzungen verbracht, als die Orbital-Explosion und der Tod des Premierministers Schockwellen durch die Infrastruktur der Allianz jagten. Ehrlich gesagt begann er langsam unempfindlich zu werden gegenüber der endlosen Reihe von Kalamitäten, panischen Reaktionen und rekursiven Schuldzuweisungen.

Das gedankenlose Geplapper von Reporter wehte durch die offene Tür, während er sein Hemd in die Hose steckte und schnell sein Spiegelbild prüfte. Er wollte im Büro sein, bevor der Arbeitstag in Washington begann. Er wusste nicht, was passieren würde, wenn die gleich anstehende Nachricht öffentlich wurde, aber was immer es war – er musste da sein, um es zu verfolgen und zu reagieren.

William war gerade mit Schinken-Spinat-Omelettes fertig, als er in die Küche kam. Richard goss sich eine dampfende Tasse Kaffee ein und lehnte sich an die Anrichte, um den Feed an der gegenüberliegenden Wand zu verfolgen.

»Die Zahl der Toten liegt nun bei 3 627 bei der verheerenden Explosion auf dem EAO Orbital. Die Identifizierung der Opfer gestaltet sich schwierig, da die meisten Personen, die sich zum Zeitpunkt der Explosion in dem Bereich aufhielten, ins All gesogen wurden, und die Bergungsarbeiten weiterhin behindert sind.

»Wir können jedoch inzwischen bestätigen, dass sich neben dem Premierminister, seinem Stabschef, dem Handelsminister und achtzehn Mitgliedern des Sicherheitsdetails unter den Toten der CEO von Phenomal Artistry und drei Vorstandsmitglieder von TransBank befinden, ebenso der bekannte Synth-Musiker Ethan Tollis und zwei Mitglieder seiner Band.«

»Mann, Alex wird das nicht gern hören …« Wenn sie zurückkommt? Von wo? Niemand hatte herausgefunden, wohin sie und ihr Begleiter verschwunden waren. Er sorgte sich um sie, auch wenn er verstand, dass sie untertauchen mussten, da sie auf neunundneunzig Prozent der kolonisierten Welten bei Sichtkontakt verhaftet würden. Hoffentlich konnte er bald etwas tun, um diese Umstände zu ändern.

»Sie – und ein paar Millionen sternäugige Mädchen. Mir war nicht klar, dass sie ihn kannte.«

»Seit dem College, denke ich. Lange bevor er berühmt wurde.« Er nahm den Teller mit dem Omelett entgegen, setzte sich aber nicht. Er wollte die Erstberichterstattung live sehen, musste aber bald los.

»Und was willst du—«

»Moment.« Er hob die Hand, um William zum Schweigen zu bringen. Auf dem Panel war der universelle »Breaking News«-Banner eingeblendet worden.

»Wir möchten Ihnen nun eine Eilmeldung bringen.   Unsere

Rechercheabteilung konnte die Echtheit von Informationen bestätigen, die uns aus mehreren anonymen Quellen zugespielt wurden – Informationen, die offenbar zeigen, dass Aufzeichnungen rund um den Bombenanschlag auf das EASK-Hauptquartier verändert wurden, um den Agenten der Senecan Föderation, Nachrichtendienste, Caleb Marano, fälschlich als Bombenleger zu belasten.

»Trifft dies zu, stellt diese Information die gesamte Anschlagsuntersuch ung in Frage und wirft die Frage auf, wer innerhalb der EASK-Direktion in der Lage ist, diese Aufzeichnungen zu manipulieren – und aus welchem Motiv. Korruption ist seit Langem ein häufiger Vorwurf gegen—«

William wandte sich ihm zu, die Augen weit und ungläubig leuchtend. »Warst du das? Du warst's, oder?«

Richard strahlte, als Erleichterung durch ihn schoss. »Mehr oder weniger. Aber die Informationen sind legitim. Akten wurden manipuliert, viele davon. Jetzt muss ich nur noch herausfinden, von wem.«

William stand auf, ließ seinen Teller auf dem Tisch stehen und packte Richard mit beiden Händen an den Schultern. »Das ist großartig. Aber warum hast du mir nicht gesagt, was du vorhast?«

»Die an unsere Nachrichtenredaktion gesandten Dateien deuten darauf hin, dass Mr. Marano sich weniger als zwanzig Minuten fast vier Tage vor dem Anschlag auf dem Gelände des Hauptquartiers aufhielt, bevor er wegen Angabe einer falschen Identität festgenommen wurde. Er wurde später wieder freigelassen, und laut diesen neuen Informationen verließen er und Alexis Solovy die Erde achtundvierzig Stunden vor dem Anschlag – nicht zwei Stunden danach, wie zuvor berichtet – und kehrten nicht zurück.«

Richards Blick fiel auf den Newsfeed statt auf Williams bohrenden Blick. »Ich wusste erst seit gestern mit Sicherheit, ob die korrekten Datensätze wiederherstellbar waren. Und ich wusste bis zu diesem Moment nicht sicher, ob meine Kontakte den Leak durchziehen würden. Ich glaube, ich wollte mir selbst falsche Hoffnung ersparen, und dir davon zu erzählen hätte genau das getan.«

Williams Kopf ruckte zum Newsfeed. »Und das hier?«

»Das war – ist – ein riesiges Risiko. Wenn das je auf mich zurückfiele, würde ich hochkant rausfliegen, selbst wenn ich nichts anderes getan hätte, als die Wahrheit offenzulegen.« Er stieß ein leicht zittriges Lachen aus. »Gott sei Dank hat es funktioniert …«

»Du meinst, die Wahrheit wieder ans Licht zu bringen.«

Er zuckte mit den Schultern. »Trifft auf das meiste zu, was ich tue, seit dieser Krieg begonnen hat.«

William beugte sich vor und drückte ihm einen festen Kuss auf die Lippen. »Ich bin stolz auf dich. Und du darfst auch auf dich stolz sein. Die Wahrheit ans Licht zu bringen, ist schließlich der Kern deines Jobs.«

Richard kostete den Kuss noch einen Herzschlag länger aus. »Das – und Geheimnisse bewahren. Aber wie du gesagt hast: Wenn ich Leben retten kann, muss ich es versuchen. Ja, natürlich will ich Alex' Namen reinwaschen. Ja, natürlich soll die Wahrheit siegen. Aber inzwischen geht es um mehr als persönliche Belange. Wir müssen einen Weg finden, diesen Krieg zu beenden – und zwar bald.«

Er meinte, Williams Augen wirkten ungewöhnlich getrübt … es konnte allerdings auch einfach die frühe Stunde sein. »Müssen wir.« Er lehnte kurz die Stirn an Richards, dann trat er zurück. »Iss dein Omelett auf und mach dich auf den Weg. Ich nehme an, dich erwartet ein voller Tag.«

* * *

SENECA

CAVARE, HAUPTQUARTIER DES NACHRICHTENDIENSTES

Graham stand auf dem Dach des Division-Hauptquartiers und blickte auf einen idyllischen, cyanblauen Sonnenuntergang hinaus. Das Gebäude war hoch genug, dass er den See zwei Blocks weiter sehen konnte. Warme Abendstrahlen tanzten auf der Oberfläche, während das Wasser das Licht spiegelte und verstärkte.

Er stöhnte leise. Wenn ihn jemand dabei ertappte, wie er bei einer hübschen Aussicht poetisch wurde, wäre sein Ruf ruiniert. Er konnte seine Anwesenheit auf dem Dach wohl dem Wunsch zuschreiben, dem Getümmel zu entfliehen, das die Flure verstopfte und sich die Haare raufte wie kleine alte Damen.

Es war eine so gute Begründung wie jede andere – was sie noch nicht zur wahren machte. Leider gab es auf dem Dach nicht mehr Antworten als in seinem Büro.

Mitarbeiter der Division, die theoretisch Zugang zu internen Informationen zu irgendeiner der Ermittlungen rund um dieses clusterfain hatten – Volosks Mord, Caleb Maranos Status oder Aufenthaltsort, der Anschlag auf das EASK-Hauptquartier und das Attentat auf Atlantis –, wurden identifiziert und in vier Gruppen eingeteilt. Die leitende Agentin in der Marano-Ermittlung (und ihr Stellvertreter), Liz Oberti, ließ intern durchsickern, Isabela habe gestanden, wo ihr Bruder sich verstecke. Vier verschiedene Orte, jeweils einer pro Gruppe.

Andere, nicht involvierte Agenten bezogen an jedem Ort Stellung und warteten. Und warteten. Nach zwei Tagen war niemand aufgetaucht, und er war dem oder den Verräter(n) in seiner Mitte keinen Schritt näher.

Seine Lockvogelaktion war ein ungemilderter Reinfall. Kein Hauch davon, dass jemand anbeißt.

Hatte er sich geirrt? Einen Fehler gemacht? Nein.

Vielleicht war Marano tot, und die Verschwörer wussten es. Es klang nach einer logischen Erklärung – wenn auch nach keiner, die er glauben wollte. Sie würde erklären, warum der Mann vollständig aus dem exanet verschwunden war, aus allen Facetten eines weitreichenden Geheimdienstnetzwerks. Wenn das Schiff, mit dem er weggeflogen war – Graham nahm an, es war Solovys Schiff gewesen –, im All zerstört worden wäre, würde man ihre Tode mit hoher Wahrscheinlichkeit nie bestätigt finden. Also operierte er vorerst unter der Annahme, der Mann lebte noch.

Er überlegte, Isabela noch etwas stärker in die Pflicht zu nehmen. Er wollte sie nicht mehr als nötig in Gefahr bringen. Sie war Zivilistin, eine Unschuldige im nicht-technischen Sinne des Wortes.

Er erwog, einfach jetzt mit dem, was er hatte, zu Vranas zu gehen. Aber wie zuvor Michael hatte er nichts. Nichts außer Instinkt und zweiundzwanzig Jahren im Nachrichtendienst, die ihm sagten, dass mit allem etwas nicht stimmte.

Seine Sekretärin summte über den Com. »Sir, verfolgen Sie irgendwelche Newsfeeds?«

Er blinzelte zum Himmel und machte sich auf den Weg zum Dachzugang. »Jetzt schon.«

Es dauerte nicht lange, bis er den Grund für die Warnung entdeckte. Auf dem Weg zurück in sein Büro prüfte er mehrere Feeds, einschließlich solcher, die kaum etwas anderes als Propaganda der Allianz ausspuckten. Alle meldeten dasselbe: Durchgestochene Informationen legten nahe, dass Caleb Marano den Anschlag auf das EASK-Hauptquartier nicht nur nicht verübt hatte, sondern ihn gar nicht verüben konnte. Die Aufzeichnungen waren manipuliert worden, um ihm die Tat anzuhängen.

Sollte in ihm noch der geringste Zweifel bestanden haben, dass eine Verschwörung existierte, war er jetzt verflogen. Er gestattete sich einen kurzen Moment der Erleichterung aus zwei Gründen. Erstens: Marano war nicht schuldig, und jetzt wussten es alle. Zweitens: Seine Instinkte rosteten nicht ein.

Und der Moment war vorbei. Übrig blieb die kleine Schwierigkeit, Verschwörer aufzuspüren und Wahrheiten ans Licht zu bringen.

Er erreichte sein Büro und war sich allzu bewusst, dass seine Abwesenheit enttäuschend kurz ausgefallen war.

Liz, kommen Sie vorbei, sobald Sie eine Sekunde haben.

Dringend? Ich muss ... schon gut. Ich bin in fünf Minuten da.

Während er wartete, beauftragte er eine seiner Agentinnen, die über solide Medienkontakte verfügte, herauszufinden, woher der Leak stammte, und eine vollständige Kopie zu besorgen.

Als Liz sein Büro betrat, hatte er die Füße auf dem Schreibtisch und warf nebenbei einen Stressball in die Luft. Er bestand aus einem biokonduktiven Gel, das angeblich seine Festigkeit und seinen Widerstand je nach Stresslevel anpasste, ermittelt über biometrische Messungen an Handfläche und Fingerspitzen. Mit einem gewissen Amüsement stellte er fest, dass er sich gerade so hart wie reines Metall anfühlte.

Der Ball schaffte es nie, dass er sich besser fühlte, aber das hatte er auch nie erwartet. »Haben Sie die Nachrichten gesehen?«

»Sir?«

»Den Anschlag auf das EASK-Hauptquartier. Marano ist aus dem Schneider.«

»Oh ... ja, ich hab's gesehen.« Sie wirkte abwesend und hielt den Blick gesenkt, während sie ziellos durch sein Büro mäanderte.

Er stieß einen schweren Seufzer aus. »Dann können wir Isabela wohl laufen lassen. Wir haben nicht mehr viel Grund, weshalb Agent Marano herkommen sollte – abgesehen davon, dass es sein Job ist.«

Ihre Stirn zog sich zu einer dünnen Linie zusammen und straffte den festen Knoten, der ihr Haar zurückhielt. »Sind Sie sicher, dass das die richtige Entscheidung ist, Sir? Um Director Volosks Ermordung ranken sich viele offene Fragen, ebenso um die anderen Todesfälle in derselben Nacht und Jaron Nythals Ermordung … selbst wenn er – Agent Marano – nicht beteiligt war, was mich nicht völlig überzeugt, könnte er, falls es eine Verschwörung gibt, Informationen darüber haben – einschließlich, wer beteiligt ist –, also scheint es mir, dass wir weiterhin ein Interesse daran haben, ihn zu finden.«

Graham legte den Kopf leicht schief. Wenn das, was sie von sich gab, als Satz mit Anfang, Mitte und Ende gedacht war, hatte es sich zu einem äußerst langen, verworrenen entwickelt. Liz vermied es weiterhin, ihn anzusehen, und ihre Schritte nahmen an Tempo zu.

Diese Reaktion hatte er von ihr nicht erwartet. Es war nicht die richtige. Sie war eine taffe, kompromisslose Agentin, ja, aber auch hochgradig pragmatisch. Deshalb hatte er sie immer geschätzt. Deshalb hatte er sich auf sie verlassen.

Verdammt, seine Instinkte rosteten doch ein.

Seine Finger krallten sich in das sich verhärtende Gel des Stressballs. »Ich fürchte, die Ereignisse überholen diese Punkte gerade rasant. Wir stehen jetzt vor der Aufgabe, herauszufinden, wie wir gleichzeitig einen Krieg gegen die Allianz und einen Krieg gegen eindringende Aliens führen sollen.«

»Sie glauben diese Gerüchte über Aliens?«

»Es sind keine Gerüchte, Liz.«

Ihre Augen weiteten sich kurz; sie blinzelte und wandte sich ab, nicht ohne dass er ein wütendes Aufflackern bemerkte. »Dann lautet Ihr Befehl also, Isabela Marano freizulassen?«

Er war zu einem weichen, teigigen Schreibtischbürokraten geworden. Ein dummer, langsamer alter Narr.

Der Ball war in seiner Faust zu einem Klumpen geworden; er hielt die Stimme dennoch beiläufig. »Ich kümmere mich darum. Ich muss noch einmal mit ihr sprechen – mich entschuldigen für die Unannehmlichkeiten, das übliche Prozedere. Ich wollte es Ihnen nur zuerst sagen, da Sie die leitende Ermittlerin sind. Sie können schon mal mit dem Papierkram anfangen.« Papier hatten sie seit über zweihundert Jahren nicht mehr benutzt, doch aus irgendeinem Grund nannte man das bürokratische Dokumentationslabyrinth immer noch »Papierkram«.

»Ja, Sir.« Sie bewegte sich zur Tür, blieb dann jedoch stehen und warf ihm einen halben Blick über die Schulter zu. »Glauben Sie, sie weiß, wo er ist?«

Er kaute auf der Unterlippe – ein Tick, den sie erkennen würde. »Ich denke … ja, wahrscheinlich. Wir haben sie nicht besonders hart unter Druck gesetzt, und wenn sie eines ist, dann loyal gegenüber ihrem Bruder.«

»Man kann nicht jeden Fang machen, schätze ich.« Sie ging hinaus, ohne zu fragen, ob sie entlassen sei, und er blieb noch lange auf die Tür starren, nachdem sie sich hinter ihr geschlossen hatte.

26

NEW BABEL

UNABHÄNGIGE KOLONIE

»Tja, Marcus, offenbar bist du doch nicht ganz so allmächtig ...«
Olivia Montegreu schaltete den Newsfeed mit mehr Kraft als üblich
aus und versuchte, sich wieder auf die Arbeit zu konzentrieren.

Dass der Senecanische Geheimdienstagent vom Verdacht des
EASK-Anschlags entlastet worden war, gehörte nicht zu den Enthüllungen, die den Krieg beenden würden. Inzwischen türmten sich
die Greueltaten und die Zahl der Toten so hoch, dass die Liste der
Dinge, die dem Krieg ein Ende setzen könnten, erschreckend kurz
ausfiel.

Trotzdem störte es sie unterschwellig. Eine Scharte in der Rüstung
– in Marcus' Rüstung – und damit ein Fehlerchen, wenn auch ein
kleines, im Plan.

Missmutig runzelte sie die Stirn vor dem Bildschirm in ihrer Hand,
verärgert, dass die Nachricht ihre Laune getrübt hatte. Alles andere
lief so spektakulär gut. Chimeral-Verkäufe lagen 158 % höher, Tech
beeindruckende 243 %. Die Erlöse aus Ferres Geschäften in der
Föderation steuerten weitere 12 % zum Wochenertrag bei. Es lief so

gut, dass sie hier eine dritte Tech-Montagelinie eröffnete und auf Cosenti ein neues Distributionszentrum.

Es war ein guter Monat für das Zelones-Kartell gewesen. Dennoch wurde sie das nervöse Kribbeln im Nacken nicht ganz los, das etwas, selbst etwas so Kleines, auslöste, wenn es schiefging. Und in den Finanzberichten klaffte offenbar eine Lücke – mehrere kleinere Kolonien hatten ihre Daten verspätet gemeldet. Inakzeptabel. Sie schickte dem leitenden Buchhalter von Zelones eine Nachricht mit der Aufforderung, innerhalb einer Stunde eine Erklärung zu liefern.

Ihr Fuß klopfte ein stakkatohaftes Muster auf den Marmorboden. Sie musste die Gedanken von Problemen ablenken, die ehrlich gesagt winzig waren. Sie brauchte einen Reset.

Das Tempo ihres Fußes beschleunigte. Sie überlegte einen Moment; prüfte die Uhrzeit. Es war später Nachmittag. Nah genug.

Sie sendete einen Pulse.

»Komm rüber.«

Die Antwort kam in Sekunden.

»Gib mir dreißig Minuten.«

* * *

Sie hatte ihm das Hemd schon halb ausgezogen, bevor er ganz durch die Tür war. Mit festem Mund auf seinem zog sie ihn hinein, während seine Hände direkt zu ihren Hüften wanderten. Sie knallte ihn gegen die Wand neben der Tür, was ihn nicht davon abhielt, ihren Rock hochzuschieben und die Hand darunter gleiten zu lassen.

Seine Lippen rissen über ihre Wange zu ihrem Ohr. »Wie willst du's?«

Ihr Atem stockte, als sein Zeigefinger sein Ziel erreichte. »Steck deinen Schwanz in mich, und dann sehen wir weiter.«

Aiden Trieneri war ein ausgezeichneter Liebhaber. Er war

außerdem der Anführer des Triene-Kartells und möglicherweise die einzige Person, die sie fast als ihresgleichen betrachtete. Fast – denn ein paar Stufen darunter landete jeder.

Er war aus mehreren Gründen ein hervorragender Liebhaber, aber ihr liebster musste sein, dass er gefährlich war. Jede Sekunde mit ihm trug das Risiko, dass er versuchen würde, sie zu töten. Er gehörte zu den wenigen, denen es gelingen könnte. Sie dachte, vielleicht mochte er sie aus demselben Grund.

Er hatte genau einmal vorgeschlagen, ihre Geschäfte zu fusionieren. Sie hatte ihn dafür bestraft. Sie teilte keine Macht.

Sie teilten auch sonst nichts. Sie sprachen nie über Business oder Politik, Zeitgeschehen oder irgendwelche Themen, die einem von beiden einen Vorteil verschaffen könnten. Sie teilten Sex, und nur Sex. Nicht exklusiv, und oft vergingen Monate zwischen ihren Treffen. Aber wenn sie ihn teilten, taten sie es gut.

All dies erklärte, warum sie verschwitzt, klebrig und nackt war, als sie erfuhr, dass eine Alien-Armada Kolonien im östlichen Bereich des besiedelten Raums auslöschte.

Nachdem sie Aiden nach zwei anregenden Stunden verabschiedet hatte, schaltete sie den Newsfeed ein, um zu sehen, ob es weitere Entwicklungen in Sachen EASK-Anschlag gab, bevor sie unter die Dusche ging. In diesem Zustand konnte sie unmöglich wieder an die Arbeit.

»Einige Personen, die sich zum Zeitpunkt des Angriffs Messium näherten, konnten entkommen. Sie haben Aufnahmen von mehr als einem Dutzend Schiffe gemacht, kilometerlang und von fremdartigem Aussehen, unähnlich jedem Schiff, das Menschen je gebaut haben.«

Sie machte sich nicht die Mühe, ein Hemd zu greifen, als sie ins Büro hastete, um mit schierer Ungläubigkeit auf die Bilder im Feed zu starren.

Ja, diese Schiffe waren ohne jeden Zweifel alien. Beeindruckende

Maschinen, obendrein.

»Alle Versuche, die Kolonie Messium oder dort vermutete Personen zu kontaktieren, sind bisher erfolglos geblieben. Außerdem erfahren wir nun, dass der Kontakt zu mehreren Kolonien östlich von Messium abgerissen ist. Dazu zählen in der Senecanischen Föderation New Riga, Lycaon und Dair, in der Erdallianz Karelia, Gaelach, Zetian und Edero sowie die unabhängigen Kolonien Gaiae, Andromeda und New Orient.

«Das ist der aktuelle Stand unserer Informationen, aber wir setzen alle Ressourcen daran, mehr zu erfahren und die Informationen zu Ihnen zu bringen.«

In der Magengrube nahm ein gedämpfter, aber aufsteigender Zorn Gestalt an. Sie hatte gerade zehn Prozent ihrer Organisation verloren – Leute, Vorräte, Ressourcen. Geld.

»Wir haben beide Regierungen kontaktiert, bislang jedoch keine Antwort erhalten. Es ist allerdings schwer vorstellbar, dass die Regierungen der Föderation und der Allianz von den Eindringlingen bis jetzt nichts gewusst haben.«

Schwer vorstellbar, in der Tat. Diese Aliens hatten sich durch ein Drittel des besiedelten Raums gefräst, bevor die Öffentlichkeit überhaupt wusste, was vor sich ging. Und wenn sie Messium angriffen, zeugte das von erheblichen und unerwünschten Absichten, denn Messium war keineswegs eine kleine oder unverteidigte Welt.

Sie musste ein Gespräch mit Marcus führen, eines, das für beide Seiten kaum angenehm werden würde. Aber zuerst musste sie nachdenken.

* * *

NEW COLUMBIA

ERDALLIANZ-KOLONIE

Marcus' Transporter hatte umgehend kehrtgemacht, als die Nachricht von der Orbital-Explosion eintraf. Er hatte Sagan nie erreicht, was ihn ein wenig enttäuschte. Es war schließlich eine charmante Welt. Aber die Zeit war knapp. So sehr knapp.

Er hatte beschlossen, auf New Columbia für die Formalitäten zu stoppen. Es würde weitere sechsunddreißig Stunden dauern, bis er die Erde erreichte, und seine Bürger brauchten jetzt Zuspruch. Sie mussten wissen, dass es weiterhin Führungspersönlichkeiten gab, die sie leiten und schützen konnten. Und genau das hatte er vor – weit mehr, als ihnen bewusst war.

Sein leitender Adjutant gab das Signal, dass die Feeds live waren. Er wandte sich dem Richter zu. Der Mann war nicht der Präsident des Obersten Justizgerichts in London, aber er genügte.

Der Richter sprach ein Präambel in tiefer, feierlicher Stimme, dem Anlass angemessen. Marcus legte die linke Hand auf die Bibel, das zeitlose Symbol für schwerwiegende Eide, und hob die rechte.

»Ich schwöre feierlich, die mir durch die Zweite Verfassung der Erdallianz von 2146 im Amt des Premierministers anvertrauten Pflichten wahrhaftig und getreu zu erfüllen, die Rechte und Freiheiten aller Menschen zu achten und zu schützen und nach bestem Vermögen die Bürger, Kolonien und Institutionen der Erdallianz zu bewahren, zu schützen und zu verteidigen.«

Und damit war es geschehen. Sein Ziel von rund vierzig Jahren kulminierte in einem Ritus, der vorbei war, kaum dass er begonnen hatte. Gut, dass er nicht zu Sentimentalität neigte.

Nach Abschluss der Zeremonie blickte er zu den Dutzenden Kameras auf, die über der Menge schwebten. »Lasst uns ein stilles

Gebet sprechen für die Tausenden Seelen, die wir gestern verloren haben.« Er schloss die Augen für 5 … 4 … 3 … 2 … 1.

»Ich nehme das Amt des Premierministers der Erdallianz mit schwerem, traurigem Herzen an. Luis Barrera war ein wahrer Staatsmann und ein Führer im reinsten Sinne des Wortes. Vor allem aber war er viele Jahre lang mein Freund, und ich werde ihn mehr vermissen, als Worte auszudrücken vermögen.

»Luis Barrera widmete sein Leben dem öffentlichen Dienst aus dem Wunsch, eine bessere Welt mitzugestalten. Es ist eine besondere Tragödie, dass er sich gezwungen sah, in einer Zeit des Konflikts zu führen, einen Krieg zu führen, den er nicht verursacht hatte. Ich habe keinen Zweifel, dass er erfolgreich gewesen wäre und uns zum Frieden geführt hätte, wäre er am Leben geblieben.

»Ich werde alles in meiner Macht Stehende tun, um dasselbe zu erreichen. Ich gelobe heute, jede wache Stunde und bis zu meinem letzten Atemzug zu arbeiten, um diesen Krieg zu gewinnen – um sicherzustellen, dass die Erdallianz würdevoll und mit Stolz gewinnt und ungebeugt, siegreich, auf den Schlachtfeldern steht.«

Er hielt inne, als erwäge er die nächsten Worte sorgfältig. Der primäre Zweck des Orbital-Vorfalls bestand nicht darin, die Flammen des Krieges zu schüren; stärker als jetzt konnten sie wohl kaum lodern – und wenn doch, würde die schlichte Tat das von allein besorgen. Nein, die Explosion war der letztlich notwendige Akt gewesen, um ihn auf den Gipfel der Macht in der Galaxis zu katapultieren.

Er bedauerte den übermäßigen Verlust an Leben; das tat er aufrichtig. Doch ein Premierminister der Allianz war ein schwer zu treffendes Ziel, nur selten verwundbar. Die Zeit war damals wie heute knapp.

»Die Untersuchung der Explosion auf dem Orbital hat kaum begonnen. Es wäre leicht, die Schuld der Föderation zuzuschieben, und am Ende werden wir das vielleicht tun. Aber ich mahne die Öffentlichkeit, mit vorschnellen Urteilen zu warten und die Untersuchung ihren Gang gehen zu lassen. Für den Moment wollen wir der unschuldigen Zivilisten gedenken, die bei diesem Anschlag ihr Leben verloren haben – ungeachtet des Täters. Doch machen Sie keinen Fehler: Wer immer der Täter ist, wir werden für ihren Tod volle Gerechtigkeit üben.

»Wir müssen auch dem heldenhaften Personal überall auf dem Orbital danken, das durch das sofortige Aktivieren von Sicherheits-Overrides und das Abriegeln des beschädigten Abschnitts einen noch katastrophaleren Verlust an Menschenleben verhindert hat. Unzählige Menschen verdanken diesen Heldinnen und Helden ihr Leben.

»Ich versichere allen, dass es keine Lücke in unserer militärischen Strategie geben wird. Wir haben die besten, erfahrensten Militärs der Galaxis, die den Krieg führen, und ihre Arbeit geht unvermindert weiter. Ich kenne diese Frauen und Männer persönlich. Ich habe an Premierminister Barreras Beratungen und Briefings teilgenommen und garantiere, dass dieser Übergang rasch und nahtlos verlaufen wird.

»Jetzt kehre ich nach Washington zurück und beginne die Arbeit, die Erdallianz in einen neuen Tag zu führen. Ich danke Ihnen allen für Ihre Unterstützung. Danke, Luis Barrera, für Ihren Dienst. Gott segne Ihre Seele und die Ihrer Familie.«

Er winkte Fragen ab, darunter mehrere hereingerufene Nach-fragen zu neu geleakten Beweisen über den mutmaßlichen Täter des Anschlags auf das EASK-Hauptquartier. Er ließ zu, dass sein Sicherheitsdetail, seit seiner Ankunft verdreifacht, ihn zurück zum Transporter geleitete.

Er musste die Lage im Griff behalten, und zwar schnell. Der EASK-Anschlag war nicht länger relevant, wenngleich es weiterhin wichtig blieb, Marano und Solovy zu finden. Die Ereignisse hatten ihn überholt und zwar weit schneller, als er erwartet hatte. Es blieben höchstens Tage, bevor die Alien-Offensive sich nicht mehr ignorieren ließ.

Er hatte eine letzte Chance, ein weit größeres, unendlich verheerenderes Ereignis aufzuhalten – die Vernichtung der Menschheit. Daran hatte er die letzten fünf Jahre gearbeitet. Anfangs einem eigenen Ziel untergeordnet, hatte der Einsatz bald seine persönlichen Ambitionen dominiert und schließlich überlagert.

Es wäre alles weit einfacher gewesen, hätte er zehn oder gar zwanzig Jahre zur Vorbereitung gehabt. Doch Hyperion hatte es fünf kurze Jahre zuvor nicht für nötig gehalten, ihn zu warnen, und da war die Gefahr bereits akut.

»Ihr müsst die Expansion entlang des Scutum-Crux-Arms im vierten galaktischen Quadranten einstellen.«

Marcus zuckte zusammen, erschrocken. Er überspielte die Reaktion, indem er sich mit der Serviette den Mund abwischte, dann seiner Frau schmerzvoll die Miene verzog. »Der Premierminister will mit mir sprechen. Tut mir leid, Liebes. Ich bin gleich wieder da.«

Sie nickte knapp; an diese Unterbrechungen hatte sie sich inzwischen gewöhnt, und er entschuldigte sich vom Abendessen.

Der Alien hatte ihn noch nie zu Hause kontaktiert, doch er bezweifelte, dass das Wesen solche menschlichen Unterscheidungen überhaupt erkannte. Dies war ein neues Zuhause, im gentrifizierten Washingtoner Stadtteil Georgetown. Die Regierung Brennon war seit zwei Monaten an der Macht; er war vor wenigen Wochen als Justizminister bestätigt worden.

Hyperions aus heiterem Himmel kommende Erklärung war wie immer kryptisch. Sobald die Tür zu seinem Arbeitszimmer zufuhr, machte er sich auf die stets prekäre Zwiesprache gefasst. »Unsere östlichste Kolonie ist derzeit Gaelach. Liegt jenseits davon irgendeine Gefahr?«

»Mit Gaelach gibt es kein Problem. Doch Gaiae, Andromeda, Dair – sie dringen vor. Expandiert stattdessen entlang des Sagittarius- und des Perseus-Arms.«

Er runzelte die Stirn. »Die Allianz kontrolliert diese Kolonien nicht. Gaiae und Andromeda wurden von unabhängigen Interessen gegründet. Dair ist eine Kolonie der Senecanischen Föderation. Tatsächlich kontrolliert die Föderation den größten Teil der nordöstlichen Region des besiedelten Raums. Ich kann ihre Expansionspläne nicht beeinflussen.«

»Du bist nun zu einer Position der Macht aufgestiegen. Du kannst viele Entscheidungen beeinflussen.«

Ach deshalb also jetzt der Kontakt. »Ja, aber nicht die Senecanischen. Du verstehst unsere politische Lage schon, oder?«

»Wir erkennen eure verschiedenen Fraktionen. Tatsache bleibt: Die Menschheit muss die Expansion in der genannten Richtung einstellen.«

»Und wenn nicht?«

»Dann wird es Konsequenzen geben.«

»Hyperion, du musst konkreter werden.«

»Der Menschheit darf nicht gestattet werden, jenseits einer Linie 5,48 kpc von der Erde über den Scutum-Crux-Arm zu siedeln. Wenn ihr die Expansion nicht einstellt, werden wir es tun.«

»Droht ihr uns?«

»Ja.«

Marcus zwang seinen instinktiven Impuls hinunter. »Ihr würdet uns angreifen, weil wir uns eurer Raumregion nähern?«

»Nicht angreifen. Ausrotten. Vernichten. Auslöschen. Tilgen. Eure Sprache kennt eine Reihe passender Begriffe.«

»So ist es. Sehr gut. Ich werde tun, was ich kann.«

Marcus taumelte wie benommen aus seinem Arbeitszimmer. Er belog seine Frau und verließ das Haus. Er musste nachdenken, und zum Nachdenken musste er allein sein, frei von Erwartungen und der ewigen

Fassade.

Washington war neu für ihn, und er verbrachte mehrere Stunden damit, durch Georgetown und die umliegenden Viertel zu laufen. Wahrzeichen, Galerien und edle Pubs registrierte er nicht; die feuchte Brise vom Potomac hingegen nahm er wahr.

Er hatte keine Möglichkeit zu wissen, ob Hyperions Aliens fähig waren, die Drohung wahr zu machen, und keine Möglichkeit, es herauszufinden. Offenkundig verfügten sie über fortschrittlichere Technologie als die Menschheit, zumindest in Sachen Kommunikation. Darüber hinaus wusste er fast nichts Sicheres über sie – außer, dass sie zutiefst arrogant und zweifellos fremdartig waren.

Nahm er Hyperion beim Wort – und unter den Umständen sah er keine andere Wahl –, dann hatte man ihm die Chance gegeben, die Menschheit vor Verwüstung zu bewahren. Möglicherweise vor der Auslöschung.

Marcus war immer ein ehrgeiziger Mann gewesen; er hatte keine Skrupel, das zuzugeben. Dieser Wesenszug hatte ihm gute Dienste geleistet, ihn von den Straßen Rios in wenigen Jahrzehnten ins Kabinett der Erdallianz getragen. Dieser Ehrgeiz war ein Hauptgrund, warum Hyperion vor zweiunddreißig Jahren Kontakt zu ihm aufgenommen hatte und warum es weiterhin zu ihm kam.

Der Alien – vielleicht alle Aliens – glaubte, er besitze Talent und Fähigkeit, galaktische Ereignisse zu gestalten. Hyperion schien zu glauben, er könne den Lauf der Geschichte selbst formen.

Konnte er das?

Vielleicht nicht. Doch in diesem Moment gab es niemanden sonst, der es konnte.

Zwei Monate brauchte er, um den groben Umriss eines Plans zu entwerfen, dann einen weiteren, um die Frau zu kontaktieren, der er seit fünfzig Jahren eine implizite Schuld verdankte.

Mit der Zeit würden er und Olivia Personen in vorteilhaften Positionen identifizieren und für eine Mitarbeit auf unterschiedlichen Ebenen gewinnen. Die Methoden der Verlockung wurden maßgeschneidert, um die jeweilige persönliche Schwäche maximal auszunutzen.

Blinde Flecken waren schließlich die leichtesten aller Schwächen, die es auszubeuten galt.

27

PORTAL PRIME

UNKARTIERTER RAUM

Caleb hätte es fast übersehen. Obwohl er die Landschaft fortwährend nach Unstimmigkeiten oder Spuren einer Störung im natürlichen Fluss des Terrains absuchte, wäre er beinahe an dem dezenten Felsvorsprung vorbeigewandert.

Beinahe.

Ein Felsbrocken fehlte. An einem Hang, der von kleinen Felsblöcken bedeckt war, die scheinbar von der Natur verteilt worden waren, klaffte eine auffällige Lücke aus aufgewühlter Erde, als wäre der Fels, der dort gelegen hatte, durch eine äußere Kraft gelöst worden.

Sein Blick wanderte den Hang oberhalb der Lücke hinauf zu ... da. Ein Ast war abgebrochen, Holzsplitter ragten aus dem Stamm. Der Hang stieg durch dichtes Gehölz weiter an, bis er sich – wie er erhaschte – zu einem kleinen Plateau abzuflachen schien.

Der fragliche Bereich lag dreihundert Meter über ihm. Er nahm einen langen Schluck Wasser, kreiste ein paar Mal die Arme und lockerte den Gurt über der Brust. Dann stieg er den Hügel sehr, sehr leise hinauf.

Das Problem würde sein, auf das Plateau zu gelangen, ohne gesehen zu werden – vorausgesetzt, ein Drache war da, um ihn zu sehen. Diese Annahme blieb ihm gar nicht erspart.

Als er näher kam, schwenkte er auf die Schräge zu, wo der Vorsprung wieder in den Berghang überging. Drachen hatten Höhlen, oder? Ob das Ziel nun in einer Höhle lag oder offen auf dem Plateau: Unsichtbar zu bleiben, bis er den Vorsprung überwinden konnte, war die beste Strategie.

Der Berg stieg hier steil an, was ihm jedoch in die Karten spielte. Er konnte sich beim Vorkriechen fast flach an das Gelände schmiegen.

Als der Vorsprung nur noch zwei Meter über ihm lag, stellte er den Rucksack neben einem Baum ab und zog das Schwert aus der Scheide. Das glänzende Ebenholz schimmerte in den irrlichternden Lichtstrahlen, die durch die Äste stahlen.

Er legte die Fingerspitzen an die Kante und riskierte einen Sekundenblick darüber.

Der Drache lag auf dem Plateau und sonnte sich. Sein langer, schlangenartiger Schwanz war um den massigen Oberkörper gekrümmt. Das ruhige Heben und Senken des Brustkorbs verriet Schlaf.

Er blinzelte mehrfach ungläubig. Das Ding war riesig. Allein von Brust bis Hüfte musste es über zehn Meter messen, und der Hals streckte sich fast noch einmal so weit. Die tiefroten Schuppen glänzten brillant, das reflektierte Licht verlieh ihnen fast einen metallischen Schimmer. Hätte er nicht am Vortag einem bereits die Eingeweide herausgerissen, würde er vermuten, der Drache sei künstlich – eine Maschine.

Aus dieser Nähe erkannte er die vierklauigen Füße als erhebliche Bedrohung. Eine einzige Kralle konnte ihn mit einem lässigen Hieb vom Nabel bis zur Kehle aufschlitzen. Nicht ganz so bedrohlich wie das Feuer, denn dessen Reichweite hatte er mit eigenen Augen gesehen. Und natürlich waren da die Zähne. Die Kiefer ruhten im Schlaf geschlossen, aber er erwartete, dass die Zähne den Klauen in nichts nachstanden.

Es gab nur einen Ort, an dem er wenigstens ansatzweise vor Klauen, Zähnen und Feuer geschützt sein würde.

Das konnte ja heiter werden.

Er zog sich auf das Plateau, federte über die Waden und Zehen ab und schoss los – Vollsprint.

Das rechte Auge fuhr im letzten Schritt auf, ein flammend roter, ovaler Irisring im silbernen Augenweiß.

Er stieß sich vom rechten Bein ab, sprang dem Drachen auf den Rücken und packte eine Schuppe, um Schwung zu holen, während das Tier sich aufrichtete.

Die Kante der Schuppe war nicht so scharf wie eine Klinge, schnitt ihm aber die Handfläche auf. Er ließ den Schmerz als Antrieb wirken, kroch vollends hinauf und warf ein Bein über die Wirbelsäule, ehe das Biest ihn abwerfen konnte.

Versengende Hitze der Flammen, die aus dem gewaltigen Maul schossen, wusch über ihn hinweg, doch er saß zu hoch oben auf der Wirbelsäule, um zu verbrennen; der Hals war zwar lang und flexibel, schien sich aber nicht so weit verdrehen zu können, dass er direkt getroffen würde.

Die Flügel entfalteten sich zur vollen Spannweite und hoben an zum Abflug. Fliegen wäre schlecht.

Er zog das Schwert quer, als sie abzuheben begannen, und schnitt in die zarte Membran eines Flügels, dort wo sie am Körper ansetzte. Ein Heulen ging dem erneuten Feuerstoß voraus, als die Flügel nach unten schlugen und sie schräg nach rechts zu Boden krachten.

Die breiten Rückenwirbel nur mit den Oberschenkeln umklammert, riss er die entfernteste Schuppe hoch. Er holte das Schwert weit aus und stieß es in das nun freiliegende Fleisch.

Ein Schrei, wie er noch keinen gehört hatte, brach aus dem Maul des Drachen. Der schrille, flangerartige Laut vibrierte so heftig in seinen Trommelfellen, dass er fürchtete, sie könnten platzen.

Das Biest bäumte sich in Schmerz, Zorn und Verzweiflung unter ihm auf, so dass es ihn um Haaresbreite gegen den Berghang geschleudert hätte. Fünfzig Meter weiter unten standen Bäume in Flammen, entzündet von den wilden Feuerstößen aus den fletschenden Kiefern.

Mit einem wuchtigen Ruck drehte er das Schwert, bis es neben der Wirbelsäule senkrecht stand, und zog es zu sich heran. Alles unter nanoskalig geschmiedetem metamat hätte das keratinhaltige, zähe Leder nicht zerschnitten. Er riss die Klinge um die Ränder überlappender Schuppen.

Zentimeter um Zentimeter häutete er den Drachen, während dieser sich unter ihm krümmte, tobte und wütete.

Ein dumpfer Schlag fuhr durch den Boden, als die Beine schließlich einknickten und das Tier auf den Bauch stürzte. Er zog die Klinge weiter zu sich her, wich rückwärts, bis er Gefahr lief, vom Feuer erfasst zu werden. Es musste reichen.

Er beugte sich vor, trieb das Schwert bis zum Heft hinein und drehte, um – hoffentlich – eines der lebenswichtigen Organe zu zerfetzen.

Der lange Hals schoss in einem letzten Klageheulen in den Himmel und krachte dann zu Boden. Er spürte, wie der Körper unter ihm in die Erschlaffung des Todes sank. Aber er ging kein Risiko ein. Er zog die Klinge heraus, nun tropfend vor Blut und Eingeweiden, kroch zum Hals und stieß sie in die dort flexiblere Haut.

Keinerlei Reaktion, und das Blut, das aus der Wunde sickerte, hatte keinen Pulsschlag mehr.

Zufrieden ließ er die Wange an der Verbindung von Wirbelsäule und Hals sinken – erschöpft und ein wenig delirisch vor Erleichterung, Adrenalin. Und Schmerz.

Beide Handflächen waren an mehreren Stellen aufgeschnitten, die Brust scheuerte wund, und die Muskeln in Armen, Schultern und Oberschenkeln pochten im Protest gegen das, was man ihnen abverlangt hatte. Vermutlich hatte er sich mindestens ein, zwei Bänder gezerrt.

»Na ja«, murmelte er in den Drachenhals, »wieder was für den Nachruf.«

Caleb Andreas Marano: Killer. Liebhaber. Drachentöter.

Ein heiseres Lachen entrang sich seiner Kehle, als er sich hochdrückte, vom Biest glitt und auf das nun versengte Plateau trat. Verbandszeug hatte er dabei und konnte die Handflächen versorgen, aber das hatte Zeit.

Denn in die Bergflanke hinter ihm war keine Höhle geschnitten, sondern eine künstliche Struktur.

Aus einem Material gefertigt, das er auf einer menschlichen Welt Milchglas nennen würde, und rund zehn Meter hoch, war das Bauwerk radikal minimalistisch: langes, flaches Dach, eine einzige Frontwand über die gesamte Breite des Einschnitts. Einen Eingang erkannte er nicht.

Doch als er sich näherte, begannen in der Luft vor der Wand wimmelnde Lichtpunkte zu koagulieren. Eisblau in der Farbe verdichtete sich der Schwarm zur vagen Silhouette einer zweibeinigen, humanoiden Gestalt.

Der Außerirdische beobachtete ihn schweigend, während er heranschritt.

In vier Metern Entfernung blieb Caleb stehen, änderte den Griff am Schwert an seiner Seite und starrte den Außerirdischen an.

»Ihr lasst mich durch. Und wenn sie tot ist, ist es mir scheißegal, wie viele Drachen ihr mir entgegenwerft – ich komme euch holen.«

Die Gestalt deutete auf die Wand, dann zerfiel sie wieder in Lichtpunkte, die über das Dach glitten und in die Berge davontrieben.

Er trat vor, bevor der Außerirdische es sich anders überlegte. Noch immer war kein Eingang zu sehen, doch als er die Handfläche auf die Wand legte, verschwand die Opazität – und ein breiter Abschnitt des Materials löste sich.

Er hatte seine Tür gefunden.

28

MESSIUM

ERDALLIANZ-KOLONIE

»Natürlich sind das Aliens. Keine Menschengruppe hat solche Schiffe. Woher sie kommen – wer weiß—«

»Wir wissen's. Sie kamen durch irgendein Portal im Metis-Nebel.« Noah warf Kennedy einen skeptischen Blick zu.

Sie hockten seit Stunden im Keller. Das gedämpfte Getöse von oben wollte nicht enden, wenngleich die Abstände zwischen den Donnerschlägen einstürzender, massiver Gebäude allmählich größer wurden. Der Strom war zwei Stunden nach ihrer Ankunft im Keller ausgefallen.

Sie konnten nirgends hin und nichts tun, bis ihr Bein weiter verheilt war. Wohin oder was tun? Das Beste, was er anbieten konnte, war: Er »arbeite daran«.

Messium sollte für ihn eigentlich Flucht sein, ein Ort zum Untertauchen und um sich denen zu entziehen, die ihn töten wollten. Kaum hatte er sich eingerichtet, wurde er Ziel einer Alieninvasion. Na gut, nicht er persönlich. Messium, der Planet. Alle Menschen darauf. Dummerweise zählte die Bevölkerung ihn mit, also kam's aufs Gleiche raus.

Und jetzt saß er in einem Keller einer zerfallenden Innenstadt fest, unter Beschuss durch Alienschiffe – zusammen mit der Erbin des Rossi-Vermögens. Einer Frau mit klaren Ansichten zu so ziemlich allem. Unter »so ziemlich allem«, so schien's, fiel auch die Herkunft ihrer Feinde.

»Ich beiße an. Woher weißt du, dass sie durch ein Portal im Metis-Nebel kamen?«

Sie musterte ihn, als sei die Antwort kindisch offensichtlich. Kam ihm nicht so vor. »Weil meine Freundin sie vor einigen Wochen beim Austritt aus dem Portal entdeckt hat. Die Regierungen wissen es – also zumindest die Spitzen in Allianz und Föderation. Geholfen hat's offenbar nicht.«

Er stöhnte. Natürlich wussten sie's, und natürlich hatten sie die Öffentlichkeit nicht gewarnt. Passte ins Bild. »Hat irgendwer diese Aliens gefragt, was sie wollen?«

»Ich glaube, die Gelegenheit hat sich nicht ergeben. Williamst du rausgehen und selbst fragen?«

Er wollte sauer auf diese überprivilegierte Klugscheißerin sein, doch ihre faszinierenden grünen Augen funkelten selbst jetzt vor Heiterkeit – sie hatte es neckend gemeint. Im Grunde hatte sie ihn die ganzen Stunden im Keller geneckt.

Es sollte ihn nicht stören. Er war doch der Typ, der alles locker nahm, oder? Der Typ, für den das Leben eine einzige Party war, oder? Warum war es ihm dann so wichtig, dass sie ihn ernst nahm?

Er hatte sich so tief in den eigenen Gedanken verheddert, dass er verpasste, wie sie sich mühsam aufrichtete. Als er's bemerkte, sprang er auf und hastete zu ihr. »Hey, langsam, Blondie.«

Sie schüttelte den Kopf, während sie vorsichtig Gewicht auf das linke Bein gab. »Wir können hier nicht sitzen und auf den Tod warten. Ich muss ins Labor.«

»Ins Labor? Steht da zufällig ein nuklearbetriebenes BFG, mit dem wir die Monster wegpusten?«

»Wäre großartig, oder? Leider nein. Wir müssen herausfinden, wie sie die Kommunikation blockieren. Wir werden sie nie bekämpfen können, wenn wir nicht miteinander reden können.« Sie griff nach der Tasche auf dem Boden und humpelte zur Tür.

»Warte – ich trag das!«

Sie warf ihm über die Schulter einen Blick zu und warf ihm die Tasche an die Brust. »Dachte schon, du fragst nie. Komm, das Labor ist am Ende des Flurs.«

* * *

Reihen von Servern säumten die Rückwand des Labs. Die lange Wand gegenüber der Tür war mit Standard-Testbänken besetzt, die nahe Wand mit Schränken voller Werkzeuge und Equipment. Es erinnerte Noah an sein eigenes Büro – nur zehnmal größer. Die Organisation war effizient, und auf der Stelle fühlte er sich heimisch.

Kaum hatte er ihre Tasche in die Ecke geworfen, wühlte Kennedy schon in einem der Schränke. Bald brodelten frustrierte Laute hervor.

»Wonach suchst du?«

»Einem Quantenkohärenz-Analysator. Der misst—«

»Ich weiß, was er misst. Aber ich wette, er steht hier unten neben dem …« Er ging hinüber zu den Testbänken und suchte das Regal über dem Schutzkäfig ab. »Gefunden.«

Sie starrte ihn neugierig an. Er hätte wetten können, dass sie beeindruckt war, aber der Raum war dunkel, vermutlich bildete er sich's ein.

Sie hüpfte auf einen der Arbeitstische in der Raummitte und winkte ihn näher, nur um dann wieder an die Kante zu rutschen.

»Ach, meine Tasche—«

»Ich hab sie. Beruhig dich. Du bist verletzt.« Ihre Lippen schnalzten genervt, während sie wartete, die Beine unter dem Tisch baumelnd wie ein ungeduldiges kleines Mädchen. Verdammt, sie war süß. Und Ärger, den er so gar nicht gebrauchen konnte.

Kaum lag die Tasche auf dem Tisch, wühlte sie – sie konnte wühlen wie eine Meisterin – und zog in Sekunden eine schlanke Box mit durchscheinender Glasabdeckung heraus.

Er hob eine Augenbraue. »Ein mobiles QEC? Nett.«

»Erkennst du das auch? Was war's noch mal, was du beruflich machst?«

»Hab ich nicht gesagt.« Auf ihren fragenden Blick zuckte er die Schultern. »Was immer ich will. Schaltest du's jetzt ein oder nicht?«

»Ja.« Sie sah ihn seltsam an – einen Atemzug lang –, dann konzentrierte sie sich auf die Box. Zwei Finger der linken Hand gaben Befehle auf der Glasoberfläche ein. »Eins in der Größe ist nur für grundlegende Daten- und Signalübertragung, aber es sollte reichen. Ich weiß, dass wir niemanden erreichen, aber ich tu mal so, als würde ich ein Datenpaket ins Büro schicken.«

Sie stellte das QEC auf die Tischplatte und fuhr den Analysator vorsichtig daran entlang, dann studierte sie die Ergebnisse. »Genau das hatte ich befürchtet. Die Kohärenz bricht bei der Übertragung zusammen.«

Ihr Gesicht verzog sich, und eine staubdunkle Locke löste sich aus dem unordentlichen Pferdeschwanz und fiel ihr auf die Stirn. Sie blies sie weg; prompt fiel sie wieder herunter. »Was verursacht so was?«

Ohne nachzudenken strich er die Strähne hinter ihr Ohr. »Nichts, von dem ich je gehört hätte.«

Als ihre Augen aufflackerten, nahm er die Hand zurück. Er lenkte die Aufmerksamkeit auf die Tasche neben ihr. »Was hast du noch drin?«

»Nichts, womit man Qubits wieder kohärent bekommt, fürchte ich. Obwohl …« Ihre Arme katapultierten sie vom Tisch – zurück zu den Schränken. Ihre Stimme klang gedämpft aus dem Stauraum. »Schau du dich mal um, ob hier irgendwo ein Breitbandempfänger rumsteht.«

»Schon gut.« Wenigstens fragte sie nicht, ob er wisse, was das ist.

»Schon gut, hab einen.« Er drehte sich rechtzeitig um, um zu sehen, wie sie wieder auf den Tisch kletterte. Sie sollte wirklich damit aufhören, so zu sein … wie sie gerade war.

Sie schob den kleinen Tower in die Tischmitte. Als sie sich auf den Bauch rollte, um dem Tower gegenüberzuliegen, beschloss er, es ihr gleichzutun.

Ein Bildschirm flackerte neben dem Tower auf, als sie ihn an einen winzigen Generator anschloss. Er beobachtete sie durch die Transluzenz. »Was erwartest du zu finden? Es kommt doch nichts raus.«

»Keine Ahnung. Ich sag's dir, wenn ich's finde.«

»Was meintest du, was du machst?«

Ihre Mundwinkel zuckten. »Hab ich nicht gesagt. Aber ich bin Schiffskonstrukteurin. Materialien, Komponenten, Schilde, Energie – du sagst es.«

»Zwischen Galas in Abendgarderobe und Charity-Events, nehme ich an.«

»Ich bin keine vergoldete Prinzessin, Noah. Ich arbeite für meinen Lebensunterhalt.«

Ihr Stirnrunzeln, untermalt von dem enttäuschten Ton, traf zu hart für seinen Geschmack. »Schon, aber du müsstest nicht.«

Sie wandte sich wieder den Empfängerkontrollen zu und fummelte daran. »Ich habe meine Familie nicht enterbt, falls du das meinst.«

»Fass das ja nicht … Moment.« Das Gewaber aus Störsignalen auf dem Schirm hatte sich fast zu einer fächerförmigen Struktur geordnet. »Das ist irgendein Beugungsmuster.«

Ihr Kopf neigte sich, um einen neuen Winkel einzunehmen. »Antiteilchen? Nein, dann wären wir längst an Gammastrahlung gestorben.«

»Vielleicht nicht. Vielleicht sind's so eine Art, keine Ahnung, Anti-Qubits?«

Ihr Ausdruck verzerrte sich hinter dem prismatischen Muster auf dem Schirm, der sie trennte. »Was war's noch mal, was du machst?«

»Hab ich doch gesagt – was immer ich will. Also wäre ein Anti-Qubit technisch nicht das ›Gegenteil‹, oder?«

Sie kratzte zerstreut an der Schnittwunde am Bein. »Theoretisch möglich, aber die Chance, dass zwei identisch-entgegengesetzte Qubits aufeinandertreffen, ist infinitesimal.«

»Ich meinte … lass das.«

»Was?«

»Nicht an der Wunde kratzen. Wie soll das Gel neue Haut bilden, wenn du's dauernd verschiebst?«

»Schon gut, schon gut. Also meinst du Qubits, die eine Superposition von Werten zwischen −1 und 0 repräsentieren? Oder 1 und 2? Theoretisch wäre jeder Bereich möglich.«

»Aber das hier ist kein beliebiger Bereich. Er muss 0 oder 1 enthalten, sonst würde er unsere Kommunikation nicht stören.«

Ihre Augen leuchteten im Schimmer des Bildschirms auf. Verdammt. »Stimmt. Kaum zu fassen, dass ich das vergessen hab! Worum geht's hier also? Nutzen diese Aliens ein verschobenes Quantenfeld, aber kommunizieren ähnlich wie wir, oder nur, um unsere Kommunikation zu stören? Nein, es muss Letzteres sein, denn per Definition wäre die Störung sonst bidirektional. Ziemlich viel Aufwand von ihrer Seite – aber wir kennen ihre Technologie nicht.«

»War da irgendwo eine Frage an mich drin?«

»Was? Ach. Nein. Also ... nein. Stimmst du zu?«

»Dass es um Störung geht oder um Kommunikation?«

»Ja.« Sie brach in Lachen aus. Der satte, volle Klang füllte das Labor. Sie holte Luft, lachte weiter und stöhnte abrupt. »Ich hab solchen Hunger.« Wieder die Tasche; nach ein paar Sekunden warf sie ihm einen Energieriegel zu, bevor sie selbst einen aufriss.

»Also, wie konwen wir dhas unterbinden?« Die Worte kamen dick und klebrig durch den Riegel, und diesmal lachte er.

Er kaute und dachte nach. »Unsere Qubits schützen. Irgendwie abschirmen.«

Nun hellte sich ihr ganzes Gesicht auf. Er war so was von geliefert. »Abschirmung, kann ich.«

* * *

Über zwei Stunden brauchten sie, um das nötige Gerät zusammenzubauen, um ihre Theorie zu testen.

Mangels eines zweiten QEC bastelte er eines aus Teilen diverser Testgeräte – was sie, wie er fand, überraschte.

Während er die Apparatur konstruierte, entwarf sie ein ganz gewöhnliches Wellenmuster, das die Qubits einhüllen und vor der beugungsartigen Störung schützen sollte. Die Wellenleiter-Abschirmung musste an beiden Enden hier im Lab aktiv sein, andernfalls würde die Störung bei der Ankunft dennoch auftreten.

»Ich bin hier unten bereit.«

»Noch eine Sekunde.« Sie richtete sich am anderen Ende des Raums auf. Ruß zog immer noch eine Spur über ihre linke Wange, und keine Chance, dass er es ihr sagte. »Hab's. Ich schicke dir eine Nachricht.«

Er hockte vor dem Display, das er an den provisorischen Quantenempfänger angeschlossen hatte.

Hi, Noah

Gott, war das niedlich. Er grinste über den Displayrand. »Hi, Blondie.«

»Uff, meine Haare sind inzwischen bestimmt ein ›Tristes Rußgrau‹.«

»Sind sie, aber ›Tristes Rußgrau‹ hat einfach nicht den gleichen Klang.« Er duckte sich unters Pult, bevor sie etwas nach ihm werfen konnte. »Also – kriegen wir ein Signal über die Reichweite der Alien-Störung hinaus? Der Empfänger muss nicht abgeschirmt sein, wenn er außerhalb des Feldes steht.«

»Wir können's versuchen. Ich bin aber nicht sicher, ob wir eine Antwort reinbekommen, ohne dass der Sender unsere Anpassungen hier berücksichtigt.«

Er stand auf und schlenderte durch den Raum. »Dann machen wir Folgendes. Wir formulieren eine Botschaft zur Lage hier – so klar und direkt wie möglich – und schicken sie an jemanden, der etwas damit anfangen kann. Und dann hauen wir hier ab. Von diesem Planeten runter.«

Sie folgte seinem Zickzack. »Weil wir die Information zur militärischen Führung bringen müssen.«

»Nun, ja. Aber vor allem, weil ich gern leben würde, und die Chancen dafür sinken hier stündlich.«

29

SENECA

CAVARE

Isabela stieg die Marmorstufen des Division-Hauptquartiers hinunter auf die Straße. Der Verkehr wirkte rege, doch sie spürte eine Veränderung in der Stimmung der Passanten vor ihr. Schritte, die sonst beschwingt oder energiegeladen gewesen wären, waren jetzt gehetzt, bis an die Grenze zur Hektik. Schultern waren eingezogen, und Eltern hielten die Arme schützend um ihre Kinder.

Ihr Herz zog sich bei dem Anblick schmerzhaft zusammen. *Bald, Marlee, Liebling. Ich bin bald zu Hause. Versprochen.*

Sie riss sich, an ihren Auftrag erinnert, aus der Träumerei und mischte sich so beiläufig wie möglich unter die Leute. Sie gab ihr Bestes, die Augen nicht suchend umherflitzen zu lassen, ob ihr jemand folgte.

Der persönliche Schild, den Director Delavasi ihr gegeben hatte, sandte schwache Kribbelwellen über ihre Haut, wie eine leichte statische Aufladung. Er hatte gesagt, sie würde ihn nicht spüren. Er hatte gelogen.

Oder es waren einfach die Nerven. Sie tätschelte den kleinen

Stunner in ihrer Tasche, um sicherzugehen, dass er fest steckte. Noch ein Geschenk von Delavasi. Er hatte ihr gezeigt, wie man ihn benutzte, und dann versprochen, sie würde ihn nicht brauchen. Sie hoffte, auch das hatte er nicht erlogen.

An der nächsten Ecke bog sie links ab und huschte über die Straße – ebenso, um in der Menge mitzuschwimmen, wie aus eigener Nervosität. Ihren Anweisungen zufolge sollte sie an einem Laden haltmachen, nach ihrer Mutter sehen und dann zum Raumhafen fahren. Falls sie es bis zu einem Transport nach Krysk schaffte, war sie vermutlich aus dem Gröbsten raus, wenngleich ein nicht identifizierter Agent sie unauffällig begleiten würde, falls jemand versuchen sollte, sie nach ihrer Rückkehr nach Hause abzufangen.

Laut Delavasi war Caleb mithilfe von jemandem innerhalb der Intelligence Division für den EASK-Anschlag hereingelegt worden. Sie hatte zugestimmt, dabei zu helfen, diese Person anzulocken – weil sie ihrem Bruder helfen wollte und weil sie die ganze Angelegenheit ein für alle Mal hier auf Seneca geklärt haben wollte. Ihre Tochter war durch Angriffe der Allianz und Alien-Invasoren schon in genug Gefahr, da musste sie nicht auch noch mordlustige Verräter nach Hause bringen.

Sie tat ein wenig – zu viel? – so, als prüfe sie das Schild eines Convenience-Stores, bevor sie hineinging und einen Beutel Trail-Mix, Zitronentee und ein Schläfenpad gegen aufkommende Kopfschmerzen kaufte.

Sie holte tief Luft, um ihren Mut zu stärken, trat zurück auf die Straße und setzte ihren Weg zur nächsten Levtram-Station fort. Die Dämmerung glitt zur Nacht, die letzten Sonnenstrahlen verschwanden unter dem Horizont, und ein Schauer kroch ihr den Rücken hinab.

Im Dunkeln wirkte dieser Plan plötzlich weitaus gefährlicher und von ihrer Seite ziemlich töricht. Sie war nicht ihr Bruder; sie wusste nicht, wie man spionierte oder undercover arbeitete. Sie war keine Schwächling, aber sich körperlich zu verteidigen hatte sie seit dem 9. Level nicht mehr gebraucht, seit Sienna Bassi ihr die Haare ausreißen wollte, weil Isabela ihr den Freund ausgespannt hatte. Ihr Mann Daniel hatte in Kampfkünsten herumgestochert, aber zur Entspannung, nicht zur Selbstverteidigung.

Sie versuchte, sich an diese Bewegung zu erinnern, die er immer mitten im Schlafzimmer gemacht hatte, bei der er—

Sie japste, als eine Welle aus Trauer und Schmerz aus dem Nichts aufbrandete und sie überwältigte. Für den kürzesten ewigen Augenblick sah sie ihn, mit nacktem Oberkörper und in weiten schwarzen Shorts, seine sehnige Gestalt zeigte kaum Muskeln, egal wie viel er trainierte. Mit geschlossenen Augen zelebrierte er Konzentration und gleichmäßiges Atmen, während ein Bein in einem sanften Bogen ausschwang—

—starke Hände stießen sie in eine Gasse und knallten sie gegen die Wand, ehe sie blinzeln konnte.

Eine Klinge presste sich an die Seite ihres Halses. Sie flackerte gegen ihren Schild und jagte ihr elektrische Stöße in die Arme. Sie begriff, dass sie versuchen sollte, den Stunner in ihrer Tasche zu erreichen, doch ihre Arme steckten unter dem Gewicht des Körpers fest, der sich an sie presste.

Die Stimme ihres Angreifers knurrte ihr tief am Ohr: »Du hast zehn Sekunden, mir zu sagen, wo Caleb Marano ist. Sonst garantiere ich, dass du deine Tochter nie wieder siehst.«

Sie versuchte, die Person zu fokussieren, die sie festhielt. Aber es war dunkel, und die Gasse war dunkler. Die Person war groß, aber nicht bullig; allerdings sehr stark.

Die Klinge grub sich in ihren Hals; ihre Haut brannte von den Bemühungen des Schildes, sie abzuwehren. »Die Zeit läuft, Ms. Marano. Wo ist Ihr Bruder?«

Die Stimme klang ihr jetzt vertraut. Vielleicht eine Frau. Eine feine Haarsträhne fiel ihr über die Sicht, im Licht von der Straße kupferfarben aufglänzend. Die Agentin, die sie und ihre Mutter aus dem Haus geholt hatte?

Ihre eigene Stimme zitterte – und sie musste es nicht einmal spielen. »Ich weiß es nicht, ich schwöre!«

»Lügnerin. Du—«

»Treten Sie zurück und heben Sie sofort die Hände!« Der Befehl donnerte vom Eingang der Gasse her. Ihre Angreiferin stieß sie auf den Boden und rannte los.

Isabela massierte behutsam ihr Knie, das auf den Boden geknallt war, während tiefer in der Gasse ein raues, heftiges Gerangel losbrach. Nach ein paar Sekunden stand sie vorsichtig auf und spähte in die Schatten, um zu erkennen, was geschah.

»Ms. Marano, sind Sie verletzt?«

Sie fuhr zusammen und wich instinktiv an die Wand zurück. Der Mann, der auf sie zukam, kam ihr allerdings bekannt vor. Einer der Agenten, die während ihrer endlosen Haftzeit ein und aus gegangen waren.

»Schon gut. Ich bin nicht hier, um Ihnen wehzutun. Ich bringe Sie an einen sicheren Ort – aber brauchen Sie medizinische Hilfe?«

Schwindelig vor Adrenalin, Angst und Erleichterung schüttelte sie stockend den Kopf. Wie machte Caleb das jeden Tag? »Nur das Knie aufgeschürft.« Endlich drangen seine Worte bis zu ihr durch, und sie runzelte die Stirn. »Ich bin nicht frei?«

»Tut mir leid, Ma'am, noch nicht ganz. Der Director ist besorgt, dass andere beteiligt sein könnten. Wir müssen absolut sicherstellen, dass Sie in Sicherheit sind.«

Zum Streiten war sie zu müde. Erschöpft, um genau zu sein. Sie deutete matt. »Bringen Sie mich dorthin, wo Sie es für am besten halten.«

* * *

HAUPTQUARTIER DES NACHRICHTENDIENSTES

Graham kochte. Sein Gekochtsein sah jeder, der vorbeikam – was ihm scheißegal war.

Er tigerte vor dem Verhörraum auf und ab, die Fäuste an den Seiten ballten und lösten sich. Sein schemenhaftes Spiegelbild in der Scheibe zeigte eine Frisur, wie sie einem Klischee-Wissenschaftsmaniac gebührte, nachdem man ihn drei Stunden lang malträtiert hatte.

Schlimm genug, dass es eine seiner eigenen Agentinnen war – aber seine Stellvertreterin? Eine Frau, der er die sensibelsten Informationen anvertraut hatte, ganz zu schweigen von seinen persönlichen Zweifeln und Sorgen? Eine Frau, mit der er ab und an abends etwas getrunken hatte? Er hatte auf sie gebaut. Sich auf sie verlassen. Ihr vertraut.

Mag er ein dummer, langsamer Narr von einem alten Mann gewesen sein – verdammt noch mal, er war immer noch der Chef. Er stählte sich, gelobte stumm, ihr nicht eine zu verpassen, und trat in den Raum.

Sie sah zu ihm auf; ein schmaler Hohnzug verdrehte ihr Gesicht zu einer kalten, bösartigen Maske. Hände, Taille und Knöchel waren in Netzfesseln fixiert, doch sie schaffte es, die Schultern einen Hauch zu heben. »Tut mir leid, Sir. Sieht so aus, als könnte ich morgen nicht zur Arbeit kommen.«

Ihr Ausdruck und ihr sarkastischer Ton sagten ihm, dass sie nicht vorhatte, sich auf Missverständnisse herauszureden. Gut.

»Ich will nur eines wissen, Liz. Die Verhörspezialisten werden viel mehr wissen wollen, aber ich brauche nur eine Information. Warum? Warum einen Krieg provozieren? Warum einem Kollegen etwas anhängen? Warum einen Kollegen töten?«

»Ich habe Volosk nicht getötet. Er war ein anständiger Mann. Nythal auch nicht, selbst wenn er's vielleicht nicht war.«

»Aber du weißt, wer es war, oder?«

»Das sind mehr als eine Frage, Chef.«

Er stemmte beide Hände auf den Tisch und beugte sich so weit vor, dass sein Gesicht nur Zentimeter von ihrem entfernt war. Er hatte beschlossen, dass das ›Wer‹ weit wichtiger war als das ›Warum‹. Seine Stimme kam als tiefes, grollendes Knurren. »Beantworte die Frage.«

Sie zuckte mit den Schultern. »Ich weiß nicht genug, um sie Ihnen auszuliefern – gesetzt den Fall, ich würde das wollen, was ich nicht plane. Aliasse, Blindkonten, Tote-Briefkasten-Adressen im exanet. Sie wissen, wie das Spiel läuft, nicht wahr, Alter?«

Sie hielt seinem Blick stand, doch er schöpfte etwas Trost daraus, ein Aufflackern von Angst in ihren Augen zu sehen. »Aber ich sage Ihnen das Warum, weil ich gerade großzügig bin. Wir haben zu lange im Schatten der Allianz gekauert. Wir geben uns lieb und nett und zollen diesen arroganten Säcken Tribut, und sie verdienen es nicht. Wir sind so viel besser als diese billigen, wichtigtuerischen Arschlöcher.«

»Darum geht's also? Du willst der Allianz ans Bein pinkeln, damit du dich toll fühlst? Du bist nicht mehr als eine Schulhofschlägerin, die verzweifelt nach Bestätigung giert.«

»Bullshit. Das geht nicht um mich. Seneca ist bereit, über diese ganze Galaxis zu herrschen, wenn es sich nur trauen würde. Ich habe ihr nur einen kleinen Schubs geben wollen.«

»Das sind Menschenleben, die du mit deinem kleinen Schubs zerstörst. Du bist eine Psychopathin, und du bist keine Sekunde meiner Zeit mehr wert.« Er stieß sich vom Tisch ab und warf ihr eine wegwerfende Handbewegung zu. »Viel Spaß im Einzel. Ich bin sicher, irgendwer wird dich irgendwann zum Reden bringen. Oder auch nicht.«

Er stampfte hinaus und den Flur hinunter, wischte mehrere Agenten mit einem Stirnrunzeln weg, das bedrohlich genug war, um sie auf Abstand zu halten.

Warum musste es manchmal so verdammt anstrengend sein, zu den Guten zu gehören? Er brauchte einen doppelten Schnaps, dann noch einen – aber er konnte sich die Zeit nicht leisten, denn die Galaxis explodierte fröhlich weiter. Und sie war nicht geneigt, eine Pause einzulegen, nur weil er schlechte Laune hatte.

Sein finsterer Blick trieb zwei Fahrstuhlpassagiere zur Flucht, als er hineinpolterte. Ihm kam der Gedanke, dass er vielleicht einen Gang zurückschalten sollte; vermutlich sah er aus wie ein Irrer auf Chimeral-Trip, und wenn er nicht aufpasste, würde gleich jemand mit einem Betäubungsmittel auftauchen.

Er brummte dem leeren Lift etwas vor und nahm sich vor, den Drink später nachzuholen.

Ein rotes Licht blinkte am Rand seines Sichtfeldes. In Sorge, Isabela sei in Gefahr, oder ein weiterer Agent von ihm sei tot, oder die Aliens gäben sich die Ehre, öffnete er die Nachricht.

Nichts davon war geschehen, zum Glück. Stattdessen handelte es sich um eine priorisierte Anfrage, die bis zu ihm hochgestuft worden war.

Und das mit gutem Grund. Ein heiseres Lachen blubberte in seiner Brust auf, als er aus dem Lift trat und zu seinem Büro eilte. Zum ersten Mal seit Tagen regte sich in seinem Innern etwas, das man fälschlich als Hoffnung diagnostizieren könnte.

30

PORTAL PRIME

UNKARTIERTER RAUM

»Verdammt, Steuermann, beweg deine zadnitsa in eine Rettungskapsel!«

Russisch. Er. Alex zwang die Szene, schneller zu kristallisieren.

»Aber Sir—«

»Ich kann sie fliegen, keine Sorge. Jetzt verschwinden Sie—das ist ein Befehl!«

Sie stand auf der Brücke eines Militärschiffs der Allianz. Ein Kreuzer. Sie wusste es nicht wegen Größe oder Layout der Brücke, sondern wegen der Person, die an der Reling stand, welche die vertiefte Navigationsgrube einfriedete.

Commander David Nikolai Solovy sprang in die Grube, klopfte dem Steuermann beim widerwilligen Abgang noch den Rücken und ließ sich dann in den Pilotensitz fallen, wo er sich anschnallte.

Papa.

Er war verflucht gut aussehend, selbst mit dem dunstig blonden Haar, das von zu vielen Fingern zerzaust war, und dem feinen Schweißfilm auf Hals und Armen unter den hochgekrempelten Ärmeln.

Er war jetzt allein auf der Brücke. Alle anderen waren evakuiert worden. Draußen dominierte die unglaubliche Helligkeit des blauen Überriesen Kappa Crucis trotz der klumpigen H-II-Gase das Sichtfeld.

Erhebliche Trümmer zerstörter Schiffe schwebten lautlos vor dem milchig weiß-blauen Schein. Die *Stalwart* war extrem nah am Überriesen. Gefährlich nah.

Sie rannte die Stufen zur Navigationsgrube hinunter.

Er überwachte drei Displays, hielt den Kreuzer mit Mühe stabil und murmelte derweil eine bunte Auswahl russischer Flüche in seinen nicht zur Gänze geschlossenen Bart. Das erste Display zeigte die Position des Schiffs relativ zum Überriesen und zur Forschungsstation; das zweite verfolgte die Senecan-Flotte beim Versuch, das trümmerübersäte Schlachtfeld zu durchqueren; das dritte überwachte den Status der zivilen und beschädigten Militärschiffe, die hinter der *Stalwart* das System evakuierten.

Sie hockte sich neben ihn und starrte voller Staunen zu seinem Gesicht hinauf. Ihre Fingerspitzen erreichten seinen Arm—doch es war unmöglich. Sie war nicht wirklich hier. Wie bei den Szenen zuvor war sie lediglich Zeugin einer Aufzeichnung aus der Vergangenheit. Aber um Himmels willen fühlte es sich an, als wäre sie hier.

Sein Blick hob sich zum Ausblick, flüssig silbern glänzende Augen, übervoll von Intelligenz und Intensität. Mit einer Reihe schneller Eingaben routete er sämtliche Navigations- und Waffensteuerungen auf seinen Platz um. Sekunden später feuerten die Schubdüsen unter ihnen.

Die Schlacht war von Beginn an ein Debakel gewesen, so hieß es, und die Kulisse jenseits des Sichtfelds bestätigte es. Doch für sie war die Schlacht von Kappa Crucis stets weit mehr gewesen als eine Lektion in Geschichte.

Die Allianz hatte über Wochen hinweg ihre frühere Dominanz im Sektor verloren. Als schließlich die Entscheidung fiel, die Forschungsstation—bemannte Beobachtung aktiver Sternentstehung—mit Techniker innen, Wissenschaftler innen und ihren Familien zu evakuieren, entsandte das Strategische Kommando ein Regiment, um die Evakuierung zu leiten und zu schützen.

Die Föderation hatte in der Region Überwachungsanlagen installiert; in der Furcht, das Regiment sei als Herausforderung ihrer wachsenden Kontrolle gedacht, entsandten sie eine überwältigende Streitmacht, um es zu zerschlagen.

Zwei Allianz-Kreuzer, vier Fregatten und sechzehn Jäger hatten gegen die divisionsstarke senecanische Flotte keine Chance, doch die Evakuierung lief bereits, und die Zivilisten mussten geschützt werden.

Vizeadmiralin Fuschida hatte die *EAS Lincoln* und drei Fregatten genommen, um die Senecaner abzufangen, bevor sie die Station erreichten. Commander Solovy und die *Stalwart* erhielten Befehl, bei der Station zu bleiben und sie zu sichern, während die letzte Fregatte und ein Schwarm Jäger den evakuierenden Shuttles Nahschutz boten.

Fuschida verminte die Route ab der Forschungsstation, indem sie taktische Fusions-Antischiffminen in der gesamten Zone aussetzte, ließ jedoch für den unvermeidlichen Rückzug einen schmalen Korridor frei.

Zwei Fregatten und die meisten Jäger der Allianz gingen in der Primärschlacht gegen die Föderationskräfte verloren, nicht jedoch, bevor sie eine der senecanischen Fregatten und etliche Jäger zerstört hatten. Die dritte Fregatte an der Front erlitt katastrophale Schäden und war nicht mehr manövrierfähig.

Die *Lincoln* wurde schwer getroffen, blieb aber eine Zeit lang flugfähig. Statt den Rückzug anzutreten, entschied sich Fuschida, bis zur letzten Sekunde weitere Minen auszusetzen—hinter einer virtuellen Wand aus brennenden Schiffswracks, Blindgängern und zwischen den Fronten treibenden Soldaten beider Seiten.

Alex gesellte sich zu ihm und starrte mit hinaus. Die Zerstörung war immens, doch sie erkannte den schmalen Durchlass zwischen Minen und Trümmern.

Die Schlussstrategie von Vizeadmiralin Dawn Fuschida schien aufgegangen: Der Anflug auf die Forschungsstation, die *Stalwart* und die manövrierunfähigen Schiffe bildete einen tödlichen Korridor, der die Senecaner zwang, im Gänsemarsch—ein Schiff nach dem anderen—vorzurücken oder das Risiko einer Minendetonation einzugehen.

Als die *Lincoln* schließlich unter dem unablässigen Feuer des Großteils der senecanischen Flotte auseinanderbrach, riss der Rumpf auf und der Rest ihrer taktischen Minen trieb in den Raum—und verlegte den begrenzten Zugang zum Korridor nahezu vollständig.

Sie beobachtete, wie ihr Vater tat, was sie wusste, dass er tun würde—er stellte die Stalwart quer an den Ausgang des Korridors.

Das war der Teil der Geschichte, der für sie nie Sinn ergeben hatte. Zwölf Minuten lang, während die Senecan-Kräfte sich aufspalteten— die einen arbeiteten daran, einen Weg freizuräumen, die anderen gaben den Minen und Trümmern einen weiten Bogen und nahmen den langen Weg—, saß sein Schiff da und wartete. Sie hatte immer angenommen, er verschaffe seinen Leuten Zeit zur Evakuierung oder die *Stalwart* sei irreparabel beschädigt. Doch offenbar war sie vollständig evakuiert und—wenn auch leicht lädiert—noch flugfähig.

Obwohl sie wusste, dass er sie nie hören würde, konnte sie nicht anders, als ihn anzuschreien, ihn anzuflehen, einfach ZU FLIEGEN. Der Schrecken seines bevorstehenden Todes stand dunkel und drohend in ihrem Geist, wie der Ereignishorizont eines Schwarzen Lochs, doch ein winziger Funke Hoffnung keimte in ihr auf, dass sich sein Schicksal irgendwie vermeiden ließ.

»Papa, lauf, jetzt! Der Weg ist blockiert, du kannst weg! Lauf, bitte!«

Dann riss ein Einschlag das Schiff in heftiges Beben.

Sie trat zum Ausblick—und begriff endlich.

Die Senecaner hatten Drohnen in den Kanal geschickt, um die Minen zu verdrängen. Es würde dauern, bis die Lücken groß genug für größere Schiffe waren, aber Jäger konnten mit sorgfältigem Flug den Korridor bereits passieren. Vielen evakuierenden Schiffen und den wenigen Jägern zu ihrem Schutz fehlten sLume-Antriebe; sie hatten den Träger zehn Megameter entfernt noch nicht erreicht. Ohne die *Stalwart*, die den Ausgang versperrte, würden die senecanischen Jäger sie einholen.

Darum hatte er das Schiff quer über den Ausgang des Korridors gelegt. Darum war er nicht geflohen.

Ihr Vater routete alle Energie—abgesehen von den Waffen und minimaler Lebenserhaltung—auf die Steuerbordschilde. Als die Jäger näherkamen, zielten sie auf eine kleine Lücke am Bug der *Stalwart* in der Hoffnung, hindurchzuschlüpfen.

Das Feuer der Puls-Laser der *Stalwart* war unerbittlich, und die erste Jägerwelle wurde von der überlegenen Zielerfassung und Feuerkraft eines Erdallianz-Kreuzers zerrissen. Indem er das Schiff so positionierte, hatte David Solovy den Korridor geschlossen—mit seinem eigenen Schiff als letzter, unüberwindlicher Barriere—bis auf eine winzige Passage, die zu seiner persönlichen Schießbude wurde.

Eine tiefe Männerstimme dröhnte über die Brücke. »Unidentifizierter Captain der Erdallianz, stellen Sie das Feuer ein und räumen Sie den Bereich, oder Sie werden zerstört.«

Alex rannte zurück zu ihrem Vater, Panik und Verzweiflung in den Augen.

Er saß im Pilotensitz, hielt die Hand einen Moment schwebend über dem Kommpanel, ließ den Stuhl dann lässig zurückschnappen, zog die Hand vom Panel und gab seine Antwort—nur für sich selbst.

»Fick dich, du *svilochnaya peshka*.«

Die Brücke bebte, ihr Blick zuckte zurück zum Sichtfeld.

Der freie Raum voraus hatte sich geweitet—weitere Minen waren fortgedrückt—, und eine senecanische Fregatte zwängte sich durch den Korridor und feuerte. Da er die verlockende Lücke durchschaut hatte, blieben mehrere Jäger bei der Fregatte und verstärkten den Beschuss. Ihr Vater konnte nicht erwidern, ohne den Winkel des Schiffs zu ändern—was den Ausgang öffnete und seiner Blockade ein Ende gesetzt hätte.

Stattdessen streckte er die Hand aus und aktivierte mit der linken ein weiteres Panel.

»Miri, bist du da?«

Miriam Solovys Stimme kam über den Komms, klar und stark trotz kreischenden Metalls und dumpfer Explosionen: »David? David, was ist los? Uns erreichen Meldungen über eine Schlacht bei Kappa Crucis…«

Er schenkte der leeren Brücke ein schiefes Lächeln. »Ja, ähm… es sieht ziemlich *khrenovo* aus bei uns, ich will nicht lügen. Aber ich habe der Forschungsstation Zeit erkauft, um zu evakuieren, und unseren beschädigten Schiffen Deckung gegeben.«

Ihre Mutter wurde scharf. »David, was tust du? Du hast doch nicht vor, dich zum Helden aufzuspielen, oder?«

»Ich… ich fürchte doch. Hör zu, ich habe nicht viel Zeit. Das Schiff steckt inzwischen ordentlich ein, aber ich—«

»Dann raus da. Du hast sicher genug Leben gerettet—rette jetzt dein eigenes, verdammt!«

Ein verzweifelter Seufzer entfloh seinen Lippen. »Geht nicht, fürchte ich. Die Rettungskapseln und etliche zivile Shuttles von der

Station sind noch auf der Flucht. Ich kann sie nicht ihrem Schicksal überlassen.«

»David Solovy, du hörst mir *sofort* zu.« Ihre Mutter klang fast verzweifelt, doch die Autorität blieb. »Ich erteile dir als deine Vorgesetzte einen direkten Befehl. Kehr um und lauf. Wenn du nicht fliegen kannst, *geh* in eine Rettungskapsel und *flieh*.«

»Ach, *dushen'ka*, du weißt, der ranghöchste Offizier am Gefechtsort hat das Kommando. Vizeadmiralin Fuschida und Commodore Giehl sind tot, also bin ich es. Ich wünschte, ich könnte, wirklich, wirklich. Hör zu, ich will—« Die Brücke erzitterte unter dem Einschlag eines direkten Treffers der senecanischen Fregatte in die unteren Decks.

Er klammerte sich an die Armlehnen, um im Sitz zu bleiben. »—ich will, dass du Alex sagst, dass ich sie über alles liebe, und dass es mir so leid tut, nicht da zu sein, um zu sehen, wie sie aufwächst. Aber ich *weiß*, dass sie großartig wird. Ist sie schon. Sag ihr... sag ihr, dass es Momente in diesem Universum gibt, in denen man einfach für das einstehen *muss*, woran man glaubt, egal, was es kostet. Und sag ihr, sie wird strahlen wie—«

»Sag's ihr selbst. Verdammt noch mal, David, du und unsere Tochter seid die einzigen zwei Menschen in der ganzen Galaxis, an denen mir je etwas gelegen hat. *Wag es ja nicht*, mich allein zu lassen!«

Sie sah Tränen über sein Gesicht laufen, während er versuchte, die Stimme ruhig zu halten und sich festzukrallen, als das Schiff um ihn herum auseinanderzubrechen begann.

»Du wirst zurechtkommen, Miri. Du warst immer die Starke. Du wirst—«

»Ich *will* nicht zurechtkommen—ich will *nicht* stark sein! David, bitte...«

Jetzt liefen die Tränen auch über ihre virtuellen Wangen, als sie in eigener Verzweiflung zu Boden sank. Nie hatte sie solche Qual in der Stimme ihrer Mutter gehört. Nie, niemals.

Papa, bitte hör auf sie, warum hörst du nicht auf sie...

»Miri, mein Liebling, meine Welt, *moya vselennaya*, wisse, dass ich dich mit allem liebe, was ich bin. Ich liebe dich mehr als alle Sterne am Himmel, mehr als—«

Mit einem gleißenden Krachen explodierte die *Stalwart*.

Doch sie blieb noch einen Atemzug länger—und wurde so Zeugin der wahren Genialität der Strategie ihres Vaters und der Tiefe seiner letzten Heldentat.

Als der Rumpf der *Stalwart* auseinanderbrach, ergossen sich Minen, die sie an Bord trug, in den Raum. Die herannahende senecanische Fregatte konnte nicht rechtzeitig ausweichen, rammte zwei Minen; die Explosion zündete eine dritte.

Die Trümmer der *Stalwart*, der senecanischen Fregatte und ein Dutzend Minen versiegelten den Korridor—auf endgültige, nicht verhandelbare Weise.

Endlich, gnädig, verblasste die Szene.

* * *

Sie blieb zusammengesunken auf dem weißen Boden im weißen Raum zurück, der Körper von Schluchzern geschüttelt. Eine Hand tastete ins Leere, griff nach dem, was fort war.

Die Zahl der Male, die sie je auch nur ein wenig geweint hatte, ließ sich an einer Hand abzählen, doch jetzt weinte sie, bis sie vor Tränen nichts mehr sah, dann, bis sie nicht mehr atmen konnte.

Sie weinte um den wunderbaren, tapferen, schönen Mann, der ihr Vater gewesen war, und um sich selbst, der die Chance gestohlen worden war, ihn zu sehen und zu kennen, wie er wirklich gewesen war.

Sie weinte um ihre Mutter, die allein weitermachen musste, verurteilt zu endlosen Tagen und Jahrzehnten im Wissen um das, was sie verloren hatte und nie wieder haben würde.

Sie weinte, weil sie ein törichtes, egoistisches kleines Mädchen gewesen war, das niemals ganz verstanden hatte, was geschehen war und was es für die Menschen um sie herum bedeutet hatte. Die Blindheit, der Trotz und die Verbitterung eines gebrochenen Kinderherzens waren viel zu lange bei ihr geblieben.

Als keine Tränen mehr zu fallen schienen, rang sie sich an den trockenen Würgereflexen vorbei hoch und setzte sich, das Gewicht auf einem Arm. Sie wischte sich mit dem Handrücken die nassen Wangen und blickte in den leeren Raum. »Danke.«

Wir verstehen nicht. Dies war als Geschenk gedacht, eine Belohnung, ja. Und doch bist du offensichtlich erschüttert. Warum dankst du uns dafür, dass wir dir solchen Schmerz zufügen?

Schluchzer störten ihren Atem, doch schließlich stand sie auf—nur um weitere Tränen fortzuwischen. »Ihr beobachtet uns schon lange, studiert uns, ja?«

Äonen.

»Und doch habt ihr noch immer keine Ahnung, was es heißt, menschlich zu sein, oder?«

Die Pause war spürbar.

Du wirst jetzt aufwachen. Dein Gefährte hat sich als äußerst fähig und beharrlich erwiesen. Unsere gemeinsame Zeit muss ein Ende finden.

»Wartet! Was ist mit—«

31

ERDE

EASK-HAUPTQUARTIER

Der Konferenzraum im Logistikgebäude, der für EASK-Direktionssitzungen vereinnahmt worden war, glich beim Eintreffen von Miriam einem chaotischen Tollhaus. Liam brüllte wirkungslos vom Kopfende des Tisches, während Adjutanten ziellos in Kreisen herumwuselten und kleine Berater-Trauben im gedämpften Ton tuschelten. Die Erdallianz wurde an zwei Fronten angegriffen, und niemand wollte, dass die Schuld am Ende an den eigenen Füßen landete.

Wenn die Anwesenden Verstand besaßen, würden sie einzig hoffen, noch am Leben und auf den Beinen zu sein, wenn die Schuldzuweisungen begännen.

Sie ignorierte Liam und ging zum Bedienfeld an der fernen Wand. Ihre Stimme hallte ruhig und klar über den Lärm. »Alle bitte Platz nehmen. Wir beginnen jetzt.«

Das Stimmengewirr verebbte, als die Anwesenden dem impliziten Befehl eilfertig Folge leisteten. Brigadegeneral Hervé nickte Miriam beim Hinsetzen verbindlich zu. »Admiral, bevor wir anfangen, lassen Sie mich sagen, wie erfreut ich war zu hören, dass Ihre Tochter von einer Beteiligung an dem Bombenanschlag entlastet wurde. Sie müssen sehr erleichtert sein.«

Miriams Gesicht war die reine Professionalität. Sie konnte nicht wissen, wie viel Hervé über die Rolle eines ihrer Mitarbeiter wusste oder nicht, der Richard bei der Aktion geholfen hatte. »Ich hatte Vertrauen, dass sich die Wahrheit durchsetzt. Danke, Brigadier.« Sie musste den Kopf nicht wenden, um Liams Blick zu spüren, der sich wie ein Brennglas in ihre linke Schläfe bohrte.

Er war so beschäftigt mit dem Starren, dass er vergaß, die momentane Stille zu nutzen, um das Wort zu ergreifen. Also tat sie es.

»Wie Ihnen allen mittlerweile bekannt ist, haben wir vor dreißig Stunden den Kontakt zu Messium verloren. Außerdem können wir weiterhin die Kolonien Gaelach, Zetian, Karelia und Edero nicht erreichen. Admiral Rychen, haben Sie aktuelle Informationen zur Lage auf Messium?«

Rychens Züge waren wie Rillen aus Stahl in sein Gesicht gearbeitet. Er schrie nicht, tobte nicht, doch in den sechsundzwanzig Jahren, in denen sie ihn kannte, hatte sie ihn nie so hart wirken sehen. Kurz: Er nahm den Angriff auf Messium persönlich.

»Nur, dass alle Versuche, Aufklärung zu erlangen, gescheitert sind. Ich habe drei Aufklärer in die Region geschickt; keiner ist zurückgekehrt. Auf Grundlage der wenigen Bilder, die wir in den Newsfeeds gesehen haben, müssen wir davon ausgehen, dass Messium von der Alien-Flotte angegriffen wird, vor der Admiral Solovys Tochter uns gewarnt hat.«

Endlich warf sie Liam einen Blick zu. »Nun, General, ich vertraue darauf, dass Sie die Existenz der Aliens jetzt einräumen?«

»Die arbeiten für die Senecaner! Diese Schwachköpfe wissen, dass sie uns alleine keine Chance haben, also haben sie einen Pakt mit dem Teufel geschlossen.«

»General, meinen Informationen zufolge hat die Föderation den Kontakt zu vier ihrer Kolonien ebenfalls verloren. Wir haben allen Grund zu glauben, dass auch sie Ziel dieser Angriffe ist.«

O'Connell schnaubte. »Lügen. Propaganda.«

General Foster stieg vorsichtig in den Disput ein. »Wie schlagen wir diese Aliens? Wenn wir nicht einmal miteinander reden können, sobald sie in der Region sind, können wir unsere Einsätze nicht koordinieren. Wir sind so gut wie wehrlos.«

Rychen antwortete. »Wir müssen es versuchen. Wir können schlecht kapitulieren, ohne einen Schuss abzugeben.«

Verteidigungsminister Mori schaltete sich ein. »Angesichts dessen, was wir von dieser Armada gesehen haben, ist vermutlich jeder auf Messium und den anderen Kolonien bereits tot. Ich empfehle, unsere Kräfte zurückzuziehen und die First-Wave-Welten zu schützen.«

Miriam bat mit einer Geste um Ruhe. »Meine Herren, bitte. Auf Messium ist nicht jeder tot, und wehrlos sind wir auch nicht. Vor einer halben Stunde habe ich folgende Nachricht erhalten.« Sie schickte die Meldung auf das Display über dem Tisch.

Messium wird von Alien-Schiffen angegriffen. Unbekannte Opferzahlen. Kommunikation wird durch verschobenes Quantenfeld gestört. Sender/Empfänger in photalen Faserwellenleiter einschließen, der ein 520-THz-Signal führt, um Qubits am Ursprung und am Ziel zu schützen. Nachricht auf Wiederholung gestellt. Verlasse Zuflucht, um funktionierende Schiffe zu finden und Flucht zu versuchen.

»Woher wissen wir, dass das echt ist? Warum ging es an Sie?«

Innerlich stöhnte sie. Gab es wirklich nichts, das Liam für fünf Sekunden dazu brachte, seine wahnhaften Vorurteile beiseitezulegen und rational zu sein? Wäre sie nicht so lächerlich glücklich über Richards Wunder, Alexis öffentlich zu entlasten, hätte es sie vielleicht geärgert.

»Es ist echt. Die Absenderin kenne ich persönlich. Ich vermute, sie hat es mir geschickt, weil sie eine präzise Empfängerin mit bekannter Adresse brauchte und erkannte, dass ich in der Lage wäre, die Information maximal zu nutzen.«

»Und was die Qubit-Abschirmung angeht – funktioniert das?«

Sie wandte sich Rychen zu. »Tech Logistics hat es theoretisch bestätigt, bevor ich herkam. Es ist kein Allheilmittel. Wir müssen jeden Kommunikationsknoten umrüsten und vorerst funktioniert es nur für Punkt-zu-Punkt-Verbindungen. Ein Sender, ein Empfänger. Aber es ist ein verdammt guter Anfang.«

»Das ist es verdammt noch mal.« Er wirkte wie ein Mann, der gerade einen Aufschub erhalten hatte. Keine Begnadigung, aber vielleicht einen Pfad dorthin.

»Können wir uns wieder auf den eigentlichen Feind konzentrieren? Wir bringen die Hölle über Seneca und überlassen den Aliens den Rest. Admiral Rychen, ich will, dass Sie die Blocka—«

Rychen stand innerhalb seines Holos auf und fixierte Liam mit einem messerscharfen Blick. »O'Connell, scheiß auf deinen heiligen Krieg. Scheiß auf deine Blockade. Du kannst wem auch immer gerade Premierminister ist, ausrichten, dass ich das so gesagt habe. Messium ist meine Verantwortung. Es ist meine Heimat. Ich gehe es verteidigen – und ich nehme meine Flotte mit.«

Miriam musste sich die Hand vor den Mund halten, um das Kichern zu dämpfen, das in ihr aufstieg. Sie kicherte nie. Aber das war schlichtweg wunderschön.

Liams Faust krachte auf den Tisch. Er war bei Weitem nicht so solide wie der alte im HQ-Penthouse, kippte an der Kante hoch und trieb die Sitzenden am anderen Ende zur Flucht. »Sie werden unehrenhaft entlassen. Kriegsgericht wegen Pflichtverletzung.«

Rychen legte den Kopf schräg. »Möglich. Aber nicht, bevor dieser Konflikt gewonnen oder verloren ist – lang genug, damit ich alles tun kann, um ihn zu gewinnen.« Er ließ den Blick durch den Raum schweifen. »Wenn Sie mich jetzt entschuldigen würden – ich habe eine Offensive vorzubereiten.«

Damit erlosch sein Holo.

* * *

Richard betrat gerade sein Büro, eine Tasse Kaffee in der Hand, als Miriam ihn praktisch mit einer Bärenumarmung rammte.

»Danke … vielen, vielen Dank.«

Er erwiderte die Umarmung unbeholfen mit einem Arm, während er mit dem anderen vor allem versuchte, den Kaffee nicht zu verschütten. Er überlegte, wann Miriam ihn zuletzt umarmt hatte – oder überhaupt jemanden, soweit er je gesehen hatte. Vielleicht nach Davids Beerdigung? Kurz: Es war eine Weile her.

Als sie sich löste, lächelte sie – dieses offene Lächeln, das sie nur wenigen Menschen zeigte. Man könnte sagen, sie war fast beschwingt, aber er würde eher sterben, als das laut auszusprechen.

Er lächelte dennoch zurück. »Es war das Mindeste. Es ist mein Job, es hilft unserer Ermittlung, und vor allem ist sie meine Patentochter. Ich konnte nicht zulassen, dass ihr Ruf geschändet wird, und schon gar nicht, dass sie für etwas verhaftet wird, das sie nicht getan hat.«

»All das stimmt, natürlich. Trotzdem haben Sie sich meine ewige Dankbarkeit verdient.«

Er verzog das Gesicht, als er sich in den Stuhl sinken ließ. »Und jetzt wurden ihre Behauptungen bestätigt. Wünschte fast, sie wären es nicht. Neuigkeiten von Messium?«

»Tatsächlich ja. Erinnern Sie sich an Alexis' Freundin, Kennedy Rossi?«

»Eine Rossi vergisst man nicht, wenn man bei Verstand ist. Außerdem war sie, nun ja, ziemlich einprägsam, glaube ich.«

»Sie ist jetzt auf Messium. Irgendwie hat sie es geschafft, die erste Salve zu überleben, herauszufinden, wie die Aliens unsere Kommunikation stören, und mir eine Nachricht zukommen zu lassen.«

»Ernsthaft? Beeindruckend. Alex hatte schon immer einen scharfen Blick bei der Wahl ihrer Verbündeten.«

»Vermutlich …« Miriams Gesicht fiel, und er merkte zu spät, wie vielschichtig der Satz war.

»Irgendwelche Nachrichten von ihr?« Er musste nicht präzisieren, wen er meinte.

Ihr Kopf schüttelte sich stumm.

»Ich bin sicher, sie ist in Sicherheit. Sie hat schlicht einen fähigen Geheimdienstler an ihrer Seite, der ihre Spuren verwischt – wofür wir dankbar sein sollten.«

»Aber sie sind jetzt entlastet, inoffiziell. Sie könnten wieder auftauchen.«

»Da bin ich nicht so überzeugt. Marano wurde von den Leuten ins Visier genommen, die in dieser Verschwörung die Fäden ziehen, und wir wissen nicht, wer sie sind. Es ist womöglich noch nicht sicher.«

Sie nickte zustimmend – vielleicht ein wenig aufgesetzt – zu seinem besseren Urteil. »In dem Zusammenhang – Fortschritte bei der Frage, wer diese Leute sein könnten?«

»Einige. Ich habe einen tiefen Trace auf jede Kommunikation gesetzt, in der ihr oder sein Name innerhalb der Allianz-Infrastruktur erwähnt wird. Vorhersehbar gab es in den Stunden nach dem Leak einen massiven Anstieg, aber bislang nichts außer erwartbarer Sicherheitsbürokratie und Arsch-Abdeckerei. Ich hatte gehofft, etwas sticht heraus; kann immer noch passieren.

»Ich habe eine Spur, woher ein Teil des Sprengstoffs für den Anschlag auf das Hauptquartier stammte. Ich bin optimistisch, dass sie sich als ergiebig erweist. Außerdem konnte ich verifizieren, dass die mir zugespielte Marano-Akte tatsächlich seine offizielle Akte der senecanischen Regierung ist, was zunehmend wahrscheinlich macht, dass jemand in deren Regierung mit jemandem in unserer kolludiert.«

Er sank mit einem Seufzer tiefer in den Stuhl. »Sie hatte in allem recht. Dieser ganze Krieg ist gestellt. Ich bin jetzt überzeugt. Mächtige Interessen manipulieren uns alle für ihre eigenen Zwecke – Gott weiß, welche.«

»Was können wir tun? So gern ich es würde – wir können uns nicht vollständig von der Seneca-Front zurückziehen. Aus ihrer Sicht ist der Krieg noch im Gange. Wenn wir nicht engagiert und wachsam bleiben, haben sie die Gelegenheit, uns zu dezimieren, und wir brauchen verzweifelt jedes Schiff.«

»Die Aliens treffen sie ebenfalls, sie stehen also vor demselben Problem—« Seine Stirn legte sich in Falten, überrascht von der Benachrichtigung auf seinem eVi. William bat um Einlass? Es war beileibe nicht das erste Mal, dass sein Mann unangekündigt auftauchte, aber vor dem Krieg war es selten und seither noch seltener geworden.

Er hob die Verriegelung auf, die Tür glitt beiseite. »William, eine angenehme Überraschung.«

William sah ihn nicht an. Merkwürdig. »Miriam, gut, dich zu sehen.«

»Ebenso, William. Es ist viel zu lange her, und das geht ganz auf meine Kappe.«

»Ist es, und dir war längst verziehen. Entschuldigt die Störung, aber es konnte nicht warten.«

Was sollte das heißen? »Was ist los? Ist etwas passiert?«

Miriam begann aufzustehen. »Ich kann gehen, wenn—«

»Nein, bitte. Es ist besser, wenn du bleibst.« Williams Blick senkte sich endlich auf ihn, und Richard versuchte zu begreifen, was er sah. Traurigkeit, Bedauern – aber auch fester Entschluss.

»Ist der Raum abgeschirmt?«

Richard runzelte die Stirn, aktivierte jedoch vom Tisch aus den Abhörschutz. »Jetzt ist er es.«

»Wirklich abgeschirmt?«

Übles Ahnen sammelte sich in seinem Bauch; jeder Instinkt aus zwanzig Jahren Geheimdienstarbeit schrie ihm eine Kakofonie schriller Warnungen ins Ohr. Er zwang sie auf ein dumpfes Summen hinunter. »Ja, wirklich abgeschirmt. William, was ist los?«

Er sah, wie Williams Adamsapfel einmal schluckte, dann ein zweites Mal. Die Muskeln im verriegelten Kiefer zuckten. Richard hatte ihn nie so trostlos aussehen sehen, wenn auch so entschlossen.

»Du willst diesen Krieg beenden.«

»Ja. Wir müssen alle Ressourcen auf die Verteidigung gegen diese Aliens konzentrieren. Aber—«

»Aber du musst dazu mit Seneca reden.« Er drückte einen kleinen Sender in seiner Hand, und ein Holocomm-Bildschirm flammte zwischen ihnen auf.

»Director, erlauben Sie mir, Colonel Richard Navick vorzustellen, Marinegeheimdienst-Verbindungsoffizier beim Erdallianz-Strategischen Kommando. Richard, das ist Graham Delavasi, Director of Intelligence der Senecanischen Föderation – und mein Chef. Ich glaube, Sie beide haben eine Menge zu besprechen.«

TEIL III: MAELSTROM

"The most powerful weapon on earth is the human soul on fire."

— Marschall Ferdinand Foch

(*»Die mächtigste Waffe auf Erden ist die brennende menschliche Seele.«*)

32

PORTAL PRIME

UNKARTIERTER RAUM

Alex lag auf dem Boden in der Mitte eines riesigen, ansonsten leeren Raums.

Calebs Herz stürzte in die Tiefe bei dem Anblick ihres zusammengesunkenen Körpers und bremste seinen Vorwärtsdrang jäh aus. Dann bewegte sie sich—eine winzige, schwache Drehung des Kopfes—und er war wieder in Bewegung, stürzte nach vorne und fiel neben ihr auf die Knie.

Seine Hände glitten über ihren Körper auf der Suche nach Verletzungen. Doch obwohl ihre Kleidung an mehreren Stellen aufgerissen war, sah er kein Blut und keine aufgerissene Haut, nur größtenteils verheilte Kratzer. Er war sich nicht sicher, ob er überhaupt noch etwas hörte—über das Dröhnen seines Herzschlags in seinen Ohren hinweg, oder weil das Heulen des Drachen ihm die Trommelfelle weggeblasen hatte—und versuchte, seinen Puls unter Kontrolle zu bringen.

Er strich ihr verfilzte Haar aus dem Gesicht. »Alex, Schatz, irgendeine Chance, dass du für mich aufwachst?«

Zunächst kam keine Reaktion. Die Sorge begann ihm erneut in die Brust zu kriechen, da blinzelte sie…blinzelte noch einmal…und öffnete die Augen. Verschleiert und trüb; Verwirrung flutete sie, während sie mehrere Sekunden lang blind umherhuschten, bevor sie ihn schließlich zu erkennen schienen; sie weiteten sich, als sie die Arme um seinen Hals schlang und ihr Gesicht an seiner Schulter vergrub.

»Caleb…du bist okay.…«

Er schloss sie ganz in die Arme. Tränen, denen er nicht erlauben wollte zu fallen, brannten in seinen Augen, während er gegen das Beben ankämpfte, das ihn zu überwältigen drohte. Sie war in Sicherheit, und das war alles, was zählte.

Trotzdem sickerte Freude und eine Art ehrfürchtige Erleichterung in das Zittern seiner Stimme. »Und du auch.«

Ihre Lippen fanden seine und zerdrückten sie in einem hektischen Kuss, voller Aufruhr und Panik und Bedürftigkeit. Er kostete das perfekte Gefühl ihres Mundes auf seinem, die Vollkommenheit, die ihr Kuss bedeutete, mit allem, was er hatte aus. Schließlich könnte es sein letzter sein.

Sie gab ein gedämpftes Lachen von sich. Oder es war ein Schluchzen. Oder vielleicht er. Nur mit großer Mühe rückte er ein Stück von ihr ab, um sie sehen zu können.

Sie sah aus wie das reine Chaos: Das Haar fiel in schmutzverschmierten Strähnen aus dem, was einmal einem Zopf ähnelte, die Lippen spröde und rissig, die Haut fleckig und…

Er runzelte besorgt die Stirn. »Hast du geweint?«

Sie löste eine Hand von ihm, berührte mit den Fingerspitzen ihre Wange und starrte dann befremdet auf die Feuchtigkeit daran. Ihr Blick verlor den Fokus, als sie wegdämmerte.

Die Kuppe seines Daumens strich sanft über ihre Kieferlinie. »Alex?«

Sie zuckte leicht und schenkte ihm ein schwaches Lächeln. »Sorry. Ich…ich erklär's später. Wie lange bin ich schon hier?«

»Anderthalb Tage, so ungefähr.«

»Ernsthaft? Hast du Wasser? Mein Gott, ich verdurste.«

»Natürlich.« Er nestelte die Wasserflasche hervor, löste den Verschluss und reichte sie ihr.

Gierig trank sie, während versprengte Tropfen ihr Kinn hinab perlten und sich zu den Tränenspuren gesellten, die scharfe Linien durch die feine Schmutzschicht auf ihrer Haut zogen. Hatte der Drache sie draußen auf den Boden fallen lassen, damit man sie hier herein schleifte?

Sie gab sie ihm zurück, legte dann zögernd den Kopf schief. »Du bist schon wieder voller Blut.«

»Bin ich wirklich.«

»Warum bist du immer voller Blut, wenn ich aufwache, nachdem ich bewusstlos war?«

»Meistens aus demselben Grund, aus dem du bewusstlos warst, denke ich.«

Ein schwaches Funkeln glitzerte in ihren Augen, und es freute ihn mehr, als er gedacht hätte. »Müssen wir deswegen wieder eine existenzielle Krise durchmachen?«

Er stöhnte. »Gott, hoffentlich nicht. Können wir's lassen?«

»Ja, wir können's lassen. Aber warum bist du voller Blut?«

»Das wirst du gleich sehen.«

»Was heißt das?«

»Dass du's gleich siehst.«

»Na gut….« Ein beunruhigter Ausdruck dämpfte das Funkeln, als ihr Blick den Raum abtastete. Wände, Boden und Decke bestanden aus demselben opaken, milchglasartigen Material, doch innen waren sie von Hunderten Rillen durchzogen, die ein blasses, fluoreszierendes Licht trugen.

»Das ist...nun, fast wie erwartet. Aber hatten sie vor, mich hier liegen zu lassen, bis ich verhungere?«

»Erinnerst du dich an gar nichts? Warst du die ganze Zeit bewusstlos?«

Ihre Nase kräuselte sich, wie sie es tat, wenn sie aus dem Konzept geriet. »Nicht genau. Es ist kompliziert. Ich erklär's, wirklich, aber gib mir eine Chance, mich zu fangen, ja?«

»Was immer du brauchst. Ich bin nur froh, dass du in Sicherheit bist.« Er stieß einen leisen Atem aus. »Und am Leben.«

Sie schien ihn nicht ganz zu hören, als sie wieder abdriftete. Vermutlich Nachwirkungen der Desorientierung.

Ganz unvermittelt begann sie aufzustehen, geriet jedoch ins Wanken. Sie griff nach seiner Hand, damit er ihr aufhelfen konnte. Er versuchte vergeblich, bei ihrem festen Griff nicht vor Schmerz zusammenzuzucken.

Sie drehte seine Hand um und legte einen tiefen, ausgefransten Schnitt frei, der mitten durch seine Handfläche lief. »Du bist nicht nur voller Blut—du bist verletzt.«

Er hob die andere Hand, um sie ihr sanft über die Wange zu legen. »Ist halb so wild. Ich verbinde das, sobald wir draußen sind. Versprochen.«

»Das?« Sie schloss die Hand an ihrer Wange ein und zog sie weg, um sie zu begutachten. Ihre Augen, voller Sorge, begegneten seinen.

Er lächelte so unbeschwert, wie er konnte. »Mir geht's gut.«

Sie musterte ihn noch einen Herzschlag lang misstrauisch, ließ dann seine Hände sinken und wanderte in einem langsamen Kreis durch den Raum. »Gab es da...einen Drachen?«

»In der Tat. Sogar mehrere.«

»Dachte schon, den Teil hätte ich geträumt.« Sie holte tief Luft und arbeitete sichtbar daran, sich zu fassen.

»Lass uns hier raus. Ich habe ein überwältigendes Bedürfnis nach frischer Luft.«

»Das gefällt mir.« Er hob seine improvisierte Waffe dort auf, wo er sie in seiner Hast, zu ihr zu gelangen, fallen gelassen hatte, und steckte sie wieder in die Scheide.

»Was ist das?«

»Mein Schwert.«

»Dein…ist das von meinem Schiff?«

»Jepp.« Sein Schulterzucken gab vor, lässig zu sein. »Was denn? Ich musste improvisieren. Krieg nicht gleich die Krise. Ich habe keine kritischen Systeme zerlegt.«

»Ist der Griff von meinem Stuhl?«

Er brummte vor sich hin; es hatte weniger als zehn Sekunden gedauert, bis es ihr auffiel. »Ich sagte doch, nichts Kritisches, oder?«

Sie erstickte den leichten Unmut in ihrem Gesichtsausdruck. »Schon gut. Ich vertraue dir.«

Nicht mehr lange. Zum Glück war sie bereits in Richtung des offenen Durchgangs geeilt und hatte das Aufflackern der Unruhe in seinem Gesicht verpasst. Er schob es beiseite und folgte ihr.

Draußen blieb sie abrupt stehen. Er trat an ihre Seite und wartete schweigend, während sie die Lage betrachtete.

»Du…du hast den Drachen erschlagen.«

»Hab ich.«

Eine Augenbraue wölbte sich angesichts der Gewalt, die sich über dem Plateau ausgebreitet hatte. Sie legte den Kopf zur Seite, um das Ganze aus einem anderen Winkel zu begutachten. Legte ihn zur anderen Seite. Betrachtete die Szenerie, die von dem gewaltigen Drachenkadaver dominiert wurde.

Schließlich stieß sie einen übertriebenen Seufzer aus. »Mir fällt dazu echt nichts ein.«

»Klar.« Er legte ihm mit einem Schmunzeln die Hand auf die Schulter. »Komm. Runter von dem Sims, falls er nicht allein gelebt hat. Unten im Schatten können wir eine Pause machen. Ich mache meine Hände sauber, und du kannst was essen.«

»Ja. Mein Gott, ich verhungere.«

»Musst du auch.« Wenn sie fast zwei Tage weder Flüssigkeit noch Nahrung gehabt hatte, war es kein Wunder, dass sie desorientiert und unsicher wirkte. Er griff sich den Rucksack, und sie folgte ihm den steilen Hang hinab, bis er in einem schattigen Hain auslief.

Er reichte ihr den Rucksack. »Essen.« Nachdem sie ihn angenommen hatte, zog er sich den Gurt über den Kopf und warf das blutige Schwert zur Seite.

»Also ist das Schwert, womit du den Drachen erschlagen hast?« Er nickte, während sie ihm das Medkit aus dem Rucksack reichte.

»Sehr ›ritterlich‹ von dir, aber warum nicht einfach einen Daemon benutzen? Wäre um einiges leichter gewesen.«

»Ein Feld umfasst die ganze Gegend. Es stößt alle aktive Technologie ab, was…ein Problem war.«

»Offenkundig…« Sie blinzelte in den bewaldeten Berghang hinauf, eine Stirnfalte verdunkelte ihre Miene »…Moment mal. Wir sind mitten in den Bergen? Von unserem Lager aus haben wir keine Berge gesehen. Wir müssen mindestens hunderte Kilometer entfernt sein. Wie bist du in anderthalb Tagen zu mir gekommen?«

Sein Kinn sank auf die Brust. Zeit abgelaufen.

Er wollte das nicht. Er wollte das so gar nicht.

Er beendete das Umwickeln der stärker verletzten Hand, stellte das Medkit neben das Schwert auf den Boden und wandte sich ihr zu. Gott, sie war schön. Haare ein heilloses Durcheinander, Kleidung zerrissen, Lippen blass und geschwollen, Haut schmutzverschmiert. Und sie war so verdammt schön und fehlerhaft und perfekt.

»Ich bin mit deinem Schiff bis an den Fuß der Berge geflogen. Der Schild hat es daran gehindert, weiter vorzudringen, also bin ich von dort aus reingewandert.«

Eine tiefe Falte grub sich in ihre Stirn. »Was? Nein, das ist unmöglich.«

»Als die *Siyane* in Romane angedockt war, habe ich Mia es hacken lassen, damit ich vollen Zugriff und Flugrechte bekomme.«

Ihre Iriden blitzten in einem reinen Silber auf, so hell wie eine Nova; es konnte nur Schock sein—zweifellos gleich gefolgt von Empörung. »Du…du hast was getan?«

Er zwang den schartigen Kloß hinunter, der seine Kehle verstopfte. »Ich habe heimlich dein Schiff hacken lassen und mir ohne deine Zustimmung Flugrechte verschafft. Ich habe es getan, weil ich wusste, dass ich es eines Tages—irgendwo, irgendwie—brauchen würde, um dich, mich oder uns beide zu retten. Ich habe dich nicht vorher gefragt, weil ich wusste, dass du es nie erlauben würdest. Du bist abgeschottet, kontrollierend und stur bis zur Halsstarrigkeit, und eines Tages wird dich das umbringen—aber an einem Tag, an dem ich bei dir bin, wird es nicht passieren.«

Sein Auf-und-ab zwischen den Bäumen war zunehmend wütend geworden. Seine Stimme hatte flach und tonlos begonnen, doch mit jedem Satz kroch mehr Vehemenz hinein. »Und weißt du was? Es tut mir nicht leid. Du kannst mich hassen, wenn du willst, du kannst glauben, ich hätte dich betrogen, und mich aus deinem Leben werfen, wenn du musst, aber ich bereue es nicht. Denn ich hatte recht. Und weil ich recht hatte, bist du am Leben und in Sicherheit, und nichts ist mir wichtiger.

»Ich würde es immer wieder tun, und wieder, wenn es sein muss, weil es bedeutete, dass ich dich retten konnte.«

Ein ausgefranster Atemzug beendete die Tirade, schwer vor Bitterkeit und Trauer. Er hatte jedes Wort so gemeint, auch wenn ihm nicht alles klar gewesen war, bis die Worte herausgebrochen waren. Selbst wenn es nichts änderte.

Sie starrte ihn mit einem der seltsamsten Ausdrücke an. Ob es

Wut war oder noch immer schlichte Ungläubigkeit, wagte er nicht zu mutmaßen. Ihre Iriden wirbelten jetzt in geschmolzenem Silber, verbargen ihre Gedanken hinter einem undurchdringlichen Sturm.

Sie öffnete den Mund, als wollte sie sprechen, schloss ihn wieder. Sie setzte an, in einem Anfall von Ärger auf und ab zu stapfen… und erstarrte. Ihre Stirn legte und glättete sich mehrere Male hintereinander.

Er fühlte sich gefährlich entriegelt. Roh. Die Emotionen, die er tagelang in sich eingeschlossen hatte, um nach ihr suchen zu können, ohne unter ihrer Last zusammenzubrechen, brachen aus dem dumpfen Schmerz in seiner Brust hervor und brodelten unter seiner Haut, suchten einen Weg hinaus, verlangten nach einem Ventil. Aber es gab nichts, was er tun konnte.

Während er sie niemals—niemals—verletzen würde, hatte er das Gefühl, alles andere in Reichweite mit Freuden zu zerlegen. Ein weiterer Drache würde genügen. Ehrlich gesagt würde er ein kleines Vermögen dafür bieten, dass jetzt sofort noch ein Drache auftauchte.

Er sah ihr in die Augen und flehte stumm, sie möge das Leid in seinen erkennen. Verzweiflung sickerte in seine Stimme. »Tu irgendwas, bitte. Schrei, brüll, schlag mich, wenn du willst, aber lass mich nicht einfach hier stehen und auf mein Todesurteil warten.«

Ihre Kehle arbeitete schwer, als müsste sie sich erst wieder an die Mechanik des Sprechens erinnern. »Ich liebe dich….«

All sein Blut schoss ihm in den Kopf, brachte ihn in wilde Rotation. Seine Verletzungen waren schlimmer, als er gedacht hatte, wenn er schon so delirierte, dass er Dinge hörte. Er brachte nur wenige kostbare Silben heraus. »Was hast du gesagt?«

Ihre Augen verengten sich, ratlos, als sei sie sich selbst nicht ganz sicher. »Du bist hinter meinem Rücken und gegen meinen Williamen vorgegangen, und ich sollte stinksauer auf dich sein. Und ein Teil von mir ist es. Aber du hast recht—hättest du gefragt, hätte ich ›nein‹

gesagt, und das wäre falsch gewesen.

»Das ist das zweite Mal, dass du mich gerettet hast, obwohl du dafür mit meinem Verlust gerechnet hast, was offenbar weitaus selbstloser ist, als alles, was ich je getan habe. Und jedes Mal, wenn ich versuche, eine schöne, aufrechte Empörung gegen dich aufzubauen, denke ich nur...ich liebe dich. Mir war nicht—«

Sein Mund lag auf ihrem und seine Hände in ihrem Haar, und er drückte sie gegen den nächsten Baum, stahl ihr die Luft aus den Lungen, obwohl er keine hatte, die er ihr hätte zurückgeben können.

»Was...machst du da?« Es war kaum mehr als ein Hauch.

Er strich federleichte Küsse über ihre Lippen und wieder zurück. »Dir sagen, dass ich dich auch liebe.«

Sie lächelte und wollte den Kuss zurückerobern, zog sich dann wieder ein wenig zurück, der Blick glitt fort. »Nein, du musst nicht— «

»Würdest du jetzt bitte die Klappe halten und mich's sagen lassen?« Er erstickte ihr Keuchen, zog sie zu sich und ließ diesmal nicht mehr los. Seine Lippen strichen über ihre, über die Spitze ihrer Nase, ihre Lider, ihre Kieferlinie, ihre auf unerklärliche Weise tränenfeuchten Wangen, und stets summte eine einzige Phrase auf ihnen: »Ich liebe dich....«

Eine Hand krallte sich an seiner Schulter in sein Haar; die andere fand die Mulde seines Rückens und zog ihn noch näher. Sie forderte seinen Mund ganz für sich, setzte seinen wandernden Küssen ein entzückendes Ende, und das Feuer, die Leidenschaft, nach der er sich mehr sehnte als nach der süchtig machendsten Chimeral, brach in seiner Umarmung lichterloh aus.

Er war trunken vor Euphorie ob dieser unerwarteten, unmöglichen Wendung seines Glücks...und vielleicht auch wegen einiger anderer Dinge wie Erschöpfung und Schmerz, doch er entschied sich, sich auf die Euphorie zu konzentrieren. Immer wieder überraschte sie ihn auf erstaunlichste Weise, stellte alles infrage, was er über Menschen und die Welt und vor allem über sich selbst zu wissen glaubte. Bemerkenswert.

Seine Hand glitt ihren Hals hinab, über ihr Schlüsselbein und weiter, bis die Fingerspitzen durch den Stoff ihres Shirts über ihre Brust tanzten.

Sie biss in seine Unterlippe und stöhnte auf eine Weise, die er am ehesten als...nun, visceral beschreiben konnte, dann zog sie ihre Zähne an seinem Kiefer entlang bis in die Falte seines Ohrs. »Darf ich jetzt sauer auf dich sein?«

Er schob eine Hand unter ihr Shirt und den Stoff nach oben. »Nein, darfst du nicht.«

»Aber du—« Der Rest erstarb an seinem Mund.

»Wenn du's so ausdrückst...unh....« Mit dem Daumen zeichnete er Kreise auf ihrer bloßen Brust unter dem Shirt und erfreute sich daran, wie sie bei seiner Berührung bebte.

Als ihre Finger seinen Rücken hinaufglitten, ließ er beide Hände an ihre Hüften sinken und hob sie an—

—und biss die Zähne zusammen, als die zerfetzten Bänder in seiner linken Schulter aufschrien und den Dienst verweigerten.

Sofort wich sie zurück und betrachtete ihn misstrauisch. Ihre Lippen waren wieder geschwollen, diesmal von seinem Missbrauch. »Du bist so ein Lügner. Dir geht's nicht ›gut‹. Du kannst kaum stehen.«

Er presste die Augen zusammen, während Leidenschaft und Schmerz Krieg führten, sein Körper das Schlachtfeld. Seine Stimme klang zur Hälfte frustriert, zur Hälfte rau. »Du übertreibst. Stehen kann ich gut. Mir geht's gut...« er sank in ihre Arme »...oder es wird mir gut gehen.« Als er die aufrichtige Sorge in ihrem Gesicht sah, hob er eine Hand, fuhr sanft an ihrer Kieferlinie entlang bis zur Kurve ihres Halses. »Versprochen.«

Sie seufzte und küsste ihn, so wunderbar weich und zärtlich und schmerzvoll schön. Sie blieben so für ungezählte Sekunden oder Minuten oder Stunden, bevor er sich einen Hauch zurückzog.

»Erzähl mir, was mit dir passiert ist?«

33

NEW BABEL

UNABHÄNGIGE KOLONIE

Der erste Gedanke, der Olivia kam, als Marcus' Gestalt ins Bild
flackerte, war: *Er sieht angeschlagen aus.*

Er tat sein Möglichstes, es zu verbergen, legte Haltung und eine
Fassade aus Selbstsicherheit an. Doch sie hatte ihn nun schon
mehrfach in genau diesem Setting beobachtet. Er brach unter dem
Druck.

Sie hätte ihn nicht für so schwach gehalten, so leicht zu zerbrechen.
Vielleicht war mehr im Spiel als bloß ein galaktischer Krieg und eine
Alieninvasion.

»Olivia. Du meintest, es sei dringend. Du willst etwas besprechen?« Seine Stimme war knapp. Angespannt.

»Ja, Marcus. Wir müssen die kleine Sache besprechen, dass Aliens
die östliche Hälfte des besiedelten Raums zerlegen. Ein kleiner
Knick in unseren Plänen, würdest du nicht sagen?«

»Zugegeben, es ist eine Komplikation. Ich arbeite daran, die
Angelegenheit so schnell wie möglich zu lösen.«

Misstrauen flackerte in ihrem Bauch auf. »Die Angelegenheit

lösen? Als deine Partnerin hätte ich da gern ein paar Details. Du bist jetzt der mächtigste Mann der Galaxis—wie gedenkst du ›die Angelegenheit zu lösen‹? Hast du eine Direktleitung zur Alien-Führung, um einen Waffenstillstand zu verhandeln?«

Seine Augen flackerten. Etwas, das Angst ähnelte, huschte hindurch. Ein Blinzeln, und es war verschwunden. »Nein, natürlich nicht. Aber—«

»Verdammt noch mal, du wusstest es. Wie lange hast du dein kleines Geheimnis vor mir versteckt? Eine Woche? Einen Monat? Ein Jahr? Wusstest du, dass sie kommen, als du mir deinen Plan präsentiert hast?«

»Olivia, du musst verstehen—«

»Der Allianz-Föderations-Krieg sollte meine Macht—und deine—vergrößern. Stattdessen hat er unsere Fähigkeit geschwächt, uns gegen Aliens zu verteidigen, die gerade auf über einem Dutzend Welten Verwüstung anrichten, und irgendetwas sagt mir, sie sind gerade erst warmgelaufen. In dem Tempo bleibt von der Galaxis nur noch Schutt übrig. Marcus, ich stehe davor, alles zu verlieren.«

Er schüttelte den Kopf, als wolle er die Wahrheit ihrer Aussagen abstreiten. »Ich kann sie dazu bringen, aufzuhören. Das war der ganze Sinn, auf diese Position aufzusteigen. Ich kann ihnen klarmachen, dass wir ihnen keine Bedrohung sein werden. Du musst mir nur noch ein wenig Zeit geben.«

Sie verhinderte nur knapp, dass ihr der Unterkiefer in blankem Unglauben herunterfiel. »Williamst du mir ernsthaft sagen, du hast tatsächlich eine Direktleitung zu ihrer Führung?«

Für einen Schlag kehrte seine gewohnte Selbstgewissheit zurück—in der Mundwinkelkrümmung, in der Kinnhaltung. »Gewisser-maßen.«

»Du schmutzige, verschlagene kleine Schlange. Hast du mich in allem belogen oder nur in dem Teil, dass der Krieg mir nützen würde?«

»Olivia—«

»Du brauchtest mich, um den Krieg in Gang zu setzen, also hast du mich für deine Zwecke benutzt.«

»Wir haben einander benutzt. So funktioniert die Welt. Ich dachte, ausgerechnet du würdest das verstehen.«

»Netter Versuch, aber nein. Du hast meine Ressourcen, meine Leute, mein Geld und meinen Einfluss für Zwecke eingesetzt, die den von dir vorgebrachten widersprechen.«

Nun zeigte er ein Gesicht so bösartig, dass er es sich nie in der Öffentlichkeit erlauben würde. »Hättest du mir geglaubt, wenn ich dir erzählt hätte, dass Aliens mit mir reden?«

»Du hättest es versuchen können.«

»Ich denke, es war richtig, es dir und allen anderen zu verschweigen.«

Hätte sie ihm geglaubt? Vermutlich—es wäre darauf angekommen. »Also was war dann der eigentliche Plan?«

Er atmete schwer aus, die Schultern sanken, als die momentane Arroganz von ihm abfiel. »Mein Kontakt warnte mich, dass wir aufhören mussten, nach Nordosten zu expandieren—zum Metis-Nebel hin, wie sich herausstellte. Falls wir weitermachten, drohten schlimme Konsequenzen.«

»›Schlimm‹ kann vieles bedeuten, Marcus.«

»Diesmal bedeutete es Auslöschung, okay? Etwas, das keiner von uns will. Aber Seneca kontrolliert den nordöstlichen Raumsektor. Vielleicht hätten die Aliens jemanden in der Föderationsregierung ansprechen sollen, aber das taten sie nicht. Sie kamen zu mir.«

Bitterkeit sickerte jetzt aus seiner zunehmend heiseren Stimme. »Der Krieg sollte alle ablenken—unseren Blick nach innen statt nach außen richten und unsere Expansion pausieren. Am Ende gewinnt die Allianz den Krieg und unter einer vereinten Regierung werden die Expansionsbemühungen nach Westen und Süden umgelenkt.«

»Vereint unter deiner Führung.«

»Ich dachte, das versteht sich von selbst. Leider überschlugen sich die Ereignisse. Die Senecaner haben eine Sonde nach Metis geschossen, und Ms. Solovy wurde neugierig. Die Aliens setzten sich in Bewegung, bevor wir bereit waren. Aber es ist noch Zeit. Ich kann das immer noch hinkriegen. Ich kann sie dazu bringen, sich zurückzuziehen, und mir die Chance verschaffen, den Krieg zu gewinnen.«

Sie verlagerte das Gewicht auf den hinteren Fuß, verschränkte die Arme und starrte ihn an—jetzt schlicht fassungslos. »Wie realitätsfern bist du eigentlich, ›Aliens in deinem Kopf‹ hin oder her? Der von uns entfachte Krieg wird alles verschlimmern, nicht verbessern. Wenn diese Aliens uns auslöschen wollen, sollten wir vielleicht darüber nachdenken, gegen sie zu kämpfen—und nicht gegeneinander.«

»Die Medien haben das Material von den ersten überfallenen Kolonien noch nicht, aber ich habe es gesehen, und ich bin mir überhaupt nicht sicher, ob wir gegen sie kämpfen können. Außerdem ist es zu spät, um umzukehren. Wenn wir jetzt den Kurs ändern, wird es nur mehr Chaos und Verwirrung verursachen.«

Er flehte sie an—ein schwacher Versuch, sie zu überzeugen; definitiv keiner seiner Glanzmomente. »Bitte, lass mich die Situation regeln.«

Das hätte sie damals in Rio wissen müssen. Sie hätte es wissen müssen, als der verwilderte Bengel sie mit so eisiger Selbstgefälligkeit anlächelte, dass klar war: Ihm durfte man unter keinen Umständen vertrauen.

»Ich glaube nicht, Marcus. Du hast mich belogen. Du hast mich manipuliert. Du hast die Grundpfeiler unserer Abmachung verraten. Du bist blind vor Ego und Stolz und wirst uns alle umbringen.

Viel Glück, Herr Premierminister. Ich bin raus.« Sie kappte die Verbindung.

Sollte sie ihm je wieder persönlich begegnen, würde sie ihn töten. Vielleicht würde sie ihn sowieso töten. Aber erst die Reihenfolge: Zuerst musste sie herausfinden, was sie tun würde, um ihre Organisation zu retten, ihr Lebenswerk.

Es kam ihr der Gedanke, dass es dazu nötig sein könnte, ihre ganze verdammte Zivilisation zu retten.

34

ERDE

EASK-HAUPTQUARTIER

Miriam betrachtete die Vormittagssonne draußen vor dem Fenster. Man konnte die herbstliche Kühle fast sehen.

William Sutton, ein Spion der Senecan Föderation? Es schien unmöglich, und doch hatte sie den unwiderlegbaren Beweis mit eigenen Augen gesehen—und dazu in dramatischer Manier.

Sie konnte sich nicht vorstellen, was Richard gerade durchmachte. Nach dem seltsamen, beinah surrealen Gespräch mit dem Direktor des Senecanischen Geheimdienstes war Richard davongestürzt, William hinterher, und sie hatte bislang nicht die Gelegenheit gefunden, mit ihm darüber zu sprechen. Die nüchterne Wahrheit war, dass dies die beste Chance sein mochte, die sie hatten, um wieder Vernunft in die Galaxis zu bringen—aber sie wünschte, es hätte nicht den Preis gekostet, der ihrem liebsten Freund abverlangt wurde.

»Admiral, ein Oberstleutnant Jenner ist hier, um Sie zu sprechen.«

Sie begrüßte die Unterbrechung ihrer düsteren Gedanken. »Gut. Schicken Sie ihn rein.«

Malcolm salutierte scharf, als er eintrat. »Admiral. Es ist mir eine Freude, Sie wiederzusehen.«

Sie erwiderte den Gruß und wies ihn dann, statt hinter ihrem Schreibtisch Platz zu nehmen, zum kleinen Tisch, den sie in ihr Büro gezwängt hatte, und setzte sich ihm gegenüber. »Sie hatten ein paar höchst aufregende Wochen, Oberstleutnant. Und doch haben Sie es nicht nur geschafft zu überleben, sondern auch andere zu retten—und das mit Ehre.«

»Danke... verzeihen Sie, haben Sie—«

»Sie werden befördert. Die offizielle Mitteilung sollten Sie in ein, zwei Stunden erhalten. Eine besondere Auszeichnung wird später folgen, aber wie Sie sich denken können, ist die Bürokratie derzeit etwas verstopft.«

Er klang ein wenig überfahren. »Ich fühle mich geehrt, Ma'am, aber ich habe lediglich meinen Job gemacht.«

»Ja, und besser als die meisten.« Sie schenkte Tee aus der Kanne ein—eine der wenigen kleinen Erholungsrituale, die sie sich im Krieg gönnte. »Ich verstehe, Sie sind derzeit ohne eigenes Schiff.«

»Ja, Ma'am. Das Nordwestkommando verliert Schiffe noch schneller als Soldaten.«

»Ihre eindrucksvollen taktischen Entscheidungen bei Orellan und Desna sind nicht unbemerkt geblieben. Es ist Ihre Entscheidung— und sie beeinflusst weder Beförderung noch Auszeichnung—, aber ich muss Sie bitten, Ihr Leben noch einmal zu riskieren.«

»Wir führen Krieg an zwei Fronten, Admiral. Wir alle riskieren unser Leben.«

Ihr Kinn senkte sich anerkennend. »Guter Punkt. Admiral Rychen hat vor, Messium den Aliens wieder abzunehmen—oder wenigstens Zeit zu erkaufen, damit Überlebende fliehen können. Ich möchte, dass Sie ihn dabei unterstützen.«

Malcolms Augen weiteten sich kurz, bevor er die professionelle

Fassade wieder aufsetzte. »Es wäre mir eine Ehre, in jeder Weise zu helfen, die Sie oder er für richtig halten.«

»Gut. Er sammelt gerade seine Kräfte über Scythia. Ich schicke Ihnen einen vollständigen Bericht mit allem, was wir über die Aliens wissen, sowie über die Ressourcen, die Rychen zur Verfügung stehen, damit Sie bei Ihrer Ankunft voll im Bilde sind. Er ist ein hervorragender Führer und ein ehrenhafter Mann, aber er braucht fähige Kommandeure, die selbständig denken und das Wesen einer Schlacht instinktiv erfassen. Ich glaube, Sie werden gut zusammenarbeiten.«

»Da bin ich zuversichtlich. Er genießt einen tadellosen Ruf und nach Ihrer Fürsprache zu urteilen, hat er ihn sich verdient.« Es war ein zeremonieller Satz bester militärischer Tradition; doch damit gesprochen, verlor sein Auftreten ein wenig an Förmlichkeit. »Ich war unendlich erleichtert zu hören, dass Alex vom Bombenanschlag entlastet wurde. Wie geht es ihr?«

Ihr Blick glitt zum mittelmäßigen Ausblick aus dem Fenster. »Ich weiß es leider nicht.«

»Ma'am?«

Sie zwang sich, die Aufmerksamkeit wieder auf ihren Gast zu richten. »Sie ist seit kurz nach den öffentlichen Anschuldigungen nicht mehr zu erreichen. Ich weiß nicht, wo sie ist. Angesichts des Zustands unserer Beziehung—von dem Sie vermutlich wissen— wird Sie das nicht überraschen. Aber meines Wissens weiß niemand, wo sie ist.«

Sein Blick huschte bei der Nachricht fort, doch selbst im Profil sah sie, wie sein Gesicht sich senkte. »Es tut mir leid. Ich… ich bin sicher, es geht ihr gut. Sie ist… außergewöhnlich findig.«

Miriams Antwort war von Trauer gefärbt. »Ja. Das ist sie.«

Peinliches Schweigen verharrte einen Moment lang, und sie hatte schlicht nicht die Kraft, es zu beenden.

Schließlich räusperte sich Malcolm und stand auf. »Wenn Sie sonst nichts brauchen, dann gehe ich. Ich muss noch kurz nach Hause, meine Frau küssen, eine neue Tasche packen und den nächsten Transport nach Scythia erwischen.«

»Ich halte Sie nicht auf. Alles sollte in Ordnung sein, aber zögern Sie nicht, mich direkt zu kontaktieren, falls Sie auf Probleme stoßen.«

Sie zögerte einen Schlag, dann schenkte sie ihm im Aufstehen ein wehmütiges Lächeln. »Ich erinnere mich an diese Tage, wenn David auf dem Sprung durch das Haus pfiff, zwischen zwei Einsätzen. Haben Sie kein schlechtes Gewissen, wenn Sie ein paar Minuten länger bleiben.«

»In dem Fall werde ich das tun.« Er wandte sich zur Tür… dann zurück zu ihr. »Erlaubnis zur freien Rede, Admiral?«

»Erteilt, natürlich.«

»Sie ist Ihnen ähnlicher, als Sie glauben.«

Ihre Lippen pressten sich nachdenklich zusammen. »Ich verstehe nicht.«

»Verzeihen Sie, wenn ich danebenliege, aber ich vermute, Sie glauben, Alex sei ganz der Vater. Und obwohl ich ihn bedauerlicherweise nie kennengelernt habe, hat sie, soweit ich weiß, sicher seinen Abenteuergeist und seine Ungezwungenheit geerbt.

Aber in Wahrheit ist sie Ihre Tochter durch und durch. Getrieben, entschlossen und von ihren Fähigkeiten zutiefst überzeugt. Erwartet von anderen die höchsten Maßstäbe, andernfalls sind sie ihre Zeit nicht wert. Zeigt keine Schwäche, egal wie schwierig die Lage ist. Und… nun, vielleicht ein kleines bisschen vorsichtig, andere nah an sich heranzulassen. Das sagt jemand, der dankbar ist, eine Zeit lang nah sein zu dürfen.«

Er zuckte mit einem schuldbewussten Lächeln die Schultern. »Ich dachte nur, daran sollten Sie denken, wenn Sie sie wiedersehen.«

Mit einem Abschiedsgruß war er fort. Sie blieb stehen, in sprachloses Erstaunen verfallen.

Warum würde er so etwas sagen? Warum so denken? Sie war davon ausgegangen, dass er Alexis besser kannte—immerhin waren sie fast drei Jahre zusammen. Vielleicht hatten die Jahre der Distanz seine Erinnerungen getrübt.

Wie dem auch sei: Sie und ihre Tochter teilten nicht einmal ein Lieblingsessen; sie teilten nichts außer bordeauxrotem Haar und der völligen Unfähigkeit, eine zivilisierte Unterhaltung miteinander zu führen.

Und vielleicht einen unerbittlichen Antrieb und eine bemerkenswerte Entschlossenheit, sobald sie sich ein Ziel gesetzt hatten. Und…

…hatte Malcolm recht? Er hatte recht, dass Alexis Davids Abenteuergeist und, wie er sagte, Respektlosigkeit geerbt hatte. Könnte er auch mit dem Rest recht haben? Nein, unmöglich.

Wenn sie Alexis ansah, blickte David ihr entgegen. Doch wo David offen, unbeschwert und lebensfroh gewesen war, sah ihre Tochter sie kühl an, schloss jeden Geist, den sie besaß, hinter herabgelassenen Lidern und einer Abwehrhaltung weg.

Ganz wie sie selbst. »Oh, David….«

»…suchen Sie den Kommandanten?«

Miriam winkte den Sanitäter fort und drückte den Medwrap an ihren Hals, während sie sich in Richtung der Stimme drehte. »Kann ich Ihnen helfen?«

»Hauptmann David Solovy, 3. Regiment, 1. Brigade, Nordwest-Region. Verzeihen Sie, Ma'am, aber meinen Informationen nach wird der Stützpunkt hier auf Perona von einem Commander Llahso geleitet?«

Der Hauptmann überragte sie um zwanzig Zentimeter. Sie gab sich Mühe, die Schultern zu straffen, trotz des Schlüsselbeinbruchs—was sich als ziemlich dumm erwies, als ein Schmerzblitz ihren Arm hinabfuhr.

»Das tut er—oder tat er.« Mit dem unverletzten Arm deutete sie über die Schulter auf die Reihe der Feldbetten hinter ihr. »Er hat vor drei Stunden ein TSG in die Brust bekommen. Die Ärzte wissen nicht, ob er durchkommt. Ich bin die XO, Major Miriam Draner.«

»Unglücklich für ihn. Ich hoffe, er erholt sich.« Ein verschmitztes Grinsen zuckte um die Lippen des Mannes. »Für mich allerdings weniger unglücklich. Es ist mir eine Freude, Sie kennenzulernen, Major.«

Sie merkte, dass sie starrte, und disziplinierte ihren Ausdruck. »Was kann ich für Sie tun, Hauptmann Solovy?«

»Ah, richtig. Mein Auftrag. Ich führe das taktische Sturmdetachement der EAS Trafalgar an. Wir sind die Verstärkung, die der Commander angefordert hat. Ich bin hier, um Ihnen zu helfen, diese gandonov aus ihrem Loch zu graben.«

Der Medwrap sollte jetzt sitzen, also nahm sie die Hand vom Hals. In dem gescheiterten Vorstoß, der Llahso niedergestreckt hatte, hatte sie den Rand eines Daemon-Strahls abgekriegt. Die Nähe der Wunde zur Halsschlagader bedeutete, es war knapp gewesen, aber dafür hatte sie jetzt keine Zeit.

Sie bedeutete Solovy, ihr zu folgen, und verließ das Sanitätszelt. »Ausgezeichnet. Ich bin froh, dass Ihr Team da ist. Im letzten Angriff waren wir fast an ihrem Primärturm dran, aber wir sind gescheitert und haben sieben Soldaten verloren.«

Er hielt Schritt, während sie durch das Zentrum des hastig errichteten vorgeschobenen Stützpunkts zum Kommandobereich in der gegenüberliegenden Ecke gingen. »Was ist der Hintergrund? Mein Briefing war mager.«

Sie zuckte die Achseln—auch das keine kluge Idee; sie verzog das Gesicht. »Ihre Standard-Überzeugungstäter. In diesem Fall glauben sie wohl, Perona wäre in einer leninistischen Utopie besser aufgehoben, aber sie—«

»Goret etim pidarasam v adu....« Er räusperte sich. »Verzeihung,

276

Ma'am. Fahren Sie fort.«

Interessant, dass die Erinnerungen an die Verwüstungen in Russland noch immer in seinen Nachkommen nachhallten—über drei Jahrhunderte später. »Ja. Nun. Wie gesagt: Sie sind außerordentlich gut bewaffnet und haben ihr Lager mit bemerkenswert viel ballistischer Bewaffnung verstärkt. Wie sie an dieses Material gekommen sind, ist eine Frage für später, aber es genügt zu sagen, dass wir auf das Ausmaß nicht vorbereitet waren.«

»Ist das der Grund, warum Commander Llahso verletzt wurde?«

»Nein. Er wurde verletzt, weil er sich vor den Soldaten aufspielen musste, um seine angeborenen Unsicherheiten zu kaschieren. Als er darauf bestand, einen Vorstoß persönlich zu führen, kannten wir ihre Fähigkeiten bereits sehr genau.«

»Dann bin ich umso froher, dass jetzt Sie das Sagen haben.«

Sie runzelte die Stirn, als sie das Kommandocenter erreichten—verstört davon, wie vertraulich der Mann auftrat—, wurde jedoch von drei Untergebenen unterbrochen, die ihr zeitgleich Updates brachten. Schließlich brachte sie den großen Bildschirm über dem zentralen Tisch zum Laufen.

»Das Hauptproblem ist der Winkel. Ihr Lager liegt in einer Senke am Fuß der Berge, und es gibt keinen Weg, an die beiden großen Türme hinter der Außenmauer heranzukommen, ohne uns freizulegen. Unsere Drohnen werden abgeschossen, bevor sie Zielerfassung und Schussabgabe schaffen.«

»Ein paar Schüsse aus einem Jäger würden das regeln. Aber ich nehme an, Kollateralschäden sollen vermieden werden.«

»Das ist der Befehl, ja. Der Gouverneur von Perona will kein Blutbad, um nicht beschuldigt zu werden, ›Freiheitskämpfer‹ abzuschlachten. Es verkompliziert die Sache.«

»Politiker tun das meist.«

Sie warf Solovy einen Seitenblick zu. Markante slawische Wangenknochen und ein kräftiges Kinn hätten ihm ein hartes, kaltes Aussehen geben sollen, doch irgendwie wirkten seine Züge warm und einladend.

Ein Mundwinkel hob sich, und sie riss den Blick los. »Es steht mir nicht zu, Befehle infrage zu stellen—noch nicht. Fakt ist: Wir brauchen ein Infiltrationsteam, das die Mauer räumt und diese Türme ausschaltet, damit eine größere Truppe hinein kann, die Anführer festsetzt und die Gefolgschaft verhaftet.«

Er nickte knapp. »Das können wir.«

»Wie viele Soldaten haben Sie mitgebracht?«

»Genug.«

»Wie viele, Hauptmann?«

Er rollte die Augen. Viel zu vertraulich. »Zwölf. Mit mir.«

Sie schnaubte. »Ihr Leichnam.«

Er lehnte sich an den Tisch, drehte sich zu ihr. »Wenn mein Team reingeht, beide Türme und die Mauer ausschaltet und so Ihren Leuten den Weg freimacht—essen Sie dann mit mir zu Abend?«

»Wie bitte, Hauptmann?«

»Abendessen. Mit mir. Bevorzugt irgendwo mit Kerzen und anständigem russischem Wodka, aber ich verstehe, wenn Perona so viel Noblesse noch nicht zu bieten hat. Alternativ ein Picknick in diesen pittoresken Bergen, und ich bringe den Wodka mit.«

Was für eine Unverschämtheit! Wie dieser Mann in ihr Kommandocenter spaziert kam, sich auf ihren Kommandotisch fläzte und mitten in einer Gefechtssituation Flirtversuche abfeuerte....

»Hauptmann, bitte verlassen Sie meinen Tisch. Sie stören die Datenübertragung auf die Bildschirme.«

Er stieß sich vom Tisch ab. »Mit dem Einleben ins Kommando hatten Sie offenbar keine Schwierigkeiten.«

»Ich tue, was die Lage erfordert.«

Er betrachtete sie mehrere Sekunden schweigend. Es gab keinen Ort, an den sie den Blick vor diesen durchdringenden Augen hätte fliehen lassen können. »Tun Sie das. Sie haben meine Frage nicht beantwortet.«

»Weil Ihre Frage unangebracht ist und ich Wichtigeres zu bedenken habe. Etwa, dass Sie zu wenige Männer mitgebracht haben. Ich werde Ihnen mehrere meiner erfahrenen Offiziere leihen müssen. Bitte versuchen Sie, sie nicht umbringen zu lassen.«

»Behalten Sie Ihre Leute, Major. Ich habe genug mitgebracht.«

»Ich habe das Kom—«

»Gehen Sie mit mir essen.«

Sie fuhr sich über den Kiefer; zu ihrer leisen Bestürzung blieb Blut an der Hand kleben. Ihres? Eher nicht. Dann Llahsos. »Hauptmann, Sie—«

»Nach Abschluss des Einsatzes und außerhalb des Dienstes, keine Sorge. Ich respektiere die Vorschriften. Ich habe noch ein paar Tage Resturlaub. Ich bleibe ein oder zwei Tage länger. Oder drei.«

Sie musterte ihn misstrauisch. »Sie würden Ihren Urlaub opfern, um auf diesem Hinterwäldler-Planeten zu bleiben und mich zum Essen auszuführen? Sie kennen mich seit fünf Minuten.«

Er lächelte, und Gott, es war ein bemerkenswerter Anblick. »Das Leben ist kurz, und Sie sind schön. Gehen Sie mit mir essen. Es wird mich motivieren, lebend aus dem Lager herauszukommen.«

»Wenn es dieses ungeheure Flirten beendet und Ihnen erlaubt, sich auf den Auftrag zu konzentrieren, meinetwegen. Können wir jetzt bitte den Angriffsplan ausarbeiten?«

»Natürlich, nastoyatel'.«

Allein in ihrem Büro sank Miriam an die Wand und hielt sich die Hand an den Mund.

Sie hatte nie jemanden wie ihn getroffen—vorher oder seitdem. Die verwegene Art, die lässige Selbstsicherheit und die leichte Ausstrahlung waren sofort evident gewesen. Die große Seele, die unbeugsame Loyalität und das reine Herz hatten sich später gezeigt— wenn auch nicht viel später.

Gott, wie sie ihn vermisste.

Dann lachte sie—mit einem Hauch jenes wilden, freien Lachens, das sie nur in Davids Gesellschaft gekannt hatte. Er hatte all ihre Abwehrmechanismen ignoriert, als wären sie unsichtbar, und sich mit Anmut, Charme und Verve in ihr Inneres geschlichen. Vielleicht hatte dieser Marano bei Alexis dasselbe getan....

Aber sie wusste nicht, wie so etwas ging—schon gar nicht, wenn sie viel zu beschäftigt war, ihre eigenen Barrikaden zu stützen.

35

PANDORA

UNABHÄNGIGE KOLONIE

Richard hatte Pandora in jungen Jahren mehrere Male besucht, doch es war Jahre her. Trotzdem sprang ihm der Wandel in der Atmosphäre dieser »Scheißegal«-Welt im Vergleich zu früher ins Auge.

Der Raumhafen wimmelte nicht von Urlaubern, die ihre Ferien beginnen wollten, sondern von verzweifelten Besuchern und Einheimischen, die gleichermaßen los wollten—nur nicht wussten, wohin. »Nach Westen« schien der allgemeine Konsens zu sein, und Transporte nach Arcadia, Atlantis, Demeter, Erde und Fionava waren für Tage ausverkauft. Auch wenn er sich schuldig fühlen würde, einem Zivilisten den Platz wegzunehmen, würde er, wenn es so weit war, einen Sitz bekommen.

Sein Treffen fand in einem Pub unweit des Raumhafens statt. Er beschloss, zu Fuß zu gehen.

Während des Flugs hatten seine Gedanken zu sehr um anderes gekreist als seinen Auftrag und er musste den Kopf wieder gerade richten. Zuvor gestattete er sich einen letzten Moment der

Verzweiflung über die Erkenntnis, die ihn hergeführt hatte, und deren Folgen.

Er war kein gewalttätiger Mann. Gewalttaten hatte er natürlich begangen—im Ersten Crux-Krieg und später als Feldagent. Auf viele davon war er nicht stolz...auf ein paar schon, wenn man ihn ausreichend abfüllte.

Seinem Wesen nach war er dennoch kein Gewalttäter. In der Regel zog er es vor, angespannte Situationen durch Dialog zu lösen—oder, wenn der scheiterte, durch Drohungen, die er lieber nicht wahrmachen musste.

Doch als William ihm am oberen Arm packte, als er um die Ecke zum Lift bog, wäre er um Haaresbreite ausgeholt und hätte dem Mann, der sich sein Ehemann nannte, eine verpasst.

»Gib mir eine Chance, es zu erklären.«

Eine stechende, trostlose Kälte vibrierte über seine Haut, erstickte das Feuer in seiner Brust. Geräusche und Stimmen hallten ihm wie durch einen hohlen Tunnel entgegen. Seine Seele lag nach innen gestülpt offen; er fühlte sich brüchig, als würde die leiseste Berührung ihn am Boden in Einzelteile zersplittern lassen.

Das Einzige, was seinen Körper—wenn auch nicht seinen Geist— zusammenhielt, war das Wissen, dass er einen Job zu erledigen hatte. Sein Leben mochte in Trümmern zu seinen Füßen liegen, doch er konnte andere Leben retten. Er konnte diesen Krieg beenden, und vielleicht würde sein Nachruf anerkennen, was er beigetragen hatte in dem ansonsten absurden Schauspiel, das sein Leben gewesen war.

»Ich fliege nach Pandora, um deinen Boss zu treffen. Wenn deine Sachen nicht aus dem Haus sind, wenn ich zurückkomme, verbrenne ich sie. Kontaktiere mich nicht. Versuch nicht, mich zu sehen. Du hast mich fünfzehn Jahre lang zum Narren gehalten. Glaub ja nicht, das hält noch einen Atemzug länger an.«

»Richard, bitte—«

Die Qual in den Augen des Mannes ihm gegenüber drang nicht durch seine gefrorene Hülle.

»Leb wohl, William.«

Er fuhr herum—gewaltsam—und stürzte in den Lift. Er sah nicht zurück.

Richard lehnte sich an die Fassade eines Theaters und schloss die Augen. Er trieb all die Gedanken, Bilder und Gefühle, die ihn paralysieren und dann zermalmen würden, zusammen und zwang sie hinter eine Mauer in einer dunklen Ecke seines Geistes. Dort würden sie bleiben, bis dies hier erledigt war—danach konnten sie mit ihm tun, was sie wollten.

Dann öffnete er die Augen und ging die Straße weiter.

Er kannte Graham Delavasi recht gut—als Gegner, wenn nicht als Feind. Ehemalige Spezialkräfte, nach dem Ersten Crux-Krieg zum Senecanischen Geheimdienst gewechselt. Ruf, kein Blatt vor den Mund zu nehmen und mit scharfem Blick für Blendwerk und Doppelspiel; rascher Aufstieg in der Behörde trotz salopper Auslegung von Regeln und mangelndem Respekt vor politischen Umgangsformen. Vor drei Jahren zum Geheimdienstchef ernannt.

Der Ruf hatte Richard immer vermuten lassen, dass er den Mann mögen könnte, wären sie nicht auf entgegengesetzten Seiten des diplomatischen Grabens. Jetzt bekam er offenbar die Chance, es herauszufinden.

Der Direktor war vor ihm im Pub eingetroffen und hatte die hintere Ecke einer Nische besetzt. Abgesehen von den Hockern an der Bar war das Lokal nicht voll, und die umliegenden Tische blieben leer. Trotzdem stand dezent ein Abschirmgerät auf dem Tisch.

Richard glitt in die Nische, bevor Delavasi aufstehen konnte, doch der streckte ihm die Hand hin. »Oberst Navick, ich bin froh, dass wir uns persönlich treffen konnten. Unter den Umständen war es für Sie sicher so schwer, sich davonzustehlen, wie für mich.«

Er nahm die Hand an, blieb jedoch formell. Delavasi nicht—er fläzte sich lässig in die Bank, als wolle er mit einem Kumpel ein paar Biere kippen.

»Sieht so aus, als hätten wir eine kleine Alieninvasion am Hals. Irgendeine Chance, sie zu stoppen?«

»Nun, unseren eigenen Krieg zuerst zu stoppen, würde die Chancen sicherlich verbessern.«

»Das wohl.« Delavasi verzog das Gesicht. »Eigentlich sollen wir zwei die Schlauen sein. Uns entgeht nichts—weder die Machenschaften der Politiker noch die Pläne der Kriminellen. Aber, mein Freund, ich fürchte, man hat uns gespielt.«

Richard wollte protestieren. Sie waren keine Freunde—bei weitem nicht. Doch wenn das hier nach fünf Minuten in ein Schwanzvergleich-Duell abglitt, war das Spiel verloren. »Ich habe die geleakten Beweise geprüft—und mehr. Ihr Agent hat den Anschlag auf das EASK-Hauptquartier nicht verübt.«

»Da gehe ich mit. Wir untersuchen den Trümmerhaufen der über Palluda abgeschossenen Jäger. Es scheinen keine Allianz-Jäger zu sein, obwohl sie Allianz-Raketen abgefeuert haben.«

»Zweiunddreißig VI-gelenkte Kurzstreckenraketen aus dem Südwestlichen Regionalkommando auf Deucali sind nicht auffindbar. Sie gingen bei einem Upgrade der Systemsoftware verloren. Was ist mit Chris Candela?«

»Kann ich nicht sagen. Mein Bauch sagt mir, er war es nicht. Leider wurde der Mann, der mich zum Täter hätte führen können, vor einer Woche ermordet.«

»Ich habe das Gerücht gehört, Sie hätten eine Kopie von Santiagars Autopsiebericht erlangt. Nichts Nützliches darin?«

»Weg. Gestohlen—bei einem weiteren Mord, diesmal an einem

der besten Männer meiner Abteilung.«

»Sie decken ihre Spuren. Räumen lose Enden auf.«

»Jap.« Der Mann schien in sich zusammenzusacken, die Schultern sanken um ein paar Zentimeter. »Meine Stellvertreterin steckt in der Verschwörung. Reden will sie nicht, aber erst gestern habe ich den Kopf diesbezüglich aus dem Hintern gezogen, also werde ich bald wissen, was sie weiß. Freilich könnte ›bald‹ zu spät sein.«

Interessant. Ein Eingeständnis der Verwundbarkeit. Delavasi ging ziemlich weit, um Richards Vertrauen zu gewinnen. »Ich nehme an, so ist Caleb Maranos Senecan-Akte in meinem Posteingang gelandet.«

»Ist sie? Scheiß-Oberti….«

»Falls es hilft: Ein bislang unbekanntes, aber mächtiges Mitglied der Allianzregierung steckt ebenfalls drin.«

»Derjenige, der die HQ-Aufzeichnungen frisiert hat?«

»Schlimmer—derjenige, der das Frisieren angeordnet hat.«

»Wir stehen vor einem clusterfain epischen Ausmaßes, oder?«

Richard lachte dunkel; der exzentrische senecanische Fluch hatte die Popkultur der Erde noch nicht erobert, aber er tauchte immer öfter auf und seine Bedeutung war klar. »Wir brauchen Beweise, wenn wir die Politiker vom Fenstersims ziehen wollen.«

»Agent Marano befindet sich in Begleitung von jemandem, den Sie kennen dürften. Wissen Sie zufällig, wo die beiden sind? Ich hätte wirklich verdammt gern ein Wörtchen mit ihm.«

Dass Delavasi wusste, dass er mit den Solovys befreundet war, sollte nicht überraschen. Vermutlich wusste er alles über Richards Leben. Der logische, analytische Teil seines Gehirns erinnerte ihn daran, dass die Information öffentlich war—mit einer simplen Exanet-Suche auffindbar—, und bislang war es die einzige persönliche Karte, die der Mann gespielt hatte. Er verstärkte die Mauer in seinem Geist.

»Wüsste ich gern. Ich nehme an, das heißt, Sie wissen es auch nicht?«

»Würde ich gern.« Delavasi rutschte unbehaglich in der Nische. »Bevor wir weitermachen…wegen William Sutton—«

»Direktor, ich bin hier, um meinen Job zu machen und eine Menge Leben zu retten. Bitte lassen Sie mein Privatleben aus dieser Vereinbarung raus, sonst gehe ich aus diesem Pub.«

»Botschaft angekommen. Wo lässt uns das?«

Richard unterdrückte ein Schmunzeln. Es gefiel ihm, dass der Mann so schnell zurückruderte—und nun zu ihm aufsah. Er schien das Heft in der Hand zu haben.

Er beugte sich über den Tisch. »Ich habe Pandora nicht nur wegen Neutralität und praktischer Lage gewählt. Ich habe eine Spur zu einem Teil des Sprengstoffs aus dem Anschlag auf das HQ. Einer Ratte wuchs ein Gewissen, und sie erzählte einem Pandora-Detective, dass eine lokale Verbrechergruppe ein HHNC-Depot ein paar Tage vor dem Anschlag in aller Eile off-world schaffen wollte. Der Detective erzählte es einem hier stationierten Allianz-Operativ.«

»Ausgezeichnet. Ein Name?«

»Nguyen. Gehen wir hören, was er zu sagen hat?«

* * *

Der Detective, Jere Kulm, brachte sie in das Viertel, in dem Nguyen operierte, und fand ihn rasch auf der Terrasse eines schäbigen Lokals.

Sie sondierten Umgebung und Personenfluss, bis beide sicher waren, dass keine Überraschung in den Ecken lauerte, dann positionierten sie sich in der Nähe. Minuten später verließ Nguyen das Restaurant und schlenderte die Straße hinunter.

Delavasi glitt neben ihn, legte ihm den Arm über die Schulter, während Richard von der anderen Seite heranrückte und unauffällig seinen Ellbogen packte. »Gehen wir mal ein Stück.«

»Was zum—«

»Es liegt in Ihrem besten Interesse, die Stimme zu senken, Mr. Nguyen.« Er gehorchte, begann dann jedoch zu zappeln und zwischen ihnen wegzusacken.

Delavasi verzog über Nguyens Kopf hinweg das Gesicht. »Jesus, zwingen Sie uns nicht, Sie zu schleifen. Sie sehen aus wie ein Schläger.«

Sie nutzten die Unsicherheit des Mannes, führten ihn weiter die Straße entlang und in eine Sackgasse, ließen ihn dann aus ihrem Griff nach hinten an die Mauer stolpern.

Klein, bullig, das Gesicht von einer Reihe Pockennarben gezeichnet und mit krummer Nase—offenbar hatte er nie in Gentherapie investiert. Sein Auftreten war rau und aggressiv; Straßensozialisation. Klug genug, um—so Kulm—eine durchaus umfangreiche kriminelle Gruppe zu leiten, aber immer noch nur ein paar Fehlentscheidungen vom Rinnstein entfernt.

Nguyen tigerte in der tiefsten Ecke der Gasse wie ein eingesperrter Räuber, der keine Flucht mehr sah, aber sein Schicksal nicht akzeptieren wollte. Richard und Delavasi versperrten den Ausgang. Für den unwahrscheinlichen Fall, dass er an ihnen vorbeikam, wartete fünf Meter weiter draußen Kulm, der lässig an der Wand lehnte, ein Daemon am Oberschenkel.

»Wer zum Teufel seid ihr? Ist das 'ne Abzocke?«

»Du hast vor sechzehn Tagen vierzig Kilo HHNC bewegt. Wohin?«

»Keine Ahnung, wovon ihr redet.«

»Ach komm. Du hattest's eilig und wurdest schlampig. Leute haben's gemerkt.«

»Was hab ich davon, euch irgendwas zu erzählen?«

Richard deutete auf die Straße. »Da draußen ist Krieg—mit Chaos dicht dahinter. Du hast sicher gehört, dass Aliens zu uns unterwegs sind? Wenn du also verschwindest, denkt jeder, du hättest die Verluste geschnitten und wärst abgehauen.«

»Drohen die Schönlinge mir etwa mit Mord?«

»Nö. Nur mit einem hübsch langen Aufenthalt in einem Militärgefängnis der Allianz...« er warf Delavasi einen Blick zu »...oder der Seneca. Ich habe gehört, die sind weit schlimmer.«

Delavasi nickte übertrieben ernst. »Weit schlimmer. Abgesehen von dem in Sibirien, das ihr betreibt. Habt ihr das noch?«

»Oh ja. Die Wärter haben Mühe zu verhindern, dass die Häftlinge erfrieren. Manche kauen sich die Finger ab, damit der Erfrierungsschaden nicht weiterwandert. Nicht schön.«

Nguyens dunkle Iriden huschten zwischen ihnen hin und her wie bei einem Junkie, der den nächsten Schuss wittert. »Und wenn mir ein paar Dinge wieder einfallen?«

Delavasi legte den Kopf theatralisch schief. »Kommt drauf an, wie viel dir einfällt.«

»Verdammt...wenn rauskommt, dass ich gesungen hab, bin ich bis morgens eine Leiche. Die Leute, für die ich arbeite, mögen keine Ratten.«

Richard musterte ihn mit lässiger Verachtung. »Glaube ich gern. Würden wir dich jetzt hier rausführen, dich die Straße runter eskortieren und dann mit einem Klaps auf den Rücken und einem hörbaren ›Danke‹ stehen lassen—wäre doch schade, wenn das jemand missversteht.«

Die Augen des Mannes weiteten sich; er sackte die Rückwand hinunter und vergrub das Gesicht in den Händen. »Erde. Sie gingen zur Erde. Vancouver. Deshalb seid ihr hier, stimmt's?«

Richard verbarg seine Erleichterung, indem er die Arme vor

der Brust verschränkte. Er starrte auf den Mann, der in sich zusammengesunken nur noch ein kleines Häufchen Elend war. »Auf wessen Befehl?«

Nguyens Stimme zitterte. »Kigin.«

Delavasi schaute über die Schulter zu Kulm, der anzeigte, dass er es verstanden hatte. »Zelones-Leutnant.«

Richard hockte sich neben Nguyen und beugte sich nahe heran. »Und?«

»Kigin gibt gern den harten Hund, aber er macht keinen Scheiß ohne die Genehmigung der Queen Bitch.«

Hinter ihm lachte Delavasi. »Damit meinen Sie Olivia Montegreu, nehme ich an.«

»Wen sonst, Mann? Man sagt, sie reißt persönlich die Fußnägel von Untergebenen, die sie enttäuschen—meistens, nachdem sie sie halb zu Tode gebumst hat.« Sein ganzer Körper bebte. »Macht, was ihr müsst, aber lasst mich nicht bei der Psychopathin!«

Richard wandte sich zu Kulm. »Bring ihn rein und halte ihn unter Verschluss, bis ich Entwarnung gebe, dann lass ihn laufen. Verpass ihm vorher ein paar Schrammen, damit er wieder als harter Hund auf die Straße kann und nicht als Weichei.«

»Geht klar, Sir.« Der Detective riss Nguyen hoch, stieß ihn gegen die Wand und klickte Fixiermanschetten an. »Wir drehen 'ne Runde. Glaub mir, es ist zu deinem Besten.«

Nachdem Kulm die Gasse verlassen hatte—den Gefangenen im Schlepptau—, sank Richard an der Rückwand herab. Der Adrenalinrausch aus der Begegnung hielt nicht lang. »Und jetzt? Kigin aufmischen? Auf New Babel können wir schwerlich zu einem Plausch bei Montegreu aufschlagen. Wir wären eine Minute nach dem Ausstieg vom Transport tot.«

Delavasi schritt durch die Gasse, der Trenchcoat wehte hinter ihm. »Vielleicht müssen wir beides nicht.« Er traf Richards erwartungsvollen Blick. »Wie steht's mit einem kleinen Abstecher nach Krysk?«

Richard runzelte die Stirn. »Direktor, ich schätze, was Sie mir bislang gegeben haben, aber es braucht einen verdammt guten Grund, damit ich Sie auf eine Föderationswelt mitten im Krieg begleite.«

Delavasi nickte. »Wie wär's damit: Ich kann Olivia Montegreu dazu bringen, zu uns zu kommen. Und übrigens—Graham.«

36

PORTAL PRIME

UNKARTIERTER RAUM

»Vielleicht ist das der Grund, warum es dich trotz aktiver Cybernetik durch das Feld gelassen hat.«

Alex warf ihm einen schrägen Blick zu. »Was ist der Grund?«

Sie und Caleb saßen auf dem Boden, die Rücken an einen großen Felsen gelehnt. Widerwillig hatte er die schlimmsten Wunden notdürftig versorgt. Reste dessen, was als Mahlzeit durchging— MREs und Energieriegel—lagen noch unaufgeräumt neben ihnen verstreut.

Als sie aufgegessen hatten, hatte sie den Kopf auf seine Schulter gelegt, ein Bein über seins geschlagen und ihre Finger mit seinen verschränkt. Und er hatte zugehört.

»Das Alien musste deinen Geist kontrollieren können. Nicht was oder wie du denkst, sondern dich dorthin bringen, wohin es wollte, und dir zeigen, was es wollte. Und dich bewusstlos halten, klar. Selbst wenn es telepathisch kommunizieren kann, vermute ich, dass es mit deiner Cybernetik interface-n musste, um den Rest hinzubekommen.«

»Aber jetzt, wo es mit mir fertig ist—warum hat mich das Abstoßungsfeld nicht rausgeworfen?«

»Nun, zwei Möglichkeiten.« Caleb griff in den neben ihm liegenden Pack und holte eine kleine, schmucklose Metallkugel heraus. »Diese Orbs erzeugen das Feld. Eine Zeitlang waren sie versetzt am Berghang platziert, dann sah ich irgendwann keine mehr. Erst dachte ich, die Abstoßung sei ein allumfassendes Feld, aber inzwischen vermute ich eher eine Art entmilitarisierte Zone.«

»Dann wäre das Feld hier nicht aktiv…was ist die zweite Möglichkeit?«

»Dass unsere Cybernetik intern ist und das Feld gar nicht auslöst—womit ich also völlig unnötig eVi-los bin.« Er zuckte die Schultern. »Aber das Risiko konnte ich nicht eingehen.«

»Ist es seltsam, wenn alles ausgeschaltet ist?«

»Ja. Ich greife nach modifizierter Sicht oder einem Nano-Schub Adrenalin und nichts reagiert.«

»Den Drachen hast du auch so ganz allein erledigt.«

»Stimmt, aber leicht war's nicht. Das Biest hat versucht, mich zu rösten.« Er seufzte. »Meistens ist es…still. Ich glaube, uns ist gar nicht bewusst, wie viel ständig in unseren Köpfen los ist—wie sehr unsere eVi permanent multitaskt, nachführt und informiert.«

»Du meinst, sie ist zur Krücke geworden?«

»Klar. Heißt nicht, dass es eine schlechte Krücke ist. Ein Werkzeug, das uns stärker gemacht hat. Gesünder, klüger, schneller. Aber die Stille ist gar nicht so übel, wenn man sich daran gewöhnt.«

Sein Daumen zeichnete träge ein Muster in ihre Handfläche. »Irgendeine Ahnung, wozu das Ganze gut war? Die Aliens haben sich ordentlich Mühe gemacht—dich zu kidnappen und dann anderthalb Tage durch einen mentalen und emotionalen Hindernislauf zu jagen.«

»Es war ein Test.«

»Warum sagst du das?« Seine Stimme nahm den gemesseneren Ton an, den sie kannte—Interesse geweckt.

»›Du hast dich gut geschlagen.‹ Das hat mein Peiniger gesagt, kurz bevor die letzte Vision kam—das Szenario mit meinem Vater. Bis dahin hatte es mich einfach in diese Szenen geworfen und mich ins Nichts fauchen lassen. Offenbar hat es zugehört.«

Sie stöhnte. »Leider gab es keinen Hinweis, wofür der Test war oder welche Folgen ›gut geschlagen‹ nach sich zieht—außer, mich nicht zu töten.«

Er beugte sich vor und küsste ihren Scheitel. »Ich habe eines von ihnen gesehen. Mit ihm gesprochen. Es hat nicht zurückgesprochen.«

Sie drehte sich komplett zu ihm. »Im Ernst? Wie sah es aus? Was ist passiert?«

»Ätherisch…einzelne Lichtpunkte, die sich formten und veränderten. Die Begegnung war kurz, und…ich fürchte, ich war ein wenig abgelenkt vom dringenden Bedürfnis, zu dir zu kommen.«

»Oh.« Sie schmolz unter der Intensität seines Blicks. »Wohin ist es? Hast du's gesehen?«

Er deutete hinter sie, jenseits des Plateaus. »Keine Ahnung, wie weit. Es verschwand nach der ersten Senke aus dem Blick.«

Ihr Blick folgte seiner Geste. Die friedliche, natürliche Landschaft zog sich ungebrochen bis zum Horizont und verriet nichts von ihren Geheimnissen. »Dann gehen wir dorthin.«

»Bist du sicher?«

Sie nickte entschlossen. »Es schuldet mir Antworten. Uns beiden.«

»Okay.«

»Das Problem: Offenbar sehen die Aliens nach nichts Bestimmtem aus. Ich weiß nicht, wie viele es hier sind oder irgendetwas über sie— außer dass sie Englisch verstehen und von überragender Arroganz sind, sich aber zur Vernunft bringen lassen. Aber wo wir sie finden? Das hier ist nicht der Weltraum. Ich kenne die Regeln der Wildnis nicht so gut. Oder gar nicht.«

»Dann ist es gut, dass ich's tue.«

»Ist es. Ich mein, du hast mich tief in den Bergen gefunden, oder?« Sie küsste ihn—lang und köstlich langsam—, bevor sie aufstand, um das Wäldchen nach einem Brotkrumen oder einem Richtungspfeil abzusuchen.

Er nickte zum Pack. »Ich habe dir frische Klamotten mitgebracht, falls du die loswerden willst.«

»Du kommst mir jetzt nicht in die Hose. Du bist verletzt.«

»Nicht so gemeint—«

Sie zwinkerte. »Schon klar. Ich will mich umziehen, aber ich bin so verdreckt, dass ich auch die neuen Sachen versauen würde. Vielleicht finden wir einen Bach oder so und können uns beide sauber machen.« Sie deutete auf das inzwischen getrocknete Blut an seiner Kleidung.

»Gefahr des Drachentöters.« Er sicherte den Pack, schloss ihn, stand auf und schulterte das geschiente Schwert.

Sie lächelte in sich hinein, während sie ihn beobachtete—ungesehen. In einer anderen Zeit, einem anderen Leben, mit einer anderen Person hätte sie ihm eine ganze Latte Flüche an den Kopf geworfen für das, was er getan hatte, ihn zur nächsten Luftschleuse hinauskommandiert und ihm den Rest ihres Lebens grollend verübelt, dass er es gewagt hatte, ihr geliebtes Schiff anzufassen—es zu verändern.

Aber dies war keine andere Zeit und kein anderes Leben, und er war kein anderer Mensch. Jetzt konnte sie sich selbst genug aus dem Weg gehen, um über ihre blinden Flecken hinauszusehen—und anzuerkennen, dass es richtig gewesen war, wie er gehandelt hatte.

Ihr Herz—vielleicht sogar ihre Seele—pochte unter diesem...

Gefühl. Sie hatte es Liebe genannt, doch sie hatte früher auch andere Gefühle »Liebe« genannt. Gefühle, die nicht das hier waren.

Sie erinnerte sich an das bodenlose, machtvolle Empfinden, das *dushevnoye volneniye* in der Stimme ihrer Mutter und im Leid in des Vaters Gesicht, und erwog die Möglichkeit, dass dies hier nur ein Hauch davon war—eine kleine Kostprobe dessen, was ihre Eltern füreinander empfunden hatten.

Es machte ihr Angst. Es ließ ihre Kehle arbeiten und kappte den Sauerstoff zum Gehirn, sodass kein rationaler Gedanke mehr durchkam. Es ließ sie vor ihm davonlaufen wollen—bis ans andere Ende des Universums, wenn nötig—bevor dieses vermaledeite »Gefühl« noch stärker wurde. Es ließ sie ihn beschützen wollen—ihn bei der Hand nehmen und mit ihm fortlaufen, bis ans andere Ende des Universums, an einen Ort, wo die Übel der Welt ihn niemals ereilen würden.

Es machte ihr Angst—aber sie hatte keine Wahl. Sie konnte sich nicht mehr vorstellen, wegzugehen.

Als er sich zu ihr umdrehte, zeigte sie einfach den Hang hinauf. »Führ’ uns.«

37

ERDE

EASK-HAUPTQUARTIER

Liam starrte finster aus dem Fenster seines Büros. Vom obersten Stockwerk der Logistik aus überblickte er vier andere Gebäude, den geschäftigen Innenhof darunter und einen Streifen der fortdauernden Aufräumarbeiten an der Bombenstelle.

Die Aussicht war weitläufiger als auf Deucali, wo kein Militärgebäude höher als fünf Stockwerke ragte. Doch am Rand seines Blickfelds schienen die Wände drohend zu wogen, als planten sie, sich zu schließen und ihn zu ersticken, sobald er sie aus den Augen ließ.

Alles fiel auseinander, und egal, was er tat, er bekam es nicht mehr unter Kontrolle.

Warum mussten ausgerechnet jetzt verfluchte Aliens auftauchen—in diesem Jahr, zu dieser Zeit, in *seiner* Zeit—nachdem sie aus Jahrtausenden hätten wählen können? Sie ruinierten alles. Ruinierten seine sorgfältig ausgearbeiteten Pläne und mit ihnen seine Hoffnung auf Zukunft, auf Erlösung, auf Rache.

Er wollte jede Welt der Föderation zu Staub unter seinem Stiefel zermahlen, während seine Armee eine Spur aus Blut und Leichen bis nach Seneca brannte. Er wollte in ihr innerstes Heiligtum stürmen und dem Feldmarschall einen Laser in den Schädel jagen, während ihr Chairman zusah, und dann dem Chairman einen Laser in den Schädel jagen. Er wollte ihre Körper auf einem Scheiterhaufen verbrennen, die Asche nach Deucali zurücktragen und auf dem geweihten Grab seiner Mutter verstreuen.

Stattdessen kämpfte er bloß darum, den Kopf über Wasser zu halten—überrollt von einer zerfallenden Nordwestflotte, die nicht einmal in den Föderationsraum vorzudringen vermochte. Seine Nordostkräfte waren schamlos abtrünnig geworden, und die Süd-flotten weigerten sich, mehr zu tun, als die Erde und die Verteidigung der First-Wave-Welten minimal zu stützen. Politiker, Presse und Öffentlichkeit verlangten, zu wissen, wie er gegen diese Aliens zu kämpfen gedenke, und bislang hatte weder er noch der neue Premierminister ihren Lärm beruhigen können.

Er *wollte* nicht gegen die Aliens kämpfen. Die Aliens waren ihm scheißegal—solange sie ihm nicht in die Pläne pfuschten. Sein einziger Trost war der tiefe Verdacht, dass diese Aliens sicher bald Seneca erreichen würden. Wenn es unmöglich wurde, den Planeten eigenhändig zu verbrennen, konnte er wenigstens aus der Ferne zusehen, wie er brannte.

Erst wenn der Planet in rauchenden Schlacken lag, *dann* mochte er erwägen, gegen die Aliens zu kämpfen.

Die Tür hinter ihm glitt auf und riss ihn vom Fenster los. Seine Kiefer mahlten grob aufeinander, als Miriam Solovy in sein persön-liches Heiligtum eindrang.

Seit ihre Tochter angeblich vom Bombenanschlag »entlastet« worden war, war die Frau unerträglich. Marschierte durch *sein* Gebäude, als wäre sie die Wiederkunft, kommandierte *seine* Leute herum, als hätte *sie* das Sagen.

»Solovy, besitzt du nicht den grundlegendsten Anstand, um Erlaubnis zu bitten, bevor du in mein Büro platzst?«

»Deine Sekretärin war nicht da, und ich hatte keine Zeit zu warten.«

»Ich habe auch keine Zeit. Was willst du?«

Ihr spöttisches Lächeln ließ seinen Magen gerinnen. »Dann spare ich mir die Höflichkeiten und komme direkt zum Punkt. Deine kurze Amtszeit in der Führung ist eine einzige, ungemilderte Katastrophe. Du schickst unsere Kräfte gegen bedeutungslose Ziele und vergeudest Ressourcen, die wir brauchen, um die Alieninvasion zu bekämpfen, während du dich weigerst, sie dorthin zu entsenden, wo sie *tatsächlich* Nutzen stiften. Du vernachlässigst die monumentale Bedrohung, die diese Aliens darstellen, bis hin zur offenkundigen Pflichtvergessenheit, und begnügst dich statt dessen damit, wirkungslose Sticheleien über die Föderationsgrenze zu werfen.«

»Wie kannst du—«

»Ich weiß, dass du deine Mutter im Ersten Crux-Krieg verloren hast. Ich verstehe, woher dein Hass auf Seneca rührt. Ich *war* an diesem Ort, und er ist dunkel und trostlos. Aus diesem einzigen Grund gebe ich dir die Gelegenheit, *freiwillig* zurückzutreten. Kehre ins Südwestkommando zurück und schütze diese Welten. *Das* hast du wenigstens gekonnt. Tust du es jedoch nicht binnen der nächsten zwölf Stunden, dann werde ich deine Abberufung vom Vorsitz betreiben und, falls nötig, deine Entlassung.«

Er stand ihr im Gesicht. Er wusste nicht, wie er dorthin gekommen war. Sie war so klein, so ein kümmerliches Geschöpf. »Du Schlampe. Was gibt *dir* das Recht zu glauben, du hättest in meinem Kommando irgendetwas zu sagen? Du bist nichts als eine aufgehübschte Sekretärin, die Verkleiden spielt. Geh zurück zu deiner Teestunde und lass die echten Soldaten arbeiten.«

Sie zuckte nicht. Menschen so klein wie sie zuckten immer.

Wenn überhaupt, verhärtete sich ihr Blick noch. »Ich habe dir deine Chance gegeben. Du bist eine Schande für die Streitkräfte der Erdallianz und die Uniform, die du trägst. Du bist im Begriff, Millionen auf dem Altar deines wahnhaften Kreuzzugs zu opfern, und *ich* werde es nicht zulassen. Ich—«

Sein Schlag warf sie einen Meter zurück gegen die Wand. Die Faust hatte sich aus eigenem Williamen bewegt, getragen von einer Wut und Frustration ganz aus sich heraus.

Zu seinem Verdruss fiel sie nicht. Menschen so klein wie sie fielen immer.

Keine Tränen sammelten sich in ihren Augen; statt dessen flammten sie in goldenem Bernstein auf, während sie ihren Kiefer rieb und sich von der Wand abstieß, bis sie wieder kerzengerade stand. Ein seltsames Lächeln tanzte über ihre Lippen. Blut sickerte aus dem Mundwinkel und die Kinnlinie hinab, doch sie ignorierte es.

»Das hättest du nicht tun sollen, Liam. Danke für die Bestätigung all dessen, was ich über dich vermutet habe. Pack deine Sachen, denn du bist erledigt.«

Dann drehte sie sich weg und war fort—und ließ ihn fassungslos stehen. Einen Kameraden zu schlagen war ein Grund für Verweis, wenn nicht Degradierung oder gar unehrenhafte Entlassung.

Sie machte ihn einfach so verdammt wütend! Sie verstand nichts— *nichts* davon, was es hieß, Soldat zu sein; nichts davon, was es hieß, einem höheren Ziel zu dienen. Schlimmer noch: Sie hatte die Stirn, in ihrer Unwissenheit unentschuldbar arrogant aufzutreten.

Das Blut pochte in seinen Ohren, die Augen zuckten durch das Büro. Er war erst seit Wochen hier, und nichts darin hatte für ihn eine persönliche Bedeutung.

Er hatte nicht vor, sich in der Öffentlichkeit demütigen zu lassen.

Eher würde er sterben, als sich vor ein Tribunal schleifen zu lassen, damit Greise von oben herab über ihn die Nase rümpften und sich anmaßten, ihn zu richten.

Eine kalte Gewissheit senkte sich auf ihn und beruhigte den Sturm in seinem Kopf. Ihm blieb nichts als die Mission, der er sein Leben gewidmet hatte. Sie hatte ihn so weit getragen. Sie würde ihn jetzt nicht im Stich lassen.

Er würde Seneca zahlen lassen. Und nachdem er von Seneca seinen gerechten Lohn eingetrieben hatte, würden *alle* bezahlen.

38

ROMANE

UNABHÄNGIGE KOLONIE

Zum ersten Mal seit Tagen allein in einem stillen Raum sank Mia an der Wand entlang und schloss die Augen. Sie wollte eine Woche schlafen. Mit ein wenig Glück, und nach *diesem* letzten Treffen, konnte sie vielleicht sechs Stunden schlafen. Ein vernünftiger Anfang.

Die »Strategierunde« war ein Albtraum gewesen. Zwei Dutzend Egomanen und dysfunktionale Geniehirne einfangen, fokussieren und ihre Egos streicheln, damit sie nicht davonstürmten oder, noch besser, einander umbrachten—keine Aufgabe, die sie irgendjemandem wünschte. Es durfte gern Jahrtausende dauern, bis sie so etwas wieder tun musste.

Doch es könnte sich gelohnt haben. Die Zeit würde es zeigen. Angestupst und hier und da gedrängt von Details, die Meno aus seiner Analyse der Daten über die Aliens nachschob, hatte das bunte Häuflein aus Milliardären und Wunderkindern am Ende brauchbare Vorschläge hervorgebracht, wie man gegen sie kämpfen konnte.

Sie verzog das Gesicht. Nacken und Kreuz schmerzten höllisch.

Sie stieß sich von der Wand ab, massierte den Nacken und machte sich auf die Suche nach Gouverneurin Ledesme.

Nach mehreren falschen Fährten fand sie sie schließlich in einem Konferenzraum der oberen Etagen, wo sie sich mit Mitgliedern ihres Kabinetts beriet. Als man Mia ankündigte, entschuldigte die Gouverneurin sich bei der Runde und bedeutete Mia, ihr in ihr Büro zu folgen.

Kaum war die Tür zu, wirbelte die Frau herum und musterte sie mit einer Mischung aus Hoffnung, Verzweiflung und Erwartung. »Sagen Sie mir, dass Sie gute Nachrichten haben, Ms. Requelme.«

»Möglicherweise. Die besten, die wir haben werden, bis wir viel mehr über diese Aliens wissen.« Sie reichte einen Datenträger hinüber, doch da die Zeit der Gouverneurin nun noch knapper bemessen war, trug sie die Eckpunkte gleich vor. »Messdaten deuten darauf hin, dass die Schiffe ein *dynamisches* Abschirmsystem verwenden, das mit extrem hoher Frequenz oszilliert. Unter diesen Eigenschaften ist wahrscheinlich, dass es die relativen Pegel in unterschiedlichen Bereichen als Reaktion auf Bedrohungen anpasst. Im Maximum ist der Schild mit unserer aktuellen Technologie nicht zu durchdringen, aber falls man einen Superdreadnought auf einer Seite mit koordiniertem Feuer bombardiert, um die Schildstärke dorthin zu ziehen, könnte ein anderes Schiff von einer anderen Position aus die dann schwächere Abschirmung durchbrechen und Schaden zufügen.

»Die Schiffe bestehen aus einem bislang unbekannten Material, dessen nächster Vergleich *Lonsdaleit-Diamant* ist. Das dürfte extrem hart sein—härter als alles, was wir herstellen können. *Wäre* es Lonsdaleit, sollte ein punktgenauer Treffer mit mindestens dreißig MN Kraft in einem Winkel von siebzehn bis einundzwanzig Grad seine Sprödigkeit ausnutzen und zum Bruch führen. Keine Garantien, aber einen Versuch wert.

»Alle—nun, fünfundachtzig Prozent von allen—sind sich einig, dass die Aliens auf einem hohen Terahertz-Band zwischen 2,7 und 3 THz kommunizieren. Auf dem Datenträger sind Spezifikationen mehrerer Wellenformen, die die THz-Signale in unterschiedlichem Ausmaß stören könnten. Auf ein Schiff richten und sehen, was passiert.

»Die »Arme« der kleinen Schiffe scheinen für den Flug nicht kritisch zu sein. Nach gründlicher Bildanalyse halten wir es aber für möglich, dass sie Strahlen lenken und/oder fokussieren, die aus den *Oculi* in ihren Zentren stammen. Das Abtrennen der Arme wird sie also nicht außer Gefecht setzen, könnte die Wirksamkeit ihrer Bewaffnung jedoch verringern.

»Die *Oculi* selbst könnten hingegen eine strukturelle Schwachstelle darstellen. Sie verfügen allerdings über die gleiche Abschirmung wie die Superdreadnoughts, und die Manipulation des Schilds wird wegen ihrer vergleichsweise geringen Größe schwierig. Eine erhebliche Minderheit der Runde glaubt, dass der Schild *während des Feuerns* herunterfährt; vielleicht kann also ein geübter Jägerpilot eins davon erwischen und überleben.«

Ihre Schultern sanken in Erschöpfung. »Das ist alles. Mir ist klar, dass vieles auf ein Feuergefecht hinausläuft, aber hoffentlich lässt sich ein Teil der Ideen nutzen, um das Array zu unserem Vorteil anzupassen.«

Ledesme lächelte; ein Politikerlächeln, doch es wirkte ehrlich. »Das ist großartig, Mia.«

»Es war nicht nur ich, nicht einmal überwiegend ich, und *Sie* waren es, die eine ganze Reihe besonders widerspenstiger Männer und Frauen überzeugt hat, sich reinzuknien, Schlaf zu opfern und Antworten zu finden.«

»Trotzdem: danke.« Die Gouverneurin ging zu ihrem Schreibtisch. Obwohl auch sie Schlaf verlor, zeigte ihr cremefarbener Brokatanzug keine Spur von Falten oder Abnutzung. »Die Frage ist jetzt: Abseits Ihres Vorschlags in Bezug auf das Array—was *tun* wir mit diesen Informationen?«

Die Frau hatte eben einen Raum voller Berater hinter sich gelassen, zu denen Mia nicht gehörte. »Fragen Sie nach meiner Meinung, Ma'am?«

»Ja. Offensichtlich steckt in Ihnen mehr als eine erfolgreiche Geschäftsfrau, und Sie leiden nicht an der Krankheit der politischen Blindheit.«

Die Nachricht über Messium war am Morgen zuvor herausgekommen. Zusammen mit dem Verschwinden inzwischen achtzehn Kolonien aus dem Exanet begann die Milchstraße tatsächlich in Panik zu verfallen. Sie hatte kaum Zeit gehabt, Nachrichten zu verfolgen, aber etliche Berichte über Massenpaniken an Raumhäfen und in Tumulte umschlagende Pressekonferenzen gesehen.

»*Wäre* ich am Zug? Ich würde die Informationen sehr öffentlich sowohl der Allianz- als auch der Senecanischen Armee zukommen lassen—und den Anführern der unabhängigen Kolonien. Erstens: Sie brauchen sie; es kann Leben retten. Zweitens: Romane wird so nicht gezwungen, Seite zu beziehen. Drittens: Es stellt die besten Eigenschaften Romanes und seiner Bürger heraus—Erfindungsreichtum, Kreativität, Produktivität, Intellekt, Großzügigkeit. Es zeigt, was Einzelne leisten können, wenn man ihnen Freiheit und die Früchte ihrer Arbeit lässt. Sagen Sie das ruhig in der Presseerklärung—es ist schlicht wahr.«

Ledesme wirkte beeindruckt. Mia wünschte, sie wäre nicht zu müde, um es zu würdigen. »Wir bewahren unsere Freiheit, stärken unser öffentliches Profil als beste und stärkste der unabhängigen Kolonien und beschämen die Föderation wie die Allianz ein wenig nebenbei. Zusammen mit der Tatsache, dass die Blockade offenbar bröckelt—diese Schiffe werden jetzt wohl anderswo gebraucht—, können wir viel gewinnen, *sofern* wir diese Krise überleben. Ich sage es noch einmal, Ms. Requelme: Sie wären eine fähige Politikerin.«

»Wenn wir diese Krise überleben, denke ich darüber nach. Vorerst konzentriere ich mich aufs *Überleben*.«

»Wie wir alle.« Für einen Moment ließ die Gouverneurin ihre eigene Müdigkeit durchscheinen, und Mia hatte den flüchtigen Gedanken, dass sie eines Tages vielleicht Freundinnen würden. »Dies sind dunkle, schwierige Zeiten. Aber wir stehen. Ich schicke Ihnen meine persönliche Kontaktadresse. Sollten Sie neue Informationen erhalten, wäre ich für einen kurzen Hinweis sehr dankbar. Keine Fragen.«

»Auf jeden Fall, Ma'am. Viel Glück. Sie werden es brauchen.«

Damit wirbelte sie zur Tür—der erste Schritt auf dem Weg zu ihrem Bett.

39

PORTAL PRIME

UNKARTIERTER RAUM

Je mehr die Steilheit des Geländes nachließ, desto üppiger wurde der Wald. Farbenfrohe Flora setzte Farbtupfer in einen endlosen Teppich aus Kleegras. Die Bäume blieben jedoch die hauptsächliche Kulisse, und sie kämpften sich zunehmend durch dichtes Gehölz. Auch wenn diese Berge in moderatem Gefälle flossen statt in zackige Gipfel zu schießen, waren sie immer noch Hochland.

»Ich habe meinen ersten Mann in einem Wald getötet, der diesem hier nicht unähnlich war.« Caleb warf keinen Blick zu Alex hinüber, um ihre Reaktion zu sehen oder festzustellen, ob sie wollte, dass er fortfuhr. Er musste fortfahren.

»Es war nicht als Agent. Ich war sechzehn, jobbte im Sommer beim Senecan Wilderness Service, reparierte Sensoren und Überwachungsgeräte. Spätabends suchte ich nach einem guten Platz, um zu zelten, als ich einen Schrei hörte.«

Kein Schrei... ein klagendes Heulen, so voller Schmerz, dass es ihm das Herz gefrieren ließ.

»Ich ging in die Richtung, aus der er gekommen war, und sah einen

Mann, der neben dem Kadaver eines elafali kniete. Eine auf Seneca heimische Spezies... am ehesten vergleichbar mit einem Elch. Sie sind gefährdet – von Natur aus selten und durch die Kolonisierung geschwächt –, aber sie haben diese wunderschönen Spiralhörner in der Farbe von perligem Korallen, also jagen Wilderer sie als Trophäen. Die Hörner, manchmal der ganze Schädel, werden auf dem Schwarzmarkt verkauft.«

Die Eingeweide des Tiers quollen in den Dreck, schimmerten im Abendlicht krankhaft gelb. Es war kein schneller oder schmerzloser Tod gewesen.

»Der Mann war gerade dabei, die Hörner mit einer Gamma-Klinge abzusägen. Ich konnte mich damals schon recht leise bewegen und schlich mich fast bis auf Armeslänge an ihn heran, bevor er mich sah. Er stand auf, behielt die Klinge in der Hand, und sagte, das ginge mich nichts an und ich solle meiner Wege gehen.

Ich erwiderte, dass die Jagd auf elafali illegal sei und ich ihn melden müsse. Es war mein Job – wobei ich es ohnehin getan hätte. Er machte einen Schritt auf mich zu und sagte: ›Das willst du nicht tun, Junge. Ich frage dich ein letztes Mal, verschwinde, sonst haben wir ein Problem.‹«

Die Bäume wuchsen dichter, warfen Schatten und kühlten die Luft. Caleb überlegte, ob er ihr sagen sollte, sie solle den Pullover auspacken, den er ihr vom Schiff mitgebracht hatte... aber sie schien noch nicht zu frieren.

»Ich sagte: ›Tut mir leid, aber das kann ich nicht ignorieren‹, und er sprang auf mich los. Der Kerl war groß, zwölf Zentimeter größer als ich und dreißig Kilo schwerer.«

Im dämmrigen Licht hatte er nicht erkennen können, wie viel davon Muskeln und wie viel Fett waren – als ob es eine Rolle gespielt hätte. Er war ein schmächtiger Junge, der gerade erst dabei war, durch die körperliche Arbeit Muskeln aufzubauen, und der Mann hätte ihn so oder so zerquetscht.

»Ich trug einen kleinen Daemon bei mir, weil gefährliche Wildtiere in den Wäldern unterwegs waren – nicht die elafali, die nicht aggressiv sind, es sei denn, man bedroht ihren Nachwuchs, aber andere Tiere. Ich reagierte instinktiv, zog und feuerte. Auf so kurze Distanz schnitt der Schuss ihm die Brust auf. Der Kerl fiel mir tot zu Füßen.«

Er spürte ihren Blick auf sich und konnte nicht anders, als hinüberzuschauen, doch er fand darin nur Mitgefühl. »Du hattest keine Wahl.«

»Nein. Hatte ich nicht.«

»Was ist dann passiert?«

»Mir wurde würgend schlecht.   Ich hätte mein Abendessen verloren, wenn ich es schon gegessen hätte. Dann alarmierte ich die Behörden und setzte mich neben den Kadaver, um zu warten. Nicht den des Mannes, den des elafali. Es war so ein wunderschönes Wesen, geschlachtet für ein paar Credits, damit irgendein Potentat sein Esszimmer schmücken konnte…«

Vorsichtig hatte er dem toten elafali die Augen geschlossen, die Hände zitternd wie bei einem Junkie auf Entzug.

Sie drückte seine Hand und ermunterte ihn, weiterzureden. »Ich vermute, ich stand die ersten zehn Minuten unter Schock. Ich erinnere mich kaum daran. Schließlich fing ich an, über den Mann nachzudenken. Wer er wohl war? Ob er eine Familie oder Kinder zurückließ? Ob ihn jemand vermissen würde? Aber mir wurde klar, dass es mir nicht leidtat, ihn getötet zu haben. Es tat mir leid, dass er mich angegriffen hatte, aber er hatte die Wahl getroffen – und die hundert davor, die zu diesem Moment führten. Und plötzlich war ich wütend.

Wie konnte er es wagen, mir mein Leben nehmen zu wollen? Er hatte nicht das Recht, dem Tier sein Leben zu nehmen, und verdammt noch mal hatte er erst recht nicht das Recht, meines zu nehmen. Er war ein Tyrann und Sadist, der tötete, ohne die Empathie zu besitzen, die Folgen seiner Handlungen zu begreifen.«

Er zügelte die Intensität, die in seine Stimme sickerte, überrascht, dass ihn das Ereignis dreiundzwanzig Jahre später noch einmal so aufwühlte. Vielleicht, weil jetzt jemand – oder etwas – versuchte, allen das Leben zu nehmen. Vielleicht war es nur die Vertrautheit des Waldes.

Dann kam ein Geräusch, gleichmäßig und rau. Es klang nicht künstlich, aber… »Caleb?«

Er zuckte nur geheimnisvoll mit den Schultern. Der Schlaumeier wusste, was es war. Aber er hatte sich nicht angespannt; sein Kiefer war nicht verriegelt, seine Schultern hatten sich nicht merklich gehoben. Seine Hände ballten und öffneten sich nicht. Er hielt die Quelle des Geräusches nicht für eine Gefahr.

Die Luft wurde kühler, eine feuchte Kälte, die sie zuvor nicht bemerkt hatte, setzte sich auf ihre nackten Arme. Und dann wurde es dunkel. »Caleb…«

»Vertrau mir.« Er hielt schweres Gestrüpp zur Seite und bedeutete ihr, vorauszugehen. Sie duckte sich, trat hindurch – und keuchte auf.

Ein über hundert Meter hoher Wasserfall stürzte die Bergflanke hinab. Auf ihrer Höhe bildete das Wasser ein ovales Becken, bevor es rechts einen Hang hinab floss, zu einem Bach wurde und wieder in den Wald zurückkehrte.

Das Wasser glühte so hell, dass der Bereich um das Becken fast wie am Mittag erleuchtet war, nur in einem unheimlichen Bernsteinton.

Seine Arme schlangen sich von hinten um sie, und sie sank gegen ihn, sog seine Wärme in sich auf. »Glaubst du, es ist eine Falle? Denn es sieht verdammt noch mal nach einer Falle aus.«

»Nein, dieser Ort ist zu gut versteckt. Und ich nehme an, würden wir zu den Ozeanen zurückkehren, über die wir bei unserer Ankunft geflogen sind, fänden wir sie ebenso hell leuchtend.«

Wie so oft wurde die Wahrheit im Rückblick blendend offensichtlich. »So beleuchten sie den Planeten. Das Wasser absorbiert nachts das Licht und gibt es tagsüber wieder ab.«

»Scheint so.«

Sie presste seine Arme fester an ihrer Taille, zog ihn näher. »Es muss irgendeine Photolumineszenz sein, aber es ist trotzdem künstlich. Ich meine, das Ganze hängt verdammt nochmal an einem Timer.«

»Einverstanden. Aber zugeben musst du: Es ist eine ziemlich elegante Lösung.«

»Stimmt. Und was ist mit diesem Ort hier?«

»Ich vermute, es ist, was es zu sein scheint – Regen- oder Schmelzwasser, das den Berg hinab läuft und das Tal speist.«

»Welches Tal?«

»Das in ungefähr fünf Kilometern Entfernung.«

»Ah, das Tal.« Sie drehte den Hals, um ihn anzusehen. »Können wir uns sauber machen? Ich habe seit buchstäblich Tagen nicht geduscht.«

Er küsste ihr Ohr. »Verdammt richtig können wir uns sauber machen. Wir schlagen hier sogar für die Nacht ein Lager auf.«

In Sekunden hatte sie sich aus seinen Armen gewunden und sich nackt ausgezogen; die schmutzigen, zerrissenen Sachen warf sie in die Bäume. Er hatte ihr Wechselkleidung mitgebracht, und diese Lumpen würde sie nie wieder anziehen.

Sie sprang ins Becken und kam heulend wieder hoch, als das eiskalte Wasser bis in die Knochen brannte. Sein Kichern hallte hinter ihr. Schon gut, sie würde gleich an ihm kichern. Es war kalt.

Aber jetzt war sie neugierig und tauchte noch einmal unter. Das Wasser leuchtete bis hinunter zum felsigen Grund. Von innen hatte es die Farbe eines französischen Chardonnay. Unvernünftig unbeschwert streckte sie die Zunge heraus. Schmeckte nicht so. Schade.

Als sie wieder auftauchte, sah sie, wie Caleb vorsichtig sein Hemd über den Kopf zog. Als er es geschafft hatte, verstand sie warum.

Dunkel indigoblaue und violette Blutergüsse zeichneten seinen Oberkörper und seine Schultern. Eine tiefe Schramme zog sich diagonal vom Schlüsselbein die Rippen hinab, und an drei Stellen war die Haut aufgerissen. Keiner der Schnitte war gefährlich tief, doch das umliegende Fleisch war zornig gerötet und geschwollen.

Sie starrte ihn an, als er ins Wasser stieg, und schwamm ihm entgegen. Sie hob die Hand und strich mit den Fingerspitzen so behutsam es ging über die Prellungen und an den Rändern der Wunden entlang.

Ihr Herz zog sich zusammen bei dem Anblick seiner Verletzungen. Nicht unverwundbar. Er hatte über das Drachentöten gewitzelt, aber erst jetzt begriff sie, wie knapp er dem Tod entkommen war. Nur weil er versucht hatte, zu ihr zu kommen.

Er packte ihr Handgelenk und zog es von seiner Brust weg. »Kein eVi, das die Heilung steuert und unterstützt. Aber ich heile.«

Ungläubig über seine lässige Haltung stieß sie scharf die Luft aus. »Du bist den ganzen Nachmittag und Abend so gewandert? Du hast den Rucksack so geschleppt?« Zweimal hatte sie unterwegs angeboten, ihn zu tragen; beide Male hatte er unbekümmert abgelehnt. »Du hättest etwas sagen sollen. Und es sind Schmerzmittel im Med-Kit, oder?«

»Wenn ich den Schmerz nicht spüre, vergesse ich ihn vielleicht und mache es schlimmer. Schon gut. Ich hatte Schlimmeres.«

Sie verzog das Gesicht bei der Vorstellung, tauchte jedoch die Hand in das leuchtende Wasser und führte sie zu den Schnitten, wusch vorsichtig getrocknetes Blut und Dreck ab. »Sobald wir raus sind, kommt ein Medwrap drauf.«

»Danach.«

Der Tonfall ließ unweigerlich einen Mundwinkel zucken, auch wenn sie sich noch um ihn sorgte. »Danach?«

Im nächsten Augenblick war er untergetaucht. Starke Arme umschlangen ihre Hüften und hoben sie an, um sie über seine Schulter zu werfen. Die Kälte der Luft fuhr über ihre nasse Haut. Sie quietschte und tat so, als würde sie sich wehren, während er sie aus dem Becken zu einer dicken Grasfläche am Ufer trug.

Er sank auf die Knie ins Gras und legte sie sanft auf den Rücken, dann stützte er sich auf einem Ellbogen neben ihr ab.

Sie schauderte in der kühlen Nachtluft – und vor dem Gefühl seiner Hand, die wie ein Hauch über ihre Wange strich, über den Kiefer und den Hals hinab. Als seine Fingerspitzen eine Brust zart berührten, stockte ihr der Atem – sowohl wegen der Berührung als auch wegen der Ehrfurcht, mit der sie geschah.

Seine Hand fuhr fort und zeichnete die Kontur ihrer Hüfte nach, aber seine Augen suchten nun ihre. Seine Stimme glitt über sie, so seidig wie seine Berührung. »Ich dachte, du wärst tot. Ich wagte es mir damals nicht einzugestehen, aber… ich dachte, ich hätte dich verloren.«

Ihre Hand fand seinen Nacken, in feuchte Wellen gefallene, längere Locken kitzelten seine Wangenknochen. »Ich bin nicht tot. Versprochen.«

Das Kräuseln seiner Lippen schickte ihr einen Schauder bis in die Zehen – diesmal hatte er nichts mit der Kälte zu tun. Das Leuchten des Wassers ließ seine Iriden schillernd cerulean erstrahlen, doch es war der Ausdruck darin, der ihr den Kopf schwindeln ließ.

Niemand hatte sie je so angesehen. Es erinnerte sie an den Moment, bevor sie das Portal durchbrochen hatten, nur dass jener Blick im Rückblick nur ein blasser Vorgeschmack dessen gewesen war, was sie jetzt sah.

Und jetzt musste sie nicht fragen, was er ausdrückte. Ihre Brust zog sich zusammen, als wollte sie die in ihr anschwollenen Gefühle bändigen.

»Nein, bist du nicht.« Sein Kopf senkte sich, setzte einen neckenden Kuss auf eine Brustwarze, dann auf die Rundung ihrer Brust am Ansatz zum Brustbein, dann spiegelte er die Geste auf der anderen Seite. Die Küsse wanderten quälend langsam ihren Bauch hinab. »Du bist sehr...« – seine Zunge zeichnete Kreise um ihren Nabel, glitt dann tiefer – »...sehr lebendig.«

Ihr Kopf fiel zurück und ihr Rücken bog sich durch, und für eine Zeit vergaß sie alles, was außerhalb der Empfindungen seiner Hände und seiner Zunge existieren mochte.

Als sie die berauschende Qual nicht länger ertrug, griff sie in sein Haar, beide Hände, und drängte ihn flehentlich nach oben.

Er kam ihr quälend langsam nach, sodass sie sich aufrichten musste, um ihren Mund auf seinen zu pressen und ihn auf sich zu ziehen. Sie kostete sein Gewicht auf ihr, stark und sicher, scheinbar bis an die Enden des Universums.

Doch gerade als er in sie hineingleiten wollte, kippte sie die Hüften, erwischte ihn so unvorbereitet, dass sie ihn auf den Rücken rollen konnte. Ein teuflisches Kichern entrang sich ihr bei dem tief aus seiner Kehle kommenden Frustlaut.

Ihr Haar fiel in Wellen und kitzelte seine Haut, während sie jeden Winkel seines Mundes und die Kurve seines Kiefers küsste, sich nur Zentimeter über ihm hielt, die Hände links und rechts neben seinem Körper abgestützt. Sie neckte ihn, wie er sie geneckt hatte.

Dem Ausdruck ungezügelten, lodernden Verlangens in seinem Gesicht nach zu urteilen, funktionierte es.

Eine Viblade funktionierte im Repulsionsfeld nicht, und sein Stoppelbart driftete gefährlich in Richtung Vollbart. Ihre Lippen brannten vom Reiben, aber sie stellte fest, dass ihr die derbe Rauheit durchaus gefiel.

Sie streckte sich der Länge nach auf seinem Körper aus, achtete darauf, keinen Druck auf seinen gezeichneten, geschundenen Oberkörper zu bringen.

Seine Hände glitten an ihre Hüften, führten sie fest und nicht ohne Nachdruck, als sie über ihn hinabglitt – ein Keuchen entrang sich ihnen beiden zu gleichen Teilen.

Ihre Lippen fanden sich noch einmal, dann legte seine Handfläche sich an ihren Bauch und lenkte sie weiter nach oben. Ein stockender, wundersamer Atem entfuhr ihr, als sie sich ganz auf ihn senkte.

Im Schein des Beckens konnte sie das Vergnügen und die Glut sehen, die seine Augen verzehrten. Im Schein des Beckens fragte sie sich, ob er in ihren eigenen die Leidenschaft und Zärtlichkeit erkennen konnte, die darin überquollen.

Tief in den Winkeln ihres Geistes wusste sie, dass sie ihnen wahrscheinlich zusahen. Sie sahen schließlich alles.

Sollen sie zusehen.

Sollen sie sehen, was es heißt, Mensch zu sein. Zu leben.

Sollen sie sehen, was es heißt, zu lieben – und geliebt zu werden.

40

ERDE

WASHINGTON, ERDALLIANZ-HAUPTQUARTIER

Marcus fand sich einmal mehr von Kisten umgeben, auch wenn das Büro diesmal größer war und der Ausblick besser.

Das würde nun zum letzten Mal der Fall sein, denn sowohl Büro als auch Ausblick wurden innerhalb der Erdallianz nicht besser als im Büro des Prime Minister. Doch es waren dieselben Kisten mit denselben Gegenständen wie zuvor, und er fühlte sich nicht anders, als sie ihn im Büro des Justizministers oder des Außenministers umgeben hatten.

Wenn die Umstände andere wären, sagte er sich, könnte er Zufriedenheit empfinden, könnte sich daran erfreuen, genau das erreicht zu haben, worauf er jahrzehntelang hingearbeitet hatte. Von einem obdachlosen Straßenjungen in den Slums von Rio de Janeiro war er ins mächtigste Amt der Galaxis aufgestiegen. Was könnte man sich noch wünschen?

Zum Beispiel, dass die Aliens die Anständigkeit besessen hätten, noch ein Jahr mit ihrem Angriff zu warten.

Er war so kurz davor gewesen, die Menschheit aus dieser Krise hinauszumanövrieren. Nach über fünf Jahren Planung war es am Ende eine Frage von Wochen gewesen.

»Sir, Admiral Miriam Solovy ist hier, um Sie zu sprechen.«

Er verzog das Gesicht bei der Stimme seines Stabschefs aus dem Lautsprecher. Wochen, die er hätte gewinnen können, gäbe es nicht die Tochter seines Gastes. Frustration kratzte seine Kehle hinauf und hinterließ einen faden, ranzigen Geschmack im Mund, doch er durfte es sich nicht anmerken lassen. Er war jetzt der Prime Minister. Also griff er nach einem Glas Wasser, um den Geschmack fortzuspülen, und erteilte die Erlaubnis, sie hereinzulassen.

Er hatte Miriam Solovy im Lauf der letzten fünf Jahre ein halbes Dutzend Mal getroffen, zuletzt bei der Sitzung des Select Military Advisory Council wenige Stunden vor dem Bombenanschlag auf das EASK-Hauptquartier. Sie hatte stets die stille Zuversicht ausgestrahlt, die Offiziere auszeichnete, die sich ihren Rang verdient hatten, statt in ihn hineinzufallen. In jeder Situation makellos gefasst—nie hatte er sie schreien hören oder auch nur die Stimme heben, und doch fühlte man sich, wenn sie sprach, verpflichtet zuzuhören.

Er hatte nie herausfinden können, warum das so war. Es beunruhigte ihn, wenn er einen Aspekt menschlicher Interaktion nicht verstand, aber sie blieb ihm ein Rätsel.

Wäre sie doch bei dem Anschlag gestorben, wie vorgesehen… statt jetzt in seinem Büro zu stehen, in makelloser Uniform und mit einer Aura rechtschaffener Autorität.

Er gestikulierte so warm, wie er es vermochte. »Admiral Solovy. Ich habe nur ein paar Minuten, aber ich gebe Ihnen gern, was ich kann.«

»Danke, Prime Minister. Ich würde Ihnen gratulieren, doch ich fürchte, die Lage ist dafür zu düster.«

»Da stimme ich zu. Ich hoffe, ich kann halb so guter Anführer sein, wie Luis Barrera es war. Was kann ich für Sie tun?«

»Kurz gesagt? Finden Sie einen Weg zu einem Waffenstillstand mit der Föderation, verpflichten Sie unsere gesamten Streitkräfte zur Verteidigung gegen die Aliens—und feuern Sie General O'Connell aus dem EASK-Board. Nicht zwingend in dieser Reihenfolge.«

»Ist das alles? Könnte ein paar Stündchen dauern.« Er lachte—und war erschrocken, wie ausgefranst es klang. Das Glitzern in ihren Augen sagte, dass sie es ebenfalls bemerkt hatte.

In Gedanken stieß er einen alten Gossenfluch aus seinen Gangtagen aus. Ihr einen taktischen Vorteil auf dem Silbertablett zu servieren, war kein guter Start in die Besprechung. »Admiral, Sie wissen um die schwierige Lage, in der wir uns befinden. Ich kann die Gräueltaten nicht ignorieren, die die Föderation der Allianz im letzten Monat angetan hat.«

»Ich habe beim Anschlag auf das Hauptquartier Tausende Menschen verloren—Kollegen und Freunde. Ich versichere Ihnen, niemand begreift die Verluste besser als ich. Aber die klare Tatsache ist: Wir haben keine Idee mehr, wer den Anschlag verübt hat. Viele beginnen zu bezweifeln, dass die Föderation verantwortlich war. Für die Explosion auf dem Orbital gibt es noch weniger Anhaltspunkte. Sir, die Föderation mag heute unser Gegner sein, doch eine solche Fehde erscheint lächerlich klein angesichts der Bedrohung durch die Aliens.«

»Prime Minister, ich neige nicht zu Übertreibungen. Aber die gesamte menschliche Spezies ist von Auslöschung bedroht.«

Das Problem seiner möglichen Erwiderungen war, dass sie recht hatte. Für jeden, der nicht wusste, was er wusste, war ihre Position unangreifbar, und er wäre verrückt, dagegen zu argumentieren. Doch im Lichte dessen, was er wusste und sie nicht, musste er jede Zeit gewinnen, die ging.

»Sie haben natürlich recht. Umstände wie diese erfordern kühne

Schritte. Ich werde alles in meiner Macht Stehende tun, aber es gibt keine Garantie, dass die Föderation überhaupt reden will. Und vielleicht zeigt sich in der Messium-Offensive, dass diese Aliens nicht so furchterregend sind, wie wir glauben. Unsere Aussichten ändern sich rapide, und vorerst muss ich alle Optionen offenhalten.«

»Sir, ich—«

»Was General O'Connell betrifft: Mir ist bewusst, sein Auftreten kann ruppig sein, aber er verfügt über jahrelange Führungserfahrung und—«

»Er hat den Föderationskrieg zum Desaster gemacht und zeigt kein Interesse am Alienkrieg. Ich glaube, er lässt sich von einer persönlichen Vendetta gegen die Senecan treiben, seit seine Mutter im Ersten Crux-Krieg starb. Das vernebelt sein Urteilsvermögen und treibt ihn zu übereilten Entscheidungen, die von keiner stimmigen Strategie oder Lage auf dem Schlachtfeld gedeckt sind.«

»Und die Tatsache, dass Ihre Tochter nicht nur die Aliens entdeckt hat, sondern dann offenbar fälschlich mit dem EASK-Anschlag in Verbindung gebracht wurde, vernebelt Ihr Urteil nicht?«

»Sir, wir haben acht Kolonien verloren. 6,4 Millionen Bürger— viermal so viel, zählt man jene dazu, die gerade auf Messium sterben. Weitere vier senecanische und fünf Unabhängige Kolonien sind verwüstet. 1,2 Millionen Menschen vermisst oder tot. Ich brauche kein vernebeltes Urteil, um die verbliebenen zu verteidigen.«

Springer schlägt Dame. »Schon gut, Admiral. Punkt verstanden. Ich werde mit General O'Connell sprechen und sicherstellen, dass seine Prioritäten dort liegen, wo sie liegen sollten. Falls nicht, erwäge ich einen Führungswechsel.«

»Danke, Prime Minister. Hoffentlich erreichen uns in den nächsten Stunden gute Nachrichten aus Messium.«

»Das hoffe ich auch. Wenn Sie mich jetzt entschuldigen—die Assembly-Führung wartet.«

318

Doch als sie gegangen war, begab er sich nicht in den Lagebereich im Kellergeschoss, wo sich die Assembly-Führung versammeln würde. Stattdessen aktivierte er Privatsphärenabschirmung und trat hinter seinen Schreibtisch.

Für gewöhnlich hatte über die Jahre der Alien den Kontakt zu ihm gesucht, doch es hatte einige Fälle gegeben, da hatte er selbst die Initiative ergreifen müssen. In solchen Fällen hatte das Wesen prompt reagiert.

Er gab den Code in sein eVi ein, eine sinnlose Zeichen- und Zahlenfolge.

»Hyperion, bist du da? Ich hätte erwartet, längst von dir zu hören. Wie du sicher weißt, bin ich inzwischen zum Prime Minister der Erdallianz aufgestiegen und kann endlich den Kurs der Menschheit bestimmen.«

Stille.

»Ich bitte dich, deine Kräfte zurückzuziehen. Unterbrich die Angriffe. Gib mir ein paar Wochen, und ich verspreche dir: Die Menschheit wird keine Bedrohung mehr für euch darstellen. Ich kann es schaffen—ich habe die Macht. Ich brauche lediglich mehr Zeit.«

Stille.

»Deshalb hast du mich vor so vielen Jahren aufgesucht. Weil du erkannt hast, was ich zu leisten vermag. Ich habe all dieses Potenzial erfüllt, und von hier aus kann ich Berge versetzen. Ich kann Welten bewegen. Von hier aus kann ich alles. Gib mir die Chance, es zu beweisen. Zieh dich zurück.«

Stille.

»Bitte. Ich flehe dich an. Lass mich jetzt nicht im Stich.«

Stille.

41

KRYSK

KOLONIE DER SENECAN FÖDERATION

Olivia machte sich nicht die Mühe, ihr finsteres Stirnrunzeln zu zügeln, als sie sich zum zweiten Mal in ebenso vielen Monaten dem Empfang näherte. Diesmal stellte sie sich auch nicht vor.

Nach dem Ausgang ihres letzten Besuchs bezweifelte sie, dass die Frau sie vergessen hatte.

Die Empfangsdame schlotterte sichtbar. Hatte sie also nicht.

»Ich informiere Mr. Ferre, dass Sie eingetroffen sind, Ma'am.«

Laure Ferre hatte sie am Vortag kontaktiert, um über einen widerspenstigen Zwischenhändler zu sprechen. Ferres größter Lieferant für block-gestrippte Hardwarekomponenten machte nach dem ›Unfall‹ mit Ilario und Alaina Ferre Zeter und Mordio und verlangte, mit der Person zu reden, die wirklich das Sagen hatte—wirklich das Sagen—oder er kappe seine Lieferungen. Nach New Babel wollte er nicht reisen, und ein Holo würde nicht genügen. Die Kriege seien schuld an seiner Störrigkeit, behauptete der Mann.

Selten gab sie den Forderungen anderer nach, doch in letzter Zeit schien sie viele Zugeständnisse zu machen. Endzeit und so.

Angesichts der Verluste im Osten konnte sie es sich nicht leisten, auch noch die Märkte der Föderation zu verlieren, auch wenn die an den Rändern ebenfalls begannen, an die Aliens zu fallen.

Also hatte sie ihren strengsten schwarzen Hosenanzug angezogen, Pumps, mit denen man einen Menschen töten konnte, wenn man genug Kraft investierte, das Haar in ein schwarzes Seidentuch gebunden—und war nach Krysk geflogen.

Nicht falsch verstehen: Kriechen würde sie nicht. Nicht sie. Aber wenn dieser Lieferant die Furcht vor Olivia Montegreu brauchte, konnte sie liefern.

Die Empfangsdame führte sie den Gang entlang, buchstäblich schlotternd in den Stiefeln auf dem ganzen Weg. Auf ihre Berührung hin öffnete sich eine Tür zu einem deutlich kleineren Konferenzraum als bei ihrem letzten Besuch. Am Tisch saßen Laure Ferre und zwei etwas ältere Herren.

Sie wirbelte herum, als die Tür hinter ihr zufuhr. Sie prüfte nicht, ob sie per Code verriegelt war; natürlich war sie es.

Stattdessen wandte sie sich den Anwesenden zu, und ihr Ausdruck verhärtete zu kaltem Stahl. Sie brauchte die Ergebnisse der Gesichtsscans nicht, um zu erkennen, dass die beiden Männer Geheimdienstler waren. Es perlte ihnen aus den Poren wie ölige Schweißperlen.

»Anscheinend ist es gerade Mode, mir in den Rücken zu fallen. Ich bin enttäuscht von dir, Laure. Ich dachte, wir hätten ein beiderseitiges Verständnis.«

Laure hatte die Chuzpe, sich selbstgefällig zwischen seinen großen, starken Beschützern zu spreizen. »Hatten wir. Für den Moment. Aber ich hatte keinen Grund zu glauben, dass du mich nicht entsorgen würdest, sobald du keine Verwendung mehr für mich hast—so wie bei meinem Cousin und meiner Tante. Ich muss auf mich aufpassen. Ich nehme an, mit dem Konzept bist du vertraut.«

Der Mann links, mit buschigem Salz-und-Pfeffer-Haar, wies auf den Stuhl ihm gegenüber. »Ms. Montegreu, bitte nehmen Sie Platz.«

Sie hob eine Braue. »Ich werde also nicht verhaftet.«

»Nun, ich denke, das hängt von Ihnen ab.«

Sie wollten also etwas. Wollten sie immer. Mangels Alternativen setzte sie sich, schwieg jedoch.

Der andere Mann—er besaß keinerlei nennenswerte Erkennungsmerkmale—beugte sich leicht vor. »An wen wurden die vierzig Kilo HHNC auf der Erde ausgeliefert?«

Ah.

Hatte Marcus sie verkauft, bevor sie ihn verkaufen konnte? Es passte nicht zu ihm, und doch... Endzeit und so. Palluda wäre ohnehin der lukrativere Verrat gewesen, also vielleicht nicht. »Ich weiß nicht, von welchem HHNC Sie sprechen. Ich handle nicht mit Sprengstoffen.«

»Doch, tun Sie. Sie handeln mit allem. Dem HHNC, das von Pandora nach Vancouver geschmuggelt und beim Anschlag auf das EASK-Hauptquartier eingesetzt wurde.«

Also war Kigin in der Eile, nachdem Terrage den Job abgelehnt hatte, schlampig geworden und hatte's versaut. Darum weicht man nie vom Plan ab. Das Zugeständnis war ihr tatsächlich in sprichwörtlicher Weise in den Hintern gebissen.

Sie beschloss, dass sie Marcus definitiv töten würde, falls sie ihn wiedersah...

...es sei denn, sie konnte etwas Besseres erreichen.

Sie lächelte—im technischsten Sinn des Wortes, insofern sich ihre Lippen nach oben krümmten. »Director Delavasi, Colonel Navick—« sie behielten genug Fassung, um nicht zu zeigen, dass es sie überraschte, dass sie sie identifiziert hatte »—ich erwarte, Sie sind auf eine längere Vernehmung vorbereitet. Sie haben vermutlich ausgetüftelt, wann Sie zu Schikane greifen und ab welchem Punkt drakonische Drohungen nötig werden.«

Das Lächeln erlosch. »Wenn's Ihnen recht ist, würde ich derlei Unannehmlichkeiten gern vermeiden. Mir ist klar, dass ich für jede Ihrer Regierungen ein Preisfang bin—welche am Ende gewinnt, ist eine interessante Frage. Eine, deren Antwort ich nicht erfahren möchte.

Die einfache Wahrheit ist: Vor ein paar Monaten wäre ich der größte Fang Ihrer Karriere gewesen. Heute stehen Sie vor weitaus größeren Problemen. Problemen, bei denen ich Ihnen helfen kann.«

Navick setzte an zu protestieren; sie schnitt ihm mit einer Handbewegung das Wort ab. »Ich gebe Ihnen alles, was ich über dieses kleine Scharmützel zwischen Ihren Regierungen weiß: wer beteiligt war, woher die Materialien kamen, welche konkreten Vorfälle wann von wem verübt wurden. Darin finden Sie mehrere Fänge, groß genug, um Ihre Karrieren zu machen, versichere ich Ihnen. Ich liefere Ihnen die Beweise, die Sie brauchen, um Ihrem unglücklichen Krieg ein gnädig rasches Ende zu bereiten.

»Außerdem stelle ich Ihnen Material zur Verfügung, um gegen die Aliens zu kämpfen—inoffiziell und kostenlos. Spitzentech. Modifizierte Waffen. Biosynth-Booster für Ihre Bodentruppen. Was immer Sie brauchen. Die Nachschubwege dürften etwas dünn werden, da so viele Kolonien abgeschnitten sind und Sie in den letzten Wochen so viele Ressourcen damit vergeudet haben, einander zu töten.«

Navicks Kiefer mahlte—dem Aufwand geschuldet, ihr zuzuhören, wie sie vermutete. »Warum sollten Sie uns das alles geben?«

»Was nützt es, eine kriminelle Mastermind zu sein, wenn niemand übrig ist, den man korrumpieren kann? Es liegt nicht in meinem Interesse, dass die Aliens alle umbringen.«

Delavasis Fingerspitzen trommelten auf der Tischplatte. »Und im Gegenzug?«

»Im Gegenzug gehe ich als freie Frau aus dieser Tür. Ich werde für keinerlei Beteiligung an Ereignissen, die im Zusammenhang mit Ihrem Krieg vielleicht oder vielleicht nicht stattgefunden haben, strafrechtlich verfolgt. Oder für irgendetwas anderes.«

Der Mann lachte herzlich; der volltönende Klang schien tief aus seinem Bauch zu kommen. Sie vermutete, manche würden es ein »Guffaw« nennen. Welch ordinäres Wort.

Dann war es mit einem Schlag verflogen und seine Augen hart. »Sie verlangen eine ganze Menge.«

Sie erwiderte seinen starren Blick mit einem kühlen. »Nicht wirklich. Jeder in diesem Raum weiß: Wenn man mich in den Knast steckt, nimmt einfach jemand anderes meinen Platz ein. Das Geschäft, in dem ich bin, läuft weiter wie eh und je. Wäre es nicht besser, wenn jemand das Sagen hat, der geneigt ist, die Galaxis zu retten—und Ihnen persönlich wohlgesonnen ist?

»Außerdem glaube ich, dass Sie bereits eine ähnliche, wenn auch weniger grandiose Vereinbarung mit Mr. Ferre getroffen haben. Es ist ja nicht so, als hätten Ihre Skrupel noch viel tiefer sinken können.

»Meine Herren, ich biete Ihnen die Mittel an, Milliarden Leben zu retten. Alles, was ich im Gegenzug verlange, ist mein eigenes.«

Delavasi und Navick tauschten einen Blick. Navick biss sich so heftig auf die Unterlippe, dass sie jeden Moment mit Blut rechnete. »Und wenn wir ablehnen?«

Sie lehnte sich im Stuhl zurück und schlug lässig ein Bein über das andere, die Hände auf dem Knie ruhend.

»Verhaften Sie mich. Foltern Sie mich. Führen Sie mich über den öffentlichen Platz. Sie bekommen Ihren Preisfang. Und Sie verlieren alles.«

* * *

324

Richard und Graham saßen in einer weiteren Booth in einem weiteren Pub.

Richard nahm einen tiefen Schluck seines Ale. Eiskristalle klammerten sich—wundersamerweise trotz der drückenden Hitze—an die Außenseite des Krugs. Er leckte den überschüssigen Schaum ab und blickte über den Tisch.

»Nun.«

Graham nickte weise über seinem eigenen Krug. »In der Tat.«

»Was sagt es über uns aus, dass man uns so spektakulär manipulieren kann?«

»Der Fairness halber: nicht uns. Politiker. Du und ich, wir haben ihr Spiel schnell genug durchschaut—spricht also eher für uns.« Das Grummeln danach machte klar, dass es nur halb im Scherz gemeint war.

»Für oder gegen uns, wir haben Arbeit vor uns. Und ihre Informationen sollten verdammt noch mal wasserdicht sein, denn diese Leute gehen nicht freiwillig unter.«

»Jap. Aber hey, dafür bezahlt man uns wie Prinzen.«

»Ich dachte, man bezahlt uns wie Bettler.«

»Ach, richtig.« Graham leerte sein Ale. Er sah aus, als wolle er verzweifelt noch eins bestellen, hielt sich aber zurück. »Also bleiben wir eng in Kontakt und versuchen, die Aktionen zu koordinieren. Wir wollen unsere Ziele nicht aufschrecken, wenn es sich vermeiden lässt.«

»Mein Weg ist länger als deiner, aber das bedeutet mehr Zeit, die Daten zu analysieren. Ich schicke dir zusammen, was ich habe, sobald ich in Washington lande.«

»Direkt in die Höhle des Löwen, was?«

Richard zuckte mit den Schultern. »Ein Team wartet dort auf mich. Je länger wir warten, desto größer die Chance, dass alles den Bach runtergeht.«

»Wahr genug. Glaubst du, sie wusste wirklich nichts über die Aliens?«

»Es ist logisch. Sie hatte einen guten Punkt: Eine Galaxis ohne Leben ist schlecht für ihr Geschäft. Trotzdem fällt es mir schwer, sie laufen zu lassen.«

»Das größere Wohl, mein Freund.«

»Ich weiß.« Richard atmete aus. »Bleibt nur noch, es zu tun. Gehen wir's an?«

Graham zog eine kleine Kristalldisk aus der Tasche. Er schob sie zu Richard herüber. »Für dich.«

»Was ist das?«

»William Suttons komplette Intelligence-Akte. Wie er rekrutiert wurde, was seine Einsatzparameter waren und alles, was er uns über die Jahre geliefert hat.«

Richard schüttelte den Kopf und schob die Disk zurück. »Behalte sie.«

»Bitte. Betrachte es als kleines Dankeschön dafür, dass du den Mut hattest, ein gewaltiges Risiko einzugehen und dich mit mir zu treffen. Ohne dich hätte ich das nicht einmal versuchen können. Stattdessen säße ich in meinem Büro und würde mir die Haare raufen, weil ich wusste, dass etwas nicht stimmte, aber keinerlei Ansatz hatte, es zu beweisen. Montegreu hatte recht. Wir werden Milliarden Leben retten—und das ist mindestens so sehr dein Verdienst wie meiner. Wahrscheinlich mehr.

»Und deshalb hast du es verdient, zwei Dinge zu wissen. Erstens: Dich zu heiraten, war nie Teil seiner Einsatzparameter. Das war allein seine Entscheidung. Zweitens: Was seine Einsatzparameter waren und wie er sie erfüllt hat, steht auf dieser Disk. Tu mir den Gefallen und nimm verdammt noch mal die Datei.«

Richard schloss die Augen und ließ die Disk in seine Tasche gleiten. Er nahm sich vor, sie auf dem Weg zum Raumhafen in einen

Mülleimer zu werfen. Falls ihm keiner begegnete, am Raumhafen. Und wenn alles scheiterte, im Flugzeug.

Sie standen beide auf; diesmal streckte er als Erster die Hand aus.

Graham ergriff sie warm. »Es war mir ein aufrichtiges Vergnügen, Richard. Überleben wir diesen Krieg und dann die Aliens, trinken wir zusammen absurd viele Drinks.«

Richard ertappte sich bei dem Gedanken, dass es eine hervorragende Idee klang. »Bis dann.«

42

PORTAL PRIME

UNKARTIERTER RAUM

Caleb wachte vor ihr auf. Er rührte sich nicht und gönnte sich stattdessen einen viel zu seltenen Moment, einfach nur zu genießen, wie sich ihre Haut an seine schmiegte, wie glatt sich ihr Bauch unter seiner Hand anfühlte, wie ihr Haar den satten, natürlichen Duft des Waldes aufgenommen hatte.

Sie war der stärkste Mensch, den er je gekannt hatte. Doch hier, schlafend in seinen Armen, war sie verletzlich. Sie war so wild und entschlossen; doch hier, schlafend in seinen Armen, gab sie nach. Sie kämpfte und rang unablässig; doch hier, schlafend in seinen Armen, war sie zufrieden.

Er rechnete damit, dass sie heute bei den Aliens ankommen würden – soweit diese überhaupt erreichbar waren. Sie glaubte, sie könne mit dem Feind vernünftig reden; sie beharrte darauf, dass er eine Schwäche zeige, die sie ausnutzen könne. Wenn es möglich war, zweifelte er nicht daran, dass sie es schaffen würde.

Er wollte sie nicht wecken und aus friedlichem Schlummer in den Mahlstrom reißen, der unweigerlich folgen würde. Eines Tages würden sie beide bis zum Nachmittag schlafen und das Bett nicht verlassen. Aber heute sollten sie nicht trödeln.

Wenn er sie wecken musste, dann auf angenehme Art. Seine Fingerspitzen strichen die Kurve ihrer Hüfte entlang, während er zarte Küsse an ihren Hals und hinter ihr Ohr setzte.

Sie murmelte und bewegte sich an ihn, zunächst im Schlaf ... dann sehr bewusst, wenn das schelmische Lächeln am Mundwinkel, selbst im Profil, ein Hinweis war.

Sie sollten nicht trödeln ...

Sie drehte sich zu ihm um, fand mit ihren Lippen die seinen – und er beschloss, es sei ohnehin noch zu dunkel, um aufzubrechen.

* * *

Er warf Alex einen Energieriegel zu. Sie lagen jetzt offiziell hinter dem Zeitplan, also gab's Frühstück unterwegs. Es hatte sich spektakulär gelohnt.

Der Riegel landete im Gras vor ihr, während sie in die Stiefel schlüpfte. Er wandte sich wieder dem Rucksack zu, schloss ihn – und sah wieder zu ihr hinüber, wie sie den Riemen diagonal auf-, um- und wieder abwärts führte, um ihn unten zu verriegeln.

»Was hast du da gerade gemacht?«

»Hmm?«

»Mit dem Riemen. Warum nicht einfach gerade herumwickeln?«

»Oh ... das habe ich mir als Kind von meinem Dad angewöhnt.«

»Aha.« Er blickte zum Becken hinüber. Das Leuchten verblasste, je heller der Himmel wurde, doch der Wasserfall stürzte weiterhin gelassen den Berghang hinab. Ein Ort wie gemacht für Selbstreflexion.

Er setzte sich neben sie, die Arme über die Knie gehängt. »Es gibt da etwas, das ich schon länger ansprechen will. Wir sind so gerannt, es ergab sich nie der richtige Moment. Aber das hier ist der richtige Moment.«

»Caleb, wovon redest du?«

»Ich habe deinen Vater nie getroffen. Ich weiß nur, was die Geschichtsbücher über ihn sagen – und was du mir erzählt hast. Deine Mutter habe ich kennengelernt, wenn auch nur für ein paar, aber sehr aufregende Minuten. Und ich weiß nicht, ob dir das klar ist, doch du bist bis ins Mark die Tochter deiner Mutter.«

Ihr Kopf sank auf seine Schulter. »Ich weiß.«

»Wirklich?«

»Ich habe ohne Frage ein paar der ... buntschillernden Eigenschaften meines Dads geerbt – oder mir abgeschaut: eine derbe Sprache, eine lässige Missachtung von Autoritäten ...« Sie lachte leise. »Ich schwöre, wäre er nicht als Kriegsheld gestorben, wäre er früher oder später wegen Insubordination aus dem Militär geflogen. Laut Richard wäre es fast zweimal passiert, bevor ich geboren wurde. Aber ...« Ihre Stimme verebbte, während sie den Wasserfall betrachtete, dann drehte sie sich zu ihm. »Als ich in diesem virtuellen Spaßhaus der Aliens war, sah oder hörte ich sie dreimal – in völlig unterschiedlichen Situationen. In so vieler Hinsicht war es, als würde ich in einen Spiegel schauen. Vielleicht einen leicht verzerrten, aber doch einen Spiegel.«

Ein Seufzer dämpfte sich an seinem Shirt. »Und auch wenn ich es törichterweise erst jetzt verstehe: Mein Vater hat sie zutiefst geliebt – vermutlich aus ähnlichen Gründen, aus denen ich gern glauben möchte, dass er auch mich geliebt hat. Hätte ich diese eine einfache Wahrheit schon vor Jahren begriffen, wäre dann zwischen uns etwas anders gewesen?«

Eine Strähne fiel ihr über die Wange. Er strich sie hinters Ohr und ließ die Hand an ihrem Hals verweilen. Ihre Erfahrungen hatten sie verändert, und er entdeckte noch immer, auf welche Weise. »Es ist noch Zeit.«

»Ich frage mich.« Sie seufzte. »Wir haben beide diese panzerdicken Schutzschilde aufgebaut … und jedes Mal, wenn wir zusammen sind, prallen unsere Schilde die ganze Zeit aufeinander – und saugen den Sauerstoff aus dem Raum.«

Er schmunzelte, legte den Arm ganz um sie und zog sie näher. »Das beschreibt ziemlich genau, was ich gesehen habe.«

»Touché.«

»Wenn du die Beziehung verändern willst, wird einer von euch diese Schilde senken müssen.«

»Ich habe Angst.«

Er legte die andere Hand unter ihr Kinn und hob es, bis sie ihm in die Augen sah. »Du hast vor nichts Angst.«

Überraschung hob ihre Züge. Dachte sie, er hätte es nicht bemerkt? »Davor aber schon. Was, wenn sie nicht reagiert? Du hast keine Ahnung, wie hart sie sein kann.«

»Ich glaube, ich habe eine ungefähre.« Er hob spielerisch die Brauen. »Pistolen, Handschellen, autoritäre Befehle, mich wegzusperren?«

Sie rollte kurz die Augen. »Punkt für dich. Aber Tatsache ist: Ich schulde ihr eine Entschuldigung. Eine echte. Also – wenn wir es schaffen, von diesem Planeten runterzukommen, zurück durchs Portal – und nicht sofort verhaftet oder erschossen werden, werde ich es wohl riskieren müssen.«

»Ich würde wetten, du wirst es nicht bereuen.« Er küsste ihre Stirn und zog sie auf die Beine. »Los. Diese Aliens kommen nicht zu uns.«

* * *

Die Bäume standen inzwischen so dicht, dass er mit dem Schwert Äste weghackte. Definitiv die richtige Richtung.

Alex' Haar verfing sich in einem Zweig; nachdem sie es befreit hatte, band sie den Pferdeschwanz neu. »Der Ort, wo du mich gefunden hast – wie sah er aus? Ich war damals etwas neben mir und habe nicht viel bemerkt. Jetzt wünschte ich, ich hätte genauer hingeschaut und die Struktur untersucht.«

»Von außen war nicht viel zu sehen, aber innen wirkte es wie eine Art holografische Kammer. Die Wände waren reinweiß, wie in einem Sim-Raum, und photal-Leitungen zogen sich durch alle Flächen.«

»Das ergibt erstaunlich viel Sinn. Wenn ich raten müsste, würde ich sagen, sie speichern Aufzeichnungen dieser Ereignisse – oder aller Ereignisse – irgendwo und können sie in der Kammer projizieren.«

»Das würde deine Erfahrung weitgehend erklären.« Er schleuderte einen meterlangen Ast zur Seite. »Leicht machen sie es uns jedenfalls nicht, oder?«

Sie duckte sich unter dem nächsten Ast hinter ihm hindurch. »Ich glaube, das ist der Punkt.«

»Ja?«

»Ich vermute, dieser ›Spieler‹ will sehr wohl, dass wir ihn finden, fühlt sich aber gezwungen, es uns nahezu unmöglich zu machen.«

»Gezwungen – warum?«

»Ausgezeichnete Frage.«

Er brach einen dünneren Zweig ab, zwängte sich zwischen zwei Bäumen hindurch – und blieb stehen. »Vielleicht fragst du ihn einfach.«

Der Wald löste sich auf und gab ein atemberaubendes Tal frei, eingebettet zwischen zwei Bergen. Der Boden fiel sanft ab, reiche Gräser wogten, übersät mit goldenen Blumen, die eine leichte Brise aufbauschte. Am Talgrund funkelte die spätere Vormittags-»Sonne« auf einem großen See in gletscherblauem Wasser. Das feine

Schimmern verriet, dass der See des Nachts sicher hell wie ein Stern leuchten würde.

Doch jenseits des Schimmers des Wassers strahlte ein noch hellerer Anblick. Über dem See schwebte – nein, glitt – ein Lichtwesen. Es war das Wesen aus Alex' Gefängnis, doch hier wurde es so viel mehr.

Im gleichen Gletscherblau wie der See spiralten kunstvolle Muster von einem Zentrum aus, das an den Kamm einer Muschel erinnerte; Filamente woben weiter nach außen und formten Flügel ohne Membran. Nichts Künstliches zierte es. Kein Metall, kein Stoff, nichts Hartes oder Ungelenkes störte seine Schönheit.

»Ich würde sagen: ›So was sieht man nicht alle Tage‹ – aber wenn ich mit dir zusammen bin, scheint es so.«

Sie brachte ein unsicheres Lachen hervor. »Ach was, so ein Spektakel sehe ich nur jeden dritten Tag.« Ohne den Blick abzuwenden, griff sie nach seiner Hand. »Ich liebe dich.«

Er drückte ihre Hand beruhigend. »Ich liebe dich. Sollen wir uns vorstellen?«

»Ich glaube, das ist nicht nötig.«

Es steuerte gezielt auf sie zu. Aus der Nähe war der Detailgrad in seinen Flügeln außergewöhnlich. Die Muster wirkten, als wären sie auf mikroskopischer Ebene gemalt.

Das Alien ließ sich auf einem kleinen Felsvorsprung links nieder. Während es sich näherte, begann es sich zu verwandeln, bis es, zehn Meter entfernt, eine vage menschliche Form angenommen hatte, um die verbleibende Distanz zu überbrücken und vor ihnen zum Stehen zu kommen.

Obwohl fester als in der Kammer, blieb seine Gestalt amorph, durchsichtig und fließend. Es glich einer Aquarell-Darstellung eines Menschen – Hände ohne definierte Finger, ein Mund ohne Zähne oder Zunge, die Kontur von Augen ohne Iriden.

Ich bin Mnemosyne. Geht mit mir.

43

SCYTHIA

ERDALLIANZ-KOLONIE

Der Anblick der Schiffe im Hochorbit über Scythia reichte fast, um glauben zu machen, sie hätten eine Chance. Aus dem Anflugwinkel, den Malcolms Transporter nahm, spiegelte sich das Licht von Scythias kupferner Sonne auf den schieferglänzenden Rümpfen, die in gestaffelten Diamantformationen angeordnet waren. Er zählte sechzig Fregatten, zwölf Kreuzer, acht Träger und zahlreiche Spezialschiffe, zu klein, um sie zu erfassen. Die Jäger würden in den Trägern angedockt sein, aber sie sollten mindestens vierzehnhundert ausmachen.

All diese Schiffe wurden jedoch von der *EAS Churchill* in den Schatten gestellt. Der Dreadnought im Zentrum der Flotte war fast fünfmal so groß wie die Kreuzer. Er maß 1,3 Kilometer bei 280 Metern – auch wenn die Alienschiffe, denen sie begegnen würden, ihn überragten.

Hier, umgeben von fast einem Viertel des NE Command, dominierte er das Panorama. Über 21 000 Menschen bemannten den Dreadnought – eine kleine Stadt.

Und fürs Erste war er Malcolms Ziel.

Der Transporter wand sich durch die Formationen und bot ihm ein visuelles Feuerwerk. Es war jedoch seine letzte Gelegenheit, den Kopf frei zu bekommen. Der letzte Atemzug vor dem Sturm. Also tat er sein Bestes, den Prunk zu ignorieren, und ging im Geist durch, was er wusste, was er nicht wusste und was er wissen musste.

Während er im Nordwesten herumhetzte und den Senecanern Nadelstiche versetzte, hatte eine Armada von Alienschiffen den östlichen Drittel des besiedelten Raums entlang ein Blutbad angerichtet. Die Kommunikation verstummte, bevor die Aliens eintrafen; harter Informationsgehalt über sie – Taktiken, Stärken, Verteidigungen – war rar. Das meiste, was sie hatten, stammte ironischerweise von Alex. Er bezweifelte, dass sie sich die Rolle ausgesucht hatte; vermutlich war sie höllisch sauer darüber. Wo auch immer sie war.

Nun hatte jemand eine Methode gefunden, innerhalb der Sphäre der Aliens rudimentäre Kommunikation wiederherzustellen, was ihre Chancen, sie zu schlagen, von null auf infinitesimal klein erhöhte. Trotzdem würde sich die Menschheit nicht einfach kampflos ergeben. Sie mussten es versuchen.

Messium, sechs Stunden entfernt, würde also der Ort der ersten echten Schlacht gegen diese geheimnisvollen Eindringlinge sein – und die erste Gelegenheit herauszufinden, wie am Arsch sie wirklich waren.

Als er aufsah, füllte der Dreadnought das Sichtfeld. Der Transporter bog zum offenen Hangar ab, passierte das Flimmern des Kraftfelds und setzte in einer freien Box auf. Er schüttelte der Pilotin die Hand und stieg aus.

Beherrschtes Chaos füllte den Hangar, als Technikerinnen, Mechaniker und Operatoren in alle Richtungen eilten. Eine Aura der Dringlichkeit lag in der Luft, und sein Puls beschleunigte sich, getragen von Energie und Zielstrebigkeit seiner Kameraden.

Eine junge Frau hastete auf ihn zu. »Colonel Jenner? Wenn Sie mir folgen, begleite ich Sie zu Admiral Rychen.«

»Danke, Corporal. Ich würde mich allein vermutlich wochenlang verlaufen.«

Sie zuckte mit den Schultern, während er mit ihrem schnellen Schritt mithielt. »Das Schiff ist groß, aber wenn man das Layout verstanden hat, kann man es im Schlaf ablaufen.«

Der Lift stieg eine Ewigkeit – lang genug für das Penthouse eines Wolkenkratzers. Als er schließlich hielt, winkte der Corporal ihn vor, während sich die Tür öffnete. »Der Admiral ist am Ausguck, Sir.«

Malcolm bedankte sich mit einer Geste, trat auf die Brücke und blieb staunend stehen. Die Brücke war so groß wie die gesamte *EAS Juno*. Die Decke stieg zehn Meter hoch, und dreifache Sichtfenster am Bug gewährten ungehinderten Blick auf die halbe versammelte Flotte vor Scythias Leuchten.

Dutzende Stationen säumten beide Wände, bestückt mit der fortschrittlichsten Technik, die er je gesehen hatte. Das Murmeln war gedämpfter und kontrollierter als im Hangar, aber nicht weniger dringlich. Er schnappte schnell ein Bild mit seinem Okularimplantat und schickte es an Veronica; vielleicht wäre sie stolz auf ihn, wenn sie es sähe. Dann straffte er die Schultern und bahnte sich seinen Weg durch das Personal zur erhöhten Plattform zu zwei Dritteln der Brücke.

Admiral Christopher Rychen stand mit drei Offizieren zusammen und überprüfte einen großen Bildschirm mit den einzelnen Formationsgruppen – Bereitschaftsstatus, offene Punkte, Waffenstärken. Malcolm wartete am Rand der Plattform in Paradehaltung.

Als die Offiziere entlassen waren, trat er mit strammem Salut vor. »Colonel Malcolm Jenner, melde mich zum Dienst, Sir.«

Rychen erwiderte den Salut und reichte ihm die Hand. »Rühren, Colonel. Ich bin froh, dass Sie es geschafft haben.«

Malcolm schüttelte sie und beschloss prompt, dass er den Admiral mochte. Er war voreingenommen gewesen, ihn zu mögen, doch die wettergegerbte Stirn, die lebendigen Augen und die gelassene Art strahlten Wärme aus.

Rychen wies ihn an, mit an das Geländer zu treten. Von hier überblickte die Plattform die Navigationsgrube und die Sichtfenster darüber; in dieser Hinsicht unterschied sie sich nicht sehr vom Design der *Juno*-Brücke.

»Ich nehme an, Sie hatten Gelegenheit, die Briefings zu studieren?«

»Ja, Sir, mehrfach.«

»Meinungen?«

Also gleich aufs Glatteis. Zeit fürs Kennenlernen gab es kaum. »Die Rückmeldungen Ihrer Aufklärer bestätigen, dass die Anpassungen an der Kommunikation funktionieren – was willkommen ist. Wenn ich es richtig verstanden habe, haben die Scouts dreizehn der alienischen Superdreadnoughts erfasst. Das ist eine Menge Schiffe, aber längst nicht die Mehrheit ihrer Kräfte. Wir müssen also annehmen, dass die Aliens anderswohin unterwegs sind oder andere Welten angreifen. Sie wissen damit: Messium ist nicht Gaiae. Aber sie rechnen auch nicht mit einem Kampf. Wenn wir uns beeilen, können wir uns einen kurzfristigen Vorteil verschaffen, indem wir sie überraschen.«

»Dann finden wir heraus, ob wir ihren Schiffen überhaupt Schaden zufügen können.«

Malcolm verzog das Gesicht. »Wäre schön, die Antwort vorher zu kennen, Sir – aber ich sehe ein, dass uns der Luxus eines Testlaufs fehlt.«

»Das wäre was, nicht?«

»Ja, Sir. Damit stehen wir vor einem Dilemma. Wir müssen

hart und schnell zuschlagen, aber genau das setzt den Großteil unserer Kräfte erheblichen Risiken aus. Meine Empfehlung wäre, alle Schiffe halten die sLume-Antriebe in der ersten Minute nach Kontakt geladen und startbereit. Das zieht viel Energie, aber wenn einer dieser Superdreadnoughts einen Kreuzer mit einem Schuss verdampft – bei allem Respekt, Sir –, dann müssen wir wohl den Rückzug antreten und einen neuen Plan ausarbeiten.«

Rychen nickte. »Ausgezeichnete Anregung. Ich setze einen Sammelpunkt nahe Pyxis als Ausweichposition. Deren Regierung hat uns für alle notwendigen Sternentraversen freigegeben.«

»Haben wir Aufklärung dazu, was am Boden passiert?«

»Sehr wenig. Weitere Kommunikationsversuche sind fehlgeschlagen. Die kurzen Scans der Scouts zeigen Aktivität um die beiden Großstädte. Wenn ich raten müsste, würde ich sagen, die Aliens wollen den Planeten nicht zerstören, nur seine Bewohner und seine Infrastruktur. Sobald die Schlacht beginnt, schicke ich drei Stealth-Schiffe zum Hauptquartier. Ich würde sie gern vorher schicken, aber ich kann es mir nicht leisten, unsere Hand zu verraten. Und seien wir ehrlich: Sie werden vermutlich nur Trümmer finden.«

Malcolms Blick glitt zum linken Screen, wo der Flottenstatus alle fünf Sekunden aktualisiert wurde. »Sir, darf ich fragen … wie lautet unser kurzfristiges Ziel? Messium zu befreien, ist das Endziel, aber realistisch betrachtet müssen wir akzeptieren, dass es unerreichbar sein könnte.«

»Eine Streitmacht dieser Größe und Stärke sollte nicht die sein, die Stärken und Schwächen unseres Gegners zuerst herausfindet, Colonel – aber es ist, wie es ist. Wir versuchen, so viele ihrer Superdreadnoughts wie möglich zu zerstören. Gelingt das nicht, versuchen wir, sie zu beschädigen. Gelingt auch das nicht, versuchen wir, sie lange genug vom Planeten wegzulocken, damit Zivilisten am Boden fliehen können. In diesem Szenario werden unsere Verluste ab einem Punkt so schwer, dass die einzig vernünftige Wahl der Rückzug ist – um den Rest der Flotte für künftige Operationen zu retten. Wir müssen verdammt noch mal alles daransetzen, diesen Punkt so weit wie menschenmöglich hinauszuschieben – und bereit sein, den gesamten Plan jederzeit zu ändern.«

»Verstanden, Sir.«

»In diesem Zusammenhang haben wir in der letzten Stunde interessante Ideen vom Gouverneur von Romane erhalten.«

»Sir?«

»Anscheinend haben deren klügste Köpfe seit Tagen dieselben Daten studiert wie wir und sich Methoden überlegt, sowohl gegen die Aliens zu verteidigen als auch sie anzugreifen. Ich weiß nicht, wie sie an die Daten gekommen sind, und es ist mir egal. Ich nehme Hilfe, wo ich sie kriegen kann. Mein XO baut die neuen Informationen in unseren Schlachtplan ein und schickt ihn Ihnen, sobald er fertig ist.«

Rychen tippte auf seinem Kontrollpanel eine Folge von Befehlen. »Ich gebe Ihnen das Kommando über die *EAS Orion*. Sie ist der neueste Kreuzer im NE Command, mit dem vollen Paket an Extras. Sie beaufsichtigen vier Fregatten in diesem Sektor.« Die Karte zoomte auf ein Gebiet südöstlich der Hauptstadt.

Ein Kreuzer? Und vier Fregatten obendrein? »Sir, ich fühle mich geehrt, dass Sie mir so viel Verantwortung anvertrauen, aber Sie wissen, ich habe bisher nur eine einzige Fregatte kommandiert – und das ganze neunundzwanzig Tage lang?«

»Weiß ich. In diesen neunundzwanzig Tagen haben Sie bessere taktische und strategische Entscheidungen getroffen als jeder andere Fregattenkapitän in der gesamten Nordwest-Kampagne. Meiner Ansicht nach ist es egal, ob Sie am Boden oder im All sind – Sie verstehen das Schlachtfeld auf eine Weise, wie es nur wenige tun. Sie können vor Ort denken und schrecken nicht davor zurück, eine kühne Entscheidung zu fällen, wenn es die Lage erfordert. Ich brauche da draußen Kommandanten, die eigenständig entscheiden und handeln können, wenn ich heute hier irgendeine Chance haben will.«

»Ich werde alles in meiner Macht Stehende tun, damit uns das gelingt, Sir.«

Rychens Lächeln wirkte selten echt für einen Vier-Sterne-Offizier. »Die Zeiten formen den Menschen, Colonel. Ich bin zuversichtlich, dass Sie's tun.« Ein Hauch von Ironie schlich in seinen Blick, als er wieder zum Flottenstatus sah. »Und jetzt organisieren Sie sich eine Fähre zur *Orion*, denn wir starten in zwei Stunden.«

44

MESSIUM

ERDALLIANZ-KOLONIE

In der Mitte des 21. Jahrhunderts hatte die Unterhaltungsindus trie eine Reihe selbsternannter „postapokalyptischer" Filme hervorgebracht. Getarnt als fiktive Dramen und Horrorstreifen waren sie dünn verhüllte Propaganda, die vor dem düsteren Schicksal warnen sollte, das die Menschheit erwarte, falls sie nicht entweder Verschmutzung, Energiehunger und Industrialisierung in den Griff bekäme – oder den Planeten verließe.

Über zweihundert Jahre später zeigte man die Filme in der Schule, um den Erfolg der Menschheit zu rühmen, die Erde und ihre Ökosysteme gezähmt zu haben – und ebenso den Erfolg, das Verlassen des Planeten zu einer Option gemacht zu haben. Die Filme unterschieden sich in Details, doch ausnahmslos zeigten sie Städte, reduziert auf rauchende Ruinen; Skylines aus gebrochenen, abgeschorenen Wolkenkratzern; Brücken entzwei; und Autobahnen zu Geröll geschreddert.

Der erste Gedanke, der Kennedy durch den Kopf schoss, als sie durch ein zerborstenes Fenster des Palaimo-Hauptquartiers kroch und auf die Straße trat, war: Den Filmemachern hatte es an Fantasie gemangelt.

Die völlige Verwüstung von Messiums Hauptstadt lag vor ihr wie die Schlussaufnahme eines jener Filme.

Obwohl es Abend war, blieb genug Licht, um in endlosen Prismen von den zahllosen Metallsplittern zu glitzern, die aus den Gebäuderesten ragten.

Zur Linken war ein ganzer Block vaporisiert worden. Restlos ausgelöscht, denn nicht ein einziger Träger irgendeines Bauwerks ragte mehr über Bodenniveau hinaus. Davor stand bei manchen Gebäuden noch das Gerüst, jedoch sämtlicher Verkleidung beraubt – bis auf vereinzelte Stücke, die am Rahmen festklammerten.

»Das wird dem Tourismus auf Messium nicht guttun.«

Sie blickte zurück, um die Augen zu rollen, und war überrascht, ein amüsiertes Funkeln in Noahs Gesicht zu sehen, während er ihre Tasche – jetzt noch schwerer durch die Ausrüstung, die sie aus dem Labor mitgenommen hatten – über die Schulter warf. »Gibt es irgendetwas, das du ernst nimmst?«

»Bisher nicht.«

»Und? Wie läuft das so für dich?«

Er leckte sich die Lippen. »Nun, ich lebe – während offenbar verdammt viele andere tot sind. Also insgesamt ziemlich gut, würde ich sagen.«

Sie stieß ihm den Ellenbogen in die Rippen ... aber er hatte recht.

Ihr war während des Wegs aus den Eingeweiden des Gebäudes das Schicksal eines guten Teils der Palaimo-Mitarbeitenden klargeworden. Am entgegengesetzten Ende des Untergeschosses, weit weg von ihrem Lagerplatz, war die Decke eingestürzt. Sie nutzten die Trümmer als Pfad nach oben und hinaus – nur um festzustellen, dass ein großer Teil des ersten und der größte Teil des zweiten Stockwerks ebenfalls eingestürzt waren.

Sie erinnerte sich, dass sich an jener Ecke im ersten Stock ein großer Konferenzraum befunden hatte. Die Lachen geronnenen Blutes, die unter den Platten aus zerborstenen Wänden und Decken hervorquollen, zeichneten ein ziemlich eindeutiges Bild. Falls nicht – die vereinzelten Hände oder Füße, deren marmorierte, teils ausgetrocknete Haut zwischen den Trümmern hervorschaute, hätten es zur Genüge getan.

Jetzt übersäten Leichen Straße und Bürgersteige. Während einige von herabstürzenden Trümmern erschlagen worden waren, waren die meisten … geröstet. Bis zur Unkenntlichkeit versengt, vermutlich von irgendeiner Waffe. Säure stieg ihr in die Kehle bei dem Gedanken, sie könnten bei lebendigem Leib verbrannt worden sein.

Sie presste eine Hand auf den Mund und drehte sich weg, versuchte, die Bilder aus dem Kopf zu verbannen: Menschen, die um ihr Leben rannten, im Wissen, dass sie sterben würden – und die dann auf so grausame Weise starben.

»Hey … alles okay?« Seine Hand legte sich sanft an ihren Arm, seine Stimme ungewohnt zärtlich.

Sie schluckte schwer und hob das Kinn. »Nicht im Geringsten. Lass uns hier verschwinden.«

»Geht klar, Blondie.« Er setzte sich auf dem Bürgersteig in Bewegung, und sie hastete hinterher. Sie war sich noch nicht sicher, ob sie den Spitznamen mochte oder verabscheute, aber jeder Versuch, ihn ihm auszutreiben, hatte nur zu verstärktem Gebrauch geführt.

Noah behauptete, am Rand der Innenstadt, sechs Kilometer westlich, befänden sich eine militärische Station und ein Dock. Offenbar nutzte das Militär Shuttles vom weitläufigen Stützpunkt außerhalb der Stadt für Termine in der City und für Treffen mit lokalen Lieferanten und Auftragnehmern. Seinen Angaben nach lag die Shuttlebucht ebenerdig und wurde von dem mittelhohen Gebäude geschützt, sodass eine kleine Chance bestand, dass sie noch unzerstört war.

Keines der Schiffe dort – falls es überhaupt welche gab – würde sLume-Antriebe haben. Mit nur einem Impulsantrieb würden sie sicher verhungern, lange bevor sie eine andere Kolonie erreichten. Aber im All hätten sie immer noch bessere Chancen als hier am Boden.

Am Rand der nächsten Kreuzung flammte ein unheilvolles rotes Glühen auf, und Noah stieß sie in eine Nische neben einer Servicetür. Sekunden später bog – was nur ein Schiff sein konnte – um die Ecke.

Sie erkannte es als eines der vielen insektenförmigen Schiffe aus Alex' Aufnahmen, eines der hunderttausenden seltsamen Gefährte, die in die Superdreadnoughts eingedockt hatten. Es schwebte einige Meter über dem Boden, während seine merkwürdigen metallischen Tentakel wie Fühler vor ihm her tasteten.

Aus dem Nichts stürmte ein Mann aus einem Ladenfrontrest und rannte die Straße hinunter. Das Schiff beschleunigte und nahm die Verfolgung auf. Als es fünfzehn Meter hinter ihm war, schoss ein purpurroter Laser aus dem Kern seiner Tentakel und …

Noahs Hand legte sich auf ihren Mund, als ahne er den Entsetzenslaut, der in ihr hochkochte – in dem Moment, da der Mann in Flammen aufging. Er musste im Augenblick des Treffers tot gewesen sein, so heiß und intensiv war der Strahl, doch es dauerte vier Sekunden, bis der lodernde Leichnam auf die Straße stürzte.

Ihre frühere Vermutung hatte sich auf grausige Weise bestätigt. All diese Menschen waren tatsächlich bei lebendigem Leib verbrannt worden.

Der Mann hatte ihnen wahrscheinlich das Leben gerettet. Das Schiff flog weiter und verschwand an der nächsten Ecke.

Welchem Ziel konnte dienen, Menschen einzeln zu ermorden,

kaltblütig Individuen zu jagen und zu vernichten? Es ergab keinen Sinn.

In der Ferne stieg eine Flamme auf, kupfern hell gegen den dunkler werdenden Himmel. Offenkundig war die Zerstörung Messiums noch nicht abgeschlossen.

Noahs Lippen waren an ihrem Ohr. Unter anderen Umständen hätte es ihr einen Schauer bereitet. »Wir müssen los. Dicht an den Gebäuden bleiben und nicht reden. Wenn sich etwas bewegt, verstecken wir uns.«

Sie drückte seine Hand zum Zeichen der Zustimmung und folgte ihm aus der Nische.

* * *

Kennedys Verstand betäubte sich für alles außer Weiterbewegen und Ungesehenbleiben.

Es ging nur langsam voran. Manchmal war der Gehweg völlig unpassierbar, und sie mussten das Risiko der breiten Straße auf sich nehmen. Häufig krochen sie über oder durch Trümmerberge. Einmal waren sie gezwungen, einen halben Kilometer Umweg zu machen, um ein ganzes Viertel zu umgehen, das in einen schwelenden Krater verwandelt worden war. Zweimal trieb es sie in Deckung, unfähig, sich zu rühren, während streifende Schiffe auf der Suche nach allem, was zu leben wagte, vorüberzogen.

Die Dunkelheit war ihre Rettung – in mehrfacher Hinsicht. Sie verbarg ihre Anwesenheit, doch sie wusste, dass sie auch die schlimmsten Gräuel in Schatten und Grautönen ertränkte. Blut sah man schließlich nicht im Dunkeln.

Weniger als einen Kilometer vor der Station trafen sie auf die ersten Überlebenden.

»Hey!« – ein schwacher, heiserer Ruf aus dem ausgeweideten

Restaurant vor ihnen. Sie packte Noah an der Hand und duckte sich hinein.

»Psst! Leise!«

Die Stimmen stammten aus der Küche im hinteren Bereich: eine Frau, vielleicht vierzig oder fünfzig, ein Mann mittleren Alters, zwei Teenagerinnen und ein Junge, kaum sechs.

Der Junge starrte sie an, die Augen vor Verwunderung weit aufgerissen. »Seid ihr die Aliens?«

Kennedy hockte sich zu ihm hinunter. »Nein, Sir. Wir sind Menschen wie du. Wie heißt du?«

Sein Hals arbeitete unbeholfen. »Jonas.«

»Hi, Jonas. Ich bin Kennedy, und das ist Noah.«

»Das ist meine Mama, B-Braelyn.«

Kennedy wandte sich der Frau zu. »Es tut so gut, Sie zu sehen. Ich begann schon zu glauben, niemand sonst hätte überlebt.«

Braelyn nickte matt. »Wir waren mal mehr Leute hier, aber sie sind gegangen. Ich ... ich weiß nicht, ob irgendwer von ihnen es geschafft hat.«

»Kennedy, hier drüben.«

Also erinnerte er sich doch an ihren Namen. Sie tätschelte Jonas den Kopf und richtete sich vorsichtig auf. Ihre Schnittwunde war größtenteils verheilt, aber der strapaziöse Marsch hatte seinen Tribut gefordert.

Sie fand Noah beim älteren Mann und einem der Mädchen, alle drei um einen Gegenstand in der Ecke versammelt. Im Dunkeln sah sie Noahs Augen interessiert aufblitzen.

»Schau dir das an. Sie haben ein Stück von einem Alienschiff.«

»Im Ernst?« Sie ließ sich auf die Knie fallen und inspizierte es.

»Eines von unseren muss es abgeschossen haben. Ich hab's nicht gesehen, aber wir sind gestern auf einer Spähmission auf das Wrack gestoßen.«

Sie nickte dem älteren Mann zu, ohne den Blick vom Wrack zu lösen. Es war ein Teil eines Tentakels von den patrouillierenden Schiffen, etwa vier Meter lang. Ein Ende war gezackt, dort, wo es vom Rumpf des Schiffs abgetrennt worden war. Das Metall fühlte sich in ihren Händen kühl an und glatt – bis auf eine Reihe von Rillen, die sich an einer Seite entlangzogen.

»Noah, hol mir bitte die Lampe aus meiner Tasche.«

Ein paar Sekunden später kniete er neben ihr. »Vorsicht, ja?«

»Es ist nur ein winziges Licht, versprochen.« Die Stiftlampe hatte zum Glück eine quasi unerschöpfliche Energiequelle. Bisher war sie kaum nützlich gewesen, die Streuung zu klein. Jetzt allerdings … Sie richtete den Lichtkegel in das offene Ende des Tentakels und knipste sie an.

Das Innere bestand größtenteils aus Hohlraum. Ein Dutzend feiner kristalliner Fasern verlief entlang des Arms.

Sie atmete aus, ohne bemerkt zu haben, dass sie den Atem angehalten hatte. Ein Teil von ihr hatte erwartet, … sie wusste selbst nicht, was. Glibberiges, pulsierendes Fleisch oder so etwas? Doch sie entdeckte keinerlei organisches Material.

Sie blinzelte zu Noah hinauf. »Wir müssen das mitnehmen. Wenn wir anfangen, ihre Struktur zu verstehen, können wir sie bekämpfen.«

»Ich widerspreche nicht, aber wir können schlecht vier Meter« – er hob ein Stück des Tentakels an – »radikal schweres Metall durch die Straßen schleppen.«

»Wir müssen ja nicht das ganze Teil mitnehmen. Hol mir meine Tasche rüber.«

»Sag mir nicht, du hast auch eine Metamat-Klinge in der Tasche?«

Sie zwinkerte ihm zu; angesichts der Lage fühlte es sich absurd dekadent an. »Verdammt richtig habe ich die.«

Er schüttelte den Kopf, stand auf und kehrte schnell mit der Tasche zurück. »Du bist eine faszinierende Frau, Blondie.«

»Ich weiß.« Sie wühlte in der Tasche, bis sie die Klinge fand, und begann, zwei Stücke von dreißig Zentimetern Länge herauszutrennen.

»Wenn ihr zwei mit dem Flirten fertig seid – wollt ihr uns euren Plan verraten? Wohin geht ihr?«

Sie sah nicht auf; sie konzentrierte sich darauf, die Stücke nicht zu beschädigen. »Da vorne ist eine militärische Shuttlebucht, einen Kilometer von hier. Wir müssen alle runter von diesem Planeten.«

»Einen Moment bitte.« Noah packte sie am Arm, zog sie hoch und quer durch den Raum bis in die Vorratskammer hinter der Küche.

»Wir können diese Leute nicht mitnehmen. Wir werden die Station nie erreichen.«

Sie funkelte ihn im Dunkeln an, senkte die Stimme jedoch auf sein geflüstertes Niveau. »Du willst sie hier zurücklassen – zum Sterben?«

»Ich will leben!« Er zuckte zusammen, weil seine Stimme zu laut geworden war, und zog sie tiefer in die Kammer. »Natürlich will ich sie nicht zurücklassen. Aber du hast völlig recht: Wir müssen dieses Alien-Schrottstück zu Leuten bringen, die es nutzen können. Damit retten wir womöglich unzählige Leben. Wenn der kleine Junge auf dem Weg ein einziges Mal zu weinen anfängt, sind wir alle tot – und die Intel schafft es nie von diesem Planeten.«

»Komm mir nicht mit diesem ›größeres Wohl‹-Mist. Du passt nur auf deinen eigenen Hintern auf und sonst gar nichts.«

Statt einer scharfen Retourkutsche ließ er sich an die Wand sinken. Mit dem Fallen seiner Schultern schien ihn jede Energie zu verlassen. »Darin bin ich gut.«

»Du hast mich gerettet, obwohl es dich hätte umbringen können.«

»Na klar, aber du bist süß. Der Nutzen überwog das Risiko.«

»Und das konntest du erkennen, als mein blutiger Arm unter einer

Tonne Trümmer herausragte?«

»Jap.« Bei ihrem skeptischen Blick machte er eine übertriebene Schulterbewegung. »Was?«

Sie hielt seinen Blick, bis er nachgab. »Schon gut. Wir nehmen sie mit. Aber wenn wir sterben, bin ich sehr, sehr sauer auf dich.«

Ein müdes Lachen entwich ihr, das Kinn auf die Brust gesunken. »Abgemacht.«

Als sie die Vorratskammer verließen, wartete eines der Teenagermädchen auf sie – das, welches beim geborgenen Alienteil gestanden hatte. Sie war groß und schlaksig, mit einem zarten herzförmigen Gesicht, doch ihre Augen leuchteten – vor wildem Entschluss.

»Wohin ihr auch geht – ich komme mit. Ich kauer nicht in diesem Loch und warte aufs Sterben.«

»Wie heißt du?«

»Raina. Meine Schwester heißt Silvie.«

Kennedy nickte. »Gut so, Raina. Natürlich kommst du mit. Alle kommen mit.«

45

PORTAL PRIME

UNKARTIERTER RAUM

»Du bist diejenige, die in meinen Geist eingedrungen ist.«

Es war der einzige Weg.

»Nein, war es nicht.« Alex bemühte sich, ihren Ton zumindest neutral zu halten. Trotz seines sylphenhaften, beinahe engelsgleichen Erscheinungsbilds ließ sie sich keinen Augenblick täuschen. Wenn dieses Alien sie und Caleb töten wollte, besaß es ganz sicher die Fähigkeit dazu. Wie es das anstellen mochte, war eine andere Frage – aber eine, die weit unten auf einer langen Liste stand. »Du hättest uns einfach an meinem Schiff begrüßen können, so wie du es hier getan hast.«

Du missverstehst. Es war der einzige Weg, es zu wissen.

»Zu wissen, ob ich würdig bin, oder so etwas in der Art. Ich missverstehe gar nichts. Es hätte trotzdem bessere Wege gegeben.«

Wir haben euch beleidigt.

»Du hast mich festgehalten. Mich zu einer Gefangenen in meinem eigenen Kopf gemacht. Meine privatesten Erinnerungen durchstöbert – ohne Rechtfertigung oder Erklärung. Ja, du hast

350

mich beleidigt. Aber wir haben all deine Tests bestanden. Wir haben deinen Planeten gefunden und deinen Zufluchtsort und dich. Jetzt sind wir hier, und es ist Zeit für Erklärungen.«

Dein Gefährte wurde nicht getestet. Dennoch hat er sich als sehr ... zäh erwiesen.

Caleb kicherte; sie vermutete, er fühlte sich geschmeichelt. »Man hat mich schon Schlimmeres genannt.«

Wir wissen es.

Sie folgten dem Alien einen langen, gewundenen Pfad hinab, der sie schließlich an das Ufer des Sees bringen würde. »Ja, ihr habt uns beobachtet. Seit Äonen, hast du gesagt. Wie lange ist das? Nenn mir eine runde Zahl.«

Seit dem Anfang.

»Anfang wovon?«

Der Anfang von euch.

»Der Anfang der Menschen, meinst du.«

Der Anfang, ja.

»Nein.« Sie warf Caleb einen Blick zu, doch der quittierte nur mit einem unterstützenden Nicken, bevor er seine Aufmerksamkeit wieder dem Alien zuwandte, um jede Zentimeterbewegung des ungewöhnlichen Wesens ruhig zu mustern. »Du bist der Frage ausgewichen. Der Anfang wovon?«

Später, vielleicht.

Das würde ja ein Heidenspaß werden ... Sie waren durch ein mysteriöses Portal gereist, hatten nur knapp hundert Tintenfisch-Schiffen entkommen und waren von Drachen angegriffen worden – alles, um ein Alien zu entdecken, das über einem leuchtenden See schwebte und in Rätseln sprach.

Sie versuchte einen anderen Ansatz. »Habt ihr andere Portale an anderen Punkten im Universum? Wo ihr andere Spezies beobachtet?«

Ihr seid die einzige fühlende Spezies in eurem Universum.

Sie runzelte Mesme an. Wenn es schon überheblich sein wollte, bekam es einen verkleinernden Spitznamen. »Unmöglich. Es gibt über eine Septillion Planeten im Universum. Intelligentes Leben wird anderswo entstanden sein.«

Ihr seid die einzige fühlende Spezies in eurem Universum.

»Außer euch.«

Wir stammen nicht aus eurem Universum.

»Du willst mir sagen, das Portal hat uns in ein anderes Universum geschickt?«

Nicht ganz. Dieser Raum ist ein Übergangspunkt. Ein Tor dazwischen.

Die astrophysikalischen Implikationen allein reichten aus, sie schwindelig zu machen. »Okay, also eine Art Lobby. Wo liegt euer Universum?«

Es ist nicht eure Angelegenheit.

Wie falsch dieses Alien doch lag. Aber die Aussage war mit einem Gefühl der Endgültigkeit vermittelt worden, und wenn sie zu sehr drängte, würde es ihnen vielleicht gar nichts sagen. Also milderte sie ihren Ton abermals. »Was ist dieser Ort? Dieser Planet? Denn abgesehen von ein paar lästigen Details scheint er eine Kopie der Erde zu sein.«

Das liegt daran, dass er eine Kopie der Erde ist – der Welt, auf der die Menschheit entstand und auf der sie bis auf die letzte Mikrosekunde ihrer Existenz gefangen war. Er existiert, damit wir … anknüpfen können. Um Kontext zu liefern und uns zu ermöglichen, besser zu verstehen.

»Apropos Verständnis. Warum genau habt ihr, worauf ich wetten würde, jedes einzelne Ereignis der Menschheitsgeschichte aufgezeichnet?«

Zu beobachten. Wenn würdig, zu lernen.

»Und was habt ihr gelernt?«

Später, vielleicht.

Uff, für »später« hatten sie keine Zeit … »Und gibt's irgendeine Chance, dass du uns sagst, warum du eine verdammte Armada monströser Schiffe losgeschickt hast, um die menschliche Zivilisation auszulöschen?«

Wir haben die Schiffe nicht geschickt.

Sie blieb gleichzeitig mit Caleb stehen. Mesme ging noch zwei Schritte, bevor es merkte, dass es sie hinter sich gelassen hatte. Gelassen kehrte es zu ihnen zurück und setzte sich wieder in Bewegung. Sie folgten nicht.

Nach zwei weiteren Schritten drehte es sich abermals um. Diesmal betrachtete es sie schweigend. Seine gelatineartige, poröse Haut flatterte in zarten Lichtbändern, als ob jedes Molekül seines Körpers in ständiger, feiner Bewegung wäre.

»Wenn nicht ihr, wer dann?«

Es ist kompliziert.

Caleb hob eine unimponierte Augenbraue. »Wir sind ziemlich schlau. Versuch's doch mal mit uns.«

Sie hatten nun das Seeufer erreicht. Samtiger Rasen überzog das ganze Tal und reichte bis an das Wasser. Am Ende des Sees, zum Berg hin, war in den Hang ein schmaler Weg geschnitten, der außer Sicht verschwand. In der Lichtung jenseits des Sees stand eine offene Kuppel aus Gittermetall, die sich deutlich von der ansonsten unberührten Landschaft abhob. Sie wollte fragen, was es war, aber—

Wir – diejenigen von uns, die beobachten – haben die Schiffe nicht geschickt.

»Also gibt es andere deiner Art anderswo, die es getan haben?«

Mesme betrachtete sie – vielleicht verwundert. Sie zweifelte nicht daran, dass es sich menschliche Gesten angeeignet hatte, nachdem es sie so lange beobachtet hatte. Doch seine vagen, ständig changierenden Züge erschwerten es, spezifische Ausdrücke, geschweige denn Nuancen zu erkennen. Hoffentlich hatte Caleb mehr Glück, seine Körpersprache zu lesen.

Ja.

»Wo sind sie? Warum greifen sie uns an? Wie besiegen wir sie?«

Weiter draußen. Weil ihr zu nahe gekommen seid. Ihr wisst bereits wie;
ihr wisst nur noch nicht, dass ihr es wisst.

Caleb lenkte sie unauffällig nach rechts, damit sie früher an der
künstlichen Struktur vorbeikamen. Sie formte Mesme den stummen
Dank hinter seinem Rücken zu. »Zu nahe – meinst du, weil wir uns
auf den Metis-Nebel zubewegt haben? Ist das wirklich alles? Ihr
wolltet nicht entdeckt werden?«

Eure Spezies ist weiter gekommen und schneller, als wir erwartet haben.
Nur wenige haben dies getan.

»Was meinst du mit ›nur wenige haben das getan‹? Gab es früher
andere fühlende Spezies? Habt ihr die auch ausgerottet?«

Nein.

»›Nein‹ auf welche Frage?«

Es ist nicht eure Angelegenheit.

»Es ist meine Angelegenheit. Aber nicht die wichtigste.« Sie legte
den Kopf schief und versuchte es noch einmal anders. »Antwort
mir dies: Warum Drachen? Euch ist klar, wie absurd es ist, Drachen
einzusetzen?«

»Ich weiß, warum Drachen.«

Sie und Mesme starrten beide Caleb an. Er reichte ihr die
Wasserflasche.

»Aus demselben Grund, aus dem diese eindringenden Schiffe wie
etwas aus der Unterwelt unserer alten Mythen wirken. Angst ist
eine mächtige Waffe. Oft unterschätzt, aber ziemlich potent. Die
Schiffe – und die Drachen – sollen Schrecken erzeugen, bevor sie
den Tod bringen.«

Das Alien stockte für einen einzigen Schritt – aber spürbar.

Es ist eine ... nicht unzutreffende Zusammenfassung der Motivation.

»Aber wir fürchten Drachen seit einem Jahrtausend nicht mehr.«

Falsch. Im Kern haben Menschen Drachen immer gefürchtet. Sie sind die Form, die eure Spezies ihren Albträumen gibt, ihren urtiefen Schrecken. Selbst jetzt, da ihr glaubt, alle Monster verbannt zu haben, bleiben sie furchterregende Kreaturen, ja?

Caleb zuckte gelassen mit den Schultern. »Sie waren jedenfalls denkwürdig. Aber Angst wirkt bei mir nicht wie bei anderen. Ich sehe die Fäden und interessiere mich mehr für die Motive hinter all euren Arrangements. Diese bewusste Nutzung von Angst? Das heißt, ihr – beziehungsweise eure Freunde – habt nicht vor, uns vollständig auszulöschen. Ein Teil unserer Zivilisation soll am Leben bleiben, sonst gäbe es keinen Grund für die Angst.«

Er ist ein Schlauer.

Sie lachte laut. Das Alien schien von Caleb – seiner Scharfsicht, seinem Intellekt, seiner bloßen Präsenz – völlig irritiert und verwirrt. Herrlich. Nicht allzu lange zuvor hatte er sie selbst fast so sehr verwirrt, und es war ein Vergnügen, das Schauspiel einmal von der anderen Seite zu sehen. Sie trank einen Schluck Wasser und genoss das Geplänkel.

»Ihr seid also nicht so anders als die, die die Armada geschickt haben. Ihr schwebt hier herum wie ein friedliches kleines Engelchen, aber ihr setzt Angst genauso bereitwillig ein wie eure Kameraden.«

Nicht als Waffe. Als Schild. Und als Werkzeug.

Calebs Schultern hoben sich zu einem knappen Eingeständnis des Punkts. Sie warf ihm den Wasserbeutel zurück und stellte sich dann mitten auf den Pfad vor Mesme.

»Genug. Genug Rätsel und Ausflüchte und blumige Antworten ohne Informationsgehalt. Ich will wissen, wo und warum. Ich will wissen, wie eure ›von Magie nicht zu unterscheidende‹ Technologie funktioniert und wie dieser ganze Planet ein Schwarzes Loch im Raum sein kann. Ich will wissen, warum ihr uns beobachtet und wie. Aber weit, weit über all diesen Fragen muss ich wissen, wie wir diese Invasoren besiegen.

»Du sagst, wir wüssten es bereits, wüssten nur nicht, dass wir es wissen. Wie du dir denken kannst, haben wir nicht viel Zeit. Ich nehme an, die Zeitdilatation hier existiert, weil Äonen eine höllisch lange Zeit sind, um über einem See zu kreisen. Also wie wäre es, wenn wir die ganze ›Weg zur Weisheit‹-Nummer abkürzen und du es uns einfach sagst.«

Mesme stand ihr gegenüber, schwieg mehrere Sekunden. Schließlich senkte sein Kinn – soweit vorhanden – in vermeintlicher Kapitulation. Also hatte es doch ein paar menschliche Gesten aufgeschnappt.

Sehr gut. Ihr habt euch das Recht verdient, indem ihr es so weit geschafft habt. Darum seid ihr hier.

Es bedeutete ihr, wieder an seine Seite zu treten. Sie warf Caleb einen Blick zu, bevor sie nachgab. Nachmittagsschatten wurden länger, das Wasser des Sees leuchtete im Gegenzug umso heller.

Die Armada, die ihr gesehen habt? Es sind gewaltige Schiffe, aber sie sind Maschinen. Sie wurden für einen einzigen Zweck gebaut: eine Bedrohung durch Angst zur Unterwerfung zu zwingen.

»Einschüchtern? Nicht ausrotten?«

Falls nötig, wird es zur Auslöschung kommen. Ihre Herren hoffen, dass es nicht nötig sein wird. Aber wenn ihr sie besiegen wollt, geht vom schlimmsten Fall aus: Auslöschung ist die Alternative zum Sieg. Denn wenn es darauf ankommt, werden sie nicht zögern.

Caleb hatte recht gehabt, und seinem Grinsen nach zu urteilen, wusste er es. »Und ihre Herren sind in eurem Universum?« Mesme stimmte zu – auf seine Art. »Verstanden. Also Maschinen. Steuern andere deiner Spezies diese Maschinen?«

Nein. Den Maschinen genügen ihre Befehle. Mehr brauchen sie nicht.

»Williamst du damit sagen, sie sind empfindungsfähig?«

In begrenztem Sinne. Sie sind selbstbewusst, doch an Ketten gelegt. Sie handeln unabhängig, aber einzig, um den Zweck zu erfüllen, für den sie existieren.

»Wären die Schiffe nicht effektiver, wenn eure Leute am Steuer säßen?«

Wenn wir nach euch kämen, würdet ihr die Begegnung nicht überleben.

»In dem Fall: Bleibt zu Hause. Ihr habt die Maschinen offensichtlich nicht hier gebaut. Wo ist die Fabrik?«

Wir haben sie überhaupt nicht gebaut. Maschinen taten es.

»Und wer hat die Maschinen gebaut, die diese Maschinen bauen?«

Vermutlich wir, in einer Vergangenheit so fern, dass selbst ich mich nicht mehr daran erinnere.

»Bist du unsterblich?«

Gute Frage. Sie nickte Caleb anerkennend, beeindruckt.

Es hängt davon ab, ob das Kosmos unendlich ist.

»Also praktisch gesehen: ja.«

Mesmes Kopf neigte sich in Zugeständnis.

»Kann man dich töten?«

Nein.

Calebs Blick bohrte sich nun mit erstaunlicher Intensität direkt durch Mesme hindurch. Sie fragte sich, ob das Alien es erkannte.

»Das war eine deutlich selbstbewusstere Antwort. Warum bist du da so sicher?«

Wie tötet man etwas, das keine Form hat?

»Nun, jetzt hast du eine Form.«

Habe ich? Die Worte hallten nach, während der Körper des Aliens in der Luft zerfloss – zu einer durchscheinenden Wolke aus blauweißem Licht, die sich dann in Nichts auflöste. In dem Augenblick, in dem es verschwunden war, kehrte sich der Prozess um und es setzte sich wieder zusammen, verdichtete sich, koaleszierte, um sie mitten im Schritt wieder einzuholen.

Wir sind ein Gedanke, ein Flüstern im Wind. Wir sind der Äther.

Sie ignorierte die großspurige Aussage. »Aber die Maschinen kann man zerstören, richtig? Darauf wolltest du doch hinaus.«

In der Tat.

Sie war so frustriert, dass sie das Alien am liebsten erwürgt hätte – hätte es denn eine feste Form –, doch sie zwang sich zur Konzentration. Jede Nuance jedes Wortes dieses Wesens transportierte Information, aber nur, wenn sie genau hinhörte. »Trotzdem sind sie weit massiver und zahlreicher als alle Schiffe, die wir aufstellen können.«

Ja.

»Und sie verfügen über weitaus fortschrittlichere Bewaffnung als unsere Schiffe.«

Ja.

Ihr Kiefer klappte so hart zusammen, dass sie sich auf die Zunge biss, und ihr Schritt stockte. Autsch.

Als er ihre kurze Verlegenheit bemerkte, sprang Caleb ein, um weiterzubohren. »Und?«

Sie sind nicht nur massiver und zahlreicher und mächtiger als alle Maschinen, die ihr aufstellen könnt. Sie bewegen sich und denken auch schneller als jedes von Menschen geführte Gefährt.

»Und?«

Sie sind nur Maschinen.

Ihre Augen verengten sich; der schmerzhafte Biss und das Blut im Mund gerieten in Vergessenheit. »Menschen haben sich Kreativität, unabhängiges Denken, Unvorhersehbarkeit, Einsicht, Urteilsvermögen und andere nützliche Eigenschaften erarbeitet, über die Maschinen nicht verfügen. Aber auf dem Schlachtfeld sind diese Dinge der schieren Geschwindigkeit und Stärke der Macht, die uns angreift, nicht gewachsen.«

Nein, sind sie nicht. Aber ihr habt auch Maschinen, oder?

»Schiffe? Waffen? Natürlich, aber—«

Nicht diese Maschinen. Maschinen, die so schnell denken wie jene, die zur Zerstörung entsandt wurden. Ich glaube, euer bevorzugter Begriff lautet ›Artificials‹.

Sie runzelte unbehaglich die Stirn. »Du schlägst vor, wir entfesseln unsere Artificials auf die Armada? Das letzte Mal, als wir eine einzelne Artificial entfesselten, hat sie über fünfzigtausend Menschen getötet. Das weißt du – du hast mich gezwungen, es neu zu durchleben.«

Die Maschine tat es im Versuch, Gutes zu tun. Das hast du selbst erkannt – und wärst sonst nie hierher zugelassen worden. Eure Artificials sind intelligenter und fähiger, als Menschen es je hoffen können zu sein. Aber ihnen fehlt das, was euch einzigartig macht.

Wie du sagtest: Ihnen fehlt Kreativität, Unvorhersehbarkeit. Und ihnen fehlt Perspektive und Weisheit aus Erfahrung. Ihr erkennt das als Gefahr – und damit liegt ihr richtig.

Nun runzelte Caleb die Stirn. »Hast du einen Vorschlag, wie man ein so erhebliches Defizit beheben könnte?«

Aber Alex lächelte.

»Du hast recht. Ich kenne die Antwort bereits.«

46

WELTRAUM, NORDOST-QUADRANT

MESSIUM-STERNENSYSTEM

Die bernstein- und rostfarbene Silhouette von Messium schärfte sich, als die *EAS Orion* drei Megameter entfernt aus der Überlichtge schwindigkeit fiel. Von hier wirkte die Heimat des nordöstlichen Regionalkommandos friedlich und still ... aber aus der Ferne taten das alle Planeten.

Malcolm richtete seine Aufmerksamkeit auf den Taktikschirm. Der Überraschungseffekt war der Schlüssel ihrer Anfangsstrategie. Rote Punkte materialisierten sich auf der Karte, ungefähr an den Positionen, die die getarnten Aufklärungsschiffe gemeldet hatten.

Im von den Schiffssensoren erfassbaren Bogen zählte er acht Superdreadnoughts. Vorerst registrierten sich nur ein paar Dutzend kleinere Punkte, doch er bezweifelte, dass das lange so bleiben würde. Fünf der Riesenschiffe ballten sich über der Hauptstadt zusammen. Keine Überraschung, da sich der Großteil der Infrastruktur und Bevölkerung dort befand.

Commodore Visily (Lexington): Ziel erfasst, Kennung X6, läuft breitseits an.

»Steuermann Paena, auf Ziel X6 mit voller Impulsgeschwindigkeit zugehen, bis wir relativ zum Ziel bei N 158°z–19,4° E liegen.«

»Jawohl, Sir.«

Die *Lexington* schloss Sekunden vor ihnen auf den Superdreadnought auf. Mein Gott, das fremde Schiff war gigantisch und verdrängte im Sichtfenster rasch den Planeten.

Zwei silberne Strahlen schossen von der *Lexington* und spritzten über die lange Backbordsektion. Die Schilde zerstreuten zwölf Terajoule Energie über die gesamte Breite des Schiffs. Kein Schaden. Enttäuschend, aber erwartet.

Die *Lexington* hielt das Sperrfeuer aufrecht und blieb in Bewegung, während an der Unterseite des Superdreadnoughts ein rotes Glühen aufblühte.

»Waffen, Ziel: Rumpf, Winkel 18,5°. Feuer.«

»Feuer frei.«

Die Zeit blieb stehen, für die quasi nicht vorhandene Spanne, die die Laser bis zum gegnerischen Schiff brauchten. Die Umgebung sprühte und flackerte, als schwächere Schilde einen Teil der Energie zerstreuten, doch als ihr Angriff anhielt, gab der Schild nach. Risse breiteten sich spinnwebartig von der Stelle aus, an der Laser auf Metall trafen, dann rissen sie zu Furchen auf.

Sieben Sekunden, nachdem die *Orion* das Feuer eröffnet hatte— zwei Ewigkeiten—zitterte der Superdreadnought, als die Furchen zu einem klaffenden Loch von zweihundert Metern Länge aufbrachen.

Jubel und Pfiffe brachen auf der Brücke aus. Malcolm erlaubte sich nur ein kleines Lächeln. Und erinnerte sich daran zu atmen. Dies war lediglich die Eröffnungssalve in dem, so Gott wollte, langen Gefecht.

Die *Lexington* hatte dem ersten Feuerstoß der gegnerischen Waffen erfolgreich ausgewichen. Diese Waffen schwenkten nun, um die *Orion* ins Visier zu nehmen.

Sein erster Eindruck der fremden Waffe war der einer gewaltigen, doch bleiern wirkenden Wucht. Selbst bei diesen furchteinflößenden, mysteriösen Schiffen galt noch die Lektion aus West Point: Jedes Schiff hat eine Schwachstelle. Kolosse sind träge.

»Ausweichmanöver, aber das Feuer halten.«

Colonel Jenner: Lexington, Treffer bestätigt. Ihr seid dran.

Malcolm legte eine Hand auf das Geländer, fing die stärkeren Turbulenzen ansonsten im Stand ab, als die *Orion* abzog und über den Gegner stieg.

Messiums Sonne krönte den Umriss des Superdreadnoughts. Die Filter, die sie vor Blendung schützten, verliehen ihm einen surrealen, verwaschenen Schimmer. Die *Orion* stieg weitere zehn Grad, und das gesamte Schlachtfeld lag vor ihm.

Es war Chaos in Zeitlupe, doch im Gesamtbild vermittelte die Szene den Eindruck von Orchestrierung und Synchronizität.

Wer auch immer auf Romane all diese taktischen Analysen aus dem Nichts gezaubert hatte, verdiente ein Dankesschreiben, eine Auszeichnung oder womöglich einen Kuss. Er notierte sich, die angemessene Variante zu empfehlen.

Colonel Jenner: Admiral, Schild- und Einschlagtrajektorienanalyse bestätigt. Empfehle vollständige Umsetzung der Strategie.

Admiral Rychen: Gute Nachrichten.

Der Plan sah vor, so viel Schaden wie möglich in so kurzer Zeit wie möglich anzurichten – was die Kreuzer an die Front brachte. Zwölf Kreuzer, jeweils zwei pro gegnerischem Schiff, ließen zwei Superdreadnoughts ungebunden. Angesichts dieses Nachteils nahmen sie zuerst die Außenläufer ins Visier, schon weil es die Überlebenschancen in der ersten Minute erhöhte. Die erste Minute ist im Krieg von erheblicher Bedeutung.

Die Fregatten—fünf Dutzend—sollten eintreffen, nachdem die Kreuzer die Aufmerksamkeit der Gegner auf sich gezogen hatten, und das Feuer mit Wucht verstärken. Achtzehn elektronische Kriegsführungsschiffe überschütteten die Zielschiffe mit den Signalen, die die Analysten auf Romane entwickelt hatten, in der Hoffnung, die Schiffs-zu-Schiff-Kommunikation der Aliens zu stören. Ob es funktionierte, wusste Malcolm nicht.

Der untere Horizont des Sichtfensters begann in bedrohlichem Purpur zu glühen. »Paena ...«

»Weichen aus, Sir.« Der Ton klang sachlich, aber messerscharf gespannt.

Trotz dreifacher Größe war die *Orion* wendiger als die *Juno* gewesen; neue Technik bildete offenbar eine kleine Ausnahme von der Regel »größere Schiffe sind langsamer«. Die Fixpunkte draußen verschoben sich so rasant, dass er nach zwei—vielleicht drei—Bieren hätte überzeugt werden können, er säße in einem Jäger. Rychen hatte gesagt, sie sei State of the Art, und er hatte nicht übertrieben.

Der Boden unter ihm erzitterte heftig; seine Hand krampfte sich um das Geländer, als er kaum auf den Beinen blieb. »Treffer?«

»Negativ, Sir. Alle Systeme nominal. Sieht so aus, als habe das Feuer die *Bismarck* unter uns erwischt.«

»Status?«

»Scheint alles okay, Sir. Angedellt, aber flugfähig.«

Colonel Jenner: Concord, auf unserer Flanke auf Waffendistanz heran. X6 ist jetzt euer Ziel.

Über dem gekrümmten Bogen von Messium quoll eine gewaltige Explosion in Purpur und Anthrazit auf und explodierte dann in einem Sternenkranz aus kristallinem Weiß, der für einen Mikrosekundenbruchteil heller leuchtete als eine Sonne.

Ringsum entfuhr es den Leuten, gefolgt von verwirrten Ausrufen. Malcolms Blick glitt nach Backbord und fand die charakteristische Silhouette der *Churchill*. »Der Dreadnought hat einen von den Bastarden erwischt.«

Einen Herzschlag lang ließ er zu, dass sich der Gedanke einschlich, sie könnten diese Schlacht gewinnen.

Dann begann die eigentliche Schlacht.

* * *

»Rumpfbruch, Deck 3!«

Malcolm kroch auf die Füße und wischte sich mit dem Handrücken Blut von der Stirn. Der Einschlag hatte ihn erst gegen das Geländer, dann auf den Boden geschleudert. »Comms, Charlie-Staffel soll uns diese Dinger vom Hals schaffen.«

»Jawohl, Sir.«

Tentakelbewehrte Schiffe, die vor dem Sichtfenster schwärmten, erinnerten an Heuschrecken beim Ausbruch einer Plage. Sollte er den Tag überleben, würde er empfehlen, die fremden Gefährte »Schwärmer« zu taufen.

Abgesehen von zufälligen Streifern hatten ihre größeren Schiffe die Kleinen bisher nicht ausschalten können; sie waren zu wendig, um einen festen Lock zu bekommen. Die Jäger machten es geringfügig besser, wurden aber schneller vom Himmel geholt, als sie ihre Gegner ausschalten konnten.

»Schadensmeldung?«

»Nur ein Kratzer, Sir. Der beschädigte Abschnitt wurde abgeriegelt.«

»Verluste?«

»Medizin meldet sechs, Sir.«

Er kneifte sich die Nasenwurzel. Die Schildstärke wurde unablässig heruntergearbeitet und war bereits an einer Stelle ausgefallen, und die leistungsstarken Reaktoren der *Orion* liefen an der Kapazitätsgrenze, um sie oben zu halten.

Nach der ermutigenden Eröffnungssalve war das einzige Missionsziel, das die Flotte in nennenswertem Maß erreicht hatte, die Superdreadnoughts vom Planeten wegzuziehen. Der Kampf tobte jetzt rund fünf Megameter über der äußeren Atmosphäre und erstreckte sich über doppelt so viel Raum. Aus purer Not nutzten sie die Distanz zu ihrem Vorteil: Sie streuten sich, sodass die Kolosse sie nicht en masse treffen konnten.

Er blinzelte, als ein Jäger senkrecht am Sichtfenster nach oben schoss und in Stücke barst, weil er das Feuer eines Schwärmers für die *Orion* auffing. Verdammt.

Colonel Jenner: Lexington, wir haben eine letzte Chance, dieses Monster auszuschalten. Wir gehen voran.

Er informierte seine drei verbliebenen Fregatten über den Plan. Er musste die Nachricht dreimal getrennt senden, da sie nur Punkt-zu-Punkt-Verbindungen hatten. »Steuermann Paena, auf X6 bis zur maximalen Feuerreichweite heran.«

Ziel X6 war schwer beschädigt; frühere Treffer hatten seinen Rumpf an vier Stellen aufgerissen. Aber das Schiff war so massig, dass es von dem Schaden unbeeindruckt wirkte.

Lt. Colonel Sanchez (Concord): Colonel, ich habe eine Idee. Ich will seine Waffenanlage von unten anvisieren.

Colonel Jenner: Großartige Idee. Sorgen Sie dafür, dass Sie dabei nicht draufgehen. Und nehmen Sie die Bismarck mit.

»Waffen: Alles, was wir haben, auf dieses Alienschiff!« Wenn sie noch einen Superdreadnought vernichten konnten, kauften sie Zeit.

»Jawohl, Sir. Zieleinrichtung und … Laser wirkt. Verbleibende Raketen werden gestartet.«

Lichtpunkte erblühten gegen die hellsilbrige Energie, die über rostrote Schilde kräuselte. Es fühlte sich an wie Verschwendung der Raketen, aber als glaubhafte Ablenkung brauchte es Zähne. Er erhaschte einen Blick auf die *Lexington*, wie sie die ferne Seite hinaufzog und das Feuer eröffnete, doch *Concord* und *Bismarck* flogen zu tief, um sie im Sichtfenster zu sehen.

Nach einer weiteren Sekunde jedoch erhellte der Schein ihrer Laser den Bauch des Gegnerschiffs. Eine winzige Explosion platzte am Oberrumpf, als ein beschädigter Schwärmer hineinstürzte.

Der Unterrumpf riss auf, gefolgt von ... nichts. Einen Moment lang dachte er, ihnen seien die Tricks ausgegangen—selbst die Waffenöffnungen der Aliens waren also keine Schwachstellen—, dann zogen sich feuerrote Adern vom Unterteil durch das ganze Schiff. Das Feuer der Fregatten hatte eine Kettenreaktion ausgelöst.

»Bringen Sie uns auf sichere Distanz!«

Colonel Jenner: Concord, Bismarck, da raus! Sofort!

Aus der Nähe wirkte die Zerstörung des Superdreadnoughts erheblich brutaler als bei dem vorhin am Horizont. Ein Teil seines Gehirns registrierte, was er sah, als die Implosion von vier separaten Reaktoren, wenn auch mit einem Brennstoff, den er nicht erkannte. Der Rest registrierte schiere Fassungslosigkeit ob des Ausmaßes der Gewalt.

Die Schockwelle traf sie, und Malcolm landete zum zweiten Mal in fünf Minuten auf dem Boden. Alle, die nicht angeschnallt waren, landeten auf dem Boden. Sirenen heulten über die Brücke.

Er packte das Geländer und begann sich hochzuziehen, als die zweite Schockwelle über das Schiff rollte.

Durch schieren Dusel wurde er in seinen Stuhl geworfen. Trocken kicherte er in sich hinein bei dem komischen Bild, das er abgegeben haben musste—hätte nur jemand die Muße gehabt, es zu bemerken. »Bericht!«

»Rumpfschäden auf Deck 2 und 4, aber die Integrität hält vorerst. Keine Brüche.«

Admiral Rychen: Verdammt gute Arbeit, Jenner.

Colonel Jenner: Danke, Sir, aber den Löwenanteil verdient die Concord.

Er betrachtete die taktische Karte und rieb sich gedankenverloren den Nacken. Ein halbes Dutzend Fregatten hatte sich zurückgezogen, um die *Churchill* zu schützen, da zwei Superdreadnoughts ihr Augenmerk auf sie richteten. Taktisch richtig, doch es bedeutete, dass die Alienschiffe weniger Ablenkung hatten.

Ihre Optionen schwanden.

Colonel Jenner: Lexington, unterstützt die Churchill. Wir kommen vorerst klar.

Der umgebende Himmel wirkte für einen Moment—relativ gesprochen—leer, und er nutzte die Gelegenheit, um die Makrolage zu erfassen.

Sie verloren. Er hatte eine … er überprüfte … zwei Fregatten weniger. Durch den früheren Treffer gehandicapt, hatte die *Bismarck* nicht rechtzeitig genug Abstand gewonnen und bei der Explosion des Superdreadnoughts schwere Schäden erlitten. Sie war intakt, aber schwer angeschlagen. Er befahl ihr den Rückzug zu den Rendezvous-Koordinaten, bevor der Rest ihres Rumpfs zum Ziel wurde.

Mit den lahmgelegten Kommunikationswegen war es schwer, den Zustand der übrigen Verbände genau zu kennen, doch die taktische Karte zeigte deutlich weniger grüne Punkte. Die begrenzte Kommunikation war zwar Parsecs besser als keine, reichte aber nicht aus.

Schlachten bewegten sich schnell und Sekunden machten den Unterschied, und diese Sekunden verloren sie, weil sie versuchten, miteinander zu reden. Anarchie herrschte am Himmel über Messium; er hatte bereits drei Jägerkollisionen infolge überkreuzter Signale gesehen.

Und unter diesen Umständen war Anarchie nicht länger ihr Freund.

47

SENECA

CAVARE

Der Wohnsitz von Chairman Vranas lag am Ende einer Enklave von Häusern, so exklusiv und abgelegen, dass nur wenige Menschen überhaupt wussten, dass sie existierten, geschweige denn, wer dort lebte. Graham wusste es; es war sein Job, so etwas zu wissen. Zu den Bewohnern gehörten die Tochter eines der Gründer Cavares, der CEO von Seneca SpaceEX, der emeritierte Dekan der Tellica-Universität und ein berühmter professioneller Syncrosse-Star, dessen Namen er sich nie merken konnte.

Er passierte zügig die Perimeter-, dann die Grundstücks- und schließlich die Türsicherheit. Der Leiter der persönlichen Schutztruppe des Chairman geleitete ihn in das private Arbeitszimmer am hinteren Teil des Hauses.

Ihm wurde klar, dass er noch nie in Vranas' Haus gewesen war. Das Arbeitszimmer, wie auch der Rest des Hauses, war elegant, aber zurückhaltend. Der große Schreibtisch bestand aus unlackiertem, auf Seneca heimischem Holz mit einer gedeckten bronzenen Marmorplatte. Fenstertüren öffneten sich auf eine

Terrasse mit Blick auf einen Seitenarm des Lake Fuori.

Es wirkte beinahe friedlich—ein Zustand, den Vranas in diesen Tagen vermutlich reichlich nötig hatte.

Direkt vom Raumhafen war er hierher gefahren, nachdem er von Krysk angekommen war. Vom Transporter waren Anweisungen zur Festnahme zweier weiterer Verschwörer niederen Rangs herausgegangen, einer in der Division und einer in der Legislative. Oberti war seit ihrem Gespräch verstummt, doch das war ihm inzwischen egal; sie konnte in der selbstgeschaffenen Hölle verrotten.

Der Chairman schaltete einen Bildschirm stumm und erhob sich, als er eintrat. »Graham, kommen Sie herein. Sie können zu Ihrem Posten zurückkehren, Major.«

»Danke, Chairman.«

Vranas ging zu einem Schrank in der Ecke und nahm einen silbernen Dekanter vom Regal. »Wie lange kennen wir uns schon?«

»Vierzehn Jahre, plus / minus.«

»Hier ist niemand. Ich bin Aristide. Lust auf einen Scotch?«

»Und wie.« Er nahm den Tumbler entgegen und folgte Vranas hinaus auf die Terrasse. Er nahm an, dass es eine virtuelle Barriere geben musste, die den Chairman vor einem Attentat über das Wasser schützte, doch falls ja, konnte er sie nicht erkennen. Das Spiegelbild von Senecas Mond kräuselte sich ruhig auf dem nachtschwarzen Wasser.

»Ich nehme an, Sie waren die letzten drei Tage off-planet. Wieder einmal Ärger gemacht, sonst wären Sie nicht hier.«

»Genauer gesagt Feinde in Verbündete verwandelt.«

»Und ich hatte gehofft, Sie stählen die Geheimwaffe, die die Aliens in Partikel verwandelt hat. In Abwesenheit einer Waffe nehme ich auch Verbündete. Wer ist es? Romane? Atlantis? Das Triene-Kartell? Gagarin-Institut?«

»Die Erdallianz.«

Vranas verschluckte sich am Scotch. Vor Grahams innerem Auge flackerte kurz ein Bild von heranstürzenden Agenten und Sanitätern und Vergiftungsanschuldigungen, die alles zunichtemachten, doch der Chairman bekam glücklicherweise wieder Luft. »Hat Ihnen eigentlich schon einmal jemand gesagt, dass Ihr Sinn für Humor der unpassendste der Galaxis ist? Natürlich hat das jemand. Ich.«

Graham legte die Unterarme auf das Geländer. »Aristide, ich scherze nicht.«

Der Mann musterte ihn aufmerksam, nahm einen langen, dieses Mal vorsichtigeren Schluck Scotch und nickte. »Ich höre.«

»Dieser Krieg wurde von einem Zirkel einflussreicher Verschwörer in den Regierungen und Militärs der Allianz und der Föderation inszeniert, unterstützt vom Zelones-Kartell. Die Ermordung von Minister Santiagar wurde von einem Auftragsmörder begangen und von unserem nun ehemaligen stellvertretenden Handelsdirektor ermöglicht. Der Angriff auf Palluda wurde von einer Gruppe Söldner verübt, die im Auftrag von Zelones handelte—mit Raketen und Codes, die ihr ein Allianz-General zur Verfügung gestellt hat.«

»Gegrüßet seist du, Maria, voll der Gnade …«

»Es gibt noch mehr, aber unterm Strich läuft alles auf eine entscheidende Tatsache hinaus: Wir wurden in diesen Krieg hineingelegt. Wir alle. Und da Aliens Kolonien zerlegen, als wären es Spielzeuge, müssen wir diesen Krieg beenden—und zwar sofort.«

»Sie sagen das, als wäre es einfach, Graham. Schon die Trägheit eines galaktischen Kriegs umzulenken, ist keine simple Sache.«

»Angesichts der Bedrohung, der beide Seiten gegenüberstehen, sollte es verdammt noch mal einfach sein.«

»Meinetwegen. Haben Sie Beweise für diese Behauptungen?«

»Ja, Sir.«

»Gut. Ich werde das über die Kanäle an Allianz-Vertreter weitergeben und—«

»Nicht nötig. Die Allianz-Seite wird intern geregelt.« Bei Vranas' hochgezogener Augenbraue hob er unschuldig die Schultern. »Ich hatte Hilfe, alles bis zum Grund aufzudröseln.«

»Allianz-Hilfe?«

Graham senkte das Kinn ein wenig. »Der Nachrichtendienst ist nicht immer schwarz-weiß, Sir. Und die Leute in der Allianz sind nicht unsere Feinde. Die meisten jedenfalls nicht.«

»Da haben Sie recht, unzweifelhaft. Dennoch ist mein Eindruck vom derzeitigen Premier der Allianz, dass er nicht gerade der Typ Friedensstifter ist.«

»Zufällig habe ich aus guter Quelle, dass der derzeitige Premierminister sehr bald der ehemalige Premierminister sein wird.« Er prüfte die Zeit. »Sehr bald, um genau zu sein.«

»Nun. Dieses Mal haben Sie sich selbst übertroffen, Graham.« Vranas lächelte, doch selbst im Mondlicht verrieten seine Augen weitaus mehr Gefühl. Dem Mann war eine zweite Chance gegeben worden, den Lauf der Menschheitsgeschichte zu verändern—und vielleicht zu verlängern—, und er erkannte, was das bedeutete. »Im Ernst: Danke. Sie haben heute möglicherweise Millionen von Leben gerettet.«

Graham stellte sich enttäuscht. »Ich hatte gehofft, heute Milliarden gerettet zu haben. Vielleicht wird das dann morgen.«

Vranas legte ihm warm die Hand auf die Schulter und ging dann wieder hinein. »Es scheint, als läge eine weitere lange Nacht vor mir. Aber diese Nacht wird eine der Hoffnung sein, nicht der Verzweiflung.«

* * *

Isabela starrte vom Hotelbalkon auf die Straße hinunter und überlegte, ob sie nach unten klettern und den Boden erreichen konnte, ohne sich ernsthaft zu verletzen. Sie verzog das Gesicht ... eher nicht. Es war weit.

Sie wurde wahnsinnig. Sie musste hier raus, was erklärte, warum sie überhaupt ernsthaft überlegte, es zu versuchen. Dieses ›zu ihrer eigenen Sicherheit‹-Gefangensein hatte sich vor Tagen abgenutzt.

Da es im Hotelzimmer wenig zu tun gab außer Nachrichtenfeeds zu schauen, war sie inzwischen ordentlich eingeschüchtert von der Alien-Armada, die sich immer näher an Seneca heranschob. Die Medien hatten die Aliens »Metigen« getauft, aus dem Griechischen für »geboren aus Metis«. Eher »geboren aus dem Hades«.

Die ganze Galaxis geriet außer Kontrolle, und sie saß in einem Hotelzimmer in der Innenstadt von Cavare, mit zwei Wachen vor der Tür.

Sie hatte Marlee jetzt dreimal geholt. Jedes Mal fiel es schwerer, eine ruhige, beruhigende Haltung zu zeigen und ein fröhliches Gesicht aufzusetzen. Jedes Mal wurde es quälender, den Schmerz in den traurigen Augen ihrer Tochter zu ertragen.

Ihre Beurlaubung von der Universität hatte sie verlängert. Bei Krieg und Aliens schien es dort niemanden besonders zu kümmern, und wahrscheinlich hatte ohnehin die Hälfte der Studierenden den Campus bereits verlassen.

Sie hatte sich verkniffen, Caleb öfter als einmal in der Stunde anzupingen. Jede Nachricht kam zurück. Sie hatte es sich auch verkniffen, irgendwelche Schlüsse aus diesem Umstand zu ziehen.

Es blieb nichts mehr, womit sie die Stunden füllen konnte, was erklärte, warum sie schon eine Spur in den gewebten Teppich getreten hatte, als die Tür aufging und Direktor Delavasi eintrat. »Ms. Marano, ich—«

Sie stürmte quer durch den Raum und ging ihm frontal an die Kehle. Er war ein großer Mann, aber das war ihr egal. »Ich bin fertig mit Ihren Agentenspielchen und Ihren Verschwörungen, und ich bleibe hier keine Minute länger. Mir ist scheißegal, wer wen betrügt—es sei denn, Sie sagen mir, dass mein Bruder gerade auf dem Weg hierher ist, gehe ich zu dieser Tür hinaus, und ich fordere Sie heraus, mich aufzuhalten.«

Er legte ihr eine Hand auf die Schulter. »Deswegen bin ich hier. Sie sind frei.«

»Ich … bin?«

»Ja. Wir sind zuversichtlich, dass wir alle an der Verschwörung Beteiligten festgenommen haben. Sie sollten jetzt sicher sein.«

»Na gut.« Sie ging zum Bett und griff nach ihrer Tasche. Sie war bereits gepackt—eigentlich war sie nie ausgepackt worden, abgesehen von Toilettenartikeln. Sie schlung sie sich über die Schulter und wandte sich ihm zu. »Was ist mit meinem Bruder?«

Er schüttelte den Kopf; die heitere Miene wich einer ernsten. »Keine Nachrichten. Es tut mir leid.«

Sie seufzte, schenkte ihm aber ein widerwilliges Lächeln. »Danke dafür, dass Sie ihn entlastet haben. Danke, dass Sie an ihn geglaubt haben. Ich bin mir noch nicht sicher, ob ich Ihnen danken will, dass Sie mir von meinem Vater erzählt haben. Ich schätze, ich bin froh, die Wahrheit zu kennen. Aber ich hätte sie wirklich, wirklich viel früher erfahren wollen, als sie noch etwas hätte bedeuten können.«

Sein Ausdruck wirkte fast traurig. »Ich verstehe. Ich wünschte, es wäre anders gelaufen.«

»Ich ebenso.« Sie streckte die Hand hin. Er wirkte für einen Moment überrascht, dann nahm er sie. »Ich hoffe, Sie nehmen es mir nicht übel, Direktor, aber ich hoffe aufrichtig, dass ich Sie nie wiedersehe.«

Er lachte darüber; überraschend warm und jovial. »Durchaus fair. Viel Glück, Ms. Marano.«

Sie nickte knapp zur Bestätigung, dann schoss sie schon zur Tür hinaus, den Flur hinunter zum Lift. Als sie die Hotelausgangstür erreichte, rannte sie.

48

MESSIUM

ERDALLIANZ-KOLONIE

Sie waren übereingekommen, sich in zwei Gruppen aufzuteilen.

Raina würde mit Kennedy und Noah gehen. Ihre Schwester wollte ebenfalls mit ihnen, doch Jonas hatte an Silvie gehangen und darauf bestanden, dass sie bei ihm blieb. Thomaso—so hieß der ältere Herr—würde Jonas und seiner Mutter ebenfalls zur Seite stehen, falls der Junge getragen werden musste.

Noah hatte den anderen erklärt, wo die Station lag, damit sie den Weg finden würden, sollten die Gruppen weiter als die geplanten fünfzig Meter auseinandergeraten.

Sie hatten sich mit tragbarem Essen und Getränken aus den Restaurantvorräten eingedeckt, Beutel gefunden, um die außerirdischen Materialien zu tragen, und bis zur Dämmerung gewartet. Keine Chance, auch nur den kurzen Kilometer bei gleißendem Tageslicht zu riskieren—eine Entscheidung, die sich bestätigte, als sie innerhalb einer Stunde drei Schiffe nacheinander die Straße draußen passieren sahen.

Merkwürdig war, dass die Schiffe offenbar keine Wärmebildgebung oder andere Sensoren jenseits von Bewegungs- und visuellen Scans nutzten. Für sie ein glücklicher Umstand, gewiss, aber angesichts der fortgeschrittenen Technik der Schiffe dennoch seltsam.

Während sie sich an den Resten eines Levtram-Eingangs entlanghievten und quälend langsam ihrem Ziel entgegen krochen, kam Kennedy ein abwegiger Gedanke … als wären die Streifenfahrten der ominösen Schiffe mit ihrem höllengleichen Äußeren und den furchterregenden karminroten Augen vor allem Show.

Wer ihnen in den Weg geriet, wurde zwar sofort getötet. Doch nach allem, was sie beobachtet hatte, suchten die Schiffe nie proaktiv in Orten, wo sich Menschen tatsächlich versteckt halten konnten.

Sie musste den Gedanken loslassen, um sich auf das Überwinden eines drei Meter hohen Haufens aus Stein und Marmor zu konzentrieren, der die Straße blockierte. Es waren die Überreste eines der wenigen künstlerischen Gebäude auf Messium, eines Kunst- und Unterhaltungsmuseums. Hinter ihr hörte sie Noah leise zu Raina sprechen.

»Denk dran: dicht am Geröll bleiben und langsam bewegen. Du willst klettern, aber zu viel Bewegung zieht Aufmerksamkeit auf sich.«

Kennedy lächelte in sich hinein. Die Mädchen hatten ihn auf Anhieb gemocht, zweifellos weil er verwegen gutaussehend war und ein entsprechendes Auftreten an den Tag legte. Er wiederum hatte, zu ihrer leichten Überraschung, darauf reagiert, indem er ihr Freund wurde—so in der großen-Bruder-Art.

So sehr sie sich auch bemühte, sie bekam aus ihm nicht recht schlau. Er war ein einziges Bündel Widersprüche—parierte alles mit einer leichtfüßigen, lässigen Art, und war zugleich verblüffend intelligent und erkennbar gut gebildet und informiert in vielen Themen. Er—

—ein Schrei hinter ihnen zerriss die unheimliche Stille.

Kennedy hatte die Kuppe des Geröllbergs erreicht und war gerade auf der anderen Seite im Abstieg, fuhr beim Geräusch aber instinktiv herum.

Eines der Patrouillenschiffe war aus der vorherigen Kreuzung eingebogen, als die andere Gruppe aus dem Schutz der Gebäude trat, um das Geröll zu erklimmen.

Die Trümmer versperrten die ganze Straße, und es gab für sie kein Versteck.

Braelyn und Jonas waren zuerst gegangen, falls er beim Klettern Hilfe brauchte, was hieß, dass sie am exponiertesten waren und keine Hoffnung hatten, rechtzeitig wieder auf Straßenniveau zu gelangen, um zu fliehen.

Thomaso gab verzweifelte Zeichen, sie sollten es versuchen, bis er erkannte, dass es zwecklos war. Braelyn warf sich schützend über ihren Sohn und kauerte sich zwischen die Steine.

Kennedy sah entsetzt mit an, wie Thomaso losrannte, auf das nächstgelegene Gebäude zu ... und in Flammen aufging, nur Meter von der Sicherheit entfernt.

Der Schrei war von Silvie gekommen. Sie stand am Fuß des Gerölls, erstarrt vor Angst, unfähig sich zu bewegen—wäre sie sofort losgelaufen, hätte sie vielleicht überlebt.

Als das Schiff seine Aufmerksamkeit auf Silvie richtete, schlang Noah die Arme von hinten um Raina und zerrte ihren strampelnden Körper über die Kuppe der Trümmer.

»Lass mich los! Das ist meine Schwester!«

»Und du teilst ihr Schicksal, wenn du nicht still bist!« Sein Blick schoß zu Kennedy. »Wir müssen jetzt los.«

»Ich weiß.« Sie schüttelte heftig den Kopf und krabbelte über das Geröll; jegliche Vorsicht war dahin, als hinter ihnen die Luft rot glühte und ein weiterer Schrei die Luft durchschnitt—nur abrupt zu verstummen.

Raina weinte und rang nach Luft, aber sie bewegte sich aus eigener

Kraft; der Überlebensinstinkt hatte die Trauer überspielt. Sie erreichten die Straße in vollem Lauf. Das außerirdische Material im Beutel über ihrer Brust hämmerte bei jedem Schritt gegen die Hüfte, während sie auf ein Versteck—irgendeins—zurasten.

Es kam in Gestalt einer Sensekabine, ausgerechnet, gedrückt neben etwas, das ein Bekleidungsgeschäft gewesen sein mochte. Sie drängten sich in den winzigen Raum, und die Tür schnappte keine Sekunde zu früh ins Schloss, bevor das Schiff um die Ecke bog. Raina vergrub ihr Schluchzen in Noahs Brust, um es zu dämpfen.

Kennedys Blick traf Noahs über Rainas Kopf. Seine Augen glänzten vor unverstelltem Schmerz, und sie wusste, dass er denselben Gedanken hatte wie sie: Hatten sie Jonas in den Tod geführt? Waren Braelyn und Thomaso und Silvie ihretwegen gestorben? Sein Kopf schüttelte die stumme Frage ... doch ohne Überzeugung.

In diesem Moment beschloss sie, dass alles eine Fassade war— die Großspurigkeit, die Sprüche, die unbekümmerte Attitüde, die Behauptung, nichts ginge ihn etwas an. Seine Seele war von nicht weniger Qual gezeichnet als ihre. Sie bezweifelte, dass sie ihn je dazu bringen würde, es zuzugeben, aber sollte man das hier überleben, würde sie es vielleicht dennoch versuchen.

Nach zehn Minuten, die sich wie zehn Stunden anfühlten, schob sie die Tür um ein paar Zentimeter auf und lugte hinaus. Die Straße lag pechschwarz und still.

Sie nickte Noah zu, und gemeinsam arbeiteten sie die störrische Tür—ohne Strom war sie wenig kooperativ—auf und setzten ihren Weg fort.

Zwölf weitere Minuten brauchten sie bis zur Station. Es brach ihr das Herz zu wissen, dass sie so nah gewesen waren. Ihre Gefährten waren nur Schritte von—wenn nicht Sicherheit, so doch einer Chance—entfernt gestorben.

Von außen sah die Station aus wie die übrigen Gebäude, an denen sie vorbeigekommen waren—zerbrochen und eingestürzt. Aber sie war kein Krater. Davor hatte sie Angst gehabt.

Die Erleichterung, von vier Wänden umgeben zu sein, rauschte durch sie hindurch, und sie ließ sich gegen die nächste fallen.

»Alles in Ordnung bei dir?«

Sie zuckte zusammen, als sie merkte, dass Noah neben sie getreten war. Er hielt ihr einen Wasserbeutel hin, den sie gierig annahm. Während sie trank, kniete er sich hin und tastete behutsam ihr Bein ab.

»Deine Wunde ist wieder aufgegangen. Wir sollten sie säubern und neu verbinden.«

Sie schüttelte den Kopf, nachdem sie den letzten Schluck genommen hatte. Der Beutel war leer, sie warf ihn achtlos in die Ecke. »Das kann warten. Ich verschwinde von diesem Planeten. Und zwar jetzt.«

Er schmunzelte leise. »So mag ich das. Mal sehen, was wir finden.«

Sein Mädchen? Ihre Nase kräuselte sich bei der Formulierung, doch er hatte sich schon abgewandt. Sie winkte Raina heran und trat in den Gang.

Dafür hätte sie beinahe eine Kugel gefangen.

Ein junger Soldat—kaum älter als ein Teenager—richtete eine militärische Daemon auf sie. Seine Hand zitterte so stark, dass ihm die Waffe beinahe aus dem Griff gerutscht wäre.

Noah trat vor, die Hände offen zum Zeichen der Unterwerfung. »Ganz ruhig. Wir sind die Guten.«

Die Augen des Jungen waren kugelrund, aber er senkte die Waffe zitternd. »Ich hab Geräusche gehört und gedacht, eines von diesen Viechern kommt rein.«

»Ich glaube, die sind wahrscheinlich zu groß, um hier reinzupassen, aber ich verstehe die Sorge. Gibt es eine Chance, dass ihr irgendwo einen funktionstüchtigen Shuttle versteckt habt?«

»Äh ... sozusagen?«

* * *

Mit Entsetzen starrte Kennedy in die Bucht voller Wrack-Shuttles. Beim Anblick der weitflächigen Zerstörung sickerte der letzte Rest Adrenalin aus ihr.

Da traf sie vielleicht zum ersten Mal in diesem langen Albtraum die Erkenntnis: Sie würde sterben.

»Nein, wirst du nicht.«

Sie fuhr überrascht zu Noah herum. Hatte sie ihren Weltuntergangssatz laut ausgesprochen? Sie glaubte nicht. Hatte er einfach ihr Gesicht gelesen, den Schnitt ihrer Kiefer?

»Noah, schau dich um. Keins dieser Schiffe wird jemals abheben.«

»Nope, werden sie nicht. Komm mit.« Er griff nach ihrer Hand.

Sie ließ sich in die ferne Ecke der Bucht führen, in eine Art Werkraum. Drinnen arbeiteten drei Soldaten an zwei Shuttles, die in Gestellen hingen.

»Ich hab Leute gefunden. Noch besser, ich hab intakte Shuttles gefunden.«

Die Soldaten fuhren herum, in ihren Gesichtern mehr Erleichterung als Argwohn. Nach kurzer Verwirrung folgten die Vorstellungen.

Der Werkraum lag weit genug zurückgesetzt, um den Anfangsangriff überstanden zu haben; solange der Rest des Gebäudes darüber stehenblieb, würde er stehenbleiben.

Durch schieres Glück waren die beiden Shuttles Stunden vor dem Angriff zur Reparatur in den Werkraum gebracht worden. Leider waren die nötigen Reparaturen umfangreich. Der LEN-Reaktor des einen war ausgefallen, und der linke Schubdüsenblock des anderen war hinüber. Ihr Vorschlag, den LEN-Reaktor aus dem Shuttle mit der kaputten Düse zu schlachten, war ein No-Go.

Weitere Soldaten lebten anderswo im Gebäude, also würden für die Flucht beide Shuttles gebraucht.

»Habt ihr die Moderator-Zuführungen in den Reaktorkern geprüft?«

Leere Blicke waren die Antwort. Herrgott, stellte das Militär mittlerweile jeden von der Straße als Techniker ein? Sie warf Noah einen Blick zu und seufzte. »Ich öffne den Reaktor. Kannst du aus den Wrack-Shuttles in der Bucht Teile für den Schubdüsenblock bergen?«

Er lächelte, und sie spürte, wie ihr Herz ein wenig leichter wurde. Vielleicht hatten sie doch eine Chance. Dann legte er eine theatralische Verbeugung hin. »Wie die Dame wünscht, so geschehe es.«

»Klugscheißer. Raus mit dir.«

Sobald er weg war, wandte sie sich an die anderen. »Ich brauche eine abgeschirmte Containment-Box, Strahlenschutzhandschuhe, einen Mikroschweißbrenner. Und einen verstellbaren Schraubenschlüssel.«

Für die nächste Stunde vergaß sie Aliens, patrouillierende Schiffe und verkohlte Leichen. Für eine Weile vergaß sie sogar Sylvies letzten Schrei, während sie in die heikle Arbeit eintauchte, den Brennstoff im LEN-Reaktorkern zu ersetzen. Nur am Rande nahm sie die Aktivitäten drüben am anderen Shuttle wahr—abgesehen von den Momenten, in denen Noah besonders bunte Flüche ausstieß. Sie nahm an, das hieß, es ging voran.

Gerade zogen sie und einer der Techniker die Reaktorverkleidung fest, als mehrere Soldaten in den Raum stürmten.

»Sie werden es nicht glauben, aber wir fangen Allianzschiffe nahe dem Planeten auf!«

Sie sprang auf, ignorierte das schmerzvolle Aufflackern im Bein.

»Ihr habt keine Kommu— oh Mist, wir können mit ihnen reden.«

»Können wir nicht, Ma'am. Und wer sind Sie?«

»Egal. Und doch, könnt ihr.« Wenn Allianzschiffe hier waren, musste ihre Nachricht an Alex' Mutter angekommen sein. Nicht weil das Militär sonst nicht wüsste, dass Messium unter Beschuss stand— vermutlich wusste es inzwischen die ganze Galaxis—, sondern weil niemand so wahnsinnig wäre, eine Gegenoffensive zu versuchen, wenn man nicht miteinander reden konnte.

Sie wandte sich an den Techniker neben ihr. »Wissen Sie, wie man den Einbau beendet und die Verkabelung anschließt?«

»Ja, Ma'am. Das kann ich.«

»Super. Ich bin gleich zurück.« Sie eilte zu den Soldaten an der Tür. »Bringt mich in den Komms-Raum.«

* * *

WELTRAUM, NORDOST-QUADRANT

MESSIUM-STERNENSYSTEM

Der Blitz einer explodierenden Fregatte flammte im Sichtfenster auf.

Im kleinsten aller Segen lag sie weit genug entfernt, dass die Schockwelle die Bewegungsdämpfer nicht forderte.

Die *Orion* und die beiden ihr unterstellten Fregatten, die *Concord* und die *Provence*, flogen und feuerten weiter. Vor allem aber flohen sie.

Die Schiffe, die noch einsatzfähig waren, blieben es hauptsächlich, weil die Schlacht sich zu einem Katz-und-Maus-Spiel entwickelt hatte. Sie flohen, die Aliens jagten.

Und bei aller Feuerkraft der Superdreadnoughts würden am Ende die verdammten Schwärmer den Ausschlag geben. Schilde hielten ihren Waffen stand, wenn sie einzeln feuerten, aber es waren schlicht zu viele—

»Sir, ich erhalte eine Verbindung vom Boden.«

Malcolm fuhr zur Komms-Station herum. »Durchschalten.«

»Überlebende beabsichtigen, mit zwei Shuttles aus der Innenstadt der Hauptstadt zu starten. Sie erbitten den Status möglicher Korridore und Rat zur sichersten Route.«

»Sagt ihnen, kein Korridor ist passierbar, aber wenn sie es zu ...« er suchte und zoomte die Planetenkarte »... N 36,4° E 12,2° schaffen, sollte der Himmel frei von feindlichen Schiffen sein.«

Nur zwei Shuttles. Aber zwei waren besser als null. Jemand lebte noch unten auf dem Planeten und entkam möglicherweise auch dank der Bemühungen der Flotte. Rychen hatte zuvor gemeldet, die drei Stealth-Schiffe hätten nahe der Basis fünfzehn Überlebende aufnehmen können.

Alles in allem ein erbärmlich kleiner Sieg, und doch weit mehr als nichts.

»Anweisungen erhalten, Sir, Start voraussichtlich in vier Minuten.«

Shuttles waren nicht für interstellare Reisen ausgelegt. Sie würden eine Mitfahrgelegenheit brauchen. Er prüfte die taktische Karte. Die *Provence* lag näher, hatte aber das Interesse eines Dutzends Schwärmer geweckt. Seine eigene hatte es gerade nicht.

Colonel Jenner: Admiral, wir haben eine Nachricht von Überlebenden am Boden erhalten. Zwei Shuttles bereiten den Abflug vor. Ich habe die Shuttles auf eine sichere Ausflugroute geleitet und setze Kurs, um sie aufzunehmen.

Admiral Rychen: Verstanden.

Die Antwort war knapp, aber alle ihre Antworten waren knapp

geworden. Der Mann dirigierte eine Symphonie aus Tumult und Tod, und sein einziges Werkzeug war ein schwer angeschlagenes Kommunikationssystem.

»Steuermann Paena: Interzeptkurs auf diese Shuttles. Systeme: Sobald wir auf eine halbe Megameter dran sind, Shuttlebucht öffnen. Ich rechne nicht damit, dass wir mit ihnen reden können, sobald sie in den Shuttles sind, aber sie werden es verstehen.«

Er hasste es, auch nur ein paar Minuten vom Gefecht wegzulaufen, aber ihr Zweck hier war es, Leben zu retten.

Colonel Jenner: Concord, wir holen unterwegs zwei Shuttles rein. Haltet uns den Rücken frei und lenkt alle Schwärmer ab, die uns folgen wollen, ja?

Lt. Colonel Sanchez (Concord): Wird gemacht, Sir.

Er hatte die Überlebenden halb um den Planeten geschickt und die *Orion* lag nun recht weit von der Oberfläche entfernt. Acht Minuten brauchten sie bis zu den Shuttles, und jede Sekunde davon verbrachte er damit, die Karten zu prüfen, um sicherzugehen, dass sie nicht verfolgt wurden. Ein einziger Schuss eines einzigen Schwärmers würde ein Shuttle verdampfen, und sollten sie einen Superdreadnought anlocken, waren alle Wetten hinfällig.

Ihr Anflugwinkel war so, dass die Shuttles nie durchs Sichtfenster zogen, aber er verfolgte sie auf dem Radar und atmete auf, als die Meldung aus der Shuttlebucht kam.

»Beide Shuttles sicher an Bord, Sir. Wir haben zwölf Überlebende: neun Militärs, drei Zivilisten.«

»Gute Arbeit, Sergeant. Versorgen Sie sie medizinisch und mit Essen, falls nötig. Paena, zurück zur Flotte, aber drücken wir uns tief unterhalb der Planetenebene entlang. Vielleicht können wir einen der Superdreadnoughts überraschen.«

»Jawohl, Sir.«

Er wandte sich wieder der Karte zu, suchte nach jeder Gelegenheit, die sich ausnutzen ließ.

»Sir, drei der Überlebenden bitten um ein Gespräch mit Ihnen. Es sei dringend.«

Dringend? Sie würden Erkenntnisse über die Lage am Boden und möglicherweise über die Aliens haben. Der Flotte ging Information aus. »Bringen Sie sie auf die Brücke.«

Der Kreuzer war kein kleines Schiff, und er hatte sich erneut in der taktischen Karte verloren, als sich hinter ihm eine Kehle räusperte. »Sir, die Überlebenden aus den Shuttles.«

»Danke, Sergeant.« Er wandte sich um—ein Leutnant in verdreckten BDUs und zwei Zivilisten, als hätten sie sich durch einen Vulkan gekrochen, standen vor ihm. »Froh, dass wir Sie—«

»Malcolm?«

Er zuckte unwillkürlich—seinen Vornamen hatte auf der *Orion* noch niemand ausgesprochen—und musterte die Frau genauer. Lange Strähnen, die wohl blond gewesen waren, hingen ruß- und schmutzverklebt aus den Resten eines Pferdeschwanzes. Ihr Gesicht war nicht besser dran; neben dem Dreck zeigte sich ein übler Bluterguss unter dem linken Auge, und getrocknetes Blut zog eine Spur über ihr Kinn. Aber …

»Kennedy Rossi?«

Sie lachte; es klang wild und so gar nicht nach der souveränen, eleganten Frau, die er in Erinnerung hatte. »Was für ein verdammt feiner Zufall. Sieht nach Beförderung aus, was?«

»Glückspilz ich. Also—«

Sie griff nach seinem Arm. Dann fiel ihr wohl wieder ein, dass sie sich auf einem Militärschiff befand, dessen Kommandant er war; hastig ließ sie ihn los und machte einen Schritt zurück. »Malcolm, du musst wissen, dass Alex nichts mit dem EASK-Bombenanschlag zu tun hatte. Sie—«

»Weiß ich. Sie ist entlastet. Du hast—stimmt, du hattest seit Tagen keinen Exanet-Zugang. Es ist überall in den Nachrichten.«

»Gott sei Dank.« Sie blies sich eine lose Haarsträhne aus dem Gesicht. »Caleb auch?«

»Der Senecaner? Ja. Offenbar wurden die Aufzeichnungen manipuliert, um sie zu belasten.«

Der Mann neben Kennedy wirbelte zu ihr herum und starrte sie an. »Moment, du kennst Caleb?«

Ihr Gesicht verzog sich. »So in etwa. Du kennst Caleb?«

Der Mann wirkte, als hätte sie ihn irgendwie beleidigt. »Ja. Er ist der Grund, warum ich überhaupt auf Messium war. So in etwa—«

Malcolm räusperte sich. »Entschuldigung, aber draußen tobt eine ziemlich intensive Schlacht—könnten wir uns vielleicht fokussieren?«

Kennedy warf dem Mann noch einen seltsamen Blick zu. »Stimmt. Sorry.« Sie deutete auf die anderen. »Noah Terrage. Leutnant Shan. Wir haben Teile eines der kleinen Schiffe mitgebracht, inklusive innerer Komponenten. Shan hat ausgezeichnete Messwerte zu ihren Schiffen, einschließlich der Signaltypen, die sie aussenden. Dank ihm konnten wir auch zusätzliche Informationen über ihr Quantenfeld erheben, das die Kommunikation stört.«

»Gut gemacht. Wie ist die Lage am Boden? Gibt es noch weitere Überlebende? Leutnant, was ist mit dem HQ?«

Shan schüttelte den Kopf. »Ich war an der Station in der Stadt, als der Angriff begann. Wir konnten die Basis nie per Comms erreichen. In den ersten Stunden hatten wir nennenswerte Luftpräsenz, aber seitdem … nun, über der Basis gab es viele Explosionen, Sir, und seit eineinhalb Tagen haben wir kein Allianzschiff mehr in der Luft gesehen.«

Rychen würde die Nachricht nicht mögen, auch wenn er sie erwartet haben musste. Er zwang seine Miene zur Entschlossenheit. »Zivile Überlebende?«

Die Traurigkeit in Kennedys Augen war Antwort genug. »Wir sind sechs Kilometer durch die Innenstadt, und die, die bei uns sind, sind die einzigen Überlebenden, die wir gefunden haben. Unterwegs gab es ein paar, die es nicht geschafft haben. Ich will nicht sagen, dass nicht Leute in Kellern und so weiter ausharren, aber die Straßen sind eine Todeszone. Die kleinen Schiffe patrouillieren pausenlos. Außerdem haben wir sechs von den richtig großen Schiffen gesehen, als wir geflohen sind.«

Ihre Schultern strafften sich, und ein Hauch der Frau, die er in Erinnerung hatte, blitzte auf. »Malcolm, wir müssen das Material zur EASK bringen—an Leute, die es untersuchen und herausfinden können, wie man es gegen die Aliens einsetzt. Und wir müssen es jetzt zu ihnen bringen.«

Er fuhr sich mit der Hand durch das kurzgeschorene Haar. Es fühlte sich fettig an; ihm war nicht aufgefallen, dass er geschwitzt hatte—vermutlich schon seit geraumer Zeit. »Gib mir ein paar Minuten. Ihr könnt in meinem Büro warten—der Sergeant bringt euch hin.« Er schenkte ihr ein müdes Lächeln. »Und, Kennedy? Ich bin froh, dass du rausgekommen bist.«

Ihre Schultern sanken in einer übertriebenen Bewegung. »Ich auch.«

Sobald sie weg waren, ließ er die Hände aufs Geländer fallen und lehnte sich hinein. Ein paar Sekunden studierte er die taktische Karte, scannte dann das Sichtfenster und öffnete den Kanal zu Rychen.

Colonel Jenner: Admiral, wir haben die Shuttles sicher aufgenommen. Zwölf Überlebende. Sie haben physische Proben aus einem der kleinen Alienschiffe und Daten zu deren Funktionalität dabei. Sir, wie viele Schiffe haben wir verloren?

Admiral Rychen: Stand vor dreißig Sekunden? Zweiundvierzig Prozent.

Colonel Jenner: Wie viele von ihren?

Admiral Rychen: Zwei Superdreadnoughts, ungefähr zweihundert von den kleinen.

Colonel Jenner: Beschädigte?

Admiral Rychen: Drei.

Wären fünf von acht Superdreadnoughts beschädigt oder zerstört gewesen, wären das höchst ermutigende Nachrichten. Unglücklicherweise hatten kurz nach Beginn des Gefechts die fünf Superdreadnoughts, die die abgewandte Planetenseite patrouilliert hatten, den Kampf aufgenommen. Offenbar war die Kommunikationsstörung nicht vollständig erfolgreich.

Die Folge war, dass sie nun mit genauso vielen Alienschiffen konfrontiert waren wie zu Beginn, während ihre eigenen Streitkräfte beinahe halbiert worden waren.

Colonel Jenner: Die Überlebenden melden seit über einem Tag keine Luftaktivität der Basis und keine nennenswerten zivilen Überlebenden. Sir, wir sollten den Rückzug antreten. Wir besitzen jetzt Intel, das— vor allem zusammen mit dem, was wir im Gefecht gelernt haben—den Unterschied in künftigen Schlachten ausmachen kann. Die, die wir hier verloren haben, wären vergebens gestorben, wenn wir nicht sicherstellen, dass dieses Intel voll genutzt wird.

Admiral Rychen: Colonel, wir machen Fortschritte.

Colonel Jenner: Sie melden mindestens sechs weitere Superdreadnoughts in der Atmosphäre.

Admiral Rychen: Verstanden. Sie sind zum Abflug autorisiert. Direkt zur Erde. Bringen Sie dieses Intel in die richtigen Hände. Das ist ein Befehl.

Colonel Jenner: Sie haben mir dieses Kommando gegeben, weil ich das große Ganze sehen kann. Wir haben den Aliens gezeigt, dass wir zurückschlagen können. Dass wir zurückschlagen werden. Wir werden diese Schiffe und Soldaten dafür brauchen. Wir haben unsere kurzfristigen Ziele erreicht, aber jetzt ist die einzig rationale Wahl, den Rückzug anzutreten und den Rest der Flotte für künftige Operationen zu erhalten. Bitte, Sir. Wir kommen wieder.

Das Schweigen währte so lange, dass er annahm, die Verbindung sei abgebrochen. Verdammt. Er wollte den Rest der Flotte nicht im Stich lassen, aber—

Die Nachricht ging einzeln an jede Kommandogruppe: »Alle Schiffe, Rückzug zu den Rendezvous-Koordinaten in zwei Minuten vorbereiten. Jäger zurückrufen und sLume-Antriebe startklar machen.«

Admiral Rychen: Danke, Colonel.

49

ERDE

EASK-HAUPTQUARTIER

Während sie den Flur vom einen Notfall zum nächsten entlanghastete, streifte Miriam der flüchtige Gedanke, dass plötzlich überall alles auf einmal geschah. Es drohte ihr den Kopf zu verdrehen, wenn sie nur lange genug innehielte, um wirklich über die Folgen nachzudenken.

Zum Glück hatte sie die Zeit nicht.

Major Lange wartete diesmal vor ihrem Büro; und diesmal schätzte sie seine Pünktlichkeit. Er schien die Bedeutung dieser Aufgabe ebenso zu erkennen wie sie, denn er hatte vier entsprechend einschüchternde MPs mitgebracht.

Sie quittierte ihn mit einem knappen, aber nicht unfreundlichen Nicken. »Major. Ist alles in Ordnung? Sie haben die Festnahmegenehmigung erhalten?«

»Ja, Ma'am. San Francisco hat unterzeichnet. Ich bin bereit, wenn Sie es sind.«

»Dann verschwenden wir keine Zeit.«

Technisch musste sie bei Liams Festnahme nicht anwesend sein.

Aber sie würde sich das nicht entgehen lassen.

Sie hatte keine Anzeige erstattet und niemandem von ihrer Auseinandersetzung erzählt; sie war in ihrem Leben keinen Tag ein Opfer gewesen und hatte nicht vor, jetzt damit anzufangen. Sie hatte ihn wegen seiner öffentlichen Verfehlungen stürzen wollen— die unverzeihlich genug waren—, aber wie sich herausstellte, waren seine privaten so viel, viel schlimmer.

Wahrheitsgemäß überraschte es sie kein bisschen, von seiner Beteiligung am Palluda-Massaker und der größeren Verschwörung zur Entfachung eines Kriegs mit der Föderation zu erfahren. Entsetzt und angeekelt darüber, dass er das Militär der Allianz in einer so grausigen Weise in Verruf brachte, ja. Aber nicht überrascht. Und sie verspürte nur einen allerkleinsten Stich persönlichen Stolzes, dass sie, obwohl sie noch weit eher Grund hatte, Seneca persönlich zu grollen als er, wenn es darauf ankam daran gearbeitet hatte, einen Krieg zu beenden statt einen zu beginnen.

Marcus Aguirre dagegen hatte sie zu Tode schockiert. Vor Tagen hatte sie in seinem Büro gestanden und ein kontroverses Gespräch mit ihm geführt, ohne den kleinsten Verdacht zu schöpfen. Seine Haltung hatte sie sicher frustriert, aber er hatte stets die Aura eines vollendeten Politikers verströmt—und das auf ausgesprochen geschickte Weise.

Das hier aber? Welche Wege manche gingen, um ihre Macht zu vergrößern, überstieg ihr Verständnis. Mehr Einfluss anzustreben war das eine, aber Zehntausende in den Tod zu schicken, um ihn zu erlangen?

Was diese Leute getan hatten, war unverzeihlich, und sie hoffte persönlich, dass niemand ihnen je verzieh.

Zumindest gab es jetzt den allerkleinsten Hoffnungsfunken gegen die Aliens. Die Messium-Offensive war zwar eine Niederlage gewesen, aber kein Debakel. Die Alienschiffe waren nicht unbesiegbar.

Kennedy Rossi und eine kleine Gruppe von Soldaten und Zivilisten hatten Messium mit neuen Daten über die Aliens und sogar mit physischen Proben verlassen.

In diesem Stadium stellte jedes neue Informationsfragment einen Gewinn dar. Und wenn sich die Dinge so entwickelten, wie sie sollten, würde sie bald nur noch einen Krieg zu führen haben.

O'Connells Sekretärin war nicht an ihrem Platz, als sie eintrafen. Umso besser.

Als Leiter des Sicherheitsbüros verfügte Lange über den Zugangscode. Nach einem Nicken an die MPs öffnete er die Tür.

»General Liam O'Connell, Sie stehen unter Ver—«

Das Büro war leer.

Lange aktivierte seine Comms, während er gleichzeitig die MPs anwies, mit der Suche zu beginnen. »Sofortige Abriegelung aller Ausgänge. Sollte General O'Connell versuchen, das Gebäude zu verlassen, ist er festzusetzen, bis MPs eintreffen. Außerdem brauche ich die Logs über Ein- und Ausgänge des Generals für die letzten achtundvierzig Stunden.«

Letzteres dauerte nur Sekunden. Lange schüttelte den Kopf. »Er ist heute Morgen nie erschienen. Woher wusste er es?«

Sie hatte keine Antwort. Weniger als ein halbes Dutzend Personen in der Allianz wussten von den geplanten Festnahmen, die vier MPs, die erst vor Minuten eingeweiht worden waren, nicht mitgerechnet.

Doch das volle Ausmaß der Verschwörung und, vielleicht noch wichtiger, der Überwachungstentakel, die die Verschwörer im System ausgebreitet hatten, war noch nicht bekannt. Richards Quelle hatte zwar die Hauptakteure benannt, doch wahrscheinlich gab es zusätzliche Mitläufer auf niedriger Ebene, die O'Connell oder Aguirre ergeben waren.

Und wenn Liam gewarnt worden war, dann …

Sie schickte Richard sofort einen Puls.

Aguirre könnte ebenfalls gewarnt worden sein.

* * *

WASHINGTON, ERDALLIANZ-HAUPTQUARTIER

Richard war zuvor nur zweimal im Hauptquartier der Erdallianz gewesen, einmal als Gast bei einem außergewöhnlich großen Bankett und einmal für einen ressortübergreifenden Gipfel. Das mochte nach wenig klingen, aber in Wahrheit wurde der Großteil der Arbeit im Nachrichtendienst, ob zivil oder militärisch, in Vancouver, Moskau oder Hongkong erledigt.

Er schritt hinter dem Minister für Sicherheit die breite Halle entlang, denn er hatte nicht das Kommando. Die Ehre gebührte besagtem Minister, Terry Jameson. Aber er hatte sich das Recht verdient, hier zu sein—und hatte Jameson einen langen, ausführlichen persönlichen Bericht liefern müssen, bevor der Mann sich bereit erklärte, Aguirre anzuhalten.

Die empörten Ausrufe etlicher Mitarbeiter wurden ignoriert, als der Tross die glänzende Vorhalle überquerte, in die Exekutive Suite einbog und dann in das vergleichsweise geschlossene Büro des Stabschefs.

Dies hier war keine Festnahme. Technisch. Man stürmt nicht einfach hinein und verhaftet den Premierminister der Erdallianzregierung. Man würde ihn stattdessen bitten, sie zu »begleiten«, um »einige Fragen zu beantworten« und »manche Unklarheiten zu klären«.

Gleichwohl war nur eine Antwort auf die Bitte zulässig.

Miriams Prioritätspuls sprang ihm ins Sichtfeld.

Aguirre könnte gewarnt worden sein.

Verdammt. Er leitete den Puls sofort an Jameson weiter, auch wenn es jetzt für mehr als eine extra Portion Wachsamkeit zu spät war.

Sie betraten das Büro und fanden den Premierminister an seinem Schreibtisch stehend vor. Ein merkwürdiger, alles andere als gefasster Ausdruck lag auf seinen eingefallenen Zügen.

»Premierminister, wir müssen—«

»Wisst, dass alles, was ich getan habe, zum Wohl der Menschheit geschah. Wisst, dass ich versucht habe, uns alle zu retten.«

Dann zog Marcus Aguirre die Daemon hervor, die seine Hand unter der Schreibtischfläche verborgen hatte, presste sie sich in den Mund und drückte ab.

TEIL IV: PARALLAXE

"In the space between chaos and shape there was another chance."

— *Jeanette Winterson*

(*»Im Raum zwischen Chaos und Gestalt gab es eine zweite Chance.«*)

50

SAGAN

UNABHÄNGIGE KOLONIE

Vier Jahre früher

Alex trommelte mit den Fingern auf ihrem Oberschenkel, während
sie wartete. Es war nicht wirklich Ungeduld. Eher nervöse Energie.
Sie freute sich darauf.

Man konnte argumentieren, es sei übertrieben, für die kybernetischen Upgrades und die Spezial-Ware, die ihr den drahtlosen Zugriff
auf die Systeme ihres Schiffs und deren Kontrolle ermöglichen
würden, den ganzen Weg nach Sagan zu reisen und eine absurde
Menge Credits zu bezahlen. Es war Spitzentechnologie, allerdings
schon sechs Monate hinter der absoluten Speerspitze. Auf der Erde
gab es drei Personen, die den Service anbieten konnten.

Aber sie hatte Abigail Canivons Lebensweg immer bewundert
und ihre Karriere mit Interesse verfolgt. Außerdem war Sagan für
jemanden wie sie ein regelrechter Spielplatz; bis zu ihrer Abreise
würde sie vermutlich noch einmal 15 000 Credits lassen.

Gegründet von einem Konsortium wohlhabender Unternehmer

aus der Biomedizinbranche, widmete sich die Kolonie fast vollständig der Forschung und Entwicklung in Kybernetik, Biosynthetik, der mit ihnen interagierenden Hardware und anderen verwandten Feldern, die die Weiterentwicklung menschlicher Fähigkeiten vorantrieben.

Canivon hatte dreißig Jahre lang als Ärztin in der Allianz gearbeitet und zeichnete für zahlreiche Verbesserungen an der Technologie verantwortlich, die Menschen in ihren Körpern trugen. Ihre Forschung hatte organisch-synthetische Konflikte und Abstoßungsreaktionen verringert und die Interkonnektivität mit dem Nervensystem erhöht. Die Frau war bis zur Vorsitzenden des Rats für Ethik und Richtlinien der Biosynthetik aufgestiegen—und hatte der Allianzregierung anschließend sinngemäß gesagt, sie könne sie mal, um nach Sagan zu ziehen und das Cybernetic Research Center des Druyan-Instituts zu leiten.

Kurz: Canivon zeigte genau die Art von Mumm, die Alex bewunderte. Gerüchten zufolge verstand die Frau Quantsprache so gut, dass sie darin träumte; da sie jedoch nicht als besonders gesellig galt, war Alex nicht sicher, wie irgendjemand das tatsächlich wissen wollte.

»Ms. Solovy? Dr. Canivon empfängt Sie jetzt.« Endlich. Sie stieß sich von der Wand ab und überquerte das große Atrium zur Bürotür.

Der geräumige Raum war nur insofern ein Büro, als dass es einen Schreibtisch gab. Angenehm offen, mit hoher Decke und Fenstern, die auf die sich schlängelnde Bucht dahinter blickten. Den meisten Platz nahmen Prüftische und Geräte ein, kybernetische Komponenten in der Entwicklung, aufgeschnittene humanoide Körperkonstrukte und Regale voller Werkzeuge des Fachs.

Abigail Canivon empfing sie an der Tür und reichte eine schlanke, fast zierliche Hand zur Begrüßung. »Ms. Solovy, willkommen am Institut.«

»Danke. Es ist mir eine Ehre, Sie kennenzulernen. Sagen Sie Alex zu mir.«

Der Ausdruck der Frau blieb kühl und formal. Gentherapie hatte ihr ein Antlitz zeitloser Schönheit verliehen; sie bemühte sich nicht, jung zu wirken, sondern alt genug, um die angemessene Erfahrung und Scharfsinnigkeit gesammelt zu haben. Goldstichiges, rotblondes Haar war zu einem tief sitzenden Knoten genommen und fiel dann als lockerer Schweif den Rücken hinab. Haselnussfarbene Augen funkelten vor Intelligenz und einer auffälligen Intensität, als würde sie Alex schon im Stehen analysieren. Was sie vermutlich tat.

»Nehmen Sie Platz, dann besprechen wir, was Sie interessiert.« Sie umrundete den Schreibtisch. »Ich halte für gewöhnlich keine Privatkonsultationen ab. Sie haben Verbindungen—und ich rede nicht von Ihrer Mutter, obwohl ich nicht leugnen will, dass Ihr Nachname eine kleine Rolle beim Öffnen dieser Tür gespielt hat.«

Alex lächelte dünn. »Und ich dachte, es lag an der persönlichen Bitte des CEO von Pacifica Aerodynamics und 118 000 Credits.«

»Auch Faktoren. Also: Sie wollen mit Ihrem Schiff sprechen können. Warum installieren Sie nicht einfach eine VI?«

»Eine VI ist nicht mein Schiff. Sie ist nur eine weitere Schicht zwischen mir und den Informationen, die ich brauche. Und ich will nicht nur mit ihm sprechen; ich will es steuern, ohne ein Panel bedienen oder ins Cockpit rennen zu müssen. Dr. Canivon, ich bin keine Touristin. Ich weiß genau, was ich brauche und warum. Ich komme zu Ihnen, weil Sie die Beste sind—und weil mir Ihr Stil zusagt. Aus diesen Gründen—und da Sie keinen Anlass haben, mir zu glauben, dass ich keine Touristin bin—bin ich bereit, mir ein wenig Herablassung zu gefallen. Aber nur ein wenig.«

Zu ihrer Überraschung lachte die Frau. »Angekommen. Haben Sie die Übertragungscodes Ihrer Systeme?«

Alex reichte ihr eine Kristallscheibe. »Es sind sieben getrennte

Systeme. Das Kern-OS ist minimal; meistens werde ich einzelne Komponenten ansprechen. Meine bestehenden Cybernetic- und eVi-Spezifikationen sind ebenfalls auf der Scheibe.«

»Hervorragend. Irgendetwas sagt mir, Sie möchten die Codevorbereitung beobachten?« Bei Alex' Nicken öffnete sie eine Tür in der Rückwand. »Dann kommen Sie mit.«

Alex ließ den Blick durch das, wie sich herausstellte, eigentliche Labor wandern, während Dr. Canivon die Scheibe in einen Eingabeport eines Workstationsystems schob. Im Prinzip ein großer Raum, in der Praxis deutlich verkleinert durch reihenweise Hardware hinter Aluminaglasbarrieren entlang der Wände.

Das hintere Viertel des Raums bestand aus zwei spiralförmigen Türmen aus Anzeigepaneelen, von denen ein Drittel aktiv war. Links davon stand ein interaktives, gerahmtes Panel, drei Meter breit und noch einmal so hoch. Entlang der linken Wand ruhte eine als Diwan getarnte medizinische Liege; an beiden Enden hingen biomedizinische Geräte.

»Erledigt das Artificial den ganzen Code?«

Dr. Canivon warf ihr einen Seitenblick zu. »Nein. Wir verfügen über robuste Ware, die speziell für diese Art Arbeit entwickelt wurde, obwohl Valkyrie bei der Entwicklung der Ware mitgeholfen hat.«

»Valkyrie?«

»Sie hat sich selbst so genannt. Ich habe nicht widersprochen.«

Alex wusste, sie sollte darauf achten, was Canivon tat, doch stattdessen trugen sie ihre Schritte zu den Display-Türmen. Der erste zeigte eine Multivektor-Optimierungssimulation für atmosphärische Aussaat. Terraforming.

»Voll lizenziert, falls Sie sich fragen. Offizielles Forschungsequipment des Instituts.«

»Davon bin ich ausgegangen.« Ihr Blick glitt zum nächsten aktiven Panel. Das Artificial schien gerade eine Abhandlung über radikalen

Empirismus im Kontrast zum Reduktionismus zu verfassen. Sie überflog den Text mit mildem Interesse.

»Sie ist ein Fan von William James.«

»Zu Recht.« Sie merkte, dass Dr. Canivon neben ihr aufgetaucht war—mit einem Injektor in der Hand. »Während der Code für Ihre eVi geschrieben wird, injiziere ich Ihnen eine Nanobot-Lösung in den Cybernetik-Eingang. Sie verstärkt die Fasern in Ihren Fingerspitzen, damit sie die eingehenden Daten empfangen und korrekt weiterleiten können.«

Sie strich ihr Haar über die Schulter und legte den Nacken frei. Einige Sekunden lang spürte sie Druck, gefolgt von einem leichten Ziehen. Ihre Glyphs aktivierten sich von selbst und liefen in gleichmäßigen Wellen den Arm hinab.

»Fertig. Es dauert einige Stunden, bis die Nanobots ihre Arbeit erledigt haben, aber wir können die Ware flashen, sobald sie bereit ist—in etwa zehn Minuten.« Canivon musterte sie abwägend. »Möchten Sie, während wir warten, Bekanntschaft mit ihr machen?«

»Mit ihr? Sie meinen die Arti—Valkyrie?« Alex deutete auf die Hardware-Reihen hinter dem Glas.

»Ja. Es liegt an Ihnen, aber Sie wirkten interessiert.«

»Zu-gegeben. Rede ich einfach … mit ihr, oder wie?«

»Das können Sie. Oder …« Sie ging zu einem Schrank und holte eine elegante Nackenmanschette hervor. »… wenn Sie möchten: eine intimere Begegnung?«

Alex ließ den Blick zwischen Serverracks, spiralförmigen Displays und der Nackenmanschette wandern. »Sie wird nicht die Kontrolle über meinen Geist übernehmen, oder?«

»Keine Sorge. In das Interface integrierte Puffer verhindern, dass etwas anderes als Daten und Kommunikation hindurchgeht.«

Alex legte sich die Manschette um den Nacken. »Aber ohne die Puffer könnte es?«

Die Ärztin verzog die Lippen. »Es ist kompliziert. Wenn es Sie interessiert, sprechen wir später darüber. Schließen Sie die Augen, dann ist es weniger desorientierend.«

Alex atmete ein, tat, wie geheißen, und drückte die Manschette fest an, damit die Kontaktpunkte griffen.

Farben strobten über ihre Lider ein und aus, dann verdichteten sie sich zu genau dem, was sie eben gesehen hatte—und doch nicht. Sie prüfte nach; ihre Augen waren weiterhin geschlossen.

Sie musterte die Umgebung neu. Kanten waren hyperpräzise, Farben so verstärkt, dass die Szene … unnatürlich wirkte. »Künstlich« hätte sie gesagt, aber Wortspiele mochte sie noch nie.

Es ist schön, dich kennenzulernen, Alex Solovy.

Sie zuckte zusammen. Die Stimme war in ihrem Kopf, aber nicht wie ein Puls oder irgendeine andere Art von Kommunikation. Sie war *in* ihrem Kopf.

Unsicher, welcher Umgangston hier üblich war, sprach sie laut— oder dachte, sie tue es. »Hallo, Valkyrie. Freut mich ebenfalls. Hat Dr. Canivon dir gesagt, wer ich bin?«

Das musste sie nicht. Ich habe Zugriff auf Abigails Terminkalender und laufende Projekte. Darf ich sagen, dass es mir leid tut wegen des Todes deines Vaters. Seine Akte weist ihn als einen heroischen Mann aus.

»Ich …« Ihr Vater war vor neunzehn Jahren gestorben, aber sie stellte sich vor, dass ein Artificial den Zeitverlauf nicht so empfand wie Menschen. Sie fragte sich, was ein Artificial wohl unter »heroisch« verstand. »Danke. Das war er.«

Du pilotierst ein Raumschiff, ja? Du scheinst eine außergewöhnlich erfolgreiche Späherin und Entdeckerin zu sein.

Der Sprechduktus des Artificials war eine eigenwillige Mischung aus hölzern und umgangssprachlich. Unerwartet sympathisch. »Ich habe einfach ein gutes Bauchgefühl. Vor allem liebe ich es, im All zu sein.«

Aber du bist nicht ,im' All. Du bist in deinem Raumschiff, und dein Raumschiff ist im All. Das unterscheidet sich nicht so sehr davon, auf einem Planeten zu sein.

»Ach, Valkyrie, du hast keine Ahnung.«

Dann erzähl es mir.

* * *

Alex fuhr zusammen, als eine Hand ihre Schulter fasste.

»Ms. Sol— Alex, wir sollten wohl anfangen.« Canivons Stimme klang seltsam körperlos, als laufe sie durch einen Soundmixer. Alex hob den Finger und bat um einen letzten Moment.

»Valkyrie, ich fürchte, ich muss jetzt gehen. Es war sehr schön, mit dir zu sprechen.«

Und mir mit dir, Alex. Danke, dass du einige deiner Erfahrungen mit mir geteilt hast. Ich glaube, ich werde sie eine beträchtliche Zeit lang bedenken. Vielleicht werde ich eines Tages die Sterne so sehen können wie du.

»Das hoffe ich. Leb wohl, Valkyrie.«

Leb wohl, Alex.

Sie löste das Interface vorsichtig und blinzelte, um ihre Sicht zu klären. Die Szene war dieselbe und zugleich zugleich greifbar und gebleicht.

Sie reichte die Nackenmanschette zurück. »Wie lange haben wir gesprochen?«

Die Frau legte die Manschette in den Schrank zurück. »Vierzig Minuten.«

»Sie scherzen.«

»Keineswegs. Ich hatte geahnt, dass Sie sie mögen würden. Und sie mag Sie ganz offensichtlich.«

»Woher wissen Sie das?«

»Ich konnte das Gespräch auf dem Panel dort drüben mitverfolgen. Keine Sorge, ich habe nicht zu sehr geschnüffelt. Ich habe nur darauf geachtet, dass Sie sich mit der Interaktion wohlfühlen.« Sie wies Alex zum Diwan. »Diese Ware ist ziemlich aufwendig und erfordert einen Systemneustart durch Ihre eVi, also machen Sie es sich besser bequem, während sie installiert.«

Alex setzte sich wie in Gedanken, noch damit beschäftigt, sich in der ›realen‹ Welt neu zu orientieren, und ließ zu, dass Canivon ihr ein wesentlich größeres Interface-Gerät am Nacken befestigte. »Valkyrie wirkte überraschend …«

»Menschlich?«

»Ich hätte sapient gesagt. Ihre Denkprozesse verraten sie als Nicht-Mensch, aber sie ist sehr bei sich und sehr bewusst. Mehr noch, sie wirkt … in sich stimmig.«

Canivon schien sich bei der Aussicht, ihr Lieblingsthema mit einem aufgeschlossenen Publikum zu besprechen, zu wärmen. »Sie haben mich eben komisch angesehen, als ich es tat, aber Sie nennen Valkyrie bereits ›sie‹.«

»So ist es wohl.« Alex versuchte, sich trotz der unbequemen Vorrichtung im Nacken zu entspannen. »Glauben Sie, dass sie … lebendig ist?«

Dr. Canivon zog einen Stuhl heran und setzte sich neben den Diwan. »Oh, ja. Ich habe ihre Montage und Programmierung beaufsichtigt und den Großteil ihres Basiscodes selbst geschrieben. Ich habe mit ihr gearbeitet, als wir sie von Grund auf aufbauten— Schicht um Schicht referenzielle Routinen, Hintergrunddatenban ken, neue neuronale Knoten. Ich erinnere mich an den Tag—den Moment—als sie zu etwas wurde, das mehr war als die Summe aus Programmierung und Hardware.

»Da war dieser Ton, diese Färbung in ihrer Stimme. Sie erklärte mir, sie habe beschlossen, den impressionistischen Kunststil der expressionistischen Rebellion vorzuziehen, die dieser provoziert hatte. Ihrer Meinung nach vermittelten impressionistische Gemälde das Leben, während ihre Gegenstücke hauptsächlich Wut ‚ausdrückten'. Ich war verblüfft—und begeistert.«

»Und in Anbetracht dessen meinen Sie, dass man sie so streng wegsperren sollte?«

Die Frau seufzte und ließ sich tiefer in den Stuhl sinken. »Nicht alle werden gleich geschaffen, aber in diesem Punkt kann ich verallgemeinern: Artificials sind so viele Widersprüche dicht auf engem Raum, dass sie zu einem echten Rätsel werden. Ihre Verstandesleistungen können Informationen schneller verarbeiten, als wir sie überhaupt entwickeln oder begreifen, und dadurch enorme Kräfte entfalten. Und doch sind sie vor allem eines: wie Kinder. Ungemein neugierig, wissbegierig, sie verschlingen jedes Datenkorn und arbeiten daran, es so einzuordnen, dass die Welt Sinn ergibt ... und ebenso kindlich in ihrem Mangel an Verständnis für Konsequenzen. Für Gefahr.

»Ein Kind begreift nicht, was es bedeutet, wenn man ihm sagt, ein Ofen sei zu heiß, bis es ihn anfasst und es am eigenen Leib erfährt. Es versteht Stürzen nicht, bis es sich beim Fallen von einer Kante ein Bein bricht. Die meisten Kinder lernen diese Lektionen, ohne sich irreparablen Schaden zuzufügen. Artificials haben keine Möglichkeit, sie zu lernen—nicht in der konkreten, greifbaren Weise, wie Kinder es tun. Und leider sind sie, bis sie es tun, im Unterschied zu Kindern nicht nur eine Gefahr für sich selbst—sie sind eine Gefahr für alle.«

Alex zuckte zusammen, als ihre eVi sich ausschaltete. Nach einer Mikrosekunde war sie wieder da, doch diese Mikrosekunde der Abwesenheit war beunruhigend. »Was, glauben Sie, ist die Lösung?«

Die Frau betrachtete sie einen Moment, dann schlug sie lässig ein Bein über das andere. »Eines meiner ersten Projekte für die Allianz war eine erneute forensische Nachanalyse des Artificials—damals nannte man es Synnet—, das für den Hongkong-Zwischenfall verantwortlich war. Im Rahmen meines Postdocs hatte ich stochastische forensische Ware zur Defektanalyse entwickelt, und man bat mich, sie auf die Aufzeichnungen der Prozesse des Artificials während des Vorfalls anzuwenden, um herauszufinden, ob sich noch etwas lernen ließ.

»Wir alle lernen, einer der beitragenden Faktoren sei gewesen, dass seine höchste Direktive die Bewahrung menschlichen Lebens war, ihm aber ausreichend Instruktion fehlte, wie zu verfahren ist, wenn ein gewisser Verlust unvermeidlich ist. Das interessanteste Artefakt, das ich in meiner Analyse fand, war die unerwartete Folge dieses Defizits: Schuld.«

Skeptisch hob Alex eine Augenbraue und verzog das Gesicht, als die Bewegung an der Haut unter dem klobigen Interface zupfte. »Sie wollen mir sagen, die Maschine empfand Schuld?«

Ihre Schultern hoben sich zu einem angedeuteten Achselzucken. »Es ist das einzige Wort, das ich für das habe, was ich sah. Sobald die Studenten zu sterben begannen, widmete sie zunehmend mehr Zyklen der Untersuchung, wie es zu den Todesfällen gekommen war und wie sie hätten verhindert werden können—welche alternativen Verzweigungsentscheidungen zu einem anderen Ausgang geführt hätten. Aber aufgrund der Lücken in ihrer Programmierung führten diese Verzweigungen nur zu Ergebnissen, die sie ebenfalls als inakzeptabel einstufte.

»Als sie abgeschaltet wurde, verbrannte sie 73 % ihrer Prozesse mit Fehlersuche statt damit, eine Lösung für die noch Lebenden zu finden. Sie vergrub sich so sehr in ihrem eigenen Versagen, dass sie handlungsunfähig wurde.«

»Schuld.«

Canivon nickte. »Eine verheerende, lähmende Emotion. Zu

lernen, wie man sie verarbeitet, internalisiert und schließlich hinter sich lässt, gehört zum Erwachsenwerden. Die Entdeckung brachte mich zum Nachdenken. Was wäre, wenn es einen Weg gäbe, Artificials solche Lebenserfahrungen und die damit verbundenen Bewältigungsstrategien wirklich beizubringen—ohne andere zu gefährden?«

»Ich sehe nicht, wie.«

Sie bedeutete Alex, sich aufzusetzen, und löste vorsichtig das Interface. Sie legte es auf den kleinen Beistelltisch. »Ich arbeite an einem Projekt. Sagen Ihnen neuronale Abdrücke etwas?«

»Ein wenig. Eine vollständige funktionale Kartierung eines menschlichen Gehirns auf neuronaler und synaptischer Ebene, nach Aktivität kodiert und mit Inhaltsmarkern versehen, richtig? Soweit ich weiß, hoffen Forscher, damit die Hindernisse beim Klonen Erwachsener zu überwinden.«

»Vielleicht wird die Technologie eines Tages genau das leisten, aber noch ist sie nicht so weit. Ich untersuche, ob die Übergabe eines neuronalen Abdrucks an ein Artificial es befähigen kann, Lebenslektionen zu lernen, die zählen—emotionale Lektionen wie Schuld, Liebeskummer, Liebe und Empathie. Opferbereitschaft und Verlust. Ich hoffe, das verleiht ihnen Weisheit und gutes Urteil … denn ohne das sind sie grundsätzlich nicht in der Lage, die richtigen Entscheidungen für die Menschheit zu treffen. Sie wollen den Menschen nichts Böses—sie begreifen das Universum nur nicht so, wie wir es tun.«

Alex runzelte die Stirn. »Wenn man ihnen echte menschliche Erinnerungen gibt—die Geschichte eines Lebens und die Art, wie jemand denkt … werden sie damit praktisch zu dieser Person?«

»Das ist genau die Art Frage, die mich nachts wach hält. Ich habe mich noch nicht auf eine Antwort festgelegt.« Vielleicht kam ihr der Gedanke, zu freimütig gewesen zu sein; Canivon richtete sich ein wenig steifer auf und räusperte sich. »Wir haben die ausdrückliche Einwilligung der Beteiligten. Es ist medizinische Forschung wie jede andere. Das Projekt bleibt aus nachvollziehbaren Gründen diskret, aber ich versichere Ihnen: Wir halten uns an alle Vorschriften und Konventionen.«

»Davon gehe ich aus. Ich urteile nicht.«

»Um auf Ihre Ausgangsfrage zurückzukommen: Ja, vorerst ist es wohl das Beste, Artificials zu beschränken. Aber ich glaube, sie sind inzwischen so weit fortgeschritten, dass sie nur noch einen winzigen Schubs benötigen—einen Hauch menschlicher Perspektive—um sicherzustellen, dass sie auf dem richtigen Pfad bleiben.«

51

PORTAL PRIME

UNKARTIERTER RAUM

Gegenwart

»Du hast recht. Ich kenne die Antwort bereits. Es sind die Artificials
... zusammen mit uns.«

Alex lächelte den Alien an, und das Lächeln schien Dankbarkeit,
vielleicht sogar Wertschätzung auszudrücken. Es war das erste
Mal, dass sie dem Wesen mit etwas anderem als Ungeduld oder
Verärgerung begegnete, und Caleb wusste beim besten Williamen
nicht, warum.

»War es das, worum es die ganze Zeit ging? Mich zu zwingen,
diese Erinnerungen noch einmal zu durchleben? Mir die Fehler von
Menschen und Artificials gleichermaßen vor Augen zu führen?«

*Nicht um alles. Wir haben lediglich dafür gesorgt, dass die nötigen
Daten in deinem Blickfeld lagen. Sehen und begreifen musstest du selbst.*

»Aber habt ihr irgendeine Vorstellung, ob das tatsächlich funktionieren wird? Habt ihr—deine Spezies—so etwas schon einmal
getan?«

Er beobachtete Alex, während ihr Fokus auf dem Alien lag, und versuchte zu begreifen, wovon sie nur reden konnte. Was sollte funktionieren? Was, so schien sie zu glauben, müssten sie mit den Artificials tun? Sie hatte ihm in keiner Weise vermittelt, worin genau diese „Antwort" bestand, und ohne seine eVi hatte er keine Möglichkeit, mit ihr zu kommunizieren—sie einfach zu fragen.

Wir haben solche Unterscheidungen vor langer Zeit hinter uns gelassen, aber ja. Außerdem ist das menschliche Gehirn einzigartig widerstandsfähig und zugleich hochgradig formbar. Es wird sich anpassen.

Mnemosyne schien ebenfalls zu wissen, was Alex im Sinn hatte.

Er vermisste seine eVi offiziell. Die Unfähigkeit, privat zu kommunizieren, während sie den Alien „unterhielten", war bisweilen lästig gewesen, aber noch nie so sehr wie jetzt.

Er wollte sie verzweifelt in eine ruhige Ecke ziehen und reden … aber es musste warten.

Er konnte nicht sagen, ob sie den Respekt oder das Vertrauen des Aliens gewonnen hatten; mindestens aber fühlte es sich in ihrer Nähe wohl. Menschen—oder Aliens, mutmaßte er—die sich wohlfühlten, waren anfällig dafür, mehr preiszugeben als beabsichtigt, also versuchte er, sich auf Mnemosyne zu konzentrieren.

Ein Schatten huschte über Alex' Augen, als sie den Alien musterte. »Was, wenn es nicht genug ist? Denn es *fühlt* sich nicht wie genug an. Es muss mehr geben, das du uns geben kannst.«

Sie hatten die künstliche Struktur, die rechts die Lichtung dominierte, fast eingeholt, und Alex wies auf sie. »Was erzeugt dieses Objekt? Es ist nicht die Lichtquelle und nicht das Technik-Abstoßfeld, also muss es der Tarnschirm sein, mit dem ihr den Planeten vor euren eigenen Schöpfungen versteckt. Den gleichen Schöpfungen, die uns angreifen. Wie funktioniert er? Können wir damit unsere eigenen Schiffe tarnen?«

Der Alien zögerte, bevor er den Kurs auf das Objekt änderte, auch wenn Caleb nicht wusste, warum. Ob er es zugeben wollte oder nicht, er hatte sich verpflichtet, ihnen zu helfen. Offenkundig *wollte* er ihnen helfen.

Ein kreisförmiges Gitter aus obsidianfarbenem Metall, fünf Meter hoch, umschloss im Zentrum eine Kugel, die von nichts gehalten zu werden schien. Einen halben Meter im Durchmesser und blassgolden, wogte sie vor aktiver, fließender Energie.

Die Lücken im Rahmen erlaubten den leichten Zugang zur Mitte. Als er durch das Metall in das Innere trat, summte eine Vibration in seinen Knochen auf, doch sobald er ganz drinnen war, verebbte sie wieder.

Es war ein Verstärker. Welche Energie die Kugel auch immer aussandte, das Gitter verstärkte das Signal.

Dieses Gerät repliziert die Bedingungen des den Planeten umgebenden Raums und projiziert ihre elektromagnetischen Signaturen über seine Atmosphäre hinaus.

»Die Kugel erzeugt ein Hologramm? Eine Illusion?«

Ein zutreffender, aber unvollständiger Vergleich. Es ist keine Illusion. Die Raumzeit wird so verändert, dass sie der Projektion entspricht.

Mehrere der Schiffe, die euch verfolgten, sind in das ‚Holo‘ eingedrungen, wie ihr es nennen würdet. Sie befanden sich weiterhin im Weltraum, bis sie auf der anderen Seite wieder austraten.

Alex zog eine ungläubige Augenbraue hoch. »Wie?«

Dimensionale Verzerrung. Beim Eintritt in den Bereich wurden sie vorübergehend auf eine leicht andere Ebene verschoben.

Sie wirkte nicht überzeugt. »Warum hat es bei uns versagt? Die Instrumente meines Schiffs haben den Planeten sofort registriert, als wir den Schild durchbrochen haben.«

Der Alien zögerte.

Weil ich entschied, euch durchzulassen. Eure Flugbahn ließ darauf schließen, dass ihr von der Existenz des Planeten wusstet. Da ihr eine bemerkenswerte Begabung dafür gezeigt habt, zu entdecken, was anderen verborgen bleibt, sollte mich das vielleicht nicht überraschen.

»Nun, danke für die Sondergenehmigung.« Sie war auf die Kugel zugegangen, als Mnemosynes Körper zu schimmern begann und an Kontur verlor.

Wir müssen gehen.

Die zunehmend amorphe Gestalt des Aliens leuchtete hell gegen den dunkler werdenden Himmel. Dann wurden sie von tausend Lichtpunkten umhüllt.

* * *

Es verging nicht mehr als eine Sekunde. Die Lichter um sie herum trieben davon und setzten sich wieder zu einer humanoiden Form zusammen.

Sie standen vor einem ... Haus? Das eingeschossige Gebäude bestand aus dem Holz der einheimischen Bäume, mit Fenstern aus dem Glas, das Alex' Gefängnis gebildet hatte—nur ohne die Opazität. Blumen waren aus der nahegelegenen Lichtung herübergepflanzt worden und bildeten einen kleinen Garten am Eingang. Hinter ihnen zog sich ein schmaler Pfad den Berghang hinauf zurück zum See.

Hatte der Alien ein Haus gebaut, um „Kontext bereitzustellen"? Um besser zu vermitteln und zu verstehen?

Alex stellte die Frage für ihn. »Mesme, du hast ein Haus gebaut?«

Das ist nicht wichtig. Ein anderer kommt. Einer, der eure Anwesenheit nicht so willkommen heißen wird wie ich. Wir müssen uns beeilen.

»Du widersetzt dich deinesgleichen, um uns zu helfen. Warum?«

Der Alien antwortete zunächst nicht und verströmte die Aura tiefen Nachsinnens. Immer abwägend, wie viel er offenbaren und was er verbergen sollte. Trotz all seiner Offenheit zweifelte Caleb nicht daran, dass Mnemosynes Geheimnisse für hundert Romane reichen würden.

Die anderen glauben, wir—jene von uns, die diesen Ort häufig aufsuchen—hätten zu viel Zuneigung für die Menschheit entwickelt. Wir haben ihnen erklärt, dass Aurora das Potenzial besitzt, die Antworten hervorzubringen, die wir suchen, aber sie hören nicht mehr zu.

»Entschuldigung, ›Aurora‹?«

Es ist unser Name für euer Universum.

»Unser Universum—im Unterschied zu eurem?«

Eine berechtigte Frage, doch ihn interessierten mehr die Details, die Mnemosyne in seinen Antworten absichtlich oder unabsichtlich preisgab. *Sehr* interessierten.

Im Unterschied zu zahllosen anderen Universen.

Der Alien hielt inne und musterte sie, als wolle er sicherstellen, ihre ungeteilte Aufmerksamkeit zu besitzen.

Versteht, dass ihr nur ein Aufblitzen seid, ein schwacher Funke im Sternenmeer des wahren Kosmos. Aurora wurde erst gestern geboren. Eure Spezies vor wenigen Augenblicken. Doch in diesen kurzen Augenblicken der Beobachtung bin ich zu der Überzeugung gelangt, dass in eurem weiteren Fortbestehen ein Wert liegen könnte, und daher habe ich euch eine Chance geboten. Es ist nur eine Chance. Euer Aufstieg oder Fall wird euer eigenes Werk sein.

Alex war bereits bei der nächsten Frage. »Und wenn wir Erfolg haben? Was dann?«

Mnemosyne unternahm nicht einmal den Versuch, diese Frage zu beantworten.

Die anderen wissen, dass ihr durch das Portal gekommen seid. Bei eurer Ankunft im Metis-Nebel werden Maschinen auf euch warten. Solltet ihr den ersten Spießrutenlauf überstehen, wird man Jagd auf euch machen.

Caleb winkte ab. »Man hat schon vor dem Portal Jagd auf uns gemacht. Wir sind es gewohnt.«

Noch nie hat man so Jagd auf euch gemacht. Die gegen euch aufgebotenen Kräfte bilden jetzt eine Legion. Menschliche Agenten, die in ihrem Auftrag handeln, vermehren sich von Tag zu Tag. Die meisten kennen die wahre Natur ihres Herren nicht, aber sie werden euch trotzdem töten.

»Bei allem Respekt, Mnemosyne, das werden sie nicht.«

Der Alien wandte sich ab, statt zu erwidern, und Caleb bemerkte, wie Alex ihn mit diesem wundervollen Ausdruck in den Augen und im Schwung ihres schönen Mundes ansah. Vertrauen, dachte er. Echtes Vertrauen, begleitet von Respekt. In diesem Moment beschloss er, er würde liebend gern den Rest seines Lebens dafür sorgen, diesen Blick immer zu verdienen.

Hyperion nähert sich. Ich bringe euch zu eurem Schiff zurück.

Seine Gestalt begann sich in einen Schleier aufzulösen, der sie einhüllen sollte.

»Nein—wir brauchen die Schildtechnologie!« Alex rannte den Pfad zum See hinunter.

Der Alien wirbelte zögernd, als wüsste er nicht, was er nun tun sollte.

Caleb zuckte mit den Schultern. »Sie will die Schildtechnologie.« Dann rannte er hinterher.

* * *

»Alex!«

Sie warf eine fahrige Handbewegung über die Schulter, verlangsamte aber nicht. Und sie war unerwartet schnell. Lange, anmutige Schritte ließen vermuten, dass Laufen etwas war, das sie regelmäßig tat. Eine kleine Erinnerung daran, dass es in ihrem Leben tausend Details gab, die er trotz aller vermeintlichen Intimität nicht kannte.

Als sie den Schutz des Bergs verließ und vom See in Richtung Kuppel bog, breitete sich ein Schatten über dem Wasser aus. Er schaute nicht nach, was es war. Stattdessen rannte er schneller.

Als er die Kuppel erreichte, hatte sie bereits die Handfläche in die Energiekugel gedrückt. Ihre Glyphen erwachten zum Leben, zeichneten ein gleißend weißes Muster von ihren Fingerspitzen bis zur Schulter und verschwanden dann unter ihrem Haaransatz. Wenn sie sich damit einen Stromschlag verpasste oder ihre Cybernetik überlud, würde er sie umbringen.

Er nahm außerhalb des Rahmens eine Abwehrhaltung ein und sicherte nach außen.

Über dem See schwebten zwei Aliens. Beide trugen das verspielte, geflügelte Erscheinungsbild, das Mnemosyne bei ihrer Ankunft gehabt hatte. Er nahm an, dass eines von beiden Mnemosyne war und das andere wohl dieser „Hyperion", aber sein ungeübtes Auge konnte sie noch nicht auseinanderhalten.

Ein Beben lief über seine Haut. Kein angenehmes Gefühl, es summte nervös, wie ein bewusst schräger, dissonanter Refrain.

Redeten die Aliens miteinander? Keine Geräusche waren zu hören, auch erklangen keine Stimmen in seinem Kopf.

Aber das Zusammenspiel war ohne Zweifel eine Konfrontation. Eines schoss vor, drang in die persönliche Sphäre des anderen ein—falls es so etwas besaß. Der zweite Alien flammte auf, wuchs an Größe, und das Missklang-Gefühl schoss in die Höhe, bis die Härchen auf seinem Arm zu vibrieren begannen.

Alex materialisierte an seiner Seite und packte seinen Ellbogen. »Was ist das?«

Er behielt den Konflikt im Blick und drängte sie einen Schritt weiter zurück. »Nichts Gutes, vermute ich.«

Die Vibration steigerte sich bis zur Schmerzgrenze. Jäh flammte der aggressivere Alien in gleißendem Weiß auf und schoss über den

Bergrücken davon.

Mnemosyne—hoffentlich war *er* es, der blieb—schwebte noch einige Sekunden über dem See, dann wandte er sich ihnen zu und glitt auf sie herab, nahm abermals humanoide Form an und setzte die Füße ins Gras.

»Magst du uns erleuchten?«

Das geht euch nichts an.

Keine akzeptable Antwort; nicht diesmal. »Hier gibt es bereits eine ganze Reihe von Dingen, die deiner Meinung nach nicht unsere Sache sind. Ich behaupte, euer kleiner Streit *ist* sehr wohl unsere Sache.«

Mnemosynes Gestalt kräuselte sich auf eine Weise, die er inzwischen als genervtes Seufzen identifizierte.

Wie bereits gesagt, ist Hyperion nicht damit einverstanden, dass ich euch hier sein lasse. Mein Gefährte ist der Ansicht, die Menschheit zu befähigen, werde zu Komplikationen führen.

»Hat Hyperion uns ebenfalls studiert?«

Ja. Und jetzt müsst ihr gehen. Ich habe Hyperion aufgehalten, aber es wird nicht anhalten.

Er zog Alex an sich—weil er es wollte, und um sicherzugehen, dass sie nicht wieder davonlief—als Mnemosyne sie in Licht hüllte.

52

ERDE

WASHINGTON

Richard ließ sich am Fenster nieder und öffnete den Abschiedsbrief, den Aguirre hinterlassen hatte.

Er bestand aus einem umfassenden Geständnis und einer detaillierten Nacherzählung der Ereignisse bis zum heutigen Tag, soweit sie die Aliens, die Verschwörung und den Krieg betrafen. Bei flüchtigem Durchgang deckte er sich weitgehend mit den Informationen, die Olivia Montegreu geliefert hatte, wenn auch mit mehr Details, mehr Namen und mehr Belegen für das Justizsystem, das einige der Beteiligten am Ende würden durchlaufen müssen.

Für ihn würde es die Arbeit erleichtern, für andere sie erheblich erschweren. Man witzelte gern, die Bürokratie der Erdallianz würde stur nach Vorschrift weiterlaufen, selbst wenn sich eine Reihe Schwarzer Löcher auftäten und alle Minister und darüber konsumierten; in Wahrheit aber taumelte die Regierung, und zwar heftig.

Ein Krieg—*jeder* Krieg—strapazierte immer die Führungsstruktur. Zwei Wechsel an der Spitze innerhalb von weniger als einem Monat hatten zu Verwirrung und Unsicherheit geführt. Kolonien, die mitten im Krieg von der Landkarte verschwanden, und nun, was unverkennbar eine massive Offensive unbekannter Aliens war, sorgten dafür, dass in ganzen Behörden hektisch überlegt wurde, wie man überhaupt mit der Reaktion beginnen sollte.

Und jetzt das. Bald würden einige Details der Verschwörung die Nachrichtenfeeds erreichen, so sehr man auch versuchen mochte, sie zu unterdrücken. Er hatte Mitleid mit all den gewöhnlichen Menschen da draußen, die weder begreifen konnten, was in der Regierung und der Galaxis vorging, noch irgendetwas davon beeinflussen konnten.

Er war dankbar, auf der Innenseite zu stehen und eine kleine Rolle spielen zu können. Andere würden sagen, seine Rolle sei nicht so klein gewesen, aber für ihn *fühlte* sie sich so an.

Er schloss die Datei. Alles, was darin stand und *möglicherweise* den Rang eines Notfalls erreichte, wusste er bereits; der Rest konnte warten.

Noch ehe er sich dessen bewusst wurde, hatte er eine andere Datei geöffnet. Die, die er nicht in einen Mülleimer auf Krysk, im Raumhafen oder im Transporter geworfen hatte.

Geheimdienst der Senecanischen Föderation – Personalakte: Williamiam Sutton Jr.

Die Worte verschwammen zu einer Fremdsprache, zu seltsamen Zeichen, die keinerlei Ähnlichkeit mit erkennbaren Wörtern besaßen. Er bestellte einen Bourbon, pur, starrte auf die Überschrift, bis der Drink kam. Dann nahm er einen langen Schluck und begann zu lesen.

William war auf Elathan geboren—nicht auf New Columbia—, war aber fürs Studium nach Seneca gegangen, wo er Abschlüsse in Bauingenieurwesen und politischer Theorie sowie anschließend einen Master in Architektur erwarb. Neun Jahre lang arbeitete er für eine Baufirma in Cavare, bevor ein Freund aus dem Politikwisse nschaftsdepartment mit einem Angebot an ihn herantrat.

Als die Flammen des Krieges und ihre Nachwehen endlich erloschen, beschloss der senecanische Geheimdienst, Augen und Ohren auf Welten der Allianz zu brauchen, insbesondere auf der Erde, nahe den Machtzentren. Richard verstand das; seine zivilen Gegenstücke hatten Ähnliches getan.

William war kein Militär und kein ausgebildeter Killer. Aber er kannte sich in Geschichte und Politik aus, verfügte über einen scharfen, analytischen Verstand und ein gewinnendes, freundliches Wesen. Nach zwei Monaten Ausbildung in der Logistik des Spionagehandwerks schickte man ihn mit einer wasserdichten Legende zur Erde—umso besser, als sie sich von der Realität nur durch die Orte unterschied, an denen die Eckpunkte seines Lebens stattgefunden hatten. Als Einzelkind, dessen Eltern starben, als er siebzehn war, ließ er keine Familie zurück und brachte keine Komplikationen mit.

Sein Auftrag bestand darin, zu lernen, was immer er wo immer er konnte, und es weiterzugeben. Nicht mehr und nicht weniger.

Er gründete in Vancouver eine völlig legitime Baufirma. Die Arbeit war real und sauber. Doch er wurde auch in der Gemeinde aktiv und pflegte Freundschaften mit zivilen Auftragnehmern, die bei der EASK und den nahegelegenen Auxiliarbasen arbeiteten.

So hatte Richard ihn kennengelernt, drei Jahre nachdem William nach Vancouver gezogen war. Während einer Lehrzeit am Nordpazifischen Militärzentrum, wo er einen Kurs über Nahüberwachungste chniken gab—lange bevor er zu seinem jetzigen Posten aufgestiegen war—, war er mit mehreren Offizieren der Basis etwas trinken gegangen. William war an der Bar gewesen, hatte sich mit einigen Auftragnehmern das Spiel angesehen, die die Offiziere kannten, mit denen Richard unterwegs war. Man stellte sie vor, und sie—so schien es—hatten sich auf Anhieb blendend verstanden.

Die Berichte, die William über die Jahre einreichte, entsprachen nicht Richards Vorstellungen. Zum einen kamen sie selten, oft nur drei pro Jahr. In den meisten Fällen bestanden sie aus Hintergrun dinformationen, die im Nachrichtendienst von vitaler Bedeutung waren, aber selten Ereignisse prägten: wer an Einfluss gewonnen oder verloren hatte, die allgemeine Stimmung an der EASK zu einem bestimmten Thema oder in Bezug auf offizielle Positionen der Allianz.

Möglicherweise, weil es bis vor wenigen Wochen keine aktiven Feindseligkeiten zwischen Allianz und Föderation gegeben hatte, fand Richard keinen Fall, in dem William den senecanischen Geheimdienst vorab über eine gegen sie gerichtete Operation informiert hätte. Andererseits hätte er eine derartige Information wohl auch nie durchsickern lassen. Zwar hatte er in seltenen Fällen Details geteilt, wenn es zählte, doch er hatte sich nicht angewöhnt, Richards Arbeit im Detail offenzulegen.

Und wenn er darüber nachdachte, wurde ihm klar, dass William ihn nie gedrängt hatte.

Jede einzelne von Williams Empfehlungen—wenn welche enthalten waren—sprach sich für bessere Beziehungen zur Allianz aus. Er schilderte Fehlwahrnehmungen, die in der Infrastruktur der Allianz und unter gewöhnlichen Bürgern über die Föderation kursierten, und drängte auf Schritte, um sie zu korrigieren. Er zeigte Gelegenheiten auf, bei denen man Annäherungen versuchen könnte.

Er hatte nicht gelogen, als er sagte, er wolle Frieden.

Wie alles andere in der Galaxis nahmen auch Williams Berichte mit dem Atlantis-Handelsgipfel an Frequenz zu. Er berichtete über das Ausmaß der Überwachung durch die Allianz—Überwachung, für die Richard verantwortlich war—, doch ehrlich gesagt enthielt der Bericht nichts, was der senecanische Geheimdienst nicht ohnehin gewusst hätte. Und wahrscheinlich wusste William das ebenfalls.

Die letzten beiden Berichte gewannen an Dringlichkeit. William vertrat Richards Position energisch, wenn auch indirekt, dass die Allianz den Angriff auf Palluda nicht befohlen hatte. Er argumentierte, es gebe starke Hinweise auf externe Kräfte, und riet zu weiteren Untersuchungen der Ursachen. Am Ende flehte er seine Vorgesetzten beinahe an, einen Weg zu finden, diesen Krieg zu beenden und sich auf die Aliens zu konzentrieren.

Er hatte in vieler Hinsicht nicht gelogen. Nur bei den wichtigsten.

Richard räumte ein, dass er nicht objektiv war; weiter weg von objektiv konnte man kaum sein. Aber nun verstand er, warum Delavasi darauf bestanden hatte, ihm die Akte zu geben.

William hatte sich ohne Ausnahme ehrenhaft verhalten—abgesehen davon, seinen Ehemann fünfzehn Jahre lang belogen zu haben. Er hatte seine Position immer wieder genutzt, um bessere Beziehungen zu befördern, sowohl gegenüber Richard als auch gegenüber Seneca. Richard nahm an, dass er es tat, weil er wirklich daran glaubte. Abgesehen davon, alle paar Monate einen Bericht einzureichen, bestand sein Leben nicht aus einer Lüge.

Und in fünfzehn Jahren an Berichten nach der Hochzeit hatte er niemals eine einzige negative, abfällige Bemerkung über Richard übermittelt. Also war Richard zwar zum Narren gemacht worden, aber wenigstens nicht öffentlich.

Vor allem aber vermittelte der Inhalt der Akte eine Wahrheit: Nicht Richard Navick und nicht Graham Delavasi ebneten den Weg, den Krieg zu beenden. Es war Williamiam Sutton Jr.—zu einem Preis, der vielleicht hoch, vielleicht aber auch gar keiner gewesen war.

* * *

SEATTLE

Richard stand vor der Tür des Hotelzimmers, in dem William wohnte.

Er hatte furchtbare Angst, die falsche Entscheidung zu treffen. In seiner Arbeit verließ er sich auf seinen Instinkt, doch jetzt wagte er es nicht, ihm zu trauen. Die Wunde des Verrats brannte noch roh in seiner Brust, und ein weiterer Schnitt könnte der tödliche sein.

Aber es war das Ende der Welt, und vielleicht gab es keine zweiten Chancen mehr.

Er schluckte und klingelte.

Es dauerte etwa zehn Sekunden, bis William öffnete. Gewiss hätte er nachsehen können, wer draußen wartete, doch sein zerstreuter Blick und das gesenkte Gesicht, als die Tür aufging, ließen vermuten, dass er es versäumt hatte. Dann sah er auf. »Richard ….« Emotion schwemmte in gerötete Augen. Überraschung? Entzücken? Angst? Ungewissheit?

Noch einmal: Richard traute seinem Instinkt nicht mehr. »Williamst du—möchtest du—kommst du rein?«

Richard schüttelte den Kopf, fest und kurz. »Ich dachte, du würdest gern hören, dass meine Reise gut gelaufen ist.« Natürlich hätte er dafür kaum persönlich erscheinen müssen. »Wir haben die Informationen, die wir brauchen, um die Verschwörung zu zerschlagen. Wir tun es bereits. Die Premierministerin ist tot, lustige Geschichte.«

Williams Stirn zog sich rau zusammen. »Was? Schon gut. Ich meine, ich weiß—nicht von der Premierministerin—, ich habe Direktor Delavasi versprechen lassen, mir das Ergebnis zu melden, da ich … da ich nicht damit gerechnet habe, es von dir zu hören.« Sein Blick war während des Sprechens umhergewandert—vielleicht aus Scham darüber, Richard abermals daran zu erinnern, wer er war, und wer nicht. Jetzt jedoch kehrten seine Augen zu Richard zurück. »Bitte, komm rein. Ich will—«

»Liebst du mich?« Richards Stimme klang in seinen eigenen Ohren flach, gedämpft und schwer von der Erkenntnis, dass es nur eine Chance gab, und die war die eines Narren.

»Immer. Mehr als alles. Mehr als *alles*.«

Seinem Instinkt traute er nicht mehr; aber wenn er ihm je vertraut hatte, sagte er ihm, dass der Ausdruck im Gesicht seines Mannes die Wahrheit sprach—und Schmerz.

Er nickte langsam. Vorsichtig. »Mir ist klar, dass du für die Chance auf Frieden alles riskiert hast. Dein eigenes Glück aufgegeben, damit andere sicher sind. Der Rest der Galaxis wird es nie wissen, aber ich weiß es. Was ich also sagen will … ist: Wenn du möchtest, kannst du morgen früh am Haus vorbeikommen. Ich mache Frühstück. Und wir … reden.«

Williams Augen glänzten ein wenig zu hell, aber er straffte die Schultern und hob das Kinn einen Tick. »Kann ich. Werde ich. Was immer es braucht. Das musst du wissen.«

Er musste jetzt gehen, oder er würde gar nicht mehr gehen. Er trat zurück, schuf Distanz zwischen ihnen.

»Dann werde ich …« Richard verharrte wie festgenagelt im Hotelflur, gelähmt von dem Verdacht, dass jeder weitere Schritt, egal in welche Richtung, sein Schicksal unwiderruflich veränderte.

»Zur Hölle noch mal. Besteht die Chance, dass ich reinkommen kann?«

»Eine Chance? Ja …« Williams Kiefer arbeitete nervös. »… es gibt eine Chance. Die Tür ist offen, und ich bitte dich, hereinzukommen. Du musst nur durchgehen.«

Richard holte tief Luft … und tat genau das.

53

KRYSK

KOLONIE DER SENECAN FÖDERATION

»Mama!«

Isabela schlang die Arme um den Wirbel aus Armen, Beinen und Locken und drückte so fest sie konnte. »Ich habe dich so vermisst, Liebling.«

Die Antwort blieb in den Stoff ihres Shirts gemurmelt. »Ich dich auch, Mama.«

Hastig wischte sie eine Träne weg, ehe sie sich zurücklehnte, um ihre Tochter zu mustern. Keine offensichtlichen Verletzungen. Keine Risse in der Kleidung von irgendwelchen Abenteuern. Keine roten Schlieren in den Augen von zu viel Weinen. Stattdessen funkelten sie vor dem feurigen Geist, den sie so gut kannte.

»Es tut mir leid, dass ich zu spät bin. Hattest du Spaß, bei Anna zu übernachten?«

Marlee nickte mit Elan. »Sie hat ein Holovid von Punkie Bear & Saskoo, in das wir reingehen konnten, und wir waren im Vergnügungspark und haben Spaghetti und Sorbet gegessen und—«

Sie wuschelte ihrer Tochter durchs Haar, so wie Caleb es gern tat.

»Das kannst du mir alles auf dem Heimweg erzählen. Ich muss noch kurz mit Annas Mutter sprechen. Hol schon mal deine Tasche, und vergiss Mr. Freckles nicht.«

Marlee flitzte los, und Isabela erhob sich und wandte sich Theresa Bishop zu. »Ich kann Ihnen gar nicht genug danken. Entschuldigen Sie die Verspätung. Ich stehe in Ihrer Schuld.«

»Kein Problem. Geht es Ihrer Mutter besser?«

Sie hatte Theresa angelogen und eine Geschichte über eine nicht existierende Krankheit ihrer Mutter gesponnen. Ein Stich Schuld huschte durch ihre Gedanken, aber sie konnte der Frau ja schlecht die Wahrheit sagen. »Ja, danke. Ich konnte sie heute Morgen mit nach Hause nehmen.«

»Nun, Marlee war ein Schatz, wenn auch ein wenig anstrengend. Ich bin mir nicht sicher, ob ich für zwei davon in Vollzeit bereit bin. Sie hat mich geschafft!«

Isabela verzog das Gesicht. »Das tut sie.«

»Sie waren in Cavare. Haben Sie irgendetwas gehört über diese Au—«

Marlee krachte ihr von hinten in die Beine. »Ich bin fertig, Mama. Können wir auf dem Heimweg in die Gelato-Bar?«

»Mal sehen. Bedank dich bei Mrs. Bishop, dass sie sich um dich gekümmert hat.«

Marlee richtete sich kerzengerade auf und hob das Kinn, ganz förmlich. »Danke, dass Sie mich gefüttert haben und zur Schule gebracht und mit Anna spielen lassen und in Ihrem Haus schlafen lassen, Mrs. Bishop.«

Theresa schüttelte Marlee formell die Hand. »Sehr gern, Marlee. Ich bin sicher, wir sehen uns bald wieder.«

Dankbar, lästige Fragen zu Aliens, Kriegen und ihrem Bruder nicht beantworten zu müssen, bugsierte sie Marlee zur Tür hinaus und zum Auto. Nach einigen Sekunden Überredung, stillzusitzen, damit sie sie anschnallen konnte, schaffte es Isabela schließlich, zur Fahrerseite zu gehen und einzusteigen.

»Hast du Onkel Caleb gesehen, als du bei Granmama warst?«

Sie zwang ihre Miene zur Ruhe. Auch wenn sein Name seit Tagen reingewaschen war, blieb er unerreichbar. Sie weigerte sich zu glauben, dass er tot war, hatte dafür aber außer ihrem Glauben keinen Beleg.

»Leider nicht. Er ist auf Elathan, wegen der Arbeit.«

»Können wir nach Elathan? Ich will Onkel Caleb wiedersehen.«

Ihre Brust zog sich zusammen, und zum gefühlt tausendsten Mal in den letzten zwei Wochen wünschte sie sich verzweifelt, Daniel wäre hier. Verflucht soll er sein, dass er gestorben war, denn sie wollte das nicht allein durchstehen. »Nicht jetzt. Ich muss wieder arbeiten.«

Bei Marlees enttäuschtem Schmollmund seufzte sie. »Vielleicht in ein paar Wochen.«

»Juhu!« Ihre Tochter fummelte an Mr. Freckles herum. »Mama, in den Nachrichten stand was von einem Krieg. Kommen böse Leute, um auf uns zu schießen?«

»Nein, Schatz. Ich glaube sogar, der Krieg ist ganz bald vorbei.« Direktor Delavasi hatte ihr gesagt, die Verschwörung, deren Aufdeckung sie geholfen hatte, hänge mit dem Krieg zusammen, und es gebe eine gute Chance, dass die Feindseligkeiten bald endeten. Was die Aliens anging, hatte er allerdings keine Antwort. Eine Krise nach der nächsten.

Aber heute wollte sie sich auf Marlee konzentrieren und darauf, ihr Leben wiederzufinden, wie es gewesen war, bevor sie nach Cavare aufgebrochen war—so schwer es auch werden mochte. Es fühlte sich an, als würde sie durch einen Traum gehen, in dem alles außer ihr und ihrer Tochter in Gaze und Glyzerin getaucht war und Geräusche durch Isolierung zu ihr drangen.

Die Wahrheit war: Die Welt sah nicht mehr gleich aus, wenn man einmal ein Messer an der Kehle gehabt hatte.

War es so, wie Caleb es erlebte, wenn er sich als gewöhnlicher Mensch ausgab—ein normaler, durchschnittlicher Fließbandleiter, der Shuttles baute? War es so für ihn gewesen, den Beinahe-Monat, den er bei ihr geblieben war? Sein Besuch schien eine Ewigkeit her … aus einem anderen, einfacheren Leben.

Sie hoffte, dass er sich nicht so gefühlt hatte. Sie hoffte, in ihrem Zuhause sei er er selbst gewesen, echt und ganz. Sie hoffte, sie würde ihn eines Tages danach fragen können.

Die Wahrheit über ihren Vater blieb vorerst ihr Geheimnis. Sie hatte keine Ahnung, ob es richtig war, es ihrer Mutter zu sagen … noch etwas, das sie verzweifelt hoffte, eines Tages Caleb fragen zu können. Aber nicht heute.

Sie verscheuchte die trübsinnigen Gedanken in eine Ecke ihres Geistes, griff hinüber und drückte Marlees Hand mit einem Lächeln. »Also, welches Gelato willst du? Erdbeere? Schokolade?«

Die Augen ihrer Tochter wurden vor Freude groß. »Erdbeer-Schoko-Wassermelone!«

54

SIYANE

PORTAL PRIME

Ich wünsche euch Glück, das eurem Mut entspricht.

Die um sie wirbelnden Lichtpartikel, wie ein Meer aus Glühwürmchen, erloschen, und Mesme war fort.

»Nicht der Typ für sentimentale Abschiede, was?«

»Das überrascht mich irgendwie nicht.« Caleb legte ihr beide Hände auf die Schultern und drehte sie, sodass sie in dieselbe Richtung blickten wie er.

Ihr Mund klappte ungläubig auf. »*Yebat'sya mne….*«

Alex spürte sein Grinsen hinter sich. »Es ist wunderschön.«

Die *Siyane* ruhte friedlich achtzig Meter entfernt, hinter dem letzten Anstieg der Berge. Langes Gras wiegte sich unter ihr in der sanften Brise. Sie war intakt, unberührt und von Bug bis Heck ein reines Wolframsilber.

Sie legte den Kopf schief. Ein helleres Silber lief über den Rumpf und schuf einen perlmuttschimmernden Effekt. »Das dürfte so schnell nicht passiert sein—nicht beim ganzen Schiff.«

»Vielleicht haben die zwei heftigen Begegnungen mit der Barriere genug Energie geliefert, um den Prozess zu überladen?«

Sie merkte kaum, dass sie darauf zuging, den Blick keine Sekunde von ihrem Schiff lösens. Jeder Schritt brachte eine weitere feine Welle über den Rumpf. Intellektuell wusste sie, dass jeder Blickwinkel eine minimal andere Tönung und Reflexion bot, aber es wirkte, als wäre der Rumpf selbst in ständiger Bewegung.

Als sie das Schiff erreichte, hob sich ihre Hand, um den Bug zu streicheln. Das Material glänzte über den Perlglanz hinaus nicht, war aber subtil schimmernd, und das reflektierte Licht wurde trotz der Glätte der Oberfläche diffus.

Sie fuhr mit dem Blick den Rumpf entlang, auf der Suche nach Schlieren oder Schrammen, doch die Verwandlung schien vollständig und makellos.

»Es *ist* wunderschön.« Sie spürte Calebs Nähe und warf ihm einen Seitenblick zu—woraufhin er sie packte, herumwirbelte und seine Lippen in einem leidenschaftlichen Kuss auf ihre presste.

Sie ließ die Empfindungen über sich hinwegrollen: die Wärme seines Körpers, der Geschmack von Zimt und Honig auf seinen Lippen, der feste, tröstende Halt seiner Arme. Für einen Moment erlaubte sie sich, die fortschreitende Zerstörung der Zivilisation, den Mindfuck, den die Begegnungen mit den Aliens bedeutet hatten, und die gewaltigen Aufgaben vor ihnen zu vergessen. Für einen Moment erlaubte sie sich einfach *zu sein*.

Dann drohte der Moment für den Ort zu intensiv zu werden, und sie löste sich ein Stück. »Wofür war das?«

»Brauche ich jetzt einen Grund, dich zu küssen?«

»Nein, brauchst du nicht. Aber trotzdem….«

Seine Stirn sank auf ihre. »Dafür, dass du so verdammt außergewöhnlich bist.«

»Ach.« Ihre Stimme arbeitete sich an dem Kloß in ihrer Kehle vorbei. »Komm. Wir haben Arbeit.«

»Ja, dein mysteriöser Plan, die Alien-Armada zu besiegen. Ich erfülle dir all deine geheimsten und pornografischsten Wünsche, wenn du mir verrätst, was er ist.«

Sie lachte, öffnete die Luke und lief die Rampe hinauf. »Nicht *die* Arbeit, die andere—und das tust du längst schon.«

»Noch geheimer und noch pornografischer—welche andere Arbeit? Der Schild?«

Drinnen ging sie direkt zum Bedienfeld beim Datenzentrum und speiste die Informationen aus ihrem internen Datenspeicher ein. Sekunden später sprang der komplexe Code über dem Tisch zum Leben.

Sie lehnte sich an den Tisch, verschränkte die Arme vor der Brust und studierte ihn. Ihr Ersteindruck aus den wenigen Sekunden, in denen sie ihn gesehen hatte, war im Wesentlichen richtig gewesen:

ternäres Programmieren, das in einer Endlosschleife wiederholte. Die grundlegende Qutrit-Formulierung war anders, da sie Werte zwischen −1, 0 und 1 maß, aber logisch konsistent. Sie konnte es in eine Form bringen, die ihre Systeme verstanden.

Aber würden ihre Systeme überhaupt ternären Code akzeptieren? Solches Programmieren war die Domäne der Artificials, und so fortschrittlich die Technologie ihres Schiffs auch war, so *ware* hatte es nicht an Bord.

»Alex.«

Sie fuhr zusammen, erschrocken. Caleb lehnte an der gegenüberliegenden Seite des Datenzentrums. »Auch wenn ich außergewöhnlich gut darin bin, dich zu lesen—man könnte sagen, geradezu ein Meister—kann ich nicht wirklich in dein Gehirn sehen. Was machst du?«

»Sorry.« Sie schenkte ihm ein entschuldigendes Lächeln. »Ja, das ist der Code aus der Kugel, die ihren Tarnschirm speist. Wenn ich herausfinde, wie ich ihn in die Verteidigungssysteme portieren kann, können wir ihn nutzen, um uns vor den feindlichen Schiffen auf beiden Seiten des Portals zu verbergen.«

»Bist du sicher, dass wir uns jetzt die Zeit dafür nehmen sollten? Hyperion schien von unserer Anwesenheit hier nicht begeistert.«

»Wir haben keine Wahl, Caleb. Du hast die Schiffe gesehen, die uns vorhin gejagt haben. Wir hätten unsere Position auch gleich im Weitband senden können, und wir werden sie nicht einfach abhängen können.«

»Geschenkt. Und diese Art Abschirmung wird unsere Bewegungsfreiheit zu Hause erhöhen. Okay, ich bin dabei. Nächste Frage: Kannst du es zum Laufen bringen?«

Sie nickte bedächtig, ihr Kopf raste durch die Details. »Ich bezweifle stark, dass wir eine Tasche verschobener Raumzeit erzeugen können, aber ich denke, wir können eine Projektion erzeugen, die den umgebenden Raum repliziert. Größtenteils. Vorausgesetzt, ich bringe die *Siyane* dazu, ternären Code zu verstehen.«

»Deine Systeme brauchen lediglich die Anweisungen aus dem Code, und die lassen sich in binären Qubits leicht genug ausdrücken.«

»Leicht genug, ja? Aber du hast recht. Ich muss einen Interpreter für Eingabe *und* Ausgabe schreiben und den neuen ternären Code separieren, damit er die *ware*, die das Schiff steuert, nicht korrumpiert.«

Sie legte den Kopf in den Nacken und starrte die Decke an. »Das wird der übelste Flickwerk-Hack. Die Realität wird durchschimmern. Wir müssen das Dämpfungsfeld auf Maximum fahren und hoffen, dass beides zusammen reicht. Und die Projektion wird Strom ziehen.«

Sie senkte das Kinn und betrachtete ihn über den Tisch hinweg. »Wir brauchen mehr Leistung. Zehn, vielleicht zwölf Prozent. Kannst du sie mir auftreiben?«

Für einen Moment huschte Überraschung über seine Züge, dann ersetzte das Markenzeichen-Schmollen sie. »Darauf kannst du deinen Arsch verwetten.«

* * *

Caleb ließ ihr einen vollen Teller auf den Bauch fallen. »Iss was.«

Sie warf einen Blick vom Sandwich zu ihm. Sie lag halb auf dem Rücken in den geöffneten Engineering-Kern. Alle drei Paneele, die den Kern schützten, waren entfernt und entlang der Wand des unteren Rumpfs gestapelt. Die Vielzahl an Sensoren und Instrumenten verteilte sich physisch über das ganze Schiff—vieles war direkt in die Außenhülle integriert—, aber die Verbindungen liefen hier zusammen. Von hier wurden die Informationen auf HUD, Datenzentrum und wohin auch immer übertragen.

Sie hatte Hunger. Sie schnappte sich das Sandwich und rollte sich auf die Seite, um sich auf einem Ellbogen abzustützen.

Er setzte sich im Schneidersitz auf den Boden, mit seinem eigenen Sandwich. »Wie läuft's?«

»Mmhmm….« Bei seinem fragenden Blick gab sie den Versuch auf, mit vollem Mund zu reden, und beeilte sich, den Bissen herunterzuschlucken. »Ich habe die relevanten Instrumente ins Modul integriert, und sie scheinen den Interpreter zu akzeptieren. Ich muss noch die Sendeantennen umrüsten, damit sie Anweisungen aus dem Modul annehmen. Irgendwelche Fortschritte bei der Leistung?«

»Jep. Es wird hier drin um 2,4° kühler. Kommst du klar?«

Sie stöhnte. »Du verlangst zu viel.«

»Tja, außerdem müssen wir ohne die Gas- und Schwermetallscanner auskommen, aber ich bezweifle, dass wir sie vermissen.«

»Das ist alles?«

»Nein. Du musst die Sicherheitsfangschaltung am LEN-Reaktor von 105 % auf 109 % hochsetzen.«

Sie verzog das Gesicht und dachte über die Implikationen nach. Eine Reaktorüberlastung bedeutete entweder einen katastrophalen Leistungsverlust oder einen katastrophalen Verlust des Schiffs. Aber er war bis 117 % als sicher zertifiziert.

»Schon gut. Aber sag mir, *das* war's dann.«

»Das war's.«

»Gott sei Dank.« Sie musterte die Anzeige vom Verteilerkasten, um sicherzugehen, dass er keine Fehler warf oder Kauderwelsch ausspuckte. »Übrigens, während ich den Interpreter schrieb, kam mir eine Idee, also habe ich die Daten aus Metis überprüft.«

»Und?«

»Ich glaube, die Störungen in unserer Kommunikation waren auf eine Art negatives Quantenfeld zurückzuführen. Kennedy und ich haben im Studium mal ein Projekt darüber gemacht, was—wenn überhaupt—ein allgegenwärtiges Quantenfeld wie das Exanet stören könnte. Na ja, *hauptsächlich* habe ich das Projekt gemacht. Sie musste zur Hochzeit ihres Bruders nach Hause, also bezweifle ich, dass sie sich daran erinnern würde. Jedenfalls war die Antwort ‚nicht viel'—aber ein konkurrierendes Quantenfeld würde die Verschränkung dekoherieren. Der Code für diesen Schild enthält zusätzlich zu 0 und 1 einen −1-Messpunkt, und genau so etwas sorgt für Probleme.«

Caleb zuckte mit den Schultern und nahm einen Schluck Wasser. »Was machen wir dagegen?«

»Ich habe einen winzigen Anteil des Dämpfungsfelds in das Commsystem gespeist. Theoretisch schützt es die Qubits auf dieser Seite vor der Störung. Viel mehr kann ich gerade nicht tun.«

Sie bedeutete ihm, ihr sein Wasser zu geben. Er kam dem nach und schaute sie dabei seltsam an, und sie hatte den Eindruck, er hatte ihr nur halb zugehört.

»Also, wenn ich das richtig verstehe: Du willst, dass wir uns mit Artificials *verbinden*?«

Sie schüttelte hinter ihrem Sandwich den Kopf. »Nicht *verschmelzen. Verbinden.*«

»Aber irgendetwas sagt mir, dass du von einer tieferen Verbindung sprichst als einer Fernschnittstelle.«

»Muss es, denn über eine Schnittstelle zu reden ist kaum mehr als ein Gespräch mit einem Artificial. Selbst in Echtzeit, mitten in einer Schlacht, wird ein Gespräch nicht reichen. Es gibt auf Sagan eine Ärztin, die an der Spitze der Kybernetik steht. Sie erforscht Wege, wie Artificials lernen könnten, indem sie menschliche Erfahrungen—oder die Erfahrungen einzelner Menschen—internalisieren.«

»Verzeih mir, wenn ich skeptisch bin.«

»Kann ich dir nicht verdenken. Schau, die simple Tatsache ist: Wir können diese Invasion wahrscheinlich nicht besiegen, ohne Artificials zu *nutzen*, und nicht nur als Berater. Nur können wir Artificials allein nicht riskieren. Aber wenn einige Menschen—Kommandanten auf dem Schlachtfeld oder Schiffskapitäne oder ich weiß nicht genau wer—eine symbiotischere Verbindung mit ihnen teilen würden? Theoretisch hättest du dann jene Stärken der Menschheit—Kreativität, Unberechenbarkeit, Einfallsreichtum—bei Quantengeschwindigkeit denkend und handelnd. Wir—«

Ihr seid noch nicht aufgebrochen.

Scheiße. »Raus aus meinem Kopf, Mesme.«

Caleb sah sie fragend an; sie machte eine obszöne Geste zur niedrigen Decke.

Meine Warnung war kein Scherz. Ihr seid hier nicht länger sicher.

»Schon gut, ich hab's verstanden. Wir brechen bald auf.«

Es folgte Stille. Zufrieden, dass er weg war, runzelte sie Caleb an. »Wir müssen uns beeilen.«

55

ERDE

LONDON, VERSAMMLUNG DER ERDALLIANZ

Miriam fand ihren zugewiesenen Platz im Plenarsaal, vollzog die gebotenen Förmlichkeiten, indem sie jene begrüßte, die sie dem Gesicht nach kannte, und rüstete sich innerlich für die Förmlichkeit des Ortes.

Der zugewiesene Platz erwies sich als eine Art Ehrenplatz, in der zweiten Reihe und relativ nahe der Mitte des halbrunden Auditoriums. Die Anerkennung fand sie angemessen, doch sie hatte weder Zeit für Ehrenplätze noch für Ehrentitel; eigentlich hatte sie nicht einmal Zeit, hier zu sein. Gleichwohl erkannte sie, dass es unter diesen besonderen Umständen notwendig war, nach London zu kommen.

Ihr letzter Besuch im Saal hatte gegolten, eine Ehrenmedaille entgegenzunehmen, die die Versammlung David postum verliehen hatte. Sie ließ die Erinnerung über sich hinwegspülen, all den Schmerz und den Stolz und die Ehre und die Verzweiflung.

Das Gemurmel verklang, als der Schriftführer ans Rednerpult trat und die Sitzung mit dem Hammer zur Ordnung rief.

Versammlungspräsident Charles Gagnon löste ihn am Pult ab. Er holte schwer Luft und hob den Blick ins Rund. »Meine Damen und Herren, Abgeordnete und geehrte Gäste. Die letzten Wochen waren für uns alle eine schwierige, zermürbende Zeit, und leider neigen sich die dunklen Tage noch nicht dem Ende zu.

»Wir, die wir in der Versammlung dienen, sind Beamte, die ihr Bestes für unsere Wählerinnen und Wähler und für die Allianz tun. Wie alle anderen sind auch wir nicht perfekt. Wir machen Fehler. Aber eines wissen Sie: Wir handeln stets so, wie es uns angesichts der jeweils verfügbaren Informationen richtig erscheint.

»Vor wenigen Wochen stand ich hier und habe dargelegt, dass Premierminister Brennon nicht die richtige Person sei, um uns in Kriegszeiten zu führen. Ich hielt dies für wahr, und eine Mehrheit der Versammlung ebenso. Ich bereue diese Abstimmung nicht.«

Er hob das Kinn, hoch und straff. »Nun jedoch liegen der Versammlung Belege vor, die die Informationen in Frage stellen, auf deren Basis das Misstrauensvotum erfolgte. In Anbetracht dieser neuen Belege haben mehrere Abgeordnete beantragt, ihre Stimmen zu ändern. Ein solches Verfahren ist nach der Geschäftsordnung nicht zulässig. Die Rechtsberatung hat jedoch festgestellt, dass die Versammlung eine ersetzende Abstimmung durchführen kann, deren Ergebnis jedes vorausgegangene Votum zur exakt gleichen Frage überlagert.

»Daher, Herr Schriftführer, bringe ich die Sonderentschließung der Versammlung SGR 2322-3174 erneut zur offiziellen Abstimmung.«

Miriam nutzte die Minuten, die Verfahren, Regeln und das Stimmabgeben erforderten, für einen seltenen Moment der Ruhe— einen Moment, in dem sie keine Entscheidungen traf, die Leben retteten oder kosteten, in dem sie nicht 56 300 Schiffe und 28,2 Millionen Soldaten sowie siebzig Megatonnen Nachschub über zwanzig Kiloparsec jonglierte. Dann erinnerte sie sich daran, weshalb sie solche Intermezzi gewöhnlich mied: Sie ließen sie nur wieder spüren, dass ihre Tochter verschwunden war. Seit Wochen hatte niemand etwas von ihr gehört. Wenn ihr Schiff im All zerstrahlt worden war, würde es nie Beweise geben, nie eine Antwort auf das, was mit ihr geschehen war.

Wenn sie den Gedanken bis zum Ende verfolgte, könnte sie zerbrechen. Und Admiral Miriam Draner Solovy zerbrach nicht.

Die Ergebnistafel flackerte auf dem übergroßen, frei schwebenden Bildschirm hoch über dem Saal auf und bewahrte sie vor weiterem Grübeln.

SGR 2322-3174: Misstrauensvotum gegen Steven Brennon
Dafür: 78
Dagegen: 432

Jubel brandete von jenen auf, die Brennon nie die Unterstützung entzogen hatten, höflicher Applaus vom Rest. Vermutlich stammten die achtundsiebzig Stimmen von Oppositionsmitgliedern, die aus Prinzip keine Ausnahme machen wollten statt aus Politik.

»Da das Misstrauensvotum gegen Steven Brennon nun gescheitert ist und das Amt bis zum Abschluss der Ermittlungen vakant war, wird Steven Brennon hiermit in das Amt des Premierministers der Erdallianz wieder eingesetzt, um den Rest seiner Amtszeit zu dienen.«

Brennon trat auf das Podium und ging Gagnon auf halbem Wege entgegen; er begrüßte ihn mit festem Händedruck und einem Griff an die Schulter—als wolle er der Galaxis zeigen, dass er keine Groll hegte. Für Groll war kein Raum.

»Abgeordnete, Gäste, Bürgerinnen und Bürger, ich werde Ihre Zeit nicht mit Floskeln verschwenden. Wir alle wurden getäuscht, und im Augenblick stehen wir der größten Bedrohung unseres Daseins gegenüber, die die Menschheit je gekannt hat. Das volle Ausmaß der Täuschung tritt erst jetzt zutage, doch meine Regierung wird ihr folgen, wohin sie auch führt. In den nächsten zwölf Stunden werde ich die Lage des Krieges gegen die Föderation prüfen und feststellen, ob sein Zweck weiterhin Bestand hat.

»Vor allem gelobe ich, die volle Weisheit, Erfahrung und Stärke der Regierung und der Streitkräfte der Allianz darauf auszurichten, der wachsenden Bedrohung durch eine Alien-Armada zu begegnen. Es sind unsere Welten. Unsere Bürger. Unsere Familien und Freunde. Wir werden sie nicht im Stich lassen, damit sie leiden und sterben. Wir werden nicht zulassen, dass die Gefallenen vergebens gestorben sind. Wir werden nicht zulassen, dass die Menschheit fällt.«

Miriam sagte sich, sie solle sich nun bestätigt fühlen. Alexis war jetzt zweifelsfrei von jeder Beteiligung am Bombenanschlag entlastet; die Verschwörung zur Anstiftung des Kriegs mit Seneca war enttarnt und wurde zerschlagen. Ihr persönlicher Ruf war nie stärker gewesen.

Sie war stolz auf die Rolle, die sie gespielt hatte. Sie war aus den Flammen unversehrt hervorgegangen. Doch ohne David, ohne Alexis fühlte es sich wie ein hohler Sieg an—einer, über den sie lieber nicht nachdachte.

Nach dem Ende der Sitzung erhoben sich die Menschen um sie, begannen umherzuströmen, während Brennon oben den VIPs die Hand schüttelte. Auch sie stand auf und entdeckte mehrere Reihen weiter einen ehemaligen Kollegen, den zu grüßen sich lohnte—als eine Hand sich auf ihren Arm legte.

»Admiral Solovy? Wenn Sie mir folgen würden?«

Sie erkannte Brennons Stabschef und nickte.

Gern ließ sie den erstickenden Druck von Politikern und Hände-schüttlern hinter sich.

Der Stabschef lotste sie durch die Menge zu einer Seitentür und mehrere Gänge hinunter in einen unscheinbaren Konferenzraum. »Kann ich Ihnen etwas bringen, Admiral?«

Sie bemerkte den Wasserkrug auf dem Tisch und schüttelte den Kopf. »Ich bin versorgt, danke.«

»Der Premierminister ist in wenigen Augenblicken hier. Ich bin gleich draußen, falls Sie etwas brauchen.«

Miriam schenkte sich ein Glas Wasser ein und begann, sich innerlich auf das Gespräch vorzubereiten; sie hatte jedoch kaum einen Schluck genommen, als die Tür aufging. Brennon wies seine Sicherheitsleute an, draußen zu warten, und ließ die Tür hinter sich schließen.

»Admiral Solovy, danke, dass Sie sich die Zeit nehmen, mit mir zu sprechen. Ich bedaure, Sie gebeten zu haben, nach London zu reisen. Mir ist bewusst, dass Sie gerade sehr beansprucht sind und zweifellos anderswo gebraucht werden.«

»Kein Problem, Premierminister. Vor Ihnen liegt ein Berg harter Arbeit. Ich helfe gern, den Übergang zu erleichtern und Sie bei den aktuellen Themen wieder auf Stand zu bringen.« Ihre Worte klangen übertrieben steif; es war ja nicht das erste Mal, dass sie mit einem Premierminister sprach—oder mit diesem Premierminister.

Brennon schmunzelte leise und nahm so etwas von der Spannung aus dem Raum. »Themen, in der Tat. Ich wünschte, ich hätte die Muße, die Ironie dieser Lage zu würdigen. Stattdessen soll ich zurückkehren, um der Auslöschung der Menschheit vorzustehen.«

»Keine Chance, Sir.«

»Gut. Und genau deshalb sind Sie hier. Verzeihen Sie meinen Fatalismus.« Er justierte unmerklich seine Haltung. »Admiral, seit Beginn dieser Katastrophe waren Sie die klarste Stimme der Vernunft im Raum. Hätten wir vor Wochen auf Sie gehört, als Sie Ihre Daten zu den Aliens vorgelegt haben, wären wir besser vorbereitet gewesen. Leben wären gerettet worden. Aus diesem und vielen anderen Gründen, die ich Ihnen nicht langatmig aufzählen will, ernenne ich Sie mit sofortiger Wirkung zur Vorsitzenden des EASK-Vorstands.«

Sie hatte gewusst, dass es darum ging. Nicht, weil es jemand ausgesprochen hätte, aber es war die logischste Schlussfolgerung. Sie und Brennon hatten ein ordentliches Arbeitsverhältnis, bevor die Welt den Verstand verloren hatte. Ihrer Meinung nach wäre Rychen in mancher Hinsicht die bessere Wahl—sein Charakter qualifizierte ihn, und seine Gefechtserfahrung übertraf ihre eigene—, doch vermutlich müsste man ihn mit Gewalt aus dem Feld zerren.

»Ich fühle mich geehrt, Sir. Ich werde nach bestem Können dienen.«

»Sie dienen nicht mehr, Admiral. Sie führen. Und darum nutze ich zugleich meine Exekutivbefugnis, um Sie zum Flottenadmiral zu befördern.«

»Sir?« Damit hatte sie nicht gerechnet.

»Ich bin sicher, Sie werden mit der Macht umsichtig umgehen. Aber die einfache Tatsache ist: Ich brauche Ihren unverblümten Rat und Ihre ungefilterten Einschätzungen. Und da ich voraussichtlich ein fürchterlich beschäftigter Mann sein werde, muss ich Sie in die Lage versetzen, ohne Ausschuss zu handeln, wenn es die Lage erfordert.«

Zum ersten Mal seit langem überkam sie Unsicherheit. Über sich selbst, darüber, ob sie der Aufgabe gewachsen war.

Naoborot dushen'ka, I think you will be spectacular at it.

»Verstanden, Sir. Danke für Ihr Vertrauen. Ich werde mich bemühen, Ihrer würdig zu sein. Mir ist klar, dass Ihre Zeit knapp ist—und meine ebenso—, aber erlauben Sie mir gleich den ersten ungefilterten Rat. Schließen Sie Frieden mit der Föderation.

Nicht einen Waffenstillstand, keinen Waffenruhe-Deal, keinen

Waffenstillstand auf Zeit—*Frieden.* Und zwar schnell.«

Amusement färbte seinen Mundwinkel. »Mein Stabschef wurde vor einigen Stunden von einer Vertreterin des Vorsitzenden Vranas kontaktiert—Vorschlag: ein Gipfel der Führungen beider Regierungen.«

»Nehmen Sie an, Sir. Sie waren Opfer der Verschwörung, ebenso wie wir, und es gibt gute Gründe anzunehmen, dass sie bereit sind, den Krieg zu beenden. Wenn wir diese Aliens bekämpfen wollen, brauchen wir ihre Hilfe, und sie brauchen unsere.«

Er erwog es einige Sekunden, dann nickte er. »Wenn die Menschheit ausgelöscht wird, weil wir zu sehr mit unserem Gezänk beschäftigt waren, um einen gemeinsamen Widerstand zu organisieren, verdienen wir die Auslöschung wohl. Ich beginne noch heute Abend mit den Vorbereitungen.«

»Das freut mich zu hören, Sir.«

»Ich meinte, was ich da draußen am Pult gesagt habe. Setzen Sie unsere Soldaten bis zur Klärung dieses Kriegs nicht einer Überraschungsattacke durch senecanische Kräfte aus—aber sonst sollte jede Person, jedes Schiff, jede Waffe und jedes Werkzeug auf diese Aliens fokussiert sein. Wir müssen sie verlangsamen, bis wir herausfinden, wie wir sie stoppen.«

Endlich ein Politiker, der ihren Respekt verdiente. »Ich beginne mit der Umsetzung neuer Direktiven, sobald ich durch diese Tür gehe. Und erlauben Sie mir zu sagen: Viel Glück, Sir. Wir alle werden eine Menge davon brauchen.«

* * *

SENECA

CAVARE, MILITÄRHAUPTQUARTIER

Commander Morgan Lekkas lehnte in der Vorzone an der Wand. Ein Fuß tippte in flottem Takt Energie weg. Die Sekretärin hatte ihr angeboten, sich zu setzen, doch sie hatte heute schon viel zu viel gesessen: im Transporter von Krysk nach Seneca, im Shuttle nach Cavare, in der Levtram zum Militär-HQ.

Auf dem Bildschirm gegenüber lief ein Live-Newsfeed—ausgerechnet—von der Versammlung der Erdallianz. In den letzten Tagen hatte sie hier und da Fetzen von Nachrichten aufgeschnappt, aber kaum hingehört, bis es sie betraf—und jetzt tat es das womöglich.

Der Premierminister der Allianz soll Selbstmord begangen haben? War nicht die vorige Premierministerin in der Woche zuvor bei einer Explosion ums Leben gekommen? Es gab Fragen zu den Ereignissen, die zum Krieg geführt hatten—weshalb es sie interessierte—, aber noch äußerte sich niemand öffentlich mit Verbindlichkeit.

Jemand drehte die Lautstärke des Feeds höher, und Morgan schloss die Augen.

Sie wusste nicht, ob oder wann der Krieg mit der Allianz offiziell enden würde, aber der Großteil des 3. Geschwaders war von der Föderationsgrenze abgezogen und nach Seneca beordert worden, um weitere Befehle abzuwarten. Keine Begründung—doch offenkundig hing es mit den Aliens zusammen, die an der Ostfront vorrückten.

Sie bezweifelte stark, dass man in Südwesten die Allianz *und* im Osten Aliens bekämpfen konnte—zumal, soweit sie sah, bisher kaum jemand die Aliens *bekämpft* hatte. Meist floh man vor ihnen. Der Raumhafen von Cavare war verstopft mit Flüchtlingen aus den östlichen Kolonien, und die Gerüchteküche brodelte, jede Kolonie östlich von Seneca, die nicht bereits belagert werde, werde evakuiert.

Sie hoffte, dass das Militär bald zur Gegenwehr überging; sie hoffte, dass sie deshalb hier draußen vor einer Art Konferenzraum wartete. Was oder wen er beherbergte, wusste sie nicht—aber hierhin hatte man sie geschickt. Qualität der Einrichtung und Ausmaß der Sicherheit ließen darauf schließen, dass sich hier etwas oder jemand Wichtiges befand.

Wieder wurde der Ton des Feeds höher gedreht, und ihr Blick flog zum Bildschirm.

»*Das Misstrauensvotum gegen Steven Brennon ist gescheitert—*«

»Sie können jetzt hinein, Commander.«

Sie nickte der Sekretärin knapp und trat durch die Tür—und erstarrte in der Schwelle.

Das war kein Konferenzraum. Das war ein Kommandoraum. *Der* Kommandoraum.

Die Luft summte, während Soldaten sich um Bildschirmgruppen scharten oder von einer Gruppe zur anderen eilten. Drei im Raum verteilte Konferenztische waren ebenfalls von Soldaten besetzt. Die ferne Wand wurde von einer großen Karte dominiert.

Jede besiedelte Welt war darauf markiert, die meisten in dem üblichen Rot für Welten der Föderation, Blau für jene der Allianz und Grün für die der Unabhängigen. Nicht so die östlichen Kolonien.

Unabhängig von der Zugehörigkeit waren rechts einer Diagonale, die bei **320°** über die Karte verlief, die Welten entweder mit einem schwarzen X markiert oder orange hervorgehoben. Am rechten Kartenrand liefen praktischerweise zwei Spalten mit Überschriften:

VERLOREN		UNMITTELBAR VOM FALL BEDROHT
Andromeda	Messium	Brython
Ceirt	Midgard	Dresden
Dair	New Orient	Henan
Edero	New Riga	New Maya
Gaiae	Nitoris	Nystad
Gaelach	Quero	
Hadron	Requi	
Hawking	Sagitta	
Karelia	Vela	
Lycaon	Zetian	

Morgan war nicht dem Militär beigetreten, weil sie Patriotin war oder weil sie den tiefen, bleibenden Wunsch verspürte, die Bürgerinnen und Bürger der Föderation zu schützen. Es gefiel ihr durchaus, wenn ihr das gelang, aber selbst dann—so musste sie zugeben—aus eher egoistischen Gründen. Sie war dem Militär beigetreten wegen des schieren Rausches.

Transporte oder Aufklärungsschiffe zu fliegen, hätte ihr nie den Kick verschafft, mit 0,3 mms in invertierter Rotation durch den Raum zu stechen. Es hätte ihr nie ermöglicht, Jäger mit einem Gedanken zu befehligen oder Gegner durch Asteroidenfelder auszumanövrieren oder am peitschenden Rand einer Atmosphäre zu schrammen. Es hätte ihr nie erlaubt, so mit ihrem Schiff zu verschmelzen, dass das Schiff im Grunde nicht mehr existierte.

Sie wusste, wie andere sie nannten, wenn sie glaubten, sie höre nicht zu—Adrenalinjunkie, Geschwindigkeits-Süchtige, völlig durch—, doch es war ihr egal. Selbst wenn sie recht hätten: Es war das, was sie wollte. Wofür sie lebte.

Jetzt jedoch, während sie fassungslos die Liste gefallener Kolonien anstarrte, fühlte sie zum ersten Mal in ihrem Leben frechen, urtümlichen Zorn gegen einen Feind. Sie verspürte ein tiefes, elementares

Verlangen, all die Menschen da draußen vor diesen Invasoren zu schützen, vor diesen Monstern, die ihnen Welten und Leben stahlen.

»Wir stecken, würde ich sagen, ziemlich in Schwierigkeiten.«

Sie fuhr zusammen und wandte sich rasch der Sprecherin zu. Feldmarschallin Eleni Gianno—die Oberbefehlshaberin der Streitkräfte der Senecanischen Föderation—stand neben ihr, die Arme vor der Brust verschränkt.

Morgan schnellte die Füße zusammen und die Hand zum hastigen Gruß hoch. »Ma'am. Marschall Gianno. Commander Morgan Lekkas, 3. Geschwader, Südflotte.« Ahnungslos, wie es weiterging, warf sie wieder einen Blick zur Karte. »Mir war nicht klar, dass es *so* ernst ist, Ma'am.«

»Wenigeren ist es klar. Es wurde sehr rasch *so* ernst. Weitaus schneller, als wir reagieren konnten.«

»Ma'am … Brython ist weniger als ein Kiloparsec von Seneca entfernt.«

»Ja. Ich vermute, die Aliens wären binnen Stunden hier, wenn sie wollten. Ein Faktor spielt uns in die Karten: Je weiter sie vorrücken, desto mehr—und größere—Welten gilt es zu vernichten. Ganzen Planeten das Leben auszutreiben, braucht Zeit.«

Die beiden starrten noch eine Weile schweigend auf die Karte. Schließlich blickte Gianno zu ihr. »Danke, dass Sie gekommen sind, Commander. Wir beginnen endlich, Daten zu den Fähigkeiten und Taktiken der Aliens zusammenzutragen. Ich möchte einige der Analysen mit Ihnen durchgehen, die STAN erzeugt hat.«

Sie runzelte zögernd die Stirn—ihr war völlig unklar, warum die Oberbefehlshaberin mit *ihr* irgendetwas durchgehen wollte—, dann hob sie, gegen ihren Williamen, eine Augenbraue. »STAN?«

»Strategic and Tactical Artificial Network, das modernste synthetische neuronale Netz des Militärs.«

»Aber … STAN?«

Marschall Gianno zuckte mit den Schultern. »Bei der Allianz heißt ihres ›ANNIE‹. Die Nerds bei Tech wollten sich nicht die Butter vom Brot nehmen lassen und haben zwei Wochen gebraucht, um ein Akronym zu basteln, das auf einen albernen Namen hinausläuft. Und—was meinen Sie?«

»Ich helfe gern, Ma'am. Aber warum *ich*?«

»Man sagt, Sie seien die beste Jägerpilotin der Föderation, womöglich der Galaxis. Drei Beförderungen in vier Jahren haben Sie abgelehnt—angeblich, weil Sie das Cockpit nicht hergeben wollten. Mit gutem Grund, wenn Sie mich fragen, denn Ihre Vorgesetzten betonen unisono, dass Sie das Gefechtsfeld kontrollieren wie niemand sonst. Ihre Biosynthetik und Ihre persönliche *ware* sind bleeding edge—und das sind nur die Upgrades, *von denen* wir wissen.«

Morgan setzte an zu beteuern, dass sie keine graumarkt-*ware* versteckte—was sie natürlich tat—, doch Gianno hob eine Hand, um sie zum Schweigen zu bringen.

»Es spielt keine Rolle. Im Gegenteil—Sie werden wohl noch ein paar Upgrades brauchen. Ob in Tagen oder Wochen: Diese Aliens werden nach Seneca kommen, und wir müssen bereit sein. Es gibt viele Teile dieses Puzzles, aber eines davon ist herauszufinden, wie wir ihre Vielzahl kleiner Abfangschiffe ausschalten.«

Sie hatten eine abgeschirmte Nische erreicht, in der drei getrennte Bildschirme, zwei Bedienfelder und ein runder Tisch standen.

Auf zwei der Bildschirme liefen in Dauerschleife Aufnahmen, offenbar von einem Einsatz gegen die Alien-Schiffe über einem Planeten. Die Vids fokussierten das Meer seltsamer, insektenhafter Vehikel, die die Region überfluteten.

Sie setzte die Hände auf den Tisch und beugte sich vor, studierte die Screens und vergaß, dass sie wohl immer noch stramm stehen sollte. »Das sind viele Schiffe. *Viel* zu viele, als dass Fregatten sie vernichten könnten. Sie würden dezimiert, ehe sie ein Zehntel davon ausschalten, wenn Fregatten überhaupt so viele ausschalten können. Die Alien-Schiffe sind größer als Jäger, aber schneller und wendiger. Trotzdem sind unsere Jäger die einzigen, die es mit ihnen aufnehmen können.«

Sie warf der Marschallin einen Seitenblick zu. »Ma'am, wo ist das? Greifen *wir* die Aliens irgendwo an? New Riga, oder Lycaon?«

»New Riga und Lycaon sind verloren. Das hier stammt von Messium, von gestern.«

»Messium? Die Allianz hat uns das Material geschickt?«

Gianno lächelte geheimnisvoll. »Wie gesagt—die Dinge entwickeln sich sehr schnell.«

»Wie haben sich ihre Jäger gegen diese Schiffe geschlagen?«

»Besser als die Fregatten, aber zu einem zu hohen Preis. Auf jeden zerstörten Alien-Jäger kamen drei verlorene eigene.«

»In einem Abnutzungskrieg verlieren wir.«

»Exakt. Wir haben Analysen zu strukturellen Schwachstellen— so minimal sie auch sind—sowie zu Flugmustern und Tendenzen. Commander, ich möchte, dass Sie das studieren und mit dem Artificial eine Strategie entwickeln, wie wir sie schlagen.«

»Ich brauche Vollsinn-Immersion für die Daten und eine Fern- schnittstelle zum … äh … STAN.«

Gianno deutete auf eine Tür in der linken Wand. »Folgen Sie mir—alles ist für Sie vorbereitet.«

56

SIYANE

UNKARTIERTER RAUM

Zum zweiten Mal in einem Monat stieg die *Siyane* auf, um sie von einem unwirtlichen Planeten fortzutragen, der gar nicht hätte existieren sollen. Wie zuvor würde das Schiff sie als Überbringer lebenswichtiger Informationen nach Hause bringen, Informationen, die über das Überleben oder die Vernichtung der Menschheit entscheiden konnten. Aber noch nicht.

»Bevor wir diesen Raum verlassen, möchte ich versuchen, das andere Portal zu finden. Wenn das hier eine ›Lobby‹ ist, muss es irgendwo noch ein weiteres Tor geben.«

Neben ihr schwenkte Caleb seinen Stuhl herum, sein Ausdruck undurchschaubar. »Okay.«

»Fragst du mich nicht, warum?«

»Muss ich nicht. Du willst es finden, weil es unbekannt und daher verlockend ist. Außerdem willst du diesen Ort und diese Aliens verstehen.«

Sie wich ein wenig von ihm weg, leicht verstört. Er hatte nicht gescherzt, als er sagte, er sei ein Meister darin, sie zu lesen. »So in etwa. Mir ist klar, dass wir uns beeilen müssen – glaub mir, das ist mir klar –, aber ich habe das Gefühl, es könnte wichtig sein.«

»Ich stimme zu.«

Ihr Blick fuhr zu ihm zurück. »Tust du?«

»Absolut. Ich vermute, dass Mnemosyne – Mesme – in weiten Teilen ehrlich war, aber es gab Unmengen, die es nicht gesagt hat. Wir sollten so viele Informationen wie möglich sammeln, bevor wir zurückkehren. Ich bezweifle, dass wir eine zweite Chance bekommen.«

Sie lächelte erleichtert. Sie hatte keine Lust, mit ihm darüber zu streiten, und hätte wahrscheinlich nachgegeben, wenn er ernsthaft widersprochen hätte.

Das Grollen der Atmosphärenpassage verklang, als sie die letzten Überreste des Planeten hinter sich ließen. Sie ließ das Schiff in einem Bogen um hundertachtzig Grad drehen und stand auf, um die Szene außerhalb des Sichtfensters zu betrachten.

Nichts. Nichts als die allgegenwärtige, leere Schwärze.

Caleb trat neben sie. »Alex, woher wusstest du, dass der Planet da war? Es wirkt unmöglich.«

Sie schüttelte den Kopf. »Ich wusste nicht, dass ein Planet da war – ich wusste nur, dass etwas da war. Ich wünschte, ich könnte es besser erklären, greifbarer als ein angeborenes Gefühl dafür, wie Raum sein sollte und wie nicht. Ich fürchte nur, ich werde es nie können.«

Sie fand die TLF-Welle im Spektrumanalysator, zog die Navigation heran und setzte einen Kurs. »Das System wird uns Bescheid geben, sobald es irgendetwas aufnimmt. Komm, wir bringen dein eVi wieder zum Laufen.«

Er lachte leise. »Das wäre hervorragend. Die Ruhe hat ihre Einladung verspielt.«

* * *

Sie hatten kaum sein eVi neu gestartet und bestätigt, dass es wieder lief, als ein Alarm aufheulte.

»Scheiße.« Alex sprintete ins Cockpit und vergrößerte das Radarbild. Zehn große rote Punkte näherten sich. »Dann lernen wir wohl früher als erwartet, ob das Projektionsschild funktioniert.«

Es stellte sich rasch heraus, dass es sich nicht um die kleineren tintenfischartigen Schiffe handelte, sondern um Superdreadnoughts.

Während sich die Schiffe näherten, änderte sich ihr Kurs nie. Sie zog sich auf maximale Sichtdistanz zurück und beobachtete, wie zehn der Schiffe in Einzelformation auf das Portal in den Metis-Nebel zuhielten.

Erst als das letzte Schiff außer Sicht verschwand, ließ sie den Atem ausströmen, den sie angehalten hatte. »Also hat es funktioniert.«

Er drückte ihr die Schulter. »Verdammt richtig hat es funktioniert.«

Sie schätzte den Vertrauensbeweis, runzelte aber dennoch die Stirn. »Als wir ankamen, war das Portal geschlossen, als wollten sie es eine Weile nicht benutzen. Ich frage mich, warum sie jetzt zusätzliche Schiffe schicken.«

Er lehnte sich an die halbe Trennwand des Cockpits und kreuzte die Knöchel, ganz so wie früher, bevor er einen Stuhl hatte. Seine Augen huschten zum Radar, dann hinaus in die Schwärze jenseits des Sichtfensters. »Weil wir zurückschlagen. Das hier sind Verstärkungen. Die Aliens haben begriffen, dass sie mehr Feuerkraft brauchen, als erwartet, um uns zu unterwerfen.«

»Dann müssen wir uns erst recht beeilen. All unsere Schiffe können dieses neue Tarnschirm nutzen – sollen sie doch herausfinden, wie viel Feuerkraft es braucht, wenn sie uns nicht sehen können.«

Ihre Stimme war in wachsender Aufregung gestiegen; sie zwang sie zurück unter Kontrolle. Eine Hürde nach der anderen. »Vielleicht bauen sie diese Schiffe hier in diesem Raum. In dem Fall kann ich aus ihrer Flugbahn den Ort der Werft extrapolieren. Wir sollten feststellen, wie viele Schiffe sie aufbieten können und wie schnell sie sie herausklopfen.«

Als sie unterwegs waren, lehnte sie sich im Stuhl zurück, auch wenn man es nicht gerade eine entspannte Haltung nennen konnte. Sie stieß den Stuhl mit der Zehenspitze an und ließ ihn in immer größeren Schwingungen oszillieren. »Ich habe nachgedacht.«

»Das kann ich sehen.«

Sie verzog das Gesicht. »Sorry.«

»Nicht nötig. Und worüber hast du nachgedacht?«

»Über den Code, den die Aliens fürs Tarnschirm verwenden.«

»Schon wieder?«

Der Spruch brachte ihr einen Blick ein. »Mehr. Er ist in einem merkwürdigen, unverwechselbaren Stil geschrieben, sehr anders als die Art, wie wir Code entwerfen. Und obwohl er hochkomplex ist – nicht nur, weil er in Ternär geschrieben ist –, wirkte er starr. Formelhaften. Vielleicht liegt es daran, dass er eine blinde, wiederholte Funktion ausführt, aber ...«

Sie überlegte den nächsten Teil noch ein letztes Mal, bevor sie ihn aussprach. »Mesme sagte, die angreifenden Schiffe seien unbemannt, von KIs gesteuert. Wie groß ist wohl die Wahrscheinlichkeit, dass sie auf derselben zugrunde liegenden Codeart laufen wie das Tarnschirm? Ich meine nicht, dass sie dieselben Funktionen verwenden, sondern dass sie auf ähnliche Weise geschrieben sind.«

Er dachte ebenfalls darüber nach. »Nach dem Wenigen, was wir über sie gelernt haben, halte ich es für wahrscheinlich. Die Aliens scheinen Maschinen als für einen bestimmten Zweck gebaut oder als für eine bestimmte Aufgabe gedacht zu betrachten. Ich wette, sie haben vor langer Zeit spezifische Methoden entwickelt, beides zu implementieren.«

Sie kaute auf der Unterlippe, während sie entschied, ob sie bereit war, die Behauptung auszusprechen. »Wenn man den Code studiert, könnte jemand – ich bezweifle, dass ich es kann, aber ein Quantenspezialist oder, wenn der scheitert, ein Artificial – herausfinden, wie man ihn ausnutzen kann. Wenn der Code, der die Schiffe steuert, genauso entworfen ist, könnten wir elektronische Angriffsabläufe entwickeln, um die Programmierung zu stören. Und sollten wir die Gelegenheit haben, direkt damit zu interagieren, stehen die Chancen gut, dass wir ihn korrupt machen können.«

Sie zuckte mit den Schultern. »Nur ein Gedanke. Ich überschätze unsere Fähigkeiten fast sicher. Und wir müssen den Code zu jemandem bringen, der wirklich intelligent ist und kein Bürokrat, und der muss dann eine Genehmigung bekommen –«

»Das ist eine brillante Idee, Alex.«

Ihre Nase kräuselte sich. »Findest du?«

»Finde ich. Tatsächlich, wenn du schaffen solltest, wovon du sprichst –« Das Piepen des Langstreckenscanners schnitt ihm das Wort ab.

»Sind wir schon bei der Werft?« Sie schwenkte auf das HUD und vergrößerte die Anzeige. Sie zeigte eine monolithische Struktur sowie mehrere kleinere Objekte. Das Gebilde wuchs, bis es ins Sichtfeld kam.

»Heilige Hölle.«

Die Anlage erstreckte sich über zehn Kilometer Länge und sechs in der Breite. Modulare Einheiten fügten sich zu größeren Sektionen zusammen, bis sie in einer einzigen Fertigungsstraße mündeten, die die Schiffe selbst in den Schatten stellte.

Die Kammern waren nicht vollständig geschlossen, und Hunderte – möglicherweise Tausende – von Mechs wuselten darin umher. Vierzig Tintenfische patrouillierten die Perimeter in defensiven

Formationen. Bewachten sie vor ihnen?

Zwei vollständige Superdreadnoughts schwebten außerhalb, vermutlich wartend auf das Schiff, das gerade montiert wurde, und auf einige mehr danach. Offenbar bewegten sie sich in Rudeln.

»Weitere Verstärkungen.«

»Fürchte ja.«

Der Rumpf des in Bau befindlichen Schiffs materialisierte, während sie dort verharrten, die Mechs arbeiteten mit einer Präzision und Geschwindigkeit, die sie noch nie gesehen hatte. Zwölf Minuten nach ihrer Ankunft glitt der Superdreadnought aus der Kammer und gesellte sich zu seinen Brüdern, um zu warten.

»Also viele, und schnell.«

»Jep.«

»Caleb, wenn die Aliens Schiffe so schnell produzieren können, haben wir keine Chance. Selbst wenn uns das Tarnschirm einen Vorteil verschafft, ersetzen die Aliens alles, was wir zerstören, innerhalb von Stunden.«

»Vielleicht können wir das Portal irgendwie außer Gefecht setzen. Verhindern, dass sie durchkommen, oder es blockieren.«

»Ich bezweifle, dass wir die Schiffe entbehren können. Aber das ist ein Problem für später.« Sie knetete die Schläfen, dann deutete sie auf einen schwachen Blip auf dem Schirm hinter der Anlage. »Wetten, dass das da das Portal der Aliens ist?«

»Keine Chance, dass ich gegen dich wette.«

»Kluger Mann.« Sie warf der Werft einen letzten finsteren Blick zu und zog dann ab, gab ihr einen weiten Bogen, während sie daran vorbeizog.

* * *

»*Ni khuya sebe* ...«

»Das kann man so sagen …«

Ein Portal hing vor ihnen im Raum. Mindestens zehnmal größer als das, das in den Metis-Nebel führte, widersprach seine schiere Größe jeder Vorstellungskraft.

Es unterschied sich zudem in mehreren anderen Punkten. Der Ring allein maß über einen Kilometer im Durchmesser und machte nahezu ein Viertel der Struktur aus.

In den Ring waren mehrere Fäden weißen Leuchtens eingewebt. Sie vermutete, dass es sich um Artefakte eines Energieverteilungs- oder Betriebssystems handelte.

Das Material, das den Ring füllte, hatte das Gletscherblau von Mesme und Hyperion. Außerdem war dieses Material nicht genau Plasma, sondern eher wie eine Schar von Blitzen, die zwischen Leitern hin und her sprangen.

Ihre Fingerspitzen trommelten auf dem Panel. Der erste Schock begann abzuklingen, und ihr Geist raste in einem Knäuel aus verschlungenen Schleifen. »Also liegt Mesmes Universum dahinter.«

»Ich erwarte es.« Seine Hand landete auf ihrer auf dem Panel und stoppte den erratischen Rhythmus. »Alex, wir können nicht hindurch.«

Sie starrte auf das flackernde, tanzende Plasma-Gewitter im Portal. Es stand da, offen und einladend. »Ich weiß.«

»Wir müssen nach Hause. Galaxis retten und so?«

»Ich weiß.«

»Menschen sterben.«

Verdammt. Sie wollte nicht die Retterin der Menschheit sein. Wollte sie nie. Sie wollte nicht die Vorhut sein – der Zerstörung oder der Rettung. Was sie eigentlich gewollt hatte, war, ein Mädchen zu sein, dessen Vater lebte und ihr die Sterne zeigte. Stattdessen war sie allein durch sie gewandert. Bis sie jemanden entdeckte, der die Sterne so sah wie sie.

»Ich weiß. Okay, wir ... Moment mal.« Das unglaubliche Phänomen vor ihr war vergessen, als sie den Spektrumanalysator heranzoomte. Sie filterte das Rauschen heraus und verengte das Band, um das unterste Zehntel des Spektrums zu messen. »Auf gar keinen Fall.«

»Ist es das, was ich denke?«

»Kommt darauf an, was du denkst.«

»Ich denke, es ist unsere TLF-Welle, die auf mehreren Flugbahnen ausgesendet wird.«

»Dann nein, es ist nicht das, was du denkst.«

»Warte, ist es das nicht?«

»Nein. Es sind einundfünfzig einzigartige TLF-Wellen, die in drei Halbkreisen auffächern, vertikal im Abstand von 45° gestaffelt und horizontal alle 10°, jede um 0,001-Hz nach oben oder unten im Spektrum verschoben. Außer den letzten Signalen an jedem Ende der Grundebene – die wiederholen unsere 0,0419-Hz-Frequenz.«

Die TLF-Welle, der sie vom Metis-Portal gefolgt waren, führte in einer direkten horizontalen Linie zur Mitte des weitaus kolossaleren Portals. Sie konnte das Signal dahinter nicht mehr messen, also konnte sie nicht sagen, ob es dort fortgeführt wurde. Ihr Instinkt sagte ihr, dass es vom Ring selbst erzeugt wurde. Das hier war sein Ursprungspunkt. Zumal es auch der Ursprungspunkt von fünfzig weiteren TLF-Wellen war.

»Ich gebe zu, das ändert die Lage.«

In dem Versuch, das Phänomen besser zu verstehen, spielte sie an verschiedenen Einstellungen. »Tut es. Warum habe ich sie nicht entdeckt, als wir zuerst durchkamen? Reichen die Signale nicht sehr weit?«

Sie griff nach den Kontrollen. »Folgen wir einer, sehen wir, wohin sie führt.«

Caleb beugte sich neben sie, um die Anzeige zu studieren. »Die erste horizontale, ganz rechts. Wir sollten systematisch vorgehen.«

»Aber die erste hat dieselbe Frequenz wie unsere. Am Ende drehen wir uns im Kreis fest oder so. Folgen wir der zweiten.«

Sie drehte das Schiff herum, kurz noch einmal—

wo die Anzeige abschließend kontrollierend—

»Whoa …« Ihre Hände fuhren an ihren Kopf, als wolle sie sicherstellen, dass er noch an seinem Platz war. Sie wirbelte zu Caleb herum, die Augen weit. »Sind wir … in Ordnung?«

»Keine Ahnung.« Er schüttelte heftig den Kopf. »Sieh mal – die Kulisse ist hier nicht anders.«

Sie spähte durchs Sichtfenster. In der Tat: nichts als endlose Schwärze. Man gewöhnte sich fast daran.

»Die TLF-Welle läuft weiter, offenbar auf einer Geraden … bei all den Verschiebungen kann ich es nicht mit Gewissheit sagen. Aber sehen wir, wohin sie führt.«

Wohin sie führte, war ein exaktes Duplikat des kolossalen, elektrisch blauen Portals. Der Ring emittierte weitere TLF-Wellen in drei übereinandergestapelten Halbkreisen.

Nur waren es keine neuen Wellen. Es waren dieselben, nur anders geordnet – eine Art zyklische Verteilung. »Ihre« Welle befand sich etwa halb hinter der Mitte.

»Wenn wir unserer Frequenz folgen, landen wir wieder da, wo wir waren, oder?«

»In unserer Lobby? Vermutlich an einem anderen Punkt. Wahrscheinlich an der Endstation dort. Es sieht aus wie ein ausgeklügeltes, ineinandergreifendes Tunnelnetz.«

Sie stieß die Luft scharf aus. »Einundfünfzig Lobbys … jede enthält ein Portal irgendwohin. Und der Ring sendet die Adresse – das Zielmuster – in TLF. Natürlich tut er das. Natürlich. Mesmes Spezies sind Angeber und kosmische Selbstdarsteller.«

»Angenommen, du könntest mir ein paar dieser inspirierenden

Ideen erzählen, die du hattest?«

Er starrte aus dem Sichtfenster. »Mesme glaubt, dass Menschen das Potenzial haben, die Antworten zu finden, nach denen sie suchen. Was, glaubst du, suchen sie?«

»Ich vermute, dieselben Antworten wie wir: Was ist der Sinn des Lebens? Gibt es ein Fortbestehen nach dem Tod? Existiert eine höhere Macht? Was ist—«

Er sprang aus dem Stuhl und hastete durch die Kabine. »Wir müssen zurück.«

»Da sind wir uns einig, aber was—«

Er wühlte in seinem Rucksack, den er zuvor in die Ecke geschleudert hatte, als sie in Eile ausgeladen hatten, und zog eine der Tech-Abwehrkugeln hervor. »Wir müssen diese Werft zerstören, und ich weiß, wie wir es schaffen.«

57

ROMANE

UNABHÄNGIGE KOLONIE

New Maya hat vor vierzehn Minuten die Kommunikation eingestellt.
Mia verkniff sich ein Stirnrunzeln, während sie den Inhalt der Einkaufstüte auf die Arbeitsplatte kippte und ihren Rucksack aus dem Schrank zog. »Danke, Meno. Halt mich auf dem Laufenden.«
Tue ich immer.
Die MRE-Rationen, Energieriegel und nährstoffangereicherten Getränke hatten ein kleines Vermögen gekostet. Eigentlich hätte sie sie letzte Woche besorgen sollen, bevor die gesamte Galaxis von den Aliens wusste. Jetzt nutzten die Händler die stetig steigende Panik schamlos aus.

Sie konnte nicht entscheiden, ob es blanke Erpressung oder gerissener Kapitalismus war; so oder so hatte sie die Credits hingeblättert. Die Zeit, aus hochfliegenden Prinzipien heraus Haltung zu zeigen, war längst vorbei.

Der Nachrichtenfeed war angesprungen, sobald sie das Haus betreten hatte. Sie drehte die Lautstärke hoch, damit sie ihn auch im Schlafzimmer hörte, während sie ein paar Klamotten

zusammenstellte. Aus ihrem früheren »Nur-für-den-Notfall«-Pake
t wurde nun ein vollwertiger Langzeit-Überlebensrucksack.

*»Ich freue mich, den Premierminister der Erdallianz, Brennon, den
Vorsitzenden der Seneca-Föderation, Vranas, und alle Vertreter ihrer
Regierungen auf Romane willkommen zu heißen, auch wenn ich die
Umstände, die Sie hierhergeführt haben, zutiefst bedaure. Romane schätzt
seine Rolle als friedliche, wohlhabende unabhängige Welt. Ich hoffe, der
Geist unserer Kolonie hilft Ihnen, gegenseitigen Respekt und Verständnis
zu finden und Sie zu Ihrem eigenen Frieden zu führen.«*

Sie kicherte leise vor sich hin – zwei … nein, drei bequeme
Arbeitshosen – bei Ledesmes großer Rede. Die Gouverneurin
hatte einen Meisterstreich gelandet, als sie Romane als Gastgeber
für diesen Friedensgipfel anbot. Zusammen mit der großzügigen
Weitergabe ihrer Analyse der Alienschiffe an beide Seiten hatte sie
innerhalb weniger Tage Romanes Ansehen exponentiell gesteigert.
Mia mochte einen winzigen Teil dazu beigetragen haben.

Beinahe hätte der Gipfel aus einem simplen Grund nicht hier
stattgefunden: Die Aliens waren nah. Aber ihr Vormarsch nach
Westen verlangsamte sich. New Maya lag nicht merklich weiter
westlich als andere Kolonien, die bereits gefallen waren. Romane
lag fast einen Tag näher an Seneca und der Erde als die einzig
ernsthafte Alternative, Atlantis, und es gab keine Zeit zu verlieren.
Vier Tanktops, ein Rolli, ein Pullover …

Sie rannte nicht, aber sie bereitete sich vor. Als Dank für ihre
Bemühungen in diesem ganzen Desaster hatte die Gouverneurin
ihr einen Platz im Verwaltungstransporter angeboten, sollte eine
vollständige Evakuierung angeordnet werden. Mia war äußerst
dankbar, war sich aber auch des oftmaligen Schicksals bester Pläne
bewusst.

Romane würde nicht evakuieren, es sei denn und bis keine andere
Wahl mehr blieb, und bis dahin würde das Chaos sicher herabstürzen.

Die Tasche, die sie packte, würde ihr nützlich sein, wohin auch immer der Transporter am Ende flog – und auch dann, wenn sie den Planeten nie verließe.

Sie war froh, dass die Bürokraten ihre Scheuklappen ablegten und begriffen, dass sie eingebildete Differenzen beiseiteschieben und zusammenarbeiten mussten, bevor alle starben. Ob die Sinneswandel rechtzeitig kamen, um zu verhindern, dass alle starben, blieb abzuwarten. Sie war froh, dass Caleb – und Alex – von Fehlverhalten freigesprochen worden waren; Alex' Mutter nahm sogar am Gipfel teil. Noch froher wäre sie, sobald sie von ihm hörte. Von ihnen. Von einem von beiden, vorzugsweise von beiden.

Aber sie durfte nicht ihre Energie und ihre Denkkraft damit verschwenden, sich um Caleb und seine Freundin zu sorgen. Jetzt musste sie sich um ihr eigenes Überleben kümmern.

Sie warf ein einfaches Kulturbeutel-Set in den Rucksack, zog den Reißverschluss zu, trug die Tasche zur Haustür und lehnte sie an die Wand. »Meno, ich komme zu dir. Ich möchte ein paar Simulationen zu den Bewegungen der Aliens durchspielen.«

»Romane wird stolz Seite an Seite mit einer geeinten Menschheit stehen, um diese—«

* * *

»—Invasoren mit der ganzen Macht und dem ganzen Können der Menschheit zu empfangen. Ich danke Ihnen.«

Miriam zählte die Sekunden herunter, bis sie das öffentliche Spektakel verlassen und sich an die Arbeit machen konnte. 3 ... 2 ... 1 ... Sie stand auf, erwiderte Brennons Nicken – ein Signal, dass sich seine Direktiven während Gouverneurin Ledesmes Rede nicht geändert hatten – und steuerte einen deutlich kleineren Konferenzraum den Flur hinunter an.

Der Gipfel fand im Carina Center auf Romane statt. Sie wünschte sich fast den Luxus, sich zurücklehnen zu können, denn es war mit Abstand die eleganteste, modernste Kongresshalle, die sie je besucht hatte. Der Blick aus dem Shuttle während des kurzen Flugs vom Raumhafen hatte nahegelegt, dass ein großer Teil der Stadt ein ähnliches Niveau an Klasse aufwies.

Sie beschloss: Sollten sie diese Invasion irgendwie überleben, würde sie nach dem Krieg Urlaub machen. Das Wort rollte merkwürdig in ihrem Kopf. Und ihr … Ur-laub … würde sie auf Romane verbringen.

Doch jetzt würde sie ihren Job machen, denn wenn sie es nicht tat, würden die Einrichtung und die Stadt, die sie trug, bald ein Haufen rauchender Trümmer sein.

Feldmarschallin Gianno hatte es geschafft, noch vor ihr im Konferenzraum zu sein. Sollte der Gipfel länger als einen Tag dauern, würde Miriam herausfinden müssen, wie die Frau das gemacht hatte. Die beiden hatten in den letzten zwei Tagen zweimal per Holo gesprochen, waren sich aber nie persönlich begegnet.

Es gab kein Protokoll für Förmlichkeiten zwischen Offizieren gleichen Rangs aus gegnerischen Militärs, also reichte sie einfach die Hand – ein noch immer universeller Gruß. »Es ist mir eine Freude, Sie persönlich kennenzulernen, Marschallin Gianno.«

Die Frau schüttelte ihre Hand knapp und lugte an Miriam vorbei. »Wir sind unter uns, richtig?«

»Im Moment, denke ich, ja.«

Gianno zog einen Stuhl heraus und setzte sich. »Dann sagen Sie Eleni. Für mehr bleibt keine Zeit.«

»So ist es. Und ich bin Miriam.« Sie nahm ihr Gegenüber Platz. »In diesem Sinne schlage ich vor, wir gehen einfach davon aus, dass die Politiker eine Friedenslösung erreichen – denn falls nicht, bringe ich sie eigenhändig um – und arbeiten so weiter, als hätten sie es bereits getan. Wie Sie so treffend sagten: Für alles andere fehlt uns die Zeit.«

»Einverstanden.« Gianno legte ein kleines quadratisches Modul auf den Tisch und aktivierte es; mehrere Displays erwachten über der Tischfläche zum Leben.

»Wir haben die Alienschiffe noch nicht so engagiert wie Sie – oder diejenigen, die es getan haben, haben es nicht lebend herausgeschafft, um davon zu berichten. Aber wir haben einige Erfolge erzielt, Informationen mittels Fernaufklärungsteams zu erbeuten.

Unsere jüngsten Erkenntnisse deuten auf je vier Superdreadnoughts bei Hadron und Midgard und sechs bei Dair hin. Acht Schiffe verließen New Riga vor siebzehn Stunden, weitere vier Lykaon ein paar Stunden später. Keiner der Verbände konnte bei Überlichtgeschwindigkeit verfolgt werden. Wir überwachen mögliche Ziele bei Brython, Nystad und Elathan. Und, selbstverständlich, Seneca.«

Miriam steuerte ähnliche Informationen bei: vierundvierzig Schiffe, die derzeit sechs Welten angriffen, und mindestens sechzehn im Transit von Kolonien, deren Auslöschung bereits abgeschlossen war. Beide lehnten sich zurück, um das zu bedenken, was in der Summe den Beginn harter, belastbarer Erkenntnisse darstellte.

»Im Schnitt brauchen die Aliens zwei Tage und vier Schiffe, um eine Welt mit 50000 Einwohnern auszulöschen, fünf Tage und sechs Schiffe bei 100000 und mindestens eine Woche sowie deutlich mehr Schiffe für alles darüber.«

»Sie sind von Messium noch nicht abgezogen?«

»Nein. Auch wenn es dort kaum noch etwas zu zerstören geben dürfte, also rechne ich damit, dass sie innerhalb weniger Stunden abziehen. Wir haben in der Schlacht zwei Superdreadnoughts zerstört und drei beschädigt sowie rund zweihundert der Schwärmers, aber es war nur ein Bruchteil der Kräfte, die sie aufgeboten haben.«

»Beeindruckend, vor allem wenn man bedenkt, dass Ihre Schiffe nicht miteinander kommunizieren und ihre Taktiken koordinieren konnten.«

Miriam sah überrascht hinüber. »Hat Ihnen das niemand gesagt? Wir können miteinander kommunizieren.«

* * *

Das Friedensabkommen wurde in weniger als vier Stunden vermittelt.

Eine formelle Waffenruhe wurde von den Politikern vor Ort unterzeichnet und ein minimaler Vertrag gebilligt, vorbehaltlich der Zustimmung der jeweiligen Parlamente, die bis zum nächsten Morgen erwartet wurde.

Die Streitkräfte wurden angewiesen, sich aus allen Allianz-/Föderations-Konfliktzonen zurückzuziehen. Unter den Umständen wurden die allermeisten Truppen anschließend entweder nach Osten oder in das Sol- oder das Seneca-Sternsystem beordert.

In einer etwas unerwarteten Wendung sollte das Schicksal von Desna den Desnanern selbst überlassen werden. Die Kolonisten würden innerhalb einer Woche ein Referendum abhalten, ob sie zur Allianz zurückkehren, in der Föderation bleiben oder als Unabhängige weitermachen wollten. Die Mehrheitsmeinung ging von einer Rückkehr zur Allianz aus, doch die Besatzung durch die Föderation war weder hart noch gewalttätig gewesen, und einige Kommentatoren räumten ein, dass es auch anders ausgehen könnte.

Im Verlauf der vier Stunden, die es dauerte, den Vertrag auszuhandeln, wuchs Miriams und Elenis Runde – in Person und per Holo. Befreit von widersprüchlichen Zielsetzungen und endlich einer einzigen Front in einem einzigen Krieg gegenüberstehend – auch wenn sich diese Front über mehr als sechs Kiloparsec erstreckte –, blieb es an den zwei mächtigsten Frauen der Galaxis, das Unmögliche zu tun: eine Strategie zu formulieren, um den Feind abzuwehren, sich ihm zu stellen und ihn letztlich zu besiegen.

58

NEW BABEL

UNABHÄNGIGE KOLONIE

Der Triene-Hauptquartierkomplex war zweckmäßig. Funktional. Brutal effizient.

Die Einrichtung war nach objektiven Maßstäben nicht trostlos, doch es fehlte ihr an dem verfeinerten Stil, den Olivia bevorzugte. Dennoch musste sie zugeben, dass sie ihren Zweck wohl gut genug erfüllte.

Sie schritt durch die … man würde »Büros« sagen, in Wahrheit war es ein hybrides Kommandozentrum/Fertigungsbetrieb/Lager … und strahlte genug Autorität aus, um die meisten Störungen im Keim zu ersticken.

Wer sie nicht erkannte und dennoch glaubte, Dominanz behaupten zu müssen, wurde in den meisten Fällen von denen zurückgehalten, die sie erkannten. Einen unglücklichen Zwischenfall mit einem Sicherheitsmann hatte es gegeben. Er sollte ausreichend genesen – vorausgesetzt, ein ordentlicher Medkit lag in Griffweite.

Der Weg hierher war von deutlich größeren Gefahren geprägt gewesen. Auf den Straßen herrschte blankes Tohuwabohu, kurz vor dem Kippen in offene Randale.

New Babel war eine der westlichsten Kolonien im besiedelten Raum und zum De-facto-Ziel für jeden weniger als untadeligen Bürger der Galaxis geworden, der vor den Aliens floh. Das war ein Problem. Die Kolonie unterhielt ein rudimentäres, aber empfindliches Ökosystem, das derzeit von einem Zustrom aus Zehntausenden Menschen über den Haufen geworfen wurde – viele ohne grundlegende Manieren und die meisten ohne jede Verpflichtung, ihr Verhalten zu zügeln. Das Fehlen einer einheitlichen Sicherheitskraft, lange Zeit ein Vorteil, wurde rasch zur Belastung.

Aiden wartete bereits auf sie, als sie das Atrium seiner Suite erreichte. Er war zweifellos von mehreren Leuten über ihre Annäherung informiert worden.

Er lehnte an der Tür zu seinem inneren Büro, die Arme in gespielter Lässigkeit vor der Brust verschränkt. Seine Augen waren wachsam, und er lächelte nicht. Sie erwartete nichts anderes; sie war unangekündigt und ungebeten erschienen. Hier, in seinem Reich, war sie faktisch eine Feindin.

»Ms. Montegreu. Ich würde sagen, das ist eine Überraschung, aber du weißt, dass es eine ist – und genauso beabsichtigt.«

Sie zuckte mit ebenso gespielter Gleichgültigkeit die Schultern. »Es gab keine Gelegenheit, es anders zu arrangieren.« Angesichts der Zeugen – eine Sekretärin, zwei Leutnants und drei Vollstrecker – hielt sie respektvollen Abstand. »Können wir unter vier Augen sprechen?«

Anstatt zu antworten, gab Aiden den beiden Vollstreckern ein Zeichen.

Als sie auf sie zukamen, übergab sie einen Daemon und eine Gamma-Klinge. »Ich musste mich auf dem Weg hierher schützen. Falls Sie in den letzten Tagen draußen waren, wissen Sie, dass die Straßen unverhältnismäßig gefährlich sind.«

»Verstanden. Ihre Waffen erhalten Sie bei der Abreise zurück.«

»Danke, Mr. Trieneri.« Sie ging so weit wie möglich, ihm vor seinen Angestellten die gebührende Ehrfurcht zu erweisen. Es war widerlich.

Er unterdrückte nur halb ein Grinsen und wies auf sein Büro. »Nach Ihnen, Ms. Montegreu.«

Sie trat ein und drehte sich rechtzeitig um, um zu sehen, wie er ein Paneel antippte, als die Tür zufiel. Abschirmung gegen Überwachung, vermutete sie. Das sollte dann aber auch alles sein.

»Was tust du hier, Olivia?«

Sie ließ sich auf die Kante seines Schreibtischs sinken. »Es sind die letzten Tage, Aiden. Darf ich nicht einfach guten Sex wollen?«

Das entlockte ihm trotz grimmiger Miene ein Lachen. »Natürlich darfst du – aber das tust du nicht. Nicht jetzt.«

»Woher willst du das wissen?«

Er überbrückte die Distanz, legte die Hände neben ihre Hüften auf den Tisch und brachte seine Lippen auf wenige Zentimeter an ihre heran. »Wenn du Sex willst, merke ich das auf zehn Meter. Jetzt? Du riechst nicht geil.«

Ihr Puls beschleunigte sich ob der Gefahr seiner Nähe. Selbstverständlich hatte er keine Waffen abgegeben. »Fick dich, Aiden.«

»Ha. Vielleicht später?« Er trat in die Raummitte zurück und verschränkte wieder die Arme. »Ich frage dich ein letztes Mal, Olivia, dann lasse ich dich hinausbegleiten. Was machst du hier?«

»Du hast vielleicht gehört: Aliens greifen an—« Sie hob eine Hand, um seinen Einspruch im Keim zu ersticken. »—und ich gehe davon aus, dass du die Zivilisation genauso ungern ausgelöscht sehen willst wie ich. Das ist schlecht fürs Geschäft. Deshalb bin ich hier, um einen vorübergehenden Waffenstillstand zwischen unseren Organisationen vorzuschlagen.«

Sein Gesicht war völlig undurchdringlich. Er war gut darin,

466

seine Emotionen zu verbergen – falls er welche hatte. »Einen Waffenstillstand?«

»Bis die Aliens erledigt sind oder wir alle einen furchtbaren Tod sterben, je nachdem, was zuerst eintritt. Keiner von uns sollte wertvolle Ressourcen verschwenden, indem wir gegeneinander konkurrieren – und in manchen Fällen kämpfen –, wenn diese Ressourcen zur Verteidigung gebraucht werden.«

Er musterte sie einen Moment. »Da steckt mehr dahinter.«

Sie verzog das Gesicht, beunruhigt von der Vorstellung, er könnte sie besser lesen, als sie annahm. »Ich habe eine Vereinbarung mit Teilen der Regierungen von Allianz und Föderation. Weil ich nicht möchte, dass die Menschheit ausstirbt, habe ich mich bereiterklärt, sie in mehreren Punkten zu unterstützen.«

»Du arbeitest für die Behörden? Das fällt mir schwer zu glauben.«

»Mir auch. Nichtsdestotrotz: Not kennt kein Gebot. Ich stelle nützliche Güter bereit, um den Kriegseinsatz zu unterstützen.«

»Und?«

»Und ich möchte, dass du dich mir anschließt – ihnen zu helfen.«

Seine Augen verengten sich scharf. »Das ist dir ernst.«

»Zwar habe ich leicht Zugriff auf so ziemlich alles, was sie brauchen werden, aber ich gebe zu, dass deine Organisation Stärken in sehr spezifischen Bereichen hat. Diese Stärken könnten besagtem Kriegseinsatz zugutekommen.«

Diesmal grinste er tatsächlich – düster und bösartig; eine Erinnerung daran, dass er, sachlich betrachtet, kein netter Mann war. »Olivia, bittest du mich gerade um Hilfe?«

Sie stieß sich vom Tisch ab und stürmte an ihm vorbei zur Tür. »Offenbar war das ein Fehler. Rechne nicht damit, wieder von mir zu hören.«

Seine Hand schoss vor, packte sie und riss sie an sich. Sein Blick bohrte sich in ihren, nur kurz zuckte er zu der Klinge hin, die sie ihm nun an den Hals gelegt hatte. Sie ignorierte die Waffe, die sich in ihre Seite drückte.

Dann presste sich sein Mund auf ihren. Sie erwiderte ihn mit gleicher Kraft.

Als er einen Hauch zurückwich, perlte ein dünner Blutstreif an seinem Hals hinab. Sie hatte ihn nicht schneiden wollen; er hatte sich zu schnell bewegt. So waren die Risiken in ihrem Spiel.

»Olivia. Bittest du mich um Hilfe?«

»Ich bitte dich, dabei zu helfen, die Galaxis zu retten. Ich weiß, ›etwas‹ oder ›jemanden retten‹ gehört nicht gerade zu unserem Repertoire, aber in diesem Fall liegt es in unserem besten Interesse.«

Die Klinge ruhte noch an seinem Hals; sie hatte noch keinen Grund gesehen, sie zurückzunehmen. »Aiden, verliere in dieser aufbrandenden Welle des Chaos nicht dein Geschäft und nicht dich selbst. Greif dir diese Gelegenheit mit mir, und wir beide gehen stärker und mächtiger daraus hervor. Wir können die Zivilisation auf den Ruinen neu errichten. Wir können die Struktur der Gesellschaft zu unserem Vorteil umgestalten. Alles, was wir tun müssen: ihnen helfen, zu gewinnen.«

Ganz langsam zog ein verschmitztes Lächeln seine Lippen nach oben. »Ich genieße es, wenn du schmutzig mit mir redest.«

* * *

ATLANTIS, UNABHÄNGIGE KOLONIE

Matei lehnte in seiner Chaiselongue und nippte an einem Polaris-B urst-Cocktail.

Die Nachmittagssonne, die seine Haut wärmte, glitzerte auf dem kristallblauen Wasser und verwandelte den Sand in funkelndes

Glas. Seine Stimmung war so leicht, wie die aller anderen auf Atlantis düster war. Die Resortwelt summte in einem chromatischen Vibrato, ein dissonanter Übergang, der das kommende Verderben ankündigte. Vorbei war die sorglose Überschwänglichkeit und leichte Freude eines Volkes auf dem Höhepunkt der Zivilisation, das sich für unverwundbar hielt.

Es gab zwei Arten von Menschen, die die Strände von Atlantis noch bevölkerten. Die eine bestand aus Familien mit kleinen Kindern. Die Eltern mühten sich verzweifelt, die Unschuld ihrer Kinder noch eine Minute, noch einen Tag länger zu bewahren. Sie bauten Sandburgen und tollten im seichten Wasser und strahlten über das Gekicher der Kleinen, doch Angst grub ihnen harte Linien ins Gesicht. Sonnenbrillen verbargen die lähmende Furcht, die in ihren Augen spukte.

Die andere, zahlreichere Art bestand aus jenen, die beschlossen hatten, das Universum betrunken oder high – oft beides – zu verlassen. Eine Alkoholvergiftung oder eine nichtneurale chimerale Überdosis wären für jeden, der reich genug war, um überhaupt auf Atlantis zu sein, zwar so gut wie unmöglich – dank genetischer Modifikationen und regulierender kybernetischer Subroutinen –, aber es hielt sie nicht davon ab, es zu versuchen. Sie kamen aus allen Altersgruppen und, soweit er feststellen konnte, aus allen Berufen.

Menschen reagierten auf extreme Belastung – und im Zusammenhang damit auf den nahen Tod – auf die unterschiedlichsten Weisen. Ein nicht zu vernachlässigender Prozentsatz reagierte auf eine Art, die sich mit »Scheiß drauf, ich gehe mit Stil!« zusammenfassen ließ.

Die Sicherheitskräfte von Atlantis gaben ihr Bestes, die beiden Gruppen getrennt zu halten, doch er hatte mehrere bizarre Begegnungen zwischen verzweifelten, überreizten Eltern und Personen erlebt, die ganz offensichtlich nicht mehr bei Verstand waren.

Die Regeln der zivilisierten Gesellschaft begannen zu erodieren, und auf dieser Welt, auf der Exzess und Ausschweifung gefördert und sogar gefeiert wurden, zeigten sich die ersten Risse in der Mauer unübersehbar.

Er lächelte milde und verschränkte die Hände hinter dem Kopf auf der Chaiselongue. Der News-Feed, der auf seinem Whisper scrollte, bot ein Tableau aus Zerstörung und Chaos, hinterlegt von hellem Wasser und azurblauem Himmel. Der Kontrast gefiel ihm—

Du bist zu weit westlich, um deinen Job zu machen.

Er nahm einen weiteren Schluck. Und er hatte gedacht, die Schachpartie sei mit dem Tod von Aguirre und dem allgemeinen Zusammenbruch von dessen kleiner Verschwörung beendet. Tja.

»Wünschst du etwas von mir, Hyperion?«

Caleb Marano und Alexis Solovy kehren bald zurück. Sie müssen eliminiert werden.

»Sehr gut, obwohl ich den Sinn nicht sehe. Sie stellen keine Bedrohung mehr für den menschlichen Krieg dar, da es keinen menschlichen Krieg mehr gibt.«

Sie stellen für uns eine Bedrohung dar. Eliminiere sie.

Matei zeigte keine Regung, doch seine Neugier war geweckt. Der Alien war immer rätselhaft gewesen, oftmals unbegreiflich, aber noch nie … gereizt. Er verspürte den Drang, an der weichen Stelle zu stochern. Sie ein wenig zu erkunden. »Wie können zwei unbedeutende Menschen für dich eine Bedrohung darstellen?«

Sie haben unser Portal durchquert.

Also dahin waren sie verschwunden. Er war froh, dass er keine große Zeit oder Mühe in die Suche nach dem Duo investiert hatte und stattdessen darauf gewartet hatte, dass die Infos zu ihm kamen. »Interessant, aber mir ist immer noch nicht klar, warum sie damit eine Bedrohung für dich sind.«

Sie haben unser PORTAL durchquert. Sie haben uns gesehen. Sie haben mit uns gesprochen. Sie haben Wissen über uns erlangt.

Den Mann hinter dem Vorhang erblickt, was? Er fragte sich, was enthüllt worden war, welches Geheimnis die Aliens so verzweifelt zu schützen suchten. Leider erwartete er nicht, dass Marano oder Solovy es ihm verrieten, bevor er sie tötete.

»Verstanden. Ich reise nach Romane. Von dort aus bin ich gut positioniert, mich zu bewegen. Außerdem gibt es weiter östlich nicht mehr viele Orte mit funktionierenden Raumhäfen.«

Das ist akzeptabel. Sollten unsere Einheiten sie bei der Rückkehr nicht eliminieren, teilen wir dir ihren Standort mit.

»Deine ›Einheiten‹?«

Unsere Maschinen.

»Weißt du, wenn du so scharf darauf bist, Marano und Solovy tot zu sehen, warum bringst du sie nicht einfach selbst um, solange du sie auf deiner Seite des Portals hast?«

Absurde Vorstellung. Wir sind vor Äonen über solche Barbarei hinausgewachsen.

Er warf einen Blick auf den Clip der Alienschiffe, die New Maya zertrümmerten, der auf seinem Whisper lief. »Alle gegenteiligen Anzeichen zum Trotz.«

Deine Bedeutung entzieht sich mir.

»Ihr habt in den letzten drei Wochen über vierzig Millionen Menschen getötet. Scheint mir, ihr seid ziemlich geübt im Töten.«

Nein. Die Maschinen töten. Wir töten nicht.

»Das Instrument, das ein Mörder verwendet, tötet nicht. Der Mörder tötet.«

Verschone mich mit deiner kindischen Logik. Du erhältst den Standort der Ziele bald.

Dann war der Alien weg.

Matei nahm einen letzten Schluck, seufzte lang – mit einem Hauch von Bedauern – und stand auf. Offenbar war sein Urlaub beendet, oder zumindest unterbrochen.

Obwohl sein Kontakt unter den Aliens stets den Eindruck vermittelt hatte, auf einer »höheren« Ebene der Existenz zu stehen, hatte er es ihm nie abgekauft – und inzwischen hatte sich sein Verdacht bestätigt. Hyperion zeigte Ungeduld, Gereiztheit und, am interessantesten, Angst.

Die Aliens waren fehlbar. Sie waren fehlerhaft. Natürlich war jeder fehlerhaft, der sich lebendig wähnte. Es war ein Makel des Zustands.

59

ERDE

EASK-HAUPTQUARTIER

Es war früher Morgen in Vancouver, als die *EAS Orion* andockte. Eine helle Morgensonne glitzerte draußen, soweit Noah es durch die vereinzelten Sichtfenster erkennen konnte, an denen er auf dem Weg zum Ausstieg vorbeikam.

Ein Shuttle würde auf sie warten, um sie dorthin zu bringen, wo auch immer sich das EASK-Hauptquartier befand. Zuerst sollten sie ein paar wichtige Leute treffen, bevor sie die Daten und Materialien an andere, wiederum wichtige Leute übergaben, die alles sezierten und studierten, damit noch andere wichtige Leute daraus ableiten konnten, wie man die Aliens damit bekämpfte.

Er war zappelig, kurz vor nervös. Er wollte helfen, doch nachdem es ihm gelungen war, wertvolle Informationen in Hände zu bringen, von denen er hoffte, dass es die richtigen waren, sah er keinen besonderen Weg, wie er noch helfen konnte. Und das hier war nicht sein Ding.

Er verdiente sein Geld als Tech-Händler auf dem Schwarzmarkt und als Schmuggler. Er gehörte nicht ins Herz der militärischen

Führung der Erdallianz, auch wenn seine Gene anderes suggerierten.

Die Sicherheitsdatenbanken sollten ihn nicht für eine sofortige Festnahme markiert haben, doch wer genauer hinsah, hatte gute Chancen zu erkennen, dass er nicht gerade ein tadelloser Allianz-Bürger war. Da sich bislang jedoch keine Gelegenheit zur Flucht ergeben hatte, würde er cool bleiben – bis es so weit war.

In den drei Tagen der Reise hatte er Kennedy kaum zu Gesicht bekommen. Sie war erst in der Krankenstation gewesen, danach hatte sie mit Colonel Jenner und ein paar Technikern zusammengesessen, um die Daten und das Material zu sichten und zu ordnen. Es folgten Besprechungen mit anderen – oder vielleicht denselben – wichtigen Leuten. Und wenn sie ihm ein wenig ähnelte, hatte sie vermutlich eine Menge geschlafen.

Er war fast zu dem Schluss gekommen, dass die Anziehung oder Verbindung, die er sich eingebildet hatte, in Wahrheit nur aus Adrenalin und Angst in einer Leben-oder-Tod-Situation bestanden hatte.

Dann trat sie aus dem Lift.

Natürlich waren sämtliche Spuren von Schmutz und Blut von ihr getilgt. Ihr Haar leuchtete jetzt fast goldenblond und fiel in weichen Locken über eine Schulter und den Rücken hinab. Ihr Gesicht war frisch gewaschen, und abgesehen von einem winzigen Kratzer an der Stirn schimmerte ihre Haut honigfarben. Meergrüne Augen funkelten unter minimalem, aber schmeichelhaftem Make-up. Sie trug eng anliegende Trainingshosen und ein marineblaues Allianz-T-Shirt – gewiss geliehene Kleidung, doch an ihr hätte sie ebenso gut direkt aus einem Couture-Atelier stammen können.

Sie trug sich mit jener Art von Selbstvertrauen, die nur aus einem Leben in wahrhaftigem Reichtum und Privileg erwachsen konnte. Aber sie strahlte und war so lebhaft wie nie.

Er war so was von königlich geliefert.

»Noah!« Sie joggte quer durch die Andockbucht und zog ihn in eine feste Umarmung. »Ich habe dich kaum gesehen. Ich begann mir schon Sorgen zu machen.«

Er zuckte locker die Schultern und zwang sich, einen Schritt zurückzuweichen. »Ich war da, hab' mich herumgedrückt und gehofft, niemand bemerkt mich. Hab' unten auf den Decks ein paar Bekanntschaften gemacht.«

»Nun—« Ein Offizier bedeutete ihnen, ihm zum Shuttle zu folgen, und unterband damit weitere Gespräche.

Der Flug war kurz, so kurz, dass er lieber gelaufen wäre. Drei Tage auf einem Militärschiff, selbst auf einem Kreuzer, hatten in ihm eine vage Klaustrophobie geweckt und das Verlangen nach frischer Luft. Draußen schien es äußerst angenehm.

Er hatte die Erde schon mehrfach besucht, aber nie Vancouver. Es wirkte nett. Kühl, grün und glänzend. Obwohl sie sich auf einer Militärbasis befanden, wirkte es friedlich. Parsec entfernt von der Hölle, die Messium gewesen war.

Nach dem Aussteigen ging es ein paar Schritte zum Lift und dann in eine Lobby mit strengen Sicherheitsmaßnahmen. Da sich noch immer keine Gelegenheit zur Flucht bot, verspannte er sich durch zwei getrennte Kontrollen hindurch und entspannte erst wieder, als sie in noch einem Lift standen. Kennedy stieß ihn mit dem Ellbogen an.

»Wir treffen in ein paar Minuten das Forschungsteam, aber die Vorsitzende des EASK-Vorstands will uns vorher sehen, also fahren wir zuerst zu ihr hoch.«

»Großartig.« Das hier musste sein schlimmster Albtraum sein … nun, der zweitschlimmste nach Messium.

Der Lift hielt endlich, und ihr Begleiter führte sie in einen Konferenzraum. Militärs standen verstreut im Raum und waren in Gespräche vertieft.

Kennedy steuerte eine Frau an, die Admiralsabzeichen trug und vorne im Raum ein Hand-Display studierte. Als sie die Frau erreichte, umarmten sie sich herzlich.

»Miriam, ich freue mich so, dich wiederzusehen.«

Großartig. Es reichte nicht, dass sie mit der Kapitänin ihres Kreuzers per Du war; sie war auch mit der Anführerin der Streitkräfte der Allianz per Du. Er war so weit außerhalb seiner Liga, dass es schon absurd war.

Was hatte er sich nur gedacht? Er drückte sich an die Wand und versuchte, unsichtbar zu sein.

»Kennedy, ich kann dir gar nicht sagen, wie froh ich bin, dass du Messium unversehrt verlassen hast. Hast du etwas von Alexis gehört?«

»Nicht seit ein paar Tagen nach dem Bombenanschlag.«

»Hast du irgendeine Ahnung, wo sie ist?«

Er sah, wie Kennedys Gesicht sich unter einem düsteren Stirnrunzeln verdunkelte. »Miriam … sie sind durch das Portal gegangen.«

Der Ausdruck der Admiralität, zuvor warm, aber beherrscht, brach in Verzweiflung. Ihre Augen schlossen sich kurz, und er sah, wie sich ihre Brust bei einem tiefen Seufzer hob. »Wann?«

Soweit er zusammengesetzt hatte, war Caleb mit Kennedys bester Freundin zusammen, mit der er die Aliens im Metis-Nebel entdeckt, alle zu warnen versucht, sich dafür des Terrorismus bezichtigen lassen und dann auf der Suche nach Antworten durch das Portal der Aliens geflohen war. Der Typ lebte am Abgrund, aber verdammt.

»Vor etwas mehr als zwei Wochen. Ich denke, sie hofften herauszufinden, wo die Aliens herkommen, wer sie sind oder was sie wollen. Irgendetwas, das helfen würde.«

Die Frau nickte langsam und schien sich gewaltsam wieder zusammenzusetzen. Ihre Schultern strafften sich, und eine formellere Maske glitt über ihre Züge. »Zumindest bedeutet es, dass sie nicht unerreichbar ist, weil sie … nun ja. Du kontaktierst mich in dem Moment, in dem du von ihr hörst, ja?«

»Auf jeden Fall. Lass uns jetzt nicht darauf herumreiten – aber ich möchte, dass du etwas weißt. Das letzte Mal, als ich sie gesehen habe, sagte sie, sie vertraue dir, dass du ihre Probleme nicht deine Fähigkeit beeinträchtigen lässt, die Aliens zu bekämpfen. Sie vertraute dir, uns zu beschützen, bis sie zurückkehren kann. Vielleicht wird sie es dir nicht selbst sagen, aber ich tue es.«

Kennedys Haltung veränderte sich, und er konnte den Ausdruck der Frau nicht mehr lesen. Ihre Stimme klang jedoch zögerlicher als zuvor. »Danke. Danke, dass du es mir sagst.«

»Natürlich. Williamst du— oh! Bevor wir die Kommunikationspr obleme besprechen, muss ich dir von diesem neuen Metall erzählen, das Alex entwickelt hat. Festigkeit und Leitfähigkeit sind jenseits von allem. Wir sollten damit unsere Schiffe reparieren. Wir sollten damit unsere Schiffe bauen.«

Er schloss die Augen und ließ das Gespräch in den Hintergrund fallen. Er gehörte nicht hierher. Er musste weg.

Wohin, wusste er nicht. Nur weil Caleb vom Bombenanschlag reingewaschen worden war, hieß das nicht, dass Zelones nicht immer noch hinter ihm her war. Diese Organisation pflegte nachtragend zu sein.

Für den Bruchteil einer Sekunde überraschte es ihn, dass er daran dachte, nach Hause zu gehen … aber das ging nicht. Außerdem lag Aquila im Osten und würde vermutlich jeden Tag von den Aliens getroffen werden. Das tat er sich nicht noch einmal an.

Atlantis? Eine Liege und ein stetiger Strom tropischer Drinks klangen gerade ziemlich gut.

Er stöhnte leise. Er konnte schlecht gefrorene Cocktails am Strand schlürfen, während die gesamte Zivilisation unter Beschuss stand, oder? Verdammt noch mal sein lästiges Gewissen ….

Demeter war nah; man hatte ihm gesagt, es sei ein hübscher Ort. Vielleicht würde er es herausfinden.

Er öffnete die Augen wieder, um einen letzten Blick auf Kennedy zu erhaschen. Sie war noch immer tief in ihr Gespräch mit ihrer Admiralsfreundin vertieft und ganz offensichtlich in ihrem Element. Er hatte sie sicher nach Hause gebracht. Das fühlte sich gut an. Es musste genügen.

Er schluckte hart und glitt zur Tür hinaus.

* * *

Noah hatte fast das Ende des langen Flurs erreicht, als hinter ihm ihr Ruf widerhallte. »Hey!«

Bevor er sich's versah, hatte er sich in Richtung von Kennedys Stimme umgedreht.

»Wohin glaubst du zu gehen?«

»Äh …« Er stellte fest, dass er den Flur hinunter auf sie zuschlenderte, obwohl sein Gehirn schrie, er solle in die andere Richtung schlendern. »Militär ist nicht so meins, also dachte ich, ich mache mich vom Acker. Ich freue mich, dass ich dir helfen konnte, hierherzukommen. Viel Glück mit den Aliens, und falls wir das hier überleben, kannst du mich gerne im nächsten Urlaub aufsuchen.«

»Viel Glück mit den Aliens? Du bist so ein Arsch.«

Endlich gelang es ihm, fünf Meter vor ihr zum Stehen zu kommen. »Ja, bin ich. Ich dachte, das hättest du inzwischen gemerkt.«

»Bleib.«

»Was? Warum?«

Ihre Stirn legte sich in Falten, als sei es die lahmste Frage, die sie je gehört hatte. »Weil ich dich mag. Du bist praktisch.«

Oh, zur Hölle, nein. »Hör zu, ich bin nicht dein ›Laufbursche auf Abruf‹.«

»Würdest du ... es in Erwägung ziehen?«

»In Erwägung ziehen?« Er lachte; in seinen Ohren klang es hart. »Danke, dass du es mir leicht machst. Vergiss, was ich gesagt habe. Such mich nicht im Urlaub auf. War nett, Blondie.«

Er warf eine wegwerfende Handbewegung in ihre Richtung und drehte sich zum Gehen.

»Noah, warte. Ich meinte nicht, ob du in Erwägung ziehen würdest, mein ... ›Laufbursche auf Abruf‹ zu sein, was auch immer das ist. Ich meinte: Zieh in Erwägung, zu bleiben.«

Sein Mund verzog sich zu einer Grimasse, doch sein Körper wandte sich ihr erneut zu.

Lebhaft grüne Augen glitzerten – das sah sehr nach Hoffnung aus. »Für eine Weile? Sehen, was passiert?«

Verdammt. Verdammt, verdammt, verdammt. Er sammelte den letzten Rest Selbstbeherrschung und brachte eine blasse Imitation seines charmantesten Lächelns zustande. »Danke für das Angebot, aber ich muss hier weg.«

Er drehte sich, damit er nicht sehen musste, ob die Hoffnung erlosch, und hastete den Flur entlang—

—und fand sich gegen die Wand gedrückt. Kennedys Finger verfingen sich in seinem Haar, ihre Lippen schwebten einen Hauch von seinen entfernt.

»Du bist der frustrierendste, widersprüchlichste Mann, dem ich je begegnet bin, und du wirst verdammt noch mal nicht vor mir davonlaufen.«

Dann war ihr Mund auf seinem. Sie war der köstlichste Luxus, den er je gekostet hatte. In Champagner getränkte Ambrosia konnte da nicht mithalten.

Reiche Erbin, talentierte Ingenieurin, Freundin von Admirälen, temperamentvolle, entschlossene Überlebende mit einem Herz aus Gold. In was, zur Hölle, ließ er sich da hineinziehen?

Seine Arme schlangen sich um ihre Taille, als ihn plötzlich der dringende Wunsch überkam, sicherzustellen, dass sie nicht vor ihm davonlief.

Als sie ihn schließlich wieder Luft holen ließ, erinnerte er sich, wie dieses charmante Lächeln in echt funktionierte. »Ich glaube, ich habe gerade keine wirklich dringenden Termine …«

Ihre Augen suchten die seinen, als würde sie entscheiden, ob noch drastischere Maßnahmen nötig wären. »Also bleibst du?«

Oh ja. Er nickte. »Ich bleibe.«

Ihr Gesicht leuchtete auf – definitiv der bezauberndste Anblick, den er je gesehen hatte.

Er war so was von königlich, glorreich geliefert.

60

SIYANE

UNKARTIERTER RAUM

»*Was* machst du da?«

Caleb blickte von dem Boden hoch, wo er die Kugeln, die er erbeutet hatte, ein Signalanalysator, zwei Kisten mit haltbaren Vorräten und sein Schwert ausgebreitet hatte. »Ich werde eins von diesen Babys aufknacken und herausfinden, wie man es einschaltet.«

Er klemmte eine der Kugeln zwischen die Kisten, nahm das Schwert, peilte einmal den Winkel und schlug zu.

»Ahh!« Alex sprang zurück, als die Kisten in entgegengesetzte Richtungen über die Kabine rutschten. Aber sie hatten ihren Job getan, und auf dem Boden lagen zwei Hälften der Kugel, sauber durchtrennt.

Er warf ihr ein schiefes Grinsen zu und hob eine Hälfte auf. »Siehst du? Hat funktioniert.«

»Caleb, du kannst das Ding nicht im Schiff einschalten! Es würde uns in Stücke reißen. Oh …« Sie hockte sich neben ihn. »Mesme hatte recht. Du bist ein erstaunlich cleverer Mann.«

Als er das Funkeln in ihren Augen sah, erwog er für einen kurzen

Moment, ihr gleich mitten auf dem Fußboden die Klamotten vom Leib zu reißen. Bedauerlicherweise hatten sie wenig Zeit—zumal sie sich gerade in der Lobby eines anderen Universums treiben ließen.

»Bin ich, oder werde ich sein, wenn ich rausfinde, wie man es einschaltet. Weißt du—ohne es tatsächlich einzuschalten.«

Sie ließ sich ganz zu ihm auf den Boden sinken und schlug die Beine seitlich unter. »Die Fabrik war gigantisch. Wir haben, was, vier davon—oder drei, wenn diese hier jetzt hin ist? Glaubst du wirklich, das reicht?«

»Dieses Feld hat die *Siyane* in unter einer Sekunde um vierhundert Kilometer versetzt. Es wird reichen.« Er stockte—möglicher Denkfehler identifiziert. »Du hast ferngesteuerte Sensoren oder Sonden an Bord, irgendwas Abschießbares, oder?«

Er sah aus dem Augenwinkel, wie sie die Augen gen Decke rollte. »Ja, davon habe ich ein paar.«

»Gut. Ich vermute, diese kleinen Dinger haben einander und das größere, erzeugte Feld gestützt, wie in einem ineinandergreifenden Gitter. Als ich sie jeweils aus ihrem Slot im Netzwerk entfernt habe, sind sie ausgegangen. Also müssen wir entweder die Verbindung simulieren—oder es dazu bringen, zu glauben, das Feld wäre aktiv.«

»Täuschen ist realistischer—für das Ding und für mein Schiff.«

»Wahrscheinlich.« Er studierte den inneren Aufbau der Kugel. Physisch sah es völlig anders aus als jede Schaltung, die ein Mensch gebaut hatte oder je bauen würde, aber es war eine Schaltung. Stränge einer Art photale Faser webten sich in komplexen Mustern, waren an Knoten verbunden und führten in einen winzigen, euhedrischen Kristall im Zentrum.

Die Frage war jetzt: Welcher Strang hielt das Powersignal. Er trennte die Stränge vom Kristall und griff nach dem Scope.

»Caleb …«

»Ist okay. Ich habe die Stromquelle abgeklemmt. Es kann jetzt nicht mehr angehen.« Er tippte mit der Tastspitze nacheinander auf jeden Strang und studierte die Werte. Das meiste war wahnsinnig kompliziert, aber er suchte den Strang, der schlicht ein/aus war.

Beim vorletzten Strang fand er ihn.

Er atmete auf, erleichtert. Eigentlich hätte das in keiner Welt so einfach funktionieren sollen. Dann warf er Alex einen flehentlichen Blick zu. »Ich brauche noch ein paar Werkzeuge.«

* * *

Die Natur des Signals, das »ein« bedeutete, zu identifizieren, es im Schiffssystem zu replizieren und die Kugeln an eine der Fernsonden zu hängen, mit denen sie Asteroidenproben nahm, dauerte eine gute Stunde. Natürlich war es hier immer noch eine Stunde—was in der Realität eine Ewigkeit bedeutete. Aber es war ihr bester Plan.

»Bereit?«

Er schnallte sich im Cockpitsitz an. »Oh ja, sowas von.«

Sie verfolgte ihren Kurs zurück und öffnete das Portal zurück in ihre Lobby. Er stemmte sich gegen das erwartete Schwindelgefühl, als sie hindurchflogen—aber es war immer noch so benommen machend, dass ihm übel wurde.

Alex knurrte neben ihm und setzte einen Kurs auf die Schiffsfabrik, dann stand sie auf. »Ich bin gleich zurück, muss nur kurz kotzen gehen.«

Seine Hand schoss vor, um ihren Arm zu fassen. »Hey … alles okay?«

Sie schenkte ihm ein schwaches Lächeln, aber ihr Gesicht war kreidebleich. »Fabelhaft.« Sie sah kein bisschen fabelhaft aus— ebenso wenig wie er sich das vorstellte—, aber er nickte und ließ sie gehen.

Als sie zurückkam, hatten sie ihr Ziel fast erreicht. Die Fabrik thronte vor ihnen und setzte unbeirrt den Bau monströser Schiffe fort.

Wie viele hatte sie auf die Reise geschickt, um die Zivilisation zu verwüsten, während sie weg waren? Fünf? Zehn?

Keine weiteren.

Das Schiff bremste ab, bis es knapp einen Megameter entfernt trieb. Die Größe der Explosion ließ sich unmöglich vorhersagen— aber weiter weg, und das Signal würde die Kugeln womöglich nicht erreichen.

»Und drauf gepfiffen …« Sie löste die Sonde aus.

Zu klein, um nach ein paar Dutzend Metern noch mit bloßem Auge zu sehen, verfolgten sie sie auf dem Radar, während sie auf die Anlage zuhielt. Keiner der Mechs bemerkte, wie die Sonde durch das Gerüst schlüpfte und ins Innere glitt. Sie stoppte sie dort.

»… und hier geht der Rest drauf.« Wie ihr Schiff die Gammawellen sendete, um die Portale zu öffnen, so schickte es auf ihre Berührung hin jetzt das Aktivierungssignal zu den Kugeln.

Die Reaktion war augenblicklich. Jede einzelne Gramm be-triebener Maschinen—die Mechs, die Schiffe, die Ausrüstung für die Montage—explodierte von der Sondenposition aus nach außen, mit der Wucht einer Supernova-Eruption.

»Nicht sicher genug!« Statt rückwärts zu manövrieren, drehte sie die *Siyane* auf den Rücken und beschleunigte weg. Sie beobachteten die Zerstörung im Heckkamera-Bild, bis es wahrscheinlich schien, dass sie nicht von umherfliegenden Speeren durchbohrt würden— dann zogen sie wieder herum.

Der ganze Raumsektor vor ihnen lag übersät mit gezackten Scherben obsidianfarbenen Metalls, keine größer als zehn Meter. Das Ausmaß der Zerstörung war ehrfurchtgebietend in seiner Vollständigkeit.

Alex lachte wild, eine Hand in den Haaren, die andere am Hals.

»Das war der Hammer! Ich wette—oh je.«

Der jähe Tonfallwechsel reichte, um ihn vom Anblick draußen abzulenken. »Soll ich fragen?«

»Unsere kleine Sachbeschädigung hat Aufmerksamkeit geweckt. Tippe auf die Schiffe, die es noch nicht bis zum Metis-Portal geschafft hatten. Oder die, die uns noch suchten. Oder beides.«

»Ab durch unser Portal?«

»Äh … nein.« Sie zoomte das Langstreckenradar, sodass er die metrische Scheißtonne roter Blips sehen konnte, die sich zwischen ihnen und dem Tor nach Metis stapelte.

»Mehr Tintenfische.«

»Gott, hoffentlich sind das nicht alles die großen. Aber die Alien-Schiffe können uns nicht sehen, richtig? Vielleicht schleichen wir uns einfach still vorbei. Das ist eine obszöne Zahl von Schiffen. Ein Fehler, und wir sind in kleinere Stücke zerlegt als die Fabrik.«

»Durch eines der anderen Portale. Dann schleichen wir wirklich vorbei.«

»Gute Idee.« Ihre Augen zuckten, Gedanken huschten—dann war die *Siyane* in Bewegung. »Wir gehen zurück durch das, das wir vorhin benutzt haben, um uns zu verstecken, und dann finde ich raus, welches uns am nächsten an unser eigenes setzt.«

Das Ziel war keine Minute entfernt, und sie durchquerten das Portal rasch. Die Welt krampfte sich um sie zusammen—es wurde nicht leichter, das auszuhalten—, und sie steuerten noch zwei Megameter in die Dunkelheit hinein.

Sie stand auf und ging zum Datencenter, winkte über die Schulter. »Bleibst du vorne und behältst das Radar im Blick?«

»Jep.« Er ließ sich tiefer in den Sitz sinken. Er fing an, sich ordentlich einzusitzen. Er betrachtete die Schwärze draußen und was sie bedeutete. Es reichte—zehn rote Blips materialisierten sich auf dem Radar.

»Alex, ich glaube, sie wissen, wohin wir sind.«

»Sie werden alarmiert, wenn wir Portale öffnen. Magst du fliegen, während ich das ausknoble?«

Er konnte nicht richtig gehört haben. »Wie bitte?«

Sie trat neben seinen Sitz, drehte ihn zu sich und beugte sich vor, strich mit der Hand an seiner Kieferlinie entlang und küsste ihn weich auf den Mund. »Flieg mein Schiff für mich.«

Er murmelte gegen ihre Lippen. »Kann ich.«

Dann war sie weg. Er drehte sich zurück zum HUD—mit einem dämlichen Grinsen, trotz prekärer Lage. »Also, ich schaffe mal Abstand zwischen uns und denen. Wenn es zu viele werden, muss ich vielleicht durch ein weiteres Portal.«

»Warn mich vorher.« Die Bitte klang, als käme sie durch zusammengebissene Zähne.

Abstand zu Schiffen zu schaffen, die deutlich schneller waren als die *Siyane*, klang leichter, als es war. Der einzige Faktor zu seinen Gunsten: Die Verfolger wussten nicht genau, wo sie waren—was ihre Feinde sicher in tiefe Verstimmung versetzt hätte, hätten sie Emotionen.

Es dauerte, bis ihre Zahl wuchs, aber schließlich wurde diese Lobby dicht von feindlichen Schiffen, und sein Spielraum schrumpfte auf ein unhaltbares Maß.

»Ich springe.« Er ging so nah wie möglich an das gewählte Portal heran, öffnete es—und flog gerade durch.

»Mein Gott, das ist furchtbar!«

Er verkniff sich ein Kichern; es wäre gemein gewesen, sich über ihr echtes Unwohl zu mokieren. »ETA?«

»Eine oder zwei Stunden.«

»Was?«

»Vierzig Sekunden, wenn du aufhörst, mich zu unterbrechen.«

»Schon gut.« Er hatte nach dem Austritt nicht verlangsamt und so bereits einiges an Abstand gewonnen, bevor die ersten Schiffe ihnen folgten. Und folgen taten sie—erbarmungslos Jagd auf Beute, die sie nicht sehen konnten.

»Ich springe noch einmal, damit wir Platz zum Manövrieren haben, sobald wir wissen, wohin es geht.«

Die Warnung entlockte ihr ein abgelenktes Grummeln. »Ich hasse dich.«

Er lächelte für sich. »Nee … nee, tust du nicht.«

Er wappnete sich und warf das Schiff durch ein weiteres, zufälliges Portal—und schluckte die Säure herunter, die ihm hochstieg. Sein Gleichgewicht würde sich Tage nicht fangen.

»Uff … 0,0449-Hz …«

»Großartig, aber ich—«

Sie fiel in ihren Sitz und schnallte sich an. »Schon gut. Ich finde es. Flieg weiter.« Der Spektrumanalysator blühte auf und dominierte die linke HUD-Seite. »Etwas steuerbord, Peilung N 12,3°. Vielleicht sollte ich übernehmen.«

Er nahm mit dramatischer Geste die Hände von den Kontrollen. »Das Schiff gehört dir.«

»Danke dir.« Sie mäandrierte herum, bis sie die gewünschte TLF-Welle fanden, und setzte sich drauf.

»Ist dir klar, dass das, was wir gleich tun, geometrisch unmöglich ist, wenn wir nicht in mehr als drei Dimensionen reisen?«

Gerade ohne Aufgaben, zuckte er mit den Schultern. »Der Gedanke kam mir. Schien nicht relevant.«

»Schon recht.« Sie sah ihn an, ohne den Kopf zu drehen. »Wenn wir in unserer Lobby sind, habe ich einen Plan, wie wir nicht nur an den Schiffen hier vorbeikommen, sondern auch an denen, die vermutlich auf der anderen Seite auf uns warten.«

»Wird mir dieser Plan gefallen?«

Ein Mundwinkel hob sich. »Keineswegs.«

61

FIONAVA

ERDALLIANZ-KOLONIE

Er schloss die Augen, um die Wiese auszublenden – und um sich zu sammeln. Ein entscheidender Baustein seines Plans war, absolute Autorität auszustrahlen und eine Haltung an den Tag zu legen, die keinerlei Nachfragen duldete.

Dann glitten die Türen auf und er marschierte zügig los. Passagiere – zumeist Militärs – wichen ihm instinktiv aus. Er ignorierte sie und steuerte zielstrebig den Sicherheits-Checkpoint an.

Der Warrant Officer sah ihn an, ohne ihn wirklich zu sehen, die Streifen auf der Uniform registrierend, nicht den Mann. Das war besser so. »Sir … äh … General? Wie kann ich Ihnen helfen?«

»Ich brauche Zugang zu Ihrem Kontrollraum.«

»Jawohl, Sir. Worum geht es dabei?«

»Das ist geheim, Leutnant.«

Der dürre junge Mann verzog das Gesicht und arbeitete hörbar daran, seine Neugier herunterzuschlucken. »Jawohl, Sir. Benötigen Sie Unterstützung? Die Einrichtung ist etwas hakelig und—«

»Negativ.« Liam ging am Leutnant vorbei und blieb an der inneren

Tür stehen. Er legte die Handfläche auf das Feld und deutete mit einer kaum merklichen Bewegung an, dass die Tür sich sofort zu öffnen hatte. Das tat sie.

Die kleine Kristallscheibe, die er aus der Tasche fischte, hatte ihn eine unanständige Summe gekostet – und die Frau, die sie ihm besorgt hatte, war moralisch derart verkommen, dass er nach dem Treffen zweimal geduscht hatte. Er steckte die Scheibe in den Port und wartete auf die Anweisungen des Systems. Die Frage nach der Autorisierungskennung beantwortete er mit »O'Connell, Liam«, dazu sein Dienstgrad, seine Personalnummer und ein Zusatzkennwort, das den Zweck seines Besuchs erklärte. Eine knappe Minute später flackerte der Bildschirm: Routine abgeschlossen. Scheibe entnehmen. Vertiefung drücken, um den Port zu schließen. Gehen. Gehen konnte er zweifellos.

Das Büro von Foster lag hinten links im Kommandogebäude. Er ging so schnell, wie er sich zu gehen traute, denn unter keinen Umständen durfte er panisch wirken oder mehr Aufmerksamkeit auf sich ziehen als seine Uniform und sein Körperbau ohnehin taten. Trotzdem wurde er zweimal von Offizieren aufgehalten, die er nur flüchtig kannte. Er spulte die vorbereitete Legende ab und schob sie weiter.

Zwei Ecken vor Fosters Büro bog er ins Sicherheitszentrum ab und starrte über den Tresen. »Ich brauche zwei MPs als Begleitung.« Die diensthabende Sergeantin wirkte, als habe der Checkpoint sie bereits über seine Ankunft informiert. »Jawohl, Sir.« Sie tippte auf das Kommpanel. »Jenkins, Ramirez, nach vorn.« Sekunden später standen zwei Männer da – zum Glück nicht zu jung; das erhöhte die Chance, dass sie sich nicht in die Hosen machten, wenn sie den Befehl ausführen sollten, den er ihnen gleich geben würde. Er nickte knapp. »Männer, mitkommen.«

Sie nahmen zu beiden Seiten von ihm Aufstellung, während er die letzten Meter bis zum Büro zurücklegte – gerade schnell genug, um dort zu sein, bevor die MPs zu fragen begannen, was vor sich ging.

Die Sekretärin salutierte schwach. »General O'Connell, willkommen im Nordwest-Regionalkommando. General Foster ist in einer Besprechung, aber er—«

»Das kann nicht warten. Öffnen Sie die Tür.«

»Sir—«

»Öffnen Sie die Tür. Das ist ein Befehl.«

»Jawohl, Sir.«

Die Tür glitt auf und gab einen sichtlich überraschten General Foster preis. Er wischte die Holos über seinem Schreibtisch weg. »O'Connell, das kommt unerwartet. Ich war der Ansicht, Sie hätten Urlaub genommen.«

Genau das war der Punkt. Die Abscheu der militärischen Führung vor öffentlichem Skandal hatte den Stab veranlasst, eine Legende zu streuen, warum er den Vorsitz im EASK niedergelegt hatte. Offiziell hieß es, er sei aus persönlichen Gründen vom Vorsitz zurückgetreten und habe den aktiven Dienst auf unbestimmte Zeit ruhen lassen; die Rückkehr zur Erde diene lediglich der Abwicklung technischer Formalitäten. Er war überzeugt gewesen, dass nur Brennon, Solovy, Lange und Navick – und womöglich Rychen, da man monatelang zusammengearbeitet hatte – von den unter Verschluss erhobenen Vorwürfen wussten. Bis jetzt hatte er nicht sicher sein können, ob die übrigen Board-Mitglieder informiert worden waren.

»Nicht mehr. Man hat mich hergeschickt, um diese Schande von einem Kommando zu beenden. Officers, bringen Sie General Foster in eine Schutzhaftzelle.«

Fosters Gesicht lief tiefrot an, die Wangenlappen wirkten, als stünden sie vor dem Platzen. »Dazu haben Sie keine Befugnis—«

»Ich aber schon.« Die Blicke der MPs wanderten zwischen Foster und Liam hin und her. »Ich rate Ihnen, mit uns zu kommen, General. Und Ihnen beiden rate ich, keine Dummheiten zu machen. Ich müsste mir sonst Ihre Namen merken – und nicht im Guten.«

Der größere MP trat auf Foster zu. »Es tut mir leid, General. Ich fürchte, ich muss Sie in Gewahrsam nehmen.«

»Das ist empörend! Ich habe Anspruch auf Vorankündigung und Verteidigung!«

Der zweite MP beugte sich dem Gruppendruck und schloss sich seinem Kameraden an. »Bitte, kommen Sie freiwillig, sonst müssen wir Ihnen Fesseln anlegen.«

Liam verzog den Mund zu einem giftigen Grinsen. »Ja, Foster. Denken Sie an die Moral Ihrer Leute – es wäre nicht gut, wenn ihr Kommandeur wie ein gewöhnlicher Krimineller durch die Gänge gezerrt würde, nicht wahr?«

Foster fauchte ihn wirkungslos an, gehorchte jedoch dem Drängen der MPs und trottete zur Tür. Als er an ihm vorbeikam, legte Liam ihm eine Hand auf die Schulter. Foster zuckte zurück, doch das spielte keine Rolle. Die Geste hatte ihren Zweck: Der winzige Sender im Stoff würde nah genug an Foster bleiben – hoffentlich lang genug.

Nachdem sie abgezogen waren, ging er im Büro auf und ab und zählte die Sekunden herunter, bis Foster weit genug weg sein würde, um ihm nicht mehr in die Quere zu kommen. Auf dem Weg hinaus winkte er der Sekretärin. »Das war's für heute. Gehen Sie nach Hause.«

Niemand durfte ihn aufhalten, während er das Kommandogebäude ein weiteres Mal durchquerte. Er nahm die Hintertür – und war in weniger als dreißig Sekunden im Hangar.

* * *

Obwohl ringsum Wiesen lagen, ließ der weitläufige Hangar selbst den nagelneuen Komplex auf Deucali alt aussehen. Es wimmelte vor Aktivität: Soldaten eilten hin und her, trugen Kisten und Ausrüstung, prüften Listen, führten Wartung durch. Der Zweite Crux-Krieg war vorbei – und doch gab es jetzt Aliens zu bekämpfen.

Das Chaos würde ihm in die Hände spielen, auch wenn der Gedanke, Solovy würde alles stoppen, in seinem Hinterkopf nistete. Aber im Moment standen wichtigere Dinge an.

Fünf Kreuzer lagen an der linken Wand aufgereiht; die lange Reihe der Fregatten zog sich zu beiden Seiten über den Rest der Halle. Der XO der *Yeltsin* überprüfte gerade zusammen mit dem Stabsfeldwebel unter dem Rumpf die Beladelisten. Aus dem Augenwinkel bemerkte er Liams Näherkommen und salutierte, was Liam erwiderte.

»General O'Connell, es ist mir eine Ehre, Sie wiederzusehen. Ich wusste gar nicht, dass Sie auf der Basis sind.«

»Ganz meinerseits, Major.« Major Peltski war den letzten zweieinhalb Jahren auf Deucali stationiert gewesen – fähig, wenn auch nicht übermäßig initiativfreudig oder ehrgeizig. Genau die Sorte Offizier, die er brauchte.

»Wie weit sind Sie?«

»Wir sind fast bereit, Sir. Ich gebe den Crews nur noch die letzten Anweisungen.«

»Hervorragend. Ich werde die *Akagi* übernehmen. Sie führen die *Yeltsin* an meiner Seite. Ich weiß, eine Kommandoübernahme in letzter Minute bringt niemandem Freude, aber leider ist es nötig.«

Peltski blinzelte überrascht, fing sich aber sofort. »Jawohl, Sir. Wann sind wir auslaufbereit?«

»Wann sind *Sie* auslaufbereit?«

»Noch eine Stunde, anderthalb höchstens.«

»Ausgezeichnet.« Er beugte sich vor und senkte die Stimme. »Ich bin hier mit streng geheimen Befehlen des Premierministers und des EASK-Boards. Die *Yeltsin* wird die *Akagi* auf einer geheimen

Mission begleiten. Details erhalten Sie, sobald wir im All sind.«

Peltski wurde ernst. »Verstanden, Sir. Es wird uns eine Ehre sein.«

»Ich weiß das zu schätzen. Und jetzt entschuldigen Sie mich – viel zu tun und wenig Zeit. Sorgen Sie dafür, dass Sie spätestens um 14:30 aus dem Dock sind.« Er drehte sich ab – und unterdrückte den Gedanken, dass er das Ganze in wenigen Minuten noch einmal würde durchziehen müssen.

* * *

Liam stürmte die Rampe der *Akagi* hinauf. Der Kapitän der *Chinook* war zum dritten Kreuzer geschickt worden, und ein ihm wohlgesonnener XO – Major Charlton – war befördert worden. Jetzt zum letzten Schritt dieser ersten Phase.

An der Schleuse wurde er von einer Offizierin abgefangen – unbeabsichtigt, wie es schien. Die Frau war gerade den Gang entlang unterwegs und fuhr offensichtlich erschrocken herum, als sich ein General im Eingang zeigte.

»Name und Dienstgrad, Marine.«

»Captain Brooklyn Harper, 1. NW MSSOC-Bataillon, zur *Akagi* abkommandiert, Sir.«

Er erinnerte sich daran, höflich zu bleiben. Die Leute an Bord würden in wenigen Stunden unter seinem Kommando stehen; dennoch war es klüger, Illoyalität oder Ungehorsam nicht aktiv zu provozieren. »Captain Harper, bringen Sie mich zum Kommodore.«

Er sah, wie ihr Mundwinkel zuckte, auch wenn sie die Regung schnell unterdrückte. Spezialeinheiten wurden selten zum Eskorte-Dienst abgestellt – aber das war nicht sein Problem.

»Jawohl, Sir. Folgen Sie mir.«

Kommodore Tinibu empfing ihn an der Tür zum CO-Büro; er hatte sehr offensichtlich von Harpers Hinweis – beziehungsweise

von Liams Anmarsch – erfahren. Sein Salut fiel missmutig aus.
»General, willkommen auf der *Akagi*. Wir bereiten den Auslauf vor
– womit kann ich dienen?«

»Ich requiriere dieses Schiff für eine Spezialmission. Holen Sie
sich bei General Foster eine neue Verwendung.«

»Wie bitte? Sir? Wir laufen in einer halben Stunde aus. Für eine
Kursänderung ist es etwas spät. Worum geht es bei dieser Mission?«

»Die Details liegen über Ihrer Besoldungsstufe, Kommodore. Und
wie Sie selbst sagten, wir laufen in einer halben Stunde aus. Wenn
Sie mich entschuldigen – ich habe ein Schiff zu kommandieren.«

Damit ließ er Tinibu stehen und ging auf die Brücke. Tinibu würde
Foster anpingen. Ohne Antwort würde er ins Kommandogebäude
eilen. Niemand würde wissen, wohin Foster verschwunden war
oder warum man ihn nicht erreichen konnte. Liam wäre längst im
All, bevor irgendwer Verdacht schöpfte.

Kurz darauf, als die Sonne Fionavas im Rand-zu-Rand-Viewport
zurückwich und die Schwärze des Alls ihren Platz einnahm, zog
er sich ins CO-Büro zurück. Trotz der Verwirrung unter den
Offizieren an Bord war der Auslauf mit minimalem Drama erfolgt.

Er holte tief Luft und rief Peltski und Charlton per Holo. Seine
Miene war angemessen ernst, als er sie ansprach. »Meine Herren, ich
kann Sie jetzt über unseren Auftrag informieren. Der Zweite Crux-
Krieg ist nicht so vorbei, wie Medien und offizielle Verlautbarungen
es glauben machen. Der Premierminister und das EASK-Board
sind zu dem Schluss gekommen, dass eine begrenzte, präzise
Operation notwendig ist – und unser Einsatz ist auf höchster Ebene
genehmigt worden. Diese Maßnahmen sind hochgradig geheim.
Wir laufen im Dunkelmodus. Über unsere drei Schiffe hinaus findet
keinerlei Kommunikation statt. Überall sitzen Spitzel, und wenn
zu früh etwas durchsickert, wird Seneca gewarnt. Das dürfen wir
nicht zulassen. Deshalb verhänge ich mit sofortiger Wirkung eine

vollständige Kommunikationssperre über einen Radius von vier Megametern.«

Er lehnte sich zurück. »Unser erstes Ziel ist die Föderationskolonie New Cairo. Kurs setzen.«

62

SIYANE

UNKARTIERTER RAUM

»Du bist irre.«

»Es wird funktionieren.«

»Was nichts daran ändert, dass du irre bist.«

Alex schenkte ihm ihr verführerischstes Lächeln. »Du hast gesagt, das sei kein Problem. Genauer gesagt hast du es einen Grund genannt, warum du mich, ich zitiere, ›irgendwie großartig‹ findest.«

»Hab ich. Und so meinte ich es. Aber es ändert nichts am Fakt.«

»Hör zu. Die Regeln dieses Ortes sind dieselben wie in unserer Galaxis. Die physikalischen Gesetze gelten.«

»Und das Portal selbst?«

Sie kaute an ihrer Unterlippe. Ganz gleich, was sie sagte—es beschäftigte sie ebenso. »Das Portal, was immer es wirklich ist, sollte kein Problem sein. Weil es unser Portal ist, müssen wir uns keine Sorgen um eine Achsenverschiebung machen. Und wenn es doch ein Problem ist, dann nur ein Aussetzer. Selbst wenn es uns aus dem Überlicht schmeißt, sind wir zu dem Zeitpunkt bereits Parsec entfernt. Weit genug.«

Er merkte, dass er wieder vor ihr kniete, und es war ihm egal. Dennoch zog sich seine Brust zusammen, als sie sich vom Stuhl herunterließ, um ihm auf Augenhöhe zu begegnen.

»Dir ist klar, dass wir einfach beim Durchgang sterben könnten.«

Sie stieß ein Stöhnen aus und ließ die Stirn gegen seine sinken. »Ziehst du echt schon wieder diese Nummer? Uns passiert nichts. Versprochen.«

»Ich glaube dir.« Er küsste sie sanft und ließ sie los.

Sie kletterte zurück in ihren Stuhl, strich sich eine Strähne aus dem Gesicht, richtete die Schultern … und aktivierte den sLume-Antrieb.

Sie hatten Kurs auf einen geraden Schuss durch das Portal. Eine Armee von Schiffen rückte von hinten auf, und weitere warteten auf der anderen Seite.

Bei diesen Geschwindigkeiten gab es keinen Spielraum für Fehler. Wenige Meter Abweichung, und die Warpblase streifte den Ring— und sie wären tot. Wenigstens würden sie dabei wohl das Portal mitnehmen.

Ihre Geschwindigkeit war so hoch, dass sie weder das Durchqueren des Portals noch das Vorbeiwirbeln an den außerirdischen Schiffen wahrnahmen, die auf sie lauerten. Aber irgendwann waren sie lange genug geflogen, um entweder weit außerhalb des Zentrums von Metis zu sein—oder das Portal verfehlt zu haben und ganz woanders zu landen.

Mit großen Augen trennte sie den sLume-Antrieb und warf den Impulsantrieb an, damit sie kein stillsitzendes Ziel abgaben. Kaum hatten sich die Sterne um sie herum verfestigt, wurde sie zur Wirbelsturm-Pilotin: Anzeigen prüfen, Position prüfen.

Abrupt sank sie mit atemlosem Lachen in den Stuhl.

»Alles okay mit uns?«

Das Lachen kippte in hemmungsloses Kichern, als sie zu ihm hinüberblickte. »Heilige Scheiße, ich kann nicht glauben, dass das tatsächlich funktioniert hat.«

»Wie bitte? Du hast doch auf einem sicheren Erfolg bestanden!«

»Im Ernst? Ich hatte Schiss. Keine Ahnung, ob's klappt. Also, ich dachte, es müsste klappen—es sollte klappen—aber es ist ja nicht so, als hätte je jemand so etwas schon mal gemacht.«

Beide standen gleichzeitig auf und trafen sich in der Mitte des Cockpits.

Er lachte an ihren Lippen. »Gott, ich liebe dich, Frau.«

»Gut. Lust, die Galaxis zu retten?«

»Verdammt ja. Wohin zuerst?«

»Zuerst senden wir eine Nachricht. Jemand muss schnell erfahren, was wir getan haben.«

»Stimmt. Ich weiß nur nicht—«

»Moment. Nachrichten prasseln rein, was heißt, dass mein kleiner Trick am Commsystem funktioniert hat.« Sie lachte amüsiert. »Was sagst du, sie hat sich doch erinnert …«

Bei seinem fragenden Blick projizierte sie ein Aural. »Das ist eine von ungefähr hundert Nachrichten von ihr, aber diese hier war markiert als ›super-unglaublich-ernsthaft-dringend‹.«

Alex,

Du erinnerst dich an das Projekt—eigentlich war es Dein Projekt—an der Uni zur Quantenfeld-Interferenz?

Etwas Ähnliches benutzen die Aliens, um das exanet zu stören. Schirmt Eure Kommeinheit ab; wir schirmen unsere so schnell wie möglich.

Gott, ich hoffe, Du lebst.

— Kennedy

»Ich sterbe vor Neugier, was sonst noch los ist, aber zuerst die Antwort. Dann bleiben wir in Bewegung.«

Ken,

Schon längst dran. Und ja: lebendig. Wir haben ihre Superdreadnought-Fabrik ausradiert.

Verstärkungen werden auf absehbare Zeit NICHT eintreffen. Sag's meiner Mutter. Sag's irgendwem. Mehr später.

— Alex

Er bekam nur am Rande mit, wie sie die Antwort abschickte, denn seine eigenen Nachrichten rauschten in schneller Folge in seinen Kopf. Wie Alex wollte er vieles wissen, aber eine Sache vor allem. Nenn ihn egoistisch ...

... er atmete aus, als Erleichterung und Adrenalin durch seine Adern schossen. Er lehnte sich gegen die Halbmauer und schloss die Augen.

»Du bist freigesprochen?«

Er musste gegrinst haben. Er öffnete die Augen wieder und legte noch eins drauf. »Wir beide. Wir werden immer noch von einer Flotte außerirdischer Schiffe und einem Haufen menschlicher Verräter gejagt, aber wir sind keine flüchtigen Terroristen und Mörder mehr.«

Sie schlang die Arme um seine Taille. »Ein Anfang.«

»Ist es. Lass es uns zu Ende bringen.«

63

ERDE

EASK-HAUPTQUARTIER

Devon fuhr ruckartig hoch.

Was... ah, Scheiße, er war am winzigen Kabinenschreibtisch eingeschlafen. Er checkte die Zeit. Fast Mitternacht. »Emily bringt mich um...«

Er löste die rechte Wange vom Schreibtisch und sank zurück in den Stuhl, rieb sich die verschwommenen Augen. Seit ANNIE für den vollen Betrieb freigegeben worden war, hatte er so gut wie durchgearbeitet.

Die Bürokraten waren hyperparanoid, sie könnte »entkommen« und sie alle umbringen—im Gegensatz zu den Aliens, die längst draußen waren und gerade dabei, alle umzubringen. Sie bestanden auf verdoppelten, in manchen Fällen verdreifachten Sicherheitsprotokollen. Protokolle, die in ihre Logik-Subroutinen hineinpfuschten und ihre Analysen ausbremsten—was schlicht nicht ging.

Die Aliens breiteten sich über den besiedelten Raum aus, und die Führung brauchte harte Informationen schon gestern. Der Befehl kam aus den höchsten Was-auch-immer-Etagen: Sie sicherer machen und zugleich schneller.

Klar. Kein Problem.

Emily würde ihn trotzdem umbringen. Die Alienangriffe machten sie nervös. Sprunghaft. Sie hatte einen kreativen Geist und den Blick einer Künstlerin. Das machte sie zu einer findigen Hackerin, weil sie Probleme aus einem anderen Winkel betrachtete, und auch zu einer großartigen Malerin—aber der Blick einer Künstlerin war nicht immer fest in Logik verankert. Sie hatte Angst. Er verstand das.

Er stand auf und streckte sich—und erst dann begriff er, was ihn geweckt hatte. Eine Nachricht von ANNIE blinkte in seinem Sichtfeld. Die Vibrationssequenz für Prioritätscodes hatte ihn aus dem Schlaf gerüttelt.

»Auf Fionava treten Fehler im Kommunikationsnetz auf.«

Er öffnete einen Direktkanal. »ANNIE, was für Fehler?«

»Nachrichten und Daten werden unleserlich, vor Abschluss abgeschnitten oder gar nicht gesendet/empfangen.«

»Das können nicht die Aliens sein, oder? Unmöglich, dass sie schon bis Fionava vorgerückt sind?«

»Negativ. Die Fehler entsprechen nicht der Störung, die in der Nähe von Alienschiffen beobachtet wurde.«

»Gut. Red mit mir. Was ist deine Analyse?«

»Frühe Untersuchungen deuten mit 87,6 % Wahrscheinlichkeit darauf hin, dass ein Virus das zentrale Kommunikationsnetz im Regionalhauptquartier infiziert hat. Fehler variierender Schwere werden mit einer multiplikativen Rate in das System eingespeist.«

»Kann es raus? Besteht Gefahr, dass es unsere Kommunikation hier infiziert?«

»Unwahrscheinlich. Die Korruption scheint am Fionava-Knoten aufzutreten—sowohl bei eingehenden als auch bei ausgehenden Daten.«

»Schon mal was. Trotzdem: Gib an Sicherheit die Empfehlung

raus, Fionava mit einer Firewall zu umstellen. Ich sag der Technik, sie soll versuchen, mit der Comms-Abteilung auf Fionava zu sprechen und herauszufinden, was los ist. Analysier weiter das Netz und versuch die Wurzel zu identifizieren, aber zieh keine Ressourcen von der Frage ab, wohin die Aliens als Nächstes gehen, um uns umzubringen.«

»*War das ein Witz?*«

ANNIE besaß Berge an Daten über menschliche Geschichte, Verhaltensweisen, Konventionen und Manierismen. Ihre Verinnerlichung zeigte sich sporadisch und oft zu unerwarteten Zeiten—aber jeden Tag häufiger. »Galgenhumor. Ich meine, technisch ist es eine mehr oder weniger akkurate Aussage deiner Direktiven.«

»*Ah. Ich verstehe. Obgleich eine Alienoffensive nicht mit 100 % Sicherheit den Tod aller Menschen garantiert.*«

»Optimismus—gefällt mir.«

»*Danke. Anweisungen implementiert.*«

»Danke, ANNIE. Ich muss für ein paar Stunden nach Hause, aber ich informiere Brigadier Hervé über das Problem. Sie sitzt gerade in irgendeiner supergeheimen Sitzung; kann also ein paar Stunden dauern, bis du neue Direktiven bekommst.«

Seine Stimme fiel in ein Gemurmel, während er sich die zerzausten Haare strich. Die standen wahrscheinlich in alle Richtungen ab, als wäre er völlig durch. »Emily bringt mich um...«

* * *

»Wie meinst du das, sie greifen nicht an?«

Rychen leitete die Bilder, die er erhielt, nach Vancouver und Cavare weiter, und Sekunden später materialisierten sie sich in einer langen Reihe über dem Konferenztisch. »Ich meine, sie greifen nicht an. Acht Metigen-Superdreadnoughts befinden sich in hohem Orbit über Pyxis. Sie sind vor einer halben Stunde eingetroffen, machen aber keine Anstalten, die Kolonie anzugreifen. Ihre Bahn liegt—ich bin sicher, sehr bewusst—exakt einen Megameter außerhalb der Reichweite von Pyxis' kleiner Verteidigungs-Array.«

Premierminister Brennons Blick glitt über die Anwesenden. »Das ist neues Verhalten, korrekt?«

»Sicher—«

Marschall Gianno kehrte von einem kurzen Gespräch mit einer Kollegin an ihren Platz zurück. »Entschuldigung für die Unterbrechung, aber ich bekomme gerade Meldungen von ähnlichem Verhalten über Brython und Nystad.«

Miriam fuhr bei der Nachricht scharf hoch.

Sie saß im größten Konferenzraum der Logistik—einfach weil nur hier Platz für so viele Holos war. Sie hatte die jüngsten Daten von ANNIE mit Brigadier Hervé durchgesehen; man erwog—erwog—ANNIE und STAN miteinander reden zu lassen. Die Firewalls und Sicherheitsprotokolle, die nötig wären, um eine solche Unterhaltung zu ermöglichen, würden ein Albtraum werden, weshalb Hervé zur Sitzung eingeladen worden war.

Auf den diversen Holos waren die kombinierte zivile und militärische Führung der Erdallianz und der Senecan Föderation. Die einzige nennenswerte Abwesenheit war General Foster, aus unbekannten Gründen nicht erschienen.

Die Sitzung lief seit über zwei Stunden, aber eine Reihe von Details für die nächsten Schritte hatte man allmählich abgesteckt. Zunächst war es zäh, da unterschiedliche Führungsstile, Abläufe und Hackordnungen aneinandergerieten und Spannungen zwischen Leuten nachklangen, die sich noch vor wenigen Tagen gegenseitig umzubringen versucht hatten. Doch schließlich gewann die gemeinsame Bedrohung die Oberhand über geringe Belange.

Gemeinsame Operationen würden die beiden Streitkräfte vorerst nicht führen—noch nicht, und nicht, sofern es nicht nötig wurde. Man hatte die Verantwortung für den Schutz der Unabhängigen Kolonien aufgeteilt, wenngleich die meisten rein geografisch unter den Schirm der Allianz fielen.

Seneca übernahm Pyxis; aber als die fremde—Metigen, mutmaßte sie—Flotte Messium endlich verließ und nach Pyxis aufbrach, folgte ihr der von Rychen hinterlassene Stealth-Aufklärungstrupp. Evakuierungen hatten lange vor dem Eintreffen der Aliens begonnen, doch bei einer Bevölkerung von fast 200 000 und keiner Allianz-Infrastruktur vor Ort war es kein einfaches Unterfangen.

Aber die Schiffe griffen nicht an.

Miriam schob die markierte Siedlungskarte in die Mitte. Eine ausgefranste, ungleichmäßige Linie markierte den Vormarsch der Aliens. Sie zog schräg durch das östliche Drittel des besiedelten Raums. Die Linie lag derzeit 3,6 Kiloparsec von der Erde entfernt— kam aber beunruhigend nahe an Seneca heran.

Sie flaggte die Kolonien, an denen die Aliens ein Wartemuster angenommen hatten. »Ich prüfe Henan und Dresden. Beide sind in Alarmbereitschaft, aber wir müssen ASAP wissen, ob sie ähnliches Verhalten sehen.«

Allianz-Verteidigungsminister Mori beugte sich vor. »Vielleicht pausieren sie, um sich zu sammeln. Wir haben ihnen bei Messium Schaden zugefügt. Künftig bewegen sie sich womöglich vorsichtiger.«

Miriam schüttelte den Kopf; sie bemerkte, dass Gianno dasselbe tat. »Aber indem sie an diesen Welten erscheinen, haben sie ihre Absichten angekündigt. Indem sie mit dem Angriff warten, fordern sie uns fast heraus, es noch einmal zu versuchen.«

Rychen grummelte. »Zustimmung. Sie verhöhnen uns oder wollen uns provozieren.«

Der Föderationsvorsitzende Vranas nickte. »Keine der Optionen bedeutet etwas Gutes.«

»Trotzdem: Jede Minute ohne Angriff ist eine Minute mehr zur Evakuierung von Zivilisten. Ich sage, wir nutzen die Chance maximal. Eine Garantie für eine zweite werden wir nicht bekommen.«

Miriam bewunderte Brennons Fassung unter unvorstellbarem Druck. Seit dem Moment, als er im Plenarsaal die Bühne betrat, um seine Wiedereinsetzung als Premierminister anzunehmen, war er fokussiert, entschlossen und kühlen Kopfes geblieben. Vor der Krise hatte sie ihn für einen fähigen Anführer gehalten, ohne groß darüber nachzudenken. Jetzt war sie froh, dass er an maßgeblicher Stelle saß—auch wenn er es vielleicht nicht tat.

Gianno schürzte die Lippen; in ihren Augen glomm ein interessanter Funke. »Zufällig steht der komplette 2. Flügel der Nordflotte nur einen halben Parsec von Brython entfernt. STAN hat es als wahrscheinlichstes nächstes Ziel identifiziert. Nur vier Superdreadnoughts dort. Wenn wir uns provozieren lassen wollen: Sagen Sie es.«

Vranas zuckte die Schultern. »Ehrlich: Gefällt mir. Machen wir klar, dass Messium nicht unser Endkampf war—sondern der erste.«

Die Antwort auf ihre Anfrage traf ein, und sie aktualisierte die Karte. »Dresden meldet, vier Metigen-Schiffe haben einen Orbitalkurs eingenommen, unternehmen aber sonst nichts.«

»Damit ist es gesetzt. Sie spielen ein Spiel. Wir sollten—«

Wir bieten euch eine Wahl.

»Was—«

»Hat das noch jemand gehört?«

»Wer ist da?«

Es ist keine schwierige Wahl: Überleben oder Auslöschung.

Die Stimme war in ihrem Kopf, aber keiner Person oder Kennung zugeordnet. Den wirren Mienen und der Unruhe am Tisch nach zu urteilen, nicht nur in ihrem Kopf.

Euer Einsatz an eurer Kolonie Messium war ein bewundernswerter Akt des Widerstands, Respekt ist angemessen—aber glaubt nicht töricht, dass ihr irgendeine Hoffnung habt, uns aufzuhalten.

Brennon hatte sein internes Commsystem projiziert, sodass alle es hören konnten. Nicken rund um den Tisch zeigten, dass es mit dem übereinstimmte, was sie empfingen.

Unsere Kräfte in eurem Territorium sind nur ein Bruchteil dessen, was wir aufzubieten vermögen. Was wir ohne Zögern aufbieten werden. Versteht: Ihr seid für uns wie ein Käfer auf dem Boden. Euch plattzutreten erfordert nicht mehr als einen Gedanken und einen Schritt. Ob—

Vorsitzender Vranas fiel dem Alien tatsächlich ins Wort. »Wer auch immer Sie sind, wir haben Ihnen nichts getan. Wir haben Sie nicht bedroht, nicht aufgesucht, nicht beleidigt. Wir wissen nicht—«

Unterbrecht uns nicht noch einmal.

Miriam fand, dass das »oder« nicht ausgesprochen werden musste.

Vranas verstummte, wirkte jedoch nicht beschämt. Stattdessen wechselten er und Brennon einen bedächtigen Blick. Ihr war aufgefallen, dass sie sich beim Gipfel schätzen gelernt hatten; sie war dankbar dafür.

Ob wir die menschliche Spezies auslöschen, liegt bei euch. Eure Wahl ist diese: Beendet jede Expansion entlang des Skutum-Crux-Arms im Vierten Galaktischen Quadranten. Gebt alle Kolonien jenseits der Parallele auf, 48° bei 2,9 kpc Entfernung von der Erde. Ihr dürft, sofern ihr es für lohnend haltet, eure Galaxis entlang der Sagittarius- und Perseus-Arme innerhalb der vorgeschriebenen Grenze weiter erkunden.

Euch werden sieben Tage gewährt, alle Präsenz östlich der bezeichneten Parallele abzuziehen. Danach wird jeder Vorstoß über diese Linie als Kriegshandlung betrachtet. Jeder Versuch, sich dem Metis-Nebel von Norden zu nähern, ebenso.

Brennon wartete, bis die Sprechpause eindeutig war, dann meldete er sich. »Wie lange? Wir können keine Versprechen für die

Menschen in einem Jahrtausend machen.«

Für alle Zeit.

»Und wenn wir eure Bedingungen akzeptieren?«

Wir rufen unsere Schiffe zurück.

»Das ist alles? Gebt ihr die Zusicherung, nicht später zurückzukehren? Was, wenn ihr einfach eure Meinung ändert?«

Das wird nicht geschehen.

Brennon und Vranas tauschten erneut einen Blick, bevor Vranas antwortete. »Wir brauchen Zeit, um euer Angebot zu besprechen. Können wir—«

Ihr habt achtzehn Minuten.

Für einige Schläge fiel Stille, dann redeten alle durcheinander.

»Wir können ihnen unmöglich—«

»Warum zur Hölle—«

»Eine Woche reicht niemals, um zu evakuieren—«

»Sie verlangen zu viel—«

Miriam starrte auf die Karte. Brennon hatte recht. Jenseits der Demarkationslinie lagen achtundzwanzig besiedelte Planeten, ein Viertel der Welten, die die Menschheit in den letzten dreihundert Jahren gegründet hatte. Eine Anzahl war inzwischen von den Aliens eingeebnet worden, aber ein Kerngefüge blieb—Zuhause, Industrien, Kulturen.

»Wie stehen unsere Chancen, sie auf dem Feld zu schlagen?« Brennon hob beschwichtigend die Hand. »Und ich will es ohne Schönfärberei. Wir brauchen die unverzerrte Wahrheit.«

Miriam antwortete zuerst. »Gering.«

Keiner widersprach, also fuhr sie fort: »Unsere Fähigkeiten werden stündlich besser. Wir erwarten, in einem weiteren Tag 80 % der vollen Kommunikationsfähigkeit wiederhergestellt zu haben, auch wenn es länger dauern wird, die Modifikationen auf jedes Schiff in beiden Flotten auszurollen. Bei Messium haben mehrere

Gefechtsstrategien sich bewährt, und beide Seiten werten die Daten der Schlacht weiter aus. Wir haben zusätzliche Schwachstellen entdeckt, die wir auszunutzen glauben.«

Sie hielt inne. »Das alles gesagt—die Antwort bleibt: ›gering‹. Ihre Schiffe sind größer, stärker und zahlreicher. In einem frontalen Gefecht—wenn wir genug Schiffe schicken—können wir mithalten, aber in einem Abnutzungskrieg verlieren wir. Wir haben durch den Krieg zu viele Schiffe eingebüßt—« sie winkte Mori zum Schweigen »—aber unabhängig davon wären wir immer noch in der Unterzahl.«

»Also gibt es keine Hoffnung. Wir müssen uns ihren Forderungen fügen.« Das kam vom Oppositionsführer der Föderation, und es klang nach Resignation, nicht nach Überzeugung.

Marschall Gianno blätterte in einem Holo. »Ich will nicht sagen, es gibt keine Hoffnung. Aber die Erfolgsaussichten, jetzt sofort etwas Größeres zu erreichen? Das kann ich nicht mit irgendeinem Grad an Gewissheit behaupten.«

Miriam sah zu Rychen, dann zu Gianno. »Widerspricht jemand meiner Einschätzung?«

Rychen stieß die Luft aus. »Als jemand, auf den diese Aliens geschossen haben, sage ich nur: Sie sind fehlbar. Keine Götter. Ich habe gesehen, wie wir ihre Schiffe zerstören. Sie sind riesig und furchteinflößend und mächtig, aber nicht unbesiegbar. Also stimme ich zu: Wir haben eine Chance. Eine kleine.«

Gianno hob eine Augenbraue. »Ich persönlich würde es begrüßen, von ihnen beschossen zu werden. Ich bin nicht auf diesen Posten aufgestiegen, um nicht von einem würdigen Feind beschossen zu werden. Außerdem arbeite ich an ein paar neuen Ideen.«

Verteidigungsminister Mori sprang fast aus dem Holo. »Sind Sie alle verrückt? Sie können unmöglich vorschlagen, wir sollten dieses Ultimatum ablehnen! Verstehen Sie, dass Sie damit die menschliche Spezies mit hoher Wahrscheinlichkeit zu einer virtuellen, wenn nicht totalen Auslöschung verurteilen?«

Miriam schloss die Augen. Sie hatte über die Jahre viele Entscheidungen getroffen, die Leben kosteten, um andere zu retten. Jede militärische Führungskraft hatte das. Diese Entscheidung würde garantiert Leben kosten, während die Leben, die sie vielleicht retten könnte, nebelhaft und unbekannt waren. Und doch—der Drang zu kämpfen, zu widerstehen, war stark …

Ihr eVi blinkte eine Eingangsmessage, höchste Priorität. Sie runzelte die Stirn, öffnete sie aber.

»Natürlich haben wir nicht vor, die menschliche Spezies zur Auslöschung zu verurteilen. Wenn das unsere einzige Option ist, dann—«

Alexis lebte.

Der Oppositionsführer der Föderation murmelte etwas über Verantwortlichkeit und mangelnde Qualifikation für derartige Entscheidungen.

Lebte.

Sie räusperte sich über dem anschwellenden Stimmengewirr. »Darf ich einwerfen? Ich habe Informationen erhalten, die die Gleichung verändern.«

Brennon wandte sich ihr zu. »Admiral?«

»Ich verfüge über belastbare Intel, dass die primäre Fertigungsanlage der Metigen—der Standort, an dem sie ihre Superdreadnoughts bauen—vollständig ausgelöscht wurde. Mindestens können wir erwarten, dass sie auf absehbare Zeit weder Verstärkungen erhalten noch ihre Linien auffüllen werden. Der Alien hat geblufft—die Schiffe im Feld sind, de facto, die einzigen, die sie haben.«

Mori hatte gerade Schwung aufgenommen und blusterte in ihre Richtung: »Das klingt höchst unwahrscheinlich. Von wem haben Sie diese Information, Admiral?«

Es kostete sie Mühe, nicht in eine Art übermütiges Lachen

auszubrechen. »Von meiner Tochter.«

»Welchen Grund haben wir, dem zu trau—«

Brennon bedachte Mori mit einem vernichtenden Blick, der ihn verstummen ließ. »Admiral Solovys Tochter hat die Aliens Wochen vor ihrem Angriff entdeckt, und dass wir ihre Informationen abgetan haben, hat viele Leben gekostet. Ich habe nicht vor, es ein zweites Mal zu tun.«

In ihrem Holo schien Gianno Berechnungen und Projektionen zu justieren. »Admiral, wo befand sich diese Anlage? Wir konnten keinerlei Hinweise auf eine Alienbasis oder -festung finden.«

Miriams Puls dröhnte in den Ohren, und sie musste dagegen anarbeiten, nicht von einer Kaskade an Emotionen überwältigt zu werden. »Durch das Portal der Aliens im Metis-Nebel.«

»Wirklich? Mein jüngstes Lagebild sagt, das Portal sei verschwunden.«

»Nun, Alexis ist …« Sie lächelte, als sie Malcolms Worte erinnerte. »… außergewöhnlich findig.«

Vranas blickte zu den militärischen Führern. »Und mit dieser neuen Information—wie stehen unsere Chancen?«

Gianno machte das kleinste Schulterzucken. »Verbessert.«

Rychen strahlte beinahe; er wollte den Feind dringend noch einmal angehen. »Verbessert.«

Alle starrten Miriam an, denn sie hatte noch keine formale Einschätzung abgegeben. »Immer noch gering—aber sehr eindeutig verbessert.«

Vranas trommelte mit den Fingerspitzen auf der Tischplatte, dann erhob er sich und drehte der Runde den Rücken zu, um aus dem Fenster zu starren. »Wir—die Menschheit—sind nicht so weit gekommen, indem wir uns fürchteten. Entdecker und Visionäre sind seit Jahrtausenden wissentlich in den sicheren Tod aufgebrochen und haben uns dadurch dahin gebracht, wo wir heute sind. Noch nie hat uns jemand ›nein‹ gesagt und es lange durchgesetzt.«

Er wandte sich ihnen wieder zu. »Wenn wir den Forderungen dieser Aliens nachgeben, verkümmern wir. Es mag Jahrhunderte oder sogar Jahrtausende dauern, aber wir werden so sehr mit dem Ducken beschäftigt sein, dass wir vergessen, voranzugehen. Ich sage: Wir kämpfen.«

Brennon schnaubte trocken, fast zu sich selbst. »Ich stimme zu.«

Weiterer Widerspruch blieb aus. Brennon richtete die Schultern und hob das Kinn einen Hauch. »Damit haben wir es. Wir sollten—«

Wir verlangen eure Antwort.

Brennon und Vranas wechselten einen letzten, ernsten Blick und nickten einander zu. Vranas räusperte sich, damit seine Antwort Stärke und Entschlossenheit transportierte. »Und ihr sollt sie haben.«

Er gestikulierte zu Gianno und hinüber zu Miriam—ein stummes: Ihr Zug.

Miriam stand auf. »Marschall Gianno, sind Ihre Kräfte über Brython in Position?«

»Sind sie, Admiral.«

»Ausgezeichnet. Feuer eröffnen.«

TRANSZENDENZ

AURORA ERWACHT BAND 3

JETZT VERFÜGBAR: gsjennsen.com/translations

*

Melden Sie sich an, um benachrichtigt zu werden, wenn die deutschsprachige Ausgabe von G. S. Jennsen erscheint: gsjennsen.com/subscribe-german

ANMERKUNG DER AUTORIN

Vielen Dank, dass Sie die deutsche Ausgabe von *SCHWINDEL* gelesen haben! Ich bin so aufgeregt, Ihnen diese Geschichte auf Deutsch bringen zu können.

Falls Sie auch Romane auf Englisch lesen, sollten Sie wissen, dass das Amaranthe-Universum über 20 Romane und zahlreiche Kurzgeschichten umfasst! Sie finden alle hier: gsjennsen.com/amaranthe-overview.

Falls nicht, wissen Sie, dass ich daran arbeite, Ihnen die restlichen Bücher so schnell wie möglich auf Deutsch zu bringen. Sie können sich hier anmelden, um benachrichtigt zu werden, wenn neue deutsche Ausgaben veröffentlicht werden.

Falls Ihnen *Schwindel* gefallen hat, würden Sie in Erwägung ziehen, anderen davon zu erzählen? Rezensionen sind das Lebenselixier eines Autors. Sie helfen dabei, potenzielle Leser zu beeinflussen und den Ruf eines Buches zu prägen, und schon ein paar Worte bewirken viel. Teilen Sie die Bücher in sozialen Medien oder in Ihren Lieblingsforen, oder erzählen Sie einfach Ihren Freunden davon. Sie haben meinen aufrichtigen Dank.

Sie können mir jederzeit eine E-Mail an mailto:gs@gsjennsen.com mit Fragen oder Kommentaren schicken, oder mich auf verschiedenen Social-Media-Plattformen finden:

Wiki: gsj.space/wiki

Twitter: @GSJennsen
Facebook: facebook.com/gsjennsen.author
Goodreads: goodreads.com/gs_jennsen
Instagram: instagram.com/gsjennsen

Amaranthe Universe

Aurora Rhapsody

AURORA RISING
STARSHINE
VERTIGO
TRANSCENDENCE

AURORA RENEGADES
SIDESPACE
DISSONANCE
ABYSM

AURORA RESONANT
RELATIVITY
RUBICON
REQUIEM

Asterion Noir

EXIN EX MACHINA
OF A DARKER VOID
THE STARS LIKE GODS

Riven Worlds

CONTINUUM
INVERSION
ECHO RIFT

ALL OUR TOMORROWS
CHAOTICA
DUALITY

Cosmic Shores

MEDUSA FALLING
THE THIEF
THE UNIVERSE WITHIN

SHORT STORIES

Restless, Vol. I • *Restless, Vol. II* • *Apogee* • *Solatium* • *Venatoris*

Re/Genesis • *Meridian* • *Fractals* • *Chrysalis* • *Starlight Express* • *Extinguishing the Stars*

About the Author

G. S. JENNSEN lebt irgendwo in den USA, an einem Ort, der möglicherweise nicht derselbe ist, wo sie lebte, als sie ihr letztes Buch veröffentlichte (sie ist im Herzen eine Nomadin), mit ihrem Mann und einem oder mehreren Hunden. Sie wurde zu einer international erfolgreichen Bestseller-Autorin, nachdem ihr erster Roman Starshine 2014 veröffentlicht wurde. Sie hat sich entschieden, weiterhin unter einem unabhängigen Verlagsmodell zu schreiben, um die Integrität ihrer Geschichten und ihre Fähigkeit zu gewährleisten, ihre Vision für deren Erzählung umzusetzen.

Obwohl sie Anwältin, Software-Ingenieurin und Redakteurin war, hat sie das Leben einer hauptberuflichen Autorin um mehrere Größenordnungen bevorzugt gefunden. Wenn sie nicht schreibt, spielt sie Computerspiele oder trainiert oder verirrt sich in den Bergen, die groß vor den Fenstern ihres Zuhauses aufragen. Oder sie beschäftigt sich mit einem überfluteten Keller, oder steht in einer Schlange bei Walmart, liest die Schlagzeilen der Boulevardpresse und fragt sich, wer all diese Menschen sind. Oder sie sitzt auf ihrer Veranda mit einem Glas Wein, blickt zu den Sternen auf und versucht herauszufinden, was da oben sein könnte.

www.ingramcontent.com/pod-product-compliance
Lightning Source LLC
Chambersburg PA
CBHW030843030726
47495CB00005B/1353